Peter Tremayne

IHR LOS IST FINSTERNIS

AF184979

atb aufbau taschenbuch

PETER TREMAYNE ist das Pseudonym eines anerkannten Histori-kers, der sich auf die versunkene Kultur der Kelten spezialisiert hat. Seine im 7. Jahrhundert spielenden Romane mit Schwester Fidelma sind zurzeit die älteste und erfolgreichste historische Krimiserie auf dem deutschen Markt. Fidelma, eine mutige Frau von könig-lichem Geblüt und Anwältin bei Gericht, löst darin auf kluge und selbstbewusste Art die schwierigsten Fälle. Wegen des großen inter-nationalen Erfolgs der Serie wurde Peter Tremayne 2002 zum Ehren-mitglied der Irish Literary Society auf Lebenszeit ernannt.

Im Aufbau Taschenbuch erschienen bisher *Die Tote im Klosterbrun-nen* (2000), *Tod im Skriptorium* (2001), *Der Tote am Steinkreuz* (2001), *Tod in der Königsburg* (2002), *Tod auf dem Pilgerschiff* (2002), *Nur der Tod bringt Vergebung* (2002), *Ein Totenhemd für den Erzbischof* (2003), *Vor dem Tod sind alle gleich (2003)*, *Das Kloster der toten Seelen* (2004), *Verneig dich vor dem Tod* (2005), *Tod bei Vollmond* (2005), *Tod im Tal der Heiden* (2006), *Der Tod soll auf euch kommen* (2006), *Ein Gebet für die Verdammten* (2007), *Tod vor der Morgenmesse* (2007), *Das Flüstern der verlorenen Seelen* (2007), *Tod den alten Göttern* (2008), *Das Konzil der Verdammten* (2008), *Der falsche Apostel* (2009), *Eine Taube bringt den Tod* (2010), *Der Blutkelch* (2011), *Die Todesfee* (2011), *Und die Hölle folgte ihm nach* (2012), *Die Pforten des Todes* (2012), *Das Sühneopfer* (2013), *Sendboten des Teufels* (2014), *Der Lohn der Sünde* (2015), *Der Tod wird euch verschlingen* (2016) und *Die Wahrheit ist der Lüge Tod* (2018).

Mehr Informationen unter www.sisterfidelma.com

Peter Tremayne

Ihr Los ist Finsternis

Historischer Kriminalroman

Aus dem Englischen
von Bela Wohl

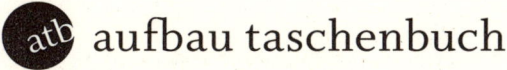 aufbau taschenbuch

Die Originalausgabe unter dem Titel
Night of The Lightbringer
erschien 2017 bei Headline Book Publishing, London.

MIX
Papier aus verantwor-
tungsvollen Quellen
FSC® C083411

ISBN 978-3-7466-3457-9

Aufbau Taschenbuch ist eine Marke
der Aufbau Verlag GmbH & Co. KG

1. Auflage 2018
© Aufbau Verlag GmbH & Co. KG, Berlin 2018
© 2017 by Peter Tremayne
Umschlaggestaltung und Cover-Illustration Bert Hülpüsch
nach historischer Buchmalerei
Satz LVD GmbH, Berlin
Druck und Binden CPI books GmbH, Leck, Germany
Printed in Germany

www.aufbau-verlag.de

In Erinnerung an meine »anam cara«*
DOROTHEA CHEESMUR ELLIS
(11. September 1940 – 30. März 2016)

*Da war die Tür, zu der ich keinen Schlüssel fand,
Dann der Schleier, durch den ich nicht sehen konnte.
Ein kurzes Gespräch zwischen dir und mir,
Und dann nichts mehr von mir und dir.*

Omar Khayyam, 1048 – 1131, Rubaiyat

* Alter gälischer Ausdruck für Seelenverwandte.

Quomodo cecidisti de caelo lucifer qui mane oriebaris corruisti in terram qui vulnerabas gentes

Wie bist du vom Himmel gefallen, du schöner Morgenstern! Wie bist du zur Erde gefällt, der du die Heiden schwächtest!

Jesaja 14, 12

Hauptpersonen

Schwester Fidelma von Cashel, eine *dálaigh* oder Anwältin bei
Gericht im Irland des siebenten Jahrhunderts
Bruder Eadulf von Seaxmund's Ham aus dem Lande des
Südvolks, ihr Gefährte

Im Laternenpalast in Rom

Der Ehrwürdige Gelasius, Nomenklator im Lateranpalast
Bruder Pothinus Maturis, Praecipuus im Geheimarchiv
Bruder Lucidus, Beauftragter des *Nomenklators*

Auf der Burg Cashel

Colgú, König von Muman, Fidelmas Bruder
Dar Luga, ainbertach, Haushälterin der Burg
Fíthel, Oberster Brehon von Muman
Alchú, Fidelmas und Eadulfs Sohn
Muirgen, Alchús Kinderfrau
Nessan, Muirgens Ehemann, der Schäfer des Königs
Bruder Conchobhar, Apotheker

In der Ortschaft Cashel

Spelán, ein Schäfer
Rumann, ein Gastwirt
Curnan, ein Holzfäller, verantwortlich für das Samhain-Feuer
Febal, von den Uí Briúin Seóla aus Connacht

Krieger der Nasc Niadh, der Leibwache des Königs

Gormán, Befehlshaber
Aidan, zeitweiliger Befehlshaber
Dego
Enda
Luan

TEILNEHMER AM KONZIL IN DER BURG CASHEL

Bruder Mac Raith, Verwalter der Abtei Imleach
Bruder Sionnach, aus der Abtei Corcach Mór
Bruder Duibhinn, aus der Abtei Ard Mór
Bruder Giolla Rua, aus der Abtei Ros Ailithir

AUF DEM OCHSENHÜGEL

Brancheó, die Raben-Anruferin
Torcán, ein Holzfäller
Éimhín, seine Frau

IN DER ABTEI RÁTH CUÁIN

Abt Síoda
Bruder Tadgh, aistreóir, der Pförtner
Bruder Gébennach, leabhar coimedach, der Hüter der Bücher
Schwester Fioniúr, die Kräuterheilkundige

AUF DEM CNOCGORM

Erca, ein Druide und Einsiedler

WEITERE PERSONEN

Della, Gormáns Mutter
Aibell, Gormáns Ehefrau
Abt Cuán, Abt von Imleach
Gelgéis, Prinzessin von Éile

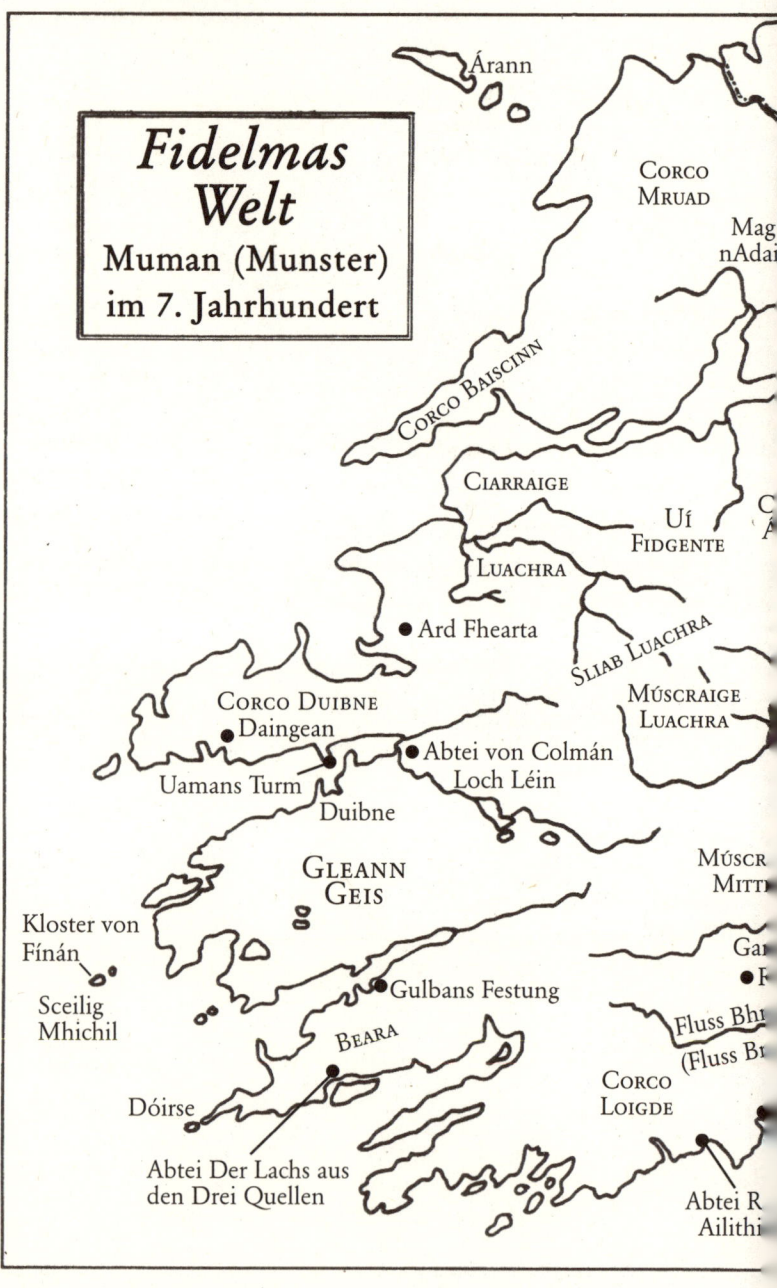

Áránn

CORCO
MRUAD

Mag
nAdai

CORCO BAISCINN

CIARRAIGE

UÍ
FIDGENTE

C
Á

LUACHRA

● Ard Fhearta

SLIAB LUACHRA

MÚSCRAIGE
LUACHRA

CORCO DUIBNE
● Daingean

● Abtei von Colmán
Loch Léin

Uamans Turm

Duibne

GLEANN
GEIS

MÚSCR
MITT

Kloster von
Fínán

Gulbans Festung

Ga

F

Fluss Bh

(Fluss Br

Sceilig
Mhichil

BEARA

CORCO
LOIGDE

Dóirse

Abtei Der Lachs aus
den Drei Quellen

Abtei R
Ailithi

**Fidelmas
Welt**

Muman (Munster)
im 7. Jahrhundert

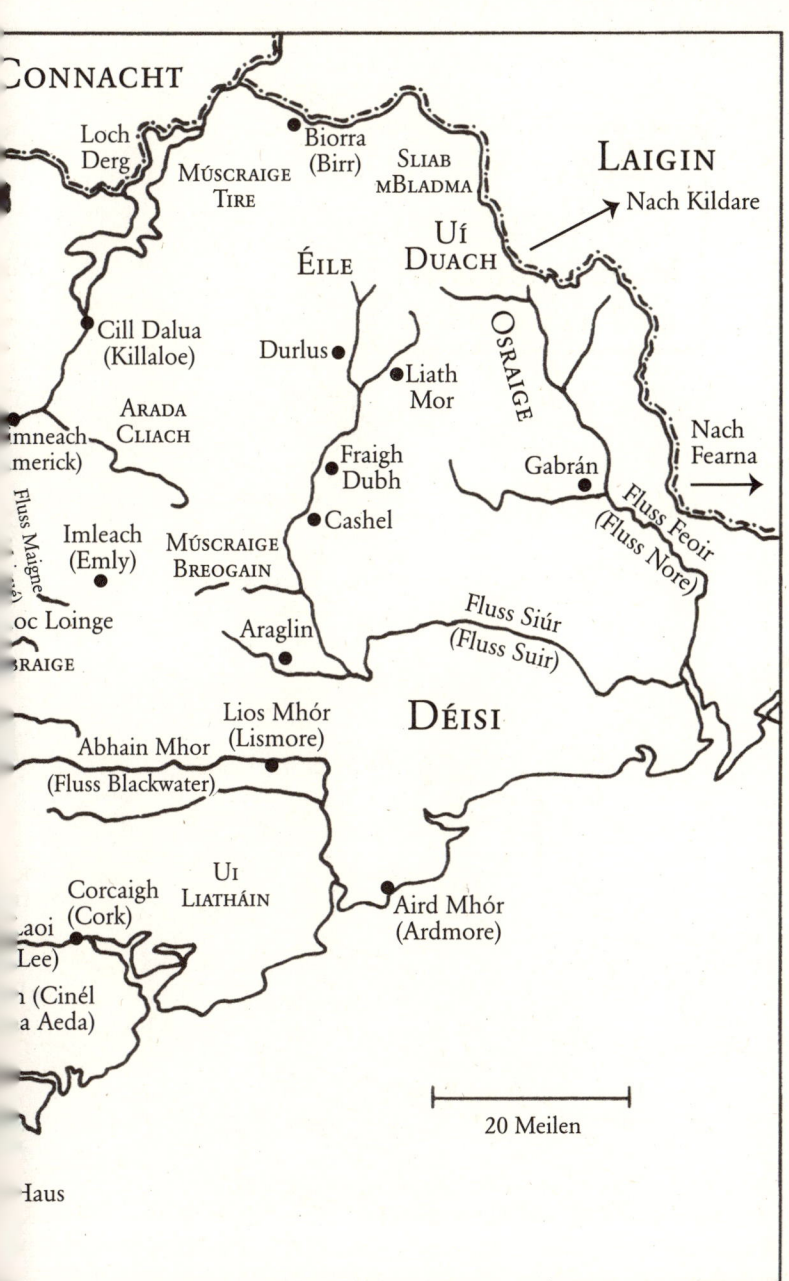

CONNACHT

Loch Derg

Biorra (Birr)

MÚSCRAIGE TIRE

SLIAB MBLADMA

LAIGIN

Nach Kildare

ÉILE

UÍ DUACH

Cill Dalua (Killaloe)

Durlus

Liath Mor

OSRAIGE

ARADA CLIACH

imneach merick)

Fraigh Dubh

Gabrán

Nach Fearna

Fluss Maigne

Imleach (Emly)

Cashel

Fluss Feoir (Fluss Nore)

MÚSCRAIGE BREOGAIN

oc Loinge

Araglin

Fluss Siúr (Fluss Suir)

RAIGE

DÉISI

Lios Mhór (Lismore)

Abhain Mhor (Fluss Blackwater)

Corcaigh (Cork)

UÍ LIATHÁIN

Aird Mhór (Ardmore)

aoi Lee)

(Cinél a Aeda)

20 Meilen

Haus

Die Ereignisse in diesem Roman folgen denen, die im Band »Der Tod wird euch verschlingen« geschildert wurden. Wir schreiben das Jahr 671 und befinden uns in den letzten Tagen des Monats *Mí Forba*, wie er auf Altirisch genannt wurde, des Monats der Vollendung. Dieser Monat entspricht unserem heutigen Oktober. Er galt als der letzte Monat des früheren keltischen Jahres.

Der darauffolgende Monat hieß *Cet Gaimrid*, der »Erste des Winters«, also November. Die alten Iren glaubten, genau wie ihre indoeuropäischen Verwandten, die Hindus, dass das Jahr in einer Zeit der Dunkelheit beginnt und dem Licht entgegenstrebt. Folglich kennzeichnete das heidnische Samhain-Fest* das Ende des Sommers (*sam* = Sommer, *fuin* = das Ende von). Es war einer der vier bedeutenden Festtage des keltischen Jahres. Bei den Iren wie bei den anderen keltischen Völkern begannen die Jahresfeste, die das Verstreichen der Zeit durch die Aufeinanderfolge von Tagen und Nächten veranschaulichten, stets am Abend.

Am Samhain-Fest wurde der Beginn der dunklen Jahreszeit durch das Abbrennen großer Feuer symbolisiert; es war ein Fest des Lichts, das mit seinen dazugehörigen Ritualen die Gefahren, die in der Dunkelheit lauerten, bannen sollte. Gleichzeitig war auch die Seele der Menschen bedroht, da sich die Grenzen zwischen der natürlichen und der übernatürlichen

---

* Heidnisches Fest, das am Abend des 1. November anfängt und den Beginn des keltischen Jahres kennzeichnet. Am Vorabend wird laut vorchristlicher Legenden die Anderswelt sichtbar, aus der alle Toten zurückkehren und sich für erlittenes Unrecht rächen können.

Welt auflösten; in dieser Zeit konnten alle, denen Unrecht widerfahren war, aus der Anderswelt zurückkehren und sich an den Lebenden rächen; in dieser Zeit herrschte urzeitliches Chaos.

Den frühen Christen gelang es kaum, diese vorchristlichen Überzeugungen zu unterdrücken, bis schließlich Papst Gregor I. (590–604 n. Chr.) Anweisung erteilte, die heidnischen Vorstellungen und heiligen Stätten in das Christentum zu integrieren, indem man sie dem Neuen Glauben einverleibte, statt sie zu zerstören. Die Christen in Rom hatten bereits einen speziellen Gedenktag für ihre Märtyrer eingerichtet, und Papst Bonifatius IV. (608–615 n. Chr.), der das Pantheon zu Ehren der Mutter Gottes und aller Märtyrer zur christlichen Kirche geweiht hatte, bestimmte den 1. Mai zum Allerheiligen-Fest.

834 n. Chr. stellte Papst Gregor IV. jedoch fest, dass die Mehrzahl der Gläubigen in Westeuropa dieses Fest gar nicht beachtete, sondern nach wie vor das althergebrachte heidnische Samhain-Fest beging, um zu Winteranfang der Toten zu gedenken. Deshalb verlegte er das Fest auf den 1. November und nannte es Aller-Heiligen-Tag. Das angelsächsische Wort für »Heiliger« war *halig*, so dass man den Tag im englischsprachigen Raum auch als All Hallows' Day bezeichnete und der Vorabend schließlich Haloween genannt wurde.

Auch wenn die alten Rituale im modernen Hallowe'en weitgehend verwässert sind, kennzeichnet das Fest nach wie vor die eine Nacht des Jahres, in der die Schatten aus der Anderswelt den Seelen der Lebenden gefährlich werden können.

Noch eine Anmerkung: Fidelma verleiht zwar am Ende dieser Geschichte ihrer tiefen Hoffnung Ausdruck, dass christliche Äbte und Bischöfe nicht gleichzeitig über weltliche Macht als Prinzen verfügen sollten, doch mindestens drei ihrer Nachfahren aus dem Geschlecht der Eóghanacht hatten diese Doppelfunktion als Bischof und König von Muman inne: Fedelmid, der Sohn von Crimthainn (846 n. Chr.), Ólchobar, der Sohn von Cináedar (851 n. Chr.), sowie der berühmteste der drei, Cormac, der Sohn von Cuilennáin (908 n. Chr.).

Kapitel 1

Es ging das Gerücht, der alte Pothinus Maturis habe bereits zu den Bediensteten im Lateranpalast gehört, als Kaiser Konstantin dem Bischof von Rom das Gebäude einst für unbegrenzte Zeit zur Verfügung stellte. Das war jedoch absolut unmöglich, denn das Bekenntnis des Kaisers zum Neuen Glauben sowie die Tatsache, dass er ihn zur Religion des gesamten Römischen Reiches erklärte, lagen bereits drei Jahrhunderte zurück, als Pothinus Maturis seine Tätigkeit im Lateranpalast aufnahm. Von da an brauchte er fünfundzwanzig Jahre, um die Position eines *Praecipuus* im *Archivum Secretum* im *Sacrosancta Lateranensis ecclesia omnium urbis et orbis ecclesiarium mater et caput* zu erreichen … im Palast des Heiligen Vaters der weltumspannenden Kirche Christi.

Praecipuus Pothinus war inzwischen recht betagt. Er lebte im Palast fast wie ein Einsiedler, sprach mit niemandem und hatte in all den Jahren seiner Funktion als Archivar keine Freundschaften geschlossen. Er galt als nüchterner, nachdenklicher Mann, der seine Meinung für sich behielt und die Archive bewachte, als hüte er die Himmelspforten selbst.

Nur den Ranghöchsten unter den Bediensteten des Palastes gewährte man Zutritt zu den Archiven, die hinter der alten Basilika lagen. Kaiser Konstantin höchstpersönlich hatte ihren Ausbau angeordnet, als er die Stallungen der Kaserne seiner berittenen Leibgarde abreißen ließ, weil diese ihm gegenüber nicht genügend Loyalität bewiesen hatte. So lagen die Archive gut gesichert abseits der übrigen Kirchengebäude. Die Dokumente, die im *Archivum Secretum* aufbewahrt wurden, rechtfertigten diese Abgeschiedenheit mit ihrer brisanten Natur. Die meisten waren angesichts der allgemein akzeptierten Theologie als ketzerisch eingestuft worden, nachdem das eine oder andere Konzil die darin diskutierten Vorstellungen für ungültig erklärt hatte. Viele Texte entstammten den Evangelien und standen im Widerspruch zu den Schriften, die man zu den wichtigsten Grundlagen des Glaubens auserkoren hatte. Damasus I., der Heilige Vater, hatte Eusebius Hieronymus Sophronius aufgetragen, die ausgewählten Texte ins Lateinische zu übersetzen und in einem Standardwerk zu sammeln, das als *Bibel* bezeichnet wurde – das heilige Fundament für alle Gläubigen.

Praecipuus Pothinus war stolz auf seine einzigartige Vertrauensposition als Hüter der umstrittenen Werke, die man verworfen hatte, damit sie die verschiedenen Splittergruppen der Christenheit nicht noch weiter entzweiten. Auf diesem Hintergrund ereignete sich eines Tages etwas Erstaunliches im Lateranpalast. Wer *Praecipuus* Pothinus vom Sehen kannte, traute seinen Augen nicht: Der betagte Mann eilte fast im Laufschritt durch die Flure des Palastes, um zum Büro des *Nomenklators,* des Chefsekretärs Seiner Heiligkeit, zu gelangen. Das Klatschen seiner Sandalen auf den glänzenden Marmorfliesen hallte durch die Gänge, sodass die Menschen stehen blieben und ihm verstört und beunruhigt hinterherschauten.

Schließlich erreichte er sein Ziel – eine abweisende Eichentür. Offenbar hatte er sämtliche Regeln des Anstands vergessen, denn er hielt nicht einmal inne, um anzuklopfen, sondern packte die Türklinke aus Messing und stürzte ins dahinterliegende Zimmer. Erst jetzt blieb er vor dem Mann am Schreibtisch stehen. Die Schultern von *Praecipuus* Pothinus bebten von der Anstrengung des Rennens; sein Atem ging stoßweise und keuchend.

Der Mann am Schreibtisch sah auf und erschrak beim Anblick des Eindringlings. Selbst im Sitzen wirkte er überdurchschnittlich groß; unter seinem Käppchen quollen Büschel schwarzer Haare hervor. Seine gebräunte Haut verriet, dass er sich nicht nur in den düsteren Hallen kirchlicher Gebäude aufhielt, sondern auch die Sonne Roms durchaus zu schätzen wusste. Die markante Adlernase hätte jedem römischen Adligen zur Zierde gereicht, besonders in Verbindung mit dem höhnisch verzogenen Mund und den schmalen Lippen, die so dunkel waren, als hätte er sie künstlich gefärbt. In seinem verschleierten Blick lag nicht die geringste Spur von Mitgefühl. Auch wenn man den Gesichtszügen seine Autoritätsposition nicht ansah, verkündete seine Aufmachung sie mit aller Deutlichkeit: durch die Juwelen in dem kunstvollen Kreuz aus Silber, das er an einer Kette trug, durch die scharlachrote Amtsrobe, die *udones*, die weißen Strümpfe, und die *campagi*, die schwarzen Pantoffeln, die unterm Schreibtisch hervorlugten.

Er brauchte ein paar Sekunden, um sich von seiner Überraschung zu erholen – eine dringend nötige Verschnaufpause für *Praecipuus* Pothinus.

»Verschwunden, Ehrwürdiger Gelasius!«, keuchte Pothinus. »Es ist verschwunden!«

Der *Nomenklator* lehnte sich zurück und betrachtete sein Gegenüber kalt.

»Reiß dich zusammen, Pothinus. Reiß dich zusammen und erzähl mir dann langsam und ausführlich … was verschwunden ist, sodass du hier in dieser ungehörigen Art und Weise hereinplatzt und unangemeldet vor mir erscheinst?«

Praecipuus Pothinus nahm noch mehrere tiefe Atemzüge, bis er sich so weit gefasst hatte, dass er sich klar und deutlich ausdrücken konnte.

»Das *Sefer Ya'akov*«, brachte er schließlich heraus. »Es ist aus dem Archiv verschwunden.«

Der Ehrwürdige Gelasius runzelte die Stirn. »Ich bin kein Experte für die Hebräer, Pothinus. Was ist verschwunden?«

»Die *Biblos Iakobos*«, übersetzte der Gefragte gleich ins Griechische und fügte hinzu: »Sie ist verschwunden, und …«

Der Ehrwürdige Gelasius hob seine schmale, fast zierliche Hand und schaute sich um, als suche er nach ungebetenen Lauschern. »Wir wollen doch nicht, dass ketzerische Ausdrücke in die falschen Ohren gelangen.«

Pothinus machte eine wegwerfende Geste, als hätte das keinerlei Bedeutung.

»Es geht darum, dass sich jemand nachts gewaltsam Zutritt zum Archiv verschafft und das Buch gestohlen hat. Als ich heute Morgen dort ankam, stand ein Fenster offen; da ich wusste, dass es gestern, als ich wegging, geschlossen war, begann ich sogleich, die Manuskripte und Bestände zu überprüfen. Schon bald fiel mir auf, dass sich jemand in der Abteilung für hebräische und aramäische Werke zu schaffen gemacht hatte. Unverzüglich verglich ich sie mit meinem Verzeichnis und stellte fest, dass die *Biblos Iakobos* fehlte. Von allen Büchern im Archiv kann dieses dem Glauben am gefährlichsten werden. Was sollen wir tun?« Ratlos rang er die Hände.

»Was *wir* tun sollen, *Praecipuus* Pothinus?«, fragte der Ehrwürdige Gelasius mit eisiger Stimme. »All den ketzerischen Splittergruppen, die Jesu göttliche Geburt leugnen, liefert dieses Buch eine hervorragende Untermauerung für ihre Theorie und deren Verbreitung. Bereits jetzt ist es schwierig, sämtliche Werke zu unterdrücken, die Jakobus darstellen als Bruder von …« Er hielt inne und zuckte die Achseln. »Wenn ich mich richtig erinnere, schrieb Jakobus, oder Iacomus, wie wir ihn nennen, dieses Werk angeblich, kurz bevor er von den Sanhedrin getötet wurde. Die Nazarener, deren Anführer er war, existieren noch immer und behaupten, dass sie zur jüdischen Glaubensgemeinschaft gehören – und dass Jesus ein einfacher Rabbiner gewesen sei.«

»Aber was *sollen wir tun*?«, jammerte *Praecipuus* Pothinus mit schriller Stimme.

»Du hast mit niemandem darüber gesprochen?«, wollte der *Nomenklator* wissen.

»Nicht über den Verlust des Buches. Allerdings befragte ich einen der *Custodes*, Licinius.« *Custodes* nannte man die Leibgarde des Lateranpalastes. »Er war letzte Nacht zur Bewachung der Archive eingeteilt. Ich erkundigte mich lediglich nach verdächtigen oder unerwünschten nächtlichen Aktivitäten in der Nähe des Gebäudes.«

»Bist du sicher, dass du ihm gegenüber den Verlust des Buches nicht erwähnt hast?«, insistierte der Ehrwürdige Gelasius.

»Ganz gewiss nicht. Der *Custos* erzählte mir jedoch von zwei betrunkenen Pilgern vor dem Eingang, die unserem guten italienischen Wein wohl zu reichlich zugesprochen hatten. Er rügte sie wegen ihres unziemlichen Verhaltens, bis sie sich schließlich auf den Weg zu ihrer Herberge machten.«

»Du sprichst von ihnen, als wären sie Fremde.«

»Ganz richtig. Lucinius sagte, sie seien Barbaren und stammten von dieser Insel im Westen, die dem Heiligen Vater solche Probleme mit den Osterfeierlichkeiten bereitet, angefangen vom Datum dieses Festes über die Riten und Rituale bis hin zur Kleidung der Gläubigen. Sie weigern sich, die diesbezüglichen Veränderungen zu akzeptieren, die von den Konzilen in Rom für korrekter und angemessener befunden wurden. Du weißt schon – dieses merkwürdige wilde Volk, das seine eigenen Interpretationen des Glaubens der Weisheit Roms vorzieht.«

»Meinst du die Fünf Königreiche von Éireann?« Der Ehrwürdige Gelasius musste beinahe lächeln, als ihm eine Erinnerung durch den Kopf schoss. »Ich habe viel über dieses Land und seinen seltsamen Menschenschlag gelernt, von einer Frau – einer Rechtsgelehrten.«

Praecipuus Pothinus sah ihn schockiert an. »Eine Frau? Als Rechtsgelehrte?«

»Sie verfügte über beeindruckende kombinatorische Fähigkeiten«, räumte der *Nomenklator* nachdenklich ein.

»Falls diese Barbaren in den Diebstahl verwickelt waren, sind sie bereits aus Rom geflüchtet«, erklärte der *Praecipuus*.

»Woher weißt du das?«, fragte der Ehrwürdige Gelasius mit schneidender Stimme.

»*Custos* Licinius berichtete, er habe die Barbaren nach ihrer Unterkunft gefragt. Ihr Wortführer erzählte ihm, sie hätten soeben ihre letzte Nacht in Rom gefeiert, um am nächsten Morgen die Rückreise auf ihre gottverlassene Insel anzutreten.«

Der Ehrwürdige Gelasius schüttelte vorwurfsvoll den Kopf. »Keine Insel auf unserer Erde ist gottverlassen, Pothinus. Hat der *Custos* denn ihre Namen festgehalten?«

»Er hat's versucht, aber sie klangen so merkwürdig und fremd, dass er sie nicht verstand und deshalb nicht notierte. Sie gaben zu, dass sie von dieser Insel im Westen stammten, und dem *Custos* fiel auf, dass sie keineswegs so enthaltsam lebten wie die meisten Pilger, die in unsere Stadt kommen.«

»Also glaubst du, dass sie Rom bereits verlassen haben?«

»Das würde ich annehmen. Misstrauisch macht mich die Beobachtung des *Custos*, dass ihr Anführer eine Buchtasche dabeihatte. So etwas schleppt man normalerweise nicht mit sich herum, wenn man feiern geht.«

Der Ehrwürdige Gelasius runzelte einen Augenblick nachdenklich die Stirn und trommelte mit den Fingern auf die Schreibtischplatte.

»Erzähle niemandem von diesem Verlust, bis ich es gestatte. Wir dürfen ihn nicht öffentlich zugeben, schon gar nicht bei einem so gefährlichen Dokument. Der Inhalt und der Name des Verfassers könnten alles zerstören, was wir im Lauf der Jahre aufgebaut haben und Christentum nennen.«

»Was also soll ich tun?«, fragte der *Praecipuus* erschöpft.

»Vergiss die ganze Angelegenheit. Überlass es mir, die Sache zu regeln. Der Diebstahl des Buches und unser Gespräch haben niemals stattgefunden. Falls du das Werk eingetragen hast, lösche es. Es existiert nicht. Es hat nie existiert.«

Nachdem *Praecipuus* Pothinus gegangen war, blieb der Ehrwürdige Gelasius eine Weile schweigend sitzen. Erst ein trockenes Husten vom Türdurchgang zum Nebenraum veranlasste ihn, sich in seinem Stuhl umzudrehen.

Ein groß gewachsener, gut aussehender junger Mann, in dessen Gesichtszügen ein Ausdruck ständiger Belustigung lag, lümmelte im Türrahmen.

»Hast du alles mitangehört?«, fragte der *Nomenklator*.

»Ja.«

»Nun, Bruder Lucidus, offensichtlich traf deine Warnung vor einem Anschlag auf gewisse Manuskripte in den Archiven tatsächlich zu, auch wenn ich nicht annahm, dass es so bald geschehen würde. Doch vermutlich ist das durchaus logisch. Falls überhaupt ein Manuskript die theologischen Entscheidungen der Konzile in den vergangenen Jahrhunderten untergraben kann, dann dieses. Anscheinend haben die *Custodes* mitbekommen, dass es sich bei den Verdächtigen um Landsleute von dir handelt. Weißt du, wer diese Männer sind?«

»Nein. Ich hörte gestern lediglich ein Gerücht über einen Plan, irgendein Werk der Nazarener aus den Archiven fortzuschaffen, weshalb ich gleich heute Morgen zu dir kam. Das Problem ist, dass in den Straßen Roms ganze Scharen von Pilgern von den westlichen Inseln unterwegs sind.«

»Wir müssen diese Diebe finden!«

Der junge Mann grinste hämisch. »Du und dein bedauerns-
werter *Praecipuus*, ihr dürft nicht einmal zugeben, dass das Buch
existierte, geschweige denn, dass es gestohlen wurde. Dein
Wächter hat vor dem Bibliotheksgebäude lediglich zwei meiner
Landsleute gesehen, die in angetrunkenem Zustand herum-
lärmten.«

»Wir müssen herausfinden, wer sie sind und ob sie das Werk
an sich genommen haben«, drängte der *Nomenklator*.

»Pothinus hat recht scharfsinnig beobachtet, dass es nicht
häufig vorkommt, dass ein Pilger, der von einer Feier heim-
kehrt, eine Buchtasche, eine *tiag luibhair*, wie wir das nennen,
bei sich hat. Meiner Meinung nach lässt das ziemlich sicher
darauf schließen, dass sie die Täter sind – und dass das fehlende
Buch sich in der Tasche befand.«

»Laut Pothinus sind sie inzwischen wahrscheinlich zu einem
unserer Seehäfen unterwegs, um die Rückreise in deine Heimat
anzutreten. Wir müssen das Buch zurückholen. In den falschen
Händen könnte es eine Bewegung stärken, die womöglich den
Glauben der gesamten Christenheit umstürzen will.«

»Das hast du bereits gesagt – und ich weiß das. Unglücklicherweise wird es nicht leicht sein, sie im Gewimmel der Pil-
gerscharen, die in unserer Stadt kommen und gehen, aufzuspüren, auch wenn wir ihr Herkunftsland kennen.«

Der Ehrwürdige Gelasius begann erneut, mit den Fingern
auf die Schreibtischplatte zu trommeln. »Deine Insel bereitet
Rom schon jetzt große Sorgen; unsere Anwälte erzielen nur
langsam Erfolge gegen die unterschiedlichen religiösen Auffassungen, die zwischen uns stehen. Wir haben vielleicht die Debatten auf den Konzilen in Streonshalh und Autun für uns
entschieden, doch die Herzen und Köpfe deines Volkes haben
wir noch nicht erobert. Die meisten Menschen dort halten starr
an den Traditionen der Insel fest – abgesehen vom Abt eines

Klosters, das Ard Marcha heißt. Er hat sich bereit erklärt, die Autorität Roms zu respektieren, allerdings unter der Bedingung, dass wir ihn als Obersten Bischof der gesamten Insel anerkennen.«

Bruder Lucidus verzog das Gesicht. »Es gibt eine Reihe von Schwierigkeiten mit dieser Forderung – Ansprüche dieser Art werden von allen Seiten erhoben. Der Abt von Imleach beispielsweise, der im Süden der Insel als Oberster Bischof gilt, vertritt ein ähnliches Anliegen – und die Hälfte der Bevölkerung unterstützt ihn dabei. Außer ihm sind da noch diverse andere. Die Abtei des heiligen Fiacc in Sléibhte zum Beispiel behauptet, das älteste Kloster der Insel zu sein. Zahlreiche Abteien tragen gute Argumente vor und beanspruchen eine Vorrangstellung unter den Gläubigen in meinem Land.«

»Nun, das ist im Augenblick nicht meine dringlichste Sorge. Die Aufgabe, die unterschiedlichen Kirchen auf deiner Insel unter der Vorherrschaft Roms zu vereinen, kann warten. Tatsache ist, dass der alte Text in dieser Sache irreparablen Schaden anrichten könnte. Wir müssen ihn zurückholen.«

Bruder Lucidus lächelte matt. »Das betonst du unentwegt. Allerdings werde ich wohl derjenige sein, der ihn dir zurückbringt.«

»Wie willst du das bewerkstelligen?«

»Ich werde die zwei irischen Pilger aufspüren und feststellen, woher sie kommen. Falls sie mit dem Buch bereits auf dem Weg in die Fünf Königreiche sind, werde ich ihnen folgen und es wieder an mich nehmen – oder es zerstören.«

»Du bist offenbar sehr zuversichtlich«, bemerkte der Ehrwürdige Gelasius, »aber kannst du das alles schaffen? Zunächst musst du herausfinden, wer die Diebe sind. Was, wenn dir das nicht gelingt? Und wo willst du den uralten Text suchen? Gewiss gibt es auf der Insel jede Menge guter Verstecke.«

»*Falls* sie das Buch in meine Heimat mitnehmen, um das ketzerische Gedankengut, das es enthält, zu verbreiten, dann existieren nur wenige Orte, zu denen sie es bringen könnten. Ich habe einen sehr guten Freund, einen herausragenden Gelehrten, Bruder Sionnach von der Abtei Corcach Mór. Er weiß ungemein viel über die Fünf Königreiche und hat überall Kontakte. Die Insel ist nicht so groß, als dass ich es nicht auftreiben sollte. Tatsächlich wird sich die Neuigkeit, dass die eine oder andere Abtei sich ein derartiges Buch angeeignet hat, wie ein Lauffeuer über die gesamte Insel verbreiten. Die Bruderschaft der Gelehrten wird als eine der ersten davon erfahren.«

»Hast du von Fidelma von Cashel gehört?«, fragte der *Nomenklator* plötzlich. »Sie war die Frau und Rechtsgelehrte, die ich vor wenigen Minuten *Praecipuus* Pothinus gegenüber erwähnte.«

Der junge Mann erwiderte gedehnt: »Wer in den Fünf Königreichen hat nicht von Fidelma von Cashel oder ihrem Gefährten, dem sächsischen Bruder Eadulf gehört? Mir ist sie jedenfalls bekannt, ich bin ihr jedoch noch nie begegnet.«

»Sie könnte dir bei deiner Mission, das Buch zurückzuholen, eine große Hilfe sein. Ich werde ihr durch einen der Mönche, die morgen in dieses Königreich aufbrechen, eine Botschaft zukommen lassen, da ich dich jetzt nicht länger aufhalten möchte. Ich werde deine Aufgabe nicht erwähnen, abgesehen von der Tatsache, dass ein Buch gestohlen wurde und du von mir autorisiert bist, es wieder in Besitz zu nehmen. Ich werde ihr schreiben, dass du, falls du ihre Unterstützung benötigst, dich als Lucidus vorstellen und meinen Namen als Legitimation nennen wirst.«

»Ich nehme nur im Notfall Kontakt mit ihr auf«, antwortete Bruder Lucidus zuversichtlich. »Und nach meiner Ankunft in den Fünf Königreichen werde ich den Namen Lucidus ablegen und meinen Geburtsnamen benutzen, solange ich dort bin. Falls ich jedoch Hilfe von Fidelma oder jemand anderem benötige, verwende ich Lucidus und seine Bedeutung als Decknamen. Ich bin allerdings sicher, dass ich die Mission auch ohne ihr Zutun erfolgreich beenden kann.«

»Dann erreichen wir unser Ziel umso schneller, je eher du aufbrichst, Bruder Lucidus. Möge der Herr mit dir sein.«

Der junge Mann neigte den Kopf vor dem *Nomenklator* und erwiderte mit zynischem Lächeln: »Das walte Gott, Ehrwürdiger Gelasius. Doch diese Aufgabe kann ich meiner Meinung nach allein bewältigen, auch ohne Seine Hilfe – oder die von Fidelma von Cashel.«

KAPITEL 2

»Können wir uns das Feuer anschauen, *athair*?«

Die Stimme von Klein-Alchú klang ganz aufgeregt, als er auf der anderen Seite des Marktplatzes auf einen gewaltigen Haufen aus Holzscheiten und Ästen deutete, der die umliegenden Häuser fast überragte. Eadulf betrachtete seinen kleinen Sohn amüsiert und liebevoll.

»Was gibt's denn dort zu sehen, mein kleiner Spürhund? Im Augenblick offenbar nur einen Haufen altes Holz. Morgen wird man ihn anzünden, dann wird es erst interessant.«

Aidan, der junge Krieger der königlichen Leibgarde vom Goldenen Halsreif, der ihnen als Begleiter für den täglichen Morgenritt zugewiesen war, schnaubte empört.

»Wenn man an die symbolische Bedeutung dieses Feuers denkt, handelt es sich doch wohl um mehr als nur einen Haufen altes Holz, Freund Eadulf«, protestierte er.

Die drei kamen gerade aus der Burg von Cashel, aus dem Palast von Colgú, dem König von Muman, der über das südwestlichste und größte der Fünf Königreiche von Éireann herrschte. Sie zügelten ihre Pferde am Rand des Marktplatzes. Normalerweise begleitete Fidelma ihren kleinen Sohn beim morgendlichen Ausritt, doch wenn sie mit Angelegenheiten beschäftigt war, die in ihre Zuständigkeit als Rechtsberaterin ihres Bruders, des Königs, fielen, eskortierte Eadulf den Jungen – allerdings immer zusammen mit einem Mitglied der königlichen Leibwache. Man hatte nicht vergessen, dass das Kind als Baby von Uaman, dem skrupellosen Herrscher über die Pässe von Sliabh Mis, entführt worden war.

»Ein Feuer ist wie das andere«, erwiderte Eadulf; allerdings hätte ein aufmerksamer Beobachter hinter seinem leichthin geäußerten Widerspruch womöglich auch Besorgnis wahrgenommen. Eadulf wusste sehr wohl, was das Feuer symbolisierte und was es für die Bürger der Stadt bedeutete, die schon seit Tagen Holzklötze und Äste aus den umliegenden Wäldern herbeischleppten.

Aidan, dem Eadulfs Unbehagen nicht aufgefallen war, schüttelte tadelnd den Kopf. »Du lebst schon lange genug in diesem Königreich, mein Freund, um zu wissen, dass eine besondere Zeit bevorsteht.«

»Ich weiß alles über das Samhain-Fest.«

»Dann wirst du auch wissen, dass wir uns der Zeit der Dunkelheit nähern«, fuhr der junge Krieger fort. »Gerade deshalb sind die Samhain-Feuer so wichtig. Ihre Flammen verleihen unserer Hoffnung Ausdruck, dass wir die bedrohlichen Schatten der Finsternis überleben und im Licht neu geboren werden. Vergiss nicht, dass morgen Nacht beim Samhain-Fest dunkle Mächte rings um uns lauern. Viel Böses wird erscheinen, alle heimtückischen und rachsüchtigen Kräfte werden unser Land heimsuchen.«

Eadulf versuchte sich zurückzuhalten und den Gefährten wegen seines Geschwätzes nicht zurechtzuweisen. Eadulf war in der vorchristlichen Kultur seines Volkes aufgewachsen. In seinem Dorf Seaxmund's Ham im Land des Südvolkes der Ostangeln gab es ein ähnliches Fest, das man Modraniht oder die »Nacht der Mutter Erde« nannte. Gleich darauf folgte der Monat Blótmonath, die Zeit der Opfer für die Götter und Göttinnen, damit sie die Menschen vor den übernatürlichen Wesen beschützten, die in düsteren Wäldern und an wüsten Orten hausten und danach trachteten, Unheil anzurichten und Vergeltung zu üben. Eadulf unterdrückte ein Schaudern. Christliche Missionare hatten begonnen, das Königreich der Ostangeln zum Neuen Glauben zu bekehren, und er hatte ihre Lehren schon als Jugendlicher bereitwillig angenommen. Doch die althergebrachten Sitten und Vorstellungen, die seit Urzeiten das tägliche Leben bestimmten, verschwanden nicht so schnell. Es gab immer wieder Momente, in denen er merkte, dass er noch den alten Überzeugungen anhing, die der Neue Glaube nicht gänzlich unterdrücken konnte und deshalb zu integrieren suchte. Selbst der bedeutende römische Papst Gregorius Anicius hatte seine Missionare ermahnt, die heidnischen Heiligtümer und Tempel nicht zu zerstören, sondern sie sich im Namen des Neuen Glaubens anzueignen. Aus diesem Grund wurden viele alte Praktiken und Lehren einfach im Gewand der neuen Religion weitergeführt.

»Können wir nicht zum Feuer hinüberreiten, *athair*?« Das erneute wehleidige Quengeln seines Sohnes riss Eadulf aus den Gedanken.

Er zögerte. »Wir reiten daran vorbei«, gab er schließlich seufzend nach. »Ich habe deiner Mutter versprochen, Della aufzusuchen, um bei ihr Honig abzuholen.« Mit diesem überflüssigen Satz wollte er das Zugeständnis an seinen Sohn vor sich selbst rechtfertigen.

Sie ritten im Schritttempo über das offene Gelände auf den riesigen, aber noch unfertigen Holzhaufen zu. Obwohl die Morgendämmerung längst vorüber war, lag der Marktplatz fast verlassen da. Viele Bewohner waren bereits zur Arbeit aufgebrochen oder widmeten sich den verschiedenen täglichen Aufgaben, die die Grundlage für das Florieren der Gemeinde bildeten. Seit dem Tag, da Conall Corc König von Muman wurde und seine Festung auf dem Rock of Cashel errichten ließ – einem eindrucksvollen Kalksteinfelsen, der sich mehr als sechzig Meter über die Ebenen erhob und schon aus weiter Ferne sichtbar war –, hatte die Kleinstadt, die sich an seinem Fuß entwickelte, begonnen, stetig zu wachsen und ihren Wohlstand zu mehren. Inzwischen galt sie als Zentrum des Hoheitsgebietes der Eóghanacht.

Die wenigen Bäume in der Mitte des Städtchens hatten ihr sommerlich gefärbtes Laub noch nicht abgeworfen, zum Beispiel die Esche mit der kuppelförmigen Krone und den charakteristischen Blättern, die in dem kalkhaltigen Boden prächtig gedieh. Der Platz wirkte merkwürdig nackt, nachdem die zahlreichen Wildblumen, die ihn mit leuchtenden Farbklecksen übersät hatten, vor Einbruch des Winters verschwunden waren. Das entfernte Klirren von Metall auf Metall – Hammerschläge eines Schmiedes, der seinem Gewerbe nachging – durchbrach die Stille. Dazwischen hörten sie das unbeirrbare Zwitschern der Spatzen, die nahebei unter den Dachgesimsen der Häuser nisteten und sich ein warmes Plätzchen für bevorstehende Zeiten sicherten. Das nächstliegende Gebäude beherbergte das Gasthaus von Rumann mit der angrenzenden Brauerei. Der große, gutmütige Gastwirt war gerade im Eingang erschienen und machte sich fürs Tagesgeschäft bereit. Er sah die Reiter und hob seine Hand zum Gruß.

Klein-Alchú hatte sein Pony angehalten, obwohl Eadulf ausdrücklich von Vorbeireiten gesprochen hatte. Er beugte sich über den Hals seines Pferdes und musterte etwas zwischen den Holzscheiten.

»Da drin liegt ein Bündel Lumpen, *athair*.« Der Junge deutete darauf. »Wofür ist das denn?«

Bevor Eadulf antworten konnte, rief Aidan aus: »Damit ruiniert man das schönste Feuer! Lumpen produzieren nur Rauch und geben den Flammen keine rechte Nahrung.«

Er lenkte sein Pferd neben das Pony des Jungen, folgte Alchús Zeigefinger und murmelte: »Welcher Idiot würde ein Bündel Lumpen unter den Holzstapel schieben …?« Er verstummte, und Eadulf, der schon ein Stück vorausgeritten war, zog die Zügel an und drehte sich, verärgert über die Verzögerung, um, ohne den entsetzten Gesichtsausdruck des Kriegers zu bemerken.

»Freund Eadulf«, sagte Aidan ruhig, »würde es dir etwas ausmachen, den kleinen Alchú zu Rumann zu bringen, damit er kurz auf ihn aufpasst, während du wieder herkommst?«

Eadulf wunderte sich über diese Bitte, begriff jedoch rasch, dass etwas nicht stimmte, und wandte sich ohne weitere Einwände an seinen Sohn: »Los, kleiner Spürhund. Wir überreden Rumann, dir einen kalten Apfelsaft zu spendieren.«

Der schlagfertige Alchú spürte die Spannung, die in der Luft lag. »Warum kann ich nicht hierbleiben und sehen, was wir gefunden haben?«, fragte er.

»Ich bin nicht sicher, ob wir überhaupt etwas gefunden haben«, antwortete Eadulf streng. »Wir wollen nur einen Blick auf das Bündel Lumpen werfen, die das Feuer ruinieren würden. Jetzt komm schon. Wir sind gleich wieder bei dir.«

Widerwillig folgte der Junge seinem Vater hinüber zum Wirt, der ihnen entgegenlief, um sie zu begrüßen.

»Einen guten Tag für dich, Bruder Eadulf. Ich sehe, dass ihr euch bester Gesundheit erfreut, du und dein Sohn. Geht es Lady Fidelma ebenfalls gut?«

»Ja, Rumann, sehr gut«, versicherte ihm Eadulf. »Uns fiel auf, dass jemand alte Lumpen unter den Holzstapel für das Samhain-Feuer geschoben hat. So wird es nicht gut brennen. Aidan und ich kümmern uns darum, bevor wir weiterreiten, und ich wäre dir sehr dankbar, wenn du Klein-Alchú unterdessen etwas zu trinken geben und ihn im Auge behalten würdest.«

»Selbstverständlich«, antwortete der Mann und fügte hinzu: »Lumpen? Das ist doch lächerlich! Vielleicht spielende Kinder? Selbst ein Schwachsinniger würde nicht versuchen, die heiligen

Samhain-Feuer eine Nacht vor dem Entzünden zu ruinieren. Curnan wird das gar nicht gefallen.«

»Curnan?« Eadulf runzelte die Stirn.

»Er ist Waldarbeiter in dem Gebiet westlich der Stadt. Dieses Jahr ist er zuständig für das Feuer und wird sich ganz schön aufregen, wenn er erfährt, dass jemand daran herumgepfuscht hat. Wie auch immer, ich behalte deinen Sohn hier, während du Aidan hilfst. Ich werde Curnan davon berichten, wenn er kommt, um das restliche Holz aufzuschichten.«

Nachdem Eadulf Alchú ein paar Anweisungen gegeben hatte, kehrte er zu Aidan zurück, der inzwischen abgestiegen war und aufgeregt in dem Stapel aus Holzscheiten und Baumstämmen herumstocherte. Eadulf ließ sein Pferd neben Aidans stehen und gesellte sich zu ihm.

»Warum machst du so viel Aufhebens darum?«, fragte er. »Gewiss können wir ein Bündel Lumpen auch ohne das entsorgen.«

Aidan zog eine Grimasse. »Es wird noch mehr Aufhebens geben, Freund Eadulf. In diesen Lumpen steckt der Körper eines Mannes.«

»Was?« Eadulf starrte seinen Begleiter an, bevor er den Blick langsam zu der Stelle wandte, wo Aidan die ersten Zweige beiseitegeräumt hatte.

Ein bleicher Arm ragte steif aus dem Holzhaufen.

Ohne ein weiteres Wort machten sich die beiden Männer daran, möglichst viel Holz von dem Bündel, bei dem es sich offensichtlich um einen Leichnam handelte, zu entfernen. Dabei mussten sie behutsam vorgehen und darauf achten, den riesigen Holzstapel nicht ins Wanken zu bringen. Schon bald konnten sie den Körper an den Schultern aus seinem kurzzeitigen Grab heraus- und vom Holzhaufen wegziehen, ohne dass dieser zusammenbrach. Dann standen sie, keuchend vor Anstrengung, vor der Leiche und starrten sie an.

Der Tote trug ein schlichtes braunes Mönchsgewand. Seine ausgezehrten Gesichtszüge wurden von einer grob geschnittenen Tonsur gekrönt ... der Tonsur des heiligen Johannes anstelle der leicht erkennbaren Tonsur des heiligen Petrus von Rom, was ihn als Anhänger der Kirche der Fünf Königreiche kennzeichnete. Er hatte die erste Lebenshälfte längst hinter sich; sein Gesicht war vom Wetter gegerbt und abgemagert. In Eadulfs Augen entsprach seine Erscheinung ganz und gar nicht der eines Mönchs – doch das war eine persönliche Meinung. Plötzlich nahm er einen Duft wahr und schnüffelte. Es roch intensiv nach ... nach was? Er kannte die Pflanze von seiner Erforschung der Heilkräuter. Die Griechen nannten sie *nardus*, die Römer dagegen *lavandurius*, denn sie verwendeten sie zum Baden. Der Leichnam verströmte unverkennbar diesen Duft.

Er wollte gerade den Blick abwenden, als ihm auffiel, dass der Mann ihm merkwürdig bekannt vorkam. Er hatte ihn schon irgendwo gesehen ... Doch obwohl er sein Gedächtnis durchforstete, konnte er nicht sagen, wann oder wo.

»Erkennst du ihn wieder?«, fragte er schließlich Aidan.

»Das Gleiche wollte ich dich gerade fragen«, antwortete der Krieger. »Ich glaube, ich bin ihm schon mal irgendwo begegnet – ganz sicher weiß ich es nicht.«

Eadulf kniete sich neben die Leiche und begann, die Wunden des Mannes zu untersuchen.

»Er kann noch nicht lange tot sein«, murmelte er, als er die Steifheit der Arme kontrollierte. »Er hat viel Blut verloren, das stellenweise noch nicht ganz getrocknet ist.«

»Hat er sich umgebracht?«, fragte Aidan. »Sogar ich erkenne, dass seine Kehle durchgeschnitten ist.«

Angesichts der Frage des jungen Kriegers konnte sich Eadulf trotz der grauenvollen Umstände ein Lächeln nicht verkneifen. »Ein Mann bringt sich nicht um und kommt anschließend auf die Idee, seinen Körper unter einem Holzstapel zu verstecken, damit er verbrannt wird.«

»Also wurde er ermordet?«

Eadulf schürzte nachdenklich die Lippen. »Richtig. Die Kehle wurde durchschnitten … und zwar äußerst brutal. Du wirst wohl auch die Risse in seinem Gewand bemerkt haben.« Er schob den Stoff zurück, sodass die zerfetzte, blutige Haut sichtbar wurde. »Da – ein Messerstich mitten ins Herz.«

Aidan atmete leise aus. »Ein Mönch, der hier ermordet wurde? Das kann doch nicht wahr sein. Wer würde so etwas tun – und warum?«

»Du stellst Fragen, auf die ich keine Antwort weiß, mein Freund.« Eadulf zog die Kapuze der Kutte vom Hals des Toten und drehte behutsam den Kopf zur Seite. »Er hat auch einen heftigen Schlag auf den Kopf erhalten; der Verletzung nach zu urteilen hätte der allein schon ausgereicht, um ihn zu töten.«

Plötzlich wurde Aidan leichenblass. Er bewegte eine Zeitlang stumm die Lippen, brachte jedoch keinen Ton heraus. Sein starrer Blick wanderte von dem Toten zu Eadulfs Gesicht und wieder zurück. Schließlich gelang es ihm, langsam zu sprechen: »Du hast lange genug bei uns gelebt, um zu wissen, was das bedeutet.«

Eadulf war jedoch nicht ganz sicher, was Aidan meinte, und fragte deshalb: »Was bedeutet es denn?«

»Mensch … Das ist der dreifache Tod!«, stieß Aidan hervor. Sein Tonfall verriet Angst. »Gott schütze uns! Wir haben es mit einer Ritualtötung zu tun.«

Eadulf presste die Lippen aufeinander. »Eine Ritualtötung? Aber wieso? Wozu?«

Aidan deutete auf den Holzstapel. »Morgen Abend feiern wir Samhain. Dieses Fest wird von den Christen toleriert, aber sein Ursprung geht weit zurück, bis in die Zeit vor den Druiden. Was könnte das bedeuten, wenn nicht die Erfüllung irgendeines althergebrachten Ritus?«

Eadulf erhob sich langsam und klopfte den Staub aus seinen Kleidern. »Eines *weiß* ich, mein Freund: Ziehe niemals Schlüsse, ohne die Fakten zu kennen.« Er schaute zu Rumanns Gasthaus hinüber. »Ich möchte, dass du die Leiche bewachst. Die Nachricht von ihrer Entdeckung wird sich schnell verbreiten, doch zunächst musst du dafür sorgen, dass niemand diesen Bereich betritt oder den Toten berührt.«

»Und was hast du vor?«

»Ich bringe Alchú zurück in die Festung und melde den Vorfall. Man wird Fíthel, den Obersten Brehon, informieren müssen. Ich werde ihn holen, damit die Untersuchung unverzüglich beginnen kann.«

»Ich langweile mich!«

Colgú, der König von Cashel, blickte von seinem Amtssessel auf und betrachtete seine rothaarige Schwester mit einem müden Lächeln.

»Das hast du erwähnt …, und zwar schon mehrmals heute Vormittag«, erwiderte er mit theatralischem Seufzen.

Fidelma von Cashel reagierte ungehalten. »Ich erwarte kein Mitgefühl. Ich möchte lediglich etwas zu tun haben«, blaffte sie ihn an. »Eine Beschäftigung für meinen Geist.«

»Ich hatte nicht vor, dir Mitgefühl anzubieten«, erwiderte ihr Bruder trocken.

»Na ja, zumindest hättest du anstelle von Fíthel mich mit der Aufgabe betrauen können, zu den Arada Cliach zu reisen und herauszufinden, was für ein Problem sie dort haben. Man sagte mir, gestern Abend sei eine Botschaft eingetroffen, und Fíthel sei heute in aller Frühe aufgebrochen. Es muss sich um etwas Wichtiges handeln.«

»Fíthel ist der Oberste Brehon dieses Königreichs, Fidelma«, erinnerte sie ihr Bruder. »Deshalb erscheint es mir angemessen, dass er dem Anliegen unseres Cousins, Prinz Gilcach, nachgeht.«

Gilcach regierte einen wohlhabenden Teil des Königreichs; wohlhabend durch die zahlreichen Silberminen auf seinem Gebiet. In einem der Berge hatte man so viel Silbererz gefunden, dass man ihn Sliabh an Airgid nannte, den Silbernen Berg.

»Was ist Gilcachs Problem?«, fragte Fidelma.

»Offenbar hat er während der Sommermonate mehrere Schiffsladungen von geschmolzenem Silber verloren.«

»Verloren?«

»Das geschmolzene Erz wird auf Fuhrwerken zu den Booten auf dem großen Fluss Suir transportiert. Von da aus bringt man es bis hinunter zum Seehafen Port Lairge, um es ins Ausland zu verkaufen. In letzter Zeit sind einige dieser Schiffsladungen verschwunden.«

»Was – ganze Boote? Schickt er keine Krieger zur Bewachung mit?«

»Nicht ganze Boote«, korrigierte sie ihr Bruder. »Es sind die Säcke voll Silbererz, die entwendet werden. Die Boote wurden von einem halben Dutzend Dieben angegriffen und geentert: Sie waren mit Armbrüsten bewaffnet.«

»Diese Art Waffe würden unsere Leute niemals wählen«, erklärte Fidelma.

»Obwohl sie äußerst wirkungsvoll ist. Wer Widerstand leistet, wird getötet oder schwer verletzt.«

»Gewiss ist Prinz Gilcach in der Lage, so eine kleine Räuberbande aufzuspüren. Wo finden die Überfälle statt?«

»Gleich nördlich von Gabhailín, an der Flussgabelung.«

»Das ist nicht sehr weit von hier.«

»Nach den ersten zwei Angriffen schickte Gilcach Krieger als Begleitschutz mit – doch die Gauner tauchten nicht mehr auf. Sobald man annahm, sie hätten aufgegeben, und die Krieger zurückzog, wurden die Boote erneut überfallen. Als ob die Diebe einen guten Riecher für günstige Gelegenheiten hätten – oder aber interne Informationen erhielten.«

»Also warum ist Fíthel nach Norden zu Gilcachs Festung in Béal Ata Gabhann gereist? Die Antwort wird er dort nicht finden. Wenn die Boote gleich nördlich der Flussgabelung überfallen werden, muss er sich doch gewiss dort umsehen.«

»Er muss schließlich irgendwo mit seinen Ermittlungen beginnen«, entgegnete ihr Bruder. »Er wollte zunächst versuchen herauszufinden, wer der Diebesbande verrät, welche Schiffe Silber geladen haben und wo sie am leichtesten zu überfallen und auszurauben sind. Vermutlich steht der Schuldige in direktem Kontakt zu den Bergwerken.«

Mit einer ungeduldigen Kopfbewegung warf Fidelma ihr rotes Haar nach hinten.

»Ich hätte mich darum kümmern können«, erklärte sie Colgú. »Ich habe schon einmal ein Problem für Gilcach gelöst und kenne die Silberminen. Es wäre eine gute Gelegenheit gewesen, die Gegend erneut zu besuchen.«

»Es wird mir doch wohl erlaubt sein, die Angelegenheiten des Königreichs so zu regeln, wie ich es für angemessen halte?« Die Antwort kam leise, allerdings mit einer gewissen Schärfe, die darauf hinwies, dass ihr Bruder ihrem hitzigen Wesen in nichts nachstand.

»Nun ja, aber es muss dennoch etwas geben, was ich tun kann. Ich mag es nicht, wenn mein Geist untätig bleibt, obwohl er eine Herausforderung sucht oder ein Rätsel lösen möchte. Dabei fällt mir ein«, sagte sie und überlegte mit gerunzelter Stirn, »dass gestern drei merkwürdige Mönche zu unterschiedlichen Zeiten hier eintrafen. Offensichtlich wurden sie erwartet. Was hat es mit ihnen auf sich?«

Ihr Bruder seufzte. »Eine Bitte des neuen Abtes von Imleach, Abt Cuán, in seiner Rolle als Oberster Bischof. Es handelt sich um ein religiöses Konzil über die Disziplin kleinerer Gemeinschaften. Die Geistlichen sind Gelehrte und repräsentieren einige der Lehrabteien des Königreichs. Ard Mór, Ros Ailithir und Corcach Mór.«

»Warum sind Imleach oder Mungairit nicht vertreten, wenn Abt Cuán sie zusammengerufen hat, um solche Themen zu diskutieren? Es ist doch merkwürdig, zwei der führenden Lehrabteien im Lande auszuschließen«, bemerkte Fidelma.

»Abt Cuán schickt seinen Verwalter, der ihn vertritt und bald hier eintreffen wird.«

»Und warum wählt er ausgerechnet Cashel, um über theologische Fragen zu diskutieren?«, fragte Fidelma verwundert. »Gewiss wäre es doch angemessener, eine solche Diskussion in Imleach selbst zu führen.«

»Abt Cuán schien sich über die Loyalität einiger Mitglieder seiner Abtei nicht im Klaren zu sein«, erklärte Colgú. »Deshalb sollten sich die Gelehrten woanders treffen, fernab jeglichen unzulässigen Einflusses.«

Fidelma überlegte einen Augenblick und zuckte die Achseln. »Das leuchtet mir ein. Abt Cuán hat das Amt gerade erst übernommen, gleich nach dem Mord an unserem lieben Freund, Abt Ségdae …«

»Ein Rätsel, durch dessen Lösung du gleich mehrere Menschenleben retten konntest«, bemerkte ihr Bruder anerkennend.

Fidelma machte eine abschätzige Handbewegung. »Der entscheidende Punkt ist, dass ich Abt Cuán kenne, und wenn er sich Sorgen um seine Gemeinschaft macht, muss man die unbedingt ernst nehmen.« Sie hielt inne und fragte: »Weißt du, um welche disziplinarischen Angelegenheiten es geht?«

Colgú reagierte gereizt. »Wenn du mich verhören musst, Fidelma …«

»Das liegt nun mal in meiner Natur«, beschwichtigte sie ihn.

»Abt Cuán vermutet mehr als nur mangelnde Disziplin bei seinen Mitgliedern. Er fürchtet womöglich eine Verschwörung mit dem Ziel, den Glauben, so wie er an uns weitergegeben wurde, zu verändern. Aber genug jetzt. Gewiss wirst du etwas anderes finden, um deinen Geist zu beschäftigen, abgesehen vom Kommen und Gehen der Klosterbrüder? Ich dachte, du würdest vielleicht gern mehr Zeit mit deinem Sohn und deinem Ehemann Eadulf verbringen. Kannst du nicht einfach mal entspannen?«

Fidelma seufzte, als ihr klarwurde, dass ihr Bruder ebenso willensstark war wie sie. Sie hob beide Arme und ließ sie resigniert sinken.

»Wenn ich mich entspanne, verkümmert mein Geist. Was wird mir denn hier geboten? Ein Streit zwischen zwei Bauern über den Verlauf eines Zauns, der Verlust von Schaffellen, die zu Wolle für einen Webstuhl versponnen werden sollten, und eine Anzeige wegen Untreue. Gib mir ein echtes Geheimnis zum Lösen, ein schwieriges Rätsel, das nach einer Erklärung verlangt – das ist es, wonach ich mich sehne.«

Colgú war ratlos. »Ich dachte, nach deiner Rückkehr aus der Festung der Uí Fidgente würdest du etwas mehr freie Zeit durchaus begrüßen. Zumindest weiß ich, dass Eadulf die langen Reisen auf dem Rücken eines Pferdes zuwider sind.«

Es war allgemein bekannt, dass Eadulf kein guter Reiter war und nur notgedrungen in den Sattel stieg, wenn es keine andere Möglichkeit des Fortkommens gab.

Fidelma wehrte ab. »Eadulf hat sich inzwischen daran gewöhnt. Er ist ein sehr gewissenhafter Vater und unternimmt täglich einen Ausritt mit Klein-Alchú. Es macht ihm sogar Spaß.«

Colgú vernahm das Getrappel von Pferden im Hof vor dem Fenster. Er erhob sich und sah hinaus. »Heute ist er offenbar früher als sonst zurückgekehrt.«

»Das kann nicht sein.« Fidelma trat neben ihren Bruder und warf einen Blick nach draußen. »Er ist doch gerade erst mit Alchú und Aidan losgeritten.«

Gleich darauf gab es im Flur vor dem Gemach des Königs einen kurzen Aufruhr, dann flog die Tür auf und Dar Luga, die *ainbertach* oder Haushälterin des Palastes, kündigte Bruder Eadulf an.

»Ist Alchú etwas passiert?«, war Fidelmas erste ängstliche Frage, als sie Eadulfs verstörte Miene sah.

Eadulf beschwichtigte sie sofort. »Der Junge ist in Sicherheit. Ich habe ihn mit hierhergebracht, zu Muirgen.« Dann wandte er sich an Colgú: »Einer der Wachmänner erzählte, dass Brehon Fíthel Cashel bereits verlassen hat. Wie schade. Ich bin zurückgekommen, um mit ihm zu sprechen.«

Colgú und Fidelma warfen sich überraschte Blicke zu. »Du hast richtig gehört, Eadulf. Der Brehon ist bereits aufgebrochen. Warum?«

Eadulf nahm sich einen Moment Zeit, um seine Gedanken zu ordnen, bevor er erklärte: »Es gibt einen Todesfall. Deshalb bin ich hier.« Er seufzte. »Ihr kennt doch den großen Stapel Feuerholz, den die Leute auf dem Marktplatz unten aufgeschichtet haben?«

»Selbstverständlich«, antwortete Fidelma. »Das Samhain-Feuer. Was ist los?«

»Wir sind daran vorbeigeritten, und Alchú dachte, er hätte

zwischen den untersten Holzscheiten ein Bündel Lumpen entdeckt. Wir hielten an, Aidan sah nach, und, na ja … die Lumpen entpuppten sich als Leichnam eines Mannes … eines Mönchs … Er wurde ermordet.«

»Was? Hat unser Sohn die Leiche gesehen?«, fragte Fidelma in scharfem Ton.

»Nein. Ich gab ihn in Rumanns Obhut, damit er nicht zuschaute, wie wir den Toten bargen«, erwiderte Eadulf.

»Woher wisst ihr, dass der Mann ermordet wurde?«, fragte Colgú. »Und wer ist er?«

»Keine Ahnung«, antwortete Eadulf. »Ich habe das Gefühl, ihn schon einmal gesehen zu haben, bin mir jedoch nicht sicher. Ich habe Aidan zur Bewachung des Leichnams zurückgelassen. Aber die Art und Weise, wie dieser Mönch ermordet wurde – ihr werdet die Symbolik kennen und verstehen, warum wir so besorgt sind. Er erhielt einen Stich ins Herz, seine Kehle wurde durchgeschnitten und sein Schädel eingeschlagen. Er wurde praktisch auf dreifache Weise getötet.«

Einen Augenblick herrschte entsetztes Schweigen.

»Bist du sicher?«, flüsterte Fidelma. Dann riss sie sich zusammen. »Natürlich bist du sicher. Entschuldige.«

Colgú sprach leise und fast wie zu sich selbst. »Ich habe Geschichten über dieses Ritual gehört, über den dreifachen Tod, aber nur von den Märchenerzählern – und natürlich kursieren Gerüchte über solche Vorkommnisse in den abgelegenen, dunklen Gebirgsschluchten, wo das Christentum noch nicht Fuß fassen konnte. Was hat das zu bedeuten?«

»Es bedeutet, dass es ein Rätsel zu lösen gibt«, erwiderte Fidelma grimmig, allerdings auch mit einer gewissen Genugtuung. »Du sagst, du hast diesen Mönch wahrscheinlich schon einmal gesehen?«

»Seine Gesichtszüge kamen mir bekannt vor; sogar Aidan

glaubte ihn zu kennen. Wir erinnern uns jedoch nicht daran, wo wir ihm begegnet sind oder wer er ist.«

»Und handelt es sich um einen Mönch?«

»Der Mann trägt eine Kutte und die Tonsur des heiligen Johannes.«

Colgú hatte wieder Platz genommen und starrte mit finsterer Miene ins Kaminfeuer. »Das sind keine guten Nachrichten«, seufzte er besorgt, »ausgerechnet jetzt, in dieser Zeit des Jahres.«

»Ich werde mich der Angelegenheit annehmen, denn Brehon Fíthel ist ja nicht da«, verkündete Fidelma.

»Jetzt hat sich dein Wunsch erfüllt, Fidelma«, bemerkte Colgú bitter. »Vor wenigen Minuten hast du dich über Langeweile beklagt. Hoffentlich lässt sich die Sache vor dem Samhain-Fest aufklären. Ich erwarte zahlreiche Besucher, darunter viele Prinzen und führende Geistliche aus der Umgebung. Prinzessin Gelgéis aus Éile wird kommen und …« Seine Stimme wurde immer leiser, während er sich die Reaktionen seiner Gäste auf diese Neuigkeiten ausmalte.

Fidelmas Miene war alles andere als verständnisvoll. »Nicht nur deine Besucher werden beunruhigt sein, Bruder. Die Bewohner der Stadt unten wird der Leichenfund in ihrem Samhain-Feuer in Angst und Schrecken versetzen.« Sie erinnerte sich, dass Colgú als Junge immer ausgesprochen verstört auf Geschichten von Samhain-Gespenstern und rachsüchtigen Geistern reagiert hatte. War es das, was ihn jetzt quälte? Sie lächelte aufmunternd und versprach: »Keine Angst, Bruder. Ich werde das Rätsel lösen.«

Zunächst vergewisserte sich Fidelma, dass sich Alchú bei Muirgen in sicherer Obhut befand und dass die Entdeckung des Toten keine negativen Auswirkungen auf den kleinen Jungen gehabt hatte. Seit der Entführung des Kindes und seiner

Befreiung vor einiger Zeit war Muirgen zu einem festen Bestandteil ihres Haushalts geworden. Sie war eine korpulente ältere Frau mit widerspenstigem grauem Haar. Ihre wettergegerbte Haut verriet, dass sie mehr an das Leben im Freien gewöhnt war als daran, sich in einer Burg aufzuhalten. Alchú nannte sie *muimme*, die Koseform des förmlichen *mathair*, mit dem er Fidelma anredete. Daran konnte Eadulf sich nicht gewöhnen. Die innigen Bezeichnungen wie »Mama« und »Papa« waren hierzulande für Pflegeeltern vorgesehen, während das formale »Mutter« und »Vater« den leiblichen Eltern vorbehalten blieb.

Fidelma und Eadulf beschlossen, den kurzen Weg vom Haupttor der Festung bis zum Marktplatz hinunter zu Fuß zu gehen. Der Krieger Dego, dem Eadulf einst das Leben gerettet hatte, als er ihm den rechten Arm amputierte, stand am Eingang Wache. Durch die ihm angeborene Geschicklichkeit sowie durch hartnäckiges Üben war er inzwischen selbst mit nur einem Arm ein ebenso guter Kämpfer wie früher mit zwei gesunden Gliedmaßen.

»Wie ich höre, lag im Samhain-Feuer die Leiche eines Mannes, der den dreifachen Tod gestorben ist?«, begrüßte er sie, als sie am Tor stehen blieben.

Fidelma runzelte verärgert die Stirn. »Hat sich das so schnell herumgesprochen?«

Dego zuckte die Achseln. »Da allerlei Händler und die Leute aus dem Ort ständig den Marktplatz überqueren und zur Burg heraufkommen, ist wohl kaum zu erwarten, dass Neuigkeiten lange geheim bleiben. Offenbar gibt es immer noch fanatische Anhänger des Alten Glaubens, die verhindern wollen, dass das Christentum sich Samhain einfach so einverleibt.«

»Sagen das die Leute?«, fragte Eadulf interessiert.

»Die Händler, die hier waren, vermuten, dass die Druiden

so ihren Unmut über die Vereinnahmung des Samhain-Festes durch die Christen zum Ausdruck bringen«, bestätigte Dego. »Die Nachricht über den Mord hat sich wie ein Lauffeuer verbreitet. Untersuchst du den Fall, Lady?«

»Ja«, antwortete sie, »es sei denn, alle wüssten bereits, warum und von wem der Mann getötet wurde – dann wäre die Arbeit einer *dálaigh* selbstverständlich überflüssig.« Ihr sarkastischer Tonfall entging niemandem. »Die Leute, die ihre Weisheiten so freizügig verbreiteten, haben nicht zufällig eine Ahnung, wer der Tote ist?«

Dego blinzelte verlegen. »Nein, Lady«, murmelte er.

»Dann haben sie mir zumindest eine Aufgabe übrig gelassen.«

Eadulf folgte ihr, als sie durch die Tore schritt und sich auf den Weg in die Stadt machte.

»Warst du nicht etwas zu unwirsch zu dem armen Dego?«, wandte Eadulf nach einer kurzen Wegstrecke ein. »Er hat doch nur wiederholt, was die Leute reden.«

»Das allein ist schon gefährlich«, entgegnete Fidelma scharf. »Wer besonnen ist, hält seine Zunge im Zaum, denn solches Geflüster kann böse Folgen haben.«

Als sie am Samhain-Feuer ankamen, hatte sich eine Gruppe von Einwohnern der Stadt dort versammelt. Aidan hatte den Leichnam mit Sackleinen zugedeckt, das Rumann ihm gebracht hatte, und versuchte vergeblich, die Neugierigen fernzuhalten. Sobald Fidelma und Eadulf sich näherten, wichen sie zurück. Fidelma grüßte Aidan mit einem kurzen Kopfnicken, drehte sich um und starrte die Gaffer verächtlich an. Sie erkannte Rumanns breites Gesicht unter ihnen.

»Hast du denn nichts zu erledigen im Gasthaus oder in deiner Brauerei, Rumann, dass du deine Zeit hier mit dem Anglotzen eines Toten vergeudest?«, fragte sie ihn. »Und du, Gabhann, das Feuer in deiner Schmiede wird bald erlöschen, wenn du weiter hier herumgaffst. Gibt es denn keine Pferde zu beschlagen, kein Zaumzeug zu reparieren oder andere Arbeiten zu tun?« Dann wandte sie sich an einige der Frauen. »Drüben am Flussufer sehe ich Körbe voller Wäsche, aber niemand kümmert sich darum. Wäscht sie sich etwa selbst? Hier habt ihr nichts verloren. Wir alle haben schon Tote gesehen. Es ist Zeit, an die Arbeit zurückzukehren. Wenn es Neuigkeiten gibt, lasse ich euch früh genug davon in Kenntnis setzen.«

Man hörte leises Murmeln und einige empörte Bemerkungen, doch die Gruppe begann sich aufzulösen, und die Leute verschwanden in verschiedene Richtungen.

Fidelma wartete einen Augenblick und wandte sich dann an Aidan. »Sie haben doch hier hoffentlich nichts verändert?«

Der Krieger schüttelte den Kopf. »Ich bat Rumann, Sackleinen zu bringen, um den Toten zu bedecken. Die Neuigkeit verbreitete sich sehr schnell, sodass sich allerlei Schaulustige hier versammelten; ich untersagte ihnen jedoch, zu nahe heranzukommen. Außerdem machten Händler auf dem Weg zur Burg hier Halt und erkundigten sich, was geschehen sei.«

»Offenbar, um nach den wenigen Antworten, die sie erhielten, den Fall für gelöst zu erklären«, konterte Fidelma trocken.

Aidan sah sie verständnislos an. Eadulf erklärte ihm, was Dego gesagt hatte.

»Ich habe den Händlern nichts vom dreifachen Tod erzählt«, protestierte der junge Krieger. »Das muss Rumann gewesen sein. Er hat die Mönchskutte des Toten gesehen, als er mir das Sackleinen brachte.«

»Leider«, war Fidelmas einziger Kommentar. Dann bedeutete sie ihm, den Stoff zu entfernen, damit sie den Leichnam untersuchen konnte.

Zur allgemeinen Überraschung kniete sie sich neben dem

Toten ins Gras und musterte eingehend sein Gesicht. Danach schnupperte sie vorsichtig. Eadulf begriff sofort.

»Er scheint in Lavendel gebadet zu haben«, bemerkte er. Fidelma antwortete nicht, sondern streckte die Hand aus und drehte den Kopf des Mannes in verschiedene Richtungen, als wolle sie seine Tonsur genauestens prüfen, bevor sie Eadulf bat, ihr beim Begutachten der Wunden zu helfen. Nach eingehender Untersuchung der drei tödlichen Verletzungen wandte sie ihre Aufmerksamkeit dem Mönchsgewand zu, rieb den Stoff zwischen den Fingern, wie um seine Qualität zu prüfen, und entfernte schließlich ein schlichtes geschnitztes Holzkreuz, das der Tote an einem Lederband um den Hals trug. Sie steckte es in ihr *marsupium*, das an ihrem Gürtel hing. Dann erhob sie sich seufzend und schaute von der Leiche zu dem aufgeschichteten Holzhaufen, aus dem man sie geborgen hatte. »Ist alles an ihr so, wie ihr sie zwischen den Holzscheiten gefunden habt, Aidan?«, fragte sie. »Hatte der Tote nichts bei sich als das, was er jetzt am Leib trägt?«

Der Krieger nickte. »Ich habe gesucht, denn es ist ungewöhnlich, dass ein Mönch keinen Gürtel oder Strick trägt, um seine Kutte zusammenzuhalten. Ich habe im Holzhaufen gründlich nachgesehen.« Den letzten Satz sagte er mit erhobener Stimme, denn er bemerkte, dass Fidelma selbst an den Stapel trat und prüfend hineinspähte.

»Mach dir keine Sorgen«, rief sie ihm über die Schulter zu. »Es gehört zu den Eigenschaften einer *dálaigh*, dass sie alles selbst in Augenschein nehmen muss, um sich einen Eindruck aus erster Hand zu verschaffen.« Dann drehte sie sich wieder um und sagte: »Es hätte mich gewundert, wenn ich noch etwas gefunden hätte.«

»Ich verstehe nicht«, sagte Eadulf.

Fidelma kehrte zu der Leiche zurück, ließ sich erneut neben

ihr auf die Knie sinken und bedeutete beiden, ihrem Beispiel zu folgen.

»Betrachtet den Toten«, forderte sie sie auf. »Sagt mir, was ihr seht.«

»Raue, wettergegerbte Haut«, sagte Eadulf. »Einen Mann, der sich bei jeder Witterung im Freien aufhielt und weniger in den dunklen Räumen einer klösterlichen Gemeinschaft. Die Hände sind schwielig und an schwere Arbeit gewöhnt …«

»Was siehst du sonst noch?«, ermunterte ihn Fidelma.

»Ich sehe Abschürfungen an den Handgelenken und«, Eadulf beugte sich rasch zu den Füßen und richtete sich wieder auf, »auch an den Fußgelenken. Der arme Kerl wurde gefesselt, und zwar erst kürzlich. Die Verletzungen an den Stellen, an denen die Fesseln in seine Gelenke schnitten, sind unverkennbar.«

»Vielleicht wurde er aus seiner Gemeinschaft entführt für dieses abscheuliche Ritual«, schlug Aidan vor. »Er wurde Opfer von jemandem, der die üblen heidnischen Bräuche, die mit dieser Zeit des Jahres verbunden sind, weiter praktiziert. Für solche Leute wäre ein Klosterbruder ein natürliches Angriffsziel, weil er zu denen gehört, die den Alten Glauben gestürzt haben.«

Fidelma wartete ein Weilchen, bevor sie die beiden erneut ermutigte: »Sonst nichts? Eadulf hat die Haut des Mannes erwähnt – sie sieht aus, als hätte er sein ganzes Leben im Freien verbracht. Was kann man daraus schließen?«

»Nichts Bestimmtes. Die meisten klösterlichen Gemeinschaften sind Selbstversorger und bauen ihr Getreide und Gemüse selbst an. Nicht alle Mönche arbeiten als Schreiber oder Kopisten oder üben sich in Gelehrsamkeit«, betonte Aidan.

Fidelma lächelte zustimmend. »Sonst noch etwas?«

»Der Mann hat sich sehr schlecht rasiert, zumindest beim letzten Mal«, bemerkte Eadulf.

»Gut beobachtet«, lobte Fidelma. »Und nach der Ungleichmäßigkeit der Bartstoppeln und verbliebenen Haarbüschel zu urteilen, hatte er einen kräftigen Bart, bevor er ihn abnahm.«

»Das trifft auf viele Mitglieder religiöser Gemeinschaften in diesem Königreich zu«, erklärte Aidan. »Er trägt die Tonsur des heiligen Johannes, nicht die der römischen Mönche – das deutet darauf hin, dass er aus einer der Abteien in der Umgebung stammt.«

Fidelma wandte ein: »Er hat sich den Bart erst vor Kurzem abrasiert, das ist nicht zu übersehen. Doch das Wichtigste ist dir entgangen, Aidan.«

Aidan warf Eadulf einen erstaunten Blick zu, doch der schaute ebenso ratlos.

»Was ist uns entgangen?«, fragte er schließlich.

»Du sagtest, der Mann sei schlecht rasiert?«

»Richtig.«

»Jetzt sieh dir mal seine Tonsur an.«

Eadulf beugte sich nach vorn. »Du meinst, sie ist ebenfalls schlecht geschnitten? Die Rasur wurde offensichtlich von einer unruhigen Hand durchgeführt.«

»Fällt dir nicht die Blässe der Haut rund um die Tonsur auf? Die Haut ist weich und fast so zart wie bei einem Säugling, ganz im Gegensatz zu seinem dunklen, wettergegerbten Gesicht.«

»Du meinst, dass er erst vor Kurzem Mönch wurde«, überlegte Aidan eifrig, »und dass deshalb die Tonsur erst kürzlich geschnitten wurde? Nun, das könnte uns helfen, schneller herauszufinden, wer er ist.«

Mit einem leichten Lächeln schüttelte Fidelma den Kopf. »Es könnte auch etwas völlig anderes bedeuten«, sagte sie.

»Das verstehe ich nicht«, gestand Aidan.

Fidelma betrachtete nachdenklich das Antlitz des Toten.

»Sag mir, Aidan«, begann sie, »wie genau hat Rumann sich das Gesicht dieses Mannes angesehen?«

Der Krieger war verblüfft über die Frage. »Nicht allzu genau, wenn ich mich recht erinnere. Ich rief ihm zu, er solle Sackleinen zum Abdecken der Leiche holen, sobald ich bemerkte, dass die Leute neugierig wurden und über den Platz herüberkamen. Als er es brachte, legte ich es über den Toten. Also hat er das Gesicht wohl kaum wahrgenommen.«

»Bist du sicher?«

»Ja. Warum?«

»Ist das wichtig?«, fragte Eadulf.

»Ich denke, Rumann hätte den Mann auch ohne Bart erkannt«, antwortete sie entschieden. »Ihr beide habt erklärt, dass ihr dem Toten vielleicht schon mal begegnet seid?«

»Ja«, räumte Aidan ein. »Aber das geht einem mit einer Menge von Leuten so.«

Eadulf musterte die Gesichtszüge des Mannes erneut. »Ich habe das Gefühl, ihn schon einmal gesehen zu haben«, wiederholte er.

»Denk mal zurück an letzten Winter, Eadulf. Erinnerst du dich an den Anschlag auf das Leben meines Bruders? Und daran, wie wir Aibell fanden, die heute mit Gormán verheiratet ist, und zunächst ihre Geschichte – wie sie hierher nach Cashel kam – überprüfen mussten?«

»Ich erinnere mich.«

»Weißt du auch noch, dass wir einen Schäfer befragten, der eine Herde jenseits der Straße der Felsen im Westen der Stadt hütete?«

Eadulf runzelte die Stirn. »Der Schäfer, der bestätigte, diesen treulosen Händler, Ordan, gesehen zu haben, der Aibell auf seinem Wagen von der Eselsfurt mitgenommen hatte? Ich erinnere mich nicht mehr genau an ihn; er war kein wichtiger Zeuge.«

»Alle Zeugen sind wichtig«, wies ihn Fidelma streng zurecht. »Nun sieh dir noch einmal das Gesicht des Toten an. Erkennst du ihn jetzt?«

Eadulf strengte sich an. »Es ist ein Jahr her«, protestierte er. »Ich bin nicht sicher. Er trägt eine Tonsur und eine Mönchskutte.«

»Ich sagte ja, dass man die Tonsur erst kürzlich und zudem sehr schlecht geschnitten hat«, entgegnete Fidelma geduldig. »Der Tote, der vor uns liegt, ist der Schäfer, den wir befragten und der, wie ich mich erinnere, häufig in Rumanns Gasthaus kam. Er ist ganz bestimmt kein Klosterbruder. Wie du bereits festgestellt hast, Eadulf, wurde der Mann ermordet. Aber warum sollte jemand einen Schafhirten nach heidnischem Ritual töten, warum sollte er versuchen, ihn als Mönch zu verkleiden, warum den Leichnam in einem Holzhaufen verstecken? Irgendetwas stimmt hier ganz und gar nicht; das hat nichts Gutes zu bedeuten.«

Kapitel 3

Eadulf starrte Fidelma verblüfft an. Er wusste, dass seine Frau gelegentlich dazu neigte, die dramatischen Aspekte besonders zu betonen, wenn sie Fälle vor dem *dál*, dem Gericht der Brehons, darlegte – doch soweit er sich erinnerte, hatte sie das ihm gegenüber noch nie getan.

»Geh und hol Rumann«, trug Fidelma Aidan auf. »Verrate ihm aber nicht, wer der Tote ist. Ich möchte, dass er ganz unbeeinflusst bestätigt, was meine Erinnerung mir sagt.«

Aidan lief hinüber zum Gasthaus und kehrte kurz darauf mit dem Gastwirt zurück, der Weisung erhielt, sich das Gesicht des Ermordeten anzusehen.

Rumanns Miene verriet sogleich sein Erstaunen, doch zunächst sagte er nichts. Er betrachtete die Züge des toten Mannes genauestens, musterte ihn aus verschiedenen Blickwinkeln und seufzte schließlich hörbar auf. »Sogar ohne seinen Bart, Lady, würde ich Spelán, den Schäfer, sofort erkennen. Ich verstehe das nicht. Er war kein Mönch – noch vor einer Woche hat er in meinem Gasthaus gesessen und getrunken.«

»Du hast keinerlei Zweifel daran, dass es sich um Spelán handelt?«, hakte Fidelma nach.

»Nicht den geringsten«, bestätigte der verblüffte Wirt. »Um die Wahrheit zu sagen, während des Sommers kam er häufig ins Gasthaus und betrank sich. Warum trägt er eine Tonsur?«

»Wenn ich mich recht entsinne, hütete Spelán eine Schafherde im Westen der Stadt?«, erkundigte sich Fidelma bei Rumann, ohne auf seine Frage einzugehen.

»Das stimmt«, bestätigte der Gastwirt. »Ich glaube, seine Herde graste auf den Hängen des Cnoc Bológ. Aber wie in aller

Welt kommt er zu Kutte und Tonsur? Für Religion hat er sich mit Sicherheit nie interessiert.«

»Erzähl mir, was du über ihn weißt«, bat ihn Fidelma.

»Das ist herzlich wenig«, räumte der Wirt ein. »Wie die meisten Schäfer war er nicht sehr gesprächig. Und er kam erst in letzter Zeit, während der Sommermonate, häufiger ins Gasthaus. Offenbar verschaffte seine Herde ihm gute Einnahmen, denn er hatte immer Geld. Er traf andere Schafhirten, schien jedoch nicht gerade erpicht auf Gespräche über berufliche Fragen. Allerdings habe ich ihn auch nie über Religion diskutieren hören.«

»Wo wohnte er, sagtest du?«

»Man hat mir erzählt, dass seine Herde, wie du bereits erwähntest, auf den Hügeln im Südwesten grast, Lady, jenseits der Straße der Felsen.«

»Und der Berg heißt Cnoc Bológ?«

Rumann rieb sich nachdenklich den Nacken. »Genau. Ochsenhügel – ja sicher, so heißt er. Es gab eine Person, mit der er normalerweise ein paar Worte wechselte, und die wird das sicher bestätigen.«

»Und wie heißt diese Person?«

»Es ist der Ehemann eures Kindermädchens.«

»Nessan?«, fragte Eadulf.

»Ja, Nessan, der die Herde von König Colgú hütet«, bestätigte Rumann.

Fidelma erinnerte sich daran, dass es Nessan gewesen war, der Mann von Alchús Kinderfrau Muirgen, der Fidelma vor einem Jahr, als sie versuchte, den Schäfer wegen einer Zeugenaussage zu finden, zu ihm geführt hatte.

»Aber du hast bestimmt auch mit ihm gesprochen?«, sagte Eadulf zu Rumann. »Du kennst doch sicher die meisten Leute hier in der Gegend.«

Rumann zuckte die Achseln. »Hier im Ort – ja, da kenne ich die meisten. Aber Spelán kam vom Land. Er war, wie ich bereits sagte, nicht gerade gesprächig. In diesem Frühjahr hatte er wohl wenig Glück mit den neuen Lämmern. Trotzdem tauchte er während des Sommers häufiger im Gasthaus auf, nicht seltener – und an Geld für Bier mangelte es ihm keineswegs.«

»Bist du sicher, dass er nie über Religion redete?«

»Nicht, dass ich wüsste. Er war nicht der Typ, den man über sein Leben befragt.«

»Du kannst mir also nichts weiter erzählen über Speláns Familie, seine Frau, sein Zuhause oder seine Herkunft?«

»Absolut nichts. Sobald es um seine Herkunft, seine Familie oder Ähnliches ging, hüllte er sich in Schweigen … Wenn ich allerdings darüber nachdenke, fällt mir ein, dass er nicht aus unserer Gegend stammte.«

»Wie kommst du darauf?«

Rumann zuckte die Achseln. »Er sprach mit dem Akzent der Leute aus dem Nordwesten. Ich hab mal gehört, dass er eine Frau von hier geheiratet hat. Die besaß ursprünglich die Schafe, also hütete er ihre Herde.«

»Hast du nicht gesagt, du wüsstest nichts über seine Frau?« Fidelma bemühte sich, ihren Ärger zu unterdrücken.

»Richtig«, entgegnete der Gastwirt. »Er hat sie kaum jemals erwähnt. Ich glaube nicht, dass jemand weiß, wo seine Hütte ist. Oft betrank er sich dermaßen, dass ich fürchtete, er würde den Heimweg nicht finden, doch er ließ sich nie begleiten oder sagte, wo er wohnte.«

»Also war er ein Trinker?«, fragte Eadulf missbilligend.

»Meiner Meinung nach trank er weit über den Durst, allerdings ohne jemals die Kontrolle zu verlieren.«

»Nun hast du uns doch eine ganze Menge über den Toten erzählt.« Fidelma fasste zusammen. »Er ist ein Schäfer namens

Spelán. Wahrscheinlich stammt er aus dem Nordwesten. Er heiratete eine Frau von hier, die vermutlich auf dem Ochsenhügel wohnt. Du nimmst an, dass er im Frühjahr beim Lammen der Schafe ziemliches Pech hatte und trotzdem in letzter Zeit immer mehr als genug Kleingeld in der Tasche zu haben schien. Er kam in die Stadt und trank oft und reichlich in deinem Gasthaus. Gelegentlich unterhielt er sich mit anderen Schäfern, insbesondere mit Nessan. Gibt es sonst noch etwas, was du nicht über ihn weißt?«

Rumann bemerkte nicht, dass diese Frage ironisch gemeint war; er schüttelte den Kopf: »Ich weiß nichts weiter über Spelán, Lady. Wirklich, es tut mir leid.«

Fidelma ließ ihren Blick über den Platz schweifen. Es würde nicht lange dauern, bis die neugierigen Einwohner zahlreich herbeiströmten, um etwas über die Ereignisse aufzuschnappen.

»Rumann, ich möchte, dass du den Toten mit Aidan zusammen in dein Gasthaus trägst. Du kannst ihn doch gewiss in einem Nebengebäude unterbringen – vorübergehend?« Bevor er Einwände erheben konnte, sprach sie weiter: »Ich werde dafür sorgen, dass man ihn so schnell wie möglich auf die Burg hinaufschafft.« Mit einem entschuldigenden Blick zu Eadulf fügte sie hinzu: »Unser alter Bruder Conchobhar soll den Leichnam noch einmal untersuchen.« Dann wandte sie sich erneut an den Gastwirt. »Du musst mir feierlich schwören, Rumann, mit niemandem über die ganze Angelegenheit zu sprechen; sage keinem, wer der Mann war. Hast du verstanden?«

»Meine Lippen sind versiegelt, Lady«, versprach der Wirt fast beleidigt.

»Das ist gut und sollte auch so bleiben«, betonte Fidelma, die wusste, dass Rumann gern tratschte. Dann sagte sie zu Aidan: »Nachdem du Rumann beim Wegtragen des Toten geholfen hast, komm zu uns in die Ställe auf der Burg. Du wirst uns nach Cnoc Bológ begleiten, zum Ochsenhügel.«

Fidelma und Eadulf sahen zu, wie Aidan und Rumann die Leiche hochhoben und sie, nach wie vor mit Sackleinen bedeckt, in Richtung Gasthaus schleppten. Fidelma machte Eadulf ein Zeichen, und sie begaben sich auf den Rückweg, den steilen Pfad hinauf zu den Toren der Festung.

»Was jetzt?«, fragte Eadulf atemlos.

»Ich werde den Toten in die Apotheke von Bruder Conchobhar bringen lassen, wo er vor neugierigen Blicken sicher ist. Außerdem werde ich Nessan aufsuchen und sehen, ob er dem, was Rumann uns erzählt hat, noch etwas hinzuzufügen hat. Dann reiten wir nach Cnoc Bológ, um Speláns Frau zu finden und mehr über ihn in Erfahrung zu bringen.«

Eadulfs Miene zeigte wenig Begeisterung. »Ich weiß, dass es im Südwesten von hier Berge gibt, aber offensichtlich scheint niemand je bis dorthin vorzudringen. Gormán hat mir erzählt, dass sich bis zum großen Fluss ein Gebiet von trostlosen Hügeln und Wäldern erstreckt, durch das keine Straße führt. Wir wollen doch wohl nicht in eine unwegsame Gegend reiten und dort stecken bleiben. Vergiss nicht, dass morgen Abend das Samhain-Fest beginnt.«

Fidelmas Augen funkelten angesichts der Besorgnis in seinem Tonfall. »Es stimmt, in diese Berge geht kaum jemand, aber sie sind auch nicht das Ende der Welt.« Sie blickte zum Himmel hinauf. »Vorausgesetzt, wir finden Nessan schnell – dann könnten wir dort eintreffen, noch bevor die Sonne sich dem Zenit nähert.«

»Nessan ist sicher mit der Herde deines Bruders auf den Wiesen im Norden«, sagte Eadulf, während sie ihren Aufstieg zu den Toren der Burg fortsetzten.

»Irrtum«, erwiderte Fidelma. »Ich habe heute Morgen mit

Muirgen gesprochen und erfahren, dass ihr Mann heute Vormittag meinen Bruder trifft, um mit ihm jetzt, am Ende des Sommers, über die Wirtschaftlichkeit und den Zustand der Schafherde zu reden.«

»Den Zustand? Ich dachte, die Herde des Königs sei in ausgezeichnetem Zustand.«

»Das ist sie auch. Die Mutterschafe begannen vor einigen Monaten bereits mit der Vermehrung, sodass sie schon im Dubh Luacrán, dem Mondmonat der dunklen Tage, die ersten Lämmer warfen. Es gehört zu Nessans Aufgaben, dem König über den Zustand und die Entwicklung der Herde zu berichten.«

Am Burgtor baten sie Dego, zwei Krieger mit Bruder Conchobhar, dem Apotheker des Königshofes, zu Rumanns Gasthaus zu schicken. Fidelma hatte vollstes Vertrauen in das unfehlbare Auge und Wissen des Alten. Als Freund ihres Vaters, Fáilbhe Flann, war Conchobhar für sie und ihren Bruder einer der vertrauenswürdigsten Begleiter ihrer Kindheit gewesen.

Das Paar bat den Stallmeister, die Pferde bereitzuhalten, überquerte den Innenhof bei der Kapelle und ging direkt zu Bruder Conchobhars Apotheke.

Der Alte stand im Eingang, und seine Augen leuchteten bei ihrem Anblick auf. Dann erkannte er Fidelmas Gesichtsausdruck, und sein Lächeln erstarb.

»Ist etwas nicht in Ordnung?«, fragte er sofort.

»Ich brauche deinen Sachverstand, alter Freund.« Fidelma erklärte rasch die Situation und sagte ihm, zwei Krieger würden ihn zu Rumanns Gasthaus begleiten und den Toten anschließend zur Burg hinaufbringen. Er solle ihn untersuchen und für das Begräbnis vorbereiten, denn es war Brauch, Tote so rasch wie möglich zu begraben oder zu verbrennen, normalerweise um Mitternacht des Tages nach Eintritt des Todes.

Bruder Conchobhar schüttelte langsam den Kopf und brachte so seine Verwirrung zum Ausdruck.

»Du sagst, er ist ein Schäfer, aber gekleidet ist er wie ein Mönch? Wen soll ich über seinen Tod und seine Beerdigung informieren? Müsste man nicht einen Geistlichen zur Bestattung hinzuziehen? Ich vermute, in Abwesenheit von Brehon Fíthel wirst du die Verantwortung für alles vor dem Gesetz übernehmen?«

Fidelma zögerte einen Augenblick. »Er war kein Mönch«, erklärte sie ihm dann. »Das Problem ist, dass wir derzeit nichts über den Mann wissen, abgesehen davon, dass er verheiratet ist oder war und möglicherweise in den Bergen bei Cnoc Bológ südwestlich von hier wohnte. Wir reiten unverzüglich dorthin und stellen Nachforschungen an. Wenn ich kann, werde ich seine Frau informieren und unsere Erkenntnisse an euch weitergeben.«

»Cnoc Bológ? Dann könntet ihr durchaus vor Einbruch der Dunkelheit zurück sein. Das Begräbnis muss ohnehin bis übermorgen warten, denn in der Nacht von Samhain darf niemand beerdigt werden«, fügte Bruder Conchobhar hinzu.

»Was die Verantwortung vor dem Gesetz betrifft, die liegt bei mir«, bestätigte Fidelma.

»Alles wird erledigt, wie du es wünschst«, erwiderte Conchobhar.

Fidelma und Eadulf machten sich auf die Suche nach Muirgen, der Kinderfrau. Die teilte ihnen nun mit, ihr Mann sei immer noch beim König. Fidelma ging sofort zum Ratszimmer ihres Bruders und verscheuchte den Wachmann davor mit einer Handbewegung, als er sich anschickte, halbherzig Einwände zu machen. Colgú hob ob der Störung wütend den Kopf, während Nessan, sein Schafhirte, sich umdrehte und verlegen aufstand, als er sah, wer die Unterbrechung verursacht hatte.

»Ich möchte Nessan einige Fragen stellen, Bruder«, erklärte Fidelma. »Eadulf und ich müssen unverzüglich nach Cnoc Bológ aufbrechen, sonst wäre ich hier nicht so hereingeplatzt.«

Colgú unterließ es, sie zu tadeln, denn seine Schwester würde ihn niemals einfach unterbrechen, wenn es nicht um etwas Wichtiges ging. »Ich vermute, es geht dabei um den toten Mönch, den Eadulf gefunden hat?«, bemerkte er.

»Ein Mönch, der gar kein Mönch ist«, erwiderte sie leise.

Nessan starrte sie mit weit aufgerissenen Augen an. »Aber was hat das mit mir zu tun, Lady?«

»Das erkläre ich dir gleich. Mir wurde berichtet, dass du mit einem Schäfer namens Spelán gelegentlich in Rumanns Gasthaus getrunken hast.«

Nessan nickte. »Allzu oft habe ich ihn nicht gesehen, Lady. Während der Sommermonate kam er ab und an ins Gasthaus und trank dort ein gerüttelt Maß und mehr, doch der Alkohol machte ihn nicht redseliger. Es war nicht leicht, mit ihm ins Gespräch zu kommen. Oft saß er allein vor seinem Bier. Manchmal tat er mir wegen seiner Einsamkeit leid.«

»Was kannst du mir über ihn erzählen?«

»Nicht gerade viel. Er hatte eine Herde in der Nähe eines Ortes, den man Ochsenhügel nennt, aber das weißt du ja wohl schon. Die Herde gehörte seiner Frau, denn soweit mir bekannt ist, kam er als mittelloser Wanderarbeiter in unsere Gegend. Ich kann mich nicht dafür verbürgen, Lady, aber ich glaube, er gehörte zur Schicht der *sen-cleithe*: Er war aus seinem Stammesgebiet geflohen und folglich rechtlos und ohne Broterwerb. Hätte er nicht geheiratet, wäre er Wanderarbeiter geblieben. Von Schafen schien er nicht gerade viel zu verstehen.«

»Die Heirat hat seinen Status nicht verändert«, sagte Fidelma. »Laut Gesetz war er danach jemand, der für seine Frau arbeitet. Wer ist sie? Wie heißt sie?«

Nessan schüttelte den Kopf. »Das hat er nie gesagt.«

»Er hat den Namen seiner Frau nie erwähnt? Auch nicht beiläufig?«

»Ich habe ihn nie gehört. Ich fand es immer etwas merkwürdig, dass er drüben am Cnoc Bológ wohnte. Es ist ein weiter Weg von dort bis zu Rumanns Gasthaus und ein noch weiterer Weg zurück, wenn man ein bisschen betrunken ist.«

»Da hast du allerdings recht, Nessan. Hast du eine Ahnung, woher er ursprünglich stammte?«

»Einmal erzählte er von den Sliabh-Eibhlinn-Bergen.«

»Das ist ein langer Gebirgszug, mehr als vierzig Kilometer von einem Ende zum anderen und an vielen Stellen unpassierbar«, erklärte Fidelma, als ihr klarwurde, dass Eadulf mit dem Namen nichts anfangen konnte. »Kein sonderlich beliebter Ort. Falls Spelán ein *sen-cleithe* war, hatte er von Gesetzes wegen sicher nicht das Recht, sein Stammesgebiet ohne die Erlaubnis des Stammesfürsten zu verlassen oder sich in den Augen seines Clans zu rehabilitieren. Hast du eine ungefähre Vorstellung davon, wann er aus seiner Heimat weggegangen ist?«

»Nein, Lady.«

»Wann hast du ihn das letzte Mal gesehen?«

»Vor über einer Woche, glaube ich. Er kam wie gewöhnlich auf ein Bier ins Gasthaus.«

»Wie wirkte er bei eurer letzten Begegnung auf dich? Ich meine, im Vergleich zu anderen Tagen.«

»Nicht anders als sonst. Ich hab mich in letzter Zeit immer wieder gewundert, dass es ihm nie an Geld mangelte, um all das Bier zu bezahlen. Vor vier Monaten hat er sich noch ständig mit Geldsorgen herumgeplagt.«

»Und weißt du, warum?«

»Soweit ich weiß, hatte er im Frühjahr mehrere Schafe verloren. Vielleicht durch die *cuili biasta*, die Fliegenmadenfraßkrankheit. Ich meine mich zu erinnern, dass er der Herde einmal gestattete, die Sümpfe unterhalb der Hügel, wo sie normalerweise graste, zu durchstreifen. Dort kann man sich diese Krankheit holen. Das war fahrlässig – kein guter Hirte würde seine Schafe in der Nähe eines Sumpfgebietes frei herumlaufen lassen.«

»Also hieltest du ihn nicht für einen guten Hirten?«

»Wahrscheinlich tue ich ihm Unrecht, aber: nein. Er wusste nicht einmal, welche Vorzüge es hat, gutes Weideland zu finden wie beispielsweise Wiesen mit *seamair dhearg.*«

»Was?« Eadulf hatte diesen Ausdruck noch nie gehört.

»Rotklee. Jetzt am Ende des Sommers ist seine Blütezeit gerade vorbei. Wenn die Böcke bei den Mutterschafen sind, fördert der Rotklee bei ihnen, wie allgemein bekannt ist, die Fruchtbarkeit und stellt sicher, dass es viele neue Lämmer gibt.«

»Also scheinen sowohl du als auch Rumann der Meinung zu sein, dass Spelán nur Schäfer wurde, weil seine Frau eine Herde hatte?«

»Genau so kam es mir vor«, bestätigte Nessan. »Jedenfalls hat er die Schafe nach Beginn des Sommers nie wieder erwähnt.«

»Nannte er keinen Grund dafür?«

Nessan überlegte einen Augenblick, bevor er antwortete: »Nie. Doch wie gesagt, er schien keinerlei Probleme zu haben, für sein Bier aufzukommen. Er zahlte manchmal sogar für andere, um einen guten Eindruck zu machen … Obwohl das nicht sehr häufig geschah. Er war von Natur aus ein kleinlicher Mensch.«

»Und abgesehen davon hast du nichts weiter über ihn erfahren?«

Nessan dachte gründlich nach, bevor er einen Seufzer ausstieß. »Mehr fällt mir nicht ein. Oh … eine Sache noch. Einmal sagte er, er wolle sich in den Bergen niederlassen, oben in Na Comeraigh.«

»Die liegen doch südlich von hier. Sagtest du nicht, er käme aus dem Norden?«

»Ich kann nur erzählen, woran ich mich erinnere, Lady«, entgegnete Nessan.

»Vielen Dank, Nessan.« Fidelma wandte sich an Colgú. »Ich werde euch nicht länger stören, Bruder.«

Der König runzelte die Stirn.

»Eins verstehe ich nicht, Schwester. Behauptest du, der Mönch unter dem Holzstapel war dieser Schäfer?«

»Die Leiche, die, mit einer Kutte bekleidet, unter dem Holzstapel gefunden wurde, war ein Schäfer namens Spelán«, bestätigte sie. »Wir reiten gleich nach Cnoc Bológ, um mehr über ihn in Erfahrung zu bringen.«

Es entsprach ihrem Sinn für Dramatik, den Raum nach diesen Worten zu verlassen; ihr Bruder blieb mit verdutzter Miene zurück.

Draußen schüttelte Eadulf missbilligend den Kopf. »Du solltest Colgú nicht so irritieren. Immerhin ist er der König.«

Fidelma warf ihrem Gatten ein verschmitztes Lächeln zu. »Aber er ist trotzdem immer noch mein Bruder.«

»Wie dem auch sei« – Eadulf wechselte das Thema –, »wir haben von Nessan nicht viel Neues erfahren. Spelán war anscheinend ein merkwürdiger Kerl.«

»Im Gegenteil, ich finde, wir haben eine Menge über ihn erfahren und werden von seiner Frau noch mehr hören.«

»Ich frage mich«, dachte Eadulf laut nach, »ob er seine Schafherde vielleicht verkauft hat, wenn er seit Sommeranfang nicht mehr über sie sprach? Das würde erklären, woher er plötzlich Geld hatte.«

»Dass er verheiratet war, bedeutet nicht, dass er, falls die Herde seiner Frau gehörte, irgendwelche Rechte daran oder an ihrem sonstigen Vermögen hatte. Nach Nessans Worten hat eine

Frau einen Mann geheiratet, der nichts zum gemeinsamen Wohlstand beitrug. Eine solche Ehe wird in unserem Gesetz als *lánamnus fir thathigtheo* bezeichnet. Zudem kam Spelán aus einem anderen Stammesgebiet. Wenn ein Mann einem anderen Clan angehört und keinerlei Vermögen in die Ehe einbringt, behält die Frau sämtliche Rechte an ihrem Eigentum. Nach ihrem Tod geht es auf ihre Verwandtschaft über, es sei denn, dass gewisse Zahlungen an den Ehemann vertraglich vereinbart wurden. Für mich sieht es daher zunächst so aus, als hätte Spelán die Herde nicht verkaufen dürfen. Also stammte der neue Wohlstand entweder von seiner Frau oder aus anderer Quelle.«

Fidelma schritt den Flur entlang auf den Haupteingang der königlichen Gemächer zu, Eadulfs besorgte Miene sah sie nicht.

Ihm war gerade klargeworden, dass er sich, was seine Ehe mit Fidelma betraf, in genau der gleichen Position befand wie Spelán. Er erinnerte sich, dass er am Abend seiner Hochzeit mit Bruder Conchobhar über dieses Thema gesprochen hatte. Es war ihm nicht leichtgefallen, sich mit der Tatsache zu arrangieren, dass er im Begriff war, eine Prinzessin der Eóghanacht zu heiraten; die Schwester von Colgú, aus der neunundfünfzigsten Generation der Nachkommen von Eibhear Fionn, dem Sohn von Milidh, der die Kinder der Gälen auf die Insel der Göttinnen Erin, Banba und Folta gebracht hatte; eine Prinzessin, deren Bruder der Herrscher von Deas Muman, Tuad Muman, Oir Muman und Iar Muman war, der König von ganz Muman. Unbewusst zählte er dessen gesammelte Titel auf, bevor er endlich zur Ursache seiner bedrückenden Gedanken kam … Und wer war *er* eigentlich?

Eadulf von Seaxmund's Ham im Lande des Südvolkes im Königreich der Ostangeln. Er hatte zwar den Titel eines *gerefa* oder Friedensrichters seines Volkes geerbt, doch er war kein Adliger; lediglich ein umherziehender Mönch ohne Vermögen, ein Fremder in einem fremden Land. Ihm schauderte; er hatte schon häufig darüber nachgedacht, was aus ihm werden würde, falls, Gott behüte, Fidelma etwas zustieße. Colgú hatte ihn willkommen geheißen und akzeptiert und ihm sogar einen Ehrenpreis zuerkannt, der seiner Stellung als Fidelmas Ehemann und Vater ihres Sohnes entsprach. Die anderen Prinzen und Geistlichen der Eóghanacht akzeptierten ihn ebenfalls, nur dass die Kirchenleute ihn »Bruder Eadulf« nannten. Für die meisten war er inzwischen »Freund Eadulf«. Er wusste, Fidelma würde ihn tadeln, wenn er seine Sorgen ihr gegenüber aussprach. Doch es gab Zeiten, in denen seine geheimen Ängste und sein Wissen über die uralten Gesetze dieses Landes seine Gedanken beherrschten. Wie leicht könnte auch er als Wanderarbeiter enden, ohne gesellschaftliche Position oder Land, wenn …

Er merkte, dass Fidelma an der Tür auf ihn wartete.

»Was ist los?«, fragte sie. »Machst du dir Gedanken?«

»Nicht wirklich.« Er suchte fieberhaft nach einer Ausrede, denn er wollte nicht mit der Wahrheit herausrücken. »Ich muss immer wieder daran denken, dass die Leiche nicht rein zufällig unter dem Holzhaufen für das Samhain-Feuer versteckt wurde; das hat etwas zu bedeuten.«

»Außer, dass jemand sie loswerden wollte? Das wäre doch gewiss ein ebenso guter Grund wie jeder andere?«

»Vielleicht nicht«, entgegnete Eadulf entschieden. »Falls Spelán wirklich vom Ochsenhügel stammte, warum sollte jemand seine Leiche bis zum Marktplatz schleppen und riskieren, dabei entdeckt zu werden? Die Mörder mussten den Toten dann auch noch im Holzstapel unterbringen. Wenn sie dabei nicht vorsichtig genug vorgingen, hätte der ganze Haufen zusammenbrechen können. Dann wären Leute herbeigeeilt, um zu sehen, was passiert war. Die Höhlung, in die sie die Leiche schoben, war nicht groß genug, nicht wahr? Vielleicht wollten sie also, dass der Tote gefunden wird?«

Fidelma sinnierte ein Weilchen über diesen neuen Gedanken nach, bevor sie anerkennend sagte: »Das klingt absolut logisch, Eadulf.«

Er deutete über den Innenhof in Richtung Burgtor. »Sieh mal – Aidan kehrt zurück. Er wirkt ziemlich aufgeregt.«

Das stimmte. Der junge Krieger stürmte in den Hof, als sei er in großer Eile. Sobald er Fidelma und Eadulf erblickte, stürzte er an dem überraschten Dego, der am Tor Wache schob, vorbei und auf die beiden zu.

»Was ist jetzt …?«, setzte Eadulf an, doch Aidan ließ ihn nicht ausreden.

»Eine Fremde. Eine Fremde tauchte auf dem Marktplatz auf, während wir in Rumanns Gasthaus waren«, stieß er atemlos hervor. »Eine Frau. Sie verlangte, Speláns Leichnam zu sehen. Nannte ihn bei seinem Namen. Weder Rumann noch ich konnten sie daran hindern, zu ihm zu gehen. Die Frau starrte einen Augenblick auf den Toten hinunter, weigerte sich, meine Fragen zu beantworten, ging dann zurück zum Holzstapel und blieb dort, vor sich hin murmelnd, stehen. Glaubt ihr, sie hat ihn umgebracht und ist deshalb zurückgekehrt?«

Fidelma erklärte geduldig: »Also, wenn du jemanden ermordet und in dem Holzhaufen versteckt hättest, würdest du am nächsten Morgen, am helllichten Tag, zurückkehren, damit jeder Bescheid weiß, dass du es warst? Beruhige dich und erzähle uns genauer von dieser Fremden. Denk sorgfältig nach und beschreibe sie uns.«

Doch Aidan ließ sich nicht beruhigen. »Es war eine Frau«, antwortete er. »Eine unheimliche Frau.«

»Meinst du damit, dass sie eine Fremde ist, oder eher, dass du ihr Verhalten oder ihre Erscheinung unheimlich findest?«

»Beides.«

»Hast du sie gefragt, wer sie ist und woher sie Spelán kannte oder von seinem Tod wusste? War sie Speláns Frau?«

»Das glaube ich nicht. Wie ich bereits sagte, sie wollte nicht mit mir sprechen. Sie hatte etwas Düsteres an sich. Falls jemand etwas aus ihr herausbekommen wollte, müsste er schon die Autorität einer *dálaigh* haben.«

»Konntest du verstehen, was sie murmelte, als sie vor dem Samhain-Feuer stand?«

»Ich bin ihr gefolgt, um vielleicht etwas mitzukriegen. Ich hörte sie murmeln, dass Speláns Tod nicht der einzige bleiben und dass man ihn rächen würde. Schließlich drehte sie sich zu mir um, bemerkte meinen Goldenen Halsreif und begriff, dass ich Mitglied der Nasc Niadh bin. Da verkündete sie laut und deutlich, sie werde wiederkommen, um die Menschen daran zu erinnern, dass der Fels, auf dem die Eóghanacht ihre Burg errichtet hatten, ein Zugang zur Anderswelt sei und dass morgen Samhain beginne. Sie verfluchte alle, die im Schatten von Cashel wohnten, und drohte, sie würden Speláns Tod noch bereuen. Morgen, kündigte sie an, käme Donn, um Rache zu üben.«

Fidelma riss die Augen weit auf. »Und dann?«

»Nichts weiter, Lady. Sie drehte sich um und ging davon. Mir fiel keine Begründung ein, um sie aufzuhalten.«

»Meines Erachtens hätten sowohl ihr Verhalten als auch ihre Worte ausgereicht, um sie zu verhaften«, sagte Eadulf vorwurfsvoll. »Offensichtlich will diese Frau den Menschen Angst machen im Zusammenhang mit Speláns Tod und mit Samhain.«

»Ich rate euch einmal mehr: Spekuliert nicht herum, ohne die Fakten zu kennen. Ich fürchte, Aidan, du hast uns nur wenig über die Fremde mitgeteilt. Eadulf hat recht; du hättest sie festnehmen und herbringen oder wenigstens ihren Namen ermitteln sollen und woher sie kommt.«

Aidan sah sie empört an. »Oh, das habe ich getan. Als sie wegging, rief ich hinter ihr her und fragte, wer sie denn sei, um die Eóghanacht derart zu bedrohen.«

»Und sie nannte dir tatsächlich ihren Namen und ihre Herkunft?«

»Sie sagte, sie käme von Tech Duinn.«

Fidelma trat unwillkürlich einen Schritt zurück und brach in lautes Lachen aus. Aidan starrte sie überrascht an. Eadulf versuchte sich zu erinnern, was er über Tech Duinn gehört hatte; schließlich fragte er doch Fidelma.

»Tech Duinn ist das Haus von Donn«, antwortete Fidelma und lachte immer noch, »der Ort, an dem die Toten zusammenkommen. Angeblich ist das eine Insel im Südwesten, auf ihr befindet sich der Versammlungsort der Verstorbenen, über den Donn, der uralte Totengott, herrscht. Von dort aus begleitet Donn sie auf ihrer Reise in die Anderswelt.«

Aidan versuchte, sein zunehmendes Entsetzen zu verbergen.

»Ich kann dem nichts Witziges abgewinnen, Lady«, protestierte er.

Fidelma riss sich sofort zusammen. »Komm schon, Aidan. Erwartest du, dass ich jeden ernst nehme, der behauptet, er komme direkt aus der Anderswelt? Sah sie vielleicht aus wie ein flüchtiger Geist, als du mit ihr gesprochen hast?«

Doch das beruhigte Aidan nicht. »Ich sagte euch ja, sie war eine unheimliche Frau. Weder jung noch hübsch. Mit so scharfen Gesichtszügen, als hätte sie kaum Fleisch auf den Knochen. Die Haut so weiß, die Augen so dunkel und stechend …« Er verstummte, als er sah, dass Fidelma erneut anfing zu schmunzeln.

»Ich kann nur berichten, was ich gesehen habe«, fügte er in beleidigtem Ton hinzu.

»Ich bezweifle deine Beobachtungen gar nicht«, erwiderte

Fidelma freundlich. »Aber offensichtlich ist dir dein Sinn für Humor abhandengekommen.«

»Nun überleg doch mal, Lady«, konterte Aidan. »Der dreifache Tod, ein Ritual des Alten Glaubens. Und ausgerechnet jetzt taucht die Fremde auf, verflucht diesen Ort und behauptet, dem Haus des Donn zu entstammen.«

»Nun, falls die Frau das behauptet hat«, warf Eadulf ein, und seine Stimme verriet nichts von dem Grauen, das er im Innersten verspürte, »dann doch wohl in der Absicht, die Aufmerksamkeit auf sich zu lenken. Ich würde sagen, das ist ihr gelungen.«

»Das ist ihr sogar ausgesprochen gut gelungen«, ergänzte Fidelma. »Sie hat den Zeitpunkt für ihren Besuch und für ihre Behauptungen klug gewählt – den Vorabend des Samhain-Festes, an dem nach althergebrachten Vorstellungen viel Unheil geschehen kann.«

KAPITEL 4

Als sie zum Marktplatz zurückkehrten – diesmal nicht zu Fuß, sondern zu Pferd –, wimmelte es dort nur so von Menschen. Mehrere Männer brachten den beschädigten Holzstapel wieder in Ordnung und ließen ihn weiter wachsen. Sie wurden von einem stämmigen, rotgesichtigen Burschen angeleitet, der seinen Helfern höchst ungeduldig Anweisungen erteilte. Einige Markthändler hatten ihre Stände inzwischen aufgebaut und boten Waren aus der Umgebung feil, darunter auch Fleisch und frischen Fisch. Für Cashel hatte ein ganz normaler Markttag begonnen – zwar etwas verspätet, aber so, als wäre nichts passiert. Fidelma ließ ihren Blick über die Menge der Schaulustigen schweifen.

»Ich sehe keine Spur von deiner unheimlichen Frau aus dem Haus von Donn«, sagte sie zu Aidan, der hinter ihr und Eadulf ritt.

Aidan ignorierte ihren spöttischen Kommentar. Auch er hatte sich im Gewimmel der Menschen suchend umgesehen und ein paar Bekannte gefragt, ob ihnen eine fremde Frau aufgefallen sei, was diese jedoch verneinten.

Sie bahnten sich ihren Weg über den Platz auf den wachsenden Holzhaufen zu. Der stämmige Bursche mit dem geröteten Gesicht unterbrach seine Tätigkeit und hob die Hand zum Gruß.

»Eine üble Angelegenheit ist das, Lady«, begrüßte er Fidelma mit leiser Stimme, als sie vor ihm anhielt. »Ich bin Curnan, der Waldarbeiter. Meine Aufgabe ist es, das diesjährige Samhain-Feuer vorzubereiten.«

»Ich sehe, dass du schwer zu tun hast, den Schaden zu beheben«, sagte Fidelma und deutete auf den Holzstoß.

»So viel gab es da nicht zu beheben«, räumte der Mann ein. »Wer immer den Toten im Holzstapel versteckt hat, wusste, wie er die unteren Holzscheite ausrichten musste, damit der Rest nicht zusammenbrach.«

Fidelma betrachtete ihn nachdenklich. Der Mann schien zu bestätigen, was Eadulf bereits gesagt hatte. »Du meinst also, jemand hat sich beim Verstecken der Leiche alle Mühe gegeben?«, fragte sie. »Sie wurde nicht einfach in den Holzstoß hineingeschoben?«

Curnan rieb sich mit der Hand über die schweißnasse Stirn. »Lady, das Aufschichten eines Holzhaufens ist eine Kunst. Man kann alles ruinieren, wenn man nicht weiß, wie es geht. Entfernt man eine Mittelstrebe, kann der ganze Stapel zusammenkrachen. Deshalb ist hier in Cashel die Tradition entstanden, dass Waldarbeiter wie ich die Samhain-Feuer aufschichten, und zwar schon seit Generationen.«

»Aber«, warf Aidan ein, »soviel wir wissen, hat man den Toten in der Nacht hier versteckt. Wie ist das möglich, wenn das Gleichgewicht des Holzstapels so empfindlich ist und durch eine falsche Bewegung gestört werden kann?«

»Beweist das nicht genau das, was ich gesagt habe?«, erwiderte Curnan. »Wer auch immer sich hier zu schaffen machte, kannte sich mit solchen Holzhaufen aus und wusste, wie man sie aufschichtet. Habt ihr eine Idee, wer das war und warum er es getan hat? Morgen Nacht ist Samhain, und ich möchte bis zum Fest nicht noch mehr Leichen in diesem Holzstoß vorfinden.«

Fidelma antwortete ehrlich: »Im Augenblick, Curnan, weiß ich noch nichts Genaues.« Sie zögerte. »Du arbeitest in den Wäldern im Westen, richtig?«

Curnan nickte langsam. »In den Wäldern zwischen hier und dem großen Fluss.«

»Kanntest du den Ermordeten?«

»Ich hörte, es handelt sich um Spelán. Die meisten Gäste aus Rumanns Gasthaus kannten ihn vermutlich vom Sehen.«

»Kannst du mir etwas über den Mann erzählen?«

»Abgesehen von seiner Sauferei? Früher hütete er am Ochsenhügel Schafe, wahrscheinlich bis zum Beginn des Sommers. Nur wenige Leute mochten ihn; es gibt nicht viel über ihn zu sagen. Er war eher verschlossen und ermutigte einen nicht gerade zum Nachfragen.«

»Es heißt, er sei verheiratet gewesen?«

»Das stimmt.« Curnan schaute finster drein. »Seine Frau gehörte zu meinem Clan, den Sítae. Unser Clan wohnt auf den Hügeln und in den Wäldern südwestlich von hier. Ihr Name war Caoimhe.«

»War?« Fidelma fiel die Vergangenheitsform auf.

»Sie starb Anfang des Jahres an einem Fieber, soviel ich weiß.«

»Sie ist tot?« Fidelma verbarg ihre Enttäuschung. »Das tut mir leid. Hat Spelán ihre Herde übernommen?«

Curnan zuckte die Achseln. »Das glaube ich nicht. Ich habe seit Monaten keine Schafe mehr auf dem Ochsenhügel gesehen. Aber mit mir hat er nie gesprochen.«

»Warum nicht?«

»Wir waren nicht gerade Freunde!« Der Nachdruck, mit dem er das sagte, veranlasste Fidelma, das Thema im Augenblick nicht weiter zu verfolgen.

»Schon gut.« Sie hob zum Dank die Hand, machte kehrt und ritt quer über den Platz voraus zu Rumann hinüber, der die Menge zufrieden musterte. Offensichtlich schätzte er gerade seine geschäftlichen Aussichten ab, denn nachdem die Leute ihre Einkäufe auf dem Markt erledigt hatten, gingen sie meist direkt in sein Gasthaus und bestellten sich etwas zu trinken, ehe sie sich auf den Heimweg machten. Der eine oder andere Händler würde vielleicht sogar in seiner Herberge nächtigen. Rumann begrüßte Fidelma, als sie vor ihm vom Pferd stieg.

»Bruder Conchobhar und mehrere Krieger haben den Leichnam zur Festung hinaufgebracht, Lady«, informierte er sie und blickte sich dabei ständig um, um sicherzugehen, dass niemand mithörte. »Gerade noch rechtzeitig. Es wäre nicht gerade förderlich fürs Geschäft, wenn die Leute wüssten, dass hier ein Toter liegt.«

»Ich bin sicher, Spelán hätte nicht gewollt, dass dein Umsatz in Mitleidenschaft gezogen wird«, antwortete Fidelma trocken.

Rumann errötete. »Ich meinte doch nicht ...«

Fidelma winkte ungeduldig ab. »Soweit ich weiß, tauchte eine seltsame Frau hier auf und verlangte den Leichnam zu sehen, bevor Bruder Conchobhar ihn abholte.«

»Ja. Eine seltsame Frau, in der Tat. Ich bin ihr noch nie zuvor begegnet und wünsche auch nicht, ihr jemals wieder über den Weg zu laufen. Sie war sehr groß und ganz in Schwarz gekleidet. Ich bin bestimmt kein Feigling, aber ihre Erscheinung hat mich sehr beunruhigt.«

»Beunruhigt? Inwiefern?«

»Ihre ungewöhnliche Aufmachung, der Umhang aus schwarzen Federn ...«

Fidelma warf Aidan einen enttäuschten Blick zu. »Ein Umhang aus schwarzen Federn?«, fragte sie und betonte dabei jedes Wort.

»Ja. Sie trug einen Umhang, der vollständig aus übereinandergeschichteten schwarzen Federn bestand, vielleicht Krähen- oder Rabenfedern. Soweit ich Aidan verstanden habe, ging sie zur Feuerstelle und stieß dort Verwünschungen gegen Cashel aus.«

»Und du hast diese Verwünschungen nicht gehört?«

»Ich blieb hier, doch Aidan folgte ihr über den Platz und versuchte herauszufinden, wie sie hieß und woher sie kam.«

»Ich gehe davon aus, dass keiner weiß, wohin sie verschwand oder was sie hier in Cashel verloren hatte?«, überlegte Fidelma laut. »Sehr bedauerlich, denn wir hätten gern mit ihr gesprochen, bevor wir nach Cnoc Bológ aufbrechen. Aber macht nichts, sie wird sich wahrscheinlich bis zum Fest irgendwo in der Nähe aufhalten.« Sie hielt inne und fügte dann hinzu: »Ich nehme an, du hast die Umstände von Speláns Tod verschiedenen Leuten gegenüber erwähnt?«

Rumanns verlegene Miene bestätigte ihre Vermutung.

»Ich frage mich, woher die Frau wusste, dass es sich bei dem Toten um Spelán handelt, und wieso sie bei dir auftauchte und ihn zu sehen verlangte?«

»Ich schwöre dir, Lady, ich habe keine Ahnung.« Rumann sah jetzt ganz verängstigt aus; er begriff, worauf Fidelma hinauswollte. »Ich bin der Frau noch nie begegnet.«

Fidelma starrte ihn eine Weile an, bevor sie den Kopf neigte. »Ich danke dir, Rumann, für deine Hilfe.« Mit einer Geste zu ihren Begleitern stieg sie aufs Pferd und ritt voraus, bog am Gasthaus ab und nahm den Hauptweg zum westlichen Stadtrand.

Die Nachricht über den Fund im Samhain-Feuer schien sich rasch verbreitet zu haben. Viele der Einwohner des Ortes standen in ihren Haustüren, manche steckten die Köpfe zusammen und unterhielten sich mit gedämpften Stimmen und besorgter Miene. Sie warfen den drei Reitern verstohlene Blicke zu. Einige grüßten zwar, allerdings nicht so ungezwungen, wie sie Fidelma normalerweise begegneten. Sie war ziemlich beliebt bei den Leuten hier. Eadulf drehte sich um und sah, dass die Köpfe, sobald sie vorbeigeritten waren, wieder zusammengesteckt und die leisen Unterhaltungen fortgesetzt wurden. Die beklommene Stimmung der Menschen war deutlich spürbar.

Am westlichen Rand von Cashel wohnte Fidelmas Freundin Della, die Mutter von Gormán, dem Befehlshaber der Nasc Niadh, der Elitetruppe ihres Bruders Colgú. Della bewirtschaftete keinen richtigen Bauernhof, hatte aber eine Pferdekoppel und einige andere Tiere; sie hatte sich zudem auf Bienen und die Herstellung von Honig spezialisiert. Ursprünglich sollte Eadulf an diesem Morgen mehrere Töpfe Honig für Fidelma mitbringen; als sie sich Dellas Hof näherten, fiel ihm das wieder ein. Gormáns junge Frau Aibell hatte sie bereits gesichtet und kam mit einem Hund zum Tor, um sie zu begrüßen. Della hielt sich immer einen *leth-choin* als Wachhund, eine Kreuzung aus Wolfshund und Terrier. Der Hund hatte Fidelma und Eadulf erkannt und beschlossen, dass warnendes Gebell überflüssig war; also stand er schwanzwedelnd da und begrüßte sie schweigend.

»Seid ihr gekommen, um den Honig abzuholen?«, fragte Aibell lächelnd und wollte gerade das Tor öffnen. Fidelma gebot ihr mit erhobener Hand Einhalt.

»Jetzt nicht. Unser Weg führt uns zwar hier vorbei, doch wir werden nicht verweilen und eintreten.« Sie schwang sich dennoch vom Pferd, blieb jedoch am Tor stehen und hielt die Zügel fest. Eadulf und Aidan saßen nicht ab.

Die junge Frau runzelte die Stirn. »Ihr wirkt alle so ernst«, sagte sie. »Ist irgendwas?«

In diesem Augenblick trat Della aus dem Haus und eilte hinunter zum Tor. Fidelma hatte sie einst erfolgreich verteidigt, als sie fälschlicherweise wegen Mordes angeklagt war, und seitdem waren die beiden eng befreundet. Della war eine untersetzte Frau von inzwischen gut vierzig Jahren, aber unverkennbar war sie früher eine wahre Schönheit gewesen und sah auch jetzt mit ihrem schimmernden Goldhaar immer noch sehr anziehend aus. Sie hatte Aibells Bemerkung gehört und ihre besorgten Mienen ebenfalls mitbekommen.

»Ist etwas passiert?«, fragte sie.

»Nichts, was euch direkt betrifft«, antwortete Fidelma. »Neuigkeiten verbreiten sich in unserer Gegend so schnell, dass ihr es sicher bald erfahren hättet: Man hat unter dem Holzstapel für das Samhain-Feuer, der auf dem Marktplatz errichtet wird, einen Leichnam gefunden; er wurde unter die Holzscheite geschoben.«

Della sah sie schockiert an. »Davon haben wir noch nichts gehört«, erwiderte sie. »Wessen Leiche ist es denn?«

»Die eines Schäfers namens Spelán.«

Dellas Reaktion kam völlig unerwartet. »Den kenne ich«, sagte sie zum allgemeinen Erstaunen. »Er lebt dort oben jenseits des Cnoc Bológ.« Sie deutete auf die Berge im Südwesten.

»Woher kennst du ihn, Della?«

Della schnaubte missbilligend. »Vielleicht ist ›kennen‹ nicht das richtige Wort. Er hat gelegentlich in meiner Hecke seinen Rausch ausgeschlafen – da war er auf dem Rückweg von Rumanns Gasthaus und hat es nicht bis nach Hause geschafft. Ist er am Suff gestorben?« Dann erinnerte sie sich an Fidelmas Worte. »Sagtest du, man hätte ihn ›unter die Holzscheite geschoben‹? Ist er vielleicht unter den Holzstapel gekrochen, um dort seinen Rausch auszuschlafen, und einfach gestorben?«

Fidelma schüttelte den Kopf. »Er wurde dort versteckt, von jemand anderem, und sein Tod hat nichts mit seinem Hang zum Bier zu tun, Della. Er wurde ermordet. Deshalb sind wir unterwegs zum Ochsenhügel; wir wollen mehr über ihn erfahren. Weißt du etwas von ihm?«

Della seufzte. »Nur, dass er dort wohnte und eine Herde Schafe hütete. Ich habe gehört, dass er kaum Kontakt zu anderen Leuten hier unterhielt. Ich bezweifle, dass er als Schäfer sonderlich erfolgreich war – und dass er damit überhaupt Geld verdiente.«

»Wie kommst du darauf?«

»Zum Beispiel durch den Zustand seiner Kleidung.«

Eadulf beugte sich mit interessierter Miene im Sattel nach vorn. »Was für Schlüsse hast du aus dem Zustand seiner Kleidung gezogen?«

»Er trug praktisch Lumpen am Leib, voller Löcher und Risse, die niemand zu flicken versuchte. Offenbar hatte er keine gute Frau, die das für ihn übernahm.«

»Angeblich gab es aber eine Ehefrau«, sagte Eadulf.

Della hob eine Augenbraue. »Falls das zutrifft, hat sie sich wenig um seine äußere Erscheinung gekümmert.«

»Vielleicht konnte er sich auch keine anständige Kleidung leisten, weil er den Großteil seines Verdienstes in Alkohol umsetzte?«, überlegte Aidan.

»Durchaus möglich. Tatsache ist, dass er seine Kleidung nie wechselte oder wusch, soweit ich das erkennen konnte – genauso wenig, wie er seinen Körper wusch –, denn er stank entsetzlich. Er war kein angenehmer Mensch, und ich ging ihm möglichst aus dem Weg.«

»Er stank?« Da hat sie recht, dachte Eadulf. »Hat er sich jemals mit Duftstoffen überschüttet, um die Ausdünstungen seines Körpers zu überdecken? Zum Beispiel mit Lavendel?«

Della starrte Eadulf an und überlegte, ob er sie auf den Arm nehmen wollte, erkannte dann jedoch, dass er es ernst meinte. »Wie könnte ein Kerl wie er sich einen solchen Luxus leisten?«, wandte sie ein. »Erfreulicherweise bin ich ihm nie allzu nah gekommen. Er stank, als hätte er sich in einem Schweinepferch gesuhlt. Wieso fragst du nach Lavendel? Den können sich nur wenige Leute in unserer Gegend leisten.«

Fidelma warf Eadulf einen warnenden Blick zu. Normalerweise hatte sie keine Geheimnisse vor ihrer Freundin Della, doch sie stand noch ganz am Anfang ihrer Ermittlungen und ließ sich nicht gern von ihrem Grundprinzip abbringen: Keine Spekulation ohne Kenntnis der Fakten.

»Das ist nur der Duft, der mir als Erster einfiel«, erwiderte Eadulf.

»Was weißt du über Cnoc Bológ, Della?«, fragte Fidelma.

»Ehrlich gesagt, ich war noch nie westlich der Straße der Felsen. Es gibt leichtere Wege zum großen Fluss und zu Aras Brunnen oder weiter nach Südwesten.«

»Cnoc Bológ liegt zwar nur einen kurzen Ritt von hier entfernt, ist jedoch eine wenig besiedelte Gegend.«

»Der Berg gehört wohl zum Gebiet des Clans der Sítae?«

»Die Sítae als Clan zu bezeichnen ist ein Kompliment. Eher handelt es sich um eine kleine Gruppe aus mehreren Familien. Ich war nur wenige Male selbst dort. Es ist ein einsamer Ort. Die Hügel sind karg und steinig, die Wälder im Tal dunkel und kalt. Ich erinnere mich, dass ein Teil des Gipfels von einem Kreis aus aufrecht stehenden Steinen bedeckt ist; von dort hat man einen guten Blick über die gesamte Gegend.«

»Warum warst du überhaupt dort?«, fragte Fidelma neugierig.

»Damals war ich noch ein junges Mädchen«, erklärte Della. »Sobald man den Gipfel des Cnoc Bológ überschreitet, liegt unmittelbar südwestlich davon noch ein felsiger Hügel, auf dem sich Ráth Cuáin erhebt. Dort lebt eine kleine religiöse Gemeinschaft.«

Eadulf war verblüfft. »Eine religiöse Gemeinschaft? Ich dachte, *ráth* bedeutet Festung?«

»Das stimmt, Eadulf«, bestätigte Della. »Normalerweise handelt es sich um die wehrhafte Behausung eines Stammesfürsten oder um eine größere Burg.«

»Ich bin nie dort gewesen, obwohl es so nah ist«, bemerkte Fidelma.

»Früher wohnte da der Stammesfürst der Sítae«, erklärte ihnen Della. »Ich erinnere mich, dass die ganze Anlage immer noch recht wehrhaft aussieht. Von Süden her ist sie wegen der Steilhänge fast unzugänglich. Soweit ich weiß, wurde sie über einem ausgedehnten Höhlensystem errichtet. Als sich der Neue Glaube in unserem Land verbreitete, tauchte hier eine Frau namens Gobnait auf. Sie trat in die Abtei des Heiligen Finnbarr in Corcach Mór ein, erlernte dort die Kunst des Heilens und war berühmt für ihren Honig. Dann gründete sie in Ráth Cuáin eine kleine Abtei. Später wurde sie Äbtissin von Baile Bhúirne im Land der Cenél Lóegairi. In einer der Legenden über sie wird berichtet, dass einst ein Räuber ihre Kapelle ausplünderte; zur Vergeltung schickte sie ihm einen Schwarm Bienen hinterher. Er wurde totgestochen.«

»Das ist ja nicht gerade die feine Art«, erwiderte Fidelma. »Ich habe gesehen, was passiert, wenn ein Bienenschwarm ein kleines Kind oder ein Tier angreift.«

»Wie dem auch sei, ihre Kapelle blieb seither von Diebstählen verschont«, betonte Della mit einem Anflug von schwarzem Humor.

»Aber Baile Bhúirne liegt ziemlich weit westlich von hier«, warf Eadulf ein, der sich bemühte, der Geschichte zu folgen. »Sagtest du nicht, sie sei die Gründerin der Abtei Ráth Cuáin?«

»Zumindest wird das behauptet«, antwortete Della. »Anscheinend überredete sie den Stammesfürsten der Sítae, seine Festung in eine Abtei umzuwandeln. Na ja, es gibt jede Menge Geschichten, die nicht alle stimmen müssen.«

»Also lebt dort, in Ráth Cuáin, heute eine kleine religiöse Gemeinschaft?«, fragte Eadulf verwundert.

Als Della das bestätigte, sagte Fidelma: »Merkwürdig … Ich

erinnere mich nicht, dass der bedauernswerte Ségdae zu seinen Lebzeiten als Abt von Imleach diesen Ort jemals erwähnte. Und doch liegt Ráth Cuáin im Bereich seiner Zuständigkeit, und ihm war immer sehr an einem engen Kontakt mit allen Kirchen und religiösen Gemeinschaften im Königreich gelegen.«

Della zuckte die Achseln. »Dazu kann ich nichts sagen. Ich besuchte die Abtei als junges Mädchen, um mich über die Bienenzucht zu informieren, stellte jedoch fest, dass die Tradition von Gobnait dort nicht mehr gepflegt wurde. Das ist schon viele Jahre her.«

»Seltsam, dass wir keinerlei Verbindung zu dieser Abtei haben, obwohl sie nur einen kurzen Ritt von hier entfernt liegt. Wenn ich mich recht entsinne, hat mein Bruder den Stammesfürsten der Sítae noch nie zu einer Ratsversammlung oder einem Treffen in Cashel eingeladen.«

»Wie ich schon sagte, es ist eine raue, abweisende Landschaft dort. Die Hügel sind nicht hoch, aber von dichten Wäldern umgeben, und im Südwesten gibt es zahlreiche Felsen und Sümpfe. Der Fluss Suir bildet die Grenze nach Westen. Kein Wunder, dass die Handelsstraßen um das Gebiet herum und nicht mitten hindurch führen.«

»Das klingt nicht gerade einladend. Dennoch überrascht es mich, dass wir keinen Kontakt zu diesem Ort haben«, stimmte Aidan Fidelma zu.

»Bist du wirklich noch nie dort gewesen?«, hakte Della nach. »Ich hätte gedacht, dass die Mitglieder der Königlichen Leibgarde jeden Hügel, Wald und Pfad in der Umgebung der Burg des Königs kennen … besonders, wenn der Sitz eines Stammesfürsten in unmittelbarer Nähe liegt.«

»Sagtest du nicht, dass er in eine Abtei umgewandelt wurde«, erinnerte sie Aidan. »Ich habe nie zuvor von Ráth Cuáin gehört, und bisher hat noch keiner der Krieger vom Goldenen Halsreif je diesen Namen erwähnt.«

Es verwirrte Fidelma, dass sich so wenige Leute wirklich gut in der Umgebung auskannten.

»Wir müssen das Gebiet der Sítae endlich erforschen«, verkündete sie entschlossen.

»Laut Della gibt es dort kaum Wege oder Pfade. Vielleicht brauchen wir einen Führer?«, überlegte Eadulf laut.

»Gewiss unterschätzt du Aidans Fähigkeiten? Als Krieger vom Goldenen Halsreif sollte er in der Lage sein, die zwölf Berge von Na Comeraigh mit verbundenen Augen ausfindig zu machen«, entgegnete Della lächelnd.

Aidan errötete. »Genau. Macht euch keine Sorgen. Ein Krieger vom Goldenen Halsreif ist ein guter Führer, durch welches Gebiet auch immer«, erklärte er. »Obwohl, ich meine … Es ist besser, wenn man etwas über eine Gegend weiß, in der man noch nie gewesen ist.«

»Nun, solange wir nur darüber reden, kommen wir nie dorthin.« Fidelma stieg aufs Pferd und sah Della und Aibell an. »Sprecht nicht mehr als nötig über den Toten, meine Freunde, auch wenn dank Rumanns losem Mundwerk bereits jede Menge Gerüchte in der Stadt kursieren.«

»Wir behalten alles für uns«, versprach Della. »Wie lange werdet ihr fort sein?«

»Lange genug, um Erkenntnisse über Spelán zu sammeln und vielleicht herauszufinden, wer ihm das angetan hat – und warum.«

»Vergiss nicht, ich habe dir den Honig versprochen, den Eadulf heute Vormittag abholen sollte.«

»Das machen wir auf dem Rückweg«, versicherte ihr Eadulf.

Das Trio wendete die Pferde in Richtung des Weges, der als Straße der Felsen bekannt war. Sie führte einen kleinen Hügel hinauf, quer durch ein ausgedehntes Waldstück am Rand der großen Ebene von Femen im Süden und hinüber zu den hohen Bergen, den Sléibhte na Comeraigh, die vom Sliabh na mBan – dem Berg der Frauen – überragt wurde. Das schier unüberschaubare Gebiet eignete sich hervorragend für Ackerbau und Viehzucht und trug zu Reichtum und Macht der Eóghanacht-Könige von Cashel bei. Doch es war auch ein Ort, der eng mit den Legenden und Ursprüngen des Volkes verbunden war; hier gehörte jeder noch so kleine Hügel, jeder Felsen oder Wald zu irgendwelchen Helden und Göttern, zu Heldinnen und Göttinnen – manche gut, manche böse; ein Ort voller dunkler, urzeitlicher Ursprünge.

Eadulf kannte zahlreiche Überlieferungen über die Ebene von Femen, über ihre unterirdischen Höhlen, die als Eingänge zur Anderswelt galten. Die Hügel dort waren die Heimstätten der Ewiglebenden, wie zum Beispiel von Bodh, dem Rothaarigen, dem göttlichen Sohn des mächtigen Gottes Dagda, dessen Fluch Menschen in Dämonen verwandelte, die sich auf der Jagd nach Opfern in die Lüfte erhoben. Hier war auch der Ort, an dem der legendäre Krieger Fionn Mac Cumhaill, Befehlshaber der Fianna, der Leibgarde des Hochkönigs, von den Bewohnern der Anderswelt verzaubert wurde. Eadulf überlief ein Schaudern; er war froh, dass sie sich auf ihrem Ritt immer weiter von den Stätten der Geister und Dämonen entfernten. Natürlich hatte er die Ebene schon häufig zusammen mit Fidelma durchquert, denn in dieser Richtung lagen die Honigfelder, Cluain Meala, und dahinter die große Abtei Lios Mór, wo sie so viele Abenteuer erlebt hatten. Doch heute, in dieser dunklen Jahreszeit, am Vortag des Samhain-Festes und des entsprechenden Feiertages in seiner eigenen Kultur, gaben ihm die jüngsten Ereignisse das Gefühl, dass nun gerade ein schlechter Zeitpunkt war, um seinen Glauben auf die Probe zu stellen.

Er verzog das Gesicht – als Ausdruck seines Schuldgefühls, weil auch er als bekennender Christ den alten Sitten und Gebräuchen ihre Gültigkeit nicht ganz absprechen konnte. Sein Verstand lehnte sie ab, doch gefühlsmäßig vermochte er sie nicht zu leugnen. Als Heranwachsender hatte er die Götter und Göttinnen seines Volkes anzunehmen gelernt: Hretha, den Gott der Erde; Tiw, den Gott des Krieges; Thunor, den Gott des Donners; und Woden, den gefürchtetsten der Götter mit seinen zwei Wölfen und dem mächtigen Pferd mit acht Beinen. Eadulf konnte ihre Namen selbst heute noch auswendig aufsagen, ebenso wie die Namen der Geister und Dämonen, die in ihrem Auftrag die Unachtsamen in ihre Fallen lockten. Auch Fidelmas Volk hatte ähnlichen Wesen gehuldigt – warum also fühlte er sich schuldig, nur weil ein Teil seines Geistes immer noch an ihre Existenz und ihre Fähigkeit, Unheil anzurichten, glaubte?

Eadulf sah sich verstohlen um, doch weder Fidelma noch Aidan schienen bemerkt zu haben, welche wechselhaften Gefühle sich in seinem Gesicht widerspiegelten.

Der herbstliche Tag wurde strahlend hell. Der Himmel war fast wolkenlos, aber warm war es nicht, und hin und wieder ließ eine kühle Brise ahnen, dass sie schon bald als eisiger Wind zurückkehren würde. Sie erreichten eine Weggabelung. Eadulf wusste, dass der linke Pfad durch die Wälder nach Ráth na Drinne führte, zu einer Wettkampfstätte, an der Ferloga und seine Frau eine Herberge bewirtschafteten; sie hatten auf ihrem Weg nach Lios Mór oder Cluain Meala häufig dort Rast gemacht. Doch Fidelma wandte sich jetzt nach rechts, Richtung Südwesten, wo es steil bergauf ging.

An der Nordseite einer Hügelkette verließen die drei Reiter den Wald und befanden sich nun in einer offenen Landschaft voller Felsen, die von Dornengestrüpp und Brombeersträuchern umwuchert waren. Ein passierbarer Weg schien nicht hindurchzuführen. Die einzige Möglichkeit, sie zu durchqueren, war ein schmaler Pfad, auf dem sie hintereinander reiten mussten. Er wurde immer wieder von tiefen Rinnen gekreuzt, die so plötzlich auftauchten, dass weniger trittsichere Pferde hineingestolpert wären und sich leicht ein Bein hätten brechen können.

»Wenn Spelán der Trunkenbold war, als den ihn alle darstellen«, rief Aidan, der die Nachhut bildete, »dann ist es ein Wunder, dass er so lange überlebt hat – falls er nach einer durchzechten Nacht in Rumanns Gasthaus hier entlangkam.«

»Gibt es nicht ein altes Sprichwort, welches besagt, dass die Götter über Narren und Betrunkene wachen?«, fragte Eadulf, bevor ihm auffiel, dass er den Plural »Götter« benutzt hatte statt des Singulars. Doch keiner schien es zu bemerken.

»Da muss schon sehr gut über ihn gewacht worden sein, damit er diese unwegsamen Pfade im Dunkeln passieren konnte«, brummte Aidan. »Wie auch immer, ich sehe in dieser Gegend nirgends gutes Weideland für Schafe, außer …«

Plötzlich erstarb seine Stimme, und Eadulf wandte den Kopf nach hinten, um festzustellen, was los war. Der Krieger starrte auf den Hügelkamm oberhalb von ihnen.

»Was ist da?«, fragte Eadulf.

»Ich dachte, ich hätte dort oben eine Gestalt gesehen – in Schwarz. Sie bewegte sich hinter den Felsen auf dem Grat.«

Eadulf spähte hinauf. »Ich kann nichts erkennen. Vielleicht war es ein Tier, ein Wolf oder irgendwas.«

Aidan verzog das Gesicht. »Das war kein Wolf, Freund Eadulf. Das war eine menschliche Gestalt, die dort stand und uns beobachtete. Als ich sie entdeckte, muss sie sich hinter einen Felsen oder den Kamm geduckt haben. Jetzt ist sie weg.«

Fidelma blieb stehen und musterte die beiden fragend.

»Willst du damit sagen, dass uns jemand nachspioniert?«

Aidan zuckte die Achseln. »Ich habe gesehen, was ich gesehen habe, Lady. Da oben war eine dunkle Gestalt, und jetzt ist sie verschwunden.«

»Ich habe nichts bemerkt« gestand Eadulf, als Fidelma ihn anschaute.

Sie seufzte. »Dann kann es auch völlig bedeutungslos sein. Natürlich sind die Leute neugierig, wenn Fremde in ihrem Gebiet auftauchen. Je schneller wir vorankommen, desto schneller finden wir die Hütte des Schäfers. Mal abwarten, was es dort sonst noch zu entdecken gibt. Hoffentlich schaffen wir's noch vor Einbruch der Dunkelheit nach Cashel zurück, denn die Tage sind kurz.«

Sie setzte ihr grau-weißes Pferd Aonbharr in Bewegung, es reagierte sofort auf ihre Signale. Erneut ritten sie quer zum Abhang auf der Suche nach einem leichteren Weg, um hügelaufwärts und über den Gipfel zu gelangen. Aidan warf immer wieder einen prüfenden Blick nach oben. Die nördlichen Berghänge wichen nun angenehmeren Strecken mit saftigen grünen Wiesen; das Grasland hier war ideal für Schafe, doch obwohl sie keiner einzigen Herde begegneten, sahen sie überall Kaninchen und Hasen, die in kleinen Gruppen mümmelten und innehielten, als sie sich näherten. Manche hoppelten davon, während andere, mutigere, abwarteten, ob es sich um Freund oder Feind handelte. An dieser Stelle fiel der Berg an den Seiten steil ab, und erst, als sie den Kamm überquerten, stellten sie fest, dass er auf den Südhängen ebenso felsig und von einzelnen Bäumen und Dornengestrüpp überwuchert war wie zu Beginn ihres Weges hier hinauf.

»Das sieht für mich schon eher nach Weideland aus«, bemerkte Eadulf. »Ich verstehe jedoch, warum Della die Wege hierher als schwierig bezeichnete. Könnte Speláns Hütte an einem dieser felsigen Südhänge liegen?«

Fidelma antwortete nicht sofort. Sie legte eine Hand quer über die Augen und blinzelte über die breite Hügelkuppe zu einer Erhebung in der Ferne.

»Das müssen die stehenden Steine sein, von denen man uns erzählt hat«, sagte sie und deutete auf mehrere dunkle Umrisse am Horizont, die sich als Silhouetten gegen den hellen Himmel dahinter abhoben.

»Dann ist das also der Ochsenhügel«, bemerkte Eadulf. »Obwohl ich am Hang keine Hütte sehe, die Schäfern oder anderen Viehhirten als Unterkunft dienen könnte.«

Sie ritten eine Weile schweigend weiter, bis Fidelma erneut anhielt und das Gelände prüfend musterte.

»Wohin jetzt, Lady?«, drängte Aidan.

»Ich würde sagen, zu den stehenden Steinen, denn falls Della recht hat, können wir von dort aus die nördlichen und südlichen Hänge überblicken und eventuell Anzeichen für eine Schäferhütte entdecken.«

»Anders geht's wohl nicht«, stimmte ihr Aidan zu, »aber der Berghang erscheint mir ziemlich trügerisch. Dort gibt es jede Menge Einschnitte und Felsspalten, in denen man ein ganzes Haus verstecken kann, wenn man es geschickt baut und den natürlichen Windschutz des Geländes ausnutzt. Hoffen wir, dass uns …«

Er verstummte plötzlich und starrte nach oben. Diesmal spähten Fidelma und Eadulf rasch in dieselbe Richtung – bemerkten jedoch nichts. Aidan verzog enttäuscht das Gesicht, während er den Hügel absuchte.

»Für einen kurzen Moment …«, stieß er zwischen zusammengebissenen Zähnen hervor. »Für einen kurzen Moment glaubte ich, etwas zu sehen …«

»Den dunklen Schatten?«, fragte Fidelma leise.

»Ich schwöre, Lady, da war wieder diese schwarze menschliche Gestalt. Siehst du die Felsen gleich neben dem Gebüsch? Sie stand genau dort – aber sobald ich hinschaute, war sie weg.«

Eadulf versuchte seine Nervosität zu überspielen, indem er sich über die Situation lustig machte. »Wenn es schon einem Krieger vom Goldenen Halsreif am helllichten Tag so ergeht, dann frage ich mich, was ein betrunkener Schafhirt wohl des Nachts auf seinem Heimweg zu sehen glaubt.«

Niemand lachte. Es war wirklich nicht witzig.

Fidelma schien die Sache nun ernster zu nehmen. Sie wusste, dass Aidan nicht zu Ängsten und Phantasien neigte. Er war schließlich Krieger in der Eliteeinheit ihres Bruders. Wenn er sagte, er habe etwas gesehen – dann hatte er etwas gesehen. Aber wen oder was?

»Wir sollten keine Zeit verlieren«, erwiderte sie entschieden. »Ein halbes *cadar* des Tages ist bereits vorbei, sodass uns bis Sonnenuntergang nur noch ein ganzes *cadar* bleibt. Machen wir uns auf den Weg.«

Für Eadulf war es schwer zu begreifen, wie die Zeit in Fidelmas Welt gemessen wurde. Man teilte den Tag in vier Viertel auf, die man jeweils als *cadar* bezeichnete. Aufgrund des verkürzten Zeitraums zwischen Sonnenaufgang und Sonnenuntergang gab es im Spätherbst pro Tag nur anderthalb *cadar* mit vollem Tageslicht. Aber ein ganzes *cadar* war doch sicher Zeit genug für das, was sie sich vorgenommen hatten? Die Sonne stand noch nicht einmal im Zenit. Sie sahen die blasse Scheibe hoch oben an einem Himmel, der so farblos war, dass sogar die weißen Wolken sich dunkel von ihm abhoben.

Der Pfad wurde jetzt breiter und führte in einer sanften Kurve links um die Bergkuppe herum; dabei bot sich ihnen ein neuer Ausblick. Der Gipfel hatte die Form eines Hufeisens, und die stehenden Steine ragten auf der ihnen gegenüberliegenden Seite empor, an einer Stelle, von der aus ein sacht abfallender

Hang bis ins nördliche Tal hinunterführte, während die Abhänge an der Südseite weiterhin steil und felsig waren.

Sie hatten eine flache Mulde erreicht, in der ein Bach ihren steinigen Pfad kreuzte und sich wie ein Wasserfall abwärtsstürzte. Doch er war es nicht, der sie zum Anhalten bewegte – die Wassermenge war zu gering, um ein Hindernis für sie darzustellen. Es war die hochgewachsene Gestalt, die, ganz in Schwarz gekleidet, auf einem etwas erhöhten Felsen am Wegesrand saß: eine Frau mit langem schwarzem Haar, das im Licht des Herbsttages glänzte. Sie war in einen knöchellangen schwarzen Umhang gehüllt, der im leichten Windhauch wehte, als wäre er lebendig. Auch er schimmerte schwarz, und Eadulf brauchte einen Moment, um zu erkennen, dass das Kleidungsstück ganz aus Rabenfedern gemacht war – alle sorgfältig in Schichten übereinandergenäht, eine Reihe über der anderen. Das Schwarz der Kleidung, die die Frau trug, spiegelte sich sogar in ihren Augen wider, die sie mit stechendem Blick anstarrten: dunkel und durchdringend, und doch selbst undurchdringlich. Ihr Gesicht war blass, die Knochen unter der straff gespannten Haut traten deutlich hervor. Die kleine Gruppe brauchte eine Weile, um zu bemerken, dass die Erscheinung sie tatsächlich anlächelte. Es war kein herzliches Lächeln, eher ein geheimnisvolles, amüsiertes Grinsen.

Als die Frau schließlich etwas sagte, war ihr Tonfall heiter.

»Nun, Fidelma von Cashel, Tochter der Eóghanacht, sind wir denn wohlauf?«

Fidelma hörte hinter sich Aidan, der sich fast verschluckte vor Aufregung.

»Das ist sie!«, stieß er schließlich hervor. »Das ist die Frau, die behauptete, aus Tech Duinn zu stammen!«

KAPITEL 5

Fidelma musterte die außergewöhnliche Person eingehend. Abgesehen von ihrer merkwürdigen Erscheinung hatte sie nichts Übernatürliches an sich, auch wenn sie auf den jungen Aidan durchaus einschüchternd wirkte und sogar Eadulf zu verwirren schien. Fidelma begriff, dass sie eine ernstzunehmende Gegenspielerin vor sich hatte, die sie nicht die Oberhand gewinnen lassen durfte. Die Frau hatte den ersten Zug gemacht, um sich ihre Dominanz zu sichern. Fidelma – eine gute *fidchell*-Spielerin, deren bevorzugtes Brettspiel »Hölzerne Weisheit« hieß – wusste, dass sie jetzt mit einem Gegenzug kontern musste, der klarstellte, dass sie sich nicht verunsichern ließ.

»Wer bist du, die du offenbar meinen Namen kennst?«

Das Lächeln der Dunkelhaarigen wurde etwas breiter. »Wer kennt nicht den Namen der *dálaigh*, deren Ruf sich über alle Fünf Königreiche verbreitet hat?«

»Da gibt es gewiss viele.« Fidelma ging auf ihre Schmeichelei nicht ein. »Du bist also …?«

»Mein Name ist Brancheó.«

»Das bedeutet ›Rabennebel‹. Ein interessanter Name. Woher kommst du?«

Die Frau lachte, doch es klang alles andere als heiter. »Ich bin sicher, dieser junge Krieger« – sie deutete auf Aidan – »hat dir davon berichtet. Ich bin Brancheó aus Tech Duinn.«

»Ein merkwürdiger Ort, von dem du Kenntnis zu haben behauptest«, bemerkte Fidelma trocken. »Das Haus von Donn, dem alten Gott des Todes.«

»Das Haus des Seelensammlers«, korrigierte sie die Frau.

»Werden denn Götter oder Göttinnen jemals alt? Wie auch immer, so lautet der Name meines Hauses.«

»Ach, nur deines Hauses? Und wo liegt es?«

»Das hängt vermutlich davon ab, was du glauben möchtest.«

Fidelma betrachtete die dunklen, tiefliegenden Augen der Frau, denn trotz des Lächelns auf ihren Lippen wirkte ihr Blick ernst und war von außergewöhnlicher Intensität.

Aidan konnte nicht länger an sich halten.

»Du bist uns gefolgt«, behauptete er vorwurfsvoll.

»Bin ich das?« Brancheó wandte ihm ihre schwarzen Augen zu.

»Du wurdest mehrmals auf dem Grat oberhalb von uns gesehen, du schienst dich parallel zu unserem Pfad zu bewegen«, warf Eadulf ein, der das Gefühl hatte, etwas zu dem Gespräch beitragen zu müssen.

»Und daraus schließt ihr, dass ich euch gefolgt bin? Könnte es nicht sein, dass ihr mir gefolgt seid?«

»Das ist ja lächerlich! Wir sind auf dem Weg zu …«, begann Aidan, verstummte jedoch, als er Fidelmas mahnenden Blick bemerkte.

»Ihr seid auf den Weg zu der Hütte des Schäfers, dessen Leiche heute Morgen entdeckt wurde«, sagte die Frau und vollendete seinen Satz.

»Wie …?«, hob Aidan an.

»Du bist gut informiert, Brancheó«, fiel ihm Fidelma ins Wort.

»Sagt der Volksmund nicht, dass Neuigkeiten sich schnell verbreiten, besonders wenn ein Gastwirt in der Nähe ist?«, erwiderte Brancheó schlagfertig.

»Also hast du es von Rumann erfahren?«, hakte Eadulf nach.

Fidelma warf einen vernichtenden Blick in seine Richtung, und diesmal zeigte sich in Brancheós Miene echte Heiterkeit.

»Die Nachricht von Speláns Tod hat sich so schnell herumgesprochen, wie Raben fliegen«, bemerkte sie. »Wie ihr wisst, ging ich zu Rumann und verlangte, Speláns Leiche zu sehen.«

»Woher wusstest du von seinem Tod?«, entgegnete Fidelma. »Was hat der Schäfer dir bedeutet?«

»Menschen wie ich haben die Gabe, vieles zu wissen«, antwortete die Frau.

»Menschen wie du?«

»Menschen, die dem Altem Glauben treu geblieben sind«, entgegnete sie unerschütterlich.

»Du bist uns gefolgt!«, schnauzte Aidan sie an, bevor Fidelma ihre nächste Frage stellen konnte.

»Ich folgte einem Pfad entlang des Gipfels.«

»Einem Pfad, den du gut kennen musst, sodass du in der Lage warst, uns zu überholen«, gab er zurück.

»Ich bin eine Raben-Anruferin«, wiederholte die Frau und grinste den wütenden Krieger höhnisch an. »Vielleicht habe ich sie um Hilfe gebeten, um schneller hierherzukommen?«

»Überleg dir deine Antworten gut.« Aidan verlor allmählich die Beherrschung. »Du sprichst mit einer *dálaigh*.«

»Tatsächlich? Gerade eben dachte ich, ich spreche mit einem verängstigten jungen Krieger, der die Wege und Pfade in unmittelbarer Nähe der Burg seines Königs nicht kennt, dessen Leben er unter Einsatz seines eigenen zu schützen hat. Meiner Meinung nach wäre der König gut beraten, sich nicht auf einen solchen Jungspund zu verlassen, der sich nicht einmal die Mühe gemacht hat, jeden Zentimeter des Geländes rund um die Königsburg zu erkunden, um sie sicher verteidigen zu können.«

Aidan errötete. Fidelma hob eine Hand, um ihn zu beschwichtigen, bevor sie sich wieder an die merkwürdige Frau wandte.

»Brancheó, *jetzt* sprichst du wirklich mit einer *dálaigh*«, sagte sie mit Nachdruck. »Du behauptest, es hatte in keiner Weise mit uns zu tun, dass du einen Weg parallel zu unserem entlanggelaufen bist?«

»Ich kann euch nur versichern, dass Ziel und Zweck meines Weges nichts mit dem euren gemeinsam haben, *dálaigh*«, erwiderte Brancheó spöttisch.

»Na gut, das lässt sich leicht nachweisen. Gestatte mir eine Frage: Du kanntest Spelán, nicht wahr?«

»Richtig.«

Fidelma schwieg und wartete darauf, dass die Frau noch etwas hinzufügte, dann sagte sie: »Du gingst also nach Cashel, um dich zu vergewissern, dass die Nachricht von seinem Tod stimmte?«

»Das weißt du bereits; man hat dir ja berichtet, dass ich genau zu diesem Zweck in Rumanns Gasthaus auftauchte.«

»Ich möchte dich erneut daran erinnern, dass ich eine *dálaigh* bin. Warum hast du vor dem Samhain-Feuer einen Fluch ausgestoßen?«

»Ich respektiere deine Rolle als *dálaigh* insoweit, als Misstrauen notwendigerweise zu deinem Beruf gehört. Meine Antwort lautet: Ich bin Brancheó, die *fiachaire*, Brancheó, die Raben-Anruferin. Ich bin die Nemesis, die ausgleichende Gerechtigkeit, die Speláns Ermordung rächen wird. Während des Samhain-Festes wird die Rache der Anderswelt die Schuldigen ereilen.« Ihre Stimme hatte eine neue Färbung angenommen: sie klang nun kalt und heimtückisch.

Fidelma kniff die Augen zusammen. »Soll das eine Drohung sein, Brancheó?«, fragte sie in schneidendem Ton.

Die Miene der Frau entspannte sich, sie lächelte zynisch.

»Keine Drohung, Fidelma von Cashel, Nachfahrin von Óengus, dem Sohn von Nad Fraoich, der den Neuen Glauben

annahm, und zwar genau auf dem Felsen, auf dem seine Vorfahren einst den Alten Göttern huldigten.«

»Keine Drohung?«, wetterte Eadulf. »Am Vorabend des
Samhain-Festes wird ein Mann nach einem vorchristlichen Ritual abgeschlachtet, und du kommst daher und behauptest ...
behauptest ...« Ihm fehlten die Worte. »Du behauptest, das
alles habe nichts mit dir zu tun, obwohl du gleichzeitig angibst, der Alten Religion deines Volkes anzuhängen.«

Die schwarze Frau wandte ihm ihre dunklen Augen zu und
betrachtete ihn beinahe sorgenvoll.

»Entspann dich, Eadulf, einstmals *gerefa* in Seaxmund's Ham.
Im Innersten deines Herzens kennst du die alten Götter und
Göttinnen nur zu gut, denn wurdest du nicht erst als Jugendlicher vom Glauben an sie abgebracht? Sie begleiten dich noch
immer, und deshalb bemühst du dich so sehr, ihre Wahrheit
zu verleugnen, während du dich mit dem Neuen Glauben her-
umquälst.«

Eadulf schwieg schockiert und unterdrückte ein angstvolles
Schaudern; er fragte sich, woher die Frau so viel über ihn
wusste?

Brancheó wandte sich wieder Fidelma zu. »Speláns Tod wird
gerächt werden – und zwar eher früher als später.« Sie erhob
sich. »Folgendes möchte ich dir noch sagen, Fidelma, Tochter
von Failbhe Flann, Schwester von Colgú: Cashel war einst die
Pforte zur Anderswelt – falls du Zweifel daran hegst, frag den
alten Conchobhar. Am Abend des Samhain-Festes wird das
Tor erneut einen Spaltbreit offen stehen, die Pforte wird geöffnet, und die uralten Gottheiten werden zurückkehren, um jene
zu bestrafen, die sie zurückweisen und ignorieren. Was noch
wichtiger ist, diejenigen, die Spelán so grausam getötet und
versucht haben, ihre Tat dem Alten Glauben in die Schuhe zu
schieben, haben den Zorn der Ur-Gottheiten, die sie beleidig-

ten, auf sich gezogen. An den Händen der Eóghanacht klebt bereits Blut und das Verbrechen, die Alten Götter verraten zu haben.«

Fidelma zwang sich zu lachen, obwohl sie keine Sekunde daran zweifelte, dass es der schwarzen Frau ernst war.

»Du drohst uns, obwohl du das leugnest, Brancheó. Für mich als *dálaigh* klingt es ganz danach, als spieltest du mit dem Tatbestand von *tomaithem*. Du stößt Drohworte aus, versuchst, uns einzuschüchtern und in Angst und Schrecken zu versetzen, was schon für sich genommen als Verbrechen gilt, als *ómun*. Ob du nun die Mittel hast, die Drohungen wahrzumachen, oder ob du lediglich damit angibst – pass auf, dass sie sich nicht gegen dich selbst wenden.«

Brancheó ließ sich nicht beeindrucken; sie erwiderte höhnisch: »Drohungen? Ich drohe niemandem. Ich sagte bereits, dass ich eine Raben-Anruferin bin – ich nutze den Flug der Raben für Prophezeiungen. Ich habe gesehen, dass sie über Cashel kreisen, und versuche zu ergründen, was das zu bedeuten hat.«

»Mir ist sehr wohl bewusst, dass der Rabe das Symbol der Göttin des Todes und der Schlachten ist, Brancheó«, entgegnete Fidelma. »Ich bleibe dabei, du drohst uns.«

»Es steht dir frei, meine Worte zu verstehen, wie es dir beliebt. Die Verantwortung für deine Wahrnehmung der Dinge liegt bei dir, nicht bei mir. Und jetzt lasse ich euch euren Weg fortsetzen, so wie auch ich weiterziehen muss.« Brancheó wirbelte herum und begann, an der Seite des Hügels einen steilen Pfad hinaufzusteigen, der von ihrem Weg abzweigte.

Die drei blieben eine Weile reglos sitzen und beobachteten die Gestalt, die sich behände bergan bewegte, bis sie die Hügelkuppe erreichte und dahinter verschwand. Dann stieß Eadulf einen langen, leisen Pfiff aus.

»Was für eine Art von Geschöpf ist das denn?«

Fidelma sah ihn an und grinste. »Ganz bestimmt keins aus der Anderswelt.«

»Sie behauptete, eine Raben-Anruferin zu sein, Lady«, murmelte Aidan.

»Es gibt immer noch Menschen, die den Neuen Glauben nicht angenommen haben. Das weißt du genau, Aidan. Aber sie ist harmlos.«

»Harmlos?«

»Ist dir nicht aufgefallen, dass sie davon sprach, die zu bestrafen, die Spelán ermordet haben, um sie für ihr Verbrechen bezahlen zu lassen? Das bedeutet, dass sie eine emotionale Bindung zu ihm gehabt haben muss, aus der das Bedürfnis nach Vergeltung resultiert. Was die Rache der alten Götter betrifft – sie wird die Horden aus der Anderswelt schon nicht entfesseln und auf uns hetzen. Wir müssen uns mit den Wesen dieser Welt beschäftigen – und deren Bedrohungen sind normalerweise von Menschen gemacht.«

»Was war das noch mal, wozu du den alten Conchobhar befragen solltest?«, erkundigte sich Eadulf.

»Sie behauptete, Cashel sei eine Pforte zur Anderswelt. Davon habe ich noch nie gehört – ich werde ihn darauf ansprechen. Jetzt haben wir so viel Zeit mit Brancheós Raben-Anrufungs-Phantasien verloren, dass ich vorschlage, wir reiten weiter und versuchen, Speláns Hütte zu finden.«

»Trotzdem«, murmelte Eadulf, »ist es mir ein Rätsel, woher sie so viel von mir wusste?«

»Lieber Eadulf«, erklärte Fidelma lächelnd, »du bist in Cashel ebenso bekannt wie ich – ist dir das noch nicht aufgefallen?«

»Das stimmt, Freund Eadulf«, bestätigte Aidan. »Wenn die Leute von Lady Fidelma sprechen, taucht dein Name in einem

Zuge mit ihrem auf – und so weiß jeder, dass du aus Seax-mund's Ham stammst und von deinem Vater die Position eines Friedensrichters geerbt hast. Brancheó kann das überall aufge-schnappt haben.«

Eadulf überzeugte das nicht, doch Fidelma hatte ihr Pferd schon in Bewegung gesetzt, und so folgte er den anderen wi-derwillig.

»Beunruhigt es dich nicht, dass sie frei herumläuft?«

»Warum sollte es? Aus welchem Grund soll man sie einsper-ren?«, erwiderte Fidelma.

»Wegen ihrer Drohungen«, antwortete Eadulf. »Sie behaup-tet, dem Alten Glauben anzuhängen, und Spelán hat den drei-fachen Tod erlitten und …«

Fidelma brachte ihn mit einem Blick zum Schweigen. »Ihre Drohungen lassen sich auf verschiedene Weise erklären, auch wenn ich sie als gesetzwidrig bezeichnet habe. Sie behauptete lediglich, das Kreisen der Raben zu deuten, nicht, dass sie da-mit jemanden einschüchtern wolle. Man sollte sie eher bemit-leiden als fürchten. Sie stand ganz offensichtlich in irgendeiner Beziehung zu Spelán. Wir werden abwarten und anhand von weiteren Fakten später auf unser Gespräch mit ihr zurückkom-men‹.«

»Dagegen ist nichts einzuwenden«, stimmte Eadulf ihr zu. »Falls sie etwas Finsteres im Schilde führt, dann wird es ihr ein falsches Gefühl von Sicherheit vermitteln, wenn wir sie zum jetzigen Zeitpunkt in Ruhe lassen. Vermutlich ist etwas Wahres an dem Psalm Davids: ›Die Frevler sollen sich in ihren eigenen Netzen fangen.‹«

Sie ritten schweigend weiter, und obwohl Aidan sich immer wieder im Sattel umdrehte, um sich zu vergewissern, dass die Frau ihnen nicht mehr folgte, unterbrach nichts ihren Ritt un-terhalb der Hügelkuppe, bis sie eine Erhebung erreichten und den Kreis der stehenden Steine erblickten. Jetzt, aus der Nähe, erkannte Fidelma, dass der Kreis nicht rund, sondern oval war und an der breitesten Stelle einen Durchmesser von ungefähr neun Metern hatte. Von den neun Steinen waren einige umgekippt, entweder durch Bodenerosion oder durch Menschenhand. In der Mitte stand ein Stein aus dunklem Quarz, der aussah wie ein Altar. Es war ein verlassener Ort, an dem ein kalter Wind übers Land peitschte und mit rauem Flüstern durch die Felsenfinger strich.

Fidelma saß ab, und die zwei Männer folgten ihrem Beispiel. Während Aidan die geduldigen Pferde am Zügel hielt, trat Fidelma in die Mitte des uralten Steinkreises und kletterte auf den Quarzaltar.

»Was machst du da?«, fragte Eadulf beunruhigt. Der Steinkreis war ein heiliger Ort; man hatte ihn errichtet, um die alten Gottheiten zu ehren, und man sollte ihn entweder meiden oder mit mehr Respekt behandeln. Die Ermordung des Schäfers durch den dreifachen Tod und das anschließende Auftauchen von Brancheó hatten ihn verunsichert; er spürte, wie empfindlich er gerade war.

Fidelma spähte von ihrem Aussichtspunkt in die Landschaft ringsum.

»Ich versuche festzustellen, ob in der Nähe eine Behausung liegt, die an die Hütte eines Schäfers erinnert, oder überhaupt irgendein Gebäude«, antwortete sie gereizt.

»Sei vorsichtig. Wahrscheinlich ist das, worauf du gerade geklettert bist, ein alter heidnischer Altar.«

»Ganz bestimmt sogar«, entgegnete sie grimmig. »Merkwürdig – dieser Ort ist so nah bei Cashel, und ich bin trotzdem noch nie hier gewesen. Weiter entfernte Plätze sind mir wesentlich vertrauter. Ich frage mich, warum der Steinkreis in einer so abgelegenen Gegend errichtet wurde.«

»Wahrscheinlich genau deshalb«, entgegnete Eadulf nervös. »Solche Kreise errichtet man am besten weit weg von den einfachen Leuten.«

Fidelma lächelte. »Manchmal, Eadulf, sind deine Bemerkungen höchst aufschlussreich.«

Er musterte sie misstrauisch, doch sie hatte das offenbar nicht sarkastisch gemeint. Vielmehr war sie wohl auch der Ansicht, dass Abgeschiedenheit bisweilen notwendig war, um die alten Götter und Göttinnen zu ehren. Inzwischen hatte sie ihre Besichtigung der umliegenden Landschaft abgeschlossen und konzentrierte sich auf ein bestimmtes Gebiet.

»Siehst du die Hütte des Schäfers?«

»Nein«, antwortete sie langsam, »aber ich sehe auf dem nächsten Hügel die dunklen Umrisse von Dächern, die zu dieser Abtei Ráth Cuáin gehören müssen.«

»Da ist etwas, das mich in Erstaunen versetzt«, sagte Eadulf nun.

»Was denn?«

»Falls dies das Gebiet ist, in dem Spelán angeblich seine Schafherde weiden ließ, frage ich mich, warum wir keinerlei Anzeichen von ihr entdeckt haben? Selbst wenn sie zu einer anderen Weide gebracht wurde, habe ich nirgendwo an den Ginsterbüschen und Dornen Schafswolle entdeckt und auch keine Schafskötel auf dem Boden.«

»Ich hatte mich schon gefragt, ob dir das aufgefallen ist«, war alles, was Fidelma dazu sagte, bevor sie sich wieder in den Blick über die Landschaft vertiefte.

Eadulf war enttäuscht. Es war nicht das erste Mal, dass Fidelma in Gedanken und Überlegungen versank und diese nicht mit ihm teilte. Doch dann schnappte sie hörbar nach Luft.

»Ich glaube, ich sehe, wo sie stehen muss!«

»Die Hütte?«

»Ja. Ein ganzes Stück den Abhang hinunter, nahe dem Wald im Tal. Komm rauf, ich zeig's dir.«

Widerwillig erklomm Eadulf den heiligen Steinaltar und folgte mit den Augen ihrer ausgestreckten Hand.

»Siehst du? Da ist ein Wäldchen, der ideale Ort, um eine Hütte zu errichten. Er liegt windgeschützt, und anscheinend fließt auch ein Bach hindurch. In Ermangelung von vielversprechenderen Plätzen in der Umgebung werden wir es da mal versuchen.«

Sie deutete auf eine Stelle ein ganzes Stück bergab, tief unterhalb der düsteren Silhouette der Abtei Ráth Cuáin. Eadulf sah die kleine Ansammlung dunkler Nadelbäume, die trotz des beginnenden Herbstes noch sommerlich wirkten.

»Doch auch hier gibt es weder Spuren von Schafen«, stellte er fest, »noch von Rauch aus einem Schornstein, der auf eine bewohnte Behausung schließen ließe. Da die Hütte von dem Gebäude überragt wird, das, wie du sagst, die Abtei sein muss, sollten wir vielleicht zuerst dorthin reiten und Nachforschungen anstellen?«

»Nein, lass uns zunächst die Hütte suchen«, beschloss Fidelma. Sie sprang vom Stein herunter und eilte zurück zu Aidan, der die Pferde beaufsichtigte.

»Komm, Eadulf«, rief sie ungeduldig.

Doch Eadulf blieb oben auf dem flachen Felsen stehen und kniff die Augen zusammen, um besser sehen zu können.

»Jemand nähert sich der Hütte«, rief er nach hinten, als er sicher war, dass seine Augen ihm keinen Streich spielten. »Jemand klettert aus dem Tal hinauf zu dem Wäldchen.«

»Ist es Branche6?«, fragte Fidelma und drehte sich wieder zu ihm um.

»Nein, es ist ein Mann … Aha, selbst aus dieser Entfernung erkenne ich an seiner Kleidung und der Axt, die er bei sich trägt, dass er Waldarbeiter ist. Weiter hügelabwärts sehe ich einen Karren, den er an einem tiefer liegenden Weg zurückgelassen hat.«

»Aus welcher Richtung kommt er?«

»Aus dem Wald im Tal unterhalb der Hütte«, sagte Eadulf. »Ich dachte, du hättest gesagt, dies sei ein abgelegener Ort? Wieso taucht hier diese merkwürdige Frau auf – und jetzt auch noch ein Holzfäller …«

Die nahende Gestalt erklomm den Hang zügig, allerdings unter großer körperlicher Anstrengung

»Interessant. Er scheint tatsächlich auf das Nadelgehölz zuzusteuern«, bestätigte Fidelma. Dann rief sie plötzlich aus: »Es ist Curnan!«

»Der Waldarbeiter, der für das Samhain-Feuer in Cashel verantwortlich ist?«, fragte Eadulf überrascht. »Wie kommt der so schnell hierher?«

»Genau das werden wir herausfinden«, antwortete Fidelma, drehte sich um und stieg aufs Pferd.

Ehe Eadulf den Steinkreis verlassen und seinen starken, kurzbeinigen Falben erreicht hatte, ritt Fidelma bereits den steil abfallenden Südhang hinunter; sie musste dabei ihre ganze Geschicklichkeit als Reiterin aufbieten. Zum Glück gab es einen anderen, weniger anspruchsvollen Pfad hügelabwärts. Aidan wartete auf Eadulf für den Fall, dass er Hilfe benötigte. Langsam holten sie Fidelma ein.

»Da ist ein Weg unterhalb des Hügels, Lady«, rief Aidan. »Bestimmt ist er bequemer und einfacher als unser Weg war. Curnan hat einen Esel und einen Karren dabei; er hat beides stehen lassen, um zu Fuß zum Wäldchen hinaufzusteigen.«

Der Waldarbeiter hatte eine stabile Axt über die Schultern geschwungen und ging mit gesenktem Kopf den Hang hinauf. Er sah oder hörte die Reiter nicht, bis er direkt unterhalb von ihnen vorbeilief.

»Sei erneut gegrüßt, Curnan!«, rief Fidelma ihm zu.

Er blieb erschrocken stehen, schaute nach oben und riss überrascht die Augen auf, als er die drei Reiter erkannte. Er wartete, bis sie bei ihm waren.

»Du hast dir einen schweren Anstieg ausgewählt, mein Freund«, sagte Fidelma zur Begrüßung. »Was suchst du hier – doch nicht etwa mehr Holz für dein Feuer?«

»Das stimmt, es ist ein mühsamer Weg, wenn man mit Karren und Esel unterwegs ist, Lady«, erwiderte er. Die Reiter stiegen von ihren Pferden.

»Es gibt einen einfacheren Pfad für Pferd und Wagen weiter dort drüben«, sagte Fidelma. Ihrem Blick war kaum etwas entgangen, als sie die Gegend von dem alten Steinkreis aus in Augenschein genommen hatte. »Warum bist du nicht dort entlanggefahren?«

»Weil dieser Weg zur Abtei führt und man von dort beobachtet werden kann.«

»Warum wolltest du das vermeiden? Und überhaupt, was machst du eigentlich hier, Curnan? Ich dachte, du seist mit den Vorbereitungen für das große Samhain-Feuer morgen Abend beschäftigt.«

»Dies ist das Gebiet der Sítae, Lady. Mein Gebiet, Lady – das habe ich dir bereits erzählt. Ich bin in den Wäldern dort unten geboren. Das große Feuer braucht noch mehr Holz, und genau deshalb bin ich mit meinem Wagen unterwegs.«

Fidelma lächelte skeptisch. »Ich verstehe, dass du unten im Wald Holz sammelst, aber hier oben auf diesen kargen Hängen gibt es doch kaum welches.«

Curnan wirkte einen Moment verunsichert, er zuckte die Achseln. »Ich habe nur … nur den Hügel abgesucht, vielleicht finde ich ja doch was.«

»Hier gibt es nicht viel zu finden – höchstens in dem Wäldchen da. Die wenigen Bäume hier sind Nadelbäume, taugen also nicht für ein Feuer, selbst wenn du in der Lage wärst, sie zu fällen und sie ganz allein zu deinem Karren dort unten zu schaffen.«

Curnan hatte es offenbar die Sprache verschlagen.

»Vielleicht steht Speláns Hütte in dem Wäldchen?«, hakte Fidelma nach. »Wolltest du deshalb nicht, dass man in der Abtei sieht, dass du dorthin gehst?«

»Speláns Hütte?«, wiederholte Curnan einfältig. Es klang ein wenig schuldbewusst.

»Du sagtest, du bist hier aufgewachsen. Spelán ist tot – und, wie du uns erzählt hast, Caoimhe, seine Frau, ebenfalls.«

»Warum sollte ich dann also zu ihrer Hütte gehen?«, fragte der Waldarbeiter.

Fidelma seufzte. »Oh, dafür gäbe es viele Gründe. Vielleicht willst du etwas aus der Hütte haben?«

»Warum? Ich war nicht mit Spelán befreundet.«

»Aber du kanntest seine Frau, Caoimhe, nicht wahr?«

»Ja – doch wie gesagt, Caoimhe ist noch vor Sommeranfang gestorben«, fauchte er.

»Also bist du vielleicht gekommen, um nachzusehen, ob es in der verwaisten Hütte noch was zu holen gibt?«

»Das ist nicht wahr!«, erwiderte der Mann erregt.

»Es tut mir leid, Curnan, wenn ich deine Anwesenheit falsch gedeutet habe«, sagte Fidelma freundlich. »Aber du musst zugeben, dass deine Erklärung schwer zu glauben ist.«

»Es ist die einzige Erklärung, die ich habe«, entgegnete er säuerlich.

»Wie gut hast du Caoimhe und Spelán wirklich gekannt?«, fragte Fidelma mit strenger Stimme.

»Wie gesagt, ich bin in den Wäldern dort unten aufgewachsen. Als Spelán in der Gegend auftauchte, gelang es ihm, sich bei Caoimhe einzuschmeicheln. Sie war ein Mädchen von hier, und er begann, ihre Schafe zu hüten. Ich sah ihn von Zeit zu Zeit, meistens, wenn er zum Saufen nach Cashel kam. Ich hatte keinen Grund, ihn zu mögen, aber auch keinen, ihn umzubringen. Caoimhe besaß wenig außer ihrer Herde. Doch das genügte Spelán.« Curnan räusperte sich, bevor er einräumte: »Na gut, ich bin hergekommen, um zu schauen, was ich noch ergattern kann, bevor sich die Nachricht von Speláns Tod verbreitet und andere hier auftauchen.«

»Da hast du ja Glück, dass wir dich noch vorher getroffen haben, Curnan«, erwiderte Fidelma kalt. »Hättest du etwas daraus entwendet, wie du deinen eigenen Worten nach vorhattest, müsstest du womöglich mit einer Anklage wegen Diebstahls rechnen. Ich schlage vor, du gehst zu deinem Karren zurück und verschwindest von hier. Kümmere dich besser um das Samhain-Feuer in Cashel.«

Curnan zögerte, als wolle er widersprechen, bemerkte jedoch das zornige Funkeln in Fidelmas Augen, machte auf dem Absatz kehrt und lief bergab zu seinem Eselskarren.

Aidan wollte etwas sagen, doch Fidelma schüttelte den Kopf in Curnans Richtung.

»Lass ihn. Wir können ihn später befragen, wenn wir mehr über Spelán, seine Frau Caoimhe und seine Gewohnheiten in Erfahrung gebracht haben.«

»Dann sollten wir uns Speláns Hütte genauer ansehen, ehe es Abend wird«, stimmte Eadulf nach einem Blick gen Himmel zu.

»Du hast recht, Eadulf. Zumindest wissen wir jetzt, dass die Hütte in diesem Wäldchen liegt. Hoffentlich finden wir dort Antworten.«

Aidan schien nicht gerade glücklich darüber, dass sie Curnan einfach so laufen ließen, doch er stieg wieder aufs Pferd und ritt voraus.

Als Eadulf jetzt einen Blick zurück und nach oben warf, sah er zum ersten Mal die Mauern der Abtei auf dem Gipfel, der über ihnen aufragte. Sie erhob sich so abweisend wie eine Festung und hatte nicht die geringste Ähnlichkeit mit einem Kloster. Er bemerkte nun auch, wie unterschiedlich die Berghänge hier waren. Während sie sich weiter nach Süden bewegten, entdeckte er hier und da Stellen, die steil wie Klippen abfielen.

Er machte Fidelma darauf aufmerksam.

»Della hat gesagt, Ráth Cuáin sei ursprünglich die Festung des hiesigen Stammesfürsten gewesen«, antwortete sie. »Anscheinend ist es nach wie vor mehr Festung als Abtei.«

»Merkwürdig, dass wir die Mauern vom Steinkreis aus nicht sehen konnten«, sagte Aidan.

»Das hat mit der Lage dieser Hügel zu tun«, erklärte Fidelma. »Sie bieten der Abtei eine gute Tarnung, bis man fast vor ihr steht. Curnan muss das gewusst haben. Außerdem schützt ihre Lage sie vor Angriffen vom großen Fluss her. Aber das soll jetzt nicht unsere Sorge sein. Finden wir etwas über Speláns Hütte heraus.«

»Apropos seltsame Dinge; ich habe es bereits gesagt und wiederhole es erneut: Es ist erstaunlich, dass wir immer noch nicht auf Anzeichen für eine Schafherde gestoßen sind«, sagte Eadulf.

Sie ritten jetzt in das Wäldchen hinein, in dem Nadelbäume sowohl für Schutz als auch für Dunkelheit sorgten.

»Seht mal!« Aidan deutete nach vorn. »Du hattest recht, Lady. Dort zwischen den Bäumen *ist* eine Hütte.«

»Allerdings keine Spur von Rauch oder von Tieren in der Nähe«, ergänzte Eadulf.

»Was zu erwarten ist, wenn beide Bewohner tot sind«, erwiderte Fidelma.

Sie zügelten ihre Pferde und betrachteten die Umgebung.

Ringsum herrschte Stille, abgesehen vom leisen Murmeln eines Bächleins, das auf seinem gewundenen Weg bergab über Kieselsteine gluckerte, vom Zwitschern der Vögel in den Bäumen und vom Rauschen des kalten Windes, der durch die Zweige blies und die letzten noch hängenden Herbstblätter mit sich riss und in verschiedene Richtungen wirbelte, bis sie schließlich zu Boden fielen.

»Hier ist es zu still, Lady«, sagte Aidan besorgt. »Ich habe kein gutes Gefühl.«

»Falls Spelán und seine Frau hier gelebt haben, ist die Hütte jetzt sicher unbewohnt – vermutlich schon seit einiger Zeit«, erwiderte Eadulf.

»Lasst uns absitzen«, wies Fidelma sie an. »Aidan, du bleibst bei den Pferden. Eadulf und ich gehen hinein, um nachzusehen, ob noch jemand dort wohnt.«

Aidan protestierte, doch sie bedeutete ihm zu schweigen. Also glitt er aus dem Sattel und nahm die Zügel von ihrem und Eadulfs Pferd entgegen.

Die Hütte duckte sich in den Schutz der Bäume. Eadulf war überrascht, dass sie überwiegend aus Stein gebaut war. Er hatte die typische Holzhütte der Waldarbeiter erwartet. Vor ihnen stand ein plumpes Gebäude mit einem schweren, allmählich verfaulenden Strohdach, das schon vor Jahren hätte repariert werden müssen. Alles wirkte verwahrlost und verlassen, schmutzig und ungeliebt. Hier und da lag verrostetes Werkzeug herum. Es gab nur eine einzige Öffnung, die wohl als Fenster diente. Eine einst stabile Holztür, bestehend aus nur einem Brett, hing schief an einem losen Scharnier und stand einen Spaltbreit offen.

Als sie sich der Hütte näherten, deutete Eadulf plötzlich nach vorn. Quer über der Türschwelle lag der Kadaver eines Hundes.

»Der wurde erst vor Kurzem getötet«, verkündete er.

Fidelma stimmte ihm zu. Obwohl das Blut getrocknet war, zeigte das Tier noch keine Anzeichen von Verwesung; auch Aasfresser hatten sich noch nicht darüber hergemacht. Fidelma schätzte, dass der Hund nicht länger als einen oder zwei Tage dort lag. Andernfalls hätte er die Aufmerksamkeit von Wölfen oder Füchsen auf sich gezogen oder sogar von Krähen oder Raben auf der Suche nach einer Mahlzeit.

»Vermutlich war das Speláns Hirtenhund«, sagte Fidelma grimmig.

»Glaubst du, dass derjenige, der ihn und seinen Hund tötete, sich mit der Schafherde davongemacht hat? Sind uns deshalb keine Schafe begegnet?«, fragte Eadulf.

Fidelma schaute ihn ernst an. »Im Moment möchte ich gern mehr über Spelán und seine Frau herausfinden, die angeblich tot ist. Wir suchen in der Hütte weiter.«

Bevor Eadulf protestieren oder sie bitten konnte, auf der Hut zu sein, hatte sie die Tür aufgestoßen und war über den Hund hinweggestiegen.

KAPITEL 6

Der Gestank, der ihnen beim Betreten der Hütte entgegenschlug, war so beißend, dass Fidelma den Atem anhielt und husten musste. Es fiel nicht viel Licht in den Raum, doch gerade genug, um Eadulf auf einem Tischchen eine Kerze entdecken zu lassen. Daneben lag ein kleiner Behälter, der Feuerstein, Stahl und Zunder enthielt, das sogenannte *tenlach-teined* oder Feuer-Zeug, wie so eine Zunderbüchse genannt wurde. Eadulf machte sich an die Arbeit, war jedoch nicht geübt darin, und nach wenigen Augenblicken nahm ihm Fidelma die Utensilien aus der Hand und schlug gleich darauf einen Funken, so dass ein Häufchen aus trockenen Blättern und Zunder Feuer fing, mit dem sie die Kerze anzündete.

Das Paar schaute sich nun in der Hütte um. Im Dämmerlicht entdeckten sie kaum etwas Ungewöhnliches, abgesehen davon, dass sie fast keine Möbel enthielt. Die Hütte bestand aus nur einem Raum mit einem Herd an einem Ende; die verstaubten Kochtöpfe und der Bratspieß waren offenbar lange nicht mehr benutzt worden. Am anderen Ende stand neben einer vermodernden Truhe ein Bett. Ein Hirtenstab lehnte an der Wand. Auch er schien schon lange verwaist zu sein.

Fidelma hielt die Kerze hoch und drehte sich im Kreis, während ihre Augen jede Ecke absuchten.

Eadulf schüttelte traurig den Kopf. »Nun, wenn das Speláns Hütte war, gibt es keinerlei Anzeichen dafür, dass hier jemals eine Frau gewohnt hat«, sagte er. »Zumindest nicht in letzter Zeit. Das würde bestätigen, dass seine Frau schon eine Weile tot ist.«

»Das stimmt, Eadulf. Der Raum wirkt so, als sei er von einem alten wohnungslosen Wanderhandwerker benutzt worden, der es längst aufgegeben hatte, Häuslichkeit vorzutäuschen.«

»Trifft das nicht mehr oder weniger genau auf Spelán zu – erinnere dich an Dellas Worte –, zumindest auf das, was aus ihm geworden ist? Spelán scheint kein Mensch mit besonderen Qualitäten gewesen zu sein.«

»Brancheó deutete an, dass sie ihn kannte – aber in welcher Beziehung standen sie? Falls sie ab und an hierherkam, dann offensichtlich nicht, um für Ordnung zu sorgen.«

»Richtig. Ist das also wirklich Speláns Hütte?«

»Es gibt keinen Grund, das zu bezweifeln«, erwiderte Fidelma. »Ich würde sogar so weit gehen, zu behaupten, dass er hier getötet wurde, bevor man den Leichnam zum Samhain-Feuer nach Cashel brachte.«

Eadulf verzog das Gesicht. »Jetzt übertreibst du aber, oder?«

Statt einer Antwort deutete Fidelma auf das Holzbett. »Ich setze noch eins drauf. Man hatte ihn an dieses Bett gefesselt – genau hier wurde ihm der Bart abrasiert und sein Haar zu einer Tonsur geschnitten, um ihm das Aussehen eines Mönchs zu verleihen.«

»Was?«, stieß Eadulf hervor – und bemerkte gleich darauf die Haarsträhnen auf dem Bett und daneben.

»Du wirst zudem die dunklen Blutflecke erkennen. Sie sind nicht alt. Wenn du dich dicht übers Holz beugst, wird dir auch noch ein Geruch auffallen.«

Eadulf schnupperte. »Der Duft von Lavendel – aber äußerst schwach.«

»Ich glaube, Spelán wurde erst gestern getötet und während der Nacht nach Cashel gebracht, damit man ihn heute früh entdeckt.«

Eadulf starrte sie an. »Also war das Absicht. Bist du sicher, dass sie die Leiche nicht einfach nur verstecken wollten?«

»Falls seine Mörder – und ich glaube, dass es sich um mehrere Personen handelt – ihn nur verstecken wollten, dann hatten sie jede Menge Zeit und Orte hier in der Nähe und hätten ihn nicht den ganzen Weg bis zum Marktplatz schleppen müssen. Du selbst hast gesagt, dass die Öffnung, in die man ihn schob, mit Sorgfalt hergerichtet wurde – aber sie wurde hinterher nicht sorgfältig verschlossen. Auch das geschah absichtlich. Ich bin davon überzeugt, dass die Leiche gefunden werden sollte.«

»Aber ...«

Fidelma hob eine Hand. »Bitte frag jetzt nicht ›warum?‹ Genau das müssen wir herausfinden.«

»Woher willst du wissen, dass man ihn ans Bett gefesselt hatte?«

»Das ist doch ganz einfach. Erinnerst du dich an die Druckstellen an seinen Hand- und Fußgelenken? Sieh mal, hier scheuerten die Seile an den Brettern entlang, und die Verfärbung dort deutet auf Blutflecke hin.«

»Was glaubst du, wie man ihn umgebracht hat?«

»Wie er starb?« Fidelma blickte sich um, bevor sie sich wieder an Eadulf wandte. »Vermutlich schlug man ihm zuerst auf den Hinterkopf, um ihn außer Gefecht zu setzen; wahrscheinlich war er danach bewusstlos. Dann brachte man ihn hier rein und band ihn am Bett fest. Er kam wieder zu sich und wehrte sich. Du hast die Druckstellen der Fesseln an seinen Händen und Füßen gesehen. Als Nächstes verpasste ihm der Mörder diese grobe Tonsur. Danach traf ein zweiter, tödlicher Schlag seinen Kopf. Er wurde losgebunden und in die Mönchskutte gekleidet, bevor sie das brutale Ritual zu Ende führten: Sie stachen ihm ins Herz und schnitten ihm die Kehle durch.«

»Also hat er deshalb so wenig Blut verloren«, stellte Eadulf nachdenklich fest. »Er war bereits tot, als man ihm die Kehle durchtrennte.«

»Genau.«

»Aber gewiss hätte der Hund doch seinen Herrn zu schützen versucht? Haben die Mörder den Hund getötet und dort draußen liegen lassen?«

»Höchstwahrscheinlich hatten sie den Hund ausgesperrt, als sie über Spelán herfielen, und als sie die Tür öffneten, um zu verschwinden, wollte der Hund herein, und sie schlugen ihn tot. Das würde erklären, warum er mit eingeschlagenem Schädel auf der Schwelle liegt.«

»Wenn der zweite Schlag auf Speláns Hinterkopf tödlich war und ihm alles andere erst danach zugefügt wurde, so erklärt das einiges. Die Tür war geschlossen, und der Hund befand sich im Freien. Das könnte bedeuten, dass Spelán die Mörder kannte, sie ins Haus bat und den Hund selbst draußen ließ. Als er ihnen dann den Rücken zuwandte, schlugen sie ihn nieder.«

»Gut beobachtet. Spelán muss demjenigen, der ihm den ersten Hieb versetzte, auf jeden Fall den Rücken zugekehrt haben. Seine Mörder waren ihm höchstwahrscheinlich bekannt, und er vertraute ihnen. Er kann unmöglich geahnt haben, was sie vorhatten.«

Eadulf schwieg ein Weilchen. Dann sagte er verdrossen: »Das führt zu einer weiteren Schlussfolgerung.«

Fidelma lächelte matt. »Die da wäre?«

»Dass wir Curnan als Täter ausschließen müssten.«

»Weil?«

»Weil Curnan uns sonst nicht freiwillig erzählt hätte, dass die Öffnung im Holzstapel bemerkenswert fachgerecht angelegt wurde – womit er die Aufmerksamkeit auf sich selbst als Fachmann für solche Holzstapel lenkte. Außerdem: Warum sollte er den Leichnam bis nach Cashel schaffen? Und wäre das Ritual des dreifachen Todes einem einfachen Waldarbeiter überhaupt in den Sinn gekommen?«

»Das ist nicht ganz folgerichtig, Eadulf. Er kann es getan und sogar gewollt haben, dass man die Leiche findet. Ich würde ihn als Täter nicht ausschließen, bevor wir mehr wissen.«

Eadulf deutete in den leeren Raum. »Das scheint unser Problem zu sein. Ich sehe nicht, was es hier zu entdecken gibt. Wir haben zwar herausgefunden, wo Spelán getötet wurde und auf welche Art und Weise das geschah. Wir haben ebenfalls festgestellt, dass er sich wahrscheinlich bei seiner Frau, die hier aus der Gegend stammte, eingeschmeichelt hat und dadurch Schafhirte wurde. Wir sollten vermutlich mehr über sie in Erfahrung bringen. Es ist durchaus vorstellbar, dass ihre Familie ihm nicht wohlgesinnt war. Wir wissen, dass er während des Sommers viel getrunken hat und niemand ihn leiden konnte. Aber warum sollte jemand ihn umbringen? Warum tötete man ihn nach einem alten heidnischen Ritual, und warum verkleidete man ihn als Mönch? Wie du schon sagtest, die Mörder müssen gewusst haben, dass man früher oder später herausfinden würde, wer der Tote ist, den sie in Cashel ablegten.«

»Viele Fragen, Eadulf«, stimmte Fidelma ihm zu. »Deshalb müssen wir beginnen, nach Antworten zu suchen.«

»Aber wo fangen wir an?«

»Wir haben bereits angefangen. Wir haben die Hütte gefunden, in der Spelán ermordet wurde; jetzt müssen wir jemanden aufspüren, der seine Frau und ihre Herkunft kannte. Wir wissen, dass ihr Name Caoimhe war und dass sie zum hiesigen Clan, den Sítae, gehörte. Wir können Curnan erneut befragen – aber zunächst würde ich gern mit anderen Clanmitgliedern sprechen.«

»Also suchen wir nach der nächstgelegenen menschlichen Behausung und nach jemandem, der Speláns Frau oder ihre Familie kannte oder sonst etwas weiß«, fasste Eadulf zusammen.

»Genau.« Fidelma blies die Kerze aus, ging zur Tür und trat über den Kadaver des Hundes.

»Sollten wir ihn nicht irgendwie …?« Eadulf deutete mit dem Kinn auf das Tier.

»Am besten lassen wir die Natur ihr Werk tun; sie wird ihn auf ihre Weise entsorgen«, rief Fidelma über die Schulter und lief auf Aidan und die Pferde zu.

Aidan wartete, die Zügel fest in der Hand. »Ihr wart lange fort. Was gibt es Neues?«

»Da drinnen wurde Spelán ermordet«, berichtete Eadulf. »Ansonsten haben wir kaum mehr als einen Hirtenstab und einen toten Hirtenhund gefunden.«

Aidan wirkte enttäuscht. »Dann sind wir umsonst hierher-geritten.«

Fidelma schüttelte den Kopf. »Umsonst? Wir stecken doch mitten in unseren Untersuchungen, Aidan. Jetzt wollen wir et-was über Speláns Frau herausfinden.«

»Und wo fangen wir an?«, erkundigte sich Aidan und wie-derholte damit fast wortwörtlich Eadulfs Frage.

»Wir suchen das nächstgelegene bewohnte Gehöft.«

»Warum erkundigen wir uns nicht in der Abtei nach ihm?« Aidan deutete mit der freien Hand den Berg hinauf.

»Ich ziehe es vor, zunächst mit jemandem zu sprechen, der nichts mit der Abtei zu tun hat«, antwortete Fidelma. »Am Rand des Gehölzes führt ein Pfad hinunter in den Wald. Er sieht aus, als würde er gelegentlich benutzt. Wir folgen ihm einfach, denn Wege führen immer zu Wohnstätten.«

Eadulf musterte den Himmel; mit einem Blick auf sein Mie-nenspiel lächelte Fidelma.

»Keine Sorge. Uns bleibt noch genügend Tageslicht, bevor wir den Rückweg antreten müssen.«

»Aber wir verbringen sehr viel Zeit mit dieser Suche, die wir doch für einfach hielten und von der wir hofften, sie schnell erledigen zu können. Was, wenn wir nicht vor Einbruch der Nacht nach Cashel zurückkommen?«, protestierte er.

»Dann müssen wir das Beste daraus machen. Die Tatsache, dass morgen Abend das Samhain-Fest beginnt, darf unsere Nachforschungen nicht beeinträchtigen. Wir haben diesen Schäfer, dessen Ermordung mit alten heidnischen Glaubensvorstellungen zusammenhängt, und wir haben eine Frau, die sich selbst als ›Raben-Anruferin‹ bezeichnet. Und die Cashel mit einem uralten Fluch belegt hat und den Tod des Hirten rächen möchte. Die Leute haben jetzt schon Angst. Man sah es in ihren Augen, als wir heute früh durch die Stadt ritten.«

»Willst du damit sagen, das alles sollte nur dazu dienen, den Leuten Angst einzujagen?«, fragte Eadulf.

»Ich will sagen, dass es gut wäre, wenn wir vor dem morgigen Samhain-Feuer und den Festlichkeiten eine Erklärung hätten.«

Sie bestiegen ihre Pferde, verließen das Wäldchen und folgten Fidelma, die auf Aonbharr zuversichtlich vorausritt, Richtung Tal. Schließlich stieß der Weg auf den Saum eines großen Waldgebietes, das, wie Fidelma wusste, bis an die Ufer des mächtigen Flusses Suir reichte. Nördlich des breiten Baumgürtels verlief der Hauptweg, den sie bisher immer benutzt hatte, um den Fluss bei der Eselsfurt zu durchqueren und von dort zu Aras Brunnen zu reiten oder noch weiter zur Abtei Imleach, wo der Heilige Ailbe zum ersten Mal das Wort des Neuen Glaubens ins Königreich von Muman gebracht hatte. Den Wald hatte sie dabei meist umgangen und kannte ihn nicht gut; sie war sich jedoch sicher, dass darin eine ganze Reihe einzelner Gehöfte liegen musste.

Und tatsächlich erreichte sie der erste Hinweis darauf, dass hier Leute wohnten: In der Ferne hackte jemand Holz.

Aidan blieb stehen und lauschte mit geneigtem Kopf.

»Das kommt von dort drüben, Lady«, rief er und deutete in die Richtung.

»Sehr gut, dann schauen wir mal nach«, erwiderte sie.

Aidan übernahm die Führung, und bald folgten sie einem schmalen Pfad, gerade breit genug, um hintereinander herzureiten. Das Geräusch der Axt, die in Holz schlug, wurde zunehmend lauter, bis sie zwischen den hohen Eichen des Waldes auf eine weite Lichtung stießen.

Auf einer Seite wurde die Freifläche von einer Holzhütte beherrscht; davor brannte ein offenes Feuer, über dem ein Kessel hing. Eine mollige Frau mit hellen Haaren rührte darin, und der Dampf, der daraus aufstieg, trug den Duft von geschmortem Hasen und Gemüse zu ihnen herüber und regte ihren Appetit an. Es gab mehrere Nebengebäude und Gehege für Tiere, aus denen das zufriedene Grunzen von Schweinen zu hören war sowie das protestierende Blöken einer Ziege und das Gackern von Hühnern. Auf der anderen Seite des Platzes war ein großer, muskulöser Mann mit nacktem Oberkörper mit Feuereifer bei der Arbeit; schweißüberströmt schlug er seine Axt in Stämme, die er offensichtlich zu Feuerholz zerkleinern wollte. Ein großer Wolfshund erhob sich mit leisem Knurren, als er die Ankömmlinge entdeckte. Die Frau blickte auf und sah sie.

»Torcán!«, rief sie warnend.

Der Mann hielt mitten im Schwung inne und stand breitbeinig da, die Axt in beiden Händen quer vor der Brust. Sein dunkles Haar war von grauen Strähnen durchzogen, und seine schweißglänzende Haut war vom Wetter gegerbt. In vielerlei Hinsicht sah er Curnan zum Verwechseln ähnlich, auch wenn seine Gesichtszüge wesentlich resoluter und hübscher waren. Er rief dem Hund kurz etwas zu, und der setzte sich auf seine

Hinterpfoten, blieb jedoch wachsam und ließ die Neuankömmlinge nicht aus den Augen, als warte er auf neue Befehle.

»Willkommen, Fremde – falls ihr in Frieden kommt«, rief der Mann in einem recht angenehmen, melodiösen Tonfall.

Fidelma ließ ihr Pferd noch einige Schritte vortreten. »Warum sollten wir nicht in Frieden kommen?«, antwortete sie mit einem Stirnrunzeln.

»Ich sehe, dass euch ein Krieger begleitet.«

»Hättet ihr von einem Krieger etwas zu befürchten?«

»Das kommt auf seine Absichten an. Wir begegnen häufig den Kriegern, die von unserem Stammesfürsten angeheuert werden, um den Tribut einzutreiben, den wir ihm schulden. Ich sage, verflucht seien alle Krieger!«

»Krieger, die dein Stammesfürst *anheuert*?« Fidelma war seine Betonung dieses Wortes nicht entgangen. »Gehört ihr zum Stamm der Sítae, und hat euer Oberhaupt nicht das Recht, bei Bedarf Clanmitglieder als Krieger zu verpflichten?«

»Ja, ich gehöre zu den Sítae. Warum fragst du?« Der Mann musterte sie misstrauisch mit zusammengekniffenen Augen und hielt die Axt weiter einsatzbereit vor die Brust.

»Ich nehme an, dass ich mich auf dem Gebiet dieses Stammes befinde«, antwortete Fidelma. Sie bemerkte, dass die Frau hoch aufgerichtet und mit angespanntem Körper neben dem Kochkessel stand. »Ich bin Fidelma von Cashel, eine *dálaigh*; von mir habt ihr keine Ungerechtigkeiten zu befürchten. Mein Begleiter trägt das Symbol der Nasc Niadh, der Krieger vom Goldenen Halsreif, und gehört zur Leibwache meines Bruders, König Colgú. Mein anderer Gefährte ist mein Ehemann Eadulf.«

Bei diesen Worten ließ der hochgewachsene Mann seine Axt sinken, während seine Frau beflissen auf sie zutrat.

»Vergib uns, Lady. Der Name Fidelma bürgt allgemein für

Wahrheit und Gerechtigkeit, ebenso wie der deines Mannes, Eadulf, des Sachsen.«

Eadulf stöhnte verhalten. »Des Angeln«, korrigierte er sie leise und fast nur für ihn selbst hörbar.

»Willkommen, Lady, willkommen.« Die Miene des Mannes verwandelte sich in ein freundliches Lächeln. »Steigt ab, auf dass wir euch unsere schlichte Gastfreundschaft anbieten können.«

Als Antwort schwang sich Fidelma vom Pferd.

»Und du bist?«, fragte sie liebenswürdig.

»Ich bin Torcán, der Holzfäller in diesem Wald. Und das ist meine Frau Éimhín. Éimhín, hol uns Trinkbecher mit Apfelwein, damit diese wackeren Leute ihren Durst löschen können, den sie gewiss von ihrer Reise mitbringen.«

Der Holzfäller bedeutete ihnen, sich neben der Hütte und dem Feuer auf Sitzen aus Baumstämmen niederzulassen. Als sie Platz genommen und den ersten Schluck getrunken hatten, wie es das Ritual der Gastfreundschaft vorschrieb, sagte Fidelma schließlich:

»Du hast gerade eben eine interessante Wortwahl getroffen«, begann sie. »Du sagtest, dein Stammesfürst habe Krieger *angeheuert*.«

»Genau. Söldner.« Er gebrauchte das Wort *deorad*, was so viel bedeutete wie Außenseiter, die aus anderen Stämmen oder Gebieten kamen.

»Euer Stammesfürst hat doch bestimmt eigene Leute, die er einsetzen könnte. Warum muss er Auswärtige hinzuziehen?«, fragte Fidelma überrascht. »Braucht er dafür nicht die Zustimmung des Stammesrates?«

Torcáns verbittertes Lächeln beantwortete ihre Frage. Sie beschloss, das Thema zunächst auf sich beruhen zu lassen, und plauderte ein Weilchen unbeschwert über die Qualität des Apfelweines, bevor sie auf den Zweck ihres Besuches zu sprechen kam und ernst wurde.

»Ich nehme an, ihr kennt die meisten Leute, die hier in der Gegend wohnen, Torcán?«

Der Hüne deutete auf sein Heim. »Ich bin hier geboren, in dieser Hütte, genau wie mein Vater vor mir und davor sein Vater. Es gibt kaum etwas, was ich von den Bewohnern dieser Gegend nicht weiß. Auch meine Frau ist am Ufer des großen Flusses, nicht weit von hier, zur Welt gekommen und aufgewachsen. Wir gehören beide zum Stamm der Sítae.«

Fidelma musterte seine Gesichtszüge, während er sprach, als ihr ein Gedanke kam. »Bist du verwandt mit Curnan, der ebenfalls Holzfäller ist?«

Torcán setzte ein schiefes Lächeln auf. »Was hat er angestellt? Er ist mein jüngerer Bruder.«

»Ich dachte mir doch, dass da eine Ähnlichkeit besteht. Ich hoffe nicht, dass er etwas angestellt hat. Hast du ihn in letzter Zeit gesehen?«

»Nicht, seit man ihm die Aufgabe übertrug, das große Samhain-Feuer auf dem Marktplatz in Cashel aufzubauen. Wir stehen uns nicht gerade nah. Er besitzt seine eigene Hütte hier im Wald, aber näher an Cashel. Einer meiner Söhne arbeitet bei ihm, sie fällen oder stutzen die Bäume an der Straße zur Eselsfurt.«

»Sag mal, kennst du einen Schäfer namens Spelán?«

Augenblicklich verdunkelte sich die freundliche Miene des Holzfällers, und Fidelma sah, dass auch seine Frau Éimhín nicht gerade glücklich dreinblickte.

»Gäbe Gott, ich könnte das abstreiten, Lady«, erwiderte Torcán grimmig. »Man könnte meinen, er sei ein Nachkomme der Fómorii – mit seiner merkwürdigen, bösartigen Lebenseinstellung.«

Fidelma warf einen Blick zu Eadulf, wusste jedoch, dass er die Anspielung auf die Meeresbewohner verstehen würde, die in den uralten Legenden ihres Volkes als missgestaltete Kreaturen galten sowie als Sinnbild des Bösen.

»Ihr könnt den Schäfer ganz offensichtlich nicht leiden«, bemerkte sie.

»Ich gehe ihm aus dem Weg und habe meiner Frau und meinen Söhnen das Gleiche geraten. Was will eine Tochter von Cashel mit einer solchen Ausgeburt an …« Der Holzfäller verstummte, als er den missbilligenden Blick seiner Frau sah.

»Spelán ist tot«, erklärte Fidelma unverblümt.

Torcán wirkte nicht überrascht. »Vermutlich hat ihm die Sauferei das Genick gebrochen? Und nicht einmal vor der Zeit.«

»Nein. Er wurde ermordet. Sein Leichnam wurde in Cashel gefunden … und zwar in einem Versteck unter dem Holzstapel, den dein Bruder Curnan aufbaut.«

Torcán und seine Frau sahen sich erschrocken an.

»Du willst uns damit aber nicht sagen, dass Curnan ihn getötet hat?«, fragte Torcán schließlich mit heiserer Stimme.

»Gibt es irgendeinen Grund, warum er das getan haben sollte?«

»Jeder hatte irgendwann Streit mit Spelán. Er war nun mal so: ein zänkischer Säufer. Es kursierten sogar Gerüchte, dass er ein Dieb war.«

Éimhín wirkte bedrückt. »Früher oder später erfährst du es doch, Lady, dass Curnan vor langer Zeit gewisse Aussichten bei der Frau hatte, die dann Spelán heiratete.«

»Aber Curnan hätte nie die Hand gegen ihn erhoben, es sei denn, in Notwehr – und Spelán war von jeher ein Feigling, er hätte es nie gewagt, einen anderen Mann anzugreifen. Er lebte seine Aggressionen aus, indem er seine arme Frau missbrauchte.«

»Seine Frau Caoimhe?«, hakte Fidelma nach. »Man sagte uns, sie sei gestorben. Wisst ihr denn, wie?«

»Caoimhe starb im Monat der gefleckten Kuh an einem Fieber«, sagte Éimhín traurig.

»Vor fast acht Monaten?«, fragte Eadulf, nachdem er sich den Ausdruck *laethanta na riabhaiche* übersetzt hatte.

»Vielleicht sollten wir mit dem beginnen, was ihr uns über Spelán erzählen könnt«, ermunterte Fidelma Éimhín.

»Über ihn ist wenig genug bekannt.« Torcáns Worte waren offensichtlich die allgemeine Standardantwort auf diese Frage. »Er gehörte nicht zu unserem Clan. Er tauchte vor zwei Jahren hier auf, vielleicht etwas später. Gerüchten zufolge war er aus seinem Stammesgebiet geflohen, weil er sich eines Vergehens schuldig gemacht hatte.«

»Angeblich war Spelán ein Schäfer aus den Bergen im Norden«, fügte Éimhín hinzu. »Zumindest behauptete er das, als er hier auftauchte.«

»Habt ihr das bezweifelt?«, fragte Eadulf, dem ihr Unterton nicht entgangen war.

»Als wir ihn kennenlernten«, antwortete Torcán für sie beide, »fiel mir auf, dass seine Hände nicht wie die eines Hirten aussahen, sondern eher wie Hände von jemandem, der in einem Steinbruch oder einem Bergwerk gearbeitet hat. Hände sagen viel über einen Menschen aus.«

»Die Schafherde, die er hütete, gehörte seiner Frau?«

»Ich weiß nichts über die rechtliche Situation, Lady. Gerüchten zufolge verkaufte er die gesamte Herde nach Caoimhes Tod an die Abtei Ráth Cuáin. Zumindest sah man die Schafe während des Sommers nicht mehr auf ihrer gewohnten Weide. Er muss einen Batzen Geld dafür bekommen haben, denn mein Bruder erzählte, er habe in den vergangenen Wochen ein hübsches Sümmchen im Gasthaus in Cashel ausgegeben.«

»Aber er hätte die Herde gar nicht verkaufen dürfen«, erklärte Fidelma. »Als Fremder von einem anderen Stamm war er selbst durch eine Heirat nicht automatisch Eigentümer von Gütern, die seiner Ehefrau gehörten, es sei denn, das war mit der Sippe der Frau vereinbart worden. Wer waren ihre Angehörigen, wisst ihr das?«

Torcán und Éimhín warfen sich einen kurzen Blick zu. »Sie hatte keine unmittelbaren Verwandten«, antwortete Éimhín. »Caoimhe und ich, wir waren befreundet, bevor Spelán auftauchte.«

»Dann kannst du mir sicher weiterhelfen«, drängte Fidelma. »Kannst du sie beschreiben?«

Die beleibte Frau neigte nachdenklich den Kopf. »Sie war eine launische Person und kam nicht gerade gut mit den Leuten hier aus.«

»Aber du hast angedeutet, dass Curnan sie irgendwann mal heiraten wollte?«

Torcán runzelte ärgerlich die Stirn. »Das ist lange her, und es ist nichts geworden«, antwortete er schnell. »Die Wahrheit ist, sie war nicht an ihm interessiert.«

»Aber diesen Fremden, Spelán, den hat sie geheiratet. Das muss deinen Bruder doch verbittert haben?«

»Mein Bruder ist nicht der Typ, der Enttäuschungen lange nachhängt«, widersprach Torcán. »Zudem hätte sie ohnehin keine passende Ehefrau für einen Holzfäller abgegeben. Sie war zu zerbrechlich.«

Fidelma wandte sich an Éimhín. »Sonst noch etwas?«

»Es gibt wenig zu erzählen«, antwortete Éimhín hastig und bereute vielleicht schon, dass sie so viel gesagt hatte. »Sie war die Tochter von Boirche. Er ist jetzt natürlich schon tot. Er war Kuhhirte an den Ufern des großen Flusses.«

»Kuhhirte? Nicht Schäfer?«, fragte Eadulf.

»Nein, nicht Schäfer«, erwiderte sie. »Er war ein vermögender Mann, doch die Familie wurde vor Jahren von der verheerenden Gelben Pest ausgelöscht. Nur Caoimhe überlebte. Da sie ohne Verwandte zurückblieb, verwaltete unser Stammesfürst ihr Erbe.«

»Welchen sozialen Status hatte Caoimhes Vater?«, fragte Fidelma.

»Er war ein *saerchéile* – ein freies Mitglied des Stammes«, antwortete Torcán stolz. »Genau wie ich.«

»Und der Stammesfürst hieß …?«, wollte Eadulf wissen.

»Damals? Das war Tanaide.«

»Und wo ist Tanaides Haus?«

»Er ist inzwischen viele Jahre tot«, antwortete Torcán. »Unsere Stammesfürsten sind gleichzeitig die Äbte von Ráth Cuáin. Der heutige Stammesfürst ist sein Sohn, Abt Síoda.«

Fidelma war überrascht. »Also ist der derzeitige Abt, Abt Síoda, auch euer Clanoberhaupt?«

»Genauso ist es.«

»Merkwürdig, dass ich noch nie von ihm gehört habe und kaum etwas über die Abtei und ihre Gemeinschaft weiß, obwohl sie so nah bei Cashel liegt«, sinnierte Fidelma – nicht zum ersten Mal an diesem Tag.

»Ráth Cuáin diente schon immer als Festung für unsere Stammesfürsten; auch als es zur Abtei wurde, blieb das so. Ich erinnere mich noch an Geschichten darüber, wie der Vater meines Großvaters an der Wiederinstandsetzung mitgearbeitet und das Bauholz dafür gefällt und geliefert hat«, antwortete Torcán.

»Und was für ein Mensch ist euer Abt und Stammesführer?«, fragte Fidelma. »Du hast gesagt, dass er Söldner ausschickt, um Abgaben von euch einzutreiben.«

»Ich bin ihm nie begegnet. Selbst wenn ich eine Wagenladung Holz zur Abtei hinaufbringe, ist die einzige Person, die ich zu Gesicht bekomme, der *aistreóir*, der Pförtner, Bruder Tadhg. Tadhg ist ein mürrischer, wortkarger Mann. Falls Abt Síoda seinem Pförtner irgendwie ähnelt, möchte ich ihn gar nicht kennenlernen. Manchmal habe ich bei meinen Holzlieferungen die neue Kräuterheilkundige gesehen, Schwester Fioniúr. Sie zumindest ist sympathisch und freundlich. Normalerweise kommen die Krieger des Stammesfürsten nur, um den Tribut einzufordern.«

»Du scheinst ihnen das übelzunehmen?«

Torcán zuckte die Achseln. »Abt Síoda erwartet von uns die Zahlungen und die Ehrerbietung, die ihm zustehen. Das ist sein gutes Recht. Im Gegenzug übernimmt er jedoch nicht die Aufgaben und Pflichten, die ebenso zu seinem Amt gehören.«

»Warum habt ihr dann nicht beim Obersten Brehon Einspruch erhoben, wenn ihr glaubt, dass er seine Verantwortung als Stammesoberhaupt nicht dem Gesetz entsprechend erfüllt? Der Ritt nach Cashel dauert nicht einmal einen Vormittag – und selbst ohne Pferd kann man die Strecke bequem an einem Tag zu Fuß zurücklegen. Dein Bruder Curnan scheint häufig dorthin zu kommen. Ihr könntet beim Brehon des Königs Beschwerde einlegen.«

»Und was würde er unternehmen? Síoda ist, wie gesagt, nicht nur Stammesfürst, sondern auch Abt von Ráth Cuáin. Er steht unter dem Schutz des Glaubens ebenso wie unter dem Schutz seiner Söldner. Die Abtei gleicht einer Festung.«

Fidelma musterte den Holzfäller ernst. »Willst du damit andeuten, dass die Söldner dauerhaft in der Abtei Quartier bezogen haben?«, fragte sie ungläubig.

»Abtei oder Festung, das ist doch das Gleiche. Síoda verfügt über eine Anzahl von Reitern, von bezahlten Kriegern. Sie wohnen in der Abtei, dienen ausschließlich Síoda und haben keinerlei Verpflichtung gegenüber uns Einheimischen.«

»Ich verstehe. Offenbar werden wir mit Abt Síoda über zwei Themen sprechen müssen«, sagte Fidelma. »Erstens über Caoimhe und Spelán. Zweitens über sein Verhalten als Stammesfürst der Sítae. Als Stammesoberhaupt hat er das Recht, sich einen Trupp Krieger zu halten, und es ist in seiner Position auch nicht ungewöhnlich, Söldner zu beschäftigen. Allerdings bringt sein Amt, wie du sagst, Torcán, neben den Rechten auch Pflichten mit sich.«

Doch Torcán schüttelte den Kopf. »Lady, vermutlich wird es dir kaum gelingen, ihn zu treffen. Im Sommer hat er sich auf eine Pilgerreise nach Rom begeben. Angeblich ist er wieder da, doch anscheinend hat er sich jetzt hinter den hohen Mauern der Abtei eingeigelt und bleibt für uns alle unsichtbar. Wenn der Stamm sich seiner Gegenwart bewusst werden soll, schickt er einfach seine Krieger aus.«

»Das klingt eher nach einer belagerten Festung als nach einem Gotteshaus«, murmelte Eadulf.

»Genau so ist das«, stimmte ihm Éimhín zu. »Viele der Brüder und Schwestern dort sind nicht von hier. Erinnerst du dich an den merkwürdigen Mönch, der vor Kurzem bei uns vorbeikam?«, fragte Éimhín ihren Mann. »Ich mochte ihn nicht. Er war eingebildet und unhöflich.«

»Kam er aus der Abtei Ráth Cuáin?«, wollte Fidelma wissen.

Torcán antwortete: »Nein, er stammte aus einem Kloster im Süden und war unterwegs nach Cashel. Ich war allerdings sicher, dass er aus der Richtung kam, in der unsere Abtei liegt, auch wenn er vorgab, den Hauptweg verpasst zu haben. Ich glaube nicht, dass er unhöflich sein wollte; er war einfach nur in einem ungepflegten Zustand.«

»Dass man eine oder zwei Nächte im Freien verbringen

muss, ist keine Entschuldigung für Unverfrorenheit, schon gar nicht, wenn man vorgibt, Religionsgelehrter zu sein«, warf Éimhín pikiert ein.

»Hat er gesagt, er sei ein Gelehrter?«

»Nicht direkt.«

»Weshalb glaubst du dann, dass er einer war?«, hakte Fidelma interessiert nach.

»Weil er eine Buchtasche aus Leder dabeihatte. Nur Gelehrte tragen Bücher bei sich. Er fragte Torcán nach dem besten Weg nach Cashel.«

Fidelma begriff, dass der Wanderer wahrscheinlich zu den Mönchen gehörte, die ihr Bruder erwähnt hatte und die an dem kleinen Konzil in Cashel teilnehmen wollten.

»Noch einmal zurück zu Caoimhe«, sagte Eadulf zu Éimhín und kam damit wieder auf den eigentlichen Zweck ihrer Nachforschungen zu sprechen. »Du sagst, ihr Vater und seine Familie seien an der Gelben Pest gestorben, sodass der Stammesfürst ihre Angelegenheiten regeln musste.«

»So ist es. Das Land, auf dem ihre Herde weidete, gehörte zum größten Teil der Abtei.«

»Und wie viel gehörte ihr?«

»Nur sehr wenig. Als Stammesfürst beanspruchte Síoda fast alles für sich.«

»Wie kam Spelán dazu, sie zu heiraten? Du sagst, sie hatte überhaupt keine Verwandtschaft, die sie unterstützte.«

»Nachdem sie ihre Familie verloren hatte, war Caoimhe meiner Meinung nach jedem, der ihr freundlich begegnete, sehr zugeneigt. Sie brauchte Hilfe mit ihrer Herde, aber Curnan war kein Schäfer, sondern Holzfäller. Zu dieser Zeit tauchte Spelán in unserer Gegend auf, erkannte seine Chance und überzeugte Caoimhe irgendwie, ihn zu ihrem Partner zu machen …«

Torcán fuhr fort: »Er war ein skrupelloser Mann, der ihre Situation begriff und sie ausnutzte. Ich sage es, wie ich es sehe, Lady. Ich konnte den Kerl nicht leiden.«

»Niemand mochte ihn, Lady«, fügte Éimhín hinzu. »Wir alle hielten ihn für einen *deorid cóid* … jemanden, der von Heim und Herd vertrieben worden war.«

»Für einen Mann auf der Flucht, einen gesuchten Verbrecher«, erklärte Fidelma, als sie sah, dass Eadulf die umgangssprachliche Redewendung nicht verstand. Dann wandte sie sich erneut an das Paar: »Was hat euch auf diesen Gedanken gebracht?«

»Die Art, wie er sich immer abseits hielt, wie er die Gesellschaft anderer mied und sich mit niemandem hier näher anfreundete. Er lief sogar über die Berge bis nach Cashel, um sich zu betrinken, was häufig der Fall war. Auf keinen Fall wollte er das Risiko eingehen, gegenüber uns Einheimischen etwas von sich preiszugeben, wenn der Alkohol ihm die Zunge gelöst hatte.«

»Du sagtest, er überredete Caoimhe, ihn zu ihrem Partner zu machen. Heißt das, sie waren nicht verheiratet?«

»Dafür kann ich mich nicht verbürgen. Am Anfang könnten sie natürlich eine Ehe auf Probe geführt haben …«

Eadulf trat unbehaglich von einem Fuß auf den anderen; das kam ihm bekannt vor – Fidelma und er hatten anfangs dasselbe getan.

»Ich habe Caoimhe nur noch selten gesehen, nachdem Spelán bei ihr eingezogen war«, erklärte Éimhín. »Als ich sie einmal traf, fragte ich sie, warum sie ihre Hochzeit nicht mit ihren Nachbarn gefeiert hätten, und sie sagte, sie hätten in der Abtei geheiratet – aber ich glaube, sie hat gelogen. Ich habe Spelán betrunken erlebt; ich habe blaue Flecken bei Caoimhe gesehen und mitbekommen, dass sie schwerer arbeitete, als gut für sie war. Ich glaube, sie hatte Angst vor ihm«, fuhr Caoimhe mit trauriger Stimme fort.

»Also hat Spelán Caoimhe entweder geheiratet oder sich zu ihrem Partner gemacht und die Herde auf diesen Hügeln hier gehütet. Haben sie immer in der Hütte dort gewohnt?«

»In dem Wäldchen.« Éimhín nickte. »Caoimhe hat sich von früheren Freunden und den Nachbarn ganz zurückgezogen.«

»Seid ihr sicher, dass Caoimhe sich nie beschwert hat?«

»Meine Frau hat das doch gerade erzählt«, sagte Torcán. »Wer sie sah, erkannte sofort, dass sie unglücklich war. Vermutlich, weil sie nun wusste, wie viel Spelán trank. Sie gab ihm jedoch weiterhin Geld dafür. Ihrer Herde fehlte die nötige Fürsorge, und sie wurde immer kleiner.«

»Trennung und Scheidung sind laut Gesetz erlaubt«, stellte Fidelma sachlich fest. Sie war es leid, dass Menschen Ehen eingingen, ohne das Eherecht zu kennen. »Es gibt sieben Gründe für Trennungen: Hat der Mann seine Frau zum Beispiel gegenüber Freunden und Bekannten schlechtgemacht, hat er sie geschlagen oder kam er seinen ehelichen Verpflichtungen nicht nach – so sind das rechtmäßige Gründe für eine Trennung oder Scheidung. Entsprechend gibt es ebenso viele Begründungen für die sofortige Auflösung einer Ehe. Warum hat sich Caoimhe dieses Mannes nicht entledigt, der sich als eine derartige Enttäuschung erwies und sie ein freudloses, einsames Dasein fristen ließ?«

»Ich wiederhole«, unterbrach Éimhín, »er hat sie vermutlich so tyrannisiert, dass sie Angst vor ihm hatte.«

»Also ist sie deshalb geblieben.«

»Wer weiß schon, was in ihrem Kopf vorging! Sie war nicht mehr jung und noch nie verheiratet gewesen und hatte sich nach dem Tod ihrer Mutter um ihren Vater gekümmert. Er war ihr einziges Beispiel dafür, wie man sich einem Mann gegenüber verhielt.«

»Hat Spelán jemals über Religion gesprochen?«, fragte Eadulf plötzlich. »Über seine Ansichten bezüglich des Neuen Glaubens oder sogar über die alten Glaubensvorstellungen?«

Éimhín und Torcán starrten ihn verwundert an.

»Spelán?«, schnaubte Torcán. »Seine einzige Religion war der Gerstensaft. Welch merkwürdige Frage, Bruder Eadulf.«

»Ich bezweifle, dass er sich für solche Themen interessierte, Bruder Eadulf«, erwiderte Éimhín mit deutlich mehr Respekt. »Spelán glaubte an gar nichts, außer an das, was er in die Finger kriegen konnte.«

»In diesem Fall habt ihr uns ein trauriges Bild vermittelt von einem Paar ohne Freunde«, stellte Fidelma fest. »Ein Fremder, der mittellos und ohne Beruf in diese Gegend kam und eine anständige Frau wahrscheinlich mit List und Tücke dazu brachte, ihn bei sich aufzunehmen – nur weil sie sich verzweifelt nach ein bisschen Freundlichkeit und Unterstützung sehnte.«

»Genauso war das«, stimmte ihr Torcán zu. »Allerdings muss man hinzufügen, dass er ein Trinker war, der seine Frau allem Anschein nach schlug, der ihre wenigen Besitztümer an sich riss und auch nicht davor zurückschreckte, sich auf illegale Dinge einzulassen, um zu Geld zu kommen.«

Fidelma musterte ihn neugierig. »Was meinst du damit? Vielleicht Raub?«

Torcán stieß ein trockenes Lachen aus. »Ich mag ja vieles über Spelán denken, doch er hatte nicht das geringste Verlangen nach einer Auseinandersetzung. Er war ein Feigling. Wahrscheinlich stahl er bei passender Gelegenheit mal dies und das, zum Beispiel ein Schaf, allerdings nur im Dunkel der Nacht und wenn niemand in der Nähe war.«

Éimhín stand plötzlich auf und deutete durch die verschlungenen Zweige der umliegenden Bäume hinauf zum Himmel. »Die Sonne ist schon weit über ihren Zenit gestiegen, so dass wir uns dem dritten *cadar* des Tages nähern. Es wäre uns eine Ehre, wenn ihr unsere Gastfreundschaft annehmen würdet. Unsere Mahlzeit ist bescheiden, ein Eintopf aus Kaninchen und dem Gemüse, das der Wald uns bietet.«

Eadulf war ihrer Geste mit dem Blick gefolgt und starrte jetzt durch das Laubdach des Waldes nach oben. Selbst wenn die Blätter den Himmel nicht verdunkelt hätten, machten die schweren Herbstwolken es fast unmöglich, den Stand der Sonne zu erkennen.

Torcán sah seine Verwirrung und lachte. »Wenn man in den großen Wäldern geboren ist und hier lebt, mein Freund, verfügt man über eine instinktive Verbindung zur Natur und zu den Elementen. Man erkennt den Stand der Sonne, des Mondes und der großen Sterne, ohne sie tatsächlich zu sehen. Das gelingt einem mit Hilfe der Schatten, der sanften Winde, des Anstiegs oder Absinkens der Temperatur. Das ist unerlässlich für unsere Lebensweise.«

»Meine Gefährten und ich nehmen eure Einladung gern an«, teilte Fidelma den beiden mit.

Als Éimhín und ihr Mann sich entfernt hatten, um das Essen vorzubereiten, sagte Eadulf leise: »Ich kenne die Regeln der Gastfreundschaft hier, aber darf ich euch daran erinnern, dass der Tag zu Ende geht. Wenn wir gegessen und uns verabschiedet haben, bleibt uns gerade noch genug Zeit, um bei Tageslicht nach Cashel zurückzukehren. Unsere Nachforschungen können wir dann heute nicht mehr fortsetzen. Ich dachte, wir wollten noch zur Abtei Ráth Cuáin reiten?«

»Du hast recht, Eadulf«, antwortete Fidelma. »Diese freundlichen Menschen sind jedoch bislang die Einzigen, von denen wir wirklich etwas erfahren haben. Vielleicht sind wir später noch einmal auf ihre Hilfe und ihr Wohlwollen angewiesen. Deshalb habe ich ihre Gastfreundschaft nicht abgelehnt. Ráth Cuáin werden wir morgen aufsuchen. Nachdem wir mit dem Abt gesprochen haben, bleibt uns genügend Zeit, das Rätsel noch vor dem Samhain-Fest zu lösen. Wir reiten von hier direkt nach Cashel zurück.«

KAPITEL 7

Die Dunkelheit brach herein, und es kühlte merklich ab, als sie sich Colgús Burg näherten. Wie beruhigend, dass Gormán, der Befehlshaber der königlichen Leibwache, sie am Tor erwartete.

»Bruder Conchobhar wünscht dich gleich nach deiner Rückkehr zu sehen, Lady«, verkündete er, als die drei Reiter absaßen und die Stallburschen herbeieilten, um die Pferde zu übernehmen.

»Vielen Dank, Gormán«, erwiderte Fidelma. »Dann gehen wir unverzüglich zu ihm.«

Fidelma und Eadulf überquerten den Innenhof und liefen um die Kapelle herum zu Bruder Conchobhars Apotheke. Wie immer blieben sie beim Eintreten einen Moment auf der Schwelle stehen, um sich an den beißenden Geruch der Kräuter und Gewürze zu gewöhnen, der ihnen in dem winzigen Vorraum in die Nase stieg. Hier mischte und verkaufte der Alte seine Arzneien. Dahinter lagen die Wohnräume, eine Abstellkammer und der Bereich, in dem er gelegentlich – falls es Zweifel an der Todesursache gab – einen Leichnam untersuchte, bevor er für die Beerdigung gewaschen und in ein Totengewand gekleidet wurde.

»Willst du schon wieder mit mir über die Beisetzung des Ermordeten reden?«, ertönte Conchobhars ärgerliche Stimme aus dem Hinterzimmer. »Ich sagte dir doch …« Als er seine Besucher erkannte, lächelte er entschuldigend.

»Wen hast du erwartet, dass du so aufgebracht reagierst?«, begrüßte ihn Fidelma. »Doch gewiss nicht uns?«

Bruder Conchobhar schüttelte den Kopf. »Ein Teilnehmer dieses sinnlosen kleinen Konzils von Gelehrten war hier und stellte eine Menge Fragen über den Toten, den ihr entdeckt habt. Er forderte, dass wir ihn den Kirchenmännern übergeben, damit sie ein Ritual vornehmen, das ihn von allem Heidnischen befreit, und er an einem passenden Ort beerdigt werden kann, ohne die Seelen der Gläubigen zu beleidigen.«

Fidelma riss erstaunt die Augen auf. »Wer war das?«

»Jemand aus Ros Ailithir, glaube ich.« Bruder Conchobhar schnaubte missbilligend. »Ich kenne ihn nicht. Unsere kurze Begegnung hat mir jedoch gezeigt, dass er ein ungeduldiger, streitsüchtiger Mensch ist.«

»Ein Fanatiker, dem man am besten aus dem Weg geht«, seufzte Fidelma. »Aber weshalb wolltest du uns sehen?«

»Ich habe die Leiche untersucht. Die meisten Dinge sind offensichtlich, und ich bin sicher, Freund Eadulf hat dich darauf aufmerksam gemacht … soweit ihm das möglich war.«

»Was meinst du mit ›soweit ihm das möglich war‹?«, fragte Eadulf und runzelte die Stirn.

»Wir wissen, dass es sich bei dem Toten *nicht* um einen Mönch handelt. Man hat ihm den Kopf geschoren und ihn in eine Kutte gesteckt, um diesen Eindruck zu erwecken. Das ist nur eine Verkleidung.«

»Wir haben den Tag damit verbracht, mehr über ihn herauszufinden, und wissen jetzt, wie und wo er getötet wurde«, sagte Fidelma.

»Dann wisst ihr auch, dass der Mann noch am Leben war, als er an Händen und Füßen gefesselt wurde?«, fragte Bruder Conchobhar. »Die Druckstellen an den Hand- und Fußgelenken lassen erkennen, dass er sich gewehrt hat, und die Art der Fesselung zeigt, dass man ihn mit dem Gesicht nach unten festband.«

»Mit dem Gesicht nach unten?« Das überraschte Fidelma, denn sie wusste nicht, woraus der Apotheker das schloss.

»Als ich ihm die Kutte auszog, um mir seinen Körper anzuschauen, stellte ich fest, dass man etwas in seine Haut geritzt hatte, während er noch lebte. Dazu muss er auf dem Bauch gelegen haben. Möchtet ihr es sehen?«

Fidelma und Eadulf ließen sich in den Raum führen, in dem der tote Spelán, von einem Leichentuch bedeckt, auf einem Tisch lag. Bruder Conchobhar schlug das Leintuch zurück und drehte den Toten mit Eadulfs Hilfe um, so dass man seinen Rücken sah. In das weiche Fleisch der Gesäßbacken hatte jemand Male eingeritzt, offensichtlich mit der Spitze eines scharfen Messers oder mit einem *graif* – einem Metallstift, der zum Schreiben auf Wachstafeln verwendet wurde. Fidelma betrachtete die Male mit Verwunderung. Es war Eadulf, der den Versuch unternahm, sie zu entziffern.

»Das sieht aus wie das Chi-Rho-Zeichen, das Christusmonogramm des Neuen Glaubens«, sagte er, denn die griechischen Buchstaben erinnerten an ein X und ein P und standen, übereinander angeordnet, für die ersten Buchstaben des griechischen Namens »Christos«.

Bruder Conchobhar schüttelte den Kopf. »Beinahe richtig, Freund Eadulf. Dieses Symbol ist älter als das Chi-Rho-Zeichen. Es handelt sich um ein Staurogramm.* Ähnlich wie das Chi-Rho besteht es aus zwei griechischen Buchstaben – das P steht oberhalb des T. Letzteres ist *tau*, das P ist das *rho*. Ephräm der Syrer erklärte es einst seinen Anhängern, indem er sagte, es entspreche dem Ausdruck Tau-Rho: ›Das Kreuz ist ein Zeichen der Rettung‹. In den frühen Jahren des Christentums benutzten die Anhänger es als Geheimzeichen, an dem sie sich gegenseitig erkannten.«

---

* Das Staurogramm, auch Crux monogrammatica (»Ein-Buchstaben-Kreuz«), ist ein Symbol für Jesus Christus.

»Warum sollte jemand so was in die Hinterbacken eines Schäfers einritzen und ihn dann töten?«, fragte Eadulf entsetzt.

Bruder Conchobhar entgegnete ihm: »Warum sollte jemand einen Schäfer entführen, ihn fesseln, als Mönch verkleiden und ihn dann nach dem heidnischen Ritual des dreifachen Todes umbringen?«

»Es gibt immer einen Grund für das Tun der Menschen«, erwiderte Fidelma. »Unsere Aufgabe besteht darin, diesen Grund zu finden. Du sagst, man hätte ihm das Zeichen eingeritzt, während er noch lebte?«

»Davon gehe ich aus. Er ist jedoch bald darauf gestorben. Zudem erhielt er zwei Schläge auf den Hinterkopf. Beim ersten verlor er das Bewusstsein. Vermutlich sollte dieser Schlag ihn außer Gefecht setzen, damit man ihn anschließend fesseln konnte. Danach wurde er gefoltert, denn das Einritzen des Symbols muss eine kaum erträgliche Tortur gewesen sein. War das Sadismus, oder wollte man ihm etwas entlocken? Dann folgte der zweite, härtere Schlag auf den Hinterkopf, der ihm den Schädel zertrümmerte. Er muss sofort tot gewesen sein. Nun wurde er vermutlich losgebunden und auf den Rücken gedreht; man schnitt ihm die Kehle durch und stach ihm ins Herz.«

»Ein grausiges Ende für jeden.« Eadulf atmete tief ein, während er über das schreckliche Martyrium des Schäfers nachdachte. So etwas tat man niemandem an, selbst wenn er ein Tyrann und Trunkenbold war.

»Der Tod ist immer grausam, egal, auf welche Art er sein Opfer ereilt«, stimmte Bruder Conchobhar ihm zu.

»Kannst du uns sonst noch etwas berichten?«, fragte Fidelma.

Diesmal gestattete sich Bruder Conchobhar ein schiefes Grinsen. »Was willst du noch wissen, Lady?«

»Du kennst nicht zufällig den Namen des Täters?«

Der Alte rieb sich nachdenklich das Kinn. »Wäre die Symbolik eine andere … Würde sie nicht auf eine Abweichung vom Neuen Glauben hinweisen, könnte ich womöglich einen Verdächtigen benennen.«

»Was meinst du damit?«, fragte Eadulf verdutzt.

»Man hat mir erzählt, dass eine geheimnisvolle Frau sich unten im Ort aufhält, die Cashel und die Eóghanacht verflucht hat.«

»Ach, das wissen wir bereits«, sagte Eadulf. »Sie gibt an, ihr Name sei Brancheó und sie stamme aus Tech Duinn. Wir sind ihr auf dem Ochsenhügel begegnet.«

»Sie behauptet, eine Raben-Anruferin zu sein«, sinnierte der Alte.

»Wir hielten sie für relativ harmlos«, erklärte Fidelma. »Eine Art Fanatikerin des Alten Glaubens; den Mord an Spelán würde ich ihr nicht zutrauen. Außerdem spricht sie davon, seinen Tod rächen zu wollen. Warum sollte sie das tun, wenn sie in seine Ermordung verstrickt ist?«

»Fanatiker sind, unabhängig von der Art ihres Fanatismus, niemals harmlos. Ich würde diese Raben-Anruferin im Auge behalten.«

»Warum bist du ihretwegen so besorgt, abgesehen davon, dass sie sich zum Alten Glauben bekennt?«, fragte Fidelma.

»Ich habe mit Leuten aus der Stadt gesprochen«, erwiderte Bruder Conchobhar. »Sie haben mir erzählt, was die Frau gerufen hat.«

»Nun, sie hat die Mörder von Spelán verflucht und obendrein alle Eóghanacht, die den Neuen Glauben angenommen haben. Gewiss wird niemand ihre Worte ernst nehmen.«

»Es braucht nur einen Menschen, der das tut, Lady, einen Einzigen, der anfängt, darüber zu reden. Er kann eine Panik in der Stadt auslösen«, erklärte der Alte. »Vergesst nicht, die Leute glauben nach wie vor an Samhain.«

»Sie hat uns daran erinnert, dass die Götter und Göttinnen in der Nacht des Samhain-Festes in unsere Welt zurückkehren, um Rache an allen zu üben, die ihnen Unrecht getan haben – Rache an den Eóghanacht, die den uralten heiligen Felsen geschändet und den Anhängern des Neuen Glaubens erlaubt haben, ihn zu entweihen. Falls sie Spelán kannte, begreife ich ihren Wunsch, dass ihre Götter sich an seinen Mördern rächen – aber warum an den Eóghanacht? Ich denke, die Frau ist einfach verwirrt.«

»Ich verstehe, was du meinst«, antwortete der betagte Apotheker sorgenvoll, »aber es ist genau diese Drohung, die die Leute in der Stadt beunruhigt.«

Fidelma lächelte. »Ihre Worte beinhalteten nichts, was ich nicht schon zuvor gewusst hätte.« Ihr war nun wieder eingefallen, was Branceó auf dem Ochsenhügel gesagt hatte. Sie fragte vorsichtig: »Was genau meinte sie jedoch damit, Cashel sei eine Pforte zur Anderswelt?«

Bruder Conchobhar sah sie überrascht an. »Du hast davon gehört? Ich dachte, seit wir uns hier zum Christentum bekannt haben, sei das längst in Vergessenheit geraten.«

»Ich habe noch nie davon gehört, dass Cashel einmal eine Pforte zur Anderswelt war. Warum also Angst davor haben?«

Doch der Alte schien Fidelmas Gelassenheit nicht zu teilen. Seine Miene wurde noch ernster.

»Du wusstest bisher nichts davon, oder?«, fragte er leise.

»Nein, kläre mich bitte auf.«

»Bevor dieser große Felsen den Namen ›Burg der Könige‹ erhielt, nannte man ihn Sidh-druimm, ›den Grat des Volkes aus der Anderswelt‹. Es waren die alten Götter und Göttinnen, die Conall mac Lugaidh, den Sohn des Prinzen von Muscraige, in grauer Vorzeit genau an diese Stelle führten und ihm auftrugen, hier seine Burg zu errichten. Sie prophezeiten ihm, dass er dadurch eine Dynastie begründen würde – die Eóghanacht –, die tausend Jahre lang über das Königreich von Muman herrschen würde. Viele Generationen später trat sein Nachkomme Óengus zum Neuen Glauben über und vertrieb die Priester des Alten Glaubens von diesem Fels.«

In der kleinen Apotheke herrschte zunächst Schweigen. Dann rang sich Fidelma ein Lächeln ab.

»Das ist zwei Jahrhunderte her«, erinnerte sie die anderen. »Wenn die Prophezeiung eine tausendjährige Herrschaft der Eóghanacht vorhersagt, haben wir nichts zu befürchten.«

»Ich bin nicht sicher, ob ich dich verstehe, Lady«, entgegnete Bruder Conchobhar stirnrunzelnd.

»Das ist doch ganz einfach. Falls die alten Gottheiten prophezeiten, dass die Dynastie der Eóghanacht tausend Jahre überdauern wird, werden sie wohl kaum ihrer eigenen Prophezeiung zuwiderhandeln.«

»Allerdings hingen deine Vorfahren damals dem Alten Glauben an und nicht dem Christentum.« Eadulf konnte sich diesen Hinweis nicht verkneifen.

»Wenn die alten Götter die Verbreitung des Neuen Glaubens und Óengus' Übertritt zum Christentum nicht vorhersahen, waren sie keine guten Propheten«, erklärte Fidelma. »Wie auch immer, wir sind nun schon seit zweihundert Jahren Christen, ohne dass die alten Götter uns ein Leid zugefügt hätten.«

Als Fidelma und Eadulf die Apotheke verließen, eilte Aidan ihnen über den Innenhof entgegen.

»Lady, dein Bruder empfängt gerade Prinzessin Gelgéis aus Éile und möchte nicht gestört werden.«

Fidelma hoffte, dass ihr Bruder eines Tages heiraten würde.

Von allen Frauen, die er ihr bisher vorgestellt hatte, erschien ihr Gelgéis von Éile am geeignetsten. Sie waren befreundet, seit sie im vergangenen Jahr einen Überfall auf das Königreich Éile zurückgeschlagen hatten. Fidelma freute sich auf ein Wiedersehen mit Gelgéis und auch darüber, dass sie gekommen war, um das Samhain-Fest mit Colgú zu feiern.

»Gibt es ein Problem?«, fragte sie Aidan.

»Ja, Lady. Seit unserer Rückkehr habe ich das Kommando über die Wache. Ein Mann traf am Tor ein – allein und ohne Eskorte – und behauptete, zu den Uí Briúin Seóla von Connacht zu gehören. Er bittet um eure Gastfreundschaft und verhält sich wie eine hochrangige Persönlichkeit. Ich bin unsicher, was ich tun soll.«

»Sein Name?«

»Febal, Lady.«

»Sind die Uí Briúin Seóla nicht irgendwie mit den Herrschern in Connacht verwandt?«, fragte Eadulf.

»Nicht direkt, aber sie stehen ihnen sehr nahe«, räumte Fidelma nach einigem Nachdenken ein. »Doch ich verstehe, worauf Aidan hinaus will. Falls dieser Febal zu den Uí Briúin Seóla gehört, ist er womöglich ein Prinz. In diesem Fall schriebe die Tradition vor, dass er in den Gemächern des Königs untergebracht wird und nicht im gewöhnlichen Gästehaus.«

Aidan räusperte sich und sagte: »Es ist nicht nur das, Lady; er fragte auch, ob ich einen Mönch kenne, der hier zu Gast sei und eventuell auf der Suche nach der Abtei Ráth Cuáin ist.«

»Er hat Ráth Cuáin erwähnt?« Fidelma ließ sich ihre Überraschung nicht anmerken. »Nach wem hat er gefragt, Aidan?«

»Verzeihung, Lady, der Name fällt mir nicht ein.«

»Wo ist der Mann von den Uí Briúin Seóla jetzt?«

»Ich redete mich damit heraus, dass der König nicht gestört werden dürfe, dass man ihn jedoch so bald wie möglich empfangen und sich um ihn kümmern werde, wie es die Höflichkeit gebietet. In der Zwischenzeit würde ich jemanden suchen, der ihn willkommen heißt. Ich habe ihn in der Halle der Helden zurückgelassen.«

»Dann wollen wir diesen Reisenden doch mal begrüßen«, beschloss Fidelma. »Ich werde meinen Bruder später informieren. Interessant, dass ausgerechnet heute jemand nach dieser abgelegenen Abtei fragt, von deren Existenz ich bis vor Kurzem kaum etwas wusste. Das kann doch kein Zufall sein.«

Als sie die Halle der Helden betraten, wie man die Unterkunft der Kämpfer vom Goldenen Halsreif auf der Burg nannte, erhob sich ein stämmiger Mann, dessen Kleidung auf den ersten Blick ihre hervorragende Qualität verriet, und begrüßte sie. Er hatte sich offensichtlich nach seiner Reise erfrischt, wirkte jung und athletisch und sah aus wie ein Krieger. Fidelma fiel auf, dass sein Waffenrock nicht schlicht, sondern reich verziert und mit Dachspelz verbrämt war; er trug ein Seidenhemd sowie Hose und Rock aus weichem Hirschleder. Um seinen Hals hing eine silberne Kette, und sein Umhang wurde von einer Brustnadel aus glänzend poliertem Metall zusammengehalten, deren Intarsien aus farbiger Emaille offenbar die Umrisse eines Schiffes darstellten. Er hatte volles, sandbraunes, lockiges Haar. Seine Wangenknochen traten scharf hervor, doch Sommersprossen ließen seine Züge weicher wirken. Alles in allem sah er recht gut aus. Und dennoch … Fidelma wusste nicht, wieso, aber seine Miene hatte etwas Berechnendes, wenn nicht sogar Grausames; vielleicht lag es an der Form seiner Lippen.

Der junge Mann starrte die drei nacheinander an und erwartete offensichtlich eine offizielle Vorstellung, wie es der Brauch verlangte. Fidelma beschloss, die Förmlichkeiten, die Aidan oblagen, beiseitezulassen. »Ich bin Fidelma von Cashel«, verkündete sie.

Die einzige Reaktion im Gesicht des Neuankömmlings war, dass sein Lächeln breiter wurde. Offensichtlich wusste er bereits, wen er vor sich hatte – und diese Tatsache rief Unbehagen bei ihr hervor.

»Ich bin fremd in diesem Königreich. Deshalb vergib mir, sollte ich gegen die Etikette verstoßen haben, Lady. Meinen Respekt zur Begrüßung. Und wer ist dein … Gefährte?«

Er zögerte kurz, bevor er das Wort »Gefährte« aussprach.

»Ich bin Eadulf von Seaxmund's Ham im Land des Südvolkes«, begann Eadulf.

»Auch du bist ein Fremder hier, wie ich aus deinem Akzent schließe. Lass mich raten … Ein Sachse?«, unterbrach ihn der junge Mann.

»Ein Angle«, antwortete Eadulf gereizt.

Der junge Mann lächelte immer noch. »Schon ziemlich nah dran, oder? Es gibt zahlreiche Mönche aus Sachsen, die heutzutage in den Fünf Königreichen studieren.«

»Eadulf von Seaxmund's Ham ist mein Ehemann«, erklärte Fidelma kalt.

Der Besucher deutete eine höfliche Verbeugung an, die fast wie eine Verhöhnung wirkte.

»Verzeih mir, dass ich mich nicht angekündigt habe, Lady. Mein Name ist Febal. Ich komme von der Wiese des Friedens in Cluain Fois, der Studiengemeinschaft des heiligen Iarlaithe mac Loga.« Er fügte herablassend hinzu: »Das liegt im Land der Uí Briúin Seóla im Königreich Connacht.«

»Dann bist du weit weg von zu Hause, Febal von Cluain Fois«, bemerkte Fidelma. »Deine Kleidung ist meines Erachtens ungewöhnlich für jemanden aus Cluain Fois, denn sogar ich habe schon von der Schule des heiligen Iarlaithe gehört. Ich dachte, die Lehranstalt, die er gegründet hat, sei nur Klerikern zugänglich.«

Febal schien ihre indirekte Frage nicht aufgefallen zu sein. »Dein Wissen ist so beeindruckend wie dein scharfer Blick auf meine bescheidene Garderobe, Lady.«

»Und kein Mann der Kirche würde Duftstoffe benutzen, um etwaige Gerüche seiner Gewänder zu überdecken«, stellte Eadulf missbilligend fest, als er einen Hauch davon wahrnahm.

»Das ist heutzutage sehr verbreitet«, antwortete der Gast. »Es ist lediglich ein angenehmer Duft, äußerst wohltuend auf Reisen. Ich bin, wie ihr richtig bemerkt habt, kein Mann der Kirche. Ich unterrichte die Dichtkunst. Ich bin ein *éces*.«

Eadulf hatte diesen Begriff noch nie gehört. »Ein *éces*? Du meinst, du bist ein Dichter?«

Verärgerung huschte über das Gesicht des Gastes, verschwand jedoch gleich wieder. Fidelma schaltete sich rasch ein. »Nach dem Gesetz ist ein Dichter jemand, der über eine gewisse Kunstfertigkeit, aber keine gesonderte Ausbildung verfügt. Jemand, der Verse schreibt«, erklärte sie. »Ein *éces* dagegen hat, ähnlich wie ein *file*, wesentlich mehr Bildung – er ist ein Dichter und ein Philosoph zugleich.«

Febal nickte. »Ich hatte einmal fünfzehn Schüler und reiste mit ihnen durchs ganze Land zu Stammesfürsten und Königen, die uns dafür, dass wir sie mit unseren Gedichten unterhielten, ihre Gastfreundschaft erwiesen.«

Fidelma musterte den jungen Mann neugierig.

»Doch heute bist du allein hier angekommen. Du reist jetzt ohne Schüler oder Anhänger und bist weit entfernt von der Schule, in der du, wie du sagst, als *éces* arbeitest. Darüber hinaus höre ich, dass du nach der Abtei von Ráth Cuáin gefragt hast.«

»Das ist richtig, Lady. Allerdings geht es mir nicht um die Abtei, sondern um einen Mönch, der möglicherweise versuchen wird, Ráth Cuáin zu finden. Vielleicht ist er auch kürzlich dort ins Kloster eingetreten.«

»Verzeih mir meine Neugier, Febal. Erzähl mir mehr darüber.«

»Das ist eine lange Geschichte, aber ich werde mich kurzfassen.« Der junge Mann zögerte, aber ob des entschlossenen Gesichtsausdrucks der anderen begann er: »Ich suche nach einem Mönch, der, davon bin ich überzeugt, eine Verbindung zu Ráth Cuáin hat. Um ehrlich zu sein, ich habe ihn noch nie gesehen, sondern nur von ihm gehört.«

»Warum fragst du nicht direkt in der Abtei nach ihm?«

»Das würde ich gern tun, aber nun ist Samhain, und in der Stadt sagte man mir, dass hier eine Art Konzil, ein Treffen von Kirchenleuten, stattfindet. Vielleicht nimmt der Mönch, den ich suche, ja am Konzil teil? Deshalb kam ich hierher.«

»Du hast in der Stadt gehört, dass hier ein Konzil von Gelehrten stattfindet?«, fragte Fidelma überrascht.

»Der Wirt vom Gasthaus sprach davon«, bestätigte der junge Dichter.

»Wer noch?«, fragte Eadulf.

»Wen suchst du?«, erkundigte sich Fidelma, die allmählich ungeduldig wurde.

»Einen Bruder namens Fursaintid.«

»Den Namen kenne ich nicht. Und warum suchst du nach ihm?«, hakte Fidelma nach.

»Ich will Vergeltung.«

»Vergeltung?«, rief Eadulf erschrocken aus.

Fidelma betrachtete den Dichter eingehend. »Wofür suchst du Vergeltung?«

Wieder zögerte der Gast einen Augenblick, bevor er antwortete: »Er hat meine Familie beleidigt.«

»Wie denn?«

»Er zwang eine Dame meines Stammes, ihn zu begleiten und mit ihm zu leben wie Mann und Frau.«

Fidelma machte große Augen. »Willst du sagen, dass der Gesuchte zum Stamm der Uí Briúin Seóla gehört?«

»Ich sagte, dass er eine Frau von meinem Stamm entführt hat.«

Fidelma begriff, dass sie es mit jemandem zu tun hatte, der seine Worte sehr präzise wählte.

»Also ist er nicht von den Uí Briúin Seóla. Woher kommt dieser Bruder Fursaintid, und warum suchst du ausgerechnet hier, in diesem Königreich, nach ihm?«

»Er reiste durch unser Gebiet, als er die Frau verführte und damit sie und ihre Familie entehrte«, erwiderte der Gast merkwürdig ruhig und kalt.

»Du sagst, er hat die Frau entführt. Nahm er sie gegen ihren Willen mit oder folgte sie ihm freiwillig? So etwas kommt gelegentlich vor, dafür gibt es gesetzliche Regelungen.« Häufig wurde Durchbrennen als »freiwillige Entführung« betrachtet.

»Er hat sie gegen ihren Willen mitgenommen. Sie starb bei der Geburt seines Kindes.«

»Unter den beschriebenen Umständen wäre der *dálaigh* oder Brehon deines Volkes sicher besser geeignet, nach diesem Mann zu suchen.«

»Ich bin mit dem Opfer verwandt, es handelt sich um meine Schwester Blathin. Deshalb komme ich, um das Recht auf *dígal* einzufordern … auf Blutrache an dem, der meine Familie entehrt hat.«

»Da du ein intelligenter junger Mann bist, ist dir sicher bewusst, wie sinnlos diese Art der Vergeltung ist?«, sagte nun Eadulf. »Rache ist lediglich das Eingeständnis von Schmerz.«

»Unser Gesetzbuch, das *Crith Gabhlach*, legt fest, dass Vergeltung sogar über die Grenzen von Königreichen und Stammesgebieten hinweg geübt werden darf«, antwortete Febal. »Deshalb bestehe ich darauf.«

»Wann wurde deine Schwester entführt?«

»Vor einigen Jahren.«

Es herrschte Schweigen, bis Fidelma seufzte. »Du bist eindeutig ein Mann von Rang. Du sagst, du seist Dichter und Gelehrter an einer anerkannten Schule. Du erzählst, dass deine Schwester innerhalb deines Stammesgebietes geschwängert wurde und bei der Niederkunft starb – aber wie war das möglich? Warum hat man nicht unverzüglich nach ihrem Entführer gesucht?«

»Wir haben monatelang nach ihm gesucht, doch Fursaintid hatte sich gut versteckt. Letztendlich ließ er Blathin auf einer Insel im Loch Oirsean zurück, der an unser Gebiet grenzt; dort hatte er sie die ganze Zeit gefangen gehalten.«

»Eine Insel in einem See sollte kein Problem bei der Suche darstellen«, bemerkte Eadulf. »Man hätte ihn doch gewiss leicht aufspüren können?«

Der junge Mann sah ihn mitleidig an. »Du kennst offensichtlich Loch Oirsean nicht, darin gibt es so viele Inseln wie das Jahr Tage hat – viele davon sind dicht bewaldet.«

»Er ist also aus dem Gebiet der Uí Briúin Seóla verschwunden? Und das ist mehrere Jahre her, sagst du?«

»Genau. Sämtliche Nachforschungen verliefen ergebnislos. Natürlich gab es Gerüchte. Eines besagte, er sei nach Rom gereist. Jetzt hören wir, er sei zurückgekehrt und suche möglicherweise Zuflucht in Ráth Cuáin.«

»Warum ausgerechnet dort?«, fragte Eadulf.

»Weil diese Abtei sehr abgelegen ist«, antwortete Febal. »Der Schurke hat sie zweifellos gewählt, weil er glaubt, dass ihn dort niemand finden wird.«

Fidelma betrachtete den jungen Mann. Er stand aufrecht vor ihr, ein Mensch, der seine Gefühle vollkommen unter Kontrolle hat.

»Du hast lange gewartet, bevor du beschlossen hast, ihn aufzuspüren«, sagte sie langsam. »Das mag bei euch so üblich sein, aber dennoch, Febal: Vergeltung hilft nicht gegen Schmerz.«

»Ich werde darauf antworten, wenn ich es ausprobiert habe«, erklärte der junge Mann. »Jetzt sag mir, ob ihr mir eure Gastfreundschaft gewährt oder ob ich meinen Weg fortsetzen soll?«

»Wir gewähren dir unsere Gastfreundschaft, wie es Gesetz und Tradition verlangen«, antwortete Fidelma ohne Zögern. »Doch du kommst mit einer Geschichte, die unsere Neugier geradezu herausfordert. Ich wüsste gern, wie du von Ráth Cuáin erfahren hast – wer hat dir erzählt, dass Fursaintid sich dort versteckt?«

Einen Augenblick schien es, als wolle Febal ihre Frage nicht beantworten – dann zuckte er mit den Achseln.

»Im vergangenen Sommer kam ein Händler aus der Stadt Tuam an Dá Ghualainn, die auf unserem Stammesgebiet liegt, durch Cashel. Er wohnte hier im Gasthaus und hörte ein Gespräch zwischen einem betrunkenen Schäfer und dem Wirt mit. Er begriff, dass der Schäfer von Fursaintid sprach – er nannte natürlich nicht den Namen, aber der Händler schloss es aus seiner Beschreibung. Er gab vor, sich nach dem Preis für Schafe erkundigen zu wollen, so dass er dem Schäfer ein paar Fragen stellen konnte.«

»Dieser betrunkene Schafhirt … Sein Name war nicht zufällig Spelán?«, fragte Eadulf.

»Ich bin nicht sicher. Der Händler kehrte zurück und überbrachte meinem Onkel die Neuigkeit. Da mir durch das Erbrecht die Aufgabe der Blutrache zufällt, bin ich jetzt hier, um Bruder Fursaintid zu finden und das Gelübde zu erfüllen, das meine Familie abgelegt hat. Kein *dálaigh* wird mich aufhalten, denn nach dem *Crith Gabhlach* habe ich das Recht dazu.« Mit diesen Worten reckte er Fidelma herausfordernd sein Kinn entgegen. »Vielleicht sollte ich den Schäfer suchen oder nach Ráth Cuáin weiterreiten.«

»Spelán ist tot«, sagte sie ausdruckslos.

Febal starrte sie an, den Kopf zur Seite geneigt, als hätte er nicht richtig gehört. Da er schwieg, fuhr Fidelma fort: »Der Schäfer wurde heute am frühen Morgen tot aufgefunden. Er hat das erlitten, was man in alten Zeiten den ›dreifachen Tod‹ nannte.«

»Ich verstehe nicht. Wurde er hingerichtet?«

»Er wurde ermordet«, erklärte Eadulf.

»Also ich habe ihn nicht getötet«, protestierte der junge Mann. »Ich bedaure, von seinem Tod zu hören, und sei es nur wegen all der Dinge, die er mir hätte erzählen können. Aber ich kannte ihn nicht und hegte keinerlei Groll gegen ihn. Ich sollte ihm eher dankbar sein, weil er unabsichtlich enthüllt hat, wo Fursaintid sich versteckt.«

»Du hast um unsere Gastfreundschaft gebeten, und sie sei dir gewährt. Ich hoffe, dass Logik und gesunder Menschenverstand dich während deines Aufenthaltes bei uns davon überzeugen werden, deinen Plan aufzugeben«, sagte Fidelma leise. »Ich möchte dich bitten, hierzubleiben, bis ich meine Nachforschungen über die Ermordung des Schäfers abgeschlossen habe.«

Der junge Mann begann Einwände zu erheben, doch Fidelma fiel ihm mit entschlossener Stimme ins Wort: »Bis ich mit meinen Nachforschungen fertig bin; das sage ich als *dálaigh*. Du wirst hierbleiben, und wir werden dich als Adligen deines Volkes und als Gast meines Bruders, des Königs, mit allen Ehren hier aufnehmen.«

»Ich vertraue darauf, dass ihr die Uí Briúin Seóla ebenso anerkennt wie die Rechte der Adligen«, entgegnete der junge Mann.

»Das *Crith Gabhlach* ist mir durchaus geläufig.« Fidelma lächelte sanft. »Darüber hinaus kenne ich das *fir flathemon* – das Königliche Recht.«

Febal schüttelte ungläubig den Kopf. »Also stehe ich im Verdacht, schuld am Tod eines Schäfers zu sein, weil ich hierherkam, um einen Vergewaltiger aufzuspüren? Ich habe den Schäfer nicht getötet, das schwöre ich bei meiner Kämpferseele.«

Fidelma musterte ihn ernst. »Das ist der Schwur eines Kriegers. Offensichtlich bist du mit Gesetzen bewaffnet hierhergekommen, um deine Vergeltung zu üben, Lehrmeister der Poesie.«

»Das erschien mir notwendig, da ich meine Aufgabe in einem fremden Königreich zu erledigen habe. Auch in Connacht steht das Gesetz über allem.«

»Genau wie hier«, entgegnete Fidelma gereizt. »Du magst deinen Eid schwören, Febal, doch das enthebt dich nicht des Verdachts. Viele, die einen Eid ablegten, haben bekanntlich einen Meineid geschworen.«

»Du willst meinen Eid nicht akzeptieren?«

»Eid oder nicht, du wirst bei uns bleiben, solange unsere Ermittlungen andauern«, wiederholte Fidelma. »Ich werde dir einen anderen Gesetzeskundigen schicken, um deinen Eid noch einmal anzuhören und zu Protokoll zu nehmen, und du kannst dir einen Zeugen dafür wählen.«

»Mein Eid sollte nur dazu dienen, dich davon zu überzeugen, dass ich nichts mit dem Tod des Schäfers zu tun habe«, erklärte Febal und schien sich plötzlich in sein Schicksal zu fügen. »Ich bin bereit, der … der Gast deines Bruders zu sein. Falls ich jedoch feststellen muss, dass man in Ráth Cuáin erfährt, dass ich hier bin, und falls Bruder Fursaintid deshalb seiner gerechten Strafe entkommt, musst du damit rechnen, dass sich der König von Connacht der Sache annehmen wird.«

»Dann ist es abgemacht.« Fidelma überging die Drohung. »Aidan wird dich zu Dar Luga bringen, der *ainbertach* des königlichen Haushalts und Verwalterin des Gästehauses. Sie wird dir eine Unterkunft geben und so bald wie möglich eine Audienz bei König Colgú arrangieren.«

Aidan, der alles mitgehört hatte und Febals Drohung ernst nahm, konnte der Versuchung nicht widerstehen und sagte: »Damit du nicht auf falsche Gedanken kommst, vergiss nicht, dass diese Burg von den Nasc Niadh bewacht wird, den Kriegern vom Goldenen Halsreif, die ihre Waffen nicht nur zur Zierde tragen.«

»Genauso wenig wie die Gamanride, die Leibwache der Könige von Connacht«, erwiderte der junge Mann.

Fidelma hatte sich schon abgewandt, drehte sich jedoch noch einmal um. »Was meinst du damit? Du sprichst von den Gamanride.«

»Ich war nicht immer ein Poet«, erwiderte Febal. »Wie du richtig beobachtet hast, gelte ich bei meinem Volk als Mann von Rang. Ich werde nicht dulden, dass man mich bedroht.«

»Gehörst du zu den Gamanride?«, fragte Fidelma scharf. »Dennoch erscheinst du hier ohne Schild und Schwert und gibst an, ein *éces* zu sein.«

Der junge Mann lachte böse. »Das eine schließt das andere nicht aus. Wie dem auch sei, ein wahrer Krieger« – dabei warf er Aidan, dessen Hand jetzt an seinem Schwert lag, einen herablassenden Blick zu – »verlässt sich nicht auf Waffen, um seine Aufgabe zu erfüllen. In diesem Sinne werde ich Bruder Fursaintid Gelegenheit geben, sich zu verteidigen, wenn wir uns begegnen. Was ich einst war, ist unwichtig. Jetzt bin ich ein Dichter.«

»Man wird dich mit der gebotenen Hochachtung behandeln, du bist Gast meines Bruders, des Königs, und wirst ihm vorgestellt, wie es Recht und Ehre gebieten«, betonte Fidelma.

»Vergiss jedoch nicht, dass du dich innerhalb der Mauern dieser Burg aufzuhalten hast, bis ich eine andere Entscheidung treffe.«

Febal lächelte angespannt. »Ich hoffe, das wird nicht allzu lange dauern, Lady.«

Nachdem sie die Halle der Helden verlassen hatten, konnte Eadulf nicht länger an sich halten.

»Sind die Gamanride nicht die Elite-Leibwache der Könige von Connacht?«, begann er. Als Fidelma nickte, fuhr er fort: »Ich kann mir nicht vorstellen, dass dieser Mann einen armen Schäfer ermordet hat – noch dazu auf so grausame Art und Weise.«

»Vielleicht nicht«, antwortete Fidelma. »Andererseits glaube ich nicht an Zufälle.«

Sie ging voraus in das Ratszimmer ihres Bruders. Colgú war allein, saß mit mürrischem Gesicht vor dem Kaminfeuer und knabberte lustlos an einem Apfel.

»Du hast Prinzessin Gelgéis knapp verpasst«, begrüßte er Fidelma. »Sie hat sich in ihre Gemächer zurückgezogen, um sich vor dem Fest heute Abend zu erfrischen.«

Fidelma war froh, dass die Prinzessin nicht anwesend war, da sie ihrem Bruder alles über Febal erzählen wollte, bevor er ihn empfing. Als sie von den Ereignissen des Tages berichtete, wurde seine Stimmung noch schlechter.

»Das gefällt mir nicht, Schwester.«

»Mir auch nicht«, schaltete Eadulf sich in das Gespräch ein. »Der junge Mann taucht hier genau am Morgen nach Speláns Ermordung auf, behauptet, er verfolge jemanden, den Spelán kannte, und erklärt, er wolle Blutrache nehmen. Ich muss sagen, ich bin ganz Fidelmas Meinung. Dieser Febal hat etwas an sich, das mich misstrauisch macht.«

»Nun, bis wir sicher sein können, soll ich ihn vermutlich so behandeln, wie es den Gepflogenheiten von Höflichkeit und Gastfreundschaft entspricht?«, fragte der König.

»Einstweilen ja, und er soll sich innerhalb der Burgmauern aufhalten«, sagte Fidelma.

Ihr Bruder stieß einen tiefen Seufzer aus. »Leider hat sich die Nachricht von dem Mord wie ein Lauffeuer in der Stadt verbreitet. Jetzt sprechen alle über den Fluch der alten Götter. Erzähl mir mehr von der Raben-Anruferin. Schließlich sieht es so aus, als sollte die Rache der alten Götter mich persönlich treffen.«

»Nimm dir ihre Verwünschungen nicht so zu Herzen«, ermahnte ihn Fidelma. »Welcher König oder Stammesfürst wurde nicht schon einmal verflucht – allein aufgrund seiner Stellung?« Sie war sich jedoch sehr wohl bewusst, dass ihr Bruder dazu neigte, Prophezeiungen und Aberglauben allzu wörtlich zu nehmen, obgleich er sich bemühte, das möglichst nicht zu zeigen.

»Ein Fluch, der einmal ausgesprochen ist, kann niemals zurückgenommen werden«, entgegnete Colgú unwirsch.

»Im Augenblick machen wir uns Gedanken um den Tod von Spelán«, erinnerte ihn Eadulf. »Die Frau verflucht lediglich seine Mörder.«

Colgú grübelte offensichtlich immer noch über die heidnische Verwünschung nach.

»Willst du mir damit sagen, dass es für diese Tat keine Verdächtigen gibt? Wir haben nur noch Zeit bis morgen, bis zum Beginn des Samhain-Festes, und die Leute im Ort haben Angst. Es spielt keine Rolle, ob dieser Schäfer ein Mönch war oder nicht … Für sie trägt das Ritual des dreifachen Todes die Handschrift einer Opfergabe für die Götter und Göttinnen des Alten Glaubens. Es gibt hier genügend Fanatiker, sowohl

Anhänger des Neuen als auch des Alten Glaubens. Dass könnte gefährlich werden. Wir sind seit gut zwei Jahrhunderten Christen. An manchen Orten hat unser Glaube kaum Fuß gefasst, und das Feuer, das entfacht werden könnte, um die neuen Vorstellungen zu verdrängen, könnte uns schnell verschlingen.«

»Ich hätte gedacht, dass der Glaube, der von unseren Heiligen Ailbe, Declan, Ciarán und Abbán zu uns gebracht wurde, hier tiefe Wurzeln geschlagen hat«, entgegnete Fidelma.

»Tiefe Wurzeln? Wieso, er ist nicht einmal sicher vor unseren Glaubensbrüdern!«, bemerkte Colgú verbittert. Als er Eadulfs Stirnrunzeln sah, fügte er hinzu: »Der Abt und der Bischof von Ard Magh im Norden des Reiches versuchen, die Gerichtsgewalt über sämtliche Abteien in den Fünf Königreichen für sich zu beanspruchen; sie stützen ihre Autorität auf Rom und behaupten, es habe bei uns keine Christen gegeben, bevor Patrick den Glauben von Rom hierherbrachte und die erste Kirche gründete.«

Fidelma verzog das Gesicht. »Na ja, wir wissen doch, wie schwach dieses Argument ist. Selbst in ihren eigenen Berichten steht, dass Celestine von Campania, der Bischof von Rom, einen Bischof namens Palladius zu den irischen Christen entsandte, und zwar über ein Jahr bevor Patrick eintraf. Also wissen wir, dass es hier bereits Christen gab. Unsere eigenen Chroniken bezeugen, dass Ailbe, Declan, Ciarán und Abbán schon vor Patricks Ankunft im Norden den Neuen Glauben in unserem Königreich lehrten.«

Colgú presste die Lippen zusammen. »Jetzt ist nicht der richtige Zeitpunkt für eine historische Debatte, Fidelma. Wenn du unbedingt diskutieren musst, dann diskutiere mit einem alten Bekannten von dir, der heute Nachmittag aus der Abtei Imleach hier eingetroffen ist.«

Fidelma hob fragend eine Augenbraue.

»Bruder Mac Raith, ihr neuer *rechtaire* oder Verwalter.«

»Natürlich! Er ist gekommen, um an diesem seltsamen Konzil über ketzerische Lehren teilzunehmen.«

»Du wirst ihm gewiss später begegnen«, bestätigte ihr Bruder. »Aber kehren wir zu unserem Thema zurück. Schlimm genug, dass diese Frau – diese Raben-Anruferin …«

»Branche̒«, ergänzte Eadulf ihren Namen.

»Dass diese Frau hier herumläuft und Angst und Schrecken verbreitet.«

»Wissen wir denn, ob sie das tut?«, fragte Fidelma.

»Schon allein die Tatsache, wie sie sich kleidet, genügt doch. Das ist dasselbe, als würde ich die Überzeugungen eines Mannes ignorieren wollen, der im Ornat eines Abts hier auftaucht. Nein – ich bin mehr als beunruhigt.«

»Aber jeder kann sich anziehen, wie er will. Das ist kein Verbrechen. Sind ihre Drohungen denn real oder mehr als ein abergläubischer Fluch? Eadulf und ich halten sie eher für eine bedauernswerte Person, die den Kontakt zur Wirklichkeit verloren hat.«

»Und was ist mit dieser Verwünschung – ist das etwa keine Drohung?«

Fidelma seufzte. »Dergleichen betrachte ich nicht als Drohung – es sei denn, man glaubt daran.«

Colgú biss die Zähne zusammen. Er wusste, dass seine Schwester seine Schwäche kannte und versuchte, ihn vor sich selbst zu schützen. »Ich bin nicht interessiert an theoretischen Spitzfindigkeiten, Fidelma. Ich will den oder die Schuldigen, die in den Tod des Schäfers, oder wer immer er war, verstrickt sind. Ich will, dass die Leute aufhören, sich den Kopf über Götter, Dämonen und Ähnliches zu zerbrechen. Es gibt genügend Schwierigkeiten, mit denen wir in unserem Königreich zu kämpfen haben, ohne dass auch noch die Feuer von Hass und religiöser Angst entfacht werden.«

»Wir können nur von Fortschritten berichten, wenn wir welche machen, Bruder«, erwiderte Fidelma und erhob sich von ihrem Stuhl.

»Und wann ist damit zu rechnen?«, fragte Colgú spitz.

»Ich hoffe, bald«, antwortete Fidelma und ging nicht auf seinen herausfordernden Ton ein. »Ich werde jetzt Bruder Mac Raith aufsuchen und herausfinden, worum es bei diesem Konzil überhaupt geht.«

Colgú ließ resigniert die Schultern hängen. »Ich bin froh, wenn Samhain vorbei ist«, sagte er zu sich selbst und konnte nicht verhindern, dass ihn ein Schaudern überlief.

KAPITEL 8

Sie überließen Colgú seiner niedergeschlagenen Stimmung, überquerten den zentralen Innenhof und wandten sich dem kleinen Platz hinter der Kapelle zu. Bruder Conchobhars Apotheke lag genau gegenüber dem Eingang zu dem Gästehaus, in dem die Besucher des Konzils untergebracht waren. Als sie sich der Tür näherten, stürzte ein untersetzter Kuttenträger so eilig aus dem Haus, dass er Eadulf fast umrannte; er taumelte und wäre gestürzt, hätte er sich nicht mit einem Arm an der Mauer abgestützt. Er war im Halbdunkel schwer zu erkennen, denn die Laternen in den Innenhöfen gaben nur wenig Licht. Der Mönch blieb nicht etwa stehen, um sich zu entschuldigen, sondern eilte, sehr zu ihrer Verwunderung, vor sich hin fluchend weiter und verschwand in der Dunkelheit jenseits des Hofes.

»Wer war das?«, fragte Eadulf und rieb seinen lädierten Arm, der unsanft gegen die Mauer gestoßen war.

»Ich habe keine Ahnung«, antwortete Fidelma. »Ganz sicher gehört er nicht zu uns. Er muss einer der Konzilteilnehmer sein, auf jeden Fall ist er ein Rüpel.«

Das Paar ging weiter auf die Tür zu, als diese sich öffnete und eine weitere Gestalt erschien: ein Mann von durchschnittlicher Größe, schlank und ebenfalls in eine Kutte gekleidet. Er blieb stehen; eine schwache Laterne erhellte sein blasses Gesicht.

»Bruder Mac Raith!« Eadulf erkannte ihn als Erster.

Der junge Verwalter der Abtei Imleach spähte in die Dunkelheit; ein Lächeln trat auf seine scharfen Gesichtszüge. Fidelma und Eadulf konnten in der Dunkelheit gerade noch sein strohfarbenes Haar ausmachen, nicht aber die tiefliegenden blauen Augen, die ihnen aus der Vergangenheit bekannt waren. Bruder

Mac Raith war ein hoch angesehener Illustrator und Kartograph, bevor er Verwalter der großen Abtei Imleach wurde.

»Gut, dass wir uns treffen, Lady. Ich habe dich gesucht, hörte jedoch, dass du dich außerhalb der Burg aufhältst«, erklärte er, nachdem sie sich begrüßt hatten. Dann begann er, in dem Lederbeutel an seinem Gürtel zu kramen.

»Du hast mich gesucht? Komisch. Ich wollte gerade sagen, ich habe dich gesucht«, erwiderte Fidelma vergnügt.

»Tatsächlich? Nun, meine Aufgabe ist einfach. Jemand aus der Abtei Imleach kehrte kürzlich von einer Pilgerreise in die Heilige Stadt zurück. Unter den Dingen, die er mitbrachte, war eine Botschaft für dich von einem Mitglied des Haushalts des Bischofs von Rom. Einem gewissen Gelasius.«

Fidelma war überrascht. »Vom Ehrwürdigen Gelasius? Dem *Nomenklator* in der Residenz des Bischofs von Rom?«

Bruder Mac Raith zuckte die Achseln. »Ich kenne seine Stellung nicht, Lady, obwohl ich annehme, es handelt sich um einen langjährigen Bediensteten im Lateranpalast.« Er zog ein viereckiges, zusammengenähtes Stück Leder hervor und reichte es ihr. Sie nahm es, stellte sich unter die Laterne und drehte es neugierig hin und her. Als sie erkannte, dass sie zum Öffnen der Botschaft ein Messer oder eine Schere brauchte, verwahrte sie es sicher in ihrem *marsupium*.

»Erinnerst du dich an den Ehrwürdigen Gelasius, Eadulf?«, fragte sie. »Als Wighard, der zum Erzbischof von Canterbury bestimmt war, im Lateranpalast ermordet wurde, nahm er unsere Unterstützung bei der Aufklärung des Verbrechens dankend an.«

Eadulf erinnerte sich sehr wohl daran, dass Fidelma wesentlich mehr getan hatte als lediglich bei der Festnahme des Mörders behilflich zu sein, doch er nickte nur.

»Und jetzt«, Fidelma wandte sich wieder an Bruder Mac Raith, »erkläre ich dir, warum ich dich gesucht habe.«

»Unbedingt.«

»Ich würde gern erfahren, welchen Zweck dieses Konzil verfolgt, das du und deine Gefährten hier abhalten!.«

Auf Bruder Mac Raiths Miene machte sich Resignation breit. »Abt Cuán hat mich zu seinem Sprecher ernannt, und zwar, wie ich fürchte, in heikler Mission. Es geht um eine theologische Angelegenheit: Offensichtlich existiert eine Gemeinschaft, die der Rechtsprechung der Abtei Imleach und des Obersten Bischofs von Muman nicht den gebührenden Respekt zollt.«

Fidelma verzog den Mund zu einem schiefen Lächeln. »Ich könnte dir ein Dutzend solcher Gemeinschaften nennen, die nicht gerade dafür bekannt sind, Imleach Respekt zu erweisen«, erwiderte sie. »Es liegt in der Natur unseres Volkes, nach Unabhängigkeit zu streben und nicht einzusehen, dass man Regeln befolgen muss, die von anderen gemacht wurden. Es existieren so viele Streitpunkte unter den Anhängern des Neuen Glaubens, dass wir wohl nie in allem übereinstimmen werden. Es gibt so unterschiedliche Auslegungen unserer Religion, dass sich jede religiöse Gemeinschaft von ihren Nachbargemeinschaften grundlegend unterscheidet.«

Bruder Mac Raith erwiderte sorgenvoll: »Das ist wahr. Und genau aus diesem Grund sind wir hier. Jede Abtei in einem Stammesgebiet entwickelt ihre eigenen Gesetze. Doch es gibt Grenzen, und der Oberste Bischof der Fünf Königreiche sollte es einzelnen Gemeinschaften nicht gestatten, sie zu überschreiten. Wie du weißt, wurde Abt Cuán erst kürzlich zum Obersten Bischof ernannt und …« Er hielt verlegen inne, denn ohne die Bemühungen von Fidelma und Eadulf bei der Lösung des Geheimnisses um den Mord an Ségdae, dem vorherigen Abt, würde Cuán dieses Amt heute sicher nicht bekleiden. »Nun«, fuhr er fort, »als Abt Cuán begann, die Berichte über die theologischen Anschauungen einer bestimmten Gemeinschaft zu lesen, die man Abt Ségdae vor seinem Tod überreicht hatte, verstand er sie nicht.«

»Warum nicht?«

»Weil er das Gefühl hatte, dass man diese Gemeinschaft schon vor vielen Jahren, als die ersten Berichte über ihre Lehren bekannt wurden, hätte abschaffen müssen.«

»Abschaffen?« Eadulf sah ihn erstaunt an. »Ist das nicht ein bisschen zu extrem? Wie Fidelma schon sagte, es gibt jede Menge Gemeinschaften, die den Neuen Glauben auf unterschiedlichste Weise leben. Allen Christen einheitliche Vorstellungen aufzuzwingen war bereits das Ziel unzähliger Konzile.«

»Und im Ergebnis verursachten ihre Entscheidungen noch mehr Verwirrung über die Auslegung der christlichen Lehre«, kritisierte Fidelma.

»Was du sagst, stimmt«, erwiderte Bruder Mac Raith seufzend. »In der Tat haben wir den Aufstieg und Fall zahlloser Ideen erlebt, die zunächst als Glaubensgrundsätze angenommen und von späteren Konzilen als Ketzerei gebrandmarkt wurden. Arianismus, Doketismus, Nestorianismus, Sabellianismus …«

»Wir kennen sie alle zur Genüge«, unterbrach ihn Fidelma prompt für den Fall, dass der Verwalter vorhatte, sämtliche Bewegungen innerhalb des Neuen Glaubens aufzuzählen, die von Konzilen für gottlos erklärt wurden.

»Warum also sollte ausgerechnet diese Gemeinde in so einer langen Reihe eine Rolle spielen?«, wollte Eadulf wissen.

»Dass eine Gemeinschaft wie diese innerhalb des Zuständigkeitsbereichs von Imleach überhaupt existiert, kann nicht hingenommen werden.«

»Warum nicht? Rom verurteilt den Pelagianismus als ketzerisch, doch für sämtliche Kirchen in den Fünf Königreichen ist er von zentraler Bedeutung und wird folglich toleriert.«

»Das ist etwas anderes. Hier geht es um die schlimmste aller Ketzereien«, erklärte Bruder Mac Raith mit überraschender Entschlossenheit. »Genau deshalb suchen wir Rat bei den führenden Theologen der Abteien von Ard Mór, Ros Ailithir und Corcach Mór, deshalb treffen wir uns hier und besprechen, wie der Oberste Bischof von Muman auf diese Irrlehre reagieren soll.«

»Ihr sucht Rat bei allen führenden Ausbildungsabteien des Königreichs?«, fragte Fidelma und erinnerte sich an die Bemerkung, die sie zuvor ihrem Bruder gegenüber gemacht hatte. »Abgesehen davon, dass eine fehlt, wie mir aufgefallen ist.«

Bruder Mac Raith setzte ein wissendes Lächeln auf. »Meinst du unsere langjährigen Kontrahenten in der Abtei Mungairit? Die fehlen allerdings. Sie wurden absichtlich ausgeschlossen, weil sie vor einigen Jahren selbst mit dieser Art von Ketzerei liebäugelten und ich erfahren habe, dass sie noch heute mehrere Kopien von Texten aufbewahren, die sich darauf beziehen. Es war einer der Gelehrten aus Ros Ailithir, der die Empfehlung aussprach, keine Vertreter von dort einzuladen. Er berichtete uns, die Abtei, um die es hier geht, habe erst kürzlich mit Mungairit über die Irrlehre debattiert.«

»Euer Zuträger scheint über gute Spione zu verfügen«, bemerkte Eadulf.

»Bruder Giolla Rua? Er hat dort offenbar eine Schwester, die in letzter Zeit mit solchen Angelegenheiten befasst war. Deshalb hielten wir es für klüger, keinen Delegierten aus Mungairit zum Konzil einzuladen.«

»Und worum geht es?«, hakte Eadulf nach. »Du hast uns bisher nicht erzählt, welche Irrlehre gemeint ist.«

»Man nennt sie Psilanthropismus.«

Eadulf wechselte einen kurzen Blick mit Fidelma, die unmerklich den Kopf schüttelte und damit andeutete, dass sie noch nie von dieser Bewegung gehört hatte.

»Ich bin nicht sicher, was das bedeutet«, gab Eadulf zu, obwohl er über recht gute Griechischkenntnisse verfügte.

»Du solltest fleißiger Griechisch lernen, Bruder«, ermahnte ihn der Verwalter. »Das war die Sprache, in welcher der Neue Glaube, wie wir ihn kennen, zuerst in Erscheinung trat. *Psilós* bedeutet ›schlicht‹ oder ›einfach‹, und *ánthropós* heißt Mensch – folglich behauptet diese Lehre, dass Jesus ein ›einfacher‹ oder ›gewöhnlicher Mensch‹ war.«

»Wann ist diese Idee entstanden?«

»Angeblich geht sie zurück auf die Zeit, als die neue Religion des Christentums unter den Hebräern in Judäa begründet wurde. Manche glauben heute immer noch, Jesus sei nur ein einfacher Prophet und Lehrer gewesen. Diese Lehre wurde vor vierhundert Jahren von einem gewissen Theodotus von Byzanz vertreten.«

»War Theodotus nicht ein griechischer Theologe?«, fragte Fidelma.

»Die meisten der frühen Gründer des Neuen Glaubens waren Griechen und wurden von Paulus von Tarsus zum Christentum bekehrt, der erklärte, dass die Lehren Christi nichts mit der Religion der Hebräer zu tun hätten. Tatsächlich waren es diese Griechen, die das Wort Christos als Erste verwendeten; es bedeutet ›der Gesalbte‹. Paulus von Tarsus war vom Glauben her Jude, von der Kultur her Grieche und gleichzeitig Bürger von Rom; folglich entwickelte sich der Neue Glaube aus den drei Kulturen. Doch in diesen frühen Jahren war Jesus für viele nur ein gewöhnlicher Mensch, ein Lehrer seines Volkes, der sich durch Rechtschaffenheit und Gerechtigkeitssinn auszeichnete. Man schätzte ihn so sehr, dass die Leute ihn aus Höflichkeit als *einen* Sohn Gottes bezeichneten, nicht als *den* Sohn Gottes. Versteht ihr den Unterschied?« Plötzlich befiel Bruder Mac Raith ein nervöser Husten. »Ich pflichte dem nicht bei, sondern erkläre es lediglich, um euch zu verdeutlichen, worum es beim Psilanthropismus geht.«

»Wir verstehen«, erwiderte Eadulf ernst. »Was geschah mit Theodotus?«

»Er wurde ein Jahrhundert nach seinem Tod der Ketzerei beschuldigt und von Papst Viktor I. exkommuniziert.«

»Der Ketzerei beschuldigt und exkommuniziert, nach seinem Tod?«, fragte Fidelma zweifelnd. »Aber zu seinen Lebzeiten wurde er nie verurteilt?«

Bruder Mac Raith nickte schnell.

»Wie lange hatte seine Lehre, der Psilanthropismus, Bestand?«, fragte Eadulf.

»Bis heute«, erklärte Bruder Mac Raith. »Das ist der springende Punkt. Der Anführer dieser Bewegung war Paulus von Samosada, Bischof in Antiochia. Er erweiterte ihre Lehre mit neuen Ideen und legte dar, dass Jesus nicht nur ein guter Mensch war, sondern dass die Menschen ihn als einen Menschen-Gott betrachten sollten. Paulus von Samosada vertrat zudem die Ansicht, Gott sei eine einzelne göttliche Hypostase und keine Trinität. Man nahm weithin an, dass seine Lehren schließlich in die ketzerische Bewegung des Arianismus einflossen.«

»Und du sagst, es gäbe heute noch eine Gemeinschaft, die dieser merkwürdigen Lehre anhängt?«, fragte Fidelma langsam.

»Die gibt es in der Tat. Sobald wir alles reiflich abgewogen haben, habe ich Order, den Abt mit folgender Nachricht zu konfrontieren: Sollten er und seine Gemeinschaft darauf bestehen, weiterhin an dieser Irrlehre festzuhalten, müssten sie vor einer Vollversammlung des Rates erscheinen und vor allen Bischöfen und den Gelehrten des gesamten Königreichs ihre Ansichten darlegen.«

»Sag mal, Bruder«, drängte Fidelma, »wie lautet der Name dieser unbelehrbaren Gemeinschaft?«

Bruder Mac Raith brachte ein mattes Lächeln zustande. »Es ist eine Ironie des Schicksals, Lady, dass sie denselben Namen trägt wie Abt Cuán von Imleach. Das könnte ihn dazu anspornen, die Angelegenheit zu regeln. Ihr Name lautet Ráth Cuáin.«

Fidelma und Eadulf saßen vor dem knisternden Kaminfeuer in ihrer Wohnung, starrten in die zuckenden Flammen und lauschtem dem gelegentlichen Zischen, wenn aus einem noch feuchten Holzscheit plötzlich Dampf entwich. Muirgen, die Kinderfrau, hatte den kleinen Alchú schon längst ins Bett gebracht. Fidelma und Eadulf hatten gegessen und gönnten sich eine Ruhepause am Kamin. Schließlich brach Eadulf das Schweigen.

»Glaubst du immer noch, wir können in der Abtei Ráth Cuáin etwas erfahren?«, fragte er unerwartet. »Das scheint ein merkwürdiger Ort zu sein, an dem Irrlehren gepredigt werden. Dazu kommt Febal, dieser seltsame dichtende Krieger, mit seiner Geschichte von dem Vergewaltiger, den er aufspüren will. All das erscheint mir doch höchst sonderbar. Ich bezweifle, dass ein Besuch in der Abtei uns dabei hilft, zu erfahren, wie und warum Spelán nach einem derart grotesken Ritual ermordet wurde.«

»Vielleicht hast du recht«, antwortete Fidelma seufzend, »doch Brehon Morann hat stets gelehrt, dass es in jeder Kette von Ereignissen ein schwaches Glied gibt, das einem den Weg zu neuen Erkenntnissen eröffnet. Also müssen wir alle Kettenglieder untersuchen, um das schwache zu finden.«

Brehon Morann war Fidelmas Mentor, als sie seine Hohe Schule für Recht in der Nähe von Tara besuchte.

»Hoffen wir also, dass er recht behält«, entgegnete Eadulf. »Mir scheint, wir haben es mit einem Rätsel zu tun, dass wahrscheinlich ungelöst bleibt.«

Fidelma warf ihm einen missbilligenden Blick zu. »Wir haben schon schwierigere Rätsel gelöst«, erinnerte sie ihn. »Mit diesem werden wir auch noch fertig.«

Eadulf betrachtete ihre entschlossene Miene mit einem gewissen Unbehagen.

»Also reiten wir morgen nach Ráth Cuáin, um der Sache weiter nachzugehen?«

»Genau. Aidan wird uns wieder begleiten. Ich habe ihn gebeten, die Pferde bei Tagesanbruch bereitzustellen.«

»Und was ist mit diesem Konzil? Wird Bruder Mac Raith nicht das Gefühl haben, wir mischten uns in seine theologischen Diskussionen ein – wie auch immer die ketzerische Lehre heißen mag?«

»Psilanthropismus ist das Wort, das du suchst, Eadulf«, half ihm Fidelma auf die Sprünge. »Sein Auftrag hat nichts mit uns zu tun. Ohnehin werden er und die anderen Gelehrten wahrscheinlich Monate brauchen, um das Problem zu diskutieren; erst danach verständigen sie Ráth Cuáin darüber. Wir können das Konzil und die Debatten über Ketzerei getrost ignorieren. Mit dem Mord an Spelán hat das nichts zu tun.«

»Schon merkwürdig, dass diese Abtei denselben Namen trägt wie der Oberste Bischof, mit dem sie in theologischem Streit liegt«, sinnierte Eadulf.

»So merkwürdig ist das nun auch wieder nicht. Cuán ist ein relativ verbreiteter Name in unserem Königreich. Jedenfalls würde ich gern dabei sein, wenn beide Seiten aufeinandertreffen und argumentieren, um zu hören, wie Abt Síoda seine Ansichten rechtfertigt. Für mich sind sie vollkommen neu. Allerdings haben wir momentan wichtigere Dinge zu erledigen.«

»Wichtiger als die Auslegung der Heiligen Schrift?«, fragte Eadulf in leicht vorwurfsvollem Ton, denn er selbst folgte nach wie vor den Ritualen und Praktiken der Kirche von Rom, auch wenn er sich wieder stärker zu den Lehren der Kirchen in den Fünf Königreichen hingezogen fühlte, zu deren Glauben er ursprünglich als Jugendlicher übergetreten war.

»Ja«, antwortete Fidelma. »Für mich sind Recht und Gesetz wichtiger als religiöse Überzeugungen.«

Eadulf verkniff sich eine scharfe Erwiderung und sagte nur: »Selbst wenn Abt Síoda und seine Gemeinschaft bereit wären, mit uns zu sprechen, was machen wir, wenn sie uns nichts Neues zu sagen haben?«

»Dann hat sich dieser Weg eben als Sackgasse erwiesen, und wir müssen überlegen, wie wir weitermachen.«

»Was ist mit diesem komischen Kerl, diesem Febal? Wir sollten noch einmal mit ihm reden.«

»Das finde ich auch. Irgendetwas an seiner Geschichte klingt nicht überzeugend. Aber wir müssen vorsichtig sein. Falls er wirklich ein Prinz der Uí Brúin Seóla ist und seine Leute erfahren, dass wir ihn hier festhalten – gegen seinen Willen, als Verdächtigen –, könnte das einen Konflikt zwischen Muman und Connacht heraufbeschwören.«

»Sollten wir ihn dann nicht besser laufen lassen?«

»Noch nicht«, antwortete Fidelma und schüttelte den Kopf. »Ich möchte noch mal mit ihm sprechen.« Sie unterdrückte ein Gähnen. »Früh zu Bett gehen wäre vielleicht sinnvoll. Morgen müssen wir das Tageslicht so gut wie möglich nutzen.«

»Warte einen Augenblick«, protestierte Eadulf. »Du hast die Botschaft noch nicht gelesen, die dir Bruder Mac Raith vom alten Gelasius in Rom mitgebracht hat.«

»Die habe ich ganz vergessen!«, rief Fidelma erstaunt aus. Sie fand ihr *marsupium* auf dem Tisch, zog das zugenähte Lederbriefchen heraus, hielt es einen Augenblick in beiden Händen, drehte und wendete es und starrte darauf, als könne sie seinen Inhalt so besser verstehen.

»Du wirst nicht erfahren, was da drin ist, wenn du es nicht öffnest«, bemerkte Eadulf.

Fidelma spitzte nachdenklich die Lippen. »Man bekommt nicht oft eine Botschaft aus Rom. Und es ist Jahre her, seit wir den Ehrwürdigen Gelasius das letzte Mal gesehen haben.«

»Willst du denn nun herausfinden, was er schreibt?«

Ohne ein weiteres Wort nahm Fidelma ein kleines Messer vom Tisch und begann, die Fäden durchzuschneiden, die das Lederbriefchen zusammenhielten. Darin fand sie ein Stück Papyrus. Sie las die spinnenähnlichen Buchstaben zweimal, bis Eadulf sie bedrängte, weil auch er erfahren wollte, was da stand.

»Es ist auf Latein«, begann sie.

»Natürlich«, entgegnete Eadulf ungeduldig.

»Hier steht nur, dass ich, falls ein junger Mann sich mir als Bruder Lucidus vorstellt, ihm Unterstützung in einer äußerst wichtigen Angelegenheit gewähren soll. Gelasius schreibt, er stünde für immer in meiner Schuld. Weiter heißt es, dass Bruder Lucidus bei der Erfüllung seiner Aufgabe Gelasius' volles Vertrauen genießt und seine Zustimmung hat; er soll ein Buch finden, das aus dem Geheimarchiv des Lateranpalastes verschwunden und vermutlich hierher auf unsere Insel gebracht worden ist. Gelasius fügt hinzu, dass, sollte es in die falschen Hände geraten, der Frieden innerhalb der Christenheit gefährdet sei.«

Sie verstummte und starrte erneut auf das Stück Papyrus.

»Und weiter?«, drängte Eadulf.

»Nichts weiter«, antwortete sie und reichte es ihm. »Mehr steht hier nicht.«

Eadulf las es ebenfalls durch. »Das verstehe ich nicht. Kennen wir jemanden namens Lucidus?«

Fidelma schüttelte den Kopf. »Falls er Kontakt zu uns aufnimmt, werden wir vermutlich mehr erfahren. Aber die Botschaft enthält keine zusätzlichen Hinweise.«

»Der Frieden innerhalb der Christenheit gefährdet?« Eadulf wiederholte die Worte. »Das ist gewiss eine Übertreibung und nicht der übliche Stil des Ehrwürdigen Gelasius. Herrscht denn momentan überhaupt Frieden bei all den untereinander zerstrittenen Splittergruppen? Wie könnte ein Buch die Dinge schlimmer machen, als sie ohnehin schon sind? Die einzige Chance auf Frieden innerhalb der Christenheit wäre ein Wunder; das größte Wunder aller Zeiten.«

Die Morgendämmerung kündigte sich mit einem schmalen Streifen aus Rot, Orange und Gold über den Hügeln im Osten an. Eadulf stöhnte beim Anblick des ersten Tageslichts.

»*Et mane hodie tempestas rutilat enim triste caelum*«, murmelte er.

»Was?«, fragte Fidelma, die sein Zitat nicht verstanden hatte.

»Ich zitiere nur aus dem Matthäusevangelium«, erklärte Eadulf. »»Es wird heute Ungewitter kommen, denn der Himmel ist rot und trübe.‹«

Fidelma schaute an ihm vorbei auf den Horizont über den Hügeln. »Morgenrot kündigt normalerweise schlechtes Wetter an«, räumte sie ein, »aber nicht immer, Eadulf. Wir werden trotzdem nach Ráth Cuáin reiten.«

Eadulf fühlte sich angegriffen. »Ich hatte nicht vor, mich zu drücken«, erwiderte er aufbrausend.

Fidelma lachte. »Ich kenne dich einfach zu gut, lieber Gatte.«

Plötzlich hämmerte jemand laut an ihre Zimmertür, und Gormán stürmte herein, ohne eine Antwort abzuwarten. Hinter ihm erschien wutentbrannt Muirgen; sie rang entschuldigend die Hände und war sichtlich empört über die Unverschämtheit des Befehlshabers der Leibgarde, ungebeten in die privaten Gemächer der Schwester des Königs einzudringen.

»Lady, du wirst unverzüglich in der Kapelle erwartet«, verkündete Gormán atemlos.

Fidelma und Eadulf starrten ihn überrascht an.

»Tatsächlich? Von wem?«

»Man braucht dort dringend eine *dálaigh*, Lady. Einer der
Religionsgelehrten hat einen seiner Kollegen angegriffen.«

Eadulf lachte laut auf.

»Was habe ich gestern Abend gesagt?«, kommentierte er grinsend. Alle starrten ihn verständnislos an. »Frieden innerhalb
der Christenheit? Fragt sich nur – welcher Frieden!«

Fidelma wandte sich wieder Gormán zu. »Willst du damit
sagen, dass es zu Handgreiflichkeiten gekommen ist? Du meinst
doch gewiss keinen verbalen Angriff im Rahmen einer Diskussion?«

»Es geht um eine körperliche Attacke, bei der am Ende Blut
geflossen ist«, bestätigte dieser.

Im Innenhof begegneten sie Aidan, der auf dem Weg zu ihnen war, um mitzuteilen, dass ihre Pferde bereitstünden; sie
mussten ihm die Verzögerung erklären.

Als sie die Kapelle betraten, kam Bruder Conchobhar mit
bedauerndem Lächeln auf sie zu und begrüßte sie. Fidelma bemerkte die Krieger Enda und Dego, die offensichtlich zwei geg-
nerische Gruppen in Schach hielten: auf der einen Seite den
zornig dreinblickenden Bruder Mac Raith neben einem
Mönch, der eine Hand auf seine blutige Wange presste; auf der
anderen zwei weitere Mönche, von denen einer mit vor Wut
verzerrtem Gesicht dastand. Sein Gefährte versuchte ihn zurückzuhalten.

»Ich fürchte, unsere Gelehrten haben sich für eine ziemlich
handfeste Art der Diskussion entschieden«, erklärte Bruder
Conchobhar sichtlich amüsiert.

Der Begleiter von Bruder Mac Raith nahm die Hand von

seiner verletzten Wange und deutete mit dem Finger vorwurfsvoll auf den jungen, streitlustigen Mönch.

»Er hat mich geboxt«, stieß er heiser hervor, »und mir einen
Zahn ausgeschlagen.«

Fidelma trat zu ihm und musterte ihn. »Und du bist …?«

»Ich bin Bruder Giolla Rua aus Ros Ailithir.«

Sie wandte sich an den jungen Mann, den er beschuldigt hatte. »Und du?«

Der Angesprochene reckte das Kinn nach vorn, sodass er
noch aggressiver wirkte. »Wer bist du, um mich auszufragen,
Frau?«, entgegnete er in unverschämtem Ton.

Die Krieger rangen hörbar nach Luft. Gormán trat vor und
hielt sein Gesicht ganz dicht vor das des Mönchs, der ebenso
hochgewachsen und muskulös war wie er selbst.

»Das ist Lady Fidelma von Cashel, die Schwester des Königs
und eine *dálaigh*, die dein Verhalten beurteilen wird«, schnauzte er ihn an.

Der junge Mann stutzte. In seinen Augen blitzte ein merkwürdiges Wiedererkennen auf – und war verschwunden, bevor
sie es richtig registriert hatte. Er senkte den Kopf und murmelte: »Ich bin Bruder Sionnach aus Corcach Mór.«

Nun wandte sich Fidelma an den einzigen Mann, der sich
noch nicht vorgestellt hatte, doch sobald sie ihn ansah, ver-
beugte er sich höflich und holte das nach: »Ich bin Bruder
Duibhinn aus Ard Mór, Lady.«

»Sehr schön. Was war denn nun der Grund für diesen Streit?«
Die Frage galt Bruder Sionnach.

Der presste die Lippen fest zusammen. »Es ging um akademische Argumente.«

Fidelma verzog missbilligend das Gesicht. »Normalerweise
streitet man über akademische Themen, indem man Fakten
und Meinungen austauscht. Eine Faust hat da nichts zu su-

chen und trägt nicht dazu bei, einen Standpunkt zu untermauern.«

»Die Diskussion erhitzte sich, Lady«, gab er zu.

Sie deutete auf Bruder Giolla Rua. »Was sagst du denn nun dazu?«

»Es ging tatsächlich um ein akademisches Thema, Lady – und ich hatte recht«, warf Bruder Sionnach rasch ein, bevor der andere antworten konnte.

»Ich weigerte mich, zuzuhören. Aus Rache hat mir dieser Radaubruder einen Zahn ausgeschlagen!«, fauchte Bruder Giolla Rua.

Fidelma trat vor und stellte sich zwischen die beiden.

»Genug jetzt. Die akademische Auseinandersetzung gehört auf euer Konzil. Doch was hier geschehen ist, muss geklärt werden. Bruder Conchobhar, hast du als Apotheker dich vergewissert, dass dieser Mann einen Schlag ins Gesicht erhalten und dadurch einen Zahn verloren hat?«

»Das ist korrekt. Ihm wurde ein Zahn ausgeschlagen und, wie du gleich sehen wirst, eine Verletzung an der Wange zugefügt«, bestätigte der betagte Apotheker.

Fidelma wandte sich an Bruder Sionnach. »Gibst du zu, diesen Schlag ausgeführt zu haben?«

Der junge Gelehrte zuckte gleichgültig die Schultern und erwiderte mit einem höhnischen Blick auf seinen Kontrahenten: »Natürlich.«

Fidelma erklärte mit eiskalter Stimme: »Nach dem *Bretha Déin Chécht* handelt es sich um einen Angriff. Dem Opfer wurde eine körperliche Verletzung zugefügt, für die ihm unverzüglich eine Entschädigung zu zahlen ist. Ich verzichte auf meinen Anteil an der Geldbuße, obwohl er mir als Richterin in dieser Angelegenheit zusteht. Allerdings gibt es sechs Kategorien von Zahnverletzungen, und die Bußgelder variieren entsprechend dem sozialen Status des Opfers. Herrscht Übereinstimmung, dass ich das Urteil spreche?«

Beide Männer blickten zunächst verunsichert drein, nickten jedoch fast einmütig, als sie sahen, dass sich immer mehr Zornesfalten auf Fidelmas Stirn bildeten.

»Wie hoch ist dein Ehrenpreis, Bruder Giolla Rua?«

»Ich bin ein *óg aire*«, erklärte der Gefragte stolz. Damit gab er zu verstehen, dass er kein richtiger *ollamh* oder Lehrer war, jedoch von den meisten Gelehrten als einer der Ihren anerkannt wurde.

»Wir alle hier haben den Rang eines *óg aire*«, betonte Bruder Sionnach.

»Dann traf der Schlag also einen Ebenbürtigen? Sehr gut. In diesem Fall werde ich einen Minimalbetrag zuerkennen. Die Geldbuße wird auf zwei *screpalls* festgelegt. Bist du einverstanden, Bruder Sionnach?«

Der junge Mann erwiderte gleichgültig: »Ich akzeptiere die Geldbuße, aber damit nicht das Argument, das er vorbringt. Das ist Ketzerei.«

»Niemand verlangt von dir, das Argument zu akzeptieren, das zu der Unstimmigkeit geführt hat. Allerdings musst du anerkennen, dass du dafür verantwortlich bist, dass die Debatte nicht auf die angemessene akademische Art und Weise ausgetragen wurde und daraus eine Verletzung resultierte. Sorge in Zukunft dafür, dass du in Diskussionen nur Worte als Waffen einsetzt. Ich schlage vor«, erklärte sie mit einem Nicken in Richtung Gormán, »dass du einen deiner Krieger in der Kapelle belässt, um weitere Gewalt zu verhindern. Einverstanden?«

Alle traten von einem Fuß auf den anderen – wie ungezogene Kinder, die von einem Elternteil gerügt wurden – und gaben murrend ihr Einverständnis.

Draußen vor der Kapelle wandte sich Aidan, der das Ganze

beobachtet hatte, grinsend an Eadulf: »Sind alle Konzile des Neuen Glaubens so?«

»Manchmal sogar noch schlimmer«, erwiderte Eadulf und dachte dabei an die Diskussionen, die er in Streonshalh und Autun miterlebt hatte.

»Sagtest du nicht, dass die Pferde bereitstehen?«, unterbrach sie Fidelma, die sich darüber ärgerte, dass sie durch derart kindisches Gezänk aufgehalten worden waren.

»Wir können jederzeit aufbrechen«, bestätigte Aidan und fügte hinzu: »Ihr habt die Wetteraussichten für den heutigen Tag wahrscheinlich schon zur Kenntnis genommen – sie sind nicht gerade rosig.«

»Auch wir haben das Morgenrot gesehen und wissen, was das bedeutet«, antwortete Fidelma. »Doch das trifft nicht immer zu. Vielleicht regnet es ja gar nicht.«

Die ersten heftigen Niederschläge erwischten sie, als sie gerade den Ochsenhügel überquerten. Die Wolken waren über die Anhöhe im Osten hinweggefegt, so dass der rote Streifen am Morgenhimmel verschwand und zunehmend dunklere, tief hängende Regenwolken sie auf ihrem Ritt nach Westen einholten. Fidelma war das Kreisen der Saatkrähen über ihren Nestern in den hohen Bäumen nicht entgangen, als sie die Wälder durchquerten. Sie erkannte die Vögel sofort, nicht nur an ihren Schreien, sondern auch an dem glänzenden schwarzen Gefieder, das sie von ihren ängstlicheren Vettern, den Aaskrähen und Raben, unterschied. Dieses Verhalten der Saatkrähen war ein untrügliches Zeichen für Regenwetter.

Doch der Regen ließ noch auf sich warten, als die kleine Gruppe aus dem Wald auftauchte und über die offenen Hügel ritt. Fidelma hatte gehofft, der drohende Niederschlag würde ausbleiben, selbst nachdem sie anhielten, um sich zu orientieren, und ihr Blick auf die anschwellenden Stängel des Zwergklees fiel – ein weiteres sicheres Vorzeichen für Unwetter. Sie waren weitergeeilt. Schließlich schaute Eadulf über die Schulter zurück und deutete auf die schwarzen Wolken hinter ihnen. Noch bevor er etwas sagen konnte, hörten sie in der Ferne lautes Donnergrollen, und schon setzte der Regen ein, der rasch immer stärker wurde. Ihre schweren wollenen Umhänge boten ihnen einen gewissen, allerdings nur unzureichenden Schutz. Eisige Winde wehten von Osten heran, und dichter Regen prasselte auf ihre Rücken nieder – immerhin war das besser, als wäre der Regen von vorn gekommen. Dennoch war das Weiterreiten unter diesen Umständen nicht ratsam, und da sie sich in der Nähe der Hütte befanden, die sie am Vortag durchsucht hatten, schlug Fidelma vor, dorthin zurückzukehren, bis der Wolkenbruch vorbei war.

Aidan führte die Pferde auf die geschützte Rückseite der Hütte. Erfreulicherweise hatte irgendein Aasfresser, vielleicht ein Wolf, den Kadaver des Hundes weggeschleppt, den sie zurückgelassen hatten. In der Hütte stellten Fidelma und Eadulf die Holzbank und den einzigen Stuhl so zusammen, dass sie es sich bequem machen konnten. Durch den langen Leerstand war es in dem Raum kühl und feucht. Aidan ließ seinen Blick beim Eintreten fachmännisch in alle Ecken schweifen und entdeckte den rußgeschwärzten, kalten Herd und daneben einen Haufen Stroh und Kienspäne sowie einige trockene Holzscheite. Er bat Fidelma, die sich die Arme rieb, um sich nach dem eisigen Regen zu wärmen, gar nicht erst um Erlaubnis, sondern nahm das Häufchen Anmachholz und stopfte es in den Herd.

Aidan wurde dem Ruf der Krieger, in kürzester Zeit ein Feuer anfachen zu können, durchaus gerecht; es dauerte nicht lange, bis sich die Reisenden vor einem lodernden Holzfeuer behaglicher fühlten. Bald legten sie ihre schweren Wollum-hänge ab und entspannten sich in der Wärme.

Eadulf konnte es sich nicht verkneifen, festzustellen: »Und was jetzt? Eine Weile müssen wir wohl hier ausharren.«

Fidelma schürzte ärgerlich die Lippen. »Wir bleiben hier, bis der Regen aufhört.«

Aidan wanderte durch den Raum und durchsuchte ihn interessiert im Licht einer Kerze, die er entzündet hatte, um besser sehen zu können.

»Hier also wurde eurer Meinung nach Spelán getötet?«, fragte er. Er hatte am Vortag draußen gewartet, während Fidelma und Eadulf sich in der Hütte umschauten. Eadulf hatte ihm von ihrer Entdeckung berichtet.

»Es sieht ganz danach aus«, antwortete Fidelma.

Aidan musterte eingehend das Bett, das offenbar der Tatort war; hier wurde der Schäfer gefesselt und nach altem Ritual getötet. Aidan schüttelte angewidert den Kopf und wandte sich ab – da ließ ihn etwas innehalten. Mit dem Kerzenstummel in der Hand bückte er sich und hob einen Gegenstand vom Boden auf.

»Offensichtlich ist ein Vogel hier eingedrungen«, rief er.

»Wie kommst du darauf?«, fragte Eadulf.

Aidan hielt etwas gegen das Licht. »Eine Feder. Sieht aus wie eine Krähenfeder. Sie mögen Orte wie diesen, diese Aasfresser.«

Ein sonderbarer Ausdruck huschte über Eadulfs Gesicht. »Bist du sicher, dass es sich nicht um eine Rabenfeder handelt?«, fragte er.

KAPITEL 9

Als sie Eadulfs Frage hörte, blickte Fidelma sofort auf. »Willst du damit sagen, dass Brancheó hier war?«

»Die Feder lag gestern noch nicht dort«, erwiderte Eadulf. »Sie kann uns beobachtet und unseren Aufbruch abgewartet haben. Sie trägt einen Umhang aus Rabenfedern. Da geht leicht mal eine verloren.«

Fidelma streckte Aidan ihre Hand entgegen, und er legte pflichtgemäß die Feder hinein. Sie untersuchte sie sorgfältig und verstaute sie dann in dem *marsupium* an ihrem Gürtel.

»Im Schaft der Feder sieht man einen Einstich, als hätte man ihn mit einer Nadel durchstochen«, verkündete sie. »Ich behalte sie; vielleicht finde ich heraus, woher sie stammt.«

»Ich habe doch gesagt, dass diese Frau etwas Finsteres an sich hat«, murmelte Aidan.

»Genau diesen Eindruck will sie erwecken«, entgegnete Fidelma. »Ich habe mir noch keine Meinung gebildet, abgesehen davon, dass sie in irgendeiner Verbindung zu Spelán steht.«

Aidan zuckte mit den Schultern und fuhr fort, das andere Ende des Raums zu überprüfen. Zu Fidelmas und Eadulfs Überraschung schien er sich plötzlich auf die Wand zu konzentrieren. Er hielt den flackernden Kerzenstummel höher und trat so nah heran, bis sein Gesicht nur noch eine Handbreit von der steinernen Wand der Hütte entfernt war. Mit leisem Knurren strich er mit der Hand über die Oberfläche.

Fidelma beobachtete ihn misstrauisch. »Was machst du denn da?«, fragte sie säuerlich. »Wir haben die Hütte gestern sorgfältig durchsucht.«

Aidan antwortete zunächst nicht, sondern berührte einen

kleinen Steinblock, der ein Stück aus der Mauer herausragte. Er schob ihn hin und her, bis er sich löste.

»Verzeihung, Lady. Ich habe häufig erlebt, dass Menschen Dinge verstecken – in Hohlräumen hinter losen Steinen wie diesem; Dinge, die wertvoll für sie sind. Ach …«

Während er sprach, ließ er den Stein zu Boden fallen und steckte seine Hand in die Öffnung. Kurz darauf zog er etwas heraus.

»Ein Stück Pergament! Da steht sogar etwas drauf!«, rief er aus und hielt es gegen das Kerzenlicht.

Fidelma und Eadulf sahen sich verblüfft an. Ein Stück Pergament in der Hütte eines armen Schafhirten – das war, gelinde gesagt, ungewöhnlich. Es konnte jedoch viele Erklärungen dafür geben.

Inzwischen hatte sich Aidan umgedreht und hielt ihnen das Stück Pergament entgegen. »Hier steht etwas in einer fremden Sprache drauf, die ich nicht verstehe. Ich glaube, ich habe noch etwas anderes in der Vertiefung ertastet.«

Er steckte erneut die Hand hinein, zog etwas heraus und sah, dass es nur ein kleiner Stein war, nicht größer als ein Kiesel. Er warf ihn aufs Bett.

Fidelma musterte das Pergament und bat Aidan, die Kerze näher dranzuhalten. Eadulf lugte ihr über die Schulter und erklärte sofort: »Das sind griechische Buchstaben. Offensichtlich wurde das Pergament irgendwo herausgeschnitten; es sind ein paar aus dem Zusammenhang gerissene Wörter. Bekannt kommen sie mir nicht vor.«

Fidelma drehte das Pergamentstückchen um und fand auf der Rückseite eine Reihe von Zahlen.

»Griechische Wörter und eine Zahlenkolonne auf einem Pergament in der Hütte eines Schafhirten …«, überlegte Eadulf laut. »Das ist bemerkenswert.«

»Um es mal vorsichtig auszudrücken«, stimmte Fidelma ihm nachdenklich zu. Sie trug das Pergament zum einzigen Fenster in der Hütte und hielt es hoch.

»Der Text scheint ziemlich alt zu sein und wurde offensichtlich von anderer Hand und mit anderer Tinte geschrieben als die Ziffern. Ich werde Bruder Conchobhar um seine Meinung bitten müssen, bezweifle jedoch, dass das für unsere Ermittlungen von Bedeutung ist.«

»Vielleicht haben der Schäfer oder seine Frau es aufgehoben, um es zum Feueranzünden zu benutzen«, meinte Eadulf und merkte gleich darauf, dass er etwas Dummes gesagt hatte. Pergament eignete sich nicht zu diesem Zweck; es mochte zwar schwelen, brannte jedoch nicht gut.

»Du vergisst, dass wir sehr wenig über Caoimhe wissen. Sie hatte eine Verbindung zur Abtei Ráth Cuáin – genau deshalb reiten wir dorthin. Vielleicht hat es ihr dort jemand gegeben.« Fidelma wandte sich an Aidan: »Deine Augen sind schärfer als unsere, Aidan. Sieh dich doch bitte weiter um.« Dann zögerte sie. »Was hast du denn eben noch in der Vertiefung gefunden?«

Aidan deutete aufs Bett, wohin er das Steinchen geworfen hatte. »Nur einen Kieselstein, Lady.«

Fidelma beugte sich vor und hob das kleine Ding auf. »Für einen einfachen Kiesel ist es etwas zu gezackt und zu schwer, und es ist überhaupt nicht rund. Gib mir bitte dein Messer, Aidan.«

Sie nahm das schwere Messer des Kriegers, trat wieder ans Fenster und kratzte mit der Klinge an dem winzigen Gebilde herum. Dann ging sie, sehr zur Überraschung der anderen, zu einem Eimer mit abgestandenem Wasser und begann, es darin zu waschen. Schließlich hielt sie das winzige Ding hoch, das jetzt glänzte und funkelte.

Aidan reagierte als Erster. »Ist das nicht Silber? Wie kommt ein armer Schafhirte zu so einem Stück Silber?«

Fidelma steckte das Klümpchen Silber zusammen mit dem Pergament in ihr *marsupium*.

»Wir haben gleich mehrere Fragen zu beantworten. Obwohl dieses Stück Silber ihn nicht übermäßig reich machte, ist es doch ungewöhnlich für einen Schäfer, es überhaupt zu besitzen. Gute Arbeit, Aidan. Deine Augen sind entschieden besser als unsere.«

Mehr fanden die drei Reiter nicht. Sie ließen sich nieder und warteten weiter auf besseres Wetter. Allmählich wurde der Wolkenbruch schwächer, und schließlich hörte es ganz auf zu regnen. Die dunklen Gewitterwolken zogen ab und hinterließen lange weiße Wolkenwirbel, zwischen denen sich der blassblaue Himmel zeigte.

»Es ist Zeit zum Aufbruch«, verkündete Fidelma. »Das Wetter klart auf, sodass wir die Abtei Ráth Cuáin nun trockenen Fußes erreichen sollten.«

Als sie die Anhöhe erklommen hatten und Ráth Cuáin in voller Größe erblickten, hielten sie ihre Pferde gleichzeitig an, als folgten sie einem unausgesprochenen Befehl. Es war die Überraschung angesichts der uneinnehmbaren Befestigungsmauern der Abtei, die sie zum Stehenbleiben veranlasste. Sie hatten das Gebäude aus der Ferne gesehen und wussten, dass es, bevor es als Abtei diente, eine Festung gewesen war – aber sie hatten die üblichen Holzzäune erwartet sowie eine Ansammlung von Hütten und vielleicht eine Kapelle aus Stein. Doch vor ihnen erhob sich ein Bollwerk aus Stein; eine Bastion mit Wachtürmen und einem großen, massiven Holztor. Die Mauern ragten in die Höhe, etwa so hoch wie drei Mann übereinander, einer auf den Schultern des anderen. Dahinter vermutete man eher Krieger als Mönche.

»Wie kann so etwas hier, weniger als einen halben Tagesritt von Cashel entfernt, existieren, ohne dass wir davon wissen?«, stieß Fidelma atemlos hervor.

Aidan war genauso verblüfft wie sie.

»Ehrlich gesagt, ich habe keine Ahnung, Lady. Wie du weißt, führen die Straßen von Cashel um dieses Gebiet herum; es ist so abgelegen, dass nur selten jemand hierherkommt. Natürlich haben wir von der Existenz einer Abtei gehört, allerdings nicht von so einem imposanten Bauwerk. Ich weiß nicht, was ich dazu sagen soll.«

»Nun, ich kann zumindest sagen, dass mein Bruder nicht erfreut sein wird, zu erfahren, dass eine derartige Festung so nah bei seiner Burg existiert, ohne dass der Befehlshaber der Krieger vom Goldenen Halsreif auch nur das Geringste davon wusste«, bemerkte sie trocken.

»Aber sie bezeichnen sich als religiöse Gemeinschaft«, protestierte Aidan. »Bestimmt obliegt es dem Abt von Imleach als Oberstem Bischof von Muman, dem König darüber Bericht zu erstatten.«

»Dies ist eine Angelegenheit, bei der es um mehr geht als darum, wer wem was hätte sagen sollen«, erklärte Fidelma. »Colgú hätte darüber informiert werden müssen.«

Eadulf verstand ihre Besorgnis gut, denn seit er in Muman wohnte, hatte er bereits mehrere Versuche erlebt, den Einfluss Cashels einzudämmen oder ganz zu beseitigen.

»Vergessen wir nicht, dass Abt Ségdae tot ist und sein Nachfolger, Abt Cuán, herausgefunden hat, dass es sich um eine ketzerische Gemeinschaft handelt, zumindest nach Aussage des Konzils, das gerade in Cashel tagt«, fügte er hinzu. »Es ist äußerst merkwürdig, dass niemand der Königlichen Leibgarde etwas über diese Festung zugeflüstert hat. Kein Wunder, dass man sie als Ráth bezeichnet.«

»Nun gut, unsere Hauptaufgabe besteht darin, Nachforschungen über Spelán und seine Frau Caoimhe anzustellen. Das gelingt uns nicht, wenn wir hier herumstehen und diese sogenannte Abtei anstarren«, verkündete Fidelma. »Kommt, lasst uns etwas über den wahren Charakter dieser Gemeinschaft in Erfahrung bringen.«

Als sie auf das hohe, imposante Eichenportal zuritten, hörten sie keine Geräusche, die darauf hinwiesen, dass ihre Ankunft bemerkt worden wäre. Die Tore waren geschlossen, einen Wächter oder Pförtner schien es nicht zu geben. Keine Schildwache rief sie an. Die riesigen Torflügel blieben zu, und über den unüberwindlichen Steinmauern lag bedrückendes Schweigen. Es war fast beängstigend still. Eadulf hörte nicht einmal den Ruf von Vögeln ringsum. Ihm schauderte, und er versuchte sich einzureden, dass er zu viel Phantasie besaß. In diesem Moment fiel sein Blick auf eine Schnitzarbeit an einem der großen Tore.

»Fidelma …«, flüsterte er beinahe ängstlich.

»Das habe ich gesehen«, erwiderte sie kühl, ohne den Kopf zu wenden.

In das Holz des Portals war ein altes christliches Symbol eingeschnitzt. Sie erkannten es ohne Schwierigkeit als das »Tau-Rho«, das Bruder Conchobhar ihnen auf den Gesäßbacken des ermordeten Schafhirten gezeigt hatte.

»Das verheißt nichts Gutes«, murmelte Eadulf.

»Es verheißt überhaupt nichts«, erwiderte Fidelma mit angespannter Stimme. »Vielleicht ist es das Symbol der Ketzer, von denen uns Bruder Mac Raith erzählt hat.«

Auf Fidelmas Nicken hin trieb Aidan sein Pferd weiter bis zu der Stelle, an der ein Glockenseil hing. Er zog daran, sodass die Glocke plötzlich zu scheppern begann.

Während ihr Echo verhallte, warteten sie vergebens auf Antwort.

Er wiederholte den Vorgang, diesmal mit weitaus mehr Nachdruck. Es verging ein Weilchen, bevor sie oben von der Mauer eine dumpfe Stimme hörten. Ein blasses Gesicht spähte zu ihnen herunter. Sie erblickten den Oberkörper einer dunklen Gestalt, deren Gesichtszüge unter einer schwarzen Kapuze, die zu der schwarzen Kutte eines Mönchs gehörte, kaum zu erkennen waren.

»Was habt ihr hier zu suchen, Fremde?«, fragte eine barsche Stimme.

»Wir sind in dieser Gegend keine Fremden«, schnauzte Aidan den Mönch an, da die Art der Begrüßung ihn ärgerte. »Falls du der Pförtner bist, sollte unser Wunsch doch auf der Hand liegen. Wir begehren Einlass.«

»Soweit ich sehen kann, Krieger«, antwortete die Stimme unnachgiebig, »seid ihr Fremde an diesem Tor. Wir sind die Gemeinschaft von Ráth Cuáin und gewähren Fremden keinen Zutritt, solange wir nicht wissen, woher sie kommen und was sie wollen.«

Aidan schlug mit einer schnellen Bewegung seinen Umhang beiseite und berührte mit der Hand seinen goldenen Halsring.

»Siehst du das?«, rief er nach oben. »Falls du es erkennst, wirst du wissen, was es bedeutet und dass ich im Namen der Leibwache des Königs spreche, auf dessen Gebiet eure Gemeinschaft liegt; sie lebt hier mit seiner Erlaubnis, unter seinem Schutz und Schirm.«

»Nicht ganz, Krieger«, erwiderte sein Gegenüber und war offensichtlich nicht sonderlich beeindruckt. »Wir sind hier mit der Erlaubnis und unter dem Schutz und Schirm unseres Glaubens, und wir unterstehen keiner anderen Instanz als unserem einen wahren Gott.«

»Ihr untersteht dem König und seinem Obersten Bischof«,

schrie Aidan zurück. »Passt auf, dass ihr nicht den Zorn des Königs auf euch zieht!«

Fidelma runzelte die Stirn; sie missbilligte das Verhalten des jungen Kriegers, auch wenn ihr klar war, dass er in soldatischen Taktiken erfahrener war als in diplomatischen.

»Wir fürchten keinen Zorn außer dem Zorn Gottes!«, erwiderte der Mann von der Brüstung der Mauer. »Der König und sein Oberster Bischof haben keinerlei Rechte über uns. Also verschwindet.«

Jetzt trat Fidelma vor und starrte hinauf zu dem Mann, der sich offenbar zum Gehen anschickte.

»Warte! Ich bin Fidelma von Cashel, die Schwester von Colgú, dem König von Muman. Ich spreche zu dir als *dálaigh*. Aus juristischer Sicht würde ich bestreiten, dass ihr nicht zur Anerkennung des Obersten Bischofs von Muman verpflichtet seid und damit seine Akzeptanz der Autorität des Königs auch für euch gilt. Ich könnte dir zahlreiche Texte zitieren, falls du in den Gesetzen dieses Landes bewandert bist, in denen die Rechte und Pflichten der Äbte und Bischöfe festgelegt sind. Sie unterstehen der Rechtsprechung der Richter in unserem Königreich. Wenn ihr also die Autorität des Obersten Bischofs oder des Königs nicht anerkennt, akzeptiert ihr ja möglicherweise die Autorität der Gesetze dieses Landes. Genau wie der König selbst dem Gesetz untersteht, untersteht ihm auch ein ungerechter Richter oder ein ›ins Straucheln geratener Bischof‹ – also ein Bischof, der eine Gemeinschaft ohne Rücksicht auf seine gesetzlichen Verpflichtungen führt.«

»Ich bin kein Rechtsanwalt«, erwiderte der Mönch ziemlich barsch, »sondern lediglich der Pförtner dieser kleinen Gemeinschaft.«

»Dann, Pförtner, schlage ich vor, du suchst jemanden, der mit mir über das Gesetz diskutiert, damit ich herausfinden kann, ob ihr euch darüber hinwegsetzt, indem ihr mir den Zutritt verweigert sowie das Gespräch mit euerm Abt Síoda.«

Als der Mann zögerte, fügte Fidelma streng hinzu: »Ich nehme doch an, dass es in dieser Gemeinschaft einen Gesetzeskundigen gibt? Es ist die Pflicht jeder Abtei, dass zumindest eines ihrer Mitglieder über Grundkenntnisse in den Gesetzen dieses Landes verfügt.«

Es entstand erneut eine Pause, bevor der Mann sagte: »Ich komme zurück.« Dann verschwand er von der Befestigungsanlage.

Eadulf erklärte säuerlich: »Ich dachte mir, dass es Ärger gibt, sobald ich sah, um was für einen Ort es sich handelt.«

»Man ist eben nie vor Überraschungen sicher«, antwortete Fidelma leise.

Plötzlich erschien der Pförtner wieder auf der Brustwehr.

»In welcher Angelegenheit möchtest du Abt Síoda eigentlich sprechen?«, fragte er.

Fidelma atmete tief ein und mit einem langen, hörbaren Seufzer wieder aus, um ihre Frustration deutlich zu machen.

»Sag Abt Síoda, ich möchte ihn wegen der Vernachlässigung seiner Fürsorgepflicht sprechen, und zwar für zwei Mitglieder des Stammes der Sítae, dessen Schutzherrschaft ihm obliegt – sowohl kraft seines Amtes als Abt als auch als Stammesfürst dieses Clans.«

Der Pförtner schwieg einen Moment. Fidelma fand es schade, dass sie zu weit weg war, um seine Gesichtszüge deutlich zu erkennen. Er verschwand wieder. Sie mussten erneut warten, dann wurden hinter den Torflügeln hörbar Riegel zurückgeschoben, und plötzlich standen sie dem Pförtner von Angesicht zu Angesicht gegenüber. Er war nicht so alt, wie sie angenommen hatten, doch wirkte er durch sein blasses, hageres Gesicht älter. Seine Lippen waren schmal, sein Mund glich einem

Schlitz. Seine Augen waren dunkel – und sahen aus, als hätten sie keine Pupillen. Mit feindseliger Miene stand er vor ihnen.

»Ich habe Weisung, dich zu Abt Síoda zu bringen, Fidelma von Cashel, aber deine Begleiter warten hier.«

»Du kannst sie doch bei diesem unberechenbaren Wetter nicht hier draußen lassen«, protestierte Fidelma, denn es hatte wieder angefangen zu regnen; ein leichter Sprühregen, der, wie der unheilvolle Donner ankündigte, jeden Moment stärker werden konnte.

Der Pförtner neigte den Kopf zur Seite, als denke er darüber nach. Dann zuckte er die Achseln. »Sie mögen in den Hof treten und sich im Stall unterstellen. Der Abt wird nur dich empfangen, Fidelma von Cashel.«

Fidelma wandte sich mit einer entschuldigenden Geste an ihre Gefährten, und sie traten durch die furchteinflößenden Torflügel in den Hof, der an eine Unterkunft von Kriegern erinnerte. Abgesehen vom Pförtner erblickten sie nur einen korpulenten Schmied, der an einer Seite des Hofs ein Holzkohlenfeuer schürte. Neben ihm erkannten sie die offenen Türen eines Stalls, in dem mehrere Pferde standen. Das war erstaunlich. Abteien verfügten normalerweise nicht über Pferde, schon gar nicht über solche guten. Fidelmas geübtem Auge entging nicht, dass es sich um Zuchtpferde handelte, wie sie beispielsweise Krieger ritten. Dann fiel ihr ein, dass Torcán gesagt hatte, Abt Síoda, der ja auch Stammesfürst war, beschäftige Söldner.

Sie saßen im Innenhof ab, während der Pförtner das Tor hinter ihnen schloss und wieder verriegelte. Fidelma reichte Eadulf die Zügel ihres Pferdes und flüsterte in seiner Sprache: »Horcht den Schmied über diesen Ort aus. Schaut euch alles genau an und bringt so viel wie möglich in Erfahrung.« Sie sprach seine Sprache nicht sehr gut. Eadulf lächelte jedoch und nickte; er hatte begriffen, was sie wollte.

Der Pförtner trat zu ihnen und deutete auf die Stalltüren.

»Ihr stellt euch dort unter«, befahl er Eadulf und Aidan gebieterisch, bevor er Fidelma bedeutete, ihm durch ein kleineres Tor zu folgen. Sie gelangten in einen weiteren Hof. Dann ging es durch einen Torbogen und einen kurzen Gang auf den nächsten kleinen Hof. An der ihnen gegenüberliegenden Seite erhob sich ein Steinhaus mit einer großen Treppe, die zu einer Tür führte. Fidelma überlegte, wie viel Zeit der Pförtner wohl von der Mauerbrüstung bis hierher gebraucht hatte, als er nachfragte, ob der Abt sie empfangen würde. Er musste sowohl hin als auch zurück gerannt sein.

Der Pförtner hielt vor der Tür am Ende der Treppe inne und klopfte laut an. Eine Stimme antwortete; der Pförtner öffnete die Tür und verkündete ehrfurchtsvoll: »Die *dálaigh* aus Cashel.« Dann trat er beiseite und winkte sie hinein.

Fidelma schlüpfte in den Raum, der groß und sehr hoch war. Sie spürte sofort, dass sie eine Bibliothek betrat. Bei besserem Wetter hätten die zahlreichen Fenster das strahlende Licht von Süden hereingelassen. Der Lauf der Sonne von Ost nach West hätte den Saal den ganzen Tag über hell erleuchtet. Doch Gewitterwolken und Regen hatten zur Folge, dass ihn zahlreiche hohe Talgkerzen erhellten, die geschickt über den ganzen Raum verteilt waren. Fidelma hielt den Atem an – die Luft war durchdrungen von einem Aroma, das aus Räuchergefäßen aufzusteigen schien. Es war der Duft von Lavendel. Schließlich begriff sie, dass ihr erster Eindruck sie nicht getrogen hatte und der Saal tatsächlich als Bibliothek oder *scriptorium* genutzt wurde, denn an einer Seite hingen Buchtaschen. Offensichtlich besaß die Abtei eine Menge Bücher; sie hingen in Lederbeuteln an der Wand. Fidelma erblickte einen Schreibtisch und einen Stuhl; auf dem Tisch befanden sich ein *adicín* genanntes Tintenfass und Pergament sowie Wachstafeln, auf denen man

Notizen festhielt, die sogenannten *taibhli filidh* oder »Tafeln der Poeten«. Nach dem Gebrauch wurde das erhitzte Wachs wieder geglättet, so dass die Tafeln immer wieder benutzt werden konnten.

Fidelma hörte ein ungeduldiges, trockenes Hüsteln und lenkte ihre Aufmerksamkeit zu einem Mann, der am anderen Ende des Raums an einem Schreibpult saß. Nach allem, was sie gehört hatte, hatte sie sich Abt Síoda als hageren Fanatiker vorgestellt, ähnlich dem Pförtner. Stattdessen saß dort ein junger Mann, der sie mit amüsierter Miene betrachtete; er hatte blaue Augen, rotbraunes Haar und ein gerötetes Gesicht – trug jedoch keine Tonsur, die seine Stellung verriet. Über seinem schwarzen Gewand prangte eine Silberkette mit einem Anhänger in Form des Tau-Rho-Symbols, das Fidelma inzwischen leicht erkannte.

Er machte keinerlei Anstalten, sich zu erheben, und bedeutete ihr auch nicht, Platz zu nehmen.

»Ich hörte, du bist eine *dálaigh* und willst mit mir über eine juristische Angelegenheit sprechen«, sagte er mit wohlklingender Stimme.

Fidelma trat vor – dabei fiel ihr Blick auf ein in Leder gebundenes Buch auf dem Schreibtisch. Mit schneller Bewegung bedeckte es der junge Mann mit ein paar losen Papyrusblättern, auf denen er sich zuvor etwas notiert hatte. Das tat er so geschickt, dass einer weniger aufmerksamen Person als Fidelma das Siegel auf der Buchhülle entgangen wäre. Durch ihre Zeit in Rom kannte sie das Siegel von Vitalian, dem Bischof von Rom. Ihre Lateinkenntnisse waren gut genug, um die Worte, die auf dem Buchdeckel standen, problemlos zu entziffern, auch wenn der junge Mann sie schnell verdeckt hatte: *Non videbunt: habere occultum.* Niemand soll es sehen: streng geheim.

»Ich bin Fidelma von Cashel«, stellte sie sich mit selbstsicherer Stimme vor. »Mein Bruder ist Colgú, der König von Muman, den ich in rechtlichen Angelegenheiten berate. Ich habe gehört, du heißt Síoda und bist der Abt dieser Gemeinschaft?«

Der Mundwinkel des jungen Mannes zuckte – ob amüsiert oder irritiert, war schwer festzustellen –, doch sie ließ ihm keine Zeit zu antworten.

»Ich bitte um Verzeihung für die verspätete Begrüßung«, fuhr sie schnell fort. »Ich war sofort beeindruckt von dieser Bibliothek.« Sie deutete auf die Bücher hinter ihr. »Da ich dich hier antreffe, vermute ich wohl richtig, dass du auch das Amt des Bibliothekars innehast?«

»Ich bin Abt Síoda«, bestätigte der junge Mann. »Mit Bruder Gébennach, der kürzlich zu uns gestoßen ist, verfügen wir über einen ausgezeichneten Bibliothekar, einen sachkundigen und weitgereisten Experten, der den Bestand unserer Bibliothek vermehrt. Es ist ein Glücksfall, dass er beschlossen hat, bei uns zu bleiben. Du sagst, du seist die Ratgeberin des Königs von Muman in juristischen Fragen. Ich dachte bisher, der Oberste Brehon des Königreichs hieße Fíthel?«

»Ich behaupte nicht, der Oberste Brehon zu sein. Als *dálaigh* ist das ja auch nicht möglich. Wie gesagt, ich berate meinen Bruder, den König.«

»Ich lebe hier sehr zurückgezogen, Fidelma von Cashel, und muss dich leider darauf hinweisen, dass meine juristischen Kenntnisse nicht ausreichen, um mich in eine vernünftige Diskussion mit dir einzulassen.«

»Wenn dem so ist, sollten wir uns kurzfassen«, erwiderte sie ernst. Dann zog sie sich einen Stuhl heran und setzte sich. »Es ist erstaunlich, dass ein so junger Mann wie du hier sowohl Abt als auch Stammesfürst ist.«

Ihr Gegenüber zuckte die Achseln. »Erstaunlich, aber nicht

ungewöhnlich. Die Sítae sind ein kleiner Stamm. Zu klein, um von jemandem bemerkt zu werden oder um jemanden zu belästigen. Mein Vater, der vor mir Abt war, hat mich in dieser Gemeinschaft großgezogen. Die Abtei hat sich der inneren Einkehr sowie der Erforschung der Ursprünge unseres Glaubens verschrieben. Deshalb diese Bibliothek. Ich habe das Königreich bisher nur einmal verlassen – erst vor Kurzem begab ich mich gemeinsam mit Bruder Tadhg auf eine Pilgerreise nach Rom.«

»Bruder Tadhg?«

»Das ist mein Pförtner, der möglicherweise übereifrig darauf bedacht ist, mein Bedürfnis nach Abgeschiedenheit zu schützen.«

»Dann ist der Besuch der Stadt Rom eine Erfahrung, die wir gemeinsam haben, denn ich war vor einigen Jahren auch dort.«

»Meine Reise fand, wie ich schon sagte, erst kürzlich statt. Ehrlich gesagt war ich enttäuscht von dem, was ich dort vorfand. Aber du bist sicher nicht gekommen, um mich danach zu fragen.«

Fidelma hob kaum merklich eine Schulter und ließ sie wieder sinken. »Verzeih mir meine Neugier. Ist diese Abtei eine *conhospitae*, eine gemischte Gemeinschaft? War deine Mutter hier ebenfalls Mitglied?«

»Hier leben mehrere Nonnen, und ihre Kinder werden, genau wie ich seinerzeit, im Dienste unseres Glaubens erzogen. Meine Mutter kam von einem benachbarten Stamm, schloss sich unserer Gemeinschaft an und wohnte hier. Sie starb vor sechs Jahren während der verheerenden Gelben Pest. Wir haben damals zahlreiche Mitglieder unserer Abtei verloren. Wie dem auch sei, mir wurde gesagt, du verlangst mich kraft der Vollmachten deines juristischen Amtes zu sprechen. Wieso?«

»Bruder Tadhg neigte dazu, diese Vollmachten zu ignorieren«, erklärte Fidelma dem Abt. »Deshalb musste ich mein Amt ins Feld führen, um Einlass zu erhalten.«

Zum ersten Mal hätte der junge Abt sich beinahe ein breites Grinsen erlaubt. »Bruder Tadhg ist ein stolzer Mann und sich seiner Stellung als Pförtner und folglich als Verwalter der Abtei durchaus bewusst. Er nimmt seine Rolle als Beschützer meiner Abgeschiedenheit äußerst ernst.«

»Trotzdem hat er noch viel zu lernen über die Rechte und Pflichten der Untertanen in diesem Königreich«, entgegnete Fidelma. »Doch soweit ich sehe, hat er seinen Fehler erkannt und dir angekündigt, dass ich gewisse Angelegenheiten mit dir besprechen möchte.«

Einen Augenblick schien Abt Síoda sich unbehaglich zu fühlen. »Unsere Gelehrten sagen, dass das Gesetz respektiert werden muss. *Ius est ars boni et aequi.*«

Fidelma lächelte. »Jeder Rechtsgelehrte würde das unterschreiben: Das Gesetz ist die Kunst des Guten und der Gerechtigkeit.«

»Wenn wir das voraussetzen, warum wünschst du mich zu sprechen? Ich habe noch immer keine Ahnung, du musst es mir erklären.«

»Lass mich zunächst einige Dinge klarstellen, damit ich eine bessere Vorstellung habe, mit wem ich rede. Ich habe gehört, dass deine Gemeinschaft einer bestimmten Richtung des Neuen Glaubens folgt?«

Der junge Abt lehnte sich zurück und musterte sie nachdenklich.

»Ich dachte, es ginge um das Gesetz?«, erwiderte er.

»So ist es auch. Ich möchte wissen, wie deine Beziehung dazu sowie zum Obersten Bischof des Königreichs ist.«

Abt Síoda lachte. »Wir haben keinerlei Beziehung zum Obersten Bischof dieses Königreichs und wünschen auch keine. Er würde uns zerstören; seine Vorgänger haben das bereits versucht. Für ihn sind wir Ketzer. Für uns dagegen ist er derjenige, der ketzerische Auffassungen vertritt.«

»Solltet ihr euch nicht mit den Vertretern des Obersten Bischofs treffen und über diese Themen diskutieren? Das würde sehr zum Erhalt des Friedens in unserem Königreich beitragen.«

»Ist das der Zweck deines Besuchs?«, fragte der Abt misstrauisch.

»Nein«, antwortete Fidelma. »Allerdings findet in Cashel derzeit ein Konzil von Religionsgelehrten statt. Sie haben die Absicht, Ráth Cuáin aufzusuchen und die Unstimmigkeiten zu besprechen und beizulegen, die zwischen ihnen und eurer Abtei über die grundsätzlichen Dogmen des Glaubens bestehen. Sie treffen sich unter der Leitung von Bruder Mac Raith, dem Verwalter der Abtei Imleach.«

»Wir leben nicht so zurückgezogen, dass wir von den Gelehrten auf dem Konzil nichts wüssten«, erwiderte der Abt. »Bruder Sionnach aus Corcach Mór, Bruder Duibhinn aus Ard Mór und Bruder Giolla Rua aus Ros Ailithir. Ihre Argumente sind uns längst bekannt. Ich werde warten, bis diese Gelehrten an mich herantreten und mir ihre Argumente vortragen. Es wird ihnen schwerfallen, die Tatsachen zu ignorieren, die wir ihnen präsentieren werden.«

»Ich würde mich eher bemühen, ihnen zuvorzukommen und eine Lösung mit dem Abt von Imleach anzustreben«, riet ihm Fidelma.

»Wie kann ich eine Lösung finden, wo ich doch weiß, dass die Abtei Imleach den rechten Weg des wahren Glaubens bereits verlassen hat«, bemerkte Abt Síoda säuerlich.

»Ich wage nicht zu beurteilen, wer recht hat und wer nicht«, gab Fidelma zu. »Ich weiß nur, dass Gespräche mit Sicherheit

Lösungsmöglichkeiten eröffnen. Laut Bruder Mac Raith folgt ihr einer als Psilanthropismus bekannten Glaubensrichtung. Erklär mir, wieso euch eure Auffassungen so unempfänglich für jede Diskussion machen?«

»Wir sind also unempfänglich?«, blaffte der junge Mann. »Wir haben uns mehrmals in die Debatte eingebracht und wurden ebenso oft von Anhängern anderer Glaubensrichtungen niedergebrüllt. Sie wollen unsere Argumente nicht hören. Sie interessieren sich nicht für unsere Beweise. Sie verschließen sich vor der Wahrheit. Denk an das Sprichwort: Die Weisen haben offene Ohren und einen verschlossenen Mund, die Narren aber haben verschlossene Ohren und einen offenen Mund.«

»Das ist gut beobachtet – wenn man denn absolut sicher ist, dass man nicht genau das tut, was man den anderen vorwirft«, erwiderte Fidelma. »Erinnerst du dich an das alte Sprichwort der Lateiner – *asinus asellum culpat*?«

Abt Síoda verzog wütend den Mund. »Wenn wir darüber reden sollen, dass ein Esel den anderen Langohr schimpft, Fidelma von Cashel, lass mich eines klarstellen: Jede Debatte mit den bisherigen Äbten von Imleach über diese Angelegenheit verlief etwa so, als wolle man, wie Horaz sagte, *narrare fabellam surdo asello* – einem tauben Esel eine Geschichte erzählen. Ich bezweifle, dass der neue Abt und Oberste Bischof da anders ist.«

Fidelma antwortete darauf nichts weiter als: »Das Problem, Abt Síoda, ist, dass der Esel ungeduldig wird, wenn er nichts hört.«

»Ich dachte, du hättest gesagt, dass diese Angelegenheit nichts mit dem Grund deines Hierseins zu tun hat?« Der Abt warf ihr einen unfreundlichen Blick zu. »Ich muss mich noch um andere Dinge kümmern und bitte dich, nun endlich zur Sache zu kommen.«

»Ich habe zunächst versucht, mir über deine religiösen Auffassungen klarzuwerden.«

»Dazu kann ich nur sagen, dass wir der allerersten Version der neuen Offenbarung aus dem Osten folgen, an der viele Christen drei Jahrhunderte lang festhielten. Als der römische Kaiser Konstantin das große Konzil von Nicäa einberief, wurden zahlreiche Regeln für den Neuen Glauben beschlossen und etliche der ursprünglichen Vorstellungen verworfen. Doch wir sind fest davon überzeugt, dass wir dem *wahren* Glauben folgen; ich glaube an einen Mann, der ein gerechter und guter Prophet Gottes war. Verstehst du jetzt, warum wir keinen gemeinsamen Nenner mit dem Obersten Bischof von Muman finden? Er will unsere Gemeinschaft zerstören. Vielleicht, Lady, willst du mir jetzt endlich den Grund für deinen Besuch bei mir erläutern?«

Fidelma schwieg einen Moment und hielt dem Blick ihres Gegenübers stand. Dann sagte sie leise: »Der Grund für meinen Besuch, Abt Síoda, ist Mord.«

Kapitel 10

»Mord?« Abt Síoda kniff kurz die Augen zusammen, dann entspannte sich sein Gesicht, und er lächelte finster. »Ach, du meinst den Tod des Schäfers Spelán. Ja – die Nachricht, dass man unter dem Samhain-Feuer in Cashel eine Leiche gefunden hat, erreichte uns gestern durch einen Händler. Doch was hat das mit unserer Abtei zu tun?«

»Hat der Händler euch auch erzählt, dass das Symbol eures Glaubens, das Tau-Rho, ganz frisch in die Hinterbacken des Toten eingeritzt war? Er lebte wohl noch, als man ihm das antat, und muss schrecklich gelitten haben. Deshalb war ich so daran interessiert, von dir etwas über die von euch praktizierte Glaubensrichtung zu hören.«

Dem jungen Abt fiel die Kinnlade herunter. Er rang eine Weile um Worte, bevor er sich schließlich fasste und fragte:

»Willst du etwa ein Mitglied dieser Gemeinschaft für seinen Tod verantwortlich machen?«

»Ich weiß noch zu wenig, um jemanden verantwortlich zu machen«, versicherte ihm Fidelma. »Allerdings kennst du jetzt den Grund, weshalb ich zu dir gekommen bin.«

Abt Síoda saß einen Augenblick schweigend da und hielt den Kopf gesenkt, als mustere er sein Schreibpult.

»Erkennst du an, dass du der Fürst der Sítae bist, die in diesen Bergen leben, und dass die Angehörigen dieses Stammes dir ihren Tribut entrichten – als ihrem Oberhaupt, nicht nur als ihrem Abt. Ist das korrekt?«

»Das streite ich nicht ab. Ich bin die fünfte Generation der Herrscher von Ráth Cuáin, die hier auch Äbte waren. Cuán war Stammesfürst, als die heilige Gobnata seine ehemalige Festung zu einem Gotteshaus weihte. Doch sie zog weiter, und in unser Land kam ein weiser Gelehrter aus dem Osten. Sein Name war Apollinarius; er begann, uns den wahren Weg zu zeigen – den Glauben, dem wir bis heute folgen. Nach seinem Tod wurde Cuán, der Sohn von Cuán, Abt dieser Gemeinschaft, und seitdem übernahm, in Übereinstimmung mit unserem Gesetz, der jeweils würdigste Sohn die Nachfolge seines Vaters als Stammesfürst und Abt.«

»Also möchte ich mit dir in deiner Funktion als Stammesoberhaupt sprechen. Kennst du eine Frau namens Caoimhe?«

»Speláns Frau? Sie ist tot«, antwortete er ausdruckslos und bestätigte damit das, was Fidelma bereits wusste.

»Wann ist sie gestorben?«

»Soweit ich weiß, vor Sommeranfang.«

»Wer hat dir ihren Tod gemeldet?«

»Spelán, der Schäfer, war persönlich hier. Um ganz genau zu sein, kam er und sprach mit Schwester Fioniúr, die es mir später mitteilte. Ich war mit Bruder Tadhg bereits zu unserer Pilgerreise nach Rom aufgebrochen, sodass wir erst nach unserer Rückkehr davon erfuhren.«

»Schwester Fioniúr? Jemand hat sie schon mal erwähnt. Wer ist sie?«

»Unsere Kräuterheilkundige; eher eine Apothekerin.«

»Warum hat Spelán gerade sie vom Tod seiner Frau unterrichtet?«

»Sie kümmert sich um die Gesundheit unserer Gemeinschaft. Ich glaube, Caoimhe hat ihr hin und wieder Kräuter verkauft, so dass Spelán sie wohl kannte. Außerdem hatte ich sie zu meiner *tánaiste* ernannt; während meiner Abwesenheit übernahm sie die Leitung der Abtei.«

»Stammt sie von hier?«

»Sie ist erst in der letzten dunkelsten Jahreszeit zu uns gestoßen, im Monat Dubh Luacran. Vorher lebte sie in der Abtei Corcach Mór. Eine ausgezeichnete Apothekerin und äußerst gewissenhaft. Außerdem hat sie sich unseren Glaubensvorstellungen angeschlossen.«

»Kann ich Schwester Fioniúr sprechen?«

»Sie ist beschäftigt – und ich verbringe auch schon mehr Zeit mit dieser Angelegenheit, als ich sollte«, antwortete der Abt ungeduldig.

»Es ist wichtig. Eine *dálaigh* verlässt sich nicht gern auf Beweise vom Hörensagen«, insistierte Fidelma. »Ich würde es vorziehen, die Dinge aus erster Hand zu erfahren.«

Missmutig griff Abt Síoda zu einer Tischglocke und läutete. Als der hagere Pförtner, der offensichtlich vor der Tür gestanden hatte, diese öffnete, sagte der Abt: »Bitte Schwester Fioniúr zu mir … sofort.«

Während sie warteten, herrschte eisiges Schweigen zwischen ihnen. Doch schon kurz darauf klopfte es an der Tür, und eine Frau trat ein. Der Anblick von Schwester Fioniúr überraschte Fidelma. Ihr herzförmiges Gesicht wirkte anziehend und wäre ohne den verkniffenen Mund und die dünnen Lippen sogar schön gewesen. In den dunklen Augen schien ein geheimes Feuer zu lodern, das Funken sprühte, während sie Fidelma musterte, als wolle sie deren heimliche Gedanken lesen.

Der Abt machte die beiden miteinander bekannt und erklärte, was er Fidelma bereits erzählt hatte, woraufhin die junge Frau zustimmend nickte.

»Du weißt also schon, dass Spelán, der einst als Schafhirte hier arbeitete, ermordet wurde?«, begann Fidelma.

Wieder nickte die junge Frau, ohne etwas zu sagen.

»Er kam Anfang des Sommers hierher und berichtete vom Tod seiner Ehefrau?«

»Er erzählte mir, dass Caoimhe an einem Fieber gestorben

sei.« Schwester Fioniúr runzelte die Stirn, als wundere sie sich über die Frage. »Sie war nicht seine Ehefrau, nur seine Partnerin. Er kam her und bat um die Erlaubnis, seine Schafherde verkaufen zu dürfen; er hoffte, das Eigentumsrecht durch Eheschließung für sich in Anspruch nehmen zu können. Doch er gehörte nicht zu diesem Stamm. Wie ich bereits sagte, waren Caoimhe und Spelán nicht offiziell verheiratet, sondern lediglich Partner in der gesetzlichen Probezeit von einem Jahr und einem Tag. Zudem hatte sie keine Verwandten, die Anspruch auf die Herde hätten erheben können. Caoimhes Familie wurde von der Gelben Pest hinweggerafft, wie so viele in diesem Land. Ich leitete Speláns Ersuchen an unseren Hüter der Bücher weiter, der über einige juristische Kenntnisse verfügt; er kam zu dem Schluss, dass die Schafe fortan Eigentum der Abtei waren. Dies wurde von Abt Síoda nach seiner Rückkehr aus Rom bestätigt.«

»Kann ich den Hüter der Bücher sprechen?«

Der Abt schüttelte den Kopf. »Er ist gegen Ende des Sommers gestorben. Du darfst davon ausgehen, dass Schwester Fioniúrs Darstellung der Wahrheit entspricht.«

Fidelma wandte sich erneut an die Kräuterheilkundige. »Erzähl mir von dem Schäfer.«

Schwester Fioniúr zuckte die Achseln. »Er war ein großspuriger kleiner Mann. Ich bin seiner Frau mehrmals begegnet, wenn sie zur Abtei kam, um mir Kräuter zu verkaufen. Sie hatte oft allerlei Blessuren, die sie sich nach ihren Angaben bei verschiedenen Missgeschicken zugezogen hatte. Ich vermutete etwas anderes. Sie sagte mir, dass Spelán keiner Religion angehörte und auch kein Sítae war. Ich hielt ihn für einen Mann ohne Moralvorstellungen, der hierherkam, um jemanden zu finden, der ihn ernährte, denn er hatte kein Geld und war zu faul, es sich durch eigene Anstrengungen zu verdienen.«

»Hast du denn niemandem mitgeteilt, wie schlecht er deiner Meinung nach mit seiner Partnerin umging?«

Die Kräuterheilkundige verneinte das mit einem Schulterzucken, und Fidelma hatte das Gefühl, weitere Nachfragen zu diesem Thema würden zu nichts führen.

»Also hat die Abtei ihm die Schafe nicht abgekauft?«, wollte sie wissen.

»Natürlich nicht. Er war nicht befugt, sie zu verkaufen. Wie gesagt, der Hüter der Bücher fällte diese Entscheidung. Ich habe sogar gehört, dass die Schafe auch Caoimhe nicht gehörten.«

»Erkläre mir das«, verlangte Fidelma.

Erneut mischte der Abt sich ein. »Als Caoimhes Angehörige vor sechs oder sieben Jahren von der Gelben Pest dahingerafft wurden, blieb sie ohne Land oder anderen Besitz zurück. Das Grundstück, das ihre Familie für eine kleine Landwirtschaft und eine Kuhherde nutzte, war ihr von meinem Vater zugeteilt worden. Also fiel es, wie durch das Gesetz festgelegt, wieder an meinen Vater zurück. Als Caoimhe ihn aufsuchte und darlegte, dass sie ohne Angehörige oder Unterstützung dastand, gestattete er ihr entsprechend den gesetzlichen Vorschriften, in ihrer Hütte zu bleiben und das Land weiter zu bewirtschaften und gab ihr eine kleine Herde, die ihr auf Lebenszeit das Auskommen sichern sollte. Als Gegenleistung dafür musste sie der Abtei jedes Jahr im Frühling einen Schafbock und ein trächtiges Mutterschaf überlassen.«

»Wieso glaubte Spelán dann, die Herde verkaufen zu dürfen?«

»Er interessierte sich immer nur für sich selbst«, betonte Schwester Fioniúr. »Caoimhe war nicht mehr jung. Sie hatte das gebärfähige Alter bereits überschritten, lebte allein in der Hütte und hatte etwas Land und eine Schafherde. Spelán glaubte, das ausnützen zu können, und sie schien bereitwillig zu akzeptieren, dass er sie schlecht behandelte.«

»Du kannst also bestätigen, dass er mittellos war?«

Abt Síoda antwortete an Stelle von Schwester Fioniúr: »Meines Erachtens war er ein landloser Wanderarbeiter ohne Anspruch auf irgendeinen Besitz.«

»Kannst du auch bestätigen, dass Caoimhe nicht mit ihm verheiratet war?«

»Zumindest nicht nach einer der zehn vorgeschriebenen Formen, die das Gesetz für eine Eheschließung festlegt«, erwiderte der Abt.

»Mit deiner Erlaubnis und der von Lady Fidelma«, unterbrach Schwester Fioniúr mit einem höflichen Lächeln, »ich habe viel zu erledigen. Darf ich mich jetzt zurückziehen?«

»Nur noch eine Sache«, antwortete Fidelma und nötigte sie zu bleiben. »Wie könnte Spelán es während des Sommers zu einem gewissen Wohlstand gebracht haben?«

»Es ist das erste Mal, dass jemand behauptet, der Schäfer sei zu Geld gekommen«, wandte Abt Síoda energisch ein und sah dabei die Kräuterheilkundige an.

»Er wohnte in Caoimhes Hütte, die sich, offen gesagt, in einem verwahrlosten Zustand befand«, erklärte Schwester Fioniúr angewidert. »Ich habe nie gehört, dass er über Geld verfügte.«

»Trotzdem war er in der Lage, regelmäßig Rumanns Gasthaus in Cashel aufzusuchen und dort sein Bier zu bezahlen.«

Der Abt zuckte die Schultern. »Ich habe keine Ahnung, wie er zu seinem Geld kam, und es interessiert mich auch nicht. In seiner erbärmlichen Hütte gab es nichts zu holen. Vor Kurzem schickte ich unseren neuen Hüter der Bücher, Bruder Gébennach, dorthin, um ihren Zustand zu beurteilen, denn ich möchte einen neuen Schafhirten darin unterbringen. Die

Hütte erwies sich als ziemlich baufällig, obwohl Spelán sie noch bewohnte. Er sollte sie bis zum Samhain-Fest räumen.«

»Der Händler, der dir mitteilte, dass man Spelán ermordet hatte, wusste nicht, dass die Tat zwei Nächte zuvor in genau dieser Hütte verübt worden war?«, bemerkte Fidelma leise und beobachtete aufmerksam, welche Wirkung ihre Worte haben würden.

Der Abt sah sie erschrocken an, und Schwester Fioniúrs Gesicht wurde noch blasser als seines.

»Wie kann jemand etwas Derartiges behaupten?«, fragte sie bestürzt. »Die Leiche wurde in Cashel gefunden, Lady.«

»Ja – aber woher weißt du eigentlich so genau, dass er in seiner Hütte und nicht in Cashel ermordet wurde?«, fragte Abt Síoda aufgebracht. »Glaubst du, wir wollten auf diese Weise sicherstellen, dass er die Hütte auch wirklich räumt – indem wir unser heiliges Symbol in seinen Körper ritzten und ihn nach heidnischen Ritualen töteten? Was für ein gottloser Unsinn!«

»Nun, irgendjemand hat jedenfalls sichergestellt, dass er die Hütte verlässt – und diese Welt«, erwiderte Fidelma.

»Und was ist mit dem alten Weib, das Spelán anheuerte, um die Abtei nach Art des Alten Glaubens zu verfluchen, als er von uns nicht das bekam, was er als Caoimhes Land und Eigentum bezeichnete?«, fragte Schwester Fioniúr.

Der Abt stieß plötzlich einen leisen Pfiff aus. »Aber da haben wir die Lösung ja schon! Die Alte stellte fest, dass er nicht zahlen konnte, und rächte sich an ihm!«

Fidelma runzelte die Stirn. »Soll das heißen, dass er tatsächlich eine Frau anheuerte, um die Abtei zu verfluchen?«

»Genau«, bestätigte die Kräuterheilkundige. »Sie drohte der Abtei und prophezeite unseren Untergang noch vor dem Samhain-Fest. Die Frau stand vor unserem Tor und verfluchte uns.

Ich ließ sie von den Stallburschen verjagen und berichtete danach dem Abt davon.«

»Weißt du, wer das alte Weib, wie du die Frau nennst, war?«

»Sie war eine unheimliche Frau und trug einen Umhang aus Rabenfedern«, antwortete Schwester Fioniúr. »Mehr weiß ich leider nicht.«

»Das alles geschah während meiner Abwesenheit«, bemerkte der Abt, »und wurde mir erst nach meiner Rückkehr aus Rom mitgeteilt. Die Frau ist seitdem nicht mehr hier aufgetaucht.«

»Finde die Frau, und du hast die Mörderin«, verkündete Schwester Fioniúr.

Es entstand ein kurzes Schweigen, dann wandte sich der Abt an die Kräuterheilkundige. »Es gibt keinen Grund, dich länger zu stören, Schwester, und von der Arbeit abzuhalten.«

Die junge Frau nickte dem Abt und Fidelma kurz zu und zog sich zurück.

Fidelma blieb einen Augenblick in Gedanken versunken sitzen und sagte schließlich: »Du hast erwähnt, dass der neue Hüter der Bücher bei Spelán war und ihm mitgeteilt hat, er müsse die Hütte verlassen.«

»Das stimmt. Bruder Gébennach ging zu Spelán, und der zeigte ihm Caoimhes Grab hinter der Hütte. Und jetzt …«

Der Abt beugte sich vor, ergriff die kleine Tischglocke auf seinem Schreibpult und läutete sie heftig. Kurz darauf erschien Bruder Tadhg. Fidelma erhob sich und sagte:

»Bruder Tadhg, du hast sicher gehört, dass der ehemalige Schafhirte Spelán ermordet wurde. Wusstest du, dass man ihm das Tau-Rho-Symbol in die Gesäßbacken eingeritzt hat; vermutlich als Teil eines Rituals, nach dem man ihn tötete?«

»Nein.« Bruder Tadhgs Miene blieb ausdruckslos. »Ist die *dálaigh* hierhergekommen, um uns zu beschuldigen?« Die Frage hatte er offenbar an den Abt gerichtet. »Jeder weiß doch, dass das Tau-Rho-Symbol unter den ersten Christen weit verbreitet war.«

»Und später zugunsten des Chi-Rho aufgegeben wurde«, betonte Fidelma. »Deshalb benutzen oder kennen heutzutage nur noch wenige Leute das Tau-Rho.«

»Wir haben jede Menge Feinde, die unser Symbol kennen«, erwiderte Bruder Tadhg. »Viele unserer sogenannten Brüder und Schwestern möchten uns vernichten, insbesondere die aus der Abtei Imleach. Sie könnten das Symbol verwendet haben, um uns zu verunglimpfen und zu belasten.«

»In diesem Punkt hast du recht. Ich kam jedoch hierher, um einiges in Erfahrung zu bringen, und nicht, um eure Gemeinschaft zu beschuldigen«, erwiderte Fidelma leise. »Ich suche schlicht und einfach die Wahrheit. Leider habe ich hier nicht viel herausgefunden, dem ich nachgehen kann.« Unvermittelt lächelte sie den Abt an und neigte den Kopf. »Falls Bruder Tadhg mich freundlicherweise zurück zum Innenhof begleiten würde, werde ich mit meinen Gefährten aufbrechen. Abt Síoda, hab Dank für deine Aufklärung und Hilfe.«

Der junge Mann nahm ihren Dank stirnrunzelnd entgegen, unsicher, ob sie ihn sarkastisch meinte oder nicht.

Fidelma folgte dem Pförtner zur Tür, wo sie plötzlich stehen blieb, sich umdrehte und tief einatmete. »Ihr scheint den Duft des Lavendels sehr zu schätzen. Er liegt hier überall in der Luft.«

»Ich bedaure es, falls dieser Duft dir nicht behagt«, antwortete der Abt ärgerlich, als fürchtete er, dass sie das neue Thema nur anschnitt, um einen Vorwand für eine weitere Verzögerung ihres Aufbruchs zu haben.

»Im Gegenteil«, erwiderte Fidelma lächelnd, »ich mag ihn sehr; ich wünschte, ich könnte jemanden finden, der ihn auch für mich herstellt. Machst du das etwa selbst?«

Der junge Mann schüttelte den Kopf. »So etwas kann ich leider nicht. Doch ich gebe zu, dass das Lavendelöl hier in der Abtei hergestellt wird.«

»Verkauft ihr es auch?«

»Unsere Kräuterheilkundige macht es ausschließlich für unsere Gemeinschaft. Sie stellt es zusammen mit ihren anderen Heil- und Schutzmitteln her – gegen die zahlreichen Übel, die überall lauern. Wir betrachten es als außerordentlichen Glücksfall, dass sie hierherkam, nachdem sie gehört hatte, dass wir Anhänger des Psilanthropismus sind. In der kurzen Zeit, die sie bei uns ist, erwies sie sich als unendlich wertvoll für die Gemeinschaft; deshalb habe ich sie zu meiner Stellvertreterin ernannt.«

Bruder Tadhg räusperte sich. »Ich muss den Abt daran erinnern, wie sehr ich es missbillige, dass sie Efeu über die Hecken ihres Kräutergartens wachsen lässt; seine Ranken breiten sich hemmungslos aus und klettern inzwischen bereits an der Mauer der Küche empor. Ich habe ihr mehrmals erklärt, dass Efeu die Mauern beschädigt, und werde ihn bald abschneiden lassen, falls sie ihn weiterwuchern lässt.«

»Sie ist zweifellos eine ausgezeichnete Kräuterheilkundige. Nutzt man Efeu nicht in alten Rezepturen zur Schmerzlinderung bei Hühneraugen?«, bemerkte Fidelma mit gescheitem Blick.

Bruder Tadhg antwortete nicht, sondern hielt einfach nur die Tür auf, und Fidelma, die den Wink verstand, verließ mit einem letzten Nicken in Richtung Abt Síoda den Saal.

In den Ställen im Innenhof traf sie Eadulf und Aidan, die ungeduldig auf sie warteten.

»Du warst lange fort«, beschwerte sich Eadulf. »Wir haben schon überlegt, ob wir nach dir suchen sollen.«

»Kein Grund zur Sorge.« Mit einem warnenden Stirnrunzeln

gab sie ihm zu verstehen, dass er nicht weiter nachfragen sollte, solange der Pförtner anwesend war. »Der Abt und Bruder Tadhg hier waren äußerst kooperativ und haben die Fragen, die ich ihnen stellte, gern beantwortet. Jetzt können wir nach Cashel zurückkehren.«

Aidan führte die Pferde ins Freie, und sie verabschiedeten sich von Bruder Tadhg. Der schien zwischen Erleichterung und Misstrauen hin- und hergerissen, während er die vorgeschriebenen Höflichkeitsformeln erwiderte. Das schwere, abweisende Tor von Ráth Cúain schloss sich mit dumpfem Nachhall hinter ihnen.

Nachdem sie sich ein gutes Stück entfernt hatten, fragte Eadulf: »Was war denn da los?«

Fidelma berichtete, während sie bergab ritten.

»Viel Neues ergibt sich daraus nicht«, stellte Eadulf fest.

»Da sind allerdings zwei Dinge, denen wir nachgehen sollten. Zunächst würde ich gern überprüfen, ob Spelán's Frau tatsächlich hinter der Hütte begraben liegt.«

Eadulf verzog missbilligend das Gesicht. »Glaubst du, Spelán hat seine Frau wegen der Schafherde umgebracht? So dumm kann er wohl kaum gewesen sein. Falls aber doch, wer hat dann Spelán getötet? Ließ Abt Síoda ihn aus Rache umbringen, als er davon erfuhr? Wurde deshalb das Zeichen der Gemeinschaft in Spelán's Hinterteil geritzt?«

Fidelma schüttelte den Kopf. »Du vergisst Nummer zwei; Brancheó, die Frau, die Spelán dazu anstiftete, die Abtei zu verfluchen. Wir müssen sie finden.«

Fidelma schwieg und betrachtete den Himmel. Da sagte Aidan: »Uns bleibt noch genügend Tageslicht. Die Regenfälle haben die Erde aufgeweicht, so dass man sie leicht umgraben kann, falls du feststellen möchtest, ob Caoimhe wirklich hinter Spelán's Hütte begraben ist. Es gibt dort doch sicher einen Spaten?«

Fidelma antwortete nicht sofort. Sie befanden sich jetzt außer Sichtweite von Ráth Cuáin, und so lenkte sie ihr Pferd um die tiefer gelegenen Berghänge herum nach Südwesten, dorthin, wo die Hütte stand. Nach kurzem Ritt rief Aidan leise: »Seht ihr das Wäldchen dort vorn? Ich schlage vor, dass wir im Schutz der Bäume anhalten und uns abseits des Wegs verstecken.«

Fidelmas Körperhaltung änderte sich nicht, auch wenn eine leichte Anspannung deutlich wurde. Als sich Eadulf zu dem jungen Krieger umdrehen wollte, raunte er ihm warnend zu: »Nicht nach hinten schauen, Freund Eadulf. Wir werden verfolgt.«

»Von wem denn?«, zischte Eadulf. »Doch nicht schon wieder von Brancheó?«

»Von einem Mann«, antwortete Aidan. »Er reitet auf einem Esel, allerdings in gehörigem Abstand hinter uns. Ich glaube, er folgt uns seit unserem Aufbruch aus der Abtei.«

»Dann sollten wir herausfinden, warum er das macht«, verkündete Fidelma. »Gut beobachtet, Aidan. Tun wir, was du vorgeschlagen hast.«

Das Wäldchen war nicht groß und die Deckung spärlich, doch sie verbargen sich, so gut sie konnten. Kurz darauf tauchte ihr Verfolger auf. Er ritt tatsächlich auf einem müde dahintrottenden Esel. Er war ein junger Mönch in schwarzer Kutte; um seinen Hals hing eine silberne Kette mit dem Tau-Rho-Zeichen. Im Gegensatz zu seiner Kleidung hatte er eher den Körperbau eines Kriegers und hielt Kopf und Schultern kerzengerade; sein Blick ging ständig von links nach rechts, immer auf der Hut vor verborgenen Gefahren. Da er die Kapuze seiner Kutte nicht über den Kopf gezogen hatte, sah man seine ebenmäßigen, sonnengebräunten Gesichtszüge und seine dunklen Haare. Obwohl er durchaus Ernsthaftigkeit ausstrahlte, wie es sich für einen Mönch geziemte, verrieten seine Augen und die Falten um seine Mundwinkel einen lebhaften Sinn für Humor.

Aidan trat als Erster aus dem Versteck. Der Mönch brachte seinen Esel sofort zum Stehen, während er mit der Hand automatisch zum Gürtel griff, als hinge dort ein Schwert. Im letzten Moment korrigierte er seine Geste und tat, als wolle er überprüfen, ob seine Börse noch an der richtigen Stelle saß.

»Wer bist du, mein Freund?«, fragte er, während er sich von seinem Schrecken erholte. Seine Stimme klang tief und melodiös, jeder Satz erschien wie der Vers eines Liedes.

»Und ich würde gern wissen, wer du bist, mein Freund«, entgegnete Aidan. »Noch lieber wüsste ich allerdings, warum du uns folgst. Vielleicht solltest du absitzen.«

Inzwischen hatten Fidelma und Eadulf sich zu Aidan gesellt. Der Neuankömmling schaute alle drei verblüfft der Reihe nach an, wirkte jedoch keineswegs eingeschüchtert.

»Ich bin niemandem gefolgt«, protestierte er, während er sich von seinem Esel schwang und ihnen entgegentrat.

»Also ist es purer Zufall, dass du von Ráth Cuáin aus den gleichen Weg hattest wie wir, sogar, als wir die Hauptroute nach Cashel verließen und umkehrten, um eine gewisse Hütte aufzusuchen?«, fragte Aidan herausfordernd.

»Es interessiert mich nicht, welchen Weg ihr nehmt. Ich reite an der Hütte des Schafhirten Spelán vorbei, denn Abt Síoda bat mich, dort anzuhalten und nach dem Rechten zu sehen«, erklärte er ihnen selbstbewusst.

»Zu welchem Zweck?«, schaltete sich Fidelma ein.

»Mir wurde mitgeteilt, dass der Schäfer, der dort wohnte, tot ist; ich soll mich vergewissern, ob in der Hütte alles in Ordnung ist, damit der Abt darüber verfügen kann.«

»Uns sagte man jedoch, sie sei bereits überprüft worden und der Schäfer habe die Order erhalten, sie zu räumen.«

»Richtig. Ich hatte diese Aufgabe vor einigen Wochen übernommen. Es war eine meiner ersten Aufgaben nach meinem

Eintritt in die Abtei. Spelán zeigte mir die Stelle, an der Caoimhe begraben liegt. Ich segnete das Grab, da das offenbar noch niemand getan hatte. Dann teilte ich ihm auf Wunsch des Abtes mit, dass er nicht länger in der Hütte wohnen konnte. Da ich heute ohnehin in diese Richtung reite, bat mich der Abt, in der Hütte noch einmal nach dem Rechten zu sehen, nun, da der Schafhirte tot ist. Außerdem muss ich mir das Grab noch mal anschauen.«

»Warum sollte in der Hütte etwas nicht stimmen?«

»Der Abt erklärte mir, er habe erfahren, dass Spelán dort umgebracht wurde.«

»Ich verstehe. Und wohin willst du anschließend?«

»Hast du denn überhaupt das Recht, mich das alles zu fragen?«, protestierte der junge Mönch.

»Ich bin eine *dálaigh*«, erwiderte Fidelma. »Ich bin Fidelma von Cashel.«

Der Mönch überlegte einen Augenblick. »Du warst gerade beim Abt«, sagte er. »Jetzt verstehe ich. Na schön, wenn du es wissen musst, ich reite nicht weit – nur zu Aras Brunnen am anderen Ufer des großen Flusses. Dort treffe ich einen Kollegen, den Bibliothekar aus der Abtei Mungairit. Wir wollen ein paar Bücher austauschen.« Er deutete auf den Lederbeutel, der an seinem Sattel hing, als wolle er sie einladen, die Richtigkeit des Gesagten zu überprüfen.

»Du triffst einen Bibliothekar?« Fidelma zog die Stirn in Falten. »Dann bist du also Bruder Gébennach?«

»Genau.«

»Dein Name weist darauf hin, dass deine Familie einst in Gefangenschaft geraten ist«, bemerkte Fidelma.

»Du interessierst dich für die Bedeutung von Namen?« Der junge Mann lächelte. »In diesem Fall hast du dich von der ähnlich klingenden Wurzel des Wortes täuschen lassen.«

»Dann ist dein Name folglich aus der Wurzel *gébech* abgeleitet. Heißt das, deine Arbeit besteht darin, die Handschriften der Abtei mit Illustrationen zu versehen?«

»Ich bin kein Buchmaler, sondern der Hüter der Bücher«, antwortete er mit einem gewissen Stolz. »Ich illustriere Wissen.«

»Du bist noch ziemlich jung für einen Bibliothekar.«

»Ich habe sechs Jahre studiert und den Abschluss eines *cli* erreicht.«

»An einer weltlichen Schule, nehme ich an, und nicht an einer kirchlichen«, überlegte Fidelma laut, denn an Letzteren konnte man seine Studien nicht mit diesem Titel beenden.

»Ja, wie du deinen Abschluss an Brehon Moranns Hoher Schule für Recht erworben hast«, antwortete Bruder Gébennach angriffslustig.

Fidelmas Augen weiteten sich kaum merklich. »Du scheinst einiges über mich zu wissen. Warum hast du dich dann erkundigt, ob ich das Recht hätte, dich auszufragen?«

»Da hattest du dich noch nicht vorgestellt. Es ist schwer, nicht von dir gehört zu haben, Lady. Selbst in Rom spricht man von dir.«

Fidelma ignorierte seine Schmeichelei, musterte den jungen Mann jedoch mit Interesse. »Du bist also in Rom gewesen?«

»Ich bin erst vor Kurzem aus der Heiligen Stadt zurückgekehrt, ebenso wie andere Brüder der Abtei.«

»In die du erst kürzlich eingetreten bist, wie ich gehört habe. Warst du mit Abt Síoda in Rom? Der hat doch ebenfalls unlängst eine Pilgerreise dorthin unternommen?«

»Ich bin erst nach meiner Rückkehr aus Rom in die Abtei eingetreten. Abt Síoda oder Bruder Tadhg kannte ich vorher nicht.«

»Warum bist du nach Rom gepilgert?«

»Vermutlich wünschen sich die meisten Christen, einmal im Leben nach Rom zu kommen. Entweder nach Rom oder, wie die heilige Helena, die Mutter von Konstantin, sogar nach Jerusalem. In Jerusalem bin ich leider nicht gewesen, doch die Abtei besitzt eine Kopie des *Itinerarum Burdigalense,* das vor zweihundert Jahren geschrieben wurde und von den einzelnen Etappen einer Pilgerreise nach Jerusalem berichtet.«

Fidelma lächelte über den plötzlichen Enthusiasmus des jungen Mannes. Sie beschloss, das Gespräch auf ein Thema zu lenken, das sie weitaus mehr interessierte. »Ich vermute, du arbeitest in der Bibliothek? Ich habe Abt Síoda dort getroffen.«

»Abt Síoda empfängt seine Besucher gern dort, um sie mit unserem großen Bestand an besonders alten Werken zu beeindrucken. Normalerweise arbeite ich da allein.«

»Ich hätte gedacht, dass man Studenten ermutigt, die Bibliothek der Abtei aufzusuchen und von ihrer bedeutenden Büchersammlung ausgiebig Gebrauch zu machen.«

Bruder Gébennach konnte sich ein kurzes Lächeln nicht verkneifen. »Nur Studenten, die der Theologie der Abtei nicht ablehnend gegenüberstehen, Lady. Besucher, die etwas über die Wahrhaftigkeit ihrer Glaubensvorstellungen lernen möchten, sind stets willkommen.«

»Und darüber findet man etwas in den Beständen eurer Bibliothek?«

»Ganz genau, Lady.«

»Wie schön, dass wir uns zufällig begegnet sind, denn ich habe ein paar Fragen an dich, Hüter der Bücher.«

Der junge Bibliothekar sah sie erstaunt an. »Ich dachte, ich hätte deine Fragen bereits beantwortet, Lady.«

»Wofür ich sehr dankbar bin«, erwiderte sie. »Ich möchte lediglich einige weitere Themen ansprechen, das ist alles.«

»Welche denn?«

»Zweifellos kennst du Schwester Fioniúr?«

Diese Frage hatte Bruder Gébennach offensichtlich nicht erwartet. »Richtig. Eine junge, hübsche Frau. Sie ist Kräuterheilkundige und so etwas wie eine Apothekerin, denn sie kümmert sich ganz allgemein um die Gesundheit unserer Gemeinschaft sowie um die Pflege des Kräutergartens. Ihr einziger Fehler besteht darin, dass sie äußerst penibel ist – das betrifft ihr eigenes Erscheinungsbild ebenso wie ihre Erwartungen an andere.«

»Ich nehme an, dass sie die Abtei häufig verlässt, um Heilkräuter zu sammeln?«

Zu ihrer Überraschung schüttelte Gébennach den Kopf.

»Wie kann sie denn als Kräuterheilkundige arbeiten, wenn sie keine Kräuter sammelt?«

»Das übernehmen andere für sie. Leute aus der Umgebung bringen sie ihr. Und sie züchtet sie im Garten.«

»Interessant! Sie scheint eine Vorliebe dafür zu haben, ein intensiv duftendes Öl aus Lavendelblüten für die Räuchergefäße in der Bibliothek herzustellen. Das fiel mir bei meinem Treffen mit Abt Síoda auf.«

»Dafür bin ich verantwortlich«, erwiderte der Hüter der Bücher. »Ich arbeite ständig in stickigen Räumen, umgeben vom penetranten Geruch nach Tinte, Leder und Pergament, und sehne mich oft nach dem frischen, unverfälschten Duft von Feld, Wald und Wiesen. Als ich merkte, dass Lavendel Schwester Fioniúrs Lieblingspflanze ist, bat ich sie um Lavendelöl für die Bibliothek.«

»Wer bringt ihr denn den Lavendel, aus dem sie das Öl für dich herstellt? Kauft sie ihn oder züchtet sie ihn selbst?«

»Nein, Lady. Er gedeiht in unserem Klima nicht, sondern wird uns aus dem Osten mitgebracht. Sie pflegt Kontakt zur Abtei von Ros Ailithir, die, wie du vielleicht weißt, mit den Galliern Handel treibt. Von dort bezieht sie ihren Lavendel.«

»Der Abt versicherte mir, dass das Lavendelöl nicht außerhalb der Abtei gehandelt wird.«

»Das stimmt. Das Öl wird ausschließlich von Schwester Fioniúr hergestellt«, erklärte der Bibliothekar stolz. »Die Mengen sind begrenzt, und es findet nur in der Bibliothek Verwendung.«

»Lavendel ist ein ganz besonderer Duft.« Fidelma seufzte. »Geradezu unvergesslich.«

Plötzlich mischte sich Eadulf, der begriffen hatte, warum Fidelma so viele Fragen über den Lavendel stellte, ins Gespräch ein. »Du sagst, du wärst in Speláns Hütte gewesen. Du hast nicht zufällig ein wenig Lavendelöl dabeigehabt und es dort vergessen?«

Die Verblüffung in Bruder Gébennachs Gesicht war echt. »Was für eine seltsame Frage. Hat man dort ein Fläschchen mit dem Öl gefunden? Das verstehe ich nicht.«

»Könnte ich Schwester Fioniúr irgendwo treffen?«, fragte Fidelma, ohne auf die letzten Bemerkungen des jungen Mönchs einzugehen. »Ich meine, ohne dass der Abt oder der Pförtner davon erfahren? Ich möchte gern etwas von diesem Öl kaufen.«

Bruder Gébennach grinste. »Es ist schwierig, unbemerkt an Bruder Tadhg vorbeizukommen. Er hat Adleraugen.«

»Wie betreibt denn Schwester Fioniúr ihren Handel mit denen, die ihr Kräuter und Blumen bringen? Muss sie da jedes Mal den Pförtner um Erlaubnis bitten?«

»Der Kräutergarten befindet sich an der Rückseite der Abtei, dort, wo sie auf einer Ansammlung kleiner Felsklippen steht. Er gehört zwar zur Abtei, liegt jedoch außerhalb der Festungsmauern und ist von einem niedrigen Holzzaun und Hecken umgeben. Im Garten wachsen Kräuter sowie Obst und Gemüse für den Gebrauch der Abtei. Und es gibt ein Tor, an dem Schwester

Fioniúr ihre Geschäfte mit Händlern nach freiem Ermessen abwickelt. Die Leute aus der Umgebung wissen das und kommen oft dorthin, um ihr allerlei anzubieten.«

»Also könnte ich mich möglicherweise da mit ihr unterhalten?«

»Das wäre verboten, es sei denn, es ginge um etwas Geschäftliches. Warum solltest du das tun? Nur, weil du das Lavendelöl magst? Schwester Fioniúr stellt nicht einmal genug für unseren eigenen Verbrauch her, für andere Leute bleibt da nichts übrig. Sie verkauft dir bestimmt nichts.«

»Ich muss zugeben, dass ich gern mehr über die Herstellung von Lavendelöl erfahren würde«, seufzte Fidelma mit gespielter Enttäuschung.

Bruder Gébennach zuckte mit den Schultern und machte so deutlich, dass es nicht in seiner Macht lag, dieses Problem zu lösen.

Fidelma beschloss, nicht weiter nachzufragen, denn sonst würde der junge Bibliothekar womöglich Verdacht schöpfen, worum es ihr in Wirklichkeit ging. Zudem merkte sie, dass Aidan und Eadulf zunehmend unruhig wurden.

»Es könnte wieder Regen aufziehen«, warnte Aidan und schaute zu den dunklen Wolken empor, die sich erneut zusammenballten.

»Dann lasst uns zur Hütte weiterreiten«, beschloss Fidelma. »Sie liegt ganz in der Nähe, und wir müssen unsere Aufgabe dort zu Ende führen. Bruder, verzeih mir, wenn ich dich über Gebühr aufgehalten habe.«

Der junge Bibliothekar antwortete höflich: »Da wir denselben Weg und zweifellos auch dasselbe Ziel haben – nämlich, uns die Hütte anzusehen –, spielt es keine Rolle.«

»In diesem Fall reite doch neben mir her und erzähl mir mehr über deine Ansichten zum christlichen Glauben. Sie sind doch vermutlich der Grund für deinen Eintritt in die Abtei Ráth Cuáin. Ich würde das alles gern besser verstehen, auch wenn der Abt sich bemüht hat, es mir zu erklären. Warum steht euer Glaube so sehr im Widerspruch zum Rest der Christenheit, dass er als Ketzerei bezeichnet wird? Zum Beispiel die Bedeutung des Symbols an deiner Kette …?«

Sie saßen alle wieder auf, und der junge Bibliothekar lenkte seinen Esel neben Fidelmas Pony. Während sie hügelabwärts ritten, erwies er sich als leidenschaftlicher und engagierter Gelehrter. Fidelma kam kaum dazu, hier und da eine Frage einzustreuen. Bruder Gébennach berührte das silberne Symbol, das er an einer Kette um den Hals trug. Sie hatte es sofort erkannt.

»Dies ist das Tau-Rho, das Symbol unseres Glaubens, den wir Psilanthropismus nennen.«

»Ich habe gehört, dass er Jesu göttliche Natur nicht anerkennt?«

»Das stimmt. Es gibt viele Christen, die unserer Meinung sind«, antwortete der junge Mann. »Wir denken, dass die Geschichten über seine göttliche Herkunft lediglich Gleichnisse sind, um die Menschen zu beeindrucken. Wir glauben, dass ein Hebräer namens Jehoschua – dessen Name durch das Griechische und Lateinische später zu Jesus wurde – eine neue Auslegung des jüdischen Glaubens predigte. Paulus von Tarsus, den die jüdischen Anhänger der Bewegung, zum Beispiel Simon Bar-Jonah, ablehnten, beschloss, den Neuen Glauben auch für die Adligen zu öffnen, die ihm ursprünglich fernstanden. Er versuchte, den Adel dafür zu gewinnen, sich dem Christentum anzuschließen. Schau dir nur die Götter und Helden in all den unterschiedlichen Kulturen an – immer geschieht bei ihrer Geburt irgendein Wunder, damit die Leute den Stifter des Glaubens als jemanden annehmen können, der kein gewöhnlicher Mensch ist. Zahlreiche Römer huldigten

Mithras, der, ähnlich wie Jesus, ebenfalls von einer Jungfrau geboren wurde. Deshalb erklärten sie auch Jesus zu einem Menschengott.«

»Aber es ist doch unerlässlich für den Glauben, Jesu göttliche Natur anzuerkennen. Wer etwas anderes behauptet …«, begann Fidelma.

»Ist ein Ketzer?« Bruder Gébennach seufzte. »Ich habe in unserem *scriptorium* das Werk des Theodotus von Byzanz gelesen. Die Mehrzahl der frühen Anhänger von Jesus – den Paulus' Griechen Christos nannten, den Gesalbten – glaubten, das beziehe sich auf einen ganz gewöhnlichen Menschen. Er war ein weiser und gerechter Mann, doch er kritisierte den Sanhedrin, den Hohen Rat im jüdischen Tempel in Jerusalem, weil er die Besetzung des Landes durch die Römer anerkannte. Das trug Jesus die Unterstützung der Zeloten ein, derjenigen Hebräer, die gegen ihre römischen Herren kämpften. Dafür wurde Jesus hingerichtet, auf die traditionelle römische Art und Weise, an einem hölzernen Kreuz, an dem er langsam erstickte.

»In jenen frühen Jahren wurde Jehoschuas Bruder Jakob – Jakobos auf Griechisch – in Jerusalem zum führenden Vertreter seiner Lehre. Auch er war als rechtschaffener Mann akzeptiert, der das Wort des einen Gottes predigte. Seine Schriften wurden nach seiner Hinrichtung durch die Römer zerstört, verboten oder verfälscht. Später entstanden zahlreiche Richtungen des Glaubens, die alle ihre spezifische Sichtweise vertraten und heutzutage von der Kirche in Rom, die ihre eigene Religion erfunden zu haben scheint, als ketzerisch bezeichnet werden.«

Eadulf, der aufmerksam zugehört hatte, war schockiert. »Aber die wichtigste Grundlage des Christentums ist doch, dass Jesus Gottes Sohn ist; wodurch sonst erweist Er sich denn all den anderen Gottheiten überlegen, die heute von den unterschiedlichsten Völkern der Welt abgelehnt werden? Es ist zweifellos seine göttliche Natur, die dem Neuen Glauben zu seiner weltweiten Verbreitung verholfen hat.«

Der junge Hüter der Bücher antwortete zynisch: »Denkst du etwa, das Römische Reich und seine Kultur hatten nichts damit zu tun? Das erste kirchliche Konzil, das Jesu Göttlichkeit zur Grundlage der christlichen Religion erklärte, war das Konzil von Nicäa unter dem Vorsitz von Ossius, dem Bischof von Córdoba, das unter der Schirmherrschaft des römischen Kaisers Konstantin stand. Er war als erster Kaiser zum Christentum übergetreten und hatte es zur Religion für das gesamte Römische Reich erklärt. Schon allein diese kaiserliche Anordnung befreite zahlreiche verfolgte Splittergruppen, die an eine Erlösung im Jenseits glaubten, von ihrem Leid und überzeugte sie davon, dass sie bereits in dieser Welt Erlösung finden würden. Das war der Zündfunke dafür, dass sich das Christentum wie ein Lauffeuer im gesamten Römischen Reich verbreitete.«

»Eure Bibliothek muss doch jede Menge interessanter Bücher und Texte zu diesem Thema enthalten«, bemerkte Fidelma unschuldig. »Besitzt sie denn viele Werke, die direkt aus Rom stammen – Texte, die nach Ansicht des Bischofs von Rom nicht an die Öffentlichkeit gelangen sollten? Die er geheimhalten möchte? Zum Beispiel Bücher, die deine Ansichten über Konstantin und die früheren Lehren des Glaubens bekräftigen?«

Der Bibliothekar musterte sie misstrauisch. »Warum fragst du?«

»Aus Interesse. Wurde der römische Kaiser denn nur aus politischem Opportunismus Christ?«

»Konstantin wurde mit Sicherheit Christ, weil er eine Chance sah, das Römische Reich sowohl politisch zusammenzuhalten als auch der Verbreitung der Reliquienverehrung in Byzanz etwas entgegenzusetzen«, antwortete der junge Mann ohne Zögern. »Er benutzte die Religion als Waffe, um Kontrolle über sein Reich auszuüben, und er benutzte die Überhöhung des Mannes, den die Römer hatten hinrichten lassen, zu einem Gott-Menschen, um die anderen Götter zu ersetzen. Er gab der großartigen Stadt Byzanz einen neuen Namen – seinen eigenen – und führte eine neue herrschende Klasse ein, die dem Christentum zugeneigt war. Konstantin befahl dem Konzil von Nicäa, bestimmte Vorstellungen des Neuen Glaubens zu bestätigen, die er unterstützte.«

Der junge Bibliothekar sprach voller Leidenschaft, seine Stimme wurde lauter, und er unterstrich seine Worte mit lebhaften Gesten.

Plötzlich unterbrach Aidan seinen Wortschwall, indem er rief: »Lady, Speláns Hütte brennt.«

KAPITEL 11

Sie hielten auf einer Anhöhe, von der man den felsigen Abhang hinunter auf das kleine Wäldchen blicken konnte, in dem Speláns Hütte lag. Durch die Bäume sahen sie eine schwarze Rauchsäule, die gen Himmel stieg, und begriffen, dass die einzige Quelle für derart dichten Qualm nur die Hütte sein konnte.

Der Pfad war zu steil für einen leichten, geschweige denn einen vollen Galopp, doch Fidelma trieb ihr Pferd Aonbharr zum Traben an. Aidan tat es ihr gleich, während Eadulf und Bruder Gébennach in gemächlicherem Tempo die Nachhut bildeten. Kurz darauf brachten Fidelma und Aidan ihre Pferde am Rand der kleinen Lichtung, auf der die Hütte stand, zum Stehen und banden sie dort fest, sodass sie nicht im beißenden Rauch warten mussten.

Die knisternden, prasselnden Flammen fraßen sich unaufhaltsam durch das trockene Holz und hatten das eine Ende der Hütte schon fast verschlungen. Selbst die Steine konnten den heißhungrigen Feuerzungen nicht Einhalt gebieten, während sie die Mischung aus getrocknetem Lehm und Rosshaar, die die Steinmauern zusammenhielt, vertilgten. Das Strohdach war längst verschwunden und der Dachstuhl inzwischen in einem so bedenklichen Zustand, dass er jeden Moment einstürzen konnte. Die Hitze war zu gewaltig, um sich näher heranzuwagen.

»Ich muss das Feuer angelassen haben, als wir aufbrachen«, stöhnte Aidan. »Ein Funke davon hat etwas zum Brennen gebracht …«

»Das glaube ich nicht«, fiel ihm Fidelma ins Wort. »Sieh dir an, aus welcher Richtung das Feuer brennt.«

Aidan schaute sie verblüfft an, doch Eadulf, der gerade zu ihnen trat, deutete ihre Bemerkung sofort richtig.

»Das Feuer wütet am entgegengesetzten Ende der Hütte und nicht dort, wo der Herd stand«, erläuterte er.

Fidelma warf ihm einen anerkennenden Blick zu. »Verstehst du, Aidan, bei der Länge des Gebäudes hätte kein Funke am anderen Ende etwas entzünden und eine derartige Feuersbrunst auslösen können.«

Aidan war sichtlich erleichtert. Dann begriff er, was das bedeutete.

»Denkst du etwa an Brandstiftung?«

Der junge Bibliothekar hatte sich zu ihnen gesellt und schaute voller Entsetzen auf die brennende Hütte. »Das wird Abt Síoda nicht gefallen. Er wollte hier einen neuen Schafhirten unterbringen.«

Eadulf begutachtete das Feuer. »Es brennt so heftig, dass wir allein mit dem Wasser aus dem Bach da vorn die Flammen nicht löschen können«, lautete seine Schlussfolgerung. Dann fragte er Fidelma mit gesenkter Stimme: »Denkst du, wir haben in der Hütte etwas übersehen, was der Grund für dieses vorsätzliche Zerstörungswerk sein könnte?«

»Das will ich nicht hoffen«, erwiderte sie grimmig.

Bruder Gébennach hatte seinen Esel mit ihren Pferden zusammengebunden und begann nun, das Gelände um die brennende Hütte abzuschreiten.

»Sei vorsichtig«, rief Fidelma. »Komm den Flammen nicht zu nah. Hier fliegen eine Menge Funken durch die Luft.«

Der Bibliothekar verzog das Gesicht. »Das habe ich nicht vor, Lady. Ich möchte nur das Grab in Augenschein nehmen, wie mich der Abt gebeten hat.«

Fidelma hatte den zweiten Grund für das Auftauchen des Bibliothekars schon fast vergessen. Sie vergewisserte sich, dass die Pferde weit genug von der sengenden Hitze entfernt standen. Während das Zentrum der Flammen am hinteren Ende der Hütte lag, züngelten sie nun gierig zur anderen Seite hin: Bald würden sie das ganze Gebäude verschlungen haben. Fidelma schützte ihr Gesicht vor der glühenden Luft und folgte Bruder Gébennach auf die Rückseite des Hauses zu einem flachen Hügelchen. An mehreren Stellen wirkte die Erde aufgewühlt, als hätte jemand dort versucht, ein Loch zu graben.

Der Bibliothekar war stehen geblieben und sah sie verunsichert an.

»Tiere?«, schlug Fidelma halbherzig vor. »Ich fürchte, sie wittern alles, was der Mensch vergräbt. Wölfe, Füchse …«

»Erklär mir doch mal, welches Tier große Steine beiseiteschiebt«, entgegnete der junge Mann. »Als Spelán mir das Grab zeigte, hatte er mehrere Steinbrocken obendrauf gelegt. Jetzt liegen sie überall verstreut – das waren ganz gewiss keine Wölfe oder Füchse.« Er deutete auf einen Haufen Erde neben einer tiefen Grube. »Dort hatte Spelán nach eigenen Angaben seine Frau begraben.«

Fidelma folgte seinem ausgestreckten Arm und näherte sich den frisch ausgehobenen Erdklumpen. Ein Schaudern überlief sie. Obenauf hockten drei oder vier Aaskrähen und pickten die aufgestörten Regenwürmer und Raupen heraus. Angeekelt hob sie ein paar Steinchen auf und zielte damit auf die Vögel mit dem glänzenden schwarzen Gefieder. Sie schienen ihr vorwurfsvolle Blicke zuzuwerfen, bevor sie beiseitehüpften, sich nacheinander in die Lüfte emporschwangen und davonflogen.

Der Bibliothekar trat zu dem verlassenen Erdhaufen. Fidelma folgte ihm und starrte in das große, erst kürzlich geschaufelte Loch.

»Da hatte es aber jemand eilig«, bemerkte sie leise, wie zu sich selbst.

Ob Bruder Gébennach sie hörte, blieb ungewiss. Anstelle einer Antwort sagte er mit tonloser Stimme: »Was auch immer in dem Grab lag, es ist verschwunden.«

»Nicht alles«, korrigierte ihn Fidelma, als sie etwas Weißes am Boden der Grube entdeckte. Sie sprang über die lockeren Erdwälle hinweg hinein, hob es auf und hielt dem Bibliothekar triumphierend einen Knochen entgegen.

»Dann haben wir zumindest einen Teil von Caoimhe, den wir wieder begraben können«, sagte er salbungsvoll. »Es ist wichtig, die Rituale zu beachten.«

Zu seiner Verwunderung warf Fidelma den Knochen, nachdem sie ihn eingehend betrachtet hatte, achtlos weg und starrte erneut in die Tiefe.

»Ich fürchte, es handelt sich um einen Schafsknochen; da liegen noch zahlreiche kleinere Gebeine, alle von Schafen.«

Sie bemerkte einen Fetzen Sackleinwand, hob ihn auf und untersuchte eingehend die Abrisskante. Dann musterte sie ein paar kleinere Steine. Einige schienen sie geradezu zu faszinieren. Sie nahm sie in die Hand – winzige, ziemlich schwere Metallkügelchen – und steckte sie, zusammen mit dem Stück Sackleinen, in ihr *marsupium*.

»Was ist das?«, fragte Bruder Gébennach. »Was hast du gefunden?«

Bevor sie antworten konnte, hörten sie Eadulf rufen, und gleich darauf kam er vom anderen Ende der Hütte eilig auf sie zugelaufen. Er wirkte sichtlich beunruhigt.

»Was ist los?«, fragte Fidelma.

»Von Süden her nähern sich Reiter. Sie sind zu dritt.« Er blieb stehen, sah, dass sie mitten im Grab stand, und fragte: »Was machst du da unten?«

Statt einer Antwort streckte sie ihm ihre Hand entgegen. »Hilf mir hier raus.« Während sie mit seiner Unterstützung hinauskletterte, fragte sie: »Was für Reiter? Sind es Krieger? Oder was?«

»Keine Krieger«, antwortete er. »Zumindest hat Aidan das gesagt. Seiner Meinung nach ist der Waldarbeiter, Torcán, ihr Anführer.«

Aidan hatte recht. Es waren drei Reiter, zwei junge Männer und der hochgewachsene Holzfäller. Er stieg als Erster vom Pferd und war ziemlich überrascht, als er Fidelma und ihre Freunde erkannte.

»Was ist denn hier passiert, Lady? Als wir Rauch von der Hütte aufsteigen sahen, sind wir sofort hergeritten in der Hoffnung, dass noch was zu retten ist.«

»Guten Tag, Torcán. Ich nehme nicht an, dass ihr unterwegs jemandem begegnet seid?«, fragte Fidelma.

Torcán riss die Augen auf. »Dann habt also nicht ihr die Hütte in Brand gesteckt?«

Fidelma schüttelte den Kopf. »Eine *dálaigh* hat Besseres zu tun als Brände zu legen und wichtige Beweismittel zu vernichten. Wir sind gerade erst hier eingetroffen. Wann genau habt ihr das Feuer bemerkt?«

»Einer meiner Söhne«, sagte er und deutete auf seine jüngeren Begleiter, »hat die Rauchwolke gesichtet. Da du gestern bei uns warst und wir von Speláns Tod wussten, ritten wir los, um so viel wie möglich zu retten.«

»Nun, jetzt gibt es hier nicht mehr viel zu holen.« Eadulf deutete in Richtung Hütte, wo die Flammen fast alles Brennbare verschlungen hatten und allmählich erloschen.

Torcán wollte sich gerade umdrehen, als Bruder Gébennach, der sich das leere Grab genauer angesehen hatte, um die Ecke bog. Der Hüter der Bücher und der Holzfäller kannten sich offensichtlich.

»Für jemanden, der erst kürzlich in die Abtei eingetreten ist, scheinst du in der Umgebung schon gut bekannt zu sein, mein Freund«, bemerkte Fidelma leise.

Der Angesprochene zuckte die Achseln. »Als ich zum ersten Mal durch diese Gegend ritt, kam ich an der Hütte dieses Holzfällers vorbei. Er und seine Frau waren so freundlich, mir den Weg nach Ráth Cuáin zu zeigen.«

»Hast du ihm erzählt, dass Caoimhes Grab gleich hinter der Hütte war?«

Torcán stieß einen Pfiff aus. »Ist das wahr? Niemand in unserem Stamm wusste davon.«

»Der Abt, euer Stammesfürst, war darüber unterrichtet«, erwiderte Bruder Gébennach.

»Und wo *ist jetzt* Caoimhes Grab?«, fragte Torcán. »Wir möchten ihr unseren Respekt erweisen. Wir gehören alle zum selben Clan.«

»Das Grab gibt es nicht mehr«, teilte ihm Fidelma leise mit. »Ich glaube, der Leichnam, oder was auch immer dort vergraben war, wurde in den letzten Tagen weggeschafft.«

Torcán sah sie schockiert an. »Welche Hexerei steckt dahinter?«, flüsterte er.

»Ich halte das kaum für Hexerei«, entgegnete Fidelma und zog das Stück Sackleinen aus ihrem *marsupium*. »Man sieht, dass es erst kürzlich abgerissen ist, wahrscheinlich vor wenigen Tagen. Ich habe den Stoff aus dem Grab geborgen.«

»Was soll denn sonst dahinterstecken außer Hexerei?«, wollte Torcán wissen. »Hast du schon vergessen, welches Fest heute beginnt? Und hast du uns nicht erzählt, dass Speláns Leichnam in dem Samhain-Feuer versteckt wurde, das heute Abend angezündet werden soll, um Cashel gegen die rachsüchtigen Geister der Anderswelt zu schützen?«

Es war purer Zufall, doch genau in diesem Moment brüllten die Flammen noch einmal laut auf, und der geschwächte

Dachstuhl der Hütte stürzte in der Mitte zusammen. Gewaltige Feuerfunken stoben in alle Richtungen. Vor dem dunkler werdenden, bewölkten Himmel erhellten die auflodernden Flammen für einen Augenblick die entsetzten Gesichter des Holzfällers und seiner beiden Söhne. Auch auf Eadulfs und Aidans Mienen spiegelte sich Entsetzen.

Nur Fidelma und Bruder Gébennach blieben offensichtlich unbeeindruckt.

Es war der junge Bibliothekar, der schließlich den Bann brach. Mit einem Blick zum Himmel sagte er: »Freunde, ich muss weiter zu Aras Brunnen. Nach meiner Rückkehr werde ich den Abt über die Ereignisse hier unterrichten. Lebt wohl.«

Sie beobachteten schweigend, wie er auf seinen Esel stieg und über den Hügel Richtung Fluss zottelte.

»Falls Caoimhe hier begraben wurde«, sagte Eadulf, an Fidelma gewandt, »was hätte jemand davon, ihre Leiche wegzuschaffen?«

Torcán starrte in die schwelende Glut. »Ich glaube nicht, dass hier noch mal ein Schafhirte wohnen wird, nicht, nachdem diese Geschichte die Runde macht. Der einstürzende Dachstuhl hat zumindest das Feuer erstickt. Selbst wenn es heute nicht mehr regnet, wird es bald verlöschen. Lasst uns nach Hause reiten, Jungs.« Die letzten Worte waren an seine beiden Söhne gerichtet, die seit ihrem Eintreffen keinen Ton von sich gegeben hatten. Während sie aufsaßen, hielt Torcán noch inne und sah Fidelma an.

»Ich spüre etwas Böses an diesem Ort. Ich rate dir, schnellstmöglich, noch vor Einbruch der Dunkelheit, nach Cashel zurückzukehren, denn vergiss nicht, welche Nacht wir heute haben.«

Ohne eine Antwort abzuwarten wendete er sein Pferd und trottete, gefolgt von seinen Söhnen, von dannen, den Hügel hinunter Richtung Wald.

»Ich denke, er hat recht«, murmelte Aidan und blickte ängstlich zum Himmel hinauf. »Es ist sinnlos, länger hierzubleiben. Lasst uns nach Cashel reiten, bevor die Dämmerung hereinbricht.«

Fidelma zögerte kurz, bevor sie sich an Eadulf wandte. »Du hast mir gerade eine Frage gestellt – was hätte jemand davon, Caoimhes Leiche wegzuschaffen?«

Eadulf nickte. »Weißt du eine Antwort darauf?«

Fidelma griff in ihr *marsupium* und zog zwei kleine Kiesel heraus. Eadulf nahm sie und musterte sie eingehend.

»Sie ähneln dem Metallbröckchen, das Aidan in der Hütte entdeckt hat«, sagte er schließlich und rieb sie gegeneinander, bis sie metallisch glänzten.

»Genau. Mit Silber lässt sich eine Menge Geld verdienen.«

Noch bei Tageslicht kamen sie an Dellas Gehöft am Stadtrand vorbei, doch Fidelma beschloss, diesmal nicht auf einen Plausch anzuhalten, wie sie das normalerweise tat. Stattdessen ritten sie direkt zum Marktplatz, begleitet von vereinzelten Besuchern, die dem Zentrum des Geschehens zustrebten, dem großen Samhain-Feuer. Fidelma fiel auf, dass Aidan die Menschen, an denen sie vorbeiritten, aufmerksam betrachtete.

»Was ist los?«, fragte sie ihn.

»Viele dieser Leute kommen von den umliegenden Höfen und aus den Dörfern, nicht aus der Stadt.«

»Nun, es ist noch früh«, gab Eadulf zu bedenken. »Die meisten Leute von hier werden erst nach Einbruch der Dunkelheit auftauchen, um das Feuer zu sehen.«

»So ist das aber nicht gedacht«, erklärte ihm Aidan. »Die Zuschauer versammeln sich meist noch im Hellen und freuen sich an Schlemmereien und Spielen, bevor das Feuer feierlich angezündet wird. Es scheint dieses Jahr eindeutig an Begeisterung zu fehlen.«

Sie erreichten den Marktplatz an der Ecke, an der Rumanns Gasthaus lag. In seiner Mitte ragte der noch nicht angezündete Holzhaufen empor. Der Waldarbeiter Curnan und seine Helfer hatten den Schaden beseitigt und dabei gute Arbeit geleistet. Der raffinierte Aufbau des Holzhaufens war wahrlich beeindruckend; man würde das Feuer, nachdem es angezündet war, über die gesamte weite Ebene von Femen bis zu den Bergen im Süden sehen können. Doch es hatten sich weitaus weniger Menschen als sonst eingefunden, und sie waren offenbar nicht gerade in Festtagsstimmung. Kleine Gruppen standen hier und da dicht beieinander; die wenigen Händler warteten neben ihren Karren, irritiert ob der ausbleibenden Kundschaft. Wo waren die Massen, von denen ihr Lebensunterhalt abhing?

Die drei Reiter zügelten die Pferde und ließen ihre Blicke über den Platz schweifen.

»Lady!«, rief Rumann und eilte ihnen aus seinem Gasthaus entgegen. Fidelma saß ab und band ihr Reittier an den Holzzaun daneben. Die beiden anderen folgten ihrem Beispiel.

»Sei gegrüßt, Rumann. Ich wollte mit dir sprechen – über Brancheó, die Frau in dem Rabenkostüm.«

»Genau über die wollte ich auch mit dir reden«, antwortete er aufgebracht.

»Ich bedaure es sehr, dass ich dir überhaupt von ihr erzählte«, gestand er und wandte sich dem Marktplatz und den vereinzelten Besuchergrüppchen zu. »Seht euch das an!«

Eadulf lächelte leicht süffisant. »Die Einheimischen haben zweifellos von Speláns Tod und den Verwünschungen der Rabenfrau gehört. Nun haben sie Angst, den Feierlichkeiten heute Abend beizuwohnen.«

»Es ist eine Katastrophe. Ich habe noch nie erlebt, dass das Samhain-Fest dermaßen schlecht besucht war.«

Doch Fidelma war nicht geneigt, Mitgefühl zu zeigen.

»Hast du etwas anderes erwartet, nachdem du meine Bitte, über alles zu schweigen, außer Acht gelassen hast? Jetzt sind der Mord und Brancheós Fluch in aller Munde.«

»Ich dachte, das würde dem Ereignis zusätzliche Anziehungskraft verleihen«, erwiderte er kleinlaut. »Auf viele Menschen übt gerade das Groteske und Bizarre eine starke Faszination aus.«

»Aber es hat nicht funktioniert, oder?«, bemerkte Eadulf.

»Nein«, räumte Rumann ein. »Die Mehrzahl der Leute ist hierhergekommen, weil sie noch nichts von der Geschichte erfahren hat. Wer Bescheid weiß, ist zu verängstigt, um sich hinauszuwagen.«

»Und das alles nur, weil Brancheós uns einzureden versucht hat, dass heute die einzige Nacht ist, in der die Anderswelt für uns sichtbar wird und die Mächte des Bösen uns bedrohen. Wir haben jahrelang nach alter Sitte das Samhain-Fest gefeiert. Weshalb also macht uns das plötzlich solche Angst? Das ist doch lächerlich«, erwiderte ihm Fidelma.

»Das liegt an der Art und Weise, in der sie den Fluch ausgesprochen hat, Lady.« Eine neue Stimme hatte sich in das Gespräch eingemischt. Sie drehten sich um und standen Curnan, dem Holzfäller, gegenüber.

»Und was war daran so Besonderes?«, fragte Fidelma.

Curnan scharrte mit seinen großen Füßen verlegen im Staub. »Die unheimliche Eindringlichkeit, die diese Frau ausstrahlt«, murmelte er mit betretener Miene.

»Wer – Brancheó? Jeder kann Eindringlichkeit ausstrahlen, erst recht, wenn er sich ganz in Schwarz kleidet und sich in einen Umhang aus Rabenfedern hüllt, sodass er genau unserer Vorstellung vom Erscheinungsbild des Bösen entspricht.«

»Aber ihre Ausdrucksweise, die Überzeugung in ihrer Stimme …«

»Wo ist die Frau jetzt?«, wollte Eadulf wissen. »Ich dachte, sie sei gestern von hier verschwunden. Ist sie etwa nach Cashel zurückgekehrt?«

»Sie läuft seit heute Mittag in der Stadt herum und verwünscht alles und jeden«, bestätigte Curnan.

»Sie heizt damit die Ängste der Leute an und hält sie davon ab, die Feierlichkeiten zum Ende des Sommers zu genießen«, ergänzte Rumann verärgert.

»Ganz offensichtlich mit Erfolg«, bemerkte Eadulf. »Und dank der Hilfe des Gastwirts.«

»Da ist noch etwas, Lady«, begann Rumann und überhörte Eadulfs spitze Bemerkung.

»Was meinst du?«

Der Gastwirt räusperte sich nervös. »Sie erzählt den Leuten immer wieder, der Fluch, der über diese Stadt kommen wird, resultiere aus dem Verschulden deines Bruders, des Königs – und des gesamten Geschlechts der Eóghanacht. Sie macht dafür sogar all deine Vorfahren mitverantwortlich, angefangen bei Óengus, dem ersten christlichen König, der von Cashel aus regierte. Sie behauptet, die alten Götter seien erzürnt und würden Rache nehmen, noch bevor die Nacht vorüber ist.«

Fidelma lächelte. »Das habe ich schon öfter gehört. Willst du mir etwa sagen, dass die Leute diesen Unsinn tatsächlich glauben?«

Rumann antwortete nicht, sodass Fidelma einen entnervten Seufzer ausstieß, während ihr Blick vom Gastwirt zum Holzfäller wanderte.

»Wo hält sich die sogenannte Raben-Anruferin denn momentan auf?«

»Ihre Äußerungen wurden deinem Bruder, dem König, gemeldet. Er hat Männer seiner Leibgarde entsandt, die sie festnahmen und zur Burg brachten«, antwortete Curnan.

»Sie befindet sich als Gefangene in der Burg, auf Anordnung meines Bruders?«, fragte Fidelma erstaunt.

»Ja«, bestätigte der Waldarbeiter. »Besser dort, als wie ein Schatten überall aufzutauchen, die Stadt zu verfluchen und Panik zu verbreiten.«

»*Wie ein Schatten*, Curnan? Vermutlich glaubst du schon fast, dass sie tatsächlich aus der Anderswelt gekommen ist. Aber nein – sie ist aus Fleisch und Blut, genau wie ich. Und ich verspreche dir, dass man bereits morgen über das Verhängnis aus der Anderswelt, das sie prophezeit hat, lachen wird.«

»Doch zuerst müssen wir diese Nacht überleben, Lady«, murmelte der Waldarbeiter.

Plötzlich musterte Fidelma ihn aufmerksam. »Eine Frage, bevor ich gehe, Curnan. Gestern wolltest du unbedingt zu Speláns Hütte. Warst du kürzlich irgendwo dort in der Nähe?«

»Ich nicht«, antwortete er ohne nachzudenken und mit Unschuldsmiene.

Fidelma zögerte einen Augenblick, bevor sie sich zu Eadulf und Aidan umdrehte und entschlossen rief: »Kommt, auf zur Burg, denn heute Abend gibt es viel für uns zu tun. Ich wünschte, wir könnten das Rätsel noch vor dem Festgelage meines Bruders lösen. Vielleicht war es klug von ihm, Brancheó für heute Nacht in den Kerker zu stecken.«

Als sie durch die Tore ritten, brach schon die Dämmerung herein. Die Stallburschen rannten ihnen entgegen, um ihre Pferde in Empfang zu nehmen. Gormán überquerte den Innenhof, und Fidelma winkte ihn heran.

»Gut, dass ihr wohlbehalten zurück seid, Lady«, begrüßte er sie. »Dein Bruder hat sich bereits Sorgen gemacht, dass ihr nicht rechtzeitig zum Festessen eintrefft. Die Gäste sind alle angekommen. Die Prinzen von Muscraige Mittine, Uí Liathán, Déisi Mumana, Muscraige Breogáin …«

Sie hob eine Hand, um seine Aufzählung der Prinzen aus der Umgegend zu stoppen.

»Wie ich höre, hat mein Bruder Brancheó, die Raben-Anruferin, festnehmen lassen«, unterbrach sie ihn.

»Richtig, Lady. Ich erhielt Befehl, mit einigen Männern der Leibgarde die Stadt nach ihr abzusuchen, nachdem dein Bruder erfahren hatte, dass sie prophezeite, der Zorn der alten Götter werde über Cashel und die Eóghanacht kommen. Bis auf Weiteres befindet sie sich in den Zellen hinter der Halle der Helden.«

Fidelma wechselte einen irritierten Blick mit Eadulf, bevor sie sagte: »Möglicherweise ist sie in den Mord an Spelán verstrickt. Ich möchte sie vernehmen.«

»Doch es wird Zeit für das königliche Festgelage, Lady«, protestierte Gormán. »Falls du sie unbedingt befragen musst, dann besser später. Offenbar solltet ihr beide, du und Freund Eadulf, ein Bad nehmen und euch umziehen … Ich hoffe, ich trete euch mit diesem Vorschlag nicht zu nahe. Aidan könnte auch eine Erfrischung vertragen.«

Fidelma begriff, dass sowohl der lange Weg als auch der Brand der Hütte mit all dem Schmutz und Rauch nicht spurlos an ihnen vorübergegangen waren. Sie entspannte sich und lächelte.

»Du hast recht, uns an die Einhaltung der Regeln hier zu erinnern, Gormán. Ab mit dir, Aidan, während Eadulf und ich uns für das Fest fertig machen. Ich hoffe, mein Bruder hat jetzt bessere Laune als zum Zeitpunkt unseres Aufbruchs?«, fragte sie Gormán.

Der Befehlshaber der Leibgarde antwortete ernst: »Auch ich hatte gehofft, dass sich sein Gemütszustand durch die Anwesenheit der Prinzessin von Éile bessern würde. Doch leider hat sich seine Laune im Laufe des Tages eher verschlechtert. Ich fürchte, dein Bruder hat sich die bösen Prophezeiungen der Raben-Anruferin zu Herzen genommen – aber mehr sage ich nicht, Lady. Mach dir heute Abend dein eigenes Bild.«

Zunächst suchten Fidelma und Eadulf den kleinen Alchú auf, damit er sah, dass sie wohlbehalten nach Hause gekommen waren, und verbrachten einige Zeit mit ihm, bevor sie Muirgen auftrugen, ihr abendliches Bad vorzubereiten. Anschließend legten sie dem feierlichen Anlass gemäße Kleidung an und begaben sich in die Große Halle des Königs, wo Colgú seine erlesenen Gäste und deren Partner empfing. Dego befehligte die Krieger, die für das Fest am Abend eingeteilt waren. Er stand vor dem Haupteingang. Seine Aufgabe bestand darin, sicherzustellen, dass kein Gast, der die Festhalle betrat, eine Waffe trug. Das war sowohl Tradition als auch gesetzlich vorgeschrieben. Bevor er ihnen die Türen öffnete, flüsterte er Fidelma zu: »Verzeih mir, Lady. Ich muss dich kurz sprechen.«

»Was ist los?«, fragte Fidelma überrascht.

Dego sah sich um wie ein Verschwörer, der Angst hat, belauscht zu werden.

»Der König ist in übler Stimmung. Ich fürchte, er hat ein bisschen zu viel *corma* getrunken.«

»Was?« Fidelma fiel wieder ein, dass Gormán sie vor der Niedergeschlagenheit ihres Bruders gewarnt hatte.

»Nach euerm Aufbruch heute Morgen verschlechterte sich die Verfassung des Königs zunehmend. Er fragte ständig, wann ihr zurückkämt und ob schon Nachricht eingetroffen sei, dass der Mord an dem Schäfer aufgeklärt wurde. Seine Stimmung wurde noch schlimmer, als er erfuhr, dass diese merkwürdige Frau, die Raben-Anruferin, Verwünschungen ausstieß und das Ende von Cashel während der heutigen Feierlichkeiten prophezeite. Ich habe ihn noch nie so außer sich gesehen, Lady, und noch nie ist ihm der Alkohol so schlecht bekommen.«

»Ich dachte, die Prinzessin von Éile würde ihm heute Gesellschaft leisten. Wollten sie nicht ausreiten?«

»Es gab da ein Problem«, antwortete Dego. »Irgendeine Meinungsverschiedenheit. Der König zog sich fast den ganzen Nachmittag in seine Gemächer zurück. Prinzessin Gelgéis unternahm währenddessen einen Ausritt mit ihren Damen und einem Wächter.«

Fidelma presste die Lippen aufeinander. »Danke für die Vorwarnung, Dego. Bleib heute Nacht in der Nähe. Vielleicht brauchen wir dich, bevor das Fest vorbei ist.«

»Das werde ich, Lady«, versicherte ihr der Krieger leise, während er die Türen zur Großen Halle öffnete.

Der große Raum dahinter war lang und schmal. Die Tische erstreckten sich über beide Längsseiten, doch die Stühle waren so angeordnet, dass die Gäste jeweils nur auf der Außenseite der Tafel saßen, mit dem Rücken zur Wand, wie es die Tradition gebot. An den Wänden gab es Haken für Schilder und Flaggen, die so angebracht waren, wie es dem Rang der Gäste entsprach. Hinter jedem Stuhl eines Adligen war Platz für seinen Schildknappen. Deren Anwesenheit hatte jedoch nur symbolische Bedeutung, denn niemand außer dem Befehlshaber der Königlichen Leibwache durfte in der Großen Halle Waffen tragen. Am anderen Ende des Raumes befand sich ein Podium, dessen gesamte Länge von einem Tisch eingenommen wurde. Dort saß der König mit seinem Gefolge. Als Fidelma durch den Saal zu den Plätzen ging, die Eadulf und ihr zugewiesen waren, musste sie nicht erst die Schilder und Flaggen zu Rate ziehen, um die Prinzen oder Landesfürsten und deren Gattinnen zu erkennen.

Einige wichtige Gäste fehlten allerdings an diesem Abend. Finguine, der junge Thronfolger des Königreichs, ein Cousin von Colgú und Fidelma; der Oberste Brehon Fíthel und natürlich der Abt von Imleach als Oberster Bischof von Muman, der normalerweise bei besonderen Feierlichkeiten zugegen war. An den Stirnseiten der langen Tafel, direkt am Eingang, saßen Bruder Mac Raith als Verwalter von Imleach sowie die drei anderen Geistlichen. Sie schienen sich in der Gesellschaft unbehaglich zu fühlen. Doch Bruder Conchobhar war bei ihnen, und neben ihm erkannten sie Febal. Dem jungen Dichter der Uí Briúin von Connacht war kein Schildknappe oder Wimpel zugeordnet worden. Alle Liebenswürdigkeit, die ihm nach dem Gesetz der Gastfreundschaft entgegengebracht wurde, konnte nicht über die Tatsache hinwegtäuschen, dass er in Fidelmas Ermittlungen als Verdächtiger galt. Aber der junge Mann wirkte völlig entspannt, sogar eine Spur zu beschwingt, denn als Fidelma und Eadulf an ihm vorbeigingen, neigte er freundlich den Kopf und unterbrach seine Unterhaltung mit dem alten Apotheker. Fidelma und Eadulf schnappten etwas von deren unbeschwertem Geplauder über die lateinische Dichtung auf, die beide Männer zu interessieren schien.

Da keine weiteren Mitglieder des Königlichen Haushalts anwesend waren, führte man nur Fidelma und Eadulf auf dem Podium nach links, neben den Stuhl des Königs in der Mitte. Sie erwiderten die Begrüßungen der verschiedenen Gruppen von Gästen, von denen sich nur gut dreißig im Saal befanden. Das war ungewöhnlich für einen offiziellen Festakt, doch die Sache mit der Verwünschung hatte sich sehr schnell herumgesprochen, und viele hatten unter einem Vorwand abgesagt.

Als sie Platz nahmen, flüsterte Eadulf: »Ich habe noch nie erlebt, dass dein Bruder mehr trinkt, als er verträgt.«

»Ich fürchte, der Fluch der Raben-Anruferin hat irgendetwas in ihm berührt«, antwortete sie leise. »Als er jünger war, hat er immer an diese althergebrachten Prophezeiungen geglaubt. Ich frage mich ...«

In einer Ecke nahe dem Stuhl des Königs stand ein Trompeter, der plötzlich sein Instrument an die Lippen hob und dreimal kurz hineinblies.

Der Vorhang hinter Colgús Stuhl öffnete sich, und Gormán bezog seinen Posten. Als Befehlshaber der Königlichen Leibwache hatte er an diesem Abend die Rolle des Haushofmeisters des Königs zu übernehmen. Im Alltag verließ sich Colgú auf die stämmige Haushälterin Dar Luga. Fidelma hatte sich noch immer nicht daran gewöhnt, dass ihr Bruder sich geweigert hatte, einen neuen Verwalter für die Burg einzusetzen, der normalerweise bei jedem Festgelage mit seinen Mitarbeitern über die Einhaltung des Protokolls wachte. Statt seinen Regimentsstab traditionsgemäß auf den Boden zu stoßen, bat Gormán einfach um Ruhe.

Nun betrat der König den Saal, an seinem Arm die schöne junge Prinzessin von Éile, Gelgéis, die Fidelma und Eadulf sofort anlächelte und mit den Lippen eine lautlose Begrüßung formte. Doch ihre Miene verriet, wie angespannt und unglücklich sie war.

Gelgéis war mittelgroß und schlank und hatte ihr kornblondes Haar zu einem strengen Knoten am Hinterkopf gebunden. Ihre zarte helle Haut passte zu den azurblauen Augen; sie strahlte Unschuld aus. Dennoch regierte sie ihr kleines Königreich an der Grenze mit eiserner Hand; sie leistete Cashel Gefolgschaft, achtete jedoch sorgfältig darauf, dass ihr Königreich weder von Muman im Westen noch von Laighin im Osten erdrückt wurde. Trotz ihrer lieblichen Erscheinung steckte eiserne Entschlossenheit in ihr. Diese Eigenschaft hatte Fidelma fasziniert. Sie hoffte, dass Gelgéis und ihr Bruder eines Tages heiraten würden, denn ihrer Meinung nach brauchte Colgú langfristig eine Gefährtin mit der Charakterstärke der Prinzessin.

Gormán stand unentschlossen herum, unsicher, was er in seiner Rolle zu tun hatte; schließlich flüsterte er Colgú ins Ohr: »Herr, soll ich irgendeine Ankündigung machen? Wegen des Protokolls, du verstehst.«

Colgú brach in brüllendes Gelächter aus und schubste den Krieger scherzhaft zur Seite. Fidelma und Eadulf begriffen sofort, dass Degos Einschätzung zutraf; Colgú hatte eindeutig schon zu viel getrunken.

Jetzt rief er laut in den Saal: »Freunde, heute vergessen wir die Formalitäten. Ist es nicht gute alte Tradition, den heutigen Abend – das Ende des Sommers und den Beginn des neuen Jahres – immer im Chaos zu verbringen? Möge also das Chaos dieses Festgelage regieren. Heute gilt kein Protokoll. Wir sind hier, um das Alte abzulegen und dem Neuen die Ehre zu erweisen … was auch immer es für uns bereithält. Ob wir die Geschöpfe aus den dunklen Sphären der Anderswelt willkommen heißen oder die Gespenster derjenigen, die wir verraten haben … oder ob wir diese Nacht in trunkener Ausgelassenheit verbringen – wir begrüßen alle zum traditionellen Samhain-Fest.«

Mit Hilfe von Gormán und Gelgéis, die ihn auf beiden Seiten stützten, ließ er sich auf seinen Stuhl sinken.

Die Gäste erholten sich rasch von ihrer Überraschung über die seltsame Begrüßung und warteten nun aufs Essen. Die Seitentüren schwangen auf, und die Diener eilten herbei. Dar Luga, Colgús Haushälterin, hatte ganze Arbeit geleistet. Als Erste kamen die *deoghbhaire*, die Mundschenke, die die Gäste mit den gewünschten Getränken zu versorgen hatten. Ihnen folgten die *dáilemain*, die Trancheure, mit allerlei Braten: gebratenes Wildschwein, anderes Wildbret und sogar Hammel. Während sie den Gästen die gewählten Fleischstücke vorlegten, trugen weitere Diener noch mehr Speisen herein, von

Gänseeiern und Würstchen über verschiedene Kohlsorten, die mit wildem Knoblauch gewürzt waren, bis zu in Butter gedünstetem Lauch und Zwiebeln.

Fidelma beugte sich zum König hinüber, als der Mundschenk ihm Wein eingoss. »Du hast mit Sicherheit schon genug getrunken, Bruder«, flüsterte sie streng. »Vergiss nicht, dass heute ein besonderer Gast hier ist.« Sie deutete auf die Prinzessin von Éile.

Colgú wandte sich mit leicht verschwommenem Blick zu ihr um. »Du brauchst mich nicht zu bemuttern, kleine Schwester. Wenn du dir wirklich meinetwegen Sorgen machten würdest, hättest du den Ritualmord, der uns alle beunruhigt, aufklären und die Verwünschungen von dieser Spukgestalt des Todes unterbinden sollen. Jetzt hat das Samhain-Fest begonnen, und wir können von Glück reden, wenn wir die Nacht überleben.«

Fidelma war befremdet über den gereizten Ton ihres Bruders. Sie hatte ihn noch nie betrunken erlebt, weder privat noch in der Öffentlichkeit. Was war eigentlich los?

Prinzessin Gelgéis lehnte sich zu ihr hinüber und murmelte taktvoll: »Ich schaffe das schon, Lady. Das Regieren in Éile ist auch nicht immer leicht, denn die Männer bei uns leben keinesfalls enthaltsam, fromm und gottesfürchtig. In Nächten wie diesen kann es schon mal vorkommen, dass bestimmte Zwänge aufgehoben werden. Verantwortlichkeit erfordert manchmal auch Verantwortungslosigkeit.«

»Innerhalb gewisser Grenzen«, ergänzte Fidelma mit Nachdruck.

Der Lärm in der Großen Halle entwickelte sich allmählich zu einem Tumult. Fidelma bemerkte, dass ihr Bruder, obwohl er zwischen Gelgéis und ihr saß, wie abwesend wirkte, als wäre er mit seinen Gedanken ganz woanders. Plötzlich rief einer der Speisenden – Eadulf vermutete, dass es der Prinz von

Muscraige war – zu Colgú hinüber: »Heute ist Samhain. Lässt man da nicht Musikanten aufspielen, um uns während des Festes zu unterhalten?«

Die Bemerkung schien Colgú zu erreichen. Er zuckte zusammen und kicherte weinselig. Dann klopfte er mit dem Griff seines Messers auf den Tisch.

»Ich nehme die Kritik an. Meine Freunde, für eure Unterhaltung wird gesorgt. Aber nicht nur durch Musik. Diese Nacht ist eine besondere Nacht, wie ihr wisst. Deshalb habe ich eine besondere Belustigung für euch vorbereitet. Eine Wahrsagerin wird euch allen euer Schicksal verkünden.«

Fidelma erstarrte. »Falls du das vorhast, was ich vermute, muss ich entschieden protestieren«, zischte sie. »Brancheó ist als Verdächtige hier auf der Burg; ich möchte sie verhören. Niemand wird sich über sie lustig machen. Sie hat Rechte.«

Colgú warf seiner Schwester einen missbilligenden Blick zu, der unter dem Einfluss des Alkohols noch missbilligender ausfiel, als es seine Absicht war.

»Es steht dir nicht zu, deinen König zu kritisieren, auch wenn du meine Schwester bist. Diese Wahnsinnige hat unsere Familie und die Burg bedroht. Sie soll hereinkommen, damit meine lieben Freunde und Gäste ihren unsinnigen Samhain-Fluch gegen die Eóghanacht hören können.«

Er ignorierte Fidelmas Protest und wandte sich an Gormán: »Was ich angeordnet habe, soll geschehen.«

Gormán schaute voller Unbehagen zu Fidelma hinüber. Er war sichtlich unglücklich über diesen Befehl. Als Colgú das mitbekam, brüllte er ihn an: »Zögerst du etwa, mir zu gehorchen? Muss ich jemand anderen auffordern, die Befehle deines Königs auszuführen?«

Gormán erstarrte; nie zuvor hatte Colgú ihn in der Öffentlichkeit getadelt. Er blieb einen Augenblick unschlüssig stehen, doch angesichts der warnenden Blicke von Fidelma marschierte er hinaus, um seine Anordnungen zu befolgen. Fidelma atmete erleichtert auf, denn wenn ein Krieger in seiner Ehre gekränkt wurde, insbesondere vor solch erlesenen Gästen, konnte das leicht ein böses Ende nehmen.

Es dauerte eine Weile, bis Gormán mit der hochgewachsenen dunklen Frau zurückkehrte. Er lief hinter ihr und führte sie streng, aber freundlich zum Tisch des Königs. Fidelma war sichtlich erbost, denn trotz ihres Einspruchs hatte ihr Bruder einen Rechtsbruch begangen. Allerdings konnte sie jetzt kaum etwas tun, um die gesetzlichen Rechte der Frau zu wahren, ohne ihren Bruder vor seinen Gästen in die Schranken zu weisen.

»Also, Raben-Anruferin«, begrüßte Colgú sie in herablassendem Ton. »Ich habe dich vor diese Gesellschaft geladen, damit du deinen König und seine Familie noch einmal verfluchen kannst. Ich möchte, dass all unsere Freunde erfahren, welches Schicksal diese Burg deiner Meinung nach noch vor dem Morgengrauen ereilen wird.«

Brancheó war keineswegs eingeschüchtert, ihre Miene drückte fast so etwas wie Mitgefühl aus. Sie schaute von Colgú zu Fidelma und wandte sich schließlich an sie.

»Ich verstehe, dass nicht du es warst, die mich auf diese unerlaubte Art und Weise hierhergerufen hat, *dálaigh*. Du würdest dich hüten, so etwas zu tun. Aber du hättest deinem Bruder ein paar juristische Kenntnisse beibringen sollen, denn er schert sich offenbar keinen Deut um gesetzliche Vorschriften.«

Noch bevor Fidelma ihr antworten konnte, mischte sich einer der Gäste ein. Bruder Giolla Rua hatte sich vorgebeugt und schrie jetzt laut und empört: »*Rex non potest peccare!*«

Brancheós Lächeln wurde zu einem höhnischen Grinsen. »So behauptet es der Neue Glaube. Falls, wie du sagst, ein König wirklich nicht sündigen kann, trifft den Spross der Eóghanacht keine Schuld. Aber steht nicht in den alten Gesetzen: Wer verfügt über die höhere Macht, der König oder sein Volk?« Sie wandte sich erneut an Fidelma. »Beantworte mir diese Frage, *dálaigh*, und beantworte sie laut, damit dein Bruder hört und lernt.«

Fidelma presste die Lippen aufeinander. Sie kannte die Antwort nur zu gut.

»Dann werde ich's dir sagen, wenn du nicht reden möchtest«, verkündete Brancheó in das Schweigen hinein. »Das Volk verfügt über eine höhere Macht als der König, denn schließlich ernennt das Volk den König. Der König dagegen ernennt nicht das Volk.«

»Was soll dieses doppeldeutige Gerede?«, fragte Colgú und blinzelte verunsichert. »Schweig, Frau, oder ich werde … ich werde …«

»Lass sie sprechen, Colgú«, rict ihm Prinzessin Gelgéis freundlich. Sie war während des Essens ziemlich schweigsam gewesen und hatte versucht, den König zu beschwichtigen. »Lass uns hören, was sie zu sagen hat. Denn es stimmt, dass der Gesetzestext genau das festlegt: Die Frau hat das Recht zu reden. Zwar befinden wir uns nicht im Gerichtssaal, in dem ein Brehon Recht spricht – doch sollten auch die Regeln der Höflichkeit beachtet werden.«

Colgú starrte sie eine Weile an und murmelte dann: »Ich bin der König. Soll sie sich doch selbst belasten, bevor wir sie verurteilen.« Er griff nach seinem Weinglas.

»Du weißt, dass du mir nicht drohen kannst, Colgú, Sohn von Failbe Flann«, erklärte Brancheó. »Du, der mit seinen Vorfahren prahlt, die hier unter dem Neuen Glauben regierten. Der Neue Glaube – was ist das eigentlich? Eine Art fremdländische Mystik, die im Osten aufkam und sogar von ihren angeblichen Vertretern kaum verstanden wird.«

Bruder Mac Raith und seine Gefährten schnappten wütend nach Luft, doch die Raben-Anruferin schien das nicht zu stören.

»Die Jahre, die vergangen sind, seit Óengus mac Nad Froich mit der Tradition seiner Vorfahren brach und die östliche Religion annahm, sind nicht mehr als ein Wimpernschlag im Vergleich zu den vielen Jahren, in denen Generationen eurer Vorfahren dem Alten Glauben anhingen. Seit Óengus residierten etwa fünfzehn Könige der Eóghanacht hier auf dem Felsen von Cashel. Was ist das schon, verglichen mit den neunundfünfzig Generationen großartiger Monarchen, die dieses Reich regierten seit der Zeit von Eibhear Fionn, dem Sohn von Golamh, der die Kinder der Gälen in dieses Land führte? Neunundfünfzig große Könige – alles weise und gute Herrscher unter dem Alten Glauben, von Urzeiten an.«

»Ich fürchte, Branchéo, die Zeiten ändern sich, und auch wir müssen uns entsprechend verändern«, warf Fidelma freundlich ein; sie hatte das Gefühl, etwas sagen zu müssen, um die Spannung zu lösen.

Branchéo wandte sich zu ihr um und betrachtete sie immer noch mit mitleidiger Miene.

»Wir neigen kaum zur Veränderung, Lady. Wir sind an das große Rad des Lebens gefesselt, das, auch wenn man es noch so geschwind dreht, doch immer an den gleichen Punkt zurückkehrt.«

»Was du sagst, ist heidnischer Hochverrat«, schrie Bruder Sionnach.

»Du sprichst von Hochverrat?« Branchéo drehte sich nicht einmal zu ihm um, sondern stand weiterhin dem König zugewandt. »Ich kenne dich, Sionnach von Corcach Mór. Du wirst nichts ans Licht bringen, was die Abtei von Ráth Cuáin zerstören könnte, denn ihre Vernichtung ist bereits beschlossene Sache.«

»Pass auf, Frau«, schrie Bruder Sionnach zurück. »Du weißt nicht, wovon du redest.«

Erst jetzt drehte Brancheó sich zu ihm um und erwiderte kalt: »Ich rede von dem, was ich weiß: dass ihr hierhergekommen seid, um das zu suchen, was euch niemals gehören wird. Man kann nicht einfach eine Idee stehlen und sie in der Erde vergraben oder hinter Steinen einmauern. Sie entweicht ins Freie, egal, wie man sie zu verstecken sucht. Selbst euer höchster Brehon wird euch das sagen – die Wahrheit ist groß und wird sich durchsetzen.«

Bruder Sionnach war blass geworden. »Ich verstehe dich nicht, Lady«, sagte er, doch seine Stimme klang nun weitaus weniger selbstsicher.

»Du hast eine weite Reise über Land und Meer hinter dir, mein Freund. Doch selbst du wirst feststellen, dass dein Licht erlischt. Ein Mann wurde ermordet und der Versuch unternommen, die Ursache des Mordes durch ein altes Ritual zu verschleiern. Das wird nicht gelingen, denn, wie ich bereits sagte: Die Wahrheit setzt sich durch, und niemand kann sich vor ihr verstecken. Die Wahrheit ist das Einzige, was niemals stirbt. Mag sie auch eine Weile verborgen bleiben – sie wird immer wieder auftauchen und ihr Recht verlangen.«

»Hör auf, in Rätseln zu sprechen«, lallte Colgú. »Wenn du dich nicht klar und deutlich äußern kannst, ist unser Unterhaltungsprogramm jetzt zu Ende.«

»Du hättest niemals mit diesem sogenannten Unterhaltungsprogramm beginnen dürfen«, tadelte ihn Fidelma leise.« Sie wollte Gormán gerade auftragen, die Gefangene hinauszubegleiten, doch Brancheó kam gerade erst richtig in Fahrt.

»Nachfahre der Eóghanacht«, rief sie laut und vernehmlich in den Saal. »Ich habe mich deutlich geäußert. Alle, die Ohren haben und die Worte hören, werden sie auch verstehen. Eibhear

Fion und sein Bruder Eremon kamen mit ihrer neuen Wahrheit auf diese Insel und sagten den Ewigen den Kampf an. Doch die Ewigen waren stark, und Eibhear Fion und Eremon mussten sie akzeptieren und ihnen Gefolgschaft leisten bis zum Ende der Zeit. Eure Vorfahren, Eóghanacht, haben geschworen, ihrem Glauben an die Ewigen treu zu bleiben. Als Zeichen dafür würden sie weiterhin die Namen der drei Zaubergöttinnen als Namen für unsere Insel anerkennen. Und haben diese Namen – obwohl wir sie heute ablehnen – nicht immer noch einen guten Klang in unseren Ohren? Erin, unsere Erd- und Muttergöttin, und ihre zwei Schwestern Banba und Folta – die Namen der Göttinnen, die wir nach wie vor anrufen können. Doch sei gewarnt, Nachfahre der Eóghanacht: Sie werden ungehalten, wenn wir sie um Schutz für die Fünf Königreiche bitten, die nun schon längst eine fremde Gottheit verehren.«

»Du willst mich warnen?«, fragte Colgú. Er war jetzt so berauscht, dass er ihren Worten nicht mehr folgen konnte.

»Ich warne alle, die dachten, sie könnten den wahren Glauben einfach ablehnen, den Glauben aus uralter Zeit«, erwiderte Brancheó, die sich von seinem trunkenen Zorn nicht beirren ließ. »Ich warne diejenigen, die annehmen, sogar töten zu dürfen, damit die Wahrheit nicht bekannt wird. Ein Mann hat den Tod gefunden; er wurde zum Schweigen gebracht – auf eine Art und Weise, die es zulässt, womöglich mir die Schuld dafür zuzuschreiben. Doch ich wiederhole: Die Wahrheit setzt sich durch.

Mir wurde offenbart, dass in der Anderswelt Unruhe herrscht. Die Götter und Göttinnen treibt der Zorn um auf diejenigen, die sie verleugnen. Heute ist das Samhain-Fest, die Zeit, da die rachsüchtigen Seelen aus der Anderswelt kommen und an denen Vergeltung üben, die sie verraten haben. Heute Nacht werden die Götter selbst hier erscheinen und sich an allen rächen, die diesen Ort entweihten; genau hier gab es einst ein Tor zur Anderswelt. Und vergesst nicht – ein Tor führt in beide Richtungen, und sie werden kommen ... sie werden kommen. Das ist alles, was ich zu sagen habe. Ich drohe niemandem. Ich verlange keine Gegenleistung. Ich stelle lediglich fest, dass Donn darauf wartet, eure Seelen in das Haus des Todes zu führen.«

Eadulf konnte sich nicht länger zurückhalten. »Deine Worte klingen einer Drohung aber täuschend ähnlich.«

»Ich drohe nicht. Den Felsen von Cashel, auf dem eure Burg steht, nannte man einst den ›Bergrücken der Bewohner der Anderswelt‹ – *Sidh-druimm*. Warum nannte man ihn so?«

Fidelma fühlte sich zum Eingreifen gedrängt. »Willst du die Eóghanacht etwa in ihrer eigenen Geschichte unterweisen?« Sie zwang sich zu lächeln.

»Ich möche sie nur an das erinnern, was offensichtlich in Vergessenheit geraten ist«, entgegnete die Frau gelassen. »Weshalb sind die Eóghanacht hergekommen und haben hier ihre Burg errichtet?«

»Das ist leicht zu beantworten. Conall, der Sohn von Luagaidh, war damals König und beschloss, sich an dieser Stelle für immer niederzulassen.«

»So einfach ist es nicht. Du solltest nicht vergessen, dass er lediglich der Sohn eines Prinzen von Muscraige war. Die Götter sandten ihm durch seinen Schweinehirten eine Vision; der Schweinehirte führte Luagaidh hierher und versprach ihm Folgendes: Falls er an dieser Stelle seinen Hauptsitz errichtete, sollte der als Tor zu beiden Welten dienen, und die Götter und Göttinnen würden ihn zum König machen.«

»Warum die Wahl auf Cashel fiel, ist hinreichend bekannt«, erwiderte Fidelma kalt. »Cuiríran, der Schweinehirt, und sein Freund Duirdriu hüteten ihre Herde hier in der Gegend. Wie es heißt, ließen die Götter eine große Müdigkeit auf sie herabsinken. Sie sollen drei Tage und drei Nächte geschlafen haben und träumten, dass man Conall als dem wahren Nachfolger von Eibhear Fionn, dem König von Muman, zujubeln würde, falls er hier seine Burg erbauen ließ. Das ist jedoch nur eine Legende.«

»Nein! Es hat sich tatsächlich so zugetragen. Der Pakt mit den Göttern wurde geschlossen, und so kam Conall hierher und legte den heiligen Grundstein, während sein bester Barde das alte *forsundud* sang, das Loblied auf die Vorfahren der Eóghanacht, das noch aus der Zeit stammt, als sie übers Meer fuhren, um diese Insel zu besiedeln.«

»Das reicht für heute Abend an Unterhaltung«, verkündete Colgú unvermittelt. »Ich kann diese Sagen nicht mehr hören. Sagen, mit denen man kleinen Kindern Angst einjagt, nicht … nicht … Geh!«

»Ich werde gehen, Colgú, Sohn des Failbhe Flann. Fürchte nicht mein Fortgehen, aber fürchte das, was noch bevorsteht.«

»Das ist nun wirklich eine Drohung«, fuhr Fidelma sie an.

»Zu prophezeien, was die Zukunft bereithält, ist keine Drohung, Fidelma von Cashel. Du tätest gut daran, dich an deine Ahnin zu erinnern, deren Namen du trägst.«

»Wessen Namen trage ich?«, fragte Fidelma verunsichert.

»Bist du ganz sicher, dass du nicht weißt, wer die Ziehmutter von Conall mac Luagaidh war?«

Falls Fidelma es einmal gewusst hatte, so fiel es ihr jetzt nicht ein, und das sagte sie Brancheó.

»Warum taucht der Name Fidelma in sämtlichen Generationen der Eóghanacht auf?«, fragte diese. »Ich werde es euch sagen. Conalls Amme war eine große Druidin, die genau diesen Namen trug – Fidelma. Sie war seine Beschützerin, als der böse Mongfind versuchte, ihn zu vernichten und zu verhindern, dass er den Thron bestieg. Wie kam er zu dem Namen ›Corc‹ – denn als Conall Corc kennen wir ihn. Weil Mongfind versuchte, ihn bei lebendigem Leib zu verbrennen; Fidelma leitete die Flammen um, sodass nur sein Ohr versengt wurde. Sie verbannte den Übeltäter in die entlegensten Winkel der Anderswelt. Und zwar am Abend des Samhain-Festes, das ihr heute begeht. Du trägst einen Namen, der von denen, die heute den Alten Glauben ablehnen, sehr geschätzt wurde; das solltest du nicht auf die leichte Schulter nehmen. Ich sehe, dass du dich selbst jetzt noch bemühst, die Rolle von Fidelma der Druidin zu übernehmen, indem du deinen König zu beschützen suchst.«

»Es reicht!«, stöhnte Colgú. »Gormán, befreie uns von der Anwesenheit dieser Frau. Ich habe genug von ihrem Geschwätz. Sag ihr, sie soll verschwinden. Das ist nicht die Art von Unterhaltung, die ich meine. Lass mehr Wein bringen und die Musikanten kommen.«

Gormán berührte Brancheó leicht am Arm und deutete mit einem Kopfnicken auf den Ausgang der Großen Halle.

»Es wäre klug, wenn du freiwillig mitkommst«, raunte er ihr leise zu.

Sie musterte die Versammelten mit verächtlichem Blick. »Genießt diese letzte Nacht, Eóghanacht«, rief sie.

Während Gormán und sie den Saal verließen, drehte sich Fidelma voller Empörung zu ihrem Bruder um. »Wozu sollte das gut sein?«, fragte sie vorwurfsvoll. »Sie hat lediglich noch einmal die alten Legenden erzählt und sich so hineingesteigert, dass ich sie nicht vor morgen wegen des Mordes an dem Schafhirten befragen kann.«

Colgú sah seine Schwester mit trübem Blick an. »Du hättest den Mord aufklären sollen, bevor das Fest begann. Schimpf nicht mit mir, kleine Schwester. Ich habe mehr als genug von

Geistern, bösen Omen und anderen Warnungen. Am Samhain-Fest soll man das neue Jahr begrüßen und feiern, statt sich mit der Düsternis der Anderswelt aufzuhalten.«

Fidelma wäre Brancheó am liebsten sofort gefolgt, um herauszufinden, ob sie vernehmungsfähig war. Doch die Etikette schrieb vor, dass sie ein offizielles Fest nicht verlassen durfte, bevor der König selbst ging oder ihr die Erlaubnis zum Gehen erteilte. Und das war undenkbar, solange die Gäste nicht aufbrachen. Inzwischen hatten die Musikanten den Festsaal betreten und mit ihren Vorbereitungen begonnen. Fidelma beobachtete voller Unmut, dass sich einige Gäste nicht an die Regeln des guten Benehmens hielten. Der Gruppe um Bruder Mac Raith zum Beispiel gelang es kaum, den Saal zu verlassen, weil der junge Dichter von den Uí Briúin Seóla es offenbar so eilig hatte, hinauszukommen, dass er sich noch vor ihnen durch die Tür zu drängen versuchte und sie beiseitetreten mussten. War Febal möglicherweise hinausgeeilt, um Gormán und der Gefangenen zu folgen?

Colgú saß inzwischen vornübergesunken da, den Kopf auf der Tischplatte. Prinzessin Gelgéis sah Fidelma mit einem traurigen Lächeln an.

»Dein Bruder hat für heute Abend genug Unterhaltung gehabt«, sagte sie. »Ich weiß, dass er ziemlich unter Druck stand, denn er hat diesen Fluch wesentlich ernster genommen, als ich erwartet hätte. Ich hole Dar Luga, damit sie ein paar Diener schickt, die ihm in seine Gemächer helfen.«

Fidelma erwiderte das Lächeln der jungen Frau. »Ich kann nur sagen, dass mein Bruder normalerweise mit solchen Situationen besser umgeht. Ich möchte mich für ihn entschuldigen.«

Jetzt bot sich die Gelegenheit für Fidelma, den Festsaal für ein Weilchen zu verlassen. Sie bat Eadulf zu bleiben und sagte, sie sei bald zurück. Beim Hinausgehen bemerkte Fidelma, dass

Bruder Mac Raith und zwei seiner Gefährten sich noch immer angeregt im Flur draußen unterhielten. Sie nickte ihnen zu und erreichte die Garderobe, die voller Mäntel hing, nahm ihren Wollumhang und legte ihn sich um die Schultern. Dann eilte sie hinaus in die Kälte und schaute sich im Schein der Brandfackeln, die den gepflasterten Teil des Innenhofes in flackerndes Licht tauchten, gründlich um. Von Gormán oder Brancheó war nichts zu sehen, doch sie erspähte die Gestalt eines Mönchs, der in Richtung Kapelle verschwand – vermutlich der dritte Gelehrte in Bruder Mac Raiths Gruppe.

»Da hat dein Bruder ja ein tolles Fest organisiert, Lady«, sagte eine Stimme neben ihr. Sie drehte sich um und stand Febal gegenüber, der an einer Mauer lehnte. Sie hatte den Eindruck, dass er sie amüsiert betrachtete. »Für meinen Geschmack war es etwas zu feuchtfröhlich. Ich muss zudem sagen, dass die Musik ein bisschen spät kommt und dass ein Dichterwettstreit die Gäste besser unterhält als das, was er uns geboten hat.«

»Ich entschuldige mich für die Unzulänglichkeiten der Feier, Febal«, antwortete sie leise. »Es kommt nicht häufig vor, dass mein Bruder mehr Wein trinkt, als ihm guttut. Er ist, genau wie wir alle, wegen der jüngsten Ereignisse beunruhigt. Bitte verzeih uns den Verstoß gegen die Etikette«, erwiderte sie voller Würde.

Sie überquerte den Platz und ging zu den Festungstoren. Nirgends eine Spur von Gormán oder Brancheó. Enda hatte Dienst und sah sie überrascht an, als sie fragte, ob Gormán Brancheó in den Kerker zurückgebracht habe.

»Gormán hat die Festung verlassen«, antwortete er. »Erst vor wenigen Augenblicken.«

»Er ist fort?« Fidelma war sprachlos.

»Ich glaube, er war verärgert über etwas, was der König zu ihm gesagt hatte. Er hatte das Gefühl, dass der König ihn nicht mehr brauchte. Dego hat jetzt das Kommando übernommen. Gormán will sich beim großen Feuer auf dem Marktplatz mit seiner Mutter und seiner Frau treffen.«

Fidelma stöhnte lautlos. Es war klar, dass Gormán sich von Colgú beleidigt fühlte.

»Und die Frau, die er begleitet hat – ist sie wieder im Kerker?«

»Aber nein, Lady. Gormán hat sie vor dem Tor freigelassen.«

»Freigelassen?« Fidelma versuchte, ihr Entsetzen zu verbergen. »Er hat sie nicht in den Kerker zurückgebracht?«

Jetzt war Enda verwirrt. »Warum sollte er?«

»Weil ich sie vernehmen wollte, deshalb.« Fidelma spürte, dass ihr Entsetzen allmählich in Zorn überging.

»Gormán dachte, er soll sie freilassen«, entgegnete Enda. »Der König selbst hat zu ihr gesagt, sie solle verschwinden. Gormán brachte sie zum Tor und befahl ihr, sich auf den Weg zu machen. Also tat sie das. Danach unterhielt er sich mit mir und sagte, dass Dego ihn abgelöst habe. Dann brach er auf.«

Jetzt stöhnte Fidelma laut.

»Was ist los, Lady?«

Fidelma begriff, dass sie Gormán wohl keinen Vorwurf machen konnte. Die Anordnung ihres Bruders war nicht eindeutig gewesen; aufgrund seines betrunkenen Zustands hatte man ihn leicht missverstehen können. Genau das war Gormán passiert. »Sag der Frau, sie soll verschwinden.« Gormán hatte nur den Befehl des Königs befolgt.

»Ist schon in Ordnung, Enda«, sagte Fidelma und beruhigte sich allmählich. »Ein Missverständnis, nichts weiter.«

Sie trat langsam unter das Tor und schaute hinunter auf die Stadt. Enda stand ein wenig verwirrt neben ihr. Jenseits des Kalksteinfelsens, auf dem die Burg aufragte, zeichneten sich in der Dunkleheit die Silhouetten der Häuser ab vor dem orangefarbenen, von Rauchschwaden durchzogenen Glühen, das vom großen Feuer auf dem Marktplatz aufstieg. Einen Augenblick lang hatte sie nicht übel Lust, selbst in die Dunkelheit hinauszuschreiten, Richtung Feuer, und der Frau zu folgen, die sich Raben-Anruferin nannte. Dann fiel ihr ein, dass sie nicht allein und ohne Schutz hinausgehen sollte – schon gar nicht in dieser Nacht –, falls sich Brancheós Prophezeiung doch erfüllte. Sollte die Rache der Anderswelt ihre Familie treffen, durfte sie sich nicht noch zusätzlich in Gefahr begeben. Ihr lief plötzlich ein heftiger Schauer über den Rücken.

»Eine kalte Nacht heute, Lady«, bemerkte Enda mitfühlend, der den Grund für ihr Zusammenzucken missverstand.

Fidelma lächelte in die Dunkelheit und dachte, dass sie auch nicht besser war als ihr Bruder, wenn sie sich einredete, an dem ganzen Aberglauben könnte etwas dran sein. »Das große Feuer brennt langsam nieder«, sagte sie und wies in Richtung Marktplatz. »Bald geht der Mond unter, und die Leute machen sich auf den Heimweg.«

Enda lachte. »Die, die noch wissen, wo sie wohnen, Lady. Ich bin sicher, dass Rumann heute ordentlichen Gewinn einstreicht.«

Fidelma stimmte ihm zu. »Vermutlich hilft Alkohol, den Schatten der Anderswelt zu entfliehen«, murmelte sie. Sie betrachtete die Burg ihres Bruders mit ihren hohen Mauern und Türmen und zog ihren Umhang noch fester um sich. Ihr war plötzlich sehr kalt.

KAPITEL 12

Von irgendwoher hörte sie eine Stimme rufen und gedämpftes Klopfen. Fidelma räkelte sich im warmen Bett und öffnete die Augen. Draußen war es bereits hell. Eadulf neben ihr gähnte protestierend und weigerte sich, wach zu werden. Sie brauchte ein Weilchen, um zu begreifen, dass die Morgendämmerung längst vorbei war. Heute war der erste Tag des neuen Jahres. Das Samhain-Fest lag hinter ihnen. Sie hatte es überlebt und war nicht von rachsüchtigen Wesen aus der Anderswelt heimgesucht worden! Fidelma stieß einen tiefen Seufzer der Erleichterung aus und lächelte.

Aber irgendjemand hämmerte immer noch an ihre Zimmertür.

»Was ist denn los?«, murmelte sie.

Die Tür schwang auf, und Muirgen, die Kinderfrau, trat ein; sie wirkte beunruhigt.

»Verzeih mir, Lady. Aidan, der Krieger, wartet draußen. Er möchte euch sofort sprechen.«

Fidelma blinzelte kurz. Eadulf lag noch im Halbschlaf.

Muirgen wiederholte ihr Anliegen. »Es ist bereits helllichter Tag, und Aidan möchte euch beide sprechen – dringend.«

Fidelma war plötzlich hellwach, griff nach ihrem Morgenmantel, schwang sich aus dem Bett und zog ihn an. »In Ordnung, Muirgen; er soll hereinkommen.« Bei diesen Worten ging sie zum Krug und goss sich einen Becher Wasser ein. Unterdessen hatte Eadulf sich aufgesetzt, rieb seine Stirn und stöhnte leise.

»Warum werden wir eigentlich ständig von Leuten belästigt, die uns sprechen wollen, bevor wir ausgeschlafen haben?«, schimpfte er zwischen seinen Versuchen, seine Kopfschmerzen wegzumassieren.

»Zu viel *corma*?«, fragte Fidelma tadelnd und nicht gerade mitfühlend. Sie nahm ein Kännchen zur Hand, entkorkte es und goss etwas Flüssigkeit in einen anderen Becher, den sie Eadulf reichte. »Trink besser das hier, um deine Kopfschmerzen loszuwerden. Eine Arznei von Bruder Conchobhar, hergestellt aus Weidenblättern.«

»Es wäre unhöflich gewesen, bei den zahlreichen Trinksprüchen, die deine Verwandtschaft gestern Abend ausbrachte, nicht mit anzustoßen«, grummelte Eadulf, schluckte die Medizin und verzog dabei angewidert das Gesicht. »Alkoholische Getränke gehören nun mal zu solchen verdammten Feierlichkeiten, und ich musste mich schließlich an die Gepflogenheiten halten.«

»Du musstest aber nicht versuchen, dem Beispiel meines Bruders zu folgen«, erwiderte sie. »Für einen König hat er sich sehr ungehörig benommen.«

»Ich habe ihn noch nie in einer solchen Verfassung gesehen wie gestern Abend«, gab Eadulf zu. »Ich vermute, dass er den Prophezeiungen der Frau tatsächlich glaubte und das Schlimmste erwartete. Also trank er, um seine Ängste zu verdrängen.«

Fidelma schnaubte hörbar. »Ich vermute, deine Darbietung dieses heidnischen Liedes der Sachsen diente ebenfalls dazu, die bösen Geister fernzuhalten?«

Eadulf schien wieder einzufallen, dass er irgendwann im Lauf des Abends gesungen hatte. »Das muss eher ein Lied der Ostangeln gewesen sein«, entgegnete er, während er sich an Einzelheiten zu erinnern suchte.

»Es war ein Lied über eine sächsische Göttin namens Eostre«, erklärte Fidelma und rümpfte die Nase, »und auch über Fruchtbarkeit und das neue Jahr.«

»Das neue Jahr?« Eadulf wurde sich des Lichts bewusst, das durch das Fenster drang. Plötzlich schien er hellwach zu werden. »Es ist Morgen!«, rief er unnötigerweise aus. »Samhain ist da. Ist irgendetwas passiert? Der erste Tag ist angebrochen, und …«

»Und Donn, der Gott des Todes, hat ein Opfer gefordert, genau wie es vorhergesagt wurde«, erklang Aidans dumpfe Stimme vom Eingang her.

Fidelma und Eadulf fuhren erschrocken herum.

»Ich bedaure, euch auf diese Weise stören zu müssen, Lady, und auch dich, Freund Eadulf«, entschuldigte sich Aidan. »Ich komme gerade vom Marktplatz zurück. Eine Leiche wurde vor der verloschenen Glut des Samhain-Feuers gefunden. Soweit ich sehen konnte, haben wir es auch diesmal mit dem dreifachen Tod zu tun. Sie weist genau dieselben Wunden auf wie Spelán. Der Leichnam war zur Beerdigung vorbereitet, und man hat ihn so hingelegt, dass alle ihn heute früh sehen mussten.«

Eadulf atmete erschrocken ein, doch Fidelma ließ sich nichts anmerken. »Weiß man, wer der Tote ist?«

»Ja, Lady.«

Die entstandene Pause war quälend und länger, als Eadulf ertragen konnte. »Dann sag's uns doch, um Himmels willen. Der Fluch galt den Eóghanacht! Wessen Leiche liegt denn jetzt dort?«, wollte Eadulf wissen.

»Die der Frau, die sich Brancheó nannte.«

Auf dem Marktplatz herrschte gespenstische Stille. Abgesehen von den zwei Kriegern, die vor den Überresten des großen Feuers und der Leiche, die dort am Boden lag, Wache standen, hatten sich nur wenige besorgte Menschen vor dem Gasthaus versammelt, darunter auch Rumann. Sie beobachteten, wie Fi-

delma und Eadulf in Begleitung von Aidan den Platz erreichten und auf die Krieger zugingen.

Es blieb totenstill, als Fidelma sich zu Brancheó hinunter-
beugte. Man hatte den Umhang eines Kriegers über sie geworfen. Fidelma zog ihn beiseite.

»Ist hier irgendetwas verändert worden?«, fragte sie.

»Nichts, Lady«, antwortete eine der Wachen. »Die Tote liegt
so da, wie wir sie gefunden haben. Ich habe sie anstandshalber
mit meinem Umhang bedeckt.«

Die Leiche lag auf dem Rücken, Arme und Beine ausgestreckt, das Gesicht entspannt, die Augen geschlossen. Es waren
unverwechselbar die Gesichtszüge der Frau, die sie als Brancheó, die Raben-Anruferin, kennengelernt hatten.

»Eadulf?«

Eadulf hockte sich gehorsam neben die Leiche und begann
eine kurze Untersuchung.

»Eine Wunde über dem Herzen, die Kehle durchgeschnitten
und …« Er hob ihren Kopf leicht an und drehte ihn. »Ja, ihr
wurde auch ein schwerer Schlag auf den Hinterkopf versetzt.«

»Genau wie bei Spelán?«, fragte Aidan, der hinter ihnen
stand, mit zitternder Stimme.

»Genau wie bei Spelán«, wiederholte Eadulf leise.

»Allerdings mit einem Unterschied.«

Eadulf schaute Fidelma irritiert an: »Und der wäre?«, fragte
er und ließ seinen Blick über die Leiche gleiten.

»Bei dieser Toten fehlt der Geruch.«

Eadulf schnüffelte. »Ach, stimmt ja – der Duft nach Lavendel. Ist das wichtig?«

Fidelma erhob sich, ohne seine Frage zu beantworten, und
musterte die Krieger.

»Wer hat den Leichnam gefunden?«

Einer der beiden Männer schaute verlegen zu seinem Gefährten hinüber und beschloss dann, die Rolle des Sprechers zu übernehmen.

»Ich glaube, das war der Gastwirt. Er sagt, er habe sie bei Tagesanbruch entdeckt, Lady. Er habe nichts berührt, sondern unverzüglich nach uns geschickt.«

»Ich werde ihn gleich vernehmen. Vermutlich wurde die Tote nach dem Ende der Samhain-Feier hier abgelegt. Wann könnte das gewesen sein – wisst ihr das?«

»Ich weiß nur, dass bis spät in die Nacht gefeiert wurde, Lady«, antwortete der Krieger. »Normalerweise warten die Leute, bis die Königin der Nacht am Himmel verblasst, bevor sie das Samhain-Fest verlassen. Das sind die Stunden der tiefsten Dunkelheit, wenn die Gefahren aus der Anderswelt am größten sind …«

Fidelma gebot ihm mit einer Handbewegung, zu schweigen. »Das ist mir durchaus bekannt. Du willst also sagen, dass die Leute bis kurz vor Tagesanbruch hierblieben?«

»Der Gastwirt müsste das beantworten können. Ich weiß nur, dass er seinen Sohn zu uns geschickt hat und wir wiederum jemanden zu Aidan schickten. Der ließ uns hier zurück, um euch zu holen.«

»War einer von euch gestern Nacht auf dem Fest hier in der Stadt?«

Der Krieger verneinte. »Wir waren beide zum Frühdienst in der Festung eingeteilt, deshalb gingen wir zeitig zu Bett.«

»Habt ihr die Frau gestern Abend in der Burg gesehen?«

»Wir haben gehört, dass sie als Gefangene dort war. Gormán brachte sie zur Feier in die Große Halle und ließ sie kurz darauf frei.«

Der zweite Krieger fügte hinzu: »Wie mein Kamerad schon sagte, wir sind früh zu Bett gegangen und ihr deshalb nicht begegnet; wir hörten jedoch, dass sie freigelassen wurde und gegen Mitternacht in die Stadt herunterkam.«

Eadulf hatte unterdessen den Boden untersucht. »Vermutlich wurde sie anderswo ermordet und dann hierhergebracht. Der Mörder hatte zwischen dem Untergang des Mondes und der Morgendämmerung genügend Zeit, den Leichnam zur Bestattung aufzubahren. Alles genau wie bei Spelán, der wurde auch woanders getötet.«

»Allerdings besteht da doch ein entscheidender Unterschied. Brancheós Füße zeigen nach Westen.«

»Ist das wichtig?«

»Der Neue Glaube schreibt vor, dass Tote mit den Füßen Richtung Osten aufgebahrt werden, weil dort Christus auferstand. Unter dem Alten Glauben zeigten die Füße der Aufgebahrten zum Tor der Anderswelt, das im Westen liegt.«

»Also ein Hinweis darauf, dass der Täter dem Alten Glauben anhängt?«

»Oder dass jemand möchte, dass wir das denken. Nun gut – die Tote kann jetzt in Bruder Conchobhars Apotheke gebracht werden. Bittet ihn, nach dem Tau-Rho-Zeichen zu suchen; wir melden uns später bei ihm.«

Die Krieger sahen sie verwirrt an, sodass sie die Worte ›Tau-Rho‹ noch einmal deutlich wiederholen musste.

»Was nun?«, fragte Aidan.

»Wir sprechen zuerst mit Rumann und suchen dann Gormán, um von ihm zu hören, was geschah, nachdem er Brancheó gestern Abend aus dem Festsaal geleitete.«

Rumann blickte ihnen ängstlich entgegen, als sie näher traten. Die wenigen Schaulustigen um ihn herum zogen sich unauffällig in den Hintergrund zurück. Rumanns Blick schoss unruhig hin und her, als würde er gern etwas anderes hier sehen als ausgerechnet Fidelma.

»Eine üble Angelegenheit, Lady«, murmelte er zur Begrüßung. »Eine äußerst üble Angelegenheit.«

»Wann hast du die Tote gefunden, Rumann?«, begann Fidelma ohne Vorrede.

Der Gastwirt zuckte die Schultern. »Ich weiß nicht, ob ›gefunden‹ das richtige Wort ist«, versuchte er sich in Ausflüchte zu retten.

»Dann beschreibe es mit deinen eigenen Worten. Aber sag mir zuerst, wann genau das war.«

»Noch vor der Morgendämmerung.«

»Also beinahe noch mitten in der Nacht? Warum warst du so früh auf den Beinen? Oder bist du gar nicht zu Bett gegangen? Ich kann mir vorstellen, dass hier fast die ganze Nacht gefeiert wurde.«

»In diesem Jahr waren die Leute wegen Speláns Tod und angesichts der Drohungen gegen die Eóghanacht nicht so richtig in Feierstimmung.«

»Wann ging das Fest zu Ende?«

»Der Mond befand sich im letzten *cadar* seiner Reise, er war blass und stand bereits tief. Ich hatte mehrere Gäste, die natürlich noch weiterfeierten. Sie schlafen jetzt immer noch – das Bier floss in Strömen. Wie dem auch sei, die Tiere versorgen sich nicht selbst, genauso wenig wie die Pflichten eines Gastwirtes sich von selbst erledigen. Deshalb ging ich schon in aller Frühe meinen Aufgaben nach, nicht erst zur Morgendämmerung. Es herrschte noch tiefe Dunkelheit. Ich trat vor die Tür und schaute hinüber zu den Überresten des Feuers.«

»Konntest du denn im Dunkeln etwas sehen?«, fragte Eadulf. »Brannte das Feuer vielleicht noch?«

»Es war nur noch ein Haufen Glut übrig, in deren glimmendem Licht ich die dunklen Umrisse einer Gestalt erkannte, die davor am Boden lag. Zunächst nahm ich an, jemand habe zu viel getrunken und sei dort eingeschlafen. Ich wollte mich schon wieder um meine eigenen Angelegenheiten kümmern, als mir plötzlich die Gesetze zur Trunkenheit einfielen und mir bewusst wurde, welche Gefahr jemandem droht, der so nah an einer Feuerstelle liegt und kaum noch etwas mitbekommt. Ich kenne meine Pflichten als Gastwirt, und obwohl ich hätte behaupten können, die Person sei nicht in meiner Gaststube zusammengesunken und eingeschlafen, so lag sie doch nicht weit davon entfernt. Ich wollte nicht gegen irgendein Gesetz verstoßen.«

»Also bist du hingegangen und hast nachgesehen?«

»Richtig, Lady. Ich holte meine Laterne und lief zum Feuer hinüber. Erst da erkannte ich, dass dort diese heidnische Hexe lag – Brancheó, die Cashel verflucht hatte.«

»Wie lag sie denn da?«, fragte Fidelma.

»Genau wie jetzt; ausgestreckt, so, als würde man sie gleich auf die *fuat*, die Bahre, heben und zu Grabe tragen.« Ihm war das offensichtllich alles nicht geheuer.

»Und du hast nichts berührt?«, forschte Eadulf nach. »Und nichts verändert?«

»Überhaupt nichts. Ich beugte mich mit der Laterne über sie, und als ich Blut an ihrer Kehle glänzen sah, wusste ich sofort, dass sie tot war.«

Eadulf sah ihn scharf an. »Das Blut glänzte, sagst du?«

»Ich sah, dass man ihr die Kehle durchgeschnitten hatte«, bestätigte der Gastwirt und schluckte geräuschvoll.

Eadulf wandte sich an Fidelma. »Wenn das Blut glänzte, bedeutet das, dass es noch nicht getrocknet war. Das heißt, sie kann noch nicht lange tot gewesen sein.«

Fidelma nahm das zur Kenntnis und fragte den Wirt: »Und was hast du dann getan?«

»Ich lief zurück ins Gasthaus, weckte meinen Sohn und schickte ihn hoch zur Burg, um die Wachen zu informieren. Zuerst trafen die zwei Krieger ein, dann Aidan. Er holte dich und Eadulf. Das ist eine äußerst üble Angelegenheit. Vielleicht ist doch etwas dran an diesem Fluch über Cashel? Ich betreibe ein Gasthaus, Lady, und was, wenn bekannt wird, dass man die Toten direkt vor meiner Tür gefunden hat? Ich könnte meine Existenz verlieren!«

»Dich scheint weniger zu bedrücken, dass die Frau ihr Leben verloren hat, als dass du deine Gäste verlieren könntest«, bemerkte Fidelma. »Gestern Abend warst du noch ganz versessen darauf, ihre Verwünschungen öffentlich zu machen, um die Neugier der Leute zu wecken.«

»Ich bin ein treuer Christ, Lady«, antwortete Rumann verstimmt. »Die Frau war womöglich schuld am Tod von Spelán und verbreitete Angst und Verunsicherung auf dem Samhain-Fest. Vermutlich hat sie ihren Tod selbst zu verantworten. Ich habe mich gewundert, dass sie frei herumlaufen durfte, nach allem, was sie in die Welt posaunt hatte. Nun ja, letzte Nacht gab es eine Menge Leute, die ihr mit Freuden …« Als er begriff, was er da sagte, verstummte er plötzlich.

Fidelma musterte ihn mit finsterer Miene. »… den Hals umgedreht hätten? Du zum Beispiel, hattest du das Gefühl, sie sollte bestraft werden?«

Rumann blickte unglücklich drein. »Du weißt, dass ich zu so etwas gar nicht fähig bin. Ich betreibe mein Gasthaus unterhalb der Burg deiner Familie lange genug; du müsstest mich kennen, Lady. Die Rabenfrau hat die Leute hier in Angst und Schrecken versetzt. Ich gebe zu, auch ich hatte Angst. Aber Mord ist doch keine Lösung.«

»Du sagtest aber, dass viele Gäste gestern Abend genau diesen Gedanken äußerten«, erinnerte ihn Eadulf.

»Das stimmt. Curnan, der Holzfäller, zum Beispiel. Er wollte unbedingt eine Gruppe zusammenstellen, um die Raben-Anruferin gemeinsam aus der Stadt zu jagen, nachdem wir erfahren hatten, dass sie nicht mehr im Kerker saß.«

»Wann habt ihr denn gehört, dass sie freigelassen wurde?«

»Gormán kam kurz ins Gasthaus; er wollte sich mit seiner Mutter Della und seiner Frau Aibell am Lagerfeuer treffen. Er erzählte uns, dass die Raben-Anruferin vom König persönlich befragt worden sei und anschließend gehen durfte. Wir wollten nicht, dass sie wieder hier auftaucht und das Feuer und unser Fest verflucht; deshalb achteten wir genau darauf, wer an der Feuerzeremonie teilnahm.«

»Kam sie denn hierher?«, fragte Eadulf.

»Nicht dass ich wüsste. Niemand hat sie gesehen, außer …« Er hielt nachdenklich inne.

»Außer?«

Rumann neigte den Kopf zur Seite. »Ich glaube, es war Curnan. Er hat sich sehr über sie geärgert, denn er trug ja in diesem Jahr die Verantwortung für den Aufbau des Samhain-Feuers und wünschte sich, dass man ihn dafür in guter Erinnerung behielt. Jetzt wird man sich aus lauter falschen Gründen an ihn erinnern. Er empfand das als Angriff auf seine Ehre.«

»Wir sollten noch einmal mit Curnan reden«, riet Eadulf. »Ist er noch da und erholt sich von der letzten Nacht?«

Rumann schüttelte den Kopf. »Er ist nach Hause gegangen, kurz bevor ich meine morgendlichen Aufgaben in Angriff nahm. Der Alkohol hat ihm nichts ausgemacht.«

»Tatsächlich nicht?«, fragte Fidelma nachdenklich. »Ging er weg, bevor man die Tote entdeckte, oder danach? Ich dachte, es gehöre zu seinen Pflichten, zu überprüfen, ob das Feuer vollständig erloschen ist, und die Überbleibsel davon wegzuräumen.«

»Oh, er ging, bevor man die Leiche entdeckte. Er sagte, er käme später zurück und würde noch vor Ablauf des Tages alles erledigen.«

»Also hat er die Leiche nicht gesehen?«

»Offensichtlich nicht, Lady.«

»Wer war noch im Gasthaus, als bekannt wurde, dass Brancheó wieder auf freiem Fuß war? Ich meine, wer von denen, die wie Curnan der Meinung waren, man sollte sie aus der Stadt vertreiben?«

»Das Gasthaus war überfüllt, wie es sich zu solcher Gelegenheit gehört. Ich glaube nicht, dass ich mich daran erinnere, wer alles da war.«

»Dann reden wir später noch mal, nachdem du Zeit hattest, darüber nachzudenken«, antwortete Fidelma. »Falls du Curnan vorher triffst, sag ihm, dass ich auch mit ihm sprechen möchte.«

Sie verabschiedeten sich von Rumann, der immer noch nervös und beunruhigt wirkte, und liefen durch die schlummernde Stadt hinaus zu Dellas Gehöft. Als sie dort ankamen, war Aibell, Gormáns Frau, schon dabei, die Pferde auf der Koppel zu striegeln. Sie winkte ihnen fröhlich zu, als sie durch das Tor und auf Dellas Veranda zugingen. Gormán hatte sie kommen hören, trat ins Freie und begrüßte sie mit einem Lächeln.

»Ihr erscheint gerade recht«, sagte er. »Meine Mutter bereitet in der Küche das Frühstück vor, Lady. Ihr seid herzlich eingeladen, mit uns zu essen. Aber warum seid ihr so früh unterwegs? Und auch du, Aidan. Ich hätte gedacht, dass ihr euch nach den Festlichkeiten der letzten Nacht alle erst einmal ausruht.«

Fidelma sah ihn mit ernster Miene an. »Ich fürchte, wir sind nicht zum Frühstücken hergekommen. Auch nicht, um Della beim Frühstückmachen zu stören.«

Gormán hob fragend eine Augenbraue. »Das klingt so förmlich, Lady. Was ist passiert?«

»Als mein Bruder dir letzte Nacht befahl, Brancheó aus dem Festsaal hinauszugeleiten, was hast du da gemacht?«

»Gemacht?«, wiederholte Gormán verblüfft. »Ich habe seinen Befehl ausgeführt. Ich sollte sie mitnehmen und ihr sagen, sie möge verschwinden.« Dann räumte er ein: »Ich muss zugeben, Lady, dass mir das gestrige Verhalten des Königs in keiner Weise gefallen hat. Er war nicht er selbst.«

Fidelma wurde ungeduldig. »Ich möchte genau wissen, was du gemacht hast, Gormán.«

Gormán hatte Fidelma schon in den unterschiedlichsten Situationen erlebt und fühlte sich nicht angegriffen. »Gemäß dem Befehl deines Bruders geleitete ich sie aus der Großen Halle zum Haupttor und sagte ihr, sie solle verschwinden. Das ist alles.«

»Und sie ging wortlos davon?«

»Weit gefehlt. Brancheó schwang weiterhin genauso böse Reden wie zuvor im Saal. Sie fuhr fort, die gesamte Sippe der Eóghanacht zu verfluchen, außerdem den Felsen und alle, die hier in Diensten stehen und in Cashel wohnen. Ihre Verwünschungen waren ziemlich heftig; sie wiederholte, bis zum Ende des Samhain-Festes wäre Cashel vernichtet. Mit dieser letzten Bemerkung verschwand sie in der Dunkelheit.«

»Um wie viel Uhr war das?«

»Ich habe mich nicht lange damit aufgehalten, Lady. Ich führte sie aus der Großen Halle direkt zum Tor. Ich schätze, der Mond stand noch nicht im Zenit. Also war es vor Mitternacht. Das Feuer in der Stadt loderte nach wie vor hell, und der Lärm der Feiernden drang von unten herauf. Ich hatte Dego beauftragt, für die Sicherheit im Festsaal zu sorgen; ehrlich gesagt, sah ich in Anbetracht der Mengen an Bier und Wein, die getrunken wurden, keinen Grund zu bleiben. Ich hatte meiner Mutter und Aibell versprochen, sie so bald wie möglich am Feuer zu treffen.«

»Dann hast du die Burg unmittelbar nach Brancheó verlassen und bist ihr gefolgt?«

»Nicht unmittelbar. Ich unterhielt mich zuvor noch mit Enda, und als ich dann losging, war die Frau schon in der Nacht verschwunden. Ich konnte sie unten am Marktplatz nirgendwo entdecken und gesellte mich zu meiner Mutter und Aibell.« Er hielt inne. »Eines war allerdings merkwürdig, wenn ich es mir recht überlege.«

»Was denn?«, drängte ihn Fidelma, obwohl sie versuchte, ihre Ungeduld zu zügeln.

»Als ich die Raben-Anruferin über den Innenhof zum Tor brachte, kam einer der Mönche hinter uns her. Ich bin mir nicht ganz sicher, ob er uns folgte oder ohnehin auf dem Weg zur Kapelle war. Es war ziemlich dunkel, doch ich würde ihn wohl wiedererkennen, wenn ich ihn sehe.«

»Du meinst, er war einer der Gelehrten, die zu dem Konzil mit Bruder Mac Raith angereist sind? Die waren auf dem Fest.«

»Einer von denen«, bestätigte Gormán.

»Was ist passiert?«

»Nun ja, der Mönch schien uns vom Festsaal zu folgen. Als wolle er uns im Auge behalten. Brancheó bemerkte ihn, denn einmal blieb sie stehen und warf einen Blick zurück. Der Kerl war ebenfalls stehen geblieben und drückte sich in den Schatten unter einer der Brandfackeln. Sie sah ihn an und brach in ein merkwürdiges Gelächter aus.«

»Haben sie auch miteinander geredet?«

»Ja – aber ich habe kein Wort verstanden.«

»Heißt das, sie redeten in einer fremden Sprache?«

»Nein – sie benutzten schon unsere Sprache.«

»Kannst du dich denn an gar nichts erinnern?«

Gormán dachte angestrengt nach. »Sie sagte: ›Man hat mich vor dir gewarnt.‹« Der Mann in der Kutte antwortete etwas wie: ›Pass auf, Raben-Anruferin, denn du verbündest dich zu sehr mit den Bösen.‹ Darauf antwortete sie: ›Wie ich höre, lässt sich dein Name mit Lichtbringer übersetzen, doch ich weiß, dass du in diese Angelegenheit weder Licht noch Erleuchtung bringst.‹ Darauf der Mönch: ›Wenn du denkst, dass du so viel weißt, Raben-Anruferin, kann ich dir eines versprechen – man wird es zurückgeben und seine Worte vor jenen verbergen, die sie missbrauchen würden, um Chaos in der Welt zu stiften. Das ist unvermeidlich, selbst wenn du Legionen von Geistern aus der Anderswelt heraufbeschwörst.‹ So in dem Sinne.«

Eine Weile dachten Fidelma und Eadulf schweigend über diesen seltsamen Wortwechsel nach. »Es? Worauf bezog sich dieses ›Es‹?«

»Wie gesagt, Lady«, antwortete Gormán und zuckte die Achseln, »ich war nicht in der Lage, ihrer Unterhaltung zu folgen, und dachte mir, dass der Mönch die Macht ihres Samhain-Fluchs anzweifelte. Doch ich fragte Brancheó, was das alles zu bedeuten hätte. Ich fragte sie auch, woher sie den Mönch kenne. Sie lachte nur und antwortete, man habe ihr von ihm erzählt und es stünde einem einfachen Krieger nicht zu, die geheimen Wahrheiten der Welt zu erfahren. Dann fing sie erneut an, die Eóghanacht zu verfluchen.«

»Bist du sicher, dass du den Mönch wiedererkennen würdest, Gormán? Und dass er zu den kürzlich eingetroffenen Brüdern gehört?«

»Ich bin sicher. Warum?«

Fidelma war nachdenklich. »Brancheó sagte wirklich, sein Name bedeute Lichtbringer? Wie du weißt, beschäftige ich mich mit der Bedeutung von Namen. Aber keiner der Teilnehmer an dem Konzil hat einen Namen dieser Art.«

»Lichtbringer? Nennt man so nicht den Morgenstern?«, warf Gormán ein.

Eadulf runzelte die Stirn. »So nennt man auch den Teufel, der im Christentum als gefallener Morgenstern dargestellt wird.

Unter den gegebenen Umständen ist das sicher ein passender Name.«

»Was meinst du damit?«, fragte Fidelma.

»Die Hebräer nannten den Morgenstern Helel*, die Griechen bezeichneten ihn als Heosphoros**, und nachdem Eusebius die Texte ins Lateinische übersetzt hatte, hieß er fortan Luzifer.«

Fidelma schnaubte abfällig. »Nun, keiner der Gelehrten um Bruder Mac Raith trägt einen dieser Namen.«

»Ich würde den Mann mit Sicherheit wiedererkennen«, erklärte Gormán erneut. »Es war dunkel, aber durch die Brandfackel doch hell genug.«

»Dann wirst du uns sagen, welcher der Mönche es war. Wir werden ihn vernehmen.«

»Wäre es nicht einfacher, Brancheó zu suchen und sie danach zu fragen?«, schlug Gormán vor.

Fidelma schürzte die Lippen. »Das ist leider unmöglich, Gormán. Deshalb frage ich ja dich. Man hat Brancheó heute Morgen tot neben dem Samhain-Feuer gefunden.«

Der Krieger starrte sie an. Die Nachricht machte ihn betroffen.

Eadulf nickte bestätigend. »Wir haben gerade ihren Leichnam untersucht. Sie wurde auf die gleiche Weise getötet wie Spelán.«

»Meinst du damit, auch sie wurde Opfer des dreifachen Todes?«, fragte Gormán sichtlich erschüttert.

»Ja.« Fidelma wechselte das Thema. »Hattest du vor, heute auf die Burg zu kommen?«

---

* Hêlêl ben Shahar, der glänzende Sohn der Morgenröte, hat nichts mit dem christlichen gefallenen Engel Luzifer zu tun, sondern bezieht sich auf den Untergang des babylonischen Reiches und seines Königs Nebukadnezar.

** In der griechischen Mythologie die Personifikation des Morgensterns.

Gormán sah sie herausfordernd an. »Ja, Lady. Ich wollte kommen und deinem Bruder sagen, dass ich nicht länger Befehlshaber seiner Leibwache sein möchte.«

»Du fühlst dich in deiner Ehre gekränkt durch die Art und Weise, wie er dich gestern Abend vor allen Gästen zurechtwies«, entgegnete Fidelma leise. »Gibt es nicht ein altes Sprichwort, mein Freund: ›Wenn man Wein intus hat, dann ist der Verstand ausgeschaltet.‹ Manchmal ist es besser, Worte, die unter Alkoholeinfluss geäußert wurden, zu vergessen.«

»Aber, Lady ...«

»Ich bin sicher, das Gesetz hat in weiser Voraussicht eingeräumt, dass man eine in betrunkenem Zustand getroffene Entscheidung noch einmal überdenken sollte, sobald man wieder nüchtern ist. Komm auf die Burg und zeige uns den Mönch, der mit Brancheó geredet hat. Vergiss die Torheit meines Bruders, so wie er wahrscheinlich seine Worte längst vergessen hat. Wir brauchen dich an seiner Seite, Gormán, besonders jetzt.«

Wieder zögerte Gormán kurz, seufzte dann und neigte zustimmend den Kopf.

»Achte darauf, dass der Mönch unser Interesse an ihm nicht bemerkt«, bat ihn Fidelma noch, bevor sie ging. »Wir wollen ihn schließlich nicht vorwarnen, dass du ihn erkannt haben könntest. Lass mich einfach wissen, um welchen der drei Mönche es sich handelt.«

»Wird erledigt, Lady.«

»Grüße deine Mutter Della und übermittle ihr unser Bedauern, dass wir nicht zum Frühstück bleiben können.«

Auf dem Rückweg zur Burg war Fidelma merkwürdig nachdenklich. Aidan und Eadulf wollten sie mehrmals in ein Gespräch verwickeln, beschlossen jedoch, ihr Schweigen nicht zu stören.

Colgú hatte derlei Bedenken nicht, als er sie bei ihrer Rückkehr begrüßte. Er sah ausgesprochen mitgenommen aus und wirkte fast ein wenig beschämt.

»Ist es wahr, dass die Hexe ermordet wurde?«, fragte er ohne Einleitung.

Fidelma warf ihm einen vernichtenden Blick zu. »Du siehst schrecklich aus, Bruder. Und dein Verhalten gestern Nacht war äußerst ungebührlich.«

Colgú war nicht in der Stimmung für Kritik. »Ich habe etwas gefragt, Schwester!«

»Die Antwort darauf lautet – Brancheó ist tot. Sie wurde auf die gleiche Weise getötet wie der Schäfer, von zwei Unterschieden einmal abgesehen.«

»Ein Mord aus Rache?«, fragte er überrascht. »Vielleicht haben Freunde von Spelán sie auf die gleiche Art und Weise umgebracht, um ein Zeichen zu setzen?«

»Ich bezweifle, dass er überhaupt Freunde hatte.«

»Nun, manch einer gab ihr die Schuld an seinem Tod, weil sie ständig mit all diesen alten Verwünschungen und Flüchen um sich warf. Andere könnten daran Anstoß genommen haben.« Er lächelte vor grimmiger Genugtuung. »Und doch sind wir noch hier. Die Eóghanacht wurden nicht in die Anderswelt befördert. Cashel ist noch nicht gefallen, wir wurden nicht vernichtet.«

»Nur dein Ruf wurde beschädigt, Bruder«, entgegnete Fidelma barsch. »Ich nehme an, du hast dich bei Gelgéis gebührend entschuldigt?«

Colgú errötete. Gleich darauf: »In dieser Angelegenheit benötige ich deinen Rat nicht, Schwester. Ich werde noch bei ihr Abbitte leisten, so wie ich mich jetzt bei dir und Eadulf entschuldigen möchte.«

»Ich glaube, du musst dich vor allem bei Gormán entschuldigen.«

»Ich erinnere mich nur undeutlich. Falls ich ihn beleidigt habe, werde ich ihn um Verzeihung bitten. Er ist ein guter Mann, einer der besten Befehlshaber meiner Leibgarde, die ich je hatte.« Er hob eine Hand, um weitere Kommentare ihrerseits zu unterbinden. »Ich werde mich entschuldigen«, wiederholte er. »Und jetzt möchte ich wissen, wie eure Ermittlungen in den Mordfällen vorankommen.«

»Zum jetzigen Zeitpunkt können wir nichts ausschließen«, erklärte Fidelma. »Es ist unwahrscheinlich, dass Christen sich an Brancheó – die sich selbst als Druidin bezeichnete – rächen würden, indem sie auf ein heidnisches Ritual zurückgreifen. Das wäre doch allzu offensichtlich.«

In diesem Moment kam der alte Apotheker, Bruder Conchobhar, quer über den Innenhof auf sie zugehinkt.

»Aidans Krieger brachten mir den Leichnam der Frau, wie du befohlen hast, Fidelma«, begann er ohne Umschweife. »Du hast recht, sie wurde auf genau die gleiche Weise getötet wie Spelán. Ich würde sogar noch weitergehen und behaupten, die Übereinstimmungen sind so eindeutig, dass sie von derselben Person umgebracht wurde. Es gibt allerdings zwei Unterschiede.«

»Welche denn?«, bedrängte ihn Fidelma.

»Erstens wurde kein Tau-Rho in ihren Körper eingeritzt, und der Duft von Lavendel fehlt.« Letzteres war ihnen bereits aufgefallen.

»Glaubst du wirklich, es handelt sich um denselben Mörder?«, fragte Fidelma besorgt. »Was wissen wir über dieses Ritual? Was hat es zu bedeuten? Falls Brancheó eine bekennende Anhängerin des Alten Glaubens war, unter dem dieses Ritual Anwendung fand, warum sollte jemand sie auf diese Weise töten?«

»Irgendwas stimmt hier nicht«, verkündete Eadulf. »Versucht man uns vorzugaukeln, die Morde stünden in Verbindung mit dem ursprünglichen Glauben dieses Landes?«

»Das weiß ich nicht«, antwortete Bruder Conchobhar. »Eine Vermutung zu äußern würde auch nicht weiterhelfen.«

Fidelma schwieg und runzelte nachdenklich die Stirn. »Ich wünschte, ich wüsste mehr über die alten Rituale.«

Colgú war irritiert. »Ich dachte, du wüsstest alles darüber?« Falls er das sarkastisch meinte, ging Fidelma nicht darauf ein.

»Nicht in dieser Angelegenheit, Bruder.«

»Ich weiß wenig oder gar nichts«, gestand Bruder Conchobhar. »Aber von dem, was du herausgefunden hast, steht einiges im Widerspruch zu den Geschichten, die ich über die alten Traditionen gehört habe; besonders, dass jemand, der sich als Anhänger des Alten Glaubens bezeichnet, auf diese Weise ermordet wird. Das ist merkwürdig.«

»Also: Haben wir es mit Leuten zu tun, die die traditionellen Rituale tatsächlich anwenden, oder mit Leuten, die sie nur nachahmen?« Diese Frage stellte Fidelma in erster Linie sich selbst.

»Ich glaube, du solltest jemanden zu Rate ziehen, Lady«, schlug der Alte vor. »Was du brauchst, ist jemand, der sich mit dem Alten Glauben sehr gut auskennt. Jeder von uns hat natürlich Geschichten über Ritualmorde gehört, auch über den dreifachen Tod, aber wir müssen unbedingt etwas über die Umstände erfahren, unter denen sie üblicherweise Anwendung fanden.«

»Wo könnte ich so jemanden auftreiben?«, fragte Fidelma verzweifelt. »Vermutlich geben die Anhänger des Alten Glaubens sich heutzutage nur ungern zu erkennen.«

»Es gibt noch eine Menge Leute, die sich an die alten Rituale halten«, bemerkte Colgú. »Brancheó zögerte nicht, zu ihrem Glauben zu stehen.«

»Dann sieh dir an, was dabei herausgekommen ist«, bemerkte Eadulf höhnisch.

Fidelma dachte angestrengt nach. »Ich weiß niemanden, der

sich gut mit den alten Traditionen auskennt«, erklärte sie schließlich. »Zumindest nicht in diesem Teil des Königreichs.«

Colgú lächelte matt. »Schande über dein Gedächtnis, Schwester. Du bist einer solchen Person schon mal begegnet, auch wenn das einige Jahre her ist …«

»Du meinst doch nicht das Zusammentreffen mit den Fanatikern nach der Ermordung des Hochkönigs Sechnussach, als wir nach Cashel gerufen wurden, um zu ermitteln?«, fragte Eadulf. »Ich dachte, die hätte man alle ausgemerzt.«

»Die meine ich nicht«, antwortete Colgú. »Das war noch, bevor du meine Schwester kennenlerntest.«

»Ich hab's!«, rief Fidelma aus. »Du meinst den Einsiedler … den Einsiedler vom Blauen Berg.«

»Genau den«, bestätigte ihr Bruder. »Wenn überhaupt jemand über dieses alte Wissen verfügt, dann der Einsiedler von Cnocgorm.«

»Cnocgorm?« Aidan verzog das Gesicht, als zermartere er sich gerade das Gehirn. »Das liegt doch nur einen kurzen Ritt östlich von hier.«

»Wir können hinreiten und heute Abend zurück sein«, stimmte Fidelma begeistert zu. »Geh und sattle die Pferde, Aidan.«

Eadulf unterdrückte einen Seufzer. Er hatte gehofft, wenigstens einen Tag nicht im Sattel sitzen zu müssen.

Inzwischen hatte Fidelma sich an Bruder Conchobhar gewandt.

»Ich würde mich freuen«, sagte sie, »wenn du meinem Bruder einen Rat erteilen könntest, alter Freund.«

»Einen Rat? Wieso das denn?«, wollte Colgú wissen.

»Rate ihm bitte, vorsichtiger mit Alkohol umzugehen; gestern Nacht hat er ziemlich über die Stränge geschlagen. Auf Prinzessin Gelgéis von Éile hat das sicher keinen guten Eindruck gemacht. Glaubst du etwa, Colgú, dass du jemals eine Frau findest, wenn du dich so benimmst?«

Während Colgús Gesicht sich vor Zorn dunkelrot färbte, machte sie sich, dicht gefolgt von Eadulf, auf den Weg zu den Ställen. Der König rief wütend etwas hinter ihnen her. Eadulf verstand nicht, was er rief, und falls Fidelma es verstand, schenkte sie dem keine Beachtung.

Im Stall hielt sie inne und sah Aidan beim Satteln seines Pferdes zu.

»Was geht dir die ganze Zeit im Kopf herum, Eadulf?«, fragte sie ihn plötzlich. »Mir scheint, seit wir uns von Gormán verabschiedet haben, denkst du unentwegt über etwas nach. Sprich's lieber aus, als darüber zu brüten.«

Eadulf zog eine Grimasse. »Ich dachte, du seist zu sehr mit deinen eigenen Überlegungen beschäftigt, um es zu bemerken. Du warst auf dem Rückweg jedenfalls tief in Gedanken versunken.«

»Nicht so tief, dass ich nicht mitgekriegt habe, wie es in deinem Kopf arbeitet«, erwiderte Fidelma lächelnd.

»Ich habe über das nachgedacht, was Gormán uns berichtet hat«, gestand Eadulf.

»Ich auch«, antwortete sie. »Dann sollten wir uns darüber austauschen.«

»Dich interessiert doch die Bedeutung von Namen. Laut Gormán sagte Brancheó, den Namen des Mannes, mit dem sie gestern Nacht im Hof sprach, könne man mit Lichtbringer übersetzen.«

»Darüber haben wir schon gesprochen. Die drei Mönche heißen aber Sionnach, Duibhinn und Giolla Rua… Keiner der Namen lässt sich so übersetzen. Da hilft alles nichts.«

»Es sei denn, einer von ihnen ist unter falschem Namen hier, und Brancheó kannte seinen richtigen«, bemerkte Eadulf.

»Das ist eine gute Idee, aber sie bringt uns keinen Schritt weiter, oder?«

»Vielleicht doch. Was bedeutet der lateinische Name Lucidus?«

»Aber sie heißen nun mal nicht ...«, wollte Fidelma ihm widersprechen; dann jedoch starrte sie Eadulf mit weit aufgerissenen Augen an. »Ich hatte die Botschaft des Ehrwürdigen Gelasius schon ganz vergessen. Ein Bruder Lucidus wollte wegen einer wichtigen Angelegenheit Kontakt mit mir aufnehmen. Ist er hier auf diesem Konzil, nimmt er unter falschem Namen daran teil? Handelt es sich um den Bruder Lucidus, den Gelasius erwähnt hat? Und wenn das so ist, warum ist er nicht mit mir in Verbindung getreten? Wozu diese Heimlichtuerei? Was hat das alles zu bedeuten?«

KAPITEL 13

Cnocgorm war kein hoher Berg, sondern eher ein langgestreck-
ter Hügel, der sich im Osten von Cashel gute zweihundertvier-
zig Meter hoch erhob. Sein Name war das Ergebnis eines Kom-
promisses zwischen den Ortsansässigen und den Anhängern des
Neuen Glaubens. Letztere wollten ihn gern Hügel der Kirchen
nennen – Cnoc na Cille. Aber es gab dort keine Kirchen, und die
Leute in der Gegend bestanden darauf, dass der Hügel seinen
gewohnten Namen Cnoc na Cille behalten solle – Hügel der
Wälder. Das passte auch besser, denn er war über und über von
Vogelbeerbäumen und Ebereschen bedeckt, die im Frühling und
im Sommer dunkle, grünblaue Blätter trugen. Also entschied
man sich, ihn jetzt Cnocgorm, den Blauen Berg, zu nennen.

Doch der Sommer war vorbei, und beim Näherkommen sahen sie, dass die Vogelbeerbäume mit den leuchtenden schar-
lachroten Beeren sich bereits herbstlich gelb verfärbten, und
Eadulf hörte schon das typische Zwitschern der Misteldrossel,
die sämtliche Eindringlinge in ihr auserkorenes Beerenrevier
vehement zu vertreiben suchte.

Sobald sie die kleine leerstehende Hütte am Fuße des Hügels
erreichten, beschloss Fidelma, Aidan mit den Pferden dort zu-
rückzulassen, während sie und Eadulf den Hang hinaufsteigen
wollten bis zur Höhle des alten Einsiedlers. Obwohl viele Jahre
vergangen waren, seit Fidelma den Berg und den alten Mann besucht hatte, erinnerte sie sich noch ganz genau an den Pfad, der
zwischen Bäumen und Felsen bergauf führte. Eadulf war überrascht, wie steinig der Hügel unter seinem Laubdach war, doch
dann fiel ihm wieder ein, dass Vogelbeerbäume steinigen Boden
lieben.

»Warum hat sich der Alte keinen leichter zugänglichen Ort ausgesucht?«, keuchte er, während er hinter Fidelma herstolperte, die zügig den steilen Bergpfad hinaufstieg.

Sie blieb stehen, damit er aufschließen konnte, und schüttelte mit gespielter Empörung den Kopf.

»Erca ist ein Eremit«, antwortete sie. »Wo sollte er deiner Meinung nach wohnen? Mitten in der Stadt?«

Sie drehte sich um und musterte den vor ihr liegenden Weg. Voller Wehmut dachte sie an ihren letzten Besuch am Cnocgorm. Sie hatte Brehon Moranns Hohe Schule für Recht noch nicht lange verlassen, da erhielt sie den Auftrag, im Fall von Bruder Fergal zu ermitteln, dem der Mord an einem Mädchen aus dieser Gegend namens Barrdub zur Last gelegt wurde. Seine Abtei hatte sie darum gebeten, allerdings nicht, weil sie so eine herausragende Ermittlerin war, sondern weil alle Fergal für schuldig hielten. Hätte der Brehon der Abtei, ein erfahrener Rechtsgelehrter, einen solchen Fall nicht aufklären können, hätte sein Ruf Schaden genommen. Der Abt hielt die Sache für eindeutig. Man hatte Bruder Fergal in seiner Hütte an den Hängen des Berges gefunden. Er schlief. Neben ihm lag die Leiche von Barrdub. Sie war erstochen worden. An Fergals Händen und Kleidungsstücken klebte Blut. Als man ihn weckte, behauptete er, sich an nichts zu erinnern. Es gab nichts, was ihn entlastete.

In jener Phase ihres Lebens war Fidelma noch nicht so enttäuscht vom Klerus wie heute; deshalb tat sie ihr Möglichstes in der Überzeugung, dass kein Christ sich eines so schweren Verbrechens wie Mord schuldig machen könne. Im Fall von Bruder Fergal hatte sie recht. Es gelang ihr, seine Unschuld zu beweisen – doch ihre naiven Vorstellungen vom Klerus wurden im Lauf ihrer Karriere schnell zerstört, sodass sie ihre Abtei verließ und dem Klosterleben den Rücken kehrte. Bruder Fergals Fall lag viele Jahre vor dieser Zeit.

Damals wurde ihr bewusst, dass zahlreiche Bewohner in den Berg- oder anderen entlegenen Regionen weiterhin nach den althergebrachten Traditionen lebten. Oft hatten die Lehren aus dem Osten sie nicht überzeugt. In vielen Gebieten herrschten nach wie vor uneingeschränkt die alten Götter der Fünf Königreiche. Cnocgorm gehörte zu ihnen, und ihr Bruder hatte sie zu Recht daran erinnert, dass der Einsiedler Erca ihr vielleicht Hinweise geben konnte – falls überhaupt jemand dazu in der Lage war. Sein Wissen hatte Fidelma geholfen, den rätselhaften Mord an Barrdub aufzuklären und Fergals Unschuld zu beweisen.

»Wie weit ist es denn noch?«, beschwerte sich Eadulf, während er hinter ihr herkraxelte.

»Nicht mehr weit«, rief sie vergnügt. »Seine Höhle liegt gleich hinter den Felsen auf dem Kamm dort oben.«

Eadulf unterdrückte ein Stöhnen. Falls Fidelma es mitbekam, reagierte sie nicht darauf. Ungerührt setzte sie ihren Aufstieg zu dem Bergrücken fort.

Erca war ein mageres, ungepflegt wirkendes Wesen; er hatte wild wachsendes, verfilztes Haar und stechende Augen. Seine Kleidung war zerrissen und zerlumpt, und um seine gebeugten Schultern lag ein einfacher, fadenscheiniger Wollumhang. Als sie ihn schließlich fanden, saß er am Eingang einer großen Höhle vor einem Feuer. Ein Dreibein aus Eisen stand über dem glimmenden Holz; daran hing ein kleiner eiserner Topf, aus dem würziger Duft aufstieg. Er hatte sie offensichtlich nicht kommen hören, so sehr war er in das Zusammenbrauen seines Kräutertranks vertieft. Als sie fast vor ihm standen, schaute er verblüfft auf und erhob sich mit überraschender Behändigkeit.

»Ganz friedlich, Erca. Erkennst du mich nicht?«, begrüßte Fidelma ihn so freundlich, wie sie nur konnte.

Der kleine Alte sah zuerst sie und dann Eadulf an. Sein Gesicht war von Hass verzerrt, seine Stimme klang brüchig.

»Alles, was ich sehe, ist ein Mann, der die Kleider der Diener des fremden Gottes und die Tonsur der Ausländer trägt. Mögen die Götter und Göttinnen der Sidhe sich erheben und sie alle aus dem Land jagen.«

»Eadulf ist mein Ehemann«, versuchte Fidelma den zornigen Greis mit sanfter Stimme zu beschwichtigen. »Wir kommen nicht in böser Absicht.«

»Er ist einer dieser aufgeblasenen Fremden, die vor Rom katzbuckeln«, entgegnete Erca wütend. »Schon das allein ist eine böse Sache.«

»Ich katzbuckele vor niemandem«, erwiderte Eadulf mit wachsendem Unmut.

Der Alte war nicht zum Schweigen zu bringen. »Möge der Fluch der Krähen dich ereilen, Fremder. Mögest du verschwinden und niemals wiederkehren.«

Fidelma warf Eadulf einen warnenden Blick zu und hoffte, er würde die Beleidigungen wegstecken, denn sie brauchte Ercas Hilfe, und ein Streit mit ihm war nicht der Weg, um sie zu erhalten. Also lächelte sie den Einsiedler weiterhin freundlich an. »Komm schon, Erca, wir werden dich nicht lange belästigen. Erinnerst du dich nicht an mich?«

»Ich erinnere mich gut an dich«, antwortete Erca mürrisch. »Du kamst, um von mir etwas über die Kräuter hier in der Gegend zu erfahren. Diese Kenntnisse konnte sich jedes Kind aneignen, bevor eure Religion vorschrieb, was man wissen darf und was nicht. O ja, ich erinnere mich gut an dich. Aber du trägst nicht mehr die Kleidung einer Nonne. Früher nanntest du dich Schwester Soundso.«

»Ich bin Fidelma von Cashel.«

Der Alte brach in zynisches Gelächter aus. »Eine Eóghanacht? Das hätte ich wissen müssen. Die Verräter des Alten Glaubens. Warum bist du hierhergekommen und verpestest die

Luft auf meinem Hügel, Nachfahrin von Óengus, dem Sohn von Nad Fríoch, dem Großen Überläufer?«

Fidelma war nicht begeistert von dem, was er da sagte, begriff jedoch, dass sie weiterhin beharrlich versuchen musste, sein Vertrauen zu gewinnen.

»Da du so großen Wert auf die alte Religion legst, auf ihre Tradition und Kultur, hätte ich erwartet, dass du dir auch den Respekt vor den alten Sitten und Gebräuchen bewahrt hast.«

Erca zögerte und hob fragend eine Augenbraue.

»Die Gastfreundschaft zum Beispiel wurde nicht von den Christen erfunden«, bemerkte Fidelma. »Oder billigst du etwa, dass man altes Brauchtum einfach verwirft?«

Auf Ercas blassen, eingesunkenen Wangen breiteten sich rote Flecken aus. Er deutete auf ein paar Steine am Feuer.

»Ich habe keine Stühle, deshalb setzt euch dorthin. Hier steht ein Krug Apfelwein; ich biete jedem von euch einen kleinen Becher davon an.«

»Sehr gastfreundlich von dir, Erca«, antwortete Fidelma ernst, doch Eadulf entging ihr Sarkasmus nicht.

Sie ließen sich nieder und nahmen die Becher mit dem Apfelwein. Dann fragte Fidelma: »Hast du von einer Frau namens Brancheó gehört?«

Der Alte kniff die Augen zusammen – ein untrügliches Zeichen dafür, dass er den Namen kannte.

»Die Raben-Anruferin? Warum möchtest du über sie sprechen?«

»Kennst du sie?«

Erca holte mit seinem mageren Arm zu einer ausladenden Geste aus. »Wer unter den Anhängern des Alten Glaubens kennt sie nicht?«

»Erzähle uns bitte von ihr, Erca, denn ich würde gern mehr über sie erfahren.«

»Warum sollte eine Tochter der Eóghanacht sich für Branchéo interessieren?«, erwiderte er misstrauisch.

»Vielleicht, weil diese Tochter der Eóghanacht eine *dálaigh* ist und außerdem die Schwester des Königs von Muman«, mischte Eadulf sich mit strenger Stimme ein.

Erca würdigte ihn keines Blickes, sondern musterte Fidelma neugierig.

»Ich befasse mich nicht mit weltlichen Dingen, aber ich vermute, eine *dálaigh* verdient einen gewissen Respekt. Waren nicht die, die sich dem Wissen widmeten und die man Druiden nannte, die ursprünglichen Vertreter des Gesetzes? Standen sie nicht vor dem *dál* und sprachen ihr Urteil? Brachte nicht Partholon die ersten Druiden in die Fünf Königreiche, lange bevor die Kinder der Gälen dieses Land besiedelten? Ja, ich erinnere mich gut an ihre Namen. Fios, dessen Name ›Klugheit‹ bedeutet; Eolas, der ›Wissende‹, und Fochmarc, der ›Forschergeist‹. Allein durch ihre Namen bildeten sie die drei Säulen unseres Glaubens, unserer Gesetze und unserer Gesellschaft.«

Eadulf schaute etwas hilflos drein, während der Alte seine feurige Rede hielt. Selbst nach all den Jahren in diesem Land gab es noch so vieles, wovon er nichts wusste. Fidelma erbarmte sich seiner und erklärte es ihm.

»Nach den uralten Chroniken war Partholon der Anführer der zweiten Einwanderungswelle in diesem Land. Er und seine Leute waren Überlebende der großen Flut, der Tosenden Wasser. Aus Eifersucht und Gier hatte er seine Eltern ermordet, um König zu werden. Das Volk erhob sich gegen ihn, er verlor sein linkes Auge sowie seine Königswürde. Das war der böse Fluch, der auf ihm lag, und obwohl er als ›Meister aller Handwerke‹ bejubelt wurde, musste er sieben Jahre umherwandern, bevor er auf diese Insel kam, wo er und sein Volk sich niederließen und, wie Erca sagt, die ersten Druiden und Gesetzeskundigen mitbrachten.«

Der Alte nickte mit verschwommenem Blick vor sich hin, als träumte er von alten Zeiten, von der »Zeit vor der Zeit«, wie man die ferne Vergangenheit nannte. »Ja, ich erinnere mich gut an ihre Namen«, wiederholte er. »Partholon starb schon in jungen Jahren, denn er konnte sich dem Fluch nicht gänzlich entziehen.«

»Das ist eine alte Legende«, sagte Fidelma.

»Wenn er sich dem Fluch nicht entziehen konnte – was ist passiert?«, wollte Eadulf wissen.

»Er starb«, antwortete Fidelma kurz und knapp. »Und sein Volk wurde von einer großen Seuche ausgelöscht. Man hat sie alle an einem Ort namens Tamhlacht begraben, im Königreich Laighin, das nach diesem Ereignis benannt ist.«

»Der Name bedeutet Seuchengrab?«, fragte Eadulf.

Erca lächelte matt. »Du kennst unsere Sprache gut, Fremder.«

»Wir schweifen vom Anlass meines Besuches ab«, sagte Fidelma streng. »Ich hatte nach Brancheó gefragt.«

Erca starrte nachdenklich ins Feuer. »Ach ja. Brancheó.«

Er starrte so lange wortlos vor sich hin, dass Fidelma schon dachte, er wolle ihre Frage nicht beantworten. Doch plötzlich seufzte er und sagte: »Du wolltest mir erklären, warum eine *dálaigh* sich für die Raben-Anruferin interessiert. Es gibt kein Gesetz der Brehons, das das Anrufen der Raben verbietet.«

Hier würde sie wohl nur mit Offenheit weiterkommen, dachte Fidelma.

»Es gibt kein Gesetz gegen Raben-Anruferinnen, aber es *gibt* ein Gesetz gegen ihre Ermordung.«

Erca hob so ruckartig den Kopf, dass er fast von seinem Sitz fiel.

»Wer wurde ermordet?« Zu ihrer Überraschung verriet Ercas Stimme tiefe Betroffenheit.

»Brancheó – sie wurde in Cashel umgebracht.«

Ein langer, leiser Seufzer entrang sich dem Greis, ein Hauch wie das Flüstern des Windes. Dann schien er innerhalb von Sekunden zu altern und abzumagern und saß eine Weile einfach schweigend da, bevor er sich die trockenen Lippen leckte und hustete. »Sie wurde umgebracht? Von wem? War es …?«

»Wir versuchen herauszufinden, wer sie ermordet hat, Erca. Genau deshalb müssen wir mehr über sie wissen. Die arme Frau fiel dem dreifachen Tod zum Opfer.«

Wieder saß Erca reglos da und starrte in die Flammen.

Fidelma brach das Schweigen: »Erca, du wolltest gerade fragen: War es … Welchen Namen wolltest du nicht nennen?«

»Keinen«, erwiderte der Alte sofort. »Brancheó war meine Tochter.« Seine Stimme klang hohl.

Sie saßen erneut schweigend da und versuchten, mit der Neuigkeit zurechtzukommen. Der Alte starrte weiter in die züngelnden Flammen des Feuers.

»Wie, sagtet ihr, ist sie gestorben?«, fragte er schließlich. »Habt ihr gesagt, sie wurde ermordet …« – er fuhr sich mit der Hand übers Gesicht –, »und zwar nach dem Ritual des dreifachen Todes?«

»Ja, nach dem Ritual, das in den alten Legenden als der dreifache Tod bezeichnet wird«, bestätigte Fidelma.

Der Einsiedler nickte langsam. »So läuft es dann also ab«, war sein rätselhafter Kommentar. »Diejenigen, denen das Wissen fehlt, betrügen sich selbst durch ihren Mangel an Verständnis.«

»Was meinst du damit?«, fragte Fidelma verblüfft. »Ich kenne die Dreiheit aus den alten Texten, weiß jedoch nichts über ihre Mystik und Bedeutung.«

»Du musst eines verstehen: Die Drei gilt in unserer Philosophie als die vollkommene Zahl. Erscheinen die alten Götter

nicht immer zu dritt – die drei Zaubergöttinnen, die drei Götter der Kunst und des Handwerks … Ja, sogar die drei Göttinnen des Todes. Alles dreifache Gottheiten.«

»Ich kann dir nicht folgen«, gestand Eadulf.

Erca sah ihn traurig an. »Selbst in deinem verzerrten Glauben gibt es, das wirst du zugeben, einen Anfang, eine Mitte und
ein Ende des Lebens; es gibt eine Vergangenheit, eine Gegenwart und eine Zukunft; es gibt ein Davor, ein Danach und ein
Hier und Jetzt. In der Zeit vor der Zeit glaubte man, der vollkommene Tod käme in der ritualisierten Form, die man den
dreifachen Tod nennt. Unsere Ansichten wurden von den Un-
gläubigen so verfälscht, dass sie annehmen, ein Mord müsse
auf dreifache Art geschehen, um der Rache der Götter zu entge-
hen.«

»Willst du damit sagen, dass wirkliche Anhänger des Alten
Glaubens niemanden nach dem Ritual des dreifachen Todes
umbringen würden?«, fragte Fidelma. »Dass es sich hier um
eine falsche Auslegung des Rituals handelt?«

Ercas blutleere Lippen verzogen sich zu einer Grimasse. »Genau das will ich sagen.«

»Wollte der Täter uns glauben machen, dass es sich um ein
heidnisches Ritual handelt, obwohl es in Wirklichkeit keines
ist?«, fragte Eadulf nun.

»Die Todesart, die ihr beschrieben habt, missversteht unsere
Traditionen. Deshalb kann der Mörder meiner Tochter – wer
immer er sein mag – kein wahrer Anhänger des Alten Glaubens
sein.«

»Indem jemand auf diese Weise tötete«, sinnierte Eadulf,
»wollte er uns weismachen, dass die Morde von Anhängern des
Alten Glaubens begangen wurden. Aber ist es nicht auch denk-
bar, dass die Mörder zwar dem Alten Glauben anhängen, ihn
aber anders verstehen?«

»So wie bei euch Christen?«, höhnte Erca. »Ich habe von so vielen unterschiedlichen Auslegungen eures Glaubens gehört – ihr werdet euch niemals auf eine einzige einigen.«

In diesem Punkt musste Eadulf ihm recht geben, insbesondere in Anbetracht der jüngsten Diskussionen zum Thema Ketzerei.

»Sag mal« – er wechselte das Thema –, »spielt der Duft von Lavendel eine besondere Rolle in eurem Glauben?«

Erca irritierte die Frage. »Lavendel? Nein, der hat in unseren Ritualen keinerlei Bedeutung. Obwohl ich gehört habe, dass die Griechen und Römer ihn verwenden und er für ungeheure Summen gehandelt wird. Römische Kaufleute in Port Lairge verlangen einen ganzen Monatslohn für einen einzigen Beutel getrockneter Lavendelblüten.«

»Aber er wächst auch hierzulande?«

Erca zuckte die Achseln. »Manche haben versucht, Lavendel anzubauen. Er hat nur geringen Nutzen und hilft allenfalls, so sagen Kräuterkundige, zur Vorbeugung gegen Mückenstiche. Andere behaupten, er wirke wie ein Aufputschmittel. Doch in unseren Ritualen spielt er keine Rolle. Man baut ihn in Gaul an und in den südlicheren Regionen, in denen die Römer wohnen.«

»Kommen wir noch einmal auf deine Tochter zurück, Erca«, sagte Fidelma sanft. »Ich nehme an, sie wohnte hier bei dir?«

»Nein, sie wohnte oben in Na Comeraigh, bei den eisigen Seen.«

Damit waren die zwölf hohen Berggipfel gemeint, die sich südlich der großen Ebene von Femen erhoben. Ihr Name ließ Fidelma aufmerken.

»Wann hast du Brancheó zuletzt gesehen? Wie lange ist das her?«, erkundigte sie sich.

Erca überlegte eine Weile. »Beim Lughnasa-Fest.«

Das Fest aus vorchristlicher Zeit fand weiterhin statt und wurde vom Neuen Glauben akzeptiert und als Gelegenheit genutzt, das Erntedankfest zu feiern, das Reifen des Getreides und das Entwöhnen der Kälbchen und Lämmer von der Muttermilch. Das Christentum hatte sich inzwischen alle vier Feste aus heidnischer Tradition, die zum Wechsel der Jahreszeiten begangen wurden, einverleibt.

Fidelma klang enttäuscht. »Also hast du sie in letzter Zeit nicht getroffen, und sie hat nie erwähnt, dass sie vorhatte, zum Samhain-Fest Cashel zu verfluchen?«

Ercas Augen weiteten sich.

»Nein, und ich finde, dass man Cashel nicht verfluchen sollte. Meiner Meinung nach ist es bereits verflucht, denn es ist der Ort, an dem das alte Königreich von Muman von den Eóghanacht verraten wurde. Das Christentum wird deiner Familie nichts Gutes bringen. Das steht so geschrieben. Es wird eine Zeit kommen, da die Feinde der Eóghanacht die Macht ergreifen, nicht nur hier im Königreich von Muman, sondern in allen Fünf Königreichen – doch auch ihre Jahre werden gezählt sein. Sie werden ihrerseits unterliegen, wenn Fremde übers Wasser kommen. Dann werden Erin, Banba und Folta – die drei Göttinnen, die den Kindern der Gälen diese Insel zu ihrer Verfügung überließen, so lange sie an ihrem Glauben festhielten – keine Bedeutung mehr haben, und man wird ihre Namen vergessen.«

Fidelma hatte derartige Prophezeiungen schon häufig von Wahrsagern gehört. Meist trugen sie sie auf so übertriebene Weise vor, dass es schon fast etwas Komisches hatte. Bei dem, was Erca sagte, wurde ihr jedoch eiskalt. Er hob kaum die Stimme, starrte in die Flammen, in denen er unsichtbare Bilder zu sehen schien, und es hörte sich an, als spräche er über das Wetter oder ähnlich banale Dinge. Allein die Monotonie seiner Sprechweise hatte etwas Hypnotisierendes.

»Was Brancheó in ihren Fluch einschloss, stimmt nicht hundertprozentig mit dem überein, was du sagst«, brach Eadulf den Bann. »Sie behauptete, Cashel wäre die Pforte zur Anderswelt, und die alten Gottheiten würden zum Samhain-Fest durch dieses Tor herauskommen und dafür Rache nehmen, dass König Óengus zum Christentum übertrat.«

»Wurde sie deshalb ermordet?«, fragte Erca bitter.

»Genau das wollen wir herausfinden«, sagte Fidelma.

Erca hob die Arme und ließ sie wieder sinken. »Vielleicht hatte jemand Angst vor ihr und ihrem Fluch.«

»Cashel steht noch, und die Eóghanacht sind auch noch am Leben«, wandte Eadulf ein.

»Also wurde sie von jemandem getötet, der versuchte, die Anhänger des Alten Glaubens zu belasten.«

»Vielleicht«, stimmte Fidelma ihm zu. »Kanntest du den Schäfer Spelán?«

Erca hob erstaunt den Kopf. »Wo hast du denn von dem gehört?«

»Also kanntest du ihn?«

Erca schien zunächst nicht antworten zu wollen, dann seufzte er tief. »Als meine Tochter im Sommer hier war, erzählte sie mir, sie habe in oder nahe von Cashel jemanden kennengelernt und wolle ihn heiraten. Sie sagte, sein Name sei Spelán.«

In diesem Moment fiel Eadulf ein, wo er den Namen der Berge schon mal gehört hatte, in denen Brancheó wohnte: Na Comeraigh, bei den eisigen Seen. Nessan hatte gesagt, dass Spelán vorhabe, dorthin zu ziehen; offensichtlich zu seiner neuen Frau, Brancheó.

»Wie lange kannte sie ihn schon? Bist du sicher, dass er Spelán hieß?«

»Sie hatte ihn erst vor Kurzem auf dem Weg zu Aras Brunnen kennengelernt. Die Leute suchten sie dort wegen ihrer

Kenntnisse als Heilerin auf. Sie sagte, Spelán bezahle sie dafür, eine nahe gelegene Abtei zu verfluchen, die ihn ungerecht behandelt hatte. Er behauptete, ein Anhänger der alten Traditionen zu sein. Willst du damit sagen, dass er der Mörder meiner Tochter ist, dass *er* sie umgebracht hat?«, fragte er gequält.

Fidelma schüttelte den Kopf. »In der Nacht, bevor Brancheó Cashel verwünschte, fand man Speláns Leiche in dem Holzstoß für das Samhain-Feuer. Auch ihn hat man nach dem Ritual des dreifachen Todes umgebracht.«

»Ich wusste wenig über ihn, nur, dass Brancheó ihn heiraten wollte«, bemerkte Erca traurig. »Sie erzählte mir, dass er es zu beachtlichem Wohlstand bringen würde und sie sich in den Bergen im Süden niederlassen wollten, wo sie ihre Hütte hatte.«

»Wohlstand?«, wiederholte Eadulf zweifelnd. »Er war ein Wanderarbeiter und hatte gerade den Anspruch auf die Schafherde seiner verstorbenen Frau verloren.«

»Meine Tochter erzählte, er arbeite im Bergbau.«

Fidelma zuckte die Achseln. »Rund um den Ochsenhügel gibt es keine Bergwerke.«

»Ich kann nur wiederholen, was sie gesagt hat. Ich bin kein *dálaigh* wie du, Tochter der Eóghanacht, aber ich würde besser einigen fanatischen Christen auf den Zahn fühlen – sie könnten den Verdacht für die Morde auf die Anhänger der alten Religion zu lenken versuchen –, anstatt gegen jene zu ermitteln, die unseren Vorfahren die Treue halten. Jemand tötete den Mann, den meine Tochter heiraten wollte – vielleicht hat sie deshalb diejenigen verflucht, denen sie die Schuld daran zuschrieb.«

»Damit könntest du recht haben«, seufzte Fidelma nach kurzem Überlegen. »Nur noch eine Frage: Hast du jemals von Abt Síoda von Ráth Cuáin gehört, auf dem Ochsenhügel?«

Zu ihrer Überraschung nickte der Alte. »Ich kenne allerlei Geschichten über Ráth Cuáin, nicht aber über Abt Síoda. Ráth Cuáin ist ein verfluchter Ort. Die Feuer der Rache werden es verzehren.«

»Warum sagst du das?«

»Weil die Abtei von Ráth Cuáin auf Blut erbaut wurde. Sie wurde vor mehreren Jahrhunderten auf einem Kalksteinhügel errichtet, in dem es zahllose Höhlen gibt. Das geschah in den Tagen von Tigernmas, dem Sohn von Follach, dem Gott des Todes. Er lehnte die alten Götter ab und ließ auf dem Magh Slécht, dem Feld der Anbetung, ein großes Standbild aus Gold erbauen, das man Cromm Cróich nannte oder auch blutiger Kopf. Zum Samhain-Fest wurden ihm Menschenopfer dargebracht. Es heißt, dass in jenen Tagen viele in den Kalksteinhöhlen abgeschlachtet wurden, bevor Tigernmas selbst vor dem Kultstandbild den Tod fand – in einer Art kollektivem Massenselbstmord.«

»Mögen die Märtyrer in Frieden ruhen«, fügte Eadulf ehrerbietig hinzu.

»Nicht einmal unter euerm Glauben wird es Frieden geben, Sachse!«, rief Erca verbittert aus. »Ráth Cuáin wurde danach die Festung eines großen Propheten und Schriftgelehrten namens Brogán. Als Brogán sich weigerte, zum Neuen Glauben überzutreten, sandte Abt Nathí Krieger aus, um Ráth Cuáin in Besitz zu nehmen, und Brogán kam im Handgemenge ums Leben. Seine Nachkommen schworen Blutrache und gelobten feierlich, sie nicht enden zu lassen, bevor die siebte Generation ausgelöscht wäre.«

Eadulf hörte ihm zu und wandte ein: »Aber Spelán war weder mit Nathí verwandt noch mit anderen Ortsansässigen. Sein Tod bedarf nach wie vor einer Erklärung, ebenso wie der Tod deiner Tochter.«

Erca schien ihn gar nicht wahrzunehmen. »Blut wird ihr Untergang sein«, wiederholte er, während er ins Feuer starrte. »Blut wird der Untergang von Ráth Cuáin sein.«

»Deine Tochter wird heute Abend beerdigt werden, wie es Brauch ist«, teilte ihm Fidelma sanft mit. »Du hast das Recht, anwesend zu sein und mitzuentscheiden, wie das geschieht, und du hast Anspruch auf ihr persönliches Eigentum. Auch Spelán wird heute begraben, da am Samhain-Fest keine Bestattungen erlaubt sind.«

Erca zuckte die Achseln. »Das Einzige, was ich verlange, ist, dass an ihrem Grab keine christlichen Gebete gesprochen werden. Das wäre eine Beleidigung für sie und für die Götter unserer Väter und würde nur auf die heute lebenden Menschen zurückfallen. Ihre Seele ist schon auf dem Weg zum Haus von Donn und wird im Land der Ewigen Jugend wiedergeboren werden.«

»Im Land der Ewigen Jugend?«, fragte Eadulf ungläubig.

»Tír na Óg, Land der Verheißung, Land Breasals, die Anderswelt – nenn es, wie du willst. Dort wird ihre Seele neu geboren. Für uns ist der Tod nur ein Ortswechsel, und das Leben in all seinen Facetten geht in der Anderswelt weiter. Stirbt eine Seele in dieser Welt, wird sie in der Anderswelt erneut geboren, so dass zwischen den beiden Welten ein ständiger Austausch von Seelen stattfindet. Deshalb hat der Tod keine Macht über uns. Brancheó lebt jetzt in der Anderswelt weiter.«

»Doch wir leben immer noch in dieser Welt, Erca«, erinnerte ihn Fidelma. »Meine Aufgabe ist es, den Mörder Brancheós und Speláns zu finden und vor Gericht zu bringen.«

»Das spielt keine Rolle. Schon bald werden die rachedurstigen Schatten der Anderswelt den Täter auf die eine oder andere Weise aufspüren. Dann wird die blutrünstige Seele auf das Tödliche Feld voller reißender wilder Tiere geschickt. Jetzt habt ihr mich lange genug gestört. Lasst mich nun in Ruhe meditieren.«

Mit diesen Worten erhob er sich und zog sich in seine Höhle zurück, ohne noch etwas zu sagen.

Eadulf warf einen Blick zu Fidelma, die ebenfalls aufstand, und folgte ihrem Beispiel.

»Das ist alles ziemlich verwirrend«, murmelte er, als sie die Behausung des Einsiedlers hinter sich ließen. »Ich finde nicht, dass wir bei der Lösung dieses Falls große Fortschritte gemacht haben.«

»Ganz im Gegenteil, ich glaube, das war äußerst hilfreich«, widersprach sie ihm.

Eadulf wollte ihre Bemerkung gerade hinterfragen, als sie aus den Tiefen der Höhle Ercas Stimme hörten, die sich in zarten, flötenhellen Tönen erhob und dann in einen feierlichen Klagegesang wechselte. Fidelma blieb stehen, ein Schaudern überlief sie.

»Was ist das nun wieder?«, fragte Eadulf.

»Ein Fluch«, antwortete sie kurz angebunden. »Oder besser gesagt ein Aufruf an die Götter und Göttinnen, den Mörder seiner Tochter zu finden und Rache an ihm zu üben.«

»So viel zu seiner Behauptung, er würde die Strafe der Anderswelt überlassen, wenn sie die Zeit für gekommen hält«, sagte Eadulf. »Was soll ihm der Fluch nützen, wenn er das Gefühl hat, seine Götter auch noch antreiben zu müssen?«

Fidelma stand lauschend da. »Das ist ein eindringlicher Appell an die Gottheiten des Alten Glaubens, Eadulf.« Ihre Stimme klang ernst. »Es gibt bestimmte Namen, die man in der alten Religion nicht aussprechen darf, zum Beispiel die Bezeichnungen für Sonne und Mond. Er ruft die Helle Stute an; sie soll vorausgaloppieren und ihr Licht auf den Mörder werfen, damit er oder sie ihren Strahlen nicht entkommt.«

»Die Helle Stute?«

»An Láir Bán«, bestätigte Fidelma, »eine unserer Umschreibungen für den Mond, denn sein wirklicher Name darf niemals ausgesprochen werden. Und doch ruft Erca die Götter bei ihren verbotenen Namen.« Sie erschauderte erneut. »Der Tag wird kälter. Lass uns hinuntergehen zu der Stelle, an der wir Aidan und die Pferde zurückgelassen haben.«

Eadulf warf einen Blick hinauf zum Himmel. Tatsächlich begann es bereits dunkel zu werden, denn die Tage wurden allmählich kürzer. »Auf den höheren Hängen scheint sich Nebel zu bilden.«

Er war überrascht über die Geschwindigkeit, mit der Fidelma sie zurück nach unten führte zu Aidan, der mit den Pferden auf sie wartete. Der junge Krieger war erleichtert, sie zu sehen.

»Ich fing an, mir Sorgen zu machen«, sagte er und zeigte auf den Gipfel des Berges, der im Dunst verschwunden war. »Sieht aus, als ob sich dort ein *droidechta* zusammenbraut.«

»Ein was?«, fragte Eadulf.

»Das, was wir einen verzauberten Nebel nennen – einen Druidennebel«, antwortete Aidan. »Ein dunkler, schwerer Nebel, der sich über den Berghang nach unten wälzt.«

»Das ist nur ein ganz gewöhnlicher Nebel«, blaffte Fidelma ihn an. »Aber kommt, lasst uns so schnell wie möglich nach Cashel zurückkehren.«

Eadulf musterte sie. Zunächst fragte er sich, ob sie die Sache mit den Flüchen der Druiden und dem Alten Glauben etwa genauso ernst nahm wie ihr Bruder. Dann wurde ihm klar, dass er seine eigenen Ängste auf sie übertrug, denn in seiner Jugend – bevor er dem Neuen Glauben begegnete und ihn annahm – hatte er gelernt, die großen heidnischen Gottheiten seines Volkes und ihre Macht zur Vergeltung zu fürchten. In seiner Phantasie besaßen sie nach wie vor gewaltige Kräfte.

Sie ritten schweigend zurück und erreichten Cashel bei Einbruch der Dämmerung; wabernde Nebel brachten die Kühle der Nacht und lösten die ungewöhnliche Wärme des Tages ab.

Gormán erwartete sie bei ihrer Ankunft bereits im Innenhof der Burg. Er wirkte beunruhigt.

»Nun, weißt du inzwischen, wer dieser seltsame Mönch von gestern Nacht ist?«, begrüßte ihn Fidelma und schwang sich vom Pferd. »Der Lichtbringer?«

»Allerdings, aber nur im Ausschlussverfahren, Lady«, antwortete Gormán, dem man seine Verwirrung anmerkte.

»Erklär mir das bitte.«

»Ich habe zwei der Gelehrten zusammen mit Bruder Mac Raith gesehen. Der, den ich in der Nacht erkannt hatte, war nicht dabei.«

»Und was ist mit dem dritten?«

»Der dritte Gelehrte, Bruder Sionnach, ist nicht hier, sodass ich nicht genau sagen kann, ob er derjenige ist, den ich gestern gesehen habe.«

»Also müssen wir Bruder Sionnach finden!«

Gormán schüttelte den Kopf. »Ich fürchte, genau das ist das Problem, Lady.«

Fidelma musterte ihn aufmerksam. »*Was* ist das Problem?«, fragte sie ungeduldig.

»Bruder Sionnach ist seit gestern Nacht aus der Burg verschwunden. Keiner hat ihn gesehen oder weiß, wo er ist.«

KAPITEL 14

Bruder Mac Raith begrüßte Fidelma und Eadulf mit bedrückter Miene, als sie in Begleitung von Gormán die Kapelle betraten, wo er sich auf Fidelmas Weisung hin mit seinen Kollegen Bruder Duibhinn und Bruder Giolla Rua eingefunden hatte.

»Ich habe gehört, es soll eine Verbindung geben zwischen den Samhain-Morden und dem Verschwinden von Bruder Sionnach, Lady«, platzte der Verwalter der Abtei Imleach heraus, bevor Fidelma noch etwas sagen konnte. »Was ist da los? Alle reden darüber.«

Fidelma musterte ihn missbilligend. »Heißt es nicht in der ›Aeneis‹ von Vergil *fama volat* – Gerüchte verbreiten sich schnell? Natürlich stellen die Leute schon allerlei Mutmaßungen an. Ich persönlich warte lieber ab; ich bevorzuge Tatsachen.«

»Willst du damit sagen, dass es nicht so ist?«, fragte Bruder Giolla Rua streitlustig. »Die meisten hegen keinerlei Zweifel, dass da ein Zusammenhang besteht.«

»Ich sage momentan nichts dazu, weil ich noch nicht genug weiß«, erwiderte Fidelma. »Und jetzt sollten wir uns setzen.« Sie deutete auf einen Stuhlkreis. Hier hatten die Teilnehmer am Konzil bislang ihre Zusammenkünfte abgehalten. Sie nahmen gehorsam Platz und warteten, bis Fidelma das Wort ergriff.

»Beginnen wir mit den bekannten Tatsachen«, rief sie. »Fakt ist, dass Bruder Sionnach letzte Nacht verschwunden ist. Trifft das zu?«

»Unmittelbar nach dem Festmahl beim König war er weg«, bestätigte Bruder Giolla Rua. »Und das in der Nacht, in der uns allen Gefahr von den Mächten der Finsternis aus der Anderswelt droht.«

»Das sind nur heidnische Traditionen«, wies Bruder Mac Raith seinen Kollegen zurecht. »Wir Christen feiern zu Samhain lediglich den Beginn des neuen Jahres.«

»Dennoch ist es eigentlich auch ein Totenfest«, erwiderte Bruder Giolla Rua. »Hat nicht jede Religion ihr Totenfest? Vor fünfzig Jahren weihte Papst Bonifatius das alte Pantheon in Rom als Kirche, die dem Christentum und den Toten geweiht wurde, die im Glauben an Jesus Christus starben. Er ordnete an, nach dem Römischen Kalender an jedem 1. Mai den Festtag für die Toten zu begehen.«

»In meiner Sprache nennen wir einen Heiligen *halig*«, sagte Eadulf. »Deshalb heißt dieser Tag bei uns ›All Hallows' Day‹, Allerheiligen.«

»Doch wer begeht diesen Feiertag überhaupt?«, fragte Bruder Duibhinn von Ard Mór.

Fidelma musterte ihn aufmerksam, denn sie hatte sich bisher noch keine Meinung von ihm bilden können. Er war ein hochgewachsener Mann mit strähnigem fuchsrotem Haar und einem flaumigen Bart, der ihn älter wirken ließ, als er war. Seine Augen waren strahlend blau und traten weit aus den Höhlen, sodass er ständig überrascht oder unschuldig dreinzublicken schien.

»Der Frühling ist eine Zeit voller Licht und Optimismus und hat nichts mit dem Tod zu tun«, sagte er. »Unser neues Jahr beginnt mit einer Phase der Ruhe und Dunkelheit. Überall in unserem Land und anderswo, wo der Alte Glaube verbreitet war, betrachtet man den Jahresbeginn bis heute als passenden Zeitpunkt, um mit Feuer und Fasten der Toten zu gedenken. Niemand schert sich um die neuen römischen Feiertage.«

Fidelma hob verärgert eine Hand. »Ich bin nicht hergekommen, um an einer weiteren akademischen Debatte über Aspekte des Christentums teilzunehmen«, erklärte sie gereizt. »Ich bin hier, um Fragen zum Verschwinden eines eurer Kollegen zu stellen.«

Bruder Mac Raith warf Bruder Giolla Rua einen wütenden Blick zu.

»Du ermahnst uns zu Recht, Lady. Stell deine Fragen.«

Fidelma lehnte sich auf ihrem Stuhl zurück. »Sind wir uns darüber einig, wann Bruder Sionnach zum letzten Mal gesehen wurde?«

»Er war auf dem Festmahl des Königs«, erklärte Bruder Giolla Rua.

»Danach nahm er an der Mitternachtsmesse hier in der Kapelle teil«, sagte Bruder Duibhinn. »Unmittelbar nach dem Fest deines Bruders. Wie du weißt, waren wir alle dort.«

»Und nach der Mitternachtsmesse?«

»Gingen wir in den Gästekammern gleich nebenan zu Bett, alle«, antwortete Bruder Mac Raith.

»Teilt ihr euch eine Kammer?«

»Ja.«

»Also legte sich Bruder Sionnach nach der Mitternachtsmesse schlafen?«

»Nein.« Diesmal antwortete Bruder Giolla Rua.

»Willst du damit sagen, dass ihr alle nach der Messe zu Bett gingt, nur Bruder Sionnach nicht?«, fragte Fidelma.

»Wir gingen ins Gästehaus, doch an der Tür zu unserer Kammer drehte sich Bruder Sionnach um und sagte: ›Ich mache noch einen Spaziergang auf den Mauern der Burg, um einen klaren Kopf zu bekommen. Ich werde mich bemühen, euch bei meiner Rückkehr nicht zu stören.‹ Meine Kollegen können das bestätigen.«

Bruder Mac Raith nickte. »Genauso war es.«

»Und hat er jemanden gestört, als er zurückkam?«

»Das ist es ja gerade, Lady, wir alle schliefen tief und fest, bis uns bei Tagesanbruch die Glocke zum Morgengebet rief. Sein Bett war unbenutzt. Ich bin sicher, er ist nicht zurückgekommen.«

»Beim Aufwachen sah ich, dass sein Bett unberührt war«, erklärte nun Bruder Duibhinn. »Ich machte Bruder Mac Raith darauf aufmerksam.«

»Könnte er nicht früher aufgestanden sein, das Bett gemacht und die Kammer verlassen haben?«, fragte Eadulf.

»Bruder Sionnach ist sehr penibel. Ich glaube zudem, wir hätten es gemerkt, wenn er nachts in seinem Bett geschlafen hätte« antwortete Bruder Mac Raith.

»Bruder Sionnach verließ also seine Kollegen an der Tür zur gemeinsamen Kammer und brach zu einem Spaziergang auf den Mauern der Burg auf, von dem er nicht zurückkehrte. Ist das so richtig?«

Sie schaute Gormán an, der sofort sagte: »Ich habe bereits alle meine Krieger, die gestern Nacht Wache hatten, gefragt, ob sie ihn gesehen hätten. Es hat ihn jedoch niemand gesehen. Sollte er trotzdem die Runde auf den Burgmauern gemacht haben, muss er den Druidenmantel getragen haben, mit dem man unsichtbar ist.«

Die drei Mönche sahen ihn mit entsetzten Mienen an.

»Sieh an, der Befehlshaber der Königlichen Leibgarde wird sarkastisch«, kommentierte Eadulf trocken.

»Angesichts der Tatsache, dass die Krieger Tag und Nacht auf den Mauern der königlichen Burg patrouillieren«, fuhr Gormán im gleichen, leicht spöttischen Tonfall fort, »darf ich euch versichern, dass Bruder Sionnach seinen Spaziergang um die Burg *nicht* gemacht hat.«

»Was bedeutet«, mischte sich Eadulf ein, »dass er, falls er von hier aus zu einem der Treppenaufgänge und auf die Mauer hinaufwollte, durch irgendetwas daran gehindert wurde. Da der nächste Maueraufgang gleich hinter der Rückseite dieser Kapelle liegt – man muss nur den kleinen Innenhof vor Bruder Conchobhars Apotheke überqueren –, können wir davon ausgehen, dass er ihn nicht erreicht hat. Oben auf der Mauer gibt es drei Wachposten; die Krieger dort können den gesamten Wehrgang überblicken. Sie hätten ihn gesehen, sobald er eine der Treppen hinaufgestiegen wäre.«

Gormán nickte anerkennend. »Du hast ein geübtes Auge, Freund Eadulf. Genauso ist es. Keine meiner Wachen hat ihn gesichtet.«

»In der Dunkelheit?«, fragte Bruder Giolla Rua skeptisch.

»Die Dunkelheit ist kein Problem, denn die Treppen sind mit Brandfackeln beleuchtet«, antwortete Gormán unerschütterlich.

»Das kann zweierlei bedeuten«, schlussfolgerte Fidelma. »Entweder Bruder Sionnach ging gar nicht in diese Richtung, oder etwas oder jemand hat ihm aufgelauert, bevor er dort ankam.«

Nach längerem Schweigen sagte Eadulf zu Gormán: »Ich nehme an, du hast bei den Wachen am Haupttor nachgefragt?«

»Selbstverständlich.« Gormán war sichtlich beleidigt, dass Eadulf dachte, er könne etwas so Naheliegendes übersehen haben.

»Diese Frage musste ich stellen«, entschuldigte sich Eadulf. »Hast du auch eine gründliche Suche in der ganzen Burg veranlasst? Überall?«

Der Befehlshaber der Leibwache trat von einem Fuß auf den anderen und sah Fidelma an. »Überall? Dazu brauche ich eine Sondergenehmigung.«

»Dann hast du hiermit die Genehmigung einer *dálaigh* sowie

der Schwester des Königs«, antwortete sie. »Setze so viele Männer wie möglich ein. Ihr solltet in der Lage sein, die Durchsuchung in kürzester Zeit abzuschließen.«

»Ich kümmere mich sofort darum, Lady«, murmelte Gormán verlegen.

Als er das Zimmer verlassen hatte, lehnte sich Fidelma zurück und musterte die drei Mönche. »Nachdem wir nun die Tatsachen kennen, würden wir gern etwas mehr über Bruder Sionnach erfahren. Oft stößt man dabei auf Hinweise für die weiteren Nachforschungen. Bruder Mac Raith, soweit ich weiß, hat Abt Cuán von Imleach dieses Treffen einberufen, um über die theologischen Ansichten der Abtei Rath Cuáin zu debattieren. Aus welchem Grund hat man Bruder Sionnach als Teilnehmer an diesem Konzil ausgewählt?«

Bruder Mac Raith sah sie unsicher an. »Aus welchem Grund?«

»Was qualifizierte Bruder Sionnach für diese Aufgabe? Ihr seid hier zusammengekommen, um die abweichende Auslegung des christlichen Glaubens in Rath Cuáin zu diskutieren, die im Widerspruch zu den allgemein anerkannten Lehren des Christentums steht. Wie kam es, dass die Wahl auf Sionnach fiel?«

»Der Abt von Imleach hat sich für ihn entschieden«, antwortete Bruder Mac Raith. »Als Verwalter von Imleach wurde ich zum Diskussionsleiter des Konzils ernannt sowie zum Vertreter von Abt Cuán.«

Bruder Duibhinn fügte hinzu: »Wie du siehst, Lady, repräsentieren wir vier der größten Lehrabteien des Königreichs. Imleach, Ard Mór, Ros Ailithir und …«

»Ich kenne die Abteien«, unterbrach ihn Fidelma. »Doch was ist mit euren Qualifikationen für diese Aufgabe?«

»Die Brüder Giolla Rua, Sionnach und Duibhinn gelten als die führenden Experten des Königreichs auf dem Gebiet der gelehrten Schriften«, antwortete der Verwalter von Imleach.

»Sie beschäftigen sich bereits lange mit den Werken, die die großen Texte des Neuen Glaubens enthalten.«

»Zudem haben wir uns auf die gelehrten Schriften spezialisiert, die vom heiligen Eusebius Sophronius Hieronymus ins Lateinische übersetzt wurden«, fügte Bruder Duibhinn rasch hinzu. »Dieser Auftrag wurde ihm vom Heiligen Vater persönlich erteilt. Eusebius überarbeitete die alte lateinische Übersetzung von Texten des Alten und Neuen Testaments und verglich sie mit den Originaltexten, die in Griechisch und Hebräisch geschrieben wurden. Seine neue Fassung wurde auf mehreren christlichen Konzilen bestätigt und gilt als Grundpfeiler des Christentums.«

Bruder Giolla Rua schnaubte. »Allerdings wurde Eusebius' Übersetzung trotz der nachträglichen Anerkennung heftig kritisiert, selbst vom heiligen Augustus von Hippo, worauf ich mehrmals hingewiesen habe.«

»Aber inzwischen ist sie akzeptiert und genehmigt?«, wollte Eadulf wissen.

»Nicht ganz …«, begann Bruder Giolla Rua.

Fidelma seufzte erneut ungeduldig. »Ich hätte gern einfache Antworten auf meine Fragen und keine kleinkarierte Debatte über akademische Differenzen. Die Antwort auf meine letzte Frage lautet also, dass ihr alle wegen eures Fachwissens über die Texte des Neuen Glaubens ausgewählt wurdet?«

»Richtig«, bestätigte Bruder Mac Raith.

»Dann war also auch Bruder Sionnach aus diesem Grunde hier?«

»Ganz offensichtlich«, stimmte Bruder Mac Raith zu und bedachte Bruder Giolla Rua gleichzeitig mit einem verdrießlichen Blick.

»Womit erregte er die Aufmerksamkeit des Abts von Imleach?«

Bruder Mac Raith machte eine weit ausholende Handbewegung. »Seine Kommentare zur Septuaginta, der frühen griechischen Übersetzung des Alten Testaments, gelten als bahnbrechend. Es heißt, dass Ptolemaios II. Philadelphos die Übersetzung anordnete, um die Religion der Hebräer besser zu verstehen. Bruder Sionnach gilt als anerkannter Experte für die Koine*, den allgemeinen griechischen Dialekt. Seine Kommentare weisen darauf hin, dass es diese Version der Septuaginta war, die Paulus von Tarsus, einer der ersten Theologen des Urchristentums, in seinen Briefen zitierte.«

»Ich kann dir nicht ganz folgen«, gestand Fidelma. »Ich bin keine Theologin und wurde lediglich in den Texten des Christentums unterrichtet, die bei uns anerkannt sind, also in Eusebius' lateinischer Übersetzung der Bibel. Ich nehme gern zur Kenntnis, dass Bruder Sionnach über große Sachkenntnis auf diesem Gebiet verfügt.«

Bruder Mac Raith neigte den Kopf. »Ja. Die Gelehrsamkeit meiner Kollgen diente als Auswahlkriterium für ihre Teilnahme an diesem Konzil. Abt Síoda von Rath Cuáin und seine Anhänger haben lange über die unterschiedlichen Auslegungen der heiligen Texte gestritten. Mehrere Äbte von Imleach, angefangen beim heiligen Ailbe, der den Neuen Glauben in unser Königreich brachte, verurteilten ihre Ansichten als ketzerisch. Auf diesem Treffen wollten wir die Sache soweit aufbereiten, dass Abt Síoda nur zwei Möglichkeiten bleiben. Entweder er folgt unseren Ansichten, oder er und seine Anhänger werden als Ketzer aus der christlichen Gemeinschaft ausgeschlossen.«

Fidelma beobachtete die beiden anderen ganz genau.

»Seid ihr euch in dieser Frage alle einig?«, fragte sie vorsichtig nach. »Soweit ich euern letzten Streit mit Bruder Sionnach

---

* Koine: Frühe Sprachstufe des Griechischen, 300 v. Chr. bis 600 n. Chr.

und eure jüngsten Bemerkungen verstanden habe, gibt es mehrere Punkte, in denen ihr nicht vollständig einer Meinung seid.«

Ein breites Lächeln erhellte Bruder Giolla Ruas Gesicht. »Du bist sehr scharfsichtig, Lady. In jeder Diskussion gibt es Unstimmigkeiten sowie Auslegungen, die es auszuloten gilt.«

»Aber keiner von Euch stimmt mit der Splittergruppe der Psilanthropen überein?«, fragte Eadulf jetzt unerwartet.

Die Gelehrten schnappten hörbar nach Luft. Bruder Giolla Rua musterte Eadulf mit zusammengekniffenen Augen.

»Ich verstehe, warum du diese Frage stellst, Eadulf von Seaxmund's Ham, doch deine Logik gründet sich auf äußerst geringe Sachkenntnis. Das ist gefährlich. Ich bin in Wahrheit ein Anhänger des Manichäismus, einer Lehre, die von dem persischen Gelehrten Mani verbreitet wurde. Vor zweihundert Jahren kritisierte ihn Theodosius, der Bischof von Rom, für seine Auffassungen. Warum? Weil wir die Ansicht vertreten, dass das Gute und das Böse gleich stark sind und man das Böse bekämpfen muss. Alle materiellen Dinge sind böse. Doch warum verurteilt uns Rom dafür? Weil wir behaupten, dass die Kirche von Rom nach Kaiser Konstantins Übertritt zum Christentum begann, nach materieller Macht in dieser Welt zu streben; ihre Bischöfe wurden zum Ersatz für weltliche Prinzen und Herrscher; sie haben das Lehenswesen eingeführt und materielle Macht über die Gläubigen erlangt.«

»Nicht jeder von uns teilt diese Ansicht«, erklärte Bruder Duibhinn hitzig.

»Das gilt auch für die Abtei Imleach«, ergänzte Bruder Mac Raith.

»Und ganz sicher ebenso für Bruder Sionnach«, bemerkte Bruder Giolla Rua mit einem hämischen Grinsen.

»Was eure verschiedenen Sekten alles behaupten, interessiert mich nicht«, verkündete Fidelma. »Mir ist schon ganz schwindlig von eurer vielgepriesenen Gelehrsamkeit. Ich möchte lediglich herausfinden, warum Bruder Sionnach aus eurer Mitte verschwunden ist. Ich konnte bereits anschaulich mitverfolgen, wie ihr eure Meinungsverschiedenheiten noch vertieft. Könnte das der Grund sein, warum er nicht mehr hier ist?«

Bruder Giolla Rua brach in lautes Lachen aus. »Ich sehe, worauf du hinauswillst, Lady. Trotz unserer Differenzen und dem daraus resultierenden ausgeschlagenen Zahn gibt es keine Unstimmigkeit, die in mir den Wunsch hervorgerufen hätte, Bruder Sionnach möge verschwinden.«

»Aber es gibt Punkte, deretwegen du ihn körperlich angreifen würdest?«, fragte Eadulf schlagfertig nach.

»Ich gebe zu, Wut und Gereiztheit können schon mal den Siedepunkt erreichen – allerdings nur in der Hitze des Gefechts. Das ist etwas ganz anderes als die schleichende Kälte, die dazu führen kann, dass du deinem Gegner das Allerschlimmste wünschst.«

»Ich gehe davon aus, dass ihr alle Bruder Sionnach seit Jahren kennt und schon oft mit ihm diskutiert habt?«, fragte Fidelma.

Zu ihrer und Eadulfs Überraschung antwortete Bruder Mac Raith: »Nein, ich habe ihn hier zum ersten Mal getroffen. Weder Abt Cuán noch ich sind ihm zuvor begegnet; wir kannten nur seinen Ruf als Experten für die allerersten Schriften des Christentums.«

Bruder Duibhinn schüttelte den Kopf, und Bruder Giolla Rua zuckte die Achseln.

»Wir hatten alle nur von seinem Ruf gehört«, sagte Bruder Giolla Rua. »Auch ich habe ihn erst hier persönlich kennengelernt. Ehrlich gesagt kann ich auf eine weitere Begegnung mit diesem engstirnigen Egozentriker verzichten.«

»Sionnach war also tatsächlich für euch alle ein Fremder?«, erkundigte sich nun Eadulf.

»Kein völlig Fremder natürlich«, korrigierte ihn Bruder Mac Raith. »Schließlich kannten wir seine Arbeit in der Abtei Corcach Mór ausgesprochen gut.«

»Wenn sich Gelehrte treffen, spielt das Persönliche keine große Rolle. Wir kennen uns durch unsere Werke.«

»Was wisst ihr denn über Bruder Sionnach persönlich – mal abgesehen von seinem Ruf als Gelehrter?«

»Was meinst du damit? Wo er geboren wurde?«, erwiderte Bruder Mac Raith. »An seinem Akzent erkannte man, dass er zum Stamm der Cenél nÁeda gehört, die ganz in der Nähe der Abtei Finnbarr leben.«

»Er erwähnte, dass er kürzlich an einer Pilgerreise nach Rom teilgenommen habe, um sich einige der frühen Texte anzuschauen, die Eusebius als Ausgangsmaterial dienten«, sagte Bruder Giolla Rua. »Das hat mich nicht überrascht, denn für ihn ist Rom der Nabel der Welt und nicht nur des Christentums.«

»Nannte er sich jemals Lucidus?«, wollte Eadulf wissen.

Alle sahen ihn fragend an.

»Warum sollte er das tun?«, entgegnete Bruder Mac Raith. »Das ist ein lateinischer Name. Sein Name ist Sionnach.«

»Nicht wenige Christen nehmen lateinische Namen an, da sie das ihrer Meinung nach noch enger mit ihrem Glauben verbindet. Benen, der Sohn von Sesenen, nannte sich Benignus, nachdem er Christ geworden war. Es gibt zahllose Beispiele dafür. Sechnail wurde als Secundus bekannt, Cathal als Cataldus und so weiter.«

»Bruder Sionnach war ganz vernarrt in Rom, wenn man seinen Äußerungen glauben darf«, räumte Bruder Giolla Rua ein. »Doch war er stolz genug auf seinen Namen, um ihn zu behalten und einigermaßen in der Realität zu bleiben.«

»Und sein Name, Bruder Sionnach, verschaffte ihm stets den Respekt, der einem ehrwürdigen Gelehrten gebührt; warum hätte er ihn ändern sollen? In der Abtei Corcach Mór genießt er große Wertschätzung. Genau deshalb wurde er zu diesem Konzil eingeladen, wegen seines Rufes, ein treuer Vertreter der Lehren Roms zu sein«, sagte Bruder Mac Raith.

»Ein treuer Vertreter der Lehren Roms?«, überlegte Fidelma laut. »Aber die Gelehrten in den Kirchen der Fünf Königreiche liegen doch wegen zahlreicher Grundprinzipien immer wieder im Streit mit Rom. Ich habe selbst an mehreren ziemlich stürmischen Konzilen teilgenommen, bei denen sich die Verfechter der Lehren Roms mit den Verfechtern der Traditionen und Gesetze in den Fünf Königreichen stritten.«

Bruder Mac Raith rutschte unbehaglich auf seinem Stuhl hin und her, denn er kannte den Konflikt, von dem Fidelma sprach, allzu gut – den Konflikt zwischen den einheimischen Gesetzen und den Prinzipien aus Rom, die als ›Bußgesetze‹ bezeichnet wurden.

»Es war unerlässlich für uns, eine Vielfalt akademischer Meinungen zu versammeln«, sagte er schließlich. »Die Texte, die Abt Síoda und seine Gefolgsleute zitieren, sind falsch und ketzerisch. Die Anhänger dieser Texte behaupten, der Bischof von Rom kenne die Originale dieser Schriften, halte sie jedoch vor neugierigen Blicken unter Verschluss. So beschuldigen sie ihrerseits Rom der Ketzerei und nehmen für sich in Anspruch, dass sie lediglich die Wahrheiten beherzigen, die in den Originalschriften enthalten sind.«

»Na schön«, seufzte Fidelma. »Das hilft uns nicht, herauszufinden, wohin Bruder Sionnach verschwunden ist, oder warum.« Sie erhob sich. »Was ist denn letztendlich der Zweck dieses Konzils?«

»Wir möchten unsere Beratungen abschließen und die Angelegenheit mit Abt Síoda in Rath Cuáin besprechen, bevor wir auseinandergehen«, erklärte Bruder Mac Raith. »Ich werde dem Abt von Imleach dann einen umfassenden Bericht vorlegen, sodass er entscheiden kann, ob Maßnahmen gegen Síoda und Rath Cuáin ergriffen werden oder nicht.«

Fidelma und Eadulf verließen die Kapelle und schritten über den Innenhof zu den Räumlichkeiten des Königs. Luan, ein Krieger, den sie gut kannten, stand vor dem Hauptgebäude Wache, in dem sich die Große Halle und die königlichen Gemächer befanden sowie die Zimmer, die den vornehmen und persönlichen Gästen des Königs vorbehalten waren. Adlige und Bischöfe waren hier häufig zu Gast.

Luan begrüßte sie mit einem verlegenen Lächeln. »Ich war nach Mitternacht verantwortlich für die Wachen«, erklärte er, als Eadulf ihn fragte, warum er so niedergeschlagen wirke. »Zuerst wird diese seltsame Frau ermordet, und dann verschwindet auch noch ein Gelehrter. Gormán tut so, als wäre ich an allem schuld.«

»Ich bin überzeugt, dass er das nicht so sieht«, versicherte Fidelma dem jungen Krieger. »Du hast nichts zu befürchten, solange du deine Pflicht getan hast.«

Sie betraten das Gebäude und trafen Colgú in seinen Privatgemächern an. Er lag geradezu in einem Sessel vor dem Kaminfeuer, und vor ihm auf dem Tisch stand eine Flasche *corma*. Selbst im Licht der Kerzen, die die herbstliche Abenddämmerung erhellten, bemerkten sie, dass sein Gesicht fast so rot leuchtete wie sein Haar. Das war besorgniserregend.

»Hast du beim Samhain-Fest gestern Abend noch nicht genug getrunken, Bruder?«, fragte Fidelma. »Und jetzt trinkst du schon wieder? Es gibt wichtige Angelegenheiten, um die wir uns kümmern müssen.«

Colgú hob stöhnend den Blick. »Muss das jetzt sein? Da du

mir gern lateinische Sprichwörter an den Kopf wirfst, habe ich hier auch eins für dich, Schwester: *similia similibus curantur!*«

Fidelma warf ihm einen wütenden Blick zu. Gleiches wird durch Gleiches geheilt, na so was. Ihr Bruder sah das zornige Funkeln in ihren Augen und fügte, wie um ihr Mitgefühl zu wecken, hinzu: »Prinzessin Gelgéis und ihr Gefolge sind heute Mittag nach Durlus Éile zurückgekehrt.«

Fidelma zeigte keinerlei Verständnis. »Das kann ich ihr nicht verdenken. Vermutlich war sie nicht gerade begeistert von deinem gestrigen Exzess. Gelgéis und du, ihr hättet ausgezeichnet zusammengepasst, aber das scheinst du jetzt gründlich verdorben zu haben.«

»Ich brauche dich nicht als Heiratsvermittlerin«, blaffte ihr Bruder sie an. »Ich habe auch so genug Probleme.«

Fidelma deutete mit dem Kinn auf einen Becher mit Wein. »Das sehe ich. Und wenn du dich dem da widmest, sind dann all deine Probleme gelöst? Das kann ich mir nicht vorstellen.«

»Was tust *du* eigentlich, um *deine* Probleme zu lösen: zwei Ritualmorde, die unmittelbar vor den Mauern meiner Burg begangen wurden?«, forderte Colgú sie heraus. »Und jetzt müssen wir, wie Gormán mir berichtet, uns obendrein noch mit dem Verschwinden eines dieser Gelehrten befassen! Wird sich das als weiterer Mord entpuppen? Was soll ich dem Abt von Corcach Mór sagen – dass sein bedeutendster Wissenschaftler abhanden gekommen ist, während er sich als mein Gast und unter meinem Schutz in meiner Burg aufhielt? Dazu kommt die Sache mit diesem sogenannten Adligen von den Uí Briúin Seóla, dessen Bewegungsfreiheit wir eingeschränkt haben. Wie geht es mit dem weiter? Wollen wir noch einen Krieg mit Connacht führen? Nachdem Muirchertach Nár vor ein paar Jahren gestorben ist, hoffte ich, an unserer Nordgrenze könnte endlich einmal Ruhe einkehren. Doch sein Cousin, der neue König von

Connacht, ist genauso ehrgeizig wie Muirchertach und dessen Vater Guaire Aidne. Connacht wäre jeder Vorwand willkommen, um unsere Wachsamkeit entlang der Grenze auszutesten.«

Fidelma gönnte ihrem Bruder einen kurzen Moment des Mitgefühls. Es stimmte, dass der neue König von Connacht, Dúnchadh Muirisci von den Uí Fiachrach, keine Gelegenheit ausließ, die Kriegstrommeln zu rühren. Gleich zu Beginn seiner Herrschaft als König hatte er seine Macht gefestigt, indem er aufmüpfige Stammesfürsten absetzte, und zwar entlang des gesamten Flusslaufes des Muaide, der in den hohen Bergen des Sliabh Gamh mit seinen ergiebigen Blei- und Kupferminen entsprang und weiter westlich in den großen Ozean mündete. Dass er dieses Gebiet nun selbst kontrollierte, hatte ihn unvorstellbar reich und mächtig gemacht. Fidelma verstand, warum ihr Bruder ihn nicht herausfordern wollte.

Sie nahm gegenüber von Colgú Platz, doch ihre ernste Miene entspannte sich nicht. »Der Wein löscht den Durst nicht«, sagte sie – noch eins dieser lateinischen Sprichwörter, die sie so liebte. »Mit klarem Kopf könntest du dich wesentlich besser auf all deine Probleme konzentrieren.«

Colgú setzte schon zu einer scharfen Erwiderung an, sagte dann jedoch: »Manchmal wünschte ich, ich wäre ein einfacher *céile*, ein Stammesmitglied, das sich um nichts weiter kümmern muss als um die Bestellung seiner Felder«, murmelte er.

»Wenn du glaubst, die Arbeit auf den Feldern sei weniger anstrengend als die deine, dann erwartet dich ein böses Erwachen, falls du es jemals damit versuchst, Bruder«, antwortete Fidelma.

Colgú schaute zu Eadulf auf, der immer noch stand, und bedeutete ihm, sich zu setzen.

»Ich würde dir ja etwas zu trinken anbieten, Freund Eadulf,

fürchte jedoch, damit würde ich mir nur Vorwürfe einhandeln.«

Eadulf lächelte und nahm Platz. »Es ist bald Zeit fürs Abendessen«, sagte er. »Ein Glas Wein zum Essen, das kann mir wohl niemand vorwerfen.«

Colgú lächelte matt. »Immer diplomatisch, Eadulf.«

Colgú wandte sich nun an Fidelma. »Habt ihr den alten Einsiedler Erca aufgesucht? Konnte er euch weiterhelfen?«

»Aber ja«, versicherte ihm seine Schwester. »Er hat uns gesagt, dass Brancheó seine Tochter war.«

Colgú riss erstaunt die Augen auf. »Dann hat er vermutlich Cashel verflucht und lauthals seine Zerstörung gefordert?«

»Er hat die Mörder seiner Tochter verflucht, das stimmt. Colgú, ich bin zu dem Schluss gekommen, dass das Ritual des dreifachen Todes angewandt wurde, um die Wahrheit zu verschleiern und uns auf eine falsche Fährte zu locken.

Ich meine damit Folgendes: Die Art und Weise, wie Spelán und Brancheó getötet wurden, hat nichts mit Samhain, irgendwelchen Flüchen oder der alten heidnischen Religion zu tun. Ich denke, wir sollten uns den Debatten über den Neuen Glauben mal gründlicher widmen.«

»Bist du auch der Ansicht, dass das Verschwinden von Bruder Sionnach und die Diskussion über diese angeblich ketzerische Abtei mit den Morden zusammenhängen?«, fragte Eadulf.

»Die Antwort auf all diese Fragen finden wir in Rath Cuáin«, sagte Fidelma. »Das spüre ich.«

Colgú starrte sie fassungslos an. »Ich habe noch nie gehört, dass du ein Problem löst, indem du die Antwort spürst«, bemerkte er trocken.

»Das habe ich auch jetzt nicht vor, aber …«

An der Zimmertür hörten sie respektvolles Klopfen. Gormán trat ein, salutierte vor dem König und begrüßte Fidelma und Eadulf mit einem Kopfnicken.

»Man hat mir gesagt, dass ich dich hier finde, Lady«, sagte er. »Ich muss leider berichten, dass wir alles nach dem vermissten Gelehrten durchsucht haben. Die Stallungen neben der Kapelle, das Lebensmittellager, die Unterkünfte der Wachen und …«

»Kein Zeichen von ihm?«, fiel ihm Colgú ins Wort.

»Keines, Herr«, bestätigte Gormán.

»Bist du sicher, dass ihr wirklich überall gesucht habt?«, fragte Fidelma.

»Überall, Lady, außer in den privaten Gästezimmern des Königs. Ich habe die Haushälterin Dar Luga gebeten, zwei meiner Krieger durch diese Zimmer zu begleiten. Momentan ist nur eines davon belegt, und zwar von Febal, dem Dichter von den Uí Briúin Seóla.«

»Und in allen anderen Räumen habt ihr nachgeschaut?« Der König war nicht zufrieden.

»Wir haben die Burg bis auf den letzten Winkel durchsucht. Ich würde meinen Männern bedenkenlos mein Leben anvertrauen und kann dir versichern, dass sie jedes Fleckchen gründlich durchkämmt haben.«

»Das wird ja immer rätselhafter«, bemerkte Eadulf mit einem Seufzer. »Bruder Sionnach muss in der Tat euern berühmten *feidh fiadh*, den Druidenmantel, der einen unsichtbar macht, besitzen … oder aber …«

»Oder aber?«, hakte Colgú nach.

»Nun, ich glaube nicht an Zauberkräfte, deshalb wird das ›oder aber‹ einen ganz normalen Grund haben.«

Gormán musterte Eadulf mit zusammengekniffenen Augen. »Welcher Grund könnte das deiner Meinung nach sein?«

»Es ist Bruder Sionnach irgendwie gelungen, die Burg während der Nacht zu verlassen, ohne dass deine Wachen es bemerkten. Nicht durch Zauberei; sie haben ihn in der Dunkelheit einfach nicht gesehen.«

Gormán presste die Kiefer so fest aufeinander, dass man das Knirschen seiner Zähne hörte. Colgú nickte.

»Eine logische Schlussfolgerung – doch wenn jemand unbemerkt deine Wachen umgehen kann, Gormán, wird das Konsequenzen nach sich ziehen.«

»Ich übernehme die volle Verantwortung für meine Krieger. Ich kann allerdings nicht glauben, dass Bruder Sionnach mitten in der Nacht die Kapelle verließ und sich aus der Burg schlich, ohne dass ihn jemand gesehen hat.«

»Ob du das nun glauben kannst oder nicht – es ist die einzig mögliche Erklärung«, erwiderte Colgú.

»Gestern Nacht hatte Luan Wachdienst«, sagte Gormán. »Ihr alle kennt Luan und wisst, dass er seine Pflichten ausgesprochen ernst nimmt.«

»Niemand macht Luan einen Vorwurf«, versicherte ihm Fidelma. »Aber selbst Luan kann nicht überall sein. Denken wir doch an den allgemein anerkannten Grundsatz: Egal, wie ausbruchssicher man einen Kerker auch baut, irgendjemand findet immer eine Möglichkeit zu fliehen. Dabei ist Cashel kein Kerker und Bruder Sionnach kein Gefangener. Deshalb sind hier Vorwürfe völlig unangebracht.«

Plötzlich gab es vor der Tür einen Tumult; sie hörten die erhobenen Stimmen von Luan und einer Frau. Dann flog die Tür unvermittelt auf. Colgú sprang von seinem Stuhl hoch, Gormán wirbelte herum und zog das Schwert aus der Scheide.

Die rundliche Dar Luga, die *ainbertach* oder Haushälterin der Burg, stürmte in die Gemächer des Königs. Ihre Frisur war durcheinandergeraten, ihre Miene verriet Entsetzen und Bestürzung. Sie blieb stehen und starrte mit wildem Blick in die

Runde. Hinter ihr stand verunsichert Luan. Dar Luga schien kaum sprechen zu können.

»Es ist … Es ist …«

Fidelma erhob sich, trat zu ihr und legte ihr eine Hand auf den Arm.

»Beruhige dich, Dar Luga. Beruhige … dich. Atme tief durch … und dann erzähl uns ganz langsam, was passiert ist.«

Die Haushälterin tat wie geheißen und begann schließlich schluchzend: »Ach, Lady. Es ist der junge Mann, Febal. Man hat ihn im Gästezimmer gefunden … tot.«

»Was?«, schrie Colgú in die darauffolgende Stille hinein. »Wie ist das möglich?«

Dar Luga brauchte noch eine Weile, um sich zu sammeln. Dann sagte sie zu Gormán: »Ich sollte mit deinen Kriegern die Gästezimmer durchsuchen. Momentan ist ja nur das Ziimmer belegt, in dem Febal untergebracht war.«

»Vor seiner Tür sollte ständig ein Krieger Wache stehen«, bemerkte Colgú. »Er war zwar unser Gast, allerdings gezwungenermaßen.«

»Normalerweise stand dort jemand«, bestätigte Dar Luga. »Wie auch immer, ich begleitete die beiden Krieger, und wir durchsuchten zuerst die leeren Zimmer, bevor wir in Febals gingen. Ich klopfte an die Tür, bekam jedoch keine Antwort. Das fand ich merkwürdig, denn ich hatte ihn den ganzen Tag noch nicht gesehen, nicht seit dem Fest letzte Nacht. Andererseits gab es viele, die sich heute … heute erst einmal ausruhen mussten« – ihr Blick fiel unwillkürlich auf Colgú –, »je nachdem, wie sehr sie gestern gefeiert hatten.«

Colgú verzog ungeduldig das Gesicht. »Also, du bekamst keine Antwort.«

»Ich versuchte, die Tür zu öffnen. Sie war nicht verschlossen. Dann rief ich Febals Namen. Wieder keine Antwort. Wir traten ein und fanden ihn mit dem Gesicht nach unten auf dem Fuß-boden. Überall war Blut. So viel Blut.«

Sie begann erneut zu schluchzen. Fidelma tröstete sie.

»Wo sind meine Männer jetzt?«, fragte Gormán.

»In Febals Zimmer, bei der Leiche. Sie haben mich herge-schickt, um euch Bescheid zu sagen.«

»Ich gehe zu ihnen hinauf«, erklärte Gormán mit einem schnellen Blick in die Runde, als bitte er um Erlaubnis, die kö-niglichen Gemächer verlassen zu dürfen.

Der König sank zurück auf seinen Stuhl und stützte den Kopf in die Hände. »Ich wusste, dass so etwas passieren würde«, murmelte er.

»Du wusstest, dass man den Dichter der Uí Briúin Seóla um-bringen würde?«, fragte Fidelma ihren Bruder.

»So habe ich das natürlich nicht gemeint«, blaffte Colgú sie an. »Hatte ich nicht gesagt, dass ich befürchte, der neue König von Connacht könnte Febals Aufenthalt bei uns zum Vorwand nehmen, um die Feindseligkeiten zwischen unseren Königrei-chen zu schüren? Der Tod dieses jungen Mannes wird ihm sehr willkommen sein.«

»Dar Luga«, sagte Fidelma zu der tränenüberströmten Haus-hälterin, »du gehst jetzt am besten in die Küche und holst dir etwas, um dich zu beruhigen.«

Nachdem sie draußen war, wandte sich Fidelma mit ernster Miene an ihren Bruder.

»Wahrscheinlich wäre es klug, einen Boten zu unserem Obersten Brehon zu schicken und ihn holen zu lassen. Wo, sagtest du, hält sich Fíthel derzeit auf?«

»Immer noch in der Festung von Prinz Gilcach; er ermittelt dort wegen der Überfälle auf dessen Schiffe, die auf dem gro-ßen Fluss verkehren.« Colgú sah sie beunruhigt an. »Fürchtest du, die Situation könnte sich zuspitzen?«

Fidelma antwortete nicht direkt, sondern sagte: »Möglicherweise sollte Finguine als rechtmäßiger Thronfolger ebenfalls besser hier sein. Stimmt es, dass er gerade ein neues Abkommen mit Donennach von den Uí Fidgente schließt? Falls die Stämme von Connacht die Situation als Vorwand nutzen wollen, um in unser Königreich einzufallen, müssen sie zunächst die Gebiete der Déisi Tuaiscirt und der Uí Fidgente durchqueren. Wir sollten sicherstellen, dass die auf unserer Seite sind.«

Colgú fuhr sich verstört mit der Hand durchs rote Haar.

»Die Krieger von Connacht könnten nördlich von Loch Oirsean problemlos die Grenze überqueren und bis Muscraige Tír vorrücken; Éile wäre ihnen schutzlos ausgeliefert.

»Das stimmt schon, aber um Kriegsrat zu halten, bleibt uns nach der Rückkehr von Finguine und Fíthel immer noch genügend Zeit«, erwiderte Fidelma. »Wir sollten keinen Staub aufwirbeln, bis ich herausgefunden habe, was hinter Febals Tod und Sionnachs Verschwinden steckt. Und ob überhaupt eine Verbindung zu den anderen Morden besteht.«

»Du glaubst also, dass alles miteinander zusammenhängt?«, fragte Colgú bedrückt.

»Es kommt zwar vor, dass Dinge unabhängig voneinander und trotzdem gleichzeitig geschehen, doch das ist äußerst selten. Deshalb bin ich sicher, dass eine Verbindung zwischen all dem besteht, auch wenn sie momentan nicht zu erkennen ist.«

In diesem Moment hörten sie die aufgeregte Stimme eines Kriegers, der nach Gormán rief.

»Was ist denn jetzt schon wieder?«, stöhnte Colgú.

Gormán sagte zu Fidelma: »Lady, am besten, du kommst gleich mit.« Dann eilte er aus den Gemächern des Königs.

Fidelma wechselte einen überraschten Blick mit ihrem Bruder, bevor sie, mit Eadulf im Schlepptau, Gormán folgte.

»Ich komme, Gormán. Was ist los?«, rief sie, während sie die Treppe hinaufeilte, die zu den Zimmern für besondere Gäste führte.

Gormán stand schon oben. Vor der Tür zu Febals Zimmer hielten zwei Krieger mit versteinerten Mienen Wache. Gormán führte Fidelma und Eadulf hinein.

Zunächst bemerkten sie nichts Ungewöhnliches in dem Raum. Er war geschmackvoll eingerichtet wie alle Gästezimmer des Königs. Febals Leiche lag rücklings neben dem Bett auf dem Boden, und um ihren Kopf herum hatte sich eine Blut-lache gebildet.

»Habt ihr den Toten etwa umgedreht?«, fragte Fidelma. Dar Luga hatte gesagt, er liege mit dem Gesicht nach unten.

»Ja, um festzustellen, wer er ist, Lady. Es scheint nicht alles zu stimmen, was Dar Luga gesagt hat.«

Fidelma hatte schon mit Erstaunen festgestellt, dass der Tote eine Mönchskutte trug. Das war merkwürdig. Sie sah ihn sich genauer an. Überall klebte Blut, das inzwischen angetrocknet war. Fidelma schwieg eine Weile verblüfft. Auch Eadulf sagte nichts.

»Also«, verkündete sie dann, »das ist nicht Febal.«

Eadulf musterte das Gesicht des Toten. »Tatsächlich«, rief er. »Das ist nicht Febal, doch er kommt mir bekannt vor.«

»Das ist der Mann, der sich gestern Nacht mit Brancheó ge-stritten hat«, sagte Gormán ernst.

»Das ist Bruder Sionnach«, ergänzte Fidelma leise.

KAPITEL 15

»Nun, da wir Bruder Sionnach gefunden haben, stehen wir wohl vor einem weiteren Rätsel«, sagte Eadulf in das Schweigen hinein, das auf die Identifizierung des Toten folgte. Er kniete sich neben die Leiche und untersuchte sie flüchtig.

»Die gute Nachricht ist«, verkündete er nach kurzer Zeit, »falls es hier überhaupt eine gute Nachricht gibt: Bruder Sionnach fiel nicht dem dreifachen Tod zum Opfer.«

»Dein schwarzer Humor ist vollkommen fehl am Platz, Eadulf«, tadelte ihn Fidelma. »Wie ist Bruder Sionnach gestorben?«

»Durch einen Messerstich ins Herz – von unten direkt ins Herz. Dabei war entweder Glück oder Geschick mit im Spiel, denn es scheint sich um einen einzigen Stich zu handeln. Es gibt keine Anzeichen für einen Kampf oder dafür, dass er sich zu verteidigen suchte. Er stand offensichtlich ganz dicht vor seinem Mörder, der vielleicht der Bewohner dieses Zimmers war, und ich vermute, dass er nicht erwartete, von ihm erstochen zu werden.«

»Geht das jetzt nicht zu weit, anzunehmen, dass Bruder Sionnach Febal kannte?«, fragte Gormán.

»Vielleicht«, räumte Eadulf ein. »Aber die Art, wie Bruder Sionnach getötet wurde, zeigt, dass er sein Gegenüber nicht als einen Feind wahrnahm, vor dem er sich wohlweislich hüten sollte. Er wurde nicht gewaltsam in dieses Zimmer gezerrt, sondern scheint aus freien Stücken hereingekommen zu sein.«

»Eadulf hat recht«, stimmte Fidelma zu. »Bruder Sionnach muss Febal gekannt haben, denn warum wäre er sonst mitten in der Nacht hier aufgetaucht? Aber was suchte er überhaupt hier im Gästetrakt – und warum hat niemand ihn hineingehen sehen? Machte er Geschäfte mit Febal? Und ist es zulässig, anzunehmen, dass Febal ihn getötet hat, nur weil der jetzt verschwunden ist? Wo *ist* Febal eigentlich?«

»Offensichtlich haben wir nach dem Falschen gesucht«, stellte Gormán fest.

»Deine Krieger, die die Burg nach Bruder Sionnach durchkämmten, hätten es uns ganz bestimmt mitgeteilt, wenn sie dabei auf Febal gestoßen wären«, versicherte ihm Eadulf. »Schließlich war er unser Gast, wenn auch nicht ganz freiwillig. Bruder Sionnach hat Febal aus irgendeinem Grund aufgesucht, sie gerieten in Streit, Febal tötete Sionnach und floh.«

»Bleibt die Frage, wohin er floh«, entgegnete Gormán. »Es ist ebenso schwierig, unbemerkt aus den Gästezimmern zu verschwinden wie aus der Kapelle. Und warum sollte sich Bruder Sionnach mit Febal treffen wollen? Welche Verbindung gibt es zwischen ihnen?«

»Die Verbindung ist Rath Cuáin«, entfuhr es Eadulf.

Fidelma lächelte. »Erklär uns das bitte genauer«, forderte sie ihn auf.

»Bruder Sionnach gehört zu den Gelehrten, die sich hier versammelten, um herauszufinden, ob sich Rath Cuáin der Ketzerei schuldig gemacht hat. Febal tauchte zur gleichen Zeit in Cashel auf, zu der sich auch die Gelehrten trafen. Er behauptete, auf dem Weg nach Rath Cuáin zu sein, wo er angeblich einen gewissen Bruder Fursaintid suchte; damit wir ihm glaubten, erzählte er uns eine verworrene romantische Geschichte, die dem Dichter, der er zu sein vorgab, alle Ehre machte. Er behauptete, Fursaintid habe seine Schwester verführt und danach sitzen lassen. Deshalb sei er nach Rath Cuáin unterwegs, um Blutrache zu nehmen.«

Fidelma nickte. »Durchaus vorstellbar«, sagte sie. »Außerdem wäre Rath Cuáin der perfekte Ort zum Untertauchen, denn obwohl die Abtei nicht weit von hier liegt, wusste ich bis vor Kurzem nicht einmal, dass es sie gibt.«

»Und doch existiert sie«, betonte Gormán. »Aber abseits aller Handelsrouten. Von Cashel führen keine größeren Wege oder Straßen zu ihr hin.«

»Trotzdem bereitet die Abtei nach dem, was Bruder Mac Raith uns erzählte«, fügte Eadulf hinzu, »dem Abt von Imleach als dem Obersten Bischof von Muman schon seit Jahren Kopfzerbrechen. Warum wusste kaum jemand etwas davon?«

»Mal angenommen, Rath Cuáin ist tatsächlich das Bindeglied zwischen all den rätselhaften Ereignissen der letzten Tage«, sagte Fidelma. »Worin aber besteht ihre reale Verkettung? Darin, dass Febal dorthin unterwegs war, um nach Bruder Fursaintid zu suchen? Darin, dass Bruder Sionnach hier war, um über die Zukunft der Abtei zu diskutieren? Darin, dass Brancheó ihn vielleicht für den geheimnisvollen Bruder Lucidus hielt? Alles ist möglich. Wir sollten dem unbedingt auf den Grund gehen. Und was diesen Bruder Fursaintid betrifft …«

»Ja?«

»Weißt du, was der Name Fursaintid bedeutet? ›Einer, der erleuchtet‹. Mit anderen Worten – Lichtbringer.«

Eadulf schwieg. Das musste er erst mal verdauen. Fidelma wandte sich an Gormán. »Gormán, frag deine Krieger, ob einer von ihnen Febal nach dem Fest gestern Nacht oder im Lauf des heutigen Tages gesehen hat. Vielleicht haben sie eine Idee, wie der die Burg verlassen haben könnte. Obwohl ich das bezweifle.«

»Wenn sie schon keine Idee hatten, wie Bruder Sionnach die Burg verlassen haben könnte, wieso sollte das bei Febal anders sein?«, entgegnete Gormán. Als er das ärgerliche Funkeln in ihren Augen sah, hob er beschwichtigend die Hand. »Aber es ist besser, jeder Kleinigkeit nachzugehen, ich weiß. Ich mache mich auf den Weg und kümmere mich darum, keine Sorge.«

»Und welche Aufgabe fällt uns jetzt zu?«, fragte Eadulf, nachdem Gormán gegangen war.

»Zunächst durchsuchen wir das Zimmer hier; vielleicht hat Febal ja irgendetwas von Interesse zurückgelassen. Danach schauen wir uns den Toten genauer an.«

Doch beides brachte keine neuen Erkenntnisse.

»Jetzt sprechen wir mit Dar Luga und allen anderen, die hier auf der Burg wohnen oder arbeiten. Vielleicht hat jemand etwas gesehen.«

»Hat Bruder Conchobhar nicht gesagt, er habe schon von Febal als Dichter gehört?«, erinnerte sich Eadulf. »Wir sollten mit ihm reden.«

Fidelma nickte. Eadulf hatte sie noch nie so ratlos erlebt. Er war nach wie vor überzeugt, dass die Lösung des Rätsels in der Abtei Rath Cuáin zu finden war, hatte jedoch keine genauere Vorstellung, warum.

Dar Luga und das Personal in den Gemächern des Königs trugen nichts dazu bei, eine Verbindung zwischen Febal und Bruder Sionnach zu entdecken. Febal war zu denen, die ihn während seines kurzen Aufenthalts im Gästetrakt bedienten, immer höflich gewesen, hatte jedoch wenig von sich preisgegeben. Niemand hatte gesehen, dass Bruder Sionnach jemals in die Gästezimmer gekommen war, schon gar nicht in der vergangenen Nacht. Wie Bruder Sionnach in Febals Zimmer gelangt war und wie Febal es verlassen konnte, das stellte alle vor ein unlösbares Rätsel. Gormán kehrte zurück und berichtete niedergeschlagen, dass auch die erneute Befragung der Wachen kein Licht in die Angelegenheit gebracht hatte.

Als Fidelma und Eadulf auf dem Weg zu Bruder Conchobhars Apotheke den Innenhof überquerten, blieb Fidelma plötzlich stehen und verkündete, ihr sei eine mögliche Erklärung für das alles eingefallen.

»Erinnerst du dich, dass mein Bruder während des Festes der heiligen Brigid die Mauer an der südwestlichen Ecke reparieren ließ?«

»Stimmt«, bestätigte Eadulf. »Wir wollten herausfinden, wie jemand die Burg unbemerkt verlassen konnte, und kletterten über das Gerüst, das die Arbeiter dort errichtet hatten, nach unten. Doch die Reparaturen wurden im Sommer abgeschlossen; jetzt steht dort kein Gerüst mehr.«

»Richtig. Das hatte ich völlig vergessen. Ein Mönch wie Bruder Sionnach wäre niemals in der Lage, die Mauer hinunterzuklettern … Aber ein Krieger? Das ändert alles.«

»Ein Krieger?«

»Weißt du das nicht mehr? Febal gab zu, dass er früher Mitglied der Gamanride war, der Elitetruppe des Königs von Connacht. Ein gut trainierter Krieger könnte an dieser Ecke leicht über die Mauer bis ganz nach unten klettern. Komm, lass uns hören, was Bruder Conchobhar noch von diesem merkwürdigen jungen Dichter zu berichten weiß.«

Was Bruder Conchobhar ihnen erzählen konnte, brachte sie jedoch kaum weiter, obwohl er während des gestrigen Festmahls neben Febal gesessen und sich ausgiebig mit ihm unterhalten hatte.

»Ich hatte, wie gesagt, schon mal von Febal von den Uí Briúin Seóla gehört«, erinnerte sich der betagte Apotheker. »Dichter, die uns besuchten, nannten ihn ein hoffnungsvolles Talent; er dichtet nicht nur in unserer Sprache, sondern auch in Latein.«

»In Latein? Ach ja, ich habe beim gestrigen Fest gehört, wie du dich auf Latein mit ihm unterhalten hast.«

»Man erzählte mir«, erklärte Bruder Conchobhar beinahe ehrfurchtsvoll, »er habe eine Begabung dafür, im neuen lateinischen Versmaß zu schreiben.«

»Wie sieht das genau aus?«, fragte Eadulf verblüfft.

»Vierzeiler mit sieben Silben pro Zeile, mit Reimen und Alliterationen.«

»Ein ehemaliger Krieger der Gamanride von Connacht, der lateinische Gedichte schreibt? Wie ist er denn dazu gekommen?«, fragte Fidelma. »Hat er dir gestern Abend etwas darüber erzählt?«

Bruder Conchobhar rieb sich nachdenklich das Kinn. »Er erwähnte, dass er eine Zeitlang in Rom studiert hat«, berichtete er. »Ich muss zugeben, dass ich noch nie eins seiner Gedichte gelesen habe und daher ihre Qualität nicht beurteilen kann. Allerdings sprach er ungewöhnlich fließend Latein, was mich überraschte.«

»Hast du sonst noch etwas über ihn herausgefunden?«

»Nur, dass er seine Ausbildung in Cluain Fois erhielt, wie du bereits weißt. Das ist die Abtei, die von einem Schüler des heiligen Patrick gegründet wurde – von Iarlaithe, dem Sohn von Loga. Vermutlich wurde er bei seiner Rückkehr aus Rom dort eingestellt, um Dichtkunst zu unterrichten.«

»Hältst du die Geschichte über seine Schwester für glaubwürdig? Du hast doch vermutlich davon gehört – dass er hierherkam, um Blutrache zu nehmen, weil ein gewisser Bruder Fursaintid seine Schwester entehrt hat?«

Der Apotheker zuckte die Achseln. »Es sind schon merkwürdigere Dinge geschehen, Lady. Obwohl es durchaus seltsam erscheint, dass er bei seiner Ankunft hier gleich von dieser Blutrache erzählte. Warum ging er nicht direkt nach Rath Cuáin, wo er seinen Gegenspieler vermutete? Warum kam er überhaupt nach Cashel?«

Seine Fragen gaben Fidelma und Eadulf neue Denkanstöße. Sie verließen Bruder Conchobhar und beschlossen, in ihre Gemächer zurückzukehren und sich zu erfrischen. Muirgen, die Kinderfrau, brachte ihnen Wasser und Kleidung zum Wechseln.

»Lass uns all die rätselhaften Ereignisse aus einem anderen Blickwinkel betrachten«, schlug Fidelma beim Umziehen vor.

Eadulf sah sie erwartungsvoll an.

»Ein Schafhirte von zweifelhaftem Ruf wird halbherzig im Holzhaufen für das Samhain-Feuer versteckt und folglich entdeckt. Alles ist so eingerichtet, dass der Tote gefunden werden muss. Man hat ihn nach einem Ritual getötet, das mit der alten Religion in Verbindung steht. In seine Haut eingeritzt, findet man das Symbol der nahe gelegenen Abtei, das von einer Gruppe von Ketzern dort benutzt wird. Warum? Der Mann ist in diese Gegend gekommen, hat eine Einheimische, Caoimhe, geheiratet und sich um ihre Schafherde gekümmert, obwohl er gar kein Schäfer ist. Sie stirbt, er begräbt sie, und als er die Abtei wegen des Erbes anspricht, erklärt man ihm, er habe kein Anrecht darauf und müsse seine Hütte räumen. Zu diesem Zeitpunkt, so wird berichtet, ist er arm und verzweifelt. Dann trifft er Brancheó, die sich als Druidin bezeichnet, und bittet sie, seine Peiniger aus der Abtei auf heidnische Art zu verfluchen. Danach kommt er plötzlich zu gewissem Wohlstand und schmiedet Pläne, mit ihr in den Bergen im Süden zu leben.«

Sie hielt inne, und Eadulf nickte. »Soweit unsere Erkenntnisse. Doch wohin führen sie uns?«

»Warum sollten wir den Toten finden? Handelt es sich um eine Art Warnung, und wenn dem so ist, von wem kam sie? Erca, der Einsiedler, sagte uns, dass Brancheó Spelán heiraten wollte. Das scheint sie als Mörderin auszuschließen. Erca erklärte uns auch, dass kein Anhänger des Alten Glaubens jemanden nach dem Ritual des dreifachen Todes umbringen würde. Äußerst verwirrend.«

»Offensichtlich sollte uns die rituelle Form des Mordes ins Auge fallen. War das als Warnung gedacht oder sollte es von irgendetwas ablenken? Und falls ja, wovon?«

»Wenn wir Erca, Brancheós Vater, glauben wollen, war das Ritual nur vorgetäuscht. Er erzählte uns, dass seine Tochter bei einem Besuch in der Gegend Spelán kennenlernte und sich in ihn verliebte. Eine durchaus fragwürdige Wahl, doch wenn das stimmt, gibt es keinen Grund, sie mit seinem Tod in Verbindung zu bringen. Außerdem starb auch sie durch das gleiche bizarre Ritual, allerdings ohne dass man ihr das Symbol der Abtei bzw. der Ketzer in die Haut einritzte wie bei Spelán. Auch ihre Leiche sollte eindeutig gefunden werden; sie wurde praktisch in aller Öffentlichkeit aufgebahrt.«

Eadulf überlegte eine Weile und sagte schließlich: »Es gibt nur eine Antwort, die mir dazu einfällt.«

»Welche denn?«, wollte Fidelma wissen.

»Wenn die Entdeckung des ersten Ritualmords beabsichtigt war, dann sollte der zweite die Bedeutung des ersten verschleiern.«

Fidelma strahlte übers ganze Gesicht. »Genau! Der zweite Ritualmord sollte uns ablenken, nicht der erste. Aber warum? Wir haben sofort den Schluss gezogen, dass den Morden ein heidnisches Ritual zugrunde lag. Zudem müssen wir den Konflikt zwischen den Abteien berücksichtigen, der durch die mögliche Ketzerei von Rath Cuáin entstanden ist. Dann ist da noch die geheimnisvolle Nachricht von unserem Freund in Rom, dem Ehrwürdigen Gelasius, der uns ankündigt, dass ein Bruder Lucidus vielleicht zu uns Kontakt aufnehmen wird. Möglicherweise haben wir uns auch durch die verschiedenen Namen verwirren lassen, deren Übersetzung Lichtbringer lauten könnte.«

Eadulf stieß einen tiefen Seufzer aus. »Also wieder einmal mehr Fragen als Antworten … Glaubst du trotz allem«, fuhr er fort, »dass Bruder Sionnach in Wirklichkeit Lucidus war? Du übersiehst dabei, dass Bruder Sionnach unter den gelehrten Brüdern durch seine Werke ziemlich bekannt zu sein scheint. Er konnte sich also kaum der Aufmerksamkeit in Gelehrtenkreisen entziehen und hier so einfach unter falschem Namen auftreten.«

»Einverstanden, Eadulf. Wir wissen nicht einmal, worum es dem Ehrwürdigen Gelasius eigentlich geht. Warum sollte dieser Bruder Lucidus mich um Unterstützung bitten – und zu welchem Zweck? Um was für ein geheimnisvolles verschwundenes Buch ging es, bei dessen Auffinden er Hilfe brauchte, und warum hat er sich nicht bei mir gemeldet? Wir wissen nichts über Bruder Lucidus: Wer er ist, wo er sich aufhält, welche Fragen er hat.«

»Wohin sollten wir uns also als Nächstes begeben? Nach Rath Cuáin?«

»Vorher müssen wir noch einmal mit Bruder Mac Raith und seinen Kollegen sprechen. Da wir nun wissen, dass Bruder Sionnach tot und Febal verschwunden ist, verraten sie uns vielleicht noch dies oder jenes.«

Bruder Mac Raith, Bruder Giolla Rua und Bruder Duibhinn wussten jedoch nichts, das ihren ermordeten Kollegen mit Febal in Verbindung brachte. Einer nach dem anderen wiederholte, er habe Febal nur ein einziges Mal gesehen, und zwar beim Samhain-Fest letzte Nacht. Er habe auf der anderen Seite des Festsaals gesessen. Bruder Duibhinn war jedoch aufgefallen, dass sich Bruder Sionnach seiner Meinung nach merkwürdig verhalten hatte, nachdem der König der Unterhaltung durch die heidnische Frau müde geworden war. Sobald Gormán den Saal mit ihr verlassen hatte, sei Bruder Sionnach in beinahe

unziemlicher Eile und ohne Rücksicht auf die Etikette aufgesprungen und mit den Worten, er habe noch viel zu tun, aus
dem Saal gestürzt. Zur selben Zeit, erinnerte sich Bruder Duibhinn, sei auch Febal von den Uí Briúin Seóla aus dem Festsaal
verschwunden.

Dass Bruder Sionnach Gormán und Brancheó gefolgt war
und ein merkwürdiger Wortwechsel im Innenhof stattgefunden hatte, wusste Fidelma ja bereits. Nach der Mitternachtsmesse hatte sich Bruder Sionnach offenbar in Febals Zimmer
begeben – aber warum? Was brachte Febal dazu, ihn zu töten
und zu fliehen? Gab es irgendeine Verbindung zu dem geheimnisvollen »Lichtbringer«?

Am Ende der Befragung bat Fidelma Bruder Mac Raith, ihr
und Eadulf Bruder Sionnachs Bett zu zeigen. Es stand in einer
Ecke des kleinen, zellenartigen Raums, der ursprünglich Teil
der Kapelle gewesen und irgendwann als Gästekammer für weniger hochgestellte Kirchenleute abgetrennt worden war. Die
vier Teilnehmer des Konzils hatten beschlossen, dort Quartier
zu nehmen, um ihre Ausführungen nach Belieben bis in die
Nacht fortsetzen zu können. Neben Sionnachs Bett lehnte ein
aus Eichenholz geschnitzter Stab an der Wand. An einem Haken hingen ein großer Beutel, eine zweite Kutte und ein paar
nagelneue Ledersandalen. Offensichtlich war Bruder Sionnach
äußerst penibel, was sein Äußeres betraf, und reiste deshalb mit
zusätzlicher Kleidung.

Bei genauerem Nachsehen stellte sich heraus, dass der Beutel
einen ungewöhnlichen Gegenstand enthielt – einen *graib*, einen spitzen Metallstift, mit dem man auf Wachstafeln schrieb.
So eine Tafel bestand aus Birkenholz und hatte einen Rahmen
mit erhöhten Kanten, sodass man heißes Wachs hineingießen
konnte. Nachdem das Wachs abgekühlt war, machte man sich
mit Hilfe des *graib* Notizen. Die Wachsoberfläche ließ sich bei

Bedarf wieder glätten; es genügte oft, dass man mit der warmen Hand darüberstrich.

»Merkwürdig, dass er einen Stift bei sich trug, aber keine Tafel«, bemerkte Fidelma, sobald sie sämtliche Besitztümer des Toten durchsucht und sogar die Strohmatratze auf dem Bettgestell umgedreht hatte für den Fall, dass darunter noch etwas lag.

Eadulf prüfte unterdessen die Kutte, die an der Wand hing. Als seine Hand etwas ertastete, entfuhr ihm ein Aufschrei. Vorsichtig zog er eine kleine Holztafel aus einem *sacculus* aus Leinen, einer beutelartigen Tasche, die auf der Innenseite der Kutte angenäht war. Fidelma warf ihm einen fragenden Blick zu.

Eadulf sah sie mit triumphierendem Grinsen an. »Ich dachte gerade an unseren ersten gemeinsamen Fall, die Morde auf dem Konzil in Streonshalh. Weißt du noch, dass eines der Opfer, der Mönch Seaxwulf, eine Geheimtasche in seiner Kutte hatte? Das war damals noch sehr neu. Heute ziehen viele Mönche so eine Innentasche einem Beutel am Gürtel vor. Sie glauben, dort seien ihre Wertgegenstände vor Diebstahl sicher. Die Idee stammt, soweit ich weiß, aus dem Fränkischen Reich. Wie dem auch sei, in so einer Innentasche bewahrte Bruder Sionnach seine Wachstafel auf. Es scheint sogar noch etwas draufzustehen.«

Fidelma nahm die kleine rechteckige Tafel aus Birkenholz, trat ans Fenster und hielt sie hoch, um die dunkle Wachsoberfläche zu beleuchten.

»Latein«, sagte sie, während sie den eingeritzten Text entzifferte. Dann atmete sie hörbar aus und las ihn laut vor.

»Suche das Tau-Rho. Geheimes Buch dort. Muss zurückgebracht werden. Gefährlich in den falschen Händen. Lichtbringer vielleicht nicht vertrauenswürdig.«

Fidelma stützte sich auf die Fensterbank und dachte nach.

»Wir haben wohl endlich den Faden gefunden, der uns zur Lösung all dieser Rätsel führen wird«, flüsterte sie.

»Den Faden?«, wiederholte Eadulf. »Bruder Sionnach war wohl kaum Bruder Lucidus, oder? Warum aber hielt ihn Brancheó dafür?«

»So siehst du das, was sie gesagt hat«, erwiderte Fidelma freundlich. »Sie bezeichnete ihn lediglich als ›Lichtbringer‹.«

»Wie auch immer, Gelasius teilte dir mit, du sollst einem Bruder Lucidus vertrauen, falls er wegen eines Buches Kontakt mit dir aufnimmt. Diese Notiz von Sionnach besagt jedoch das Gegenteil.« Eadulf sah sie verwirrt an. »Ich verstehe das nicht. Das Einzige, was ich in dem Text wiedererkenne, ist der Hinweis auf das Tau-Rho-Zeichen, das Symbol dieser Gruppe in der Abtei Rath Cuáin, wo – das war schon die ganze Zeit über mein Gefühl – der Schlüssel zu dem Geheimnis liegt.«

»Da magst du recht haben«, stimmte Fidelma ihm zu. »Jetzt, da ich den Schlüssel kenne, scheinen sich einige Dinge doch noch zusammenzufügen.«

»Den Schlüssel?«, fragte Eadulf irritiert.

»Das geheime Buch. Ich habe es auf dem Schreibpult von Síoda liegen sehen. Machen wir uns also auf den Weg nach Rath Cuáin.«

Der Tag hatte sich als unerwartet warm und angenehm erwiesen, während sie erneut in das Stammesgebiet der Sítae ritten, das sich rings um die Abtei Rath Cuáin erstreckte. Selbst die rauen Anhöhen, in deren Mitte sich der Ochsenhügel erhob, lagen heiter und friedlich in der milden Herbstsonne. Wenn Fidelma an den jungen, gut aussehenden Abt Síoda dachte, hatte sie sofort im Blick, dass er auch der weltliche Herrscher über die kleine Gemeinschaft war, die hier, bis hinunter zum Fluss Suír verstreut, lebte. Ihr missfiel es grundsätzlich, wenn geistliche und weltliche Macht in einer Hand lagen, doch viele Brehons wandten ein, dass die Männer der Kirche den uralten Gesetzen ebenso verpflichtet waren wie die jeweiligen Prinzen und Stammesfürsten, und dass jeder Machtmissbrauch zu Widerstand führen würde. Sie hielt das nicht für eine ausreichende Absicherung, nachdem sie miterlebt hatte, wie mehrere Kirchenvertreter die alten Gesetze missachteten und zugunsten der neuen Ideen aus Rom, der sogenannten Bußgesetze, verwarfen – was ihnen zu noch nie da gewesener Machtfülle verhalf.

Aídan ritt wie gewöhnlich voraus, dann folgte Fidelma auf Aonbharr, ihrem weiß-grauen Pferd. Eadulf auf seinem stämmigen Falben bildete die Nachhut. Seit sie Cashel hinter sich gelassen hatten, war das Gespräch fast versiegt. Fidelma machte ohnehin nicht gern viele Worte, wenn keine Notwendigkeit dazu bestand. Sie genossen es, einfach auf den Pferden zu sitzen und ihnen fast ihren Willen zu lassen, während die sanfte Nachmittagssonne am wolkenlosen Himmel sie wärmte, sobald der Wind abflaute. Hin und wieder tauchten Kaninchen am Wegesrand auf und hoppelten unbeeindruckt von den vorbeiziehenden Reitern weiter, als suchten sie etwas. In der Ferne sahen sie einen Fuchs mit seinem strahlenden rostroten Fell über den Berghang streifen; plötzlich blieb er stehen, da seine empfindliche Nase ihren Geruch auffing, starrte in ihre Richtung, setzte sich und musterte sie in aller Ruhe, bevor er sich erhob und gemächlich seinen Weg fortsetzte. Wie beim letzten Mal entdeckten sie auch heute kaum Anzeichen von Viehherden auf den sanften Berghängen.

Links von ihnen führte eine Reihe zerklüfteter Felsen steil nach oben. Sie schreckten einen kleinen Schwarm Stare auf, die mit ihrem glänzenden, schillernden Gefieder und den gelben Schnäbeln, wild durcheinanderwirbelnd, gen Himmel flatterten und sich mit aggressivem Geschrei um jedes Bröckchen Futter stritten, um ihren gewaltigen Appetit zu stillen. Hin und wieder glaubte Eadulf, dazwischen auch die Rufe anderer Vögel zu hören. Dann begriff er, dass die Stare es ausgezeichnet verstanden, die Rufe anderer Vögel nachzuahmen, um ihren Konkurrenten Angst einzujagen und die Beute für sich zu behalten. Plötzlich trat Stille ein; der Schwarm der Stare verschwand hinter den Felsen. Eadulf schaute nach oben und sah die spitzen, mattbraun aufblitzenden Flügel eines Zwergfalkenweibchens, das aufstieg, um sich jeden Moment auf die Beute tief unten zu stürzen. Kein Wunder, dass die Stare die Flucht ergriffen hatten. Kurz darauf drang ein Gewirr von Vogelstimmen an sein Ohr, als andere Vögel sich von den höhergelegenen Felsen aufschwangen und davonflogen.

Von dem Geräusch alarmiert, zügelte Aidan sein Pferd und schaute gen Himmel.

»Das sind nur Stare und ein Zwergfalke auf der Suche nach Beute«, rief Eadulf ihm zu.

Doch Aidan beachtete ihn nicht.

»Erinnerst du dich, dass ich auch Gefahr witterte, als wir das erste Mal hier entlangritten?«, fragte er Eadulf mit gesenkter Stimme.

»Du hattest das Gefühl, dass uns jemand folgt. Ja. Wie sich herausstellte, war es Brancheó auf dem Pfad hoch über uns.«

»Jetzt habe ich das gleiche Gefühl«, gestand Aidan leise. »Schau nicht nach oben«, fügte er warnend hinzu.

Fidelma griff nach der Wasserflasche, die an ihrem Sattelknopf hing.

»Weißt du, wer es ist?«, fragte sie, während sie vorgab zu trinken. »Nur eine Person oder mehrere?«

»Ich bin mir nicht sicher, Lady«, antwortete er. »Ich habe schon seit einiger Zeit ein gewisses Unbehagen verspürt ...

Dann schreckten mich die Vögel auf, und ich sah, wie ein Sonnenstrahl zurückgeworfen wurde, vielleicht von einem Schwert oder Schild. Vor uns liegt die scharfe Wegbiegung, an der Brancheó uns erwartete. Der ideale Ort für einen Hinterhalt.«

»Warum sollte uns jemand in einen Hinterhalt locken?«, fragte Eadulf.

»Wer weiß? In den letzten Tag sind viele Dinge passiert, die für mich nichts mehr mit Logik zu tun haben.«

Fidelma musterte den linken Wegesrand. »Der Hang hier führt recht sanft bergab. Wir könnten den Pfad verlassen und zu dem Wäldchen im Tal reiten; es würde uns Deckung bieten. Dann würden wir uns Rath Cuáin von Süden her nähern, auf einem anderen Weg. Bist du in der Lage, hier hinunterzureiten, Eadulf? Wir müssen uns wohl beeilen.«

Eadulf, der kein großer Reiter war, musterte das Gelände besorgt. »Ich kann es versuchen, aber erwarte bitte keinen Galopp von mir, sonst breche ich mir den Hals.«

Fidelma hängte ihre Wasserflasche wieder an den Sattelknopf und lächelte Eadulf ermutigend zu. »Dann folge mir, ich mache es dir so leicht wie möglich.«

Sie wendete ihr Pferd und setzte es in Bewegung. Es schnaubte und lief dann ohne weiteren Protest zügig los. Falls Fidelma vorhatte, verhältnismäßig langsam zu reiten, wollte ihr Pferd etwas anderes und legte ein schnelleres Tempo vor, auch wenn es nicht steil nach unten, sondern quer zum Abhang trabte. Fidelma musste sich im Sattel zurücklehnen, um das Gleichgewicht zu halten.

»Los jetzt, Freund Eadulf«, zischte Aidan, da der zu zögern schien.

Eadulf nahm noch wahr, wie Aidan plötzlich seinen Schild löste und nach hinten schwang, als auch schon etwas mit metallischem Klirren darauf aufschlug. Doch erst, als etwas wie eine

Wespe seitlich an seinem Gesicht vorbeisurrte und er einen Pfeil erblickte, der sich dicht vor ihm in den Boden gebohrt hatte, begriff er, was vor sich ging. Jemand griff sie an und wollte sie töten.

KAPITEL 16

Während Eadulf sein sonst eher träges Pferd zur Eile antrieb, schloss er die Augen und vertraute auf den Instinkt des Tieres, das sich jetzt im gleichen Winkel wie Aonbharr zügig bergab bewegte. Direkt hügelabwärts zu reiten wäre zu gefährlich gewesen, doch Eadulfs Pferd war klug. Sie entfernten sich schnell von der Hügelkuppe in Richtung Tal. Irgendwo in den Tiefen seines Gehirns begriff Eadulf, dass es für die Bogenschützen schwierig war, sie von ihrem Standort aus zu treffen. Er klammerte sich an sein Pferd, wie er sich auch an sein Leben klammerte, und hörte den keuchenden Atem von Aidans Hengst dicht hinter sich, wagte jedoch nicht, einen Blick zu riskieren.

Der Ritt schien lange über einen kargen, ungeschützten Hang zu führen, bis Eadulf schließlich spürte, dass sie ebenes Gelände erreicht hatten. Er öffnete die Augen; sie befanden sich schon fast am Rand des Waldes, der den Talboden bedeckte. Doch erst im Schutz der Bäume zügelte Fidelma das Tempo. Eadulf gelang es, sein schweißüberströmtes Tier neben ihr zum Stehen zu bringen.

»Bist du verletzt, Aidan?«, fragte sie, als der Krieger an ihrer Seite anhielt.

Er antwortete grinsend: »Ich habe meinen Schild gerade noch rechtzeitig hinter mich geschwungen. Ein Pfeil hat den Schildbuckel getroffen. Ein zweiter, wie ihr seht …«

Erst jetzt erkannte Eadulf, dass ein Pfeil die Satteltasche des Kriegers durchbohrt hatte. Ein kalter Schauer lief ihm über den Nacken, während er einen Blick zurück und nach oben warf. Kein Anzeichen von den Verfolgern. Alles ruhig.

Fidelma griff nach vorn, zog den Pfeil aus Aidans Satteltasche und musterte ihn eingehend.

»Das ist nicht der Pfeil eines Jägers«, bemerkte sie. »Was hältst du davon, Aidan?«

Der Krieger nahm den Pfeil und drehte ihn zwischen dem Daumen und den Fingern seiner Rechten hin und her.

»Ein Kriegspfeil«, bestätigte er. »Allerdings nicht aus unserem Königreich.«

Fidelma schürzte die Lippen. »Uí Briúin Seóla?«, riet sie.

»Ganz sicher von der Art, wie sie in Connacht benutzt werden. Ich habe ähnliche gesehen, als ich im Krieg als junger Schildträger gegen König Guaire Aidne zog.«

Eadulf wusste, dass Pfeile üblicherweise besondere Markierungen aufwiesen, an denen man ihre Herkunft erkennen konnte; daher überraschte ihn der Dialog nicht.

»Willst du damit sagen, dass es Febal war, der uns da oben im Hinterhalt auflauerte?«

»Febal – oder seine Verbündeten. Jedenfalls jemand, der die Pfeile von Connacht benutzt«, erwiderte Aidan. »Als ich mich umdrehte, sah ich die Köpfe von mindestens zwei Bogenschützen über dem Bergkamm auftauchen. Sie hätten uns zweifellos in den Hinterhalt gelockt, wenn wir auf dem Weg geblieben wären. Vergiss nicht, dass Febal zwar vorgab, ein Dichter zu sein, früher aber zu den Gamanride gehörte.«

»Glaubst du, wir befinden uns noch immer in Gefahr?«, fragte Fidelma.

»Nichts deutet darauf hin, dass sie uns den Berg hinunter gefolgt sind. Trotzdem: Falls sie uns Böses wollen, wäre es klug, hier nicht zu verweilen. Was sollen wir tun – nach Cashel zurückkehren?«

»Warum könnte Febal uns davon abhalten wollen, Rath Cuáin zu erreichen?«, fragte Eadulf. »Weil er Bruder Sionnach ermordet hat? Sicher, dieser Angriff ist geradezu ein Geständnis. Offenbar hat man sich gegen uns verschworen. Ist Febal vielleicht in ein Komplott von Connacht verstrickt?«

»Eadulf könnte recht haben, Lady«, sagte Aidan. »Vielleicht sollten wir deinen Bruder, den König, alarmieren.«

»Wir wissen noch nicht genug über das alles«, sagte Fidelma und lehnte so seinen Vorschlag ab. »Ich glaube, das sollte lediglich eine Warnung sein. Man will uns davon abbringen, die Abtei aufzusuchen.«

»Eine Warnung?«, fragte Aidan überrascht. »Eine ziemlich mörderische Warnung, Lady.«

»Wir lassen uns nicht einschüchtern«, erklärte sie entschlossen. »Wir reiten bis zur Hütte von Éimhín und Torcán und bleiben da bis zum Einbruch der Nacht. Dann machen wir uns im Dunkeln auf den Weg nach Rath Cuáin; das erwartet niemand.«

»Im Dunkeln?«, fragte Eadulf erstaunt.

»Im Dunkeln.«

»Und wie verschaffen wir uns Zutritt zur Abtei? Ich bezweifle, dass Bruder Tadhg uns einlassen wird.«

Fidelma lächelte. »Wie Seneca bereits sagte: *aut inveniam viam aut faciam.*«

Eadulf stöhnte, während Aidan ratlos dreinschaute. Fidelma wendete bereits ihr Pferd, um einen Weg durch die Bäume zu suchen.

»Sie zitiert gern Aussprüche von römischen Schriftstellern und Gelehrten«, erklärte er und sah Aidan entschuldigend an. »Dieser besagt: Entweder ich finde einen Weg oder ich baue einen.«

Aidan zuckte die Achseln. »Wenn jemand dazu in der Lage ist, dann vermutlich sie«, erwiderte er stoisch und folgte Fidelma.

»Das ist wahr«, sagte Eadulf seufzend zu sich selbst und ritt hinter den anderen her.

Nach einer Weile wurde der Pfad durch den Wald breiter, und Aidan trabte wieder entspannt voraus; Eadulf lenkte sein Pferd neben Fidelmas.

»Ich finde, du solltest mir deinen Plan erläutern, bevor wir Torcáns Hütte erreichen. Du hast vor, bis zum Einbruch der Nacht dort zu bleiben? Was, wenn der Holzfäller und seine Frau nicht so sehr gegen Abt Síoda eingestellt sind, wie sie behaupteten?«

Fidelma warf ihm einen nachdenklichen Blick zu. »Ein Segen, dass du klug und besonnen bist, Eadulf, während mich meine Ungeduld oft behindert. Du hast recht.« Sie zügelte ihr Pferd und rief: »Aidan! Hier ist ein klares Flüsschen. Lassen wir die Pferde trinken und ruhen uns ein wenig aus.«

Schon bald hatten sie es sich auf umgestürzten Bäumen am Flussufer bequem gemacht, während die Tiere sich am sprudelnden Wasser labten.

»Wie ihr beide wisst, sah mein erster Plan vor, direkt nach Rath Cuáin zu reiten und Abt Síoda mit bestimmten Ereignissen zu konfrontieren. Der Hinterhalt hat mir Bedenkzeit verschafft, um diese Idee zu überprüfen.«

»Einverstanden«, antwortete Eadulf. »Falls du jedoch vorhast, nach Einbruch der Dunkelheit zur Abtei aufzubrechen, wie können wir uns dort Zutritt verschaffen? Lohnt es sich, ein solches Risiko einzugehen?«

»Ich glaube schon. Irgendetwas werden wir bestimmt herausfinden. Ich gestehe, dass ich mich der Lösung all dieser Rätsel sehr fern fühlte, bis wir Bruder Sionnachs *ceraculum* fanden.«

»Sein was?«, wollte Aidan wissen.

»Seine Wachstafel, auf die er eine Nachricht geschrieben hatte«, erklärte Eadulf.

»Auf der Wachstafel stehen einige interessante Dinge«, sagte nun Fidelma. »Unter anderem, dass Lucidus eventuell nicht zu trauen ist. Warum ist ihm nicht zu trauen? Und wer ist er eigentlich?«

»Ja, wer ist denn nun Lucidus?«, fragte Aidan.

»Das ist genau der springende Punkt. Wir wissen es nicht. Wenn Bruder Sionnach nicht Lucidus war, wer dann?«, sagte Eadulf. »Die Fragen vermehren sich mal wieder.«

»Suche das Tau-Rho, stand auf der Tafel. Und welche Abtei trägt das Tau-Rho-Symbol auf ihren Mauern – dasselbe Symbol, dass in Speláns Körper eingeritzt war?«

»Ich verstehe das immer noch nicht«, seufzte Aidan.

»Genau deshalb müssen wir mehr herausfinden, bevor wir in Cashel Alarm schlagen«, erwiderte Fidelma. »Wir haben eine Verbindung von Bruder Sionnach zu Lucidus und dem Tau-Rho, das wiederum mit Rath Cuáin zusammenhängt. Aber das ist noch nicht das Wichtigste.«

»Was ist es denn dann?«, fragte Eadulf stirnrunzelnd. »Febal? Wie passt er ins Bild – abgesehen davon, dass er vielleicht Bruder Sionnach ermordete und möglicherweise den Hinterhalt anzettelte, dem wir gerade entkommen sind.«

»Das Buch«, antwortete Fidelma ohne Zögern. »Das Buch ist von zentraler Bedeutung, und deshalb habe ich vor, heute Nacht in die Abtei Rath Cuáin einzudringen. Der Ehrwürdige Gelasius hat mich um Hilfe gebeten. Auf Bruder Sionnachs Wachstafel stand etwas von einem geheimen Buch, das zurückgegeben werden muss. In den falschen Händen könne es gefährlich sein. Meiner Meinung nach dreht sich alles um dieses Buch.«

»Was für ein geheimes Buch – und an wen soll es zurückgegeben werden?«, fragte Aidan. »Und wie kann ein Buch, das in die falschen Hände gerät, überhaupt gefährlich werden?«

»Hier hat sich mein Besuch bei Abt Síoda als nützlich erwiesen. Er empfing mich in der Bibliothek, und auf seinem Schreibpult lag ein lateinisches Buch. Ein uraltes Werk, in Leder gebunden; es trug das Siegel von Vitalian, dem Bischof von Rom, und in den dunklen Ledereinband waren lateinische Worte eingeprägt.«

Sie machte eine Kunstpause, eine Angewohnheit, die Eadulf nervte, denn sie setzte sie häufig ein, wenn sie ihre Fälle vor Gericht vertrat und eine dramatische Wirkung erzielen wollte. Für Aidan dagegen war das eher neu. Er schnaufte und drängte: »Sprich weiter, sprich weiter. Welche Worte waren da eingeprägt?«

Fidelma lächelte voller Genugtuung: »*Non videbunt: habere occultum.*«

Aidan verstand kein Latein, so dass Eadulf übersetzte: »Es bedeutet: ›Niemand soll das sehen. Haltet es geheim.‹«

»Ich habe nicht weiter darüber nachgedacht, bis ich die Nachricht von Bruder Sionnach las«, gab Fidelma zu. »Erst da fiel mir wieder ein, dass Abt Síoda versuchte, den Band auf seinem Pult zu verdecken. Dazu kam die Botschaft des Ehrwürdigen Gelasius und dann Bruder Sionnachs Text.«

»Du denkst, das ist das geheime Buch, das der Ehrwürdige Gelasius und Bruder Sionnach für so gefährlich halten? Deshalb soll es dem Bischof von Rom zurückgebracht werden? Und ausgerechnet von diesem seltsamen Bruder Lucidus?«

»Ich bin mir ganz sicher. Wer auch immer Bruder Lucidus ist, Gelasius hat ihn damit beauftragt, ein geheimes Buch wieder zu beschaffen, das aus dem Lateranpalast gestohlen wurde.«

Aidan stieß einen leisen Pfiff aus.

»Und weil Bruder Sionnach sich so kritisch über die theologischen Überzeugungen der Abtei Rath Cuáin äußerte, lässt sich vermuten, dass dieses Buch Beweise für die Richtigkeit ihrer Ansichten enthält – und genau darin besteht die Gefahr«, fasste Eadulf zusammen. »Es enthält Beweise zur Untermauerung des ... des Psil... Psil...«

»Psilanthropismus nennt man diese Richtung«, beendete Fidelma den Satz. »Allerdings bittet mich Gelasius, Lucidus zu unterstützen, wohingegen Bruder Sionnach seine Vertrauenswürdigkeit anzweifelt. Also landen wir wieder bei derselben Frage: Wer ist Bruder Lucidus, und warum ist ihm nicht zu trauen? Als Allererstes müssen wir jedoch wissen, ob sich dieses Buch noch in Rath Cuáin befindet. Um alles andere kümmern wir uns später.«

»Also sieht dein Plan vor, nach Einbruch der Dunkelheit einfach so in die Abtei einzudringen, das Buch aufzuspüren und zu ergründen, wer Lucidus ist oder war – und das alles gleichzeitig?« Aidan staunte nicht schlecht.

»Ich habe nicht vor, irgendetwas einfach so zu tun. Nichts ist einfach. Aber ich bin sicher, dass das Buch noch in ihrem *scriptorium* liegt, möglicherweise auf dem Schreibpult des Abtes oder darin. Wenn wir es in unseren Besitz bringen können, wird das die Dinge beschleunigen; dann werden viele Würmer hier in der Gegend ganz schnell aus ihren Löchern kriechen.«

»Vorsicht!«, erwiderte Eadulf mit ängstlicher Stimme. »Die Würmer hier in der Gegend sind ziemlich giftig.«

»Das stimmt allerdings«, bestätigte Aidan. »Eigentlich wollten wir doch bei Tageslicht nach Rath Cuáin reiten und mit Abt Síoda sprechen. Jetzt scheinst du zu glauben, dass wir mitten in der Nacht in die Abtei reinkommen – wie willst du das machen? Den Pförtner, diesen erbärmlichen Wicht, höflich bitten, uns reinzulassen? Das wird wohl kaum funktionieren, oder?«

»Sarkasmus passt nicht zu dir, Aidan.« Fidelma wurde ärgerlich, weil sie wusste, dass auch sie diese Schwäche hatte und zu bissigen Bemerkungen neigte.

Unbeirrt fuhr Aidan fort: »Ich meine, falls die Abtei von Kriegern aus Connacht beschützt wird, haben wir ein Problem. Und wenn der Pförtner uns schon am Tage nicht gern hereinlässt, wird er das nachts ganz gewiss nicht tun.«

»Mein Plan sieht vor, dass ich allein in die Abtei eindringe«, erklärte ihnen Fidelma leise.

Nach kurzem, verblüfftem Schweigen begannen Eadulf und Aidan zu protestieren.

»Ihr beide wartet draußen, während ich mich hineinschleiche«, fuhr Fidelma fort, ohne auf ihre Einwände einzugehen. »Ein Mensch allein kann Dinge vollbringen, zu denen zwei oder drei nicht in der Lage sind.«

Sie stritten noch eine Weile, doch Fidelma gab nicht nach. »Als *dálaigh* habe ich das Recht, mir im Namen des Gesetzes Zutritt zur Abtei zu verschaffen. Das sollte mich schützen, falls etwas schiefgeht. Doch das wird es nicht. Ich habe einen Plan.«

»Erklär uns den Plan, und ich werde ihn ausführen!«, rief Eadulf ohne Zögern. »Wenn du in die Abtei hineinkommst, dann kann ich das auch.«

Fidelma schüttelte den Kopf. »Du würdest weder wissen, was du suchen sollst, noch wo. Ihr beide musstet in den Ställen bleiben, während man mich in die Bibliothek brachte, sodass ich den Grundriss der Gebäude kenne und weiß, wo die Bibliothek liegt. Und wie das Buch aussieht.«

»Das erklärt uns immer noch nicht, wie du hineingelangen willst«, meinte Aidan. »Der griesgrämige Pförtner wird dich nicht reinlassen, und die Mauern sind hoch genug, um den Angriff eines Heers von Kriegern abzuwehren.«

»Ich mache das anders.«

»Und wie?« Eadulf ließ nicht locker.

»Erinnert ihr euch an unser Gespräch mit Bruder Gében-nach, dem Bibliothekar? Es ging um Schwester Fioniúr.«

»Die Kräuterheilkundige? Wir haben über Lavendel geredet. Bei der Untersuchung von Speláns Leichnam war uns der Lavendelduft aufgefallen«, sagte Eadulf.

»Richtig. Ganz nebenbei erwähnte er, dass es an der Rückseite von Rath Cuáin einen Kräutergarten gibt mit einem Tor, zu dem die Händler kommen, um Schwester Fioniúr Waren anzubieten. Wir haben die Abtei umrundet und dieses Tor gesehen. Durch den Garten gelangt man zu den Küchen. Ich finde den Weg dorthin ganz leicht; ich weiß ihn noch genau.«

»Von dort führt bestimmt ein Tor in die Abtei, das nachts natürlich verriegelt sein wird«, wandte Eadulf ein. »Und was dann?«

»Und die Mauern der Abtei sind dort genauso hoch wie überall sonst«, ergänzte Aidan.

»Das sind sie tatsächlich – aber es gibt Fenster.«

»Die Fenster liegen so weit oben, dass sechs ausgewachsene Männer, einer auf der Schulter des anderen, sie nicht erreichen könnten. Wahrscheinlich liegen sie sogar noch höher.«

»Der Efeu«, sagte Fidelma leise. »Bist du jemals als Kind an Efeuranken hochgeklettert, Eadulf?«

Verwirrt schüttelte Eadulf den Kopf.

»Bruder Tadhg erwähnte, dass er Schwester Fioniúr wiederholt ermahnt habe, den Efeu zu entfernen. Dankenswerterweise hat sie das wohl bisher nicht getan. Falls das Tor verschlossen ist, führt mich mein Weg am Efeu hinauf bis zu einem der Fenster.«

»Eine gefährliche Kletterpartie«, bemerkte Aidan.

»Selbst wenn, das ist mein Weg. Ihr wartet draußen, bis ich zurückkehre, hoffentlich mit dem Buch. Dann reiten wir zurück nach Cashel – nachdem wir Abt Síoda eine Nachricht hinterlassen haben, die besagt, dass er uns besuchen und seine theologischen Differenzen mit Bruder Mac Raith und seinen Kollegen ausdiskutieren soll.«

»Wird Abt Síoda darauf reagieren?«

»Vielleicht nicht. Ich habe jedoch vor, möglichst viel Unruhe zu stiften, damit die Schuldigen aus dem Dunkel hervortreten.«

»Ob das alles klappt?«, entgegnete Eadulf skeptisch.

»Anders geht es wohl nicht«, erwiderte Fidelma entschlossen. Dann sah sie sich um. »Wir haben lange genug hier gewartet. Denkt daran: Während wir uns bei Torcán und Éimhín aufhalten – so freundlich sie auch sein mögen –, dürfen wir nicht verraten, was wir vorhaben. Wir werden sagen, dass wir auf dem Weg zur Eselsfurt sind, um uns dort mit jemandem zu treffen. Die Abtei erwähnen wir gar nicht. Hoffentlich bieten sie uns ihre Gastfreundschaft an und eine Mahlzeit, während wir auf den Einbruch der Dämmerung warten.«

Éimhín hockte vor der Holzhütte an einem lodernden Feuer, als sie die Lichtung erreichten. Überrascht schaute sie von ihrer Arbeit auf. Sie putzte gerade Gemüse. Köstliche Düfte erfüllten die Luft, denn Torcán drehte einen Hammelbraten am Spieß. Als sie absaßen, hieß er sie mit einem freundlichen Lächeln willkommen.

»Ich nehme an, der Duft meines Bratens hat euch angelockt?«, scherzte er zur Begüßung.

Éimhín war aufgestanden; sie freute sich sichtlich über ihren Besuch.

»Hör nicht auf ihn, Lady«, sagte sie zu Fidelma. »Du und deine Gefährten sind hier immer gern gesehen, um unser Mahl mit uns zu teilen.« Sie ergriff einen Krug und begann ohne weitere Fragen, Apfelwein in Holzbecher zu füllen.

»Wir nehmen mit Vergnügen eure Gastfreundschaft und Ge-

sellschaft in Anspruch, denn wir müssen uns ein Weilchen ausruhen«, antwortete Fidelma und suchte sich, dem Beispiel der
anderen folgend, einen Platz. »Wir sind auf dem Weg zur Eselsfurt.«

»Es wird bald dunkel«, bemerkte Torcán. »Ein seltsamer Zeitpunkt, um noch den Übergang über den großen Fluss erreichen zu wollen.«

»Unglücklicherweise haben wir uns den Zeitpunkt nicht ausgesucht. Mehr darf ich nicht verraten. Es geht um eine Verpflichtung, der ich als *dálaigh* nachzukommen habe.«

»Dann hör meinen Rat, Lady«, sagte Torcán. »Was auch immer deine Aufgabe sein mag, falls du vorhast, dich mitten in
der Nacht am Ufer aufzuhalten, sei vorsichtig.«

»Warum denn, Torcán?«, fragte sie. »Was ist los?«

»Heutzutage bringt uns der Fluss wenig Gutes – nur Gewalt.«

»Gewalt?«

»Es gab Überfälle auf Lastkähne, die flussabwärts unterwegs
waren. Einige genau an der Stelle, zu der ihr reiten wollt – unweit der Eselsfurt. Denn beim Queren der Furt müssen die
Kähne ihr Tempo drosseln – und werden so zu leichter Beute.«

»Woher weißt du das?«

»Gestern Abend bei Einbruch der Dämmerung ritt einer
meiner Söhne von Aonas Haus in der Nähe von Aras Brunnen
zu uns zurück. Er war gerade am Flussufer, als er etwas sah, was
ihn beunruhigte. Ein Schiff kam stromabwärts gefahren.«

»Was war so beunruhigend daran?«

»Die vielen Männer auf dem Schiff. Wie gesagt, es dämmerte
bereits, aber mein Sohn konnte noch genug erkennen. Alle
Männer trugen Mönchskutten.«

»Mönche reisen häufig in Gruppen, besonders auf dem großen Fluss«, entgegnete Fidelma.

»Das stimmt. Doch obwohl sie Mönchskutten trugen, gewann unser Sohn den Eindruck, dass sie eher wie Krieger wirkten und sich auch so verhielten. Er hat sogar Waffen gesehen.«

»Ich nehme an, dein Sohn hat weiter nichts bemerkt? Wo ist er heute Abend?«

»Nachdem er das Samhain-Fest mit uns gefeiert hat, machte er sich heute früh auf den Weg zu seinem Onkel Curnan. Wie ich dir bereits erzählte, hilft er ihm, die Bäume an der Straße von Cashel zu Aras Brunnen im Zaum zu halten. Ehrlich gesagt hatte ich gehofft, er würde heute hierbleiben, denn ich muss morgen einen Karren Holz zur Abtei hinaufbringen und könnte seine Hilfe gut gebrauchen«, brummte Torcán missmutig.

»Was sagst du zu diesen Überfällen auf dem Fluss, Torcán?«, fragte Edulf.

»Es steht mir nicht zu, sie zu beurteilen«, antwortete der Holzfäller vorsichtig. »Ich wollte euch lediglich warnen.«

Fidelma lächelte verkniffen. »Dann sind wir jetzt gewarnt. Du denkst aber nicht, dass das Schiff irgendetwas mit Rath Cuáin zu tun hatte?«

Torcán schüttelte ohne Zögern den Kopf. »Rath Cuáin liegt auf dem Gipfel eines Felsens, um den sich der Fluss in weitem Bogen windet. Zudem verkleiden sich die Krieger von Abt Síoda nicht, wenn sie ausreiten, um Tribut einzutreiben.«

»Seine Krieger?« Eadulf runzelte die Stirn.

»Ich habe euch doch schon erklärt, dass Abt Síoda als Stammesfürst der Sítae das Recht hat, einen Trupp Krieger in der Abtei zu haben«, erinnerte sie Torcán.

»Das hast du gesagt«, bestätigte Fidelma. »Bruder Gébennach, der Bibliothekar, wollte gestern zu Aras Brunnen. Weißt du, ob er schon zurück ist?«

»Mein Sohn hat ihn dort heute früh gesehen; er wollte sich

wohl mit dem Bibliothekar der Abtei Mungairit treffen, zumindest hat er ihm das erzählt. Um Bücher auszutauschen, oder so. Also ist er wahrscheinlich noch nicht nach Rath Cuáin zurückgekehrt.«

Fidelma überhörte Eadulfs Schnaufen und sagte schnell: »Nun, ich bezweifle, dass Rath Cuáin etwas mit den geheimnisvollen Mönchen auf dem Schiff zu tun hat. Lass uns jetzt noch einen Schluck von eurem köstlichen Apfelwein trinken, und dann wäre es uns eine Freude, wenn wir euch beim Vertilgen dieses saftigen Bratens helfen dürften.«

Die Nacht war ungewöhnlich mild für diese Jahreszeit und ohne Bodenfrost. Der Mond stand am wolkenlosen Himmel und leuchtete Fidelma für das, was sie vorhatten, sogar etwas zu hell. Wie auch immer, die Bedingungen waren selten so, wie man sie sich idealerweise wünschte.

Éimhín und Torcán schliefen schon beinahe, als sich die drei leise erhoben und mit ihren Pferden die Lichtung verließen. Fidelma war Aidan sehr dankbar, hatte er doch dafür gesorgt, dass ihre Gastgeber mehr als ihren gerechten Anteil von dem selbstgemachten, starken Apfelwein tranken, während sie selbst sich zurückhielten. Sie führten die Pferde den Waldweg hinunter zum Fuß des Hügels, auf dem Rath Cuáin lag. Dann saßen sie auf und ritten den Südhang hinauf, bis sie die dunklen, hohen Schatten der Abteimauern erreichten.

Im Mondschein kamen sie gut voran. Sie fanden Deckung hinter Felsbrocken und Baumgruppen, bis sie an die Stelle gelangten, wo sich hinter einem hohen Holzzaun der Kräutergarten erstreckte. Etwa fünfzig Meter davon entfernt erhob sich eine Ansammlung von Felsen, Granitbrocken und Bäumen, die sich hartnäckig im steinigen Boden festklammerten – ein idealer Platz für ihre Pferde. Sie ließen sie dort zurück und gingen zum Holzzaun. Sie fanden das Tor, doch es war fest verschlossen.

Fidelma verbrachte einige Zeit damit, Mauern und Zaun im Licht des Mondes eingehend zu mustern, bevor sie sich zu den anderen umdrehte und flüsterte: »Ich werde euch jetzt verlassen. Hier ist eine geeignete Stelle, um in den Kräutergarten hinüberzuklettern. Sollte ich bis Tagesanbruch nicht zurück sein, dann geht davon aus, dass ich festgenommen wurde. Reitet nach Cashel und informiert meinen Bruder und Gormán.«

»Wäre es nicht besser, wenn einer von uns oder auch wir beide dich begleiten?«

»Um mit mir zusammen geschnappt zu werden?«, fragte sie tadelnd, ohne die Stimme zu heben. »Denk doch mal nach, Eadulf. Falls man euch zusammen mit mir gefangennimmt, wer bleibt dann noch, um Hilfe zu holen? Überlasst die Sache ruhig mir. Ich kenne den Grundriss der Gebäude und denke, ich finde den Weg zum Aufbewahrungsort des Buches. Also keine weiteren Diskussionen. Ich gehe allein.«

Eadulf sträubte sich immer noch. »Das gefällt mir nicht.«

»Mir auch nicht, Lady«, flüsterte Aidan.

»Manchmal muss man auch Dinge tun, die einem nicht gefallen«, erwiderte sie.

»Na schön.« Eadulf gab sich geschlagen; er hatte die ganze Zeit gewusst, dass ihm letztendlich nichts anderes übrig blieb. »Aidan und ich warten im Schutz der Felsen. Falls du bei Tagesanbruch nicht zurück bist, kommen wir dich suchen.«

»Nein! Bitte unternehmt nichts zu zweit«, beharrte sie. »Reitet nach Cashel und holt Verstärkung.«

»Ganz wie du meinst.« Eadulf gab klein bei.

»Bei Tagesanbruch – nicht früher«, betonte sie.

Sie umarmte Eadulf kurz in der Dunkelheit und wandte sich dem Zaun zu, der den Kräutergarten umschloss. Eadulf verschränkte die Hände zu einer Räuberleiter und hievte sie hoch. Dann begab er sich mit Aidan zu ihrem Unterschlupf zwischen den Felsen vor den Mauern der Abtei.

Fidelma war immer stolz auf ihre körperlichen Fähigkeiten gewesen. Mehrmals pro Woche machte sie die Übungen einer uralten Verteidigungstechnik – der Kunst des *troidsciathagid*, die man den Missionaren beibrachte, bevor man sie aussandte, um das Wort Christi in ferne Länder zu tragen. Es hieß, diese Kampfkunst habe es schon vor der Christianisierung gegeben. Sie war lange verpönt gewesen, bis man begriff, wie unklug es war, Missionare in unbekannte Länder zu schicken, wo es vielleicht von Dieben und Räubern nur so wimmelte, die sie überfallen und töten konnten, ohne ihnen eine Verteidigungsmöglichkeit an die Hand zu geben. Ermahnte der Neue Glaube die Menschen nicht, sie sollten nicht töten? Welch bessere Verteidigung gab es folglich als die uralte ›Abwehr durch Kampf‹, die Kampftechnik ihrer heidnischen Vorfahren, zu der man keine Waffen benötigte. Sie hatte Fidelma schon oft vor Widersachern geschützt. Fidelma strahlte eine Kraft und Behändigkeit aus, die man üblicherweise eher jüngeren Menschen zutraute, und sie verfügte über schnelle Reflexe.

Sie brauchte nicht lange, um den Holzzaun zu erklettern und sich auf der anderen Seite auf die weiche, frisch umgegrabene Erde eines Beetes fallenzulassen. Sie roch den Duft, der ihr vertraut erschien, ohne dass sie ihn sofort einordnen konnte.

Mond und Sterne verbreiteten gedämpftes Licht, während Fidelma die Mauern der Abtei musterte, aus deren schwarzen Fenstern nicht der geringste Schein einer Laterne oder Kerze nach außen drang. Das war ihr durchaus willkommen und günstig für ihr Vorhaben. Ein Pfad führte durch den Garten, dem sie bis zu dem Tor folgte, durch das man ins Innere der

Abtei gelangte. Wie erwartet war es verschlossen. Trotzdem umspielte ein zuversichtliches Lächeln ihre Lippen.

Die Äbte von Rath Cuáin schienen, obwohl sie gleichzeitig Stammesfürsten ihres Clangebietes waren, nicht gerade viel von Verteidigung zu verstehen. Die Vorderseite der Abtei war durch die hohen Mauern zweifellos gut geschützt; dazu kamen ein geradezu unüberwindliches Tor mit einem misstrauischen Pförtner sowie der Befestigungswall. Hier jedoch, auf der Rückseite, vertraute man allein auf den felsigen Abhang. Zugegeben, die Hintertür war solide, aber der Efeu rankte die ganze Mauer hinauf. Er kletterte fast zehn Meter in die Höhe bis zum Dach der Gebäude. Fidelma wusste, wie hartnäckig sich Efeuranken an ihren Untergrund klammerten, und genau darauf zählte sie. Zwar war die Blütezeit des Efeus gerade vorbei, doch hier und da schimmerten noch gelbe Blüten hell vor den dunklen Blättern. In früheren Zeiten war Efeu ein Symbol der Treue, obwohl seine Beeren leicht giftig sind. Fidelma blinzelte und spähte nach oben.

Fünf bis sechs Meter über ihr entdeckte sie, was sie suchte. Ein dunkles Fenster, das offen stand. Sie griff in ihr *marsupium*, das wie üblich an ihrem Gürtel hing, zog die dicken Lederhandschuhe heraus, die sie meistens beim Reiten trug, und streifte sie über. Efeu hatte viele faserige, klebrige Wurzeln, die es ihm ermöglichten, so mühelos steile Mauern hochzuklettern; sie wollte ihre Hände davor schützen.

Sie atmete tief durch, packte eine dicke Efeuranke und zog sie probehalber nach unten. Sie schien fest in der grauen Steinmauer verankert. Nun hängte sie sich mit ihrem ganzen Gewicht daran. Die Ranke hielt. Langsam begann sie, sich nach oben zu hangeln, hinauf zu der einladenden Öffnung. Überraschenderweise brauchte sie dazu nicht lange. Als ihre Armmuskeln zu schmerzen anfingen, befand sie sich schon neben dem offenen Fenster, krabbelte nicht gerade elegant über die Brüstung und landete auf der anderen Seite auf dem Steinfußboden eines Ganges.

Sie blieb ein Weilchen dort sitzen, um zu verschnaufen und sich die verkrampften Oberarme zu massieren. Hier war es dunkler als draußen, da das bleiche Licht des Mondes nicht hereinschien. Von dem Gang gingen offenbar mehrere Türen ab; vermutlich war sie im Wohnbereich der Abtei. Leise und auf Zehenspitzen schlich sie bis zum Ende des Ganges, wo eine steinerne Wendeltreppe nach unten führte. Sie stieg vorsichtig hinab; es gab kein Geländer, so dass sie darauf achten musste, dass sie nicht das Gleichgewicht verlor.

Schließlich gelangte sie in die Küche; die Kohlen in der Feuerstelle waren erst kürzlich für die Nacht gelöscht worden und strahlten noch Wärme ab. Die Köche hier waren offenbar vorsichtig; Fidelma hatte schon Geschichten von mächtigen Abteien gehört, die bis auf die Grundmauern niedergebrannt waren, weil man Feuer aus Unachtsamkeit nachts nicht ausgemacht hatte. Jetzt erkannte sie die Umrisse der Tür, die ihr den Eintritt verwehrt hatte, sodass sie am Efeu nach oben klettern musste. Schon stand sie davor und prüfte den Schließmechanismus: zwei starke Metallriegel und ein Schloss. Instinktiv griff sie an die Wand neben dem Türrahmen und fand sogleich einen Schlüssel, der an einem Haken hing. Sie entschied sich, das Risiko einzugehen und aufzuschließen, dann hängte sie den Schlüssel wieder an seinen Platz. Nun schob sie behutsam beide Riegel auf.

Sie verharrte einen Augenblick reglos im Dunkeln. Falls sie eilig entkommen musste, würde zumindest diese Tür sie nicht mehr aufhalten.

Etwas zuversichtlicher drehte sie sich um und tastete sich durch die Küche in den angrenzenden Raum. Trotz der Dunkelheit erkannte sie, dass sie sich im Refektorium befand, in dem lange Tische und Bänke standen. Es bot Platz für eine ziemlich große Gemeinschaft – sie hatte die Größe der Abtei offensichtlich unterschätzt. Sie durchquerte den Speisesaal, auch *praintech* genannt, schlüpfte durch eine wuchtige Tür auf der gegenüberliegenden Seite und stand plötzlich im Innenhof der Abtei. Er wurde von flackernden Fackeln beleuchtet, so dass sie innehielt und sich aufmerksam umsah. Als sie Ledersohlen auf Pflastersteine klatschen hörte, trat sie schnell zurück in den Schatten.

Eine dunkle, hochgewachsene Gestalt überquerte den Hof und verschwand.

Fidelma verschaffte sich rasch einen Überblick. Sie musste wohl wirklich äußerst vorsichtig sein. Offenbar waren noch nicht alle Bewohner der Abtei zu Bett gegangen. Falls sie sich auf ihr Gedächtnis verlassen konnte, gelangte man durch einen Bogengang zu ihrer Rechten zu dem Gebäude, in dem sich die Bibliothek befand. Man musste dann einen kleinen Hof überqueren und eine Steintreppe zum Obergeschoss hinaufsteigen; dort war der Eingang zur Bibliothek. Der Weg bis zum Bogengang war jedoch riskant; das Haus an der Ecke war hell erleuchtet, und genau da war die hochgewachsene Gestalt hineingegangen.

Die Tatsache, dass die Ledersohlen des Unbekannten ein so lautes Geräusch verursacht hatten, veranlasste Fidelma, sich zu bücken und ihre *brogan*, die Schuhe, die sie bei Ausritten über Land üblicherweise trug, auszuziehen. Dann glitt sie geschmeidig und geräuschlos wie eine Katze im Schatten der Hofmauer entlang. Als sie das beleuchtete Eckgebäude erreichte, blieb sie stehen und lauschte.

Eine leise Unterhaltung drang an ihr Ohr – doch zu ihrer Überraschung war das nicht die Art von Unterhaltung, die man in einer kirchlichen Einrichtung erwarten würde. Sie hörte unterdrücktes Lachen und anzügliche Worte und Ausdrücke, die eher in ein Feldlager von Soldaten passten als in eine religiöse Gemeinschaft. Sie beugte sich so weit wie möglich vor, um dem derben Geschwätz etwas Verständliches zu entnehmen, aber vergebens. Also zuckte sie im Geiste die Achseln, setzte ihren Weg fort und gelangte reibungslos bis zur Ecke, wo irgendetwas sie innehalten ließ. Das war auch gut so, denn plötzlich öffnete jemand nur einen guten Meter von ihr entfernt eine Tür und sagte:

»Es war dumm von deinen Männern, zu schießen, bevor sie ihr Ziel überhaupt eindeutig ausmachen konnten. Und wenn sie getroffen hätten, was dann? Eine *dálaigh* zu töten, obendrein noch eine Eóghanacht aus Cashel – da wäre inzwischen die gesamte Leibgarde des Königs hinter uns her. Was für eine Katastrophe, ausgerechnet jetzt, da ich den Rücktransport an die Küste vorbereitet habe. Wir sollten morgen oder übermorgen von hier aufbrechen.«

Die Stimme kam ihr bekannt vor, doch da sie so leise sprach, konnte sie sie nicht zuordnen. Sie war sicher, sie schon gehört zu haben – und zwar erst vor Kurzem.

»Ich bitte um Verzeihung«, antwortete eine andere Stimme, die sie augenblicklich als Febals identifizierte. Sein klarer, wohlklingender Tonfall war unverwechselbar. »Ich habe sie angewiesen, nicht auf die Frau zu zielen; hätten sie den Krieger oder den Fremden, der sie immer begleitet, erwischt, wäre das eine eindrückliche Warnung gewesen.«

»Warnung?«, fragte der erste Sprecher deutlich verärgert. »Die Dinge sind schon längst über das Stadium von Warnungen hinaus! Tatsächlich sind sie völlig außer Kontrolle geraten, bevor ich hier eintraf. Den Verräter zu töten war das eine, aber dabei dieses lächerliche, bizarre Ritual zu befolgen war heller Wahnsinn.«

»Nun, du weißt ja, wessen Idee das war – meine jedenfalls nicht. Das sollte den Leuten Angst einjagen. Wäre es nach mir gegangen, hätten wir den Kerl einfach umgebracht und verscharrt. Ich habe keine Zeit für den perversen Sinn für Humor, den deine Verwandte gelegentlich an den Tag legt.«

»Stattdessen hat ihr Humor, wie du das nennst, dazu geführt, dass die *dálaigh* unverzüglich mit ihren Ermittlungen begann«, höhnte der zweite. »Und hat dich jemand angewiesen, nach Cashel zu reisen und so zu tun, als suchtest du denjenigen, der deiner Schwester ein Leid angetan hatte?«

Febal kicherte hämisch. »Ich persönlich hielt das für eine ziemlich gute Idee, zumal an der Geschichte etwas Wahres dran ist – nur war ich der Schurke, der die Schwester des Stammesoberhaupts verführt hat. Deshalb musste ich aus Connacht fliehen.«

»Man sagte mir, dass du angeblich nach einem Mann namens Fursaintid suchtest. Wie bist du denn auf den Namen gekommen?«

»Spelán hat so was erwähnt, bevor er starb. Er fand heraus, dass ein Mann, der Nachforschungen über unsere Aktivitäten anstellte, sich ›Licht-Anzünder‹ oder so ähnlich nannte. Ganz offensichtlich gab es nur eines, was der ›Licht-Anzünder‹ herausfinden wollte, und es war meine Aufgabe, unsere Geschäfte zu schützen.«

»Aber ›Licht-Anzünder‹?«

»Spelán muss seiner Frau vor seinem Tod davon erzählt haben, denn sie hat Sionnach als diese Person erkannt. Deshalb habe ich die beiden erledigt.«

»›Sionnach‹ bedeutet doch etwas ganz anderes. Bist du sicher, dass er der Richtige war?«

»Branceó hat ihn erkannt, und für mich war klar, dass er Ermittlungen über unsere Aktivitäten anstellt.«

»Was ich nicht verstehe: Warum hast du die Frau auf die gleiche Weise getötet wie Spelán?«

»Damit wollte ich die *dálaigh* vom wahren Grund für die Ermordung Speláns ablenken. Ihr nahelegen, dass Anhänger des Alten Glaubens dahinterstecken, mit denen sie und Spelán in Streit geraten waren. Wie auch immer, es gab keine andere Lösung, als sie ebenfalls zu töten. Die Närrin hätte sonst alles verraten.«

»Eine Dummheit zieht die andere nach sich«, entgegnete die andere Stimme, in der unterdrückte Wut mitschwang. »Ich sage dir, diese *dálaigh* ist schlau. Je weniger es ihr gelingt, die Dinge zu erklären, desto verbissener versucht sie, das Rätsel zu lösen. Sie ist hartnäckig.«

»Hätte deine Verwandte nicht beschlossen, Spelán mit allen Mitteln auszuhorchen, und wäre sie dabei nicht ein wenig zu übereifrig vorgegangen, dann wären wir gar nicht erst gezwungen gewesen, die Zusammenhänge zu verschleiern und dafür das Ritual des dreifachen Todes …«

»Blödsinn! Kompletter Blödsinn! Jetzt müssen wir uns darauf einstellen, alles so schnell wie möglich zur Küste zu transportieren und weitere Überfälle zu unterlassen, denn die *dálaigh* wird bald wieder auftauchen. So viel steht fest. Du musst für eine Weile von hier verschwinden – allein. Die Geschichte hat zu viel Interesse an unserer Abtei geweckt.«

»Das wird den Männern nicht gefallen. Es gibt keinen Grund; wir können noch jede Menge Beute machen«, murrte Febal.

»Ich entscheide hier, ob es einen Grund gibt oder nicht«, konterte der andere barsch. Dann schlug er die Tür zu.

Fidelma trat zurück in den Schatten, als sie den Mann weggehen hörte. Falls er um die Ecke des Gebäudes bog, konnte sie sich nirgendwo verstecken. Mit einem Gegner würde sie vielleicht noch fertigwerden, aber er würde um Hilfe rufen, das Handgemenge würde Lärm verursachen, und im Haus hielten sich offensichtlich mehrere Krieger auf.

Doch der Mann tauchte nicht auf. Er war in eine andere Richtung verschwunden.

Ihr sank der Mut, denn das war sicher die Richtung, in die sie auch hatte gehen wollen. Sie riskierte einen vorsichtigen Blick um die Ecke und sah den Rücken einer hochgewachsenen Gestalt in dem Torbogen, der zu dem kleinen Hof vor der Bibliothek führte. Es war Febal. Sie folgte ihm lautlos und hielt vor dem Durchgang inne.

Nur eine einzige Fackel brannte hier, und zwar auf der anderen Seite, neben der Treppe zur Bücherei. Sie spähte in alle Richtungen, um festzustellen, wohin Febal gelaufen war. Er konnte unmöglich die Treppe erklommen und die Bibliothek betreten haben, bevor sie das Gewölbe erreicht hatte. Dann hörte sie direkt neben sich frivoles Gekicher. Es war so nah, dass sie zusammenzuckte; im nächsten Moment begriff sie, dass eine Säule des Arkadengangs sie von Febal trennte, sodass er sie in der Dunkelheit nicht sehen konnte. Gleich darauf hörte sie das Lachen einer Frau.

»Ich habe mir Sorgen um dich gemacht«, sagte sie mit lasziver Stimme.

»Ich musste zuerst mit deinem Bruder sprechen. Er ist verärgert über unser Vorgehen.«

»Er ist immer beunruhigt. Vergiss ihn«, erwiderte sie.

»Ich sehe, dass er das Heft in der Hand hat. Dann gibt es bald keinen Anlass mehr für die ganze Heimlichtuerei.«

»Ich sagte, vergiss ihn. Wir müssen jetzt an anderes denken.«

Darauf folgte verführerisches Gemurmel. »Allerdings – und wir haben noch die ganze Nacht vor uns.«

Fidelma hörte die Geräusche einer leidenschaftlichen Umar-

mung und bemerkte einen speziellen Duft, der zu ihr herüber-
wehte. Dann wurde leise eine Tür geschlossen.

Sie lehnte sich gegen die Mauer des Bogengangs und versuchte, ihr pochendes Herz und ihren Atem zu beruhigen. Zumindest hatte sie es direkt aus Febals Mund gehört: Er war der
Mörder von Spelán, Sionnach und Brancheó. Die Gründe dafür zu beweisen – das stand auf einem anderen Blatt.

Zweimal mit knapper Not zu entkommen, das war zweimal
zu viel, sagte sie sich. Doch da jetzt tiefe Stille herrschte, beschloss sie, weiterzumachen. Sie huschte über den kleinen
Hof zu dem steinernen Treppenaufgang und stieg zügig hinauf. Das Glück schien weiterhin auf ihrer Seite, denn die Tür
zur Bibliothek war unverschlossen. Im Nu war sie hineinge-
schlüpft.

Sie hielt einen Augenblick inne und atmete den Duft von
Lavendel ein, den sie auch draußen schon gerochen hatte. Erst
jetzt fiel es ihr ein: Es war derselbe penetrante Geruch wie bei
der Untersuchung von Speláns Leichnam.

Sie trat weiter vor und erkundete blinzelnd ihre Umgebung.
Da sie es bis hierher geschafft hatte, galt es nun, das Buch mit
dem Siegel von Vitalian, dem Bischof von Rom, zu finden.

Im Dunkel der Bibliothek begann ihre Zuversicht jedoch zu
schwinden. Sie war fest davon überzeugt, dass der Band mit der
Kennzeichnung *Non videbunt: habere occultum* eine zentrale Rolle bei der Lösung des Rätsels spielte; zweifellos handelte es sich
um das verschwundene Buch, das der Ehrwürdige Gelasius erwähnt hatte. Schließlich trug es das Siegel des Bischofs von
Rom, und der würde ein Werk, das niemand sehen sollte, wohl
kaum einer Sekte von Ketzern zukommen lassen. Sie tastete
sich zum Schreibpult vor und berührte eine Kerze in einem
Ständer. Sie musste sie anzünden, wenn sie den Band finden
wollte. Aber wie um alles in der Welt sollte sie ihn zwischen all

den anderen Büchern aufspüren? Sie machte sich Vorwürfe, weil sie das nicht vorher durchdacht hatte.

Dann suchte sie in ihrem *marsupium* nach ihrem *tenlach-tei-ned*, ihrem Feuerstein und Zunder, überlegte es sich jedoch anders. Es würde endlos lange dauern, bis die Kerze brannte, und außerdem könnte jemand das Licht entdecken und nachsehen kommen, bevor sie das Buch gefunden und sich aus dem Staub gemacht hatte. Sie drehte sich zum Schreibpult um, streckte die Hände aus, betastete die Gegenstände darauf und hoffte auf das Beste. Vielleicht war das Glück ihr wohlgesinnt. Doch sie wusste von Anfang an, dass ihr Unterfangen aussichtslos war. Der Abt würde ein so bedeutendes Werk nicht achtlos herumliegen lassen.

In diesem Augenblick spürte sie das Prickeln von kaltem Metall unterhalb ihres linken Ohrs, und eine barsche Stimme befahl: »Keine Bewegung, Frau, wenn dir dein Leben lieb ist.«

Die Stimme klang vollkommen gefühllos, und sie ahnte, dass die Klinge tief in ihrem Hals stecken würde, sobald sie auch nur zuckte.

Fidelma blieb starr und reglos stehen. Die Spitze piekte immer noch in ihren Hals, während gleichzeitig eine zweite Person ihre Handgelenke gepackt und nicht allzu zartfühlend mit einem groben Seil hinter ihren Rücken gefesselt haben musste. Bevor sie überhaupt reagieren konnte, schob man ihr eine Augenbinde übers Gesicht und befestigte sie am Hinterkopf. Sie versuchte zu sprechen … da krachte etwas Hartes schmerzhaft gegen ihren Schädel. Sie erlebte einen eigentümlichen, irrealen Moment, in dem sie bewusst wahrnahm, dass man sie niedergeschlagen hatte, und dann … dann fiel sie in einen dunklen Raum und hatte das Gefühl, in einen endlosen, schwindelerregenden Abgrund zu stürzen.

KAPITEL 17

Anscheinend waren nur wenige Augenblicke vergangen, als Fidelma mit einem Pochen im Kopf und Nackenschmerzen wieder zu sich kam. Sie blinzelte mehrmals, doch alles blieb schwarz; dann fiel ihr die Augenbinde ein. Es war eiskalt; das Kältegefühl ging ihr durch und durch, und sie zitterte am ganzen Leib. Sie versuchte sich zu bewegen, aber ihre Hände waren hinter dem Rücken fest verschnürt, und das Seil schnitt in ihre Handgelenke. Immerhin hatten sie ihr keinen Knebel in den Mund gesteckt, sodass sie mit der Zunge über die ausgetrockneten Schleimhäute fuhr, um sie mit Spucke zu befeuchten. Schließlich testete sie ihre Stimme, die sich anhörte wie das Krächzen einer Krähe. Sie schluckte und machte einen zweiten Versuch.

»Ich würde mich gern aufsetzen.«

Sie erhielt keine Antwort, sondern hörte nur ein merkwürdiges Trippeln.

»Ich hätte gern Wasser«, sagte sie mit lauterer Stimme und bemerkte diesmal ein seltsames Echo. Eine Antwort erhielt sie nicht. Sie lauschte aufmerksam. Das Schweigen bedrückte sie, und die Kälte und Feuchtigkeit waren ein sicherer Hinweis, dass sie sich nicht mehr in der Bibliothek befand. Allmählich ergab alles wieder einen Sinn. Man hatte sie niedergeschlagen und irgendwohin gebracht. Aber wohin?

Ihr wurde auch bewusst, dass sie mit dem Rücken auf kalten Pflastersteinen lag. Sie griff mit den gefesselten Händen hinter sich und ertastete eine Mauer. Nach und nach manövrierte sie sich in eine halbwegs sitzende Position, lehnte sich zurück und ließ Kopf und Schultern gegen die Mauer sinken.

Sie fragte sich, wie viel Zeit seit dem Schlag auf ihren Kopf vergangen war. Hatten Eadulf und Aidan bemerkt, dass etwas nicht stimmte? Hoffentlich waren die beiden bereits auf dem Weg nach Cashel, um Hilfe zu holen. Dann dachte sie an die Angreifer in der Bibliothek. Sie hatte keine Ahnung, wer sie waren, wohingegen die anderen gewusst haben mussten, wen sie vor sich hatten; wenn nicht schon gleich bei ihrer Entdeckung, dann spätestens kurz danach – und genau deshalb hatte man sie an diesen Ort gebracht.

Wo war sie?

Die glatte Oberfläche der Steine, auf denen sie saß, ließ sie vermuten, dass sie sich nicht in einer gewöhnlichen Höhle befand, sondern eher in einem unterirdischen Raum oder Keller. Die Kälte und der gepflasterte Boden legten nahe, dass er zu groß für einen *fotholl* war: normalerweise ein mit Holz verkleideter Hohlraum oder eine Kammer zur Lagerung von Lebensmitteln. Sie befand sich in einem unterirdischen Gewölbe, das wahrscheinlich den gleichen Zweck erfüllte. Auf jeden Fall würde es in Rath Cuáin so etwas geben. Jemand hatte ihr einmal erzählt, dass die frühere Festung und heutige Abtei auf Höhlen gebaut war. Wer hatte das gesagt? Ach, Erca der Einsiedler hatte davon gesprochen. Plötzlich überlief sie ein kalter Schauer, denn sie begriff, dass der Raum auch anderen Zwecken dienen konnte: zum Beispiel als unterirdische Grabkammer. Solche Räumlichkeiten hatte sie schon in mehreren Abteien gesehen.

Ihr fiel ein Besuch bei Abt Colmán in Tara ein. Tressach, ein Krieger der Palastwache, hatte beteuert, dass er aus einer Grabkammer zwischen den monumentalen Denkmalen für die dort beigesetzten Hochkönige einen Schrei gehört hatte. Er kam aus der seit langem verschlossenen Gruft von Tigernmas, der sich von den alten Gottheiten abgewandt hatte, um einen blutrünstigen, vor allem für Racheakte und Massaker berüchtigten Götzen zu verehren. Die Gruft wurde geöffnet; man fand die Leiche eines Mannes namens Fiacc. Er war dort bei lebendigem Leib begraben worden, und was Tressach gehört hatte, waren seine letzten verzweifelten Schreie. Fidelma erinnerte sich nur ungern an diesen Fall – und schon gar nicht jetzt und hier.

Sie wusste, dass sie Zeit vergeudete, wenn sie bloß herumsaß und ihren Ängsten nachhing. Sie sollte lieber herausfinden, wo sie war und wie sie von hier fliehen konnte. Dazu musste sie allerdings ihre Handgelenke frei bekommen und die Augenbinde loswerden. Die Hände waren hinter ihrem Rücken fest zusammengebunden, und sie war ganz sicher keine Akrobatin. Wenigstens hatte man ihre Füße nicht gefesselt, doch sie zögerte, aufzustehen, denn sie wusste nicht, wie hoch die Decke war, und wollte sich nach dem schmerzhaften Schlag, der sie bewusstlos hatte zusammenbrechen lassen, nicht noch einmal den Kopf stoßen.

Sie beugte sich ein wenig vor und ließ die Fingerspitzen hinten über die Mauer gleiten. Die Oberflächen der Steinquader wirkten ziemlich glatt, doch sie waren übereinandergestapelt – und sie hatten Kanten: Steinkanten. Es gab nur eine Möglichkeit, ihre Fesseln zu lösen. Sie drehte sich um und tastete erneut mit den Fingern umher auf der Suche nach einer Kante, die für ihr Vorhaben scharf genug war. Schließlich hob sie die zusammengebundenen Handgelenke und begann, das Seil vorsichtig gegen die scharfe Kante eines Steins zu scheuern. Je zuversichtlicher sie wurde, desto schneller arbeitete sie. Immer auf und ab; ihre Arme und Hände schmerzten bald. Es würde lange dauern, bis sie auf diese Weise auch nur eine einzige ihrer Fesseln durchtrennen konnte.

Eadulf spürte, wie jemand an seine Schulter stieß. Er war eingedöst. Schuldbewusst sah er die Gestalt an, die neben ihm kniete.

»Ich wollte gar nicht einnicken«, schimpfte er, noch bevor sein Gefährte ihm Vorwürfe machen konnte.

»Kein Problem«, antwortete Aidan leise. »Es reicht doch, dass einer von uns Wache hält. Bis jetzt hat sich hier nichts geregt. Alles ist ruhig.«

»Nachts ist alles anders«, sagte Eadulf, schüttelte sich und sah sich um. »Es ist kälter.«

»Der Lichtbringer ist aufgegangen«, sagte Aidan ernst.

»Der was?« Eadulf war einen Augenblick perplex, während ihm all die verschiedenen Bedeutungen des Wortes ›Lichtbringer‹ durch den Kopf schossen, über die er mit Fidelma geredet hatte.

Aidan deutete nach oben zum bleichen Himmel. »Der Morgenstern«, erklärte er.

Eadulf folgte seinem Fingerzeig und sah das funkelnde Strahlen der Venus, des hellsten Gestirns nach Sonne und Mond. Ihr Auftauchen am Himmelszelt verkündete die nahe Morgendämmerung; deshalb nannte man sie auch ›Lichtbringer‹.

Er war jetzt hellwach, setzte sich auf und begriff, was das bedeutete. »Es wird bald Tag«, sagte er. »Noch kein Lebenszeichen von Fidelma?«

Aidan schüttelte den Kopf. »Nein, Freund Eadulf.«

»Dann ist ihr etwas zugestoßen.« Er sprang auf die Füße.

Aidan zog ihn am Ärmel. »Sei vorsichtig. Vor Kurzem hörte ich Pferde vorbeireiten. Krieger, fürchte ich, denn ich vernahm das Klirren ihrer Schilder und Waffen. Das gefällt mir nicht.«

Eadulf duckte sich wieder hinter die Felsen. »Wir müssen etwas unternehmen, um Fidelma aus der Abtei zu befreien. Wer weiß, was inzwischen mit ihr geschehen ist.«

»Sie trug uns auf, nach Cashel zu reiten und Hilfe zu holen.«

»Bis dahin ist es mit Sicherheit zu spät für eine Rettungs-aktion. Nein – wir müssen jetzt etwas tun.«

»Aber was? Wir sind nur zu zweit. Mittlerweile ist es zu hell, um auf dem gleichen Wege wie sie in die Abtei einzudringen. Sollen wir einfach ans Tor klopfen und sagen – ja, was eigent-lich? ›Lady Fidelma ist mitten in der Nacht in eure Abtei einge-brochen und seither verschwunden. Irgendwas stimmt da nicht; dürfen wir hereinkommen und die Gebäude nach ihr durchsuchen?‹ Wie würden die wohl darauf reagieren?«

Eadulf hielt inne und musterte seinen Gefährten.

»Gar keine schlechte Idee«, sagte er entschieden.

»Was?« Aidan starrte ihn an wie einen Verrückten.

»Genau das werden wir tun. Wir klopfen ans Tor und verlan-gen Einlass. Aber wir werden unsere Worte ein klein wenig ab-wandeln.« Er erklärte, was er meinte, doch Aidan schüttelte sekptisch den Kopf.

»Ich bezweifle, dass das funktioniert.«

»Möglicherweise nicht, aber vielleicht kommen sie dadurch ins Grübeln. Wir machen sie so darauf aufmerksam, dass wir wissen, dass Fidelmas irgendwo in der Abtei ist. Höchstwahr-scheinlich haben sie sie eingesperrt. Sobald ihnen bewusst wird, dass das kein Geheimnis ist, werden sie es sich zweimal überle-gen, ob sie sie weiter festhalten. Sie können das Ganze als Miss-verständnis darstellen und sie freilassen, denn ihnen wird be-kannt sein, das die Gefangennahme einer *dálaigh* gegen das Gesetz verstößt und die Strafe für sie noch schwerer wird, wenn es sich bei der *dálaigh* um die Schwester des Königs handelt.«

Aidan sah ihn unsicher an. »Aber was machen wir, wenn sie sie nicht freilassen? Reiten wir dann nach Cashel?«

»Ich möchte hier nicht weg, ohne etwas zu Fidelmas Rettung unternommen zu haben.« Eadulf blieb hartnäckig.

»Ich kann nicht behaupten, dass mir die Idee gefällt.«

»Es ist besser, etwas durch Gespräche zu regeln als durch einen Angriff von Kriegern, bei dem Menschen getötet oder verletzt werden. Denn genau das wird passieren, wenn Gormán und deine Kameraden hierherkommen.«

Aidan seufzte. »Aber genau das hat sie uns aufgetragen.«

»Fidelma ist nicht unfehlbar«, antwortete Eadulf gereizt.

Aidan zögerte einen kurzen Moment, bevor er zustimmte. »Wir warten, bis es noch etwas heller wird, reiten zum Haupttor und verlangen den Abt zu sprechen. Dann werden wir herausfinden, ob er Fidelma gefangen genommen hat und bereit ist, sie freizulassen.«

Kurz darauf ritten sie mit Fidelmas Pferd im Schlepptau vor die Tore von Rath Cuáin, in deren Eichenholz das imposante Tau-Rho-Symbol geschnitzt war, und zogen energisch am Glockenseil. Die Glocke ließ ihr schepperndes, unmelodisches Dröhnen hören.

Es dauerte eine Weile, bis die hagere, Missbilligung ausstrahlende Gestalt des Pförtners erschien und von der Brüstung aus auf sie herunterschaute. Aidan ritt ein paar Schritte zurück und sah zu ihm hoch.

»Was ist los?«, schrie der Pförtner ungehalten.

»Erkennst du mich wieder, Bruder Tadhg?«, rief Aidan. »Ich bin Aidan von den Nasc Niadh, den Kriegern vom Goldenen Halsreif, der Leibwache von Colgú, König von Cashel.«

»Das bezweifle ich nicht«, lautete die unfreundliche Antwort. »Was hast du hier zu suchen, Krieger?«

»Mein Gefährte, Bruder Eadulf, und ich bitten um Einlass und möchten euern Abt sprechen, Abt Síoda.«

»In der Abtei von Rath Cuáin sind Fremde nicht willkommen. Reitet in Frieden weiter!«

Aidan sah wütend zum Pförtner hinauf. »Wir glauben, dass

Fidelma, die Schwester des Königs und zudem eine *dálaigh*, die unter dem besonderen Schutz des Gesetzes steht, sich gegenwärtig in der Abtei befindet und dort gegen ihren Willen festgehalten wird. Wir *verlangen* ein Treffen mit Abt Síoda, um über diese gesetzwidrige Festnahme zu sprechen.«

»Ihr *verlangt* ein Treffen mit dem Abt?«, höhnte der Pförtner. »Du hast in dieser Abtei gar nichts zu verlangen, Krieger, und auch dein ausländischer Gefährte nicht.«

»Willst du abstreiten, dass Fidelma sich hier aufhält?«

»Wer auch immer die Abtei betritt, tut dies aus freien Stücken. Anders kommt man hier nicht rein.«

»Dann kann man also auch aus freien Stücken wieder gehen«, bemerkte Aidan. »Folglich kann Fidelma von Cashel die Abtei jederzeit verlassen. Sag ihr, dass ihre Gefährten hier darauf warten, dass sie herauskommt. Wo ist sie?«

Der Pförtner brach in lautes Gelächter aus.

»Du widersprichst dir selbst, Krieger. Willst du behaupten, dass wir sie in der Abtei als Gefangene halten? Falls sie hier eingedrungen ist, dann war das ihre eigene Entscheidung, denn es gehört nicht zu unseren Gepflogenheiten, Menschen zu entführen. Auch gestatten wir Fremden nicht einfach so Zugang und hindern sie anschließend am Verlassen der Abtei. Aber wenn sich jemand auf ungesetzliche Weise Zutritt verschafft, muss er sich dafür vor dem Gesetz verantworten. Habe ich mich klar genug ausgedrückt? Und jetzt fort mit euch!«

Bruder Tadhg drehte sich um und verschwand hinter der Mauer.

»Ich habe dich davor gewarnt, dass es nicht funktioniert, Freund Eadulf«, bemerkte Aidan mit besorgter Miene. »Was können wir tun?«

Eadulf bedeutete ihm, sich ein Stück vom Haupttor der Abtei zu entfernen, damit sie außer Hörweite gelangten.

»Du hast bestimmt bemerkt, dass das nur Ausflüchte waren«, sagte er. »Fidelma ist ihre Gefangene, da gibt es keinen Zweifel, und ich bin sicher, der Pförtner weiß das genau. Da wir nun wissen, dass sie in der Abtei festgehalten wird, müssen wir versuchen, sie zu retten.«

»Also reiten wir jetzt zurück nach Cashel?«

»Ich möchte hier nur sehr ungern weg.«

»Wenn du es vorziehst zu bleiben, sollte ich nach Cashel aufbrechen und mit einem Trupp Krieger der Leibwache zurückkehren, um uns Zutritt zu verschaffen.«

»Wir entscheiden das gleich. Ziehen wir uns zunächst bis zu dem Wäldchen zurück, in dem Speláns Hütte liegt. Falls sie uns beobachten, denken sie vielleicht, sie seien uns losgeworden. Wir können dort weiterreden, ohne ihren neugierigen Blicken ausgesetzt zu sein.«

Kaum hatten sie den Schutz des Wäldchens mit der ausgebrannten Ruine, die einst Speláns Hütte war, erreicht, als Aidan warnend rief: »Ein Reiter nähert sich aus dem Tal … nein, nicht auf einem Pferd, sondern auf einem Esel.«

Es dauerte ein Weilchen, bis der Reiter besser zu sehen war.

»Ach, das ist ja Bruder Gébennach, der Bibliothekar«, sagte Eadulf, als er ihn erkannte. »Erinnerst du dich? Letztes Mal war er auf dem Weg zu Aras Brunnen am großen Fluss, um mit einem anderen Mönch aus der Abtei Mungairit Bücher auszutauschen. Er muss sich auf dem Rückweg befinden. Vielleicht haben wir Glück.«

»Glück?«, fragte Aidan verblüfft.

»Vielleicht können wir ihn überreden, uns in die Abtei hineinzuschmuggeln. Wir könnten ihm sagen, dass er sich andernfalls den Zorn des Königs zuzieht. Und nicht nur den Zorn des Königs, sondern den Zorn unserer gesamten Rechtsvertreter. Fidelma ist eine *dálaigh*, deren Ruf und Einfluss bis nach Tara reichen.«

Aidan verzog skeptisch den Mund. »Das hat den Pförtner, Bruder Tadhg, nicht gerade beeindruckt.«

»Falls es Bruder Gébennach ebenso wenig beeindruckt, wirst du ihm sicher deutlich machen, dass er keine Wahl hat.«

»Ich finde nach wie vor, dass ich nach Cashel reiten sollte, wie Fidelma uns aufgetragen hat.«

»Möglicherweise ist das aber genau das, was sie – ich meine diejenigen, die uns gestern in einen Hinterhalt locken wollten – von uns erwarten«, betonte Eadulf. »Fidelma würde das berücksichtigen und sich für das Überraschungsmoment entscheiden, auch wenn sie uns ursprünglich eine andere Anweisung gab. Ich fürchte, jede Verzögerung erhöht die Gefahr, dass sie zu Schaden kommt.«

»Sie werden es mit dem Brehon des Königs zu tun bekommen, falls ihr etwas zustößt«, erwiderte Aidan düster.

»Das sollten wir im Vorfeld verhindern.«

Beide beobachteten die nahende Gestalt auf dem Esel.

»Postieren wir uns so, dass er uns nicht entkommen kann«, sagte Aidan. »Verstecken wir uns hinter den Resten der Hütte und überraschen ihn. Ich werde ihm den Weg von vorn versperren, und du kommst von hinten.«

Eadulf fügte sich in solchen Dingen der Autorität des Kriegers. Sie zogen sich in den Schutz der verkohlten Hütte zurück. Aidan bedeutete Eadulf, vom Pferd zu steigen, folgte dann seinem Beispiel und band die Pferde fest. Von ihrem Unterschlupf aus hörten sie den Esel, der, während er mit Bruder Gébennach auf dem Rücken bergauf trottete, schwer schnaufte.

Fidelma gewann den Eindruck, dass bereits mehrere *cadar* des Tages vergangen waren, seit sie begonnen hatte, ihre Fesseln gegen die scharfe Steinkante zu rubbeln. Sie war erschöpft, und ihre gestreckten, nach hinten gebundenen Arme taten höllisch weh. Trotzdem weigerte sie sich, aufzugeben. Nein, Aufgeben kam *nicht* in Frage! Sie wünschte nur, in diese seltsame stockfinstere Gruft würde wenigstens ein Lichtstrahl dringen. So fehlte ihr die Möglichkeit, die Zeit zu messen oder einzuschätzen, wie lange es her war, seit man sie bewusstlos geschlagen und an diesen Ort verschleppt hatte. Bei diesem Gedanken fragte sie sich sogleich, was Eadulf und Aidan wohl gerade machten. Waren sie sicher nach Cashel gelangt, um Colgú und Gormán zu alarmieren?

Während sie noch darüber nachdachte, spürte sie, dass einer der Stricke etwas nachgab. Mit neuer Kraft rieb sie nun fester gegen den Stein, und innerhalb weniger Augenblicke lösten sich die einzelnen Stränge und fielen herunter. Mit Feuereifer machte sie sich erneut ans Werk, und schon bald spürte sie das Nachgeben der anderen Seile. Kurz darauf konnte sie ein Handgelenk aus den Fesseln herauswinden und den zweiten Arm, an dem der Strick noch lose baumelte, vor ihren Körper ziehen.

Als Erstes entspannte sie ihre schmerzenden Glieder, bis sie, endlich aus der unnatürlichen Position befreit, wieder durchblutet wurden – was anfangs fast genauso schmerzhaft war wie die Fesseln. Dann hob sie die Hände, riss sich die Augenbinde vom Gesicht und blinzelte. Als sie wieder sehen konnte, bestätigte sich ihre Befürchtung. Sie befand sich in einem unterirdischen Verlies, dessen Größe sie in der undurchdringlichen Dunkelheit nicht erkennen konnte. Sie musste ihre Umgebung erkunden, doch zunächst begann sie die schmerzenden Muskeln an den Oberarmen zu massieren und danach ihre Schultern. Sie fühlte, dass ihre Handgelenke wundgescheuert und beinahe taub waren, und sehnte sich nach etwas Wasser, um sie zu kühlen. Als Nächstes löste sie mit flinken Fingern die restlichen Seilfasern.

Bis sie sich wieder bewegen und auf ihre körperlichen Kräfte vertrauen konnte, hatten sich ihre Augen an die Umgebung gewöhnt. Der Raum wirkte jetzt nicht mehr völlig schwarz, sondern zeigte Umrisse in dunklen Grautönen. Er war fensterlos, doch dort, wo die Tür sein musste, gab es eine kleine Öffnung, durch die ein fahler Schimmer sickerte. Erst jetzt bemerkte sie, dass man ihr das *marsupium* abgenommen hatte, das einige Gegenstände enthielt, die ihr in der aktuellen Notlage hätten nützlich sein können.

Fidelma hob eine Hand über den Kopf, um nicht gegen die Decke zu stoßen, und bewegte sich vorsichtig auf die Lichtquelle zu. Hätte sie sich Hoffnungen auf einen Fluchtweg gemacht, wäre sie enttäuscht worden, denn die Tür war offensichtlich von außen verriegelt und aus dicken Balken gezimmert, wie sie beim Abtasten feststellte. Leider befand sich auch die kleine Öffnung hoch über ihrem Kopf, sodass sie nicht hindurchgucken und sehen konnte, was außerhalb ihres Gefängnisses lag. Dem Licht nach zu urteilen handelte es sich um einen weiteren unterirdischen Raum, vielleicht einen Flur. Vermutlich befand sie sich in dem Höhlensystem unterhalb der Abtei, von dem Erca gesprochen hatte. Doch das half ihr im Augenblick nicht weiter. Sie hatte sich von ihren Fesseln befreit, nicht aber aus ihrer Gefangenschaft.

Sie drehte den Rücken zur Tür, sodass die Helligkeit von hinten hereinschimmerte. Jetzt konnte sie undeutlich erkennen, dass der Raum kein Keller war, sondern eher einer natürlichen Höhle glich, die man mit einer Wand aus Steinquadern und einer Tür geschlossen hatte. Die Decke war uneben, aber hoch genug, um sich nicht den Kopf zu stoßen. Sie versuchte die Größe des Raumes zu schätzen. Er bot zwei durchschnittlich großen Männern gerade genug Platz, sich ausgestreckt hinzulegen. Es war kalt; die Feuchtigkeit kroch aus dem natürlichen Gestein, aus dem die Mauern der Höhle bestanden.

Das Verlies war vollkommen leer. Es enthielt weder eine Bank zum Sitzen noch ein Lager zum Ausruhen. Fidelma ging einmal ringsum an den Wänden entlang, um in dem trüben Licht nichts zu übersehen, entdeckte jedoch nichts Neues. Durch die Tür konnte sie unmöglich entkommen, und einen anderen Ausgang gab es nicht. Sie konnte den Raum nur verlassen, wenn jemand kam und die Riegel am Eingang zurückschob oder aufschloss. Sie stieß einen tiefen Seufzer aus. Was würde ihr früherer Lehrer, der alte Brehon Morann, jetzt wohl sagen? »Wenn es nichts zu tun gibt, tu nichts.«

Sie trat zurück an die Wand und ließ sich wieder auf die Steine sinken, in die bequemste Position, die sie finden konnte, legte die Hände in den Schoß und schloss die Augen. Ihre Urahnen hatten die Kunst der Meditation von Generation zu Generation weitergegeben. Fidelma war dankbar, dass ihr die Kunst der *imradud* wohlvertraut war: die Kunst, den Geist zu reinigen und sich durch tiefe Entspannung in einen meditativen Zustand zu versetzen. Es gab nichts anderes zu tun, als zu warten.

»Jetzt!« Aidan gab ein Zeichen und schoss blitzschnell hinter dem einen Ende der zerstörten Hütte hervor, während Eadulf in die andere Richtung rannte.

»Sei gegrüßt, Bruder Gébennach!«, rief Aidan aus und sprang mitten auf dem Weg vor den Esel, sodass sein Reiter vor Schreck zusammenzuckte. Eadulf hatte sich beeilt, um hinter den Ankömmling zu gelangen, und sah zum zweiten Mal die verräterische Geste seiner Hand, die nach einem Schwert zu greifen schien, das nicht vorhanden war.

Der junge Bibliothekar aus Ráth Cuáin warf einen Blick nach hinten, als hätte sein Instinkt ihm verraten, dass Eadulf dort stand.

»Was macht ihr denn immer noch hier?«, fragte er erstaunt. Er hatte sie gestern genau an dieser Stelle verlassen, um seinen Ritt zu Aras Brunnen fortzusetzen.

Aidan lächelte matt. »Wir sind nicht immer noch hier, sondern waren weg und sind zurückgekehrt. Seit unserer letzten Begegnung ist viel passiert.«

»Wo ist denn Fidelma von Cashel?«, fragte Bruder Gébennach. »Versteckt sie sich etwa?«

»Nein«, antwortete Aidan. »Wir haben Grund zu der Annahme, dass die Schwester des Königs in Ráth Cuáin gefangen gehalten wird.«

Bruder Gébennach war ehrlich erschüttert. »Gefangen gehalten? Warum? Wieso?«

Aidan trat vor und ergriff die Zügel von Bruder Gébennachs Esel. »Wir fordern dich auf, abzusteigen, Hüter der Bücher, und ein Weilchen bei uns zu bleiben, damit wir dir alles erklären können – auch, wie du uns helfen könntest.«

Der junge Mann sah sie unsicher an und zuckte schließlich die Achseln. Er schwang sich von seinem Esel und band ihn an einen Busch. Die drei Männer nahmen daneben auf umgestürzten Bäumen Platz.

Aidan überließ es Eadulf, so viel oder so wenig zu erzählen, wie der Hüter der Bücher seiner Meinung nach wissen musste. Eadulf war sich bewusst, dass er ihm nur einen kleinen Teil verraten sollte – immerhin gehörte Bruder Gébennach zur Abtei, und ein Buch war der Anlass für Fidelma gewesen, dort heimlich einzudringen. Eadulf war nicht ganz klar, worin für Fidelma der Zusammenhang zwischen dem Buch und der Ermordung von Spelán und Brancheó bestand, doch es war sicher am besten, das Thema völlig beiseitezulassen. Vielleicht hatte Bruder Gébennach ja irgendetwas damit zu tun.

»Letzte Nacht war Fidelma erneut in der Abtei«, begann er.

Bruder Gébennach hob fragend eine Augenbraue. »Dann hat der Abt also zugestimmt, sie noch einmal zu empfangen?«

»Nicht direkt. Fidelma war überzeugt, dass die Abtei etwas mit der Ermordung von Spelán, dem Schäfer, zu tun hat.«

Der Bibliothekar sah ihn erstaunt an. »Ich dachte, sie hätte mit Abt Síoda gesprochen und die Sache geklärt?«

»Leider nicht zu ihrer Zufriedenheit. Eine Frau namens Brancheó wurde ebenfalls ermordet. Dann kam ein Mann aus Connacht nach Cashel und behauptete, er suche nach jemandem, der sich Fursaintid nennt und sich vermutlich in der Abtei aufhält. Schließlich verschwand er aus Cashel, und man fand dort die Leiche von Bruder Sionnach ...«

Bruder Gébennach starrte ihn völlig fassungslos an. »Febal war in Cashel?«, stieß er hervor.

»Du kennst ihn?«

»Und du sagst, Sionnach ist tot?«

»Sionnach kennst du also auch?«, erkundigte sich Eadulf.

Der Bibliothekar konnte sein Entsetzen nicht verbergen.

»Sionnach tot, sagst du«, wiederholte er leise.

»Wir denken, Febal ist nach Ráth Cuáin geflohen. Was weißt du über ihn?«

Bruder Gébennach schwieg ein Weilchen; sein Blick schien in geheimnisvolle Fernen gerichtet.

»Bruder Sionnach aus Corcach Mór war ein guter Freund von mir«, begann er schließlich mit tonloser Stimme. »Er war ein hervorragender Gelehrter. Febal ist ein Söldner, der von Abt Síoda bezahlt wird.«

»Willst du damit sagen, Febal ist gar kein Dichter aus Connacht?«, fragte Eadulf.

»Er ist ein Krieger im Dienste von Abt Síoda«, wiederholte der junge Bibliothekar. »Vielleicht stammt er aus Connacht, doch er verdingt sein Schwert an denjenigen, der ihn am besten entlohnt.«

»Wirst du uns helfen?« Eadulf wollte sich Bruder Gébennachs momentane Erschütterung zunutze machen.

»Das hängt davon ab, was ihr vorhabt«, antwortete der Mönch unsicher.

»Wir möchten uns unbeobachtet Zutritt zur Abtei verschaffen und Fidelma befreien.«

»Was genau versuchen Fidelma und du eigentlich in der Abtei herauszufinden?«

Eadulf beschloss, ihm das so knapp wie möglich zu erklären.

»Wir glauben, dass der Mörder von Spelán auch Brancheó und deinen Freund Sionnach umgebracht hat. Fidelma ist gestern Nacht in die Abtei eingedrungen, um nach einem Hinweis auf den Täter zu suchen. Leider ist sie bisher nicht wieder aufgetaucht, und der Pförtner verweigert uns den Zutritt.«

Bruder Gébennach überlegte ein Weilchen. Dann sagte er: »Unter der Abtei liegt ein Höhlensystem.«

Plötzlich fielen Eadulf die Worte von Erca, dem Einsiedler, wieder ein.

»Gelangt man durch die Höhlen direkt in die Gebäude?«

»Abt Síoda hat mir einmal den Weg von den Innenhöfen zu den Höhlen gezeigt. Er hatte mich gebeten, ihn zu begleiten und etwas aus den Lagerräumen dort zu holen. In einigen der Höhlen lagern Lebensmittel, Wein und andere Dinge.«

»Aber kommt man auch von außerhalb der Abtei dort hinein?«

»Ja. Das habe ich entdeckt, als ich einmal falsch abbog, plötzlich Licht vor mir sah und feststellte, dass dort ein Ausgang zum Abhang hinter der Abtei führt. Bruder Tadhg sah zufällig, wie ich ins Freie trat. Er war wütend, und es passte ihm offensichtlich gar nicht, dass ich den zweiten Ein- oder Ausgang nun kannte. Jedenfalls tobte er und sagte, ich hätte mich in den Höhlen so verlaufen können, dass man mich nie mehr gefun den hätte. Mir kam das merkwürdig vor, ich hielt seine Sorge für völlig unangebracht. Außerdem schien mir das Höhlensystem keineswegs besonders groß oder kompliziert zu sein. Ich glaube, ich erinnere mich noch, wo der Ausgang ist.«

»Dann bringst du uns also dorthin – zu dieser Stelle am Abhang, wo deiner Meinung nach der Eingang zu den Höhlen liegt?«, erkundigte sich Aidan.

Der junge Bibliothekar sah Eadulf fragend an. »Es gibt eine Sache, die ich noch verstehen möchte. Ich habe gehört, dass Fidelma auch Schwester Fidelma genannt wird, und trotzdem scheint sie keine Verbindung zu einem Kloster zu haben. Wie kommt das?«

Eadulf war überrascht von dem unerwarteten Themenwechsel.

»Warum fragst du?«

»Weil ich wissen muss, warum ich euch helfe.«

»Das ist doch aber allgemein bekannt. Fidelma hat ihr Kloster vor langer Zeit verlassen. Sie ist keine Nonne mehr, sondern berät ihren Bruder, König Colgú, in Rechtsangelegenheiten.«

»Ach, davon wussten sie in Rom gar nichts«, sagte Bruder Gébennach.

»Es ist eine Weile her, seit wir beide in Rom waren«, erwiderte Eadulf. »Man dürfte sie dort also kaum kennen.«

»Warum hat sie das Kloster denn verlassen?«, fragte der junge Bibliothekar erneut empört.

Eadulf zuckte die Achseln. »Ganz einfach, sie fand, sie sei nicht zur Nonne berufen. Als sie ihren Abschluss in Rechtswissenschaften machte, war ihr Bruder noch nicht einmal Thronanwärter in Cashel – obwohl der Vater der beiden König gewesen war. Ich weiß wenig über die Gepflogenheiten hierzulande, wenn es um die königliche Thronfolge geht. Jedenfalls war damals der Cousin von Colgú und Fidelma König und den beiden nicht gerade wohlgesinnt. Fidelma brauchte Sicherheit. Der Abt von Darú, ein entfernter Verwandter, riet ihr, in ein Kloster einzutreten. Zufällig suchte die Äbtissin von Cill Dara gerade einen Rechtsberater, und so trat Fidelma in diese Abtei ein. Später verließ sie sie wieder. So einfach ist das.«

»Ich verstehe«, erwiderte der Bibliothekar nachdenklich. »Sie hat also keine besonderen Überzeugungen hinsichtlich des Glaubens?«

»Besondere Überzeugungen?«

»Sie wurde nicht Anhängerin einer bestimmten Glaubensrichtung oder Sekte und geriet dadurch in Widerspruch zu allen, die anderer Auffassung sind?«

Eadulf war von dieser Sicht auf die Dinge einigermaßen überrascht und zuckte die Achseln. »Meinst du den Konflikt, der durch die unterschiedlichen Auffassungen in den Fünf Königreichen und in Rom entstanden ist? Fidelma war nicht mit dem einverstanden, was Rom auf den Konzilen von Streonshalh und Autun durchzusetzen versuchte. Aber du müsstest doch wissen, dass die meisten Abteien in den Fünf Königreichen und sogar die in Britannien und Gallien nicht in vollem Umfang akzeptieren, was Rom gern möchte, obwohl sie mit den wichtigsten Grundsätzen des Christseins durchaus mit Rom übereinstimmen.«

Aidan hatte der Unterhaltung schweigend gelauscht und räusperte sich jetzt ungeduldig. »Wir verlieren Zeit«, sagte er. »Vertrödeln wir sie nicht mit Diskussionen über Religion.«

Bruder Gébennach nickte. »Ich bitte um Entschuldigung. Mich interessierte lediglich, ob Lady Fidelma einer besonderen Glaubensrichtung angehört und warum sie ihr Kloster verlassen hat. Bitte verzeiht mir. Das ist der Bibliothekar in mir, der sämtliche Bücher über religiöse Themen verschlingt.«

»Und wir wollen uns gern Zutritt zur Abtei verschaffen«, antwortete Aidan kurz angebunden, »denn vermutlich wird Fidelma dort gegen ihren Willen festgehalten, und vielleicht ist sogar ihr Leben in Gefahr.«

»Was bringt dich denn auf diesen Gedanken?«, fragte Bruder Gébennach. »Ihr sagtet, sie sei letzte Nacht dort eingedrungen. Wie? Wer hat sie hineingelassen?«

»Niemand. Sie … sie ist über den Zaun vom Kräutergarten gestiegen und durch ein Fenster ins Innere der Abtei geklettert.« Eadulf spürte, dass er dem Bibliothekar wenigstens so viel verraten musste.

Bruder Gébennach spitzte die Lippen zu einem lautlosen Pfiff. »Mitten in der Nacht?«

»Ja. Wir haben auf sie gewartet, doch bis Tagesanbruch war sie weder zurückgekehrt noch hatte sie sich irgendwie gemeldet. Also ritten wir zum Haupttor und verlangten beim Pförtner Einlass, um sie zu sehen.«

»Und was ist passiert?«

»Bruder Tadhg kam zur Mauerbrüstung, aber nicht zum Tor. Er erzählte uns eine Menge Unsinn, bestritt jedoch vor allem, dass man Fidelma gefangen genommen hatte; er sagte, wer die Abtei aus freien Stücken betrete, könne sie auch aus freien Stücken wieder verlassen. Daraus schließe ich, dass sie erwischt und eingesperrt wurde. Ihr Leben steht auf dem Spiel.« Eadulf musste schwer schlucken.

»Und deshalb soll ich euch durch die Höhlen in die Abtei führen?«

»Falls du sicher bist, dass man von dort hineinkommt.«

Der junge Bibliothekar zögerte. »Ihr glaubt, Febal hat Bruder Sionnach umgebracht?«

»Ganz genau«, bestätigte Eadulf.

»Wenn das so ist, bringe ich euch zu dem Eingang. Auf jeden

Fall lassen wir die Tiere besser hier und laufen dorthin. Zu Fuß werden wir nicht so leicht von Febals Kriegern entdeckt.«

Eadulf warf einen ratsuchenden Blick zu Aidan, der nickte. Nachdem sie sich vergewissert hatten, dass ihre Reittiere ausreichend mit Wasser und Futter versorgt waren, gingen sie los. Sie wollten gerade aus dem Schutz des Wäldchens treten, als Aidan sie zurückwinkte. Nicht weit entfernt, am Berg gegenüber, wo ein Weg einen weniger steilen Abhang hinaufführte, entdeckten sie einen Karren voller Holzscheite, der von kräftigen Maultieren gezogen wurde. Der Mann auf dem Kutschbock kam ihnen bekannt vor. Aidan wusste sofort, wer er war: Torcán, der Holzfäller.

»Er scheint Holz in die Abtei zu bringen«, murmelte er.

»Er hat gestern gesagt, dass er das vorhätte«, erinnerte sich Eadulf. »Am besten lassen wir ihn vorbei. Wir bleiben bei unserer Entscheidung, ihn nicht in die Sache hineinzuziehen.«

»Er wird auf diesem Weg bis zum Haupttor fahren«, sagte Bruder Gébennach. »Wir dagegen schlagen einen Bogen und nähern uns der Abtei von hinten und weiter unten. Dort liegt der Eingang zu den Höhlen.«

Die grauen Steinmauern von Ráth Cuáin ragten drohend über dem Gipfel des Berges auf, während sie die tiefer gelegenen Hänge überquerten. Sie erreichten eine Stelle, von der aus es steiler nach oben ging. Die Südflanke des Ochsenhügels war abschüssiger als seine Nordseite. Der Boden war überwiegend steinig und kahl. Hier und da gab es Bruchkanten, an denen das Gelände schroff abfiel.

Eadulf begriff, warum die hiesigen Stammesfürsten ihre Festung gerade auf diesem Berggipfel erbaut hatten. Sie war von Süden her kaum einnehmbar und auf den weniger steilen Seiten leicht zu verteidigen.

»Hoffentlich beobachtet uns jetzt niemand, denn wir befinden uns in offenem Gelände; unsere einzige Deckung sind Felsbrocken und Bodensenken«, sagte Eadulf besorgt.

»Ich denke nicht, dass Febal und seine Söldner sich die Mühe machen, diese Flanke des Berges zu bewachen. Der Aufstieg hier ist zu schwierig«, erwiderte Bruder Gébennach unbeschwert. Er sah sich um und deutete schließlich nach vorn. »Seht ihr die Bäume dort?«

Ein Stück weiter vorn bot eine einsame Gruppe von Grauweiden, die eher an Büsche als an Bäume erinnerten, eine der wenigen Deckungsmöglichkeiten am Hang.

»Ich glaube, der Zugang zu den Höhlen liegt etwas oberhalb dieses Gebüschs, denn ich meine es gesehen zu haben, als ich aus der Höhle hinausschaute.«

»Hoffentlich befindet er sich nicht noch viel weiter oben«, murmelte Aidan. »Falls wir unsere Pferde schnell erreichen müssen, haben wir inzwischen einen ziemlich weiten Weg vor uns.«

Bruder Gébennach reagierte zum ersten Mal ein wenig gereizt. »Hättet ihr sie mit hierhergebracht, Krieger, dann wären wir schon längst entdeckt worden.«

Zwischen Felsenbrocken und dem merkwürdigen Weidengebüsch legten sie eine Pause ein und besahen sich das Gelände genau. Plötzlich entfuhr Bruder Gébennach ein leiser Schrei; er deutete den steinigen Hang hinauf zu einer flachen Stelle vor einer natürlichen Steilwand aus grauem Kalkstein, der unter Efeuranken und Ähnlichem fast verschwand. Binnen weniger Minuten hatten die Männer die Stelle erreicht. Der Hüter der Bücher trat vor den von Efeu überwucherten Fels, drehte sich mit dem Rücken zu ihm und betrachtete die Hügellandschaft vor sich. Ein breites Lächeln überzog sein Gesicht.

»Das ist genau der Blick, von dem ich euch erzählt habe. Also muss der Eingang zur Höhle …« Wieder drehte er sich um und zog an den Ranken, die wie ein Vorhang vor einer kleinen Öffnung hingen.

Bruder Gébennach lachte. »Seht mal, meine Freunde, hier habt ihr euern Eingang zu den Höhlen unter der Abtei.«

Eadulf trat zurück und spähte nach oben. »Wir befinden uns immer noch ein ganzes Stück unterhalb der Festungsmauern«, bemerkte er. »Das bedeutet, dass die Höhlen oder Gewölbe ziemlich tief unter der Erde liegen.«

»Du hast ein scharfes Auge, mein Freund«, erwiderte der junge Bibliothekar. »Genauso ist es. Ich erinnere mich jetzt, dass wir lange, in den Fels geschlagene Treppenfluchten hinabstiegen. Der Tunnel, in den man von hier aus gelangt, hat ein leichtes Gefälle nach oben; von ihm zweigen mehrere Seitengelasse ab. Zudem führt eine Treppe weiter aufwärts zu den Haupthöhlen, die der Abtei als Lagerräume dienen.«

»Da drinnen wird es dunkel sein«, bemerkte Aidan, immer auf die praktischen Aspekte ihrer Situation bedacht.

»Wenn ich mich recht entsinne, gibt es unweit des Eingangs Brandfackeln, die wir benutzen können«, erwiderte Bruder Gébennach. »Wartet hier, ich hole sie.«

Mit diesen Worten verschwand er in dem Dickicht vor der Öffnung. Eadulf warf Aidan einen beunruhigten Blick zu.

»Mir wird die Sache plötzlich allzu einfach«, flüsterte er. »Die Nachricht von Sionnachs Tod hat Gébennach sichtlich mitgenommen. Er hat ihn mit Sicherheit gekannt – und zwar nicht nur vom Hörensagen. Sei auf der Hut. Ich traue unserem hilfsbereiten Bibliothekar nicht mehr so ganz.«

Aidan schnaubte. »Das habe ich von Anfang an nicht getan.«

In diesem Moment tauchte Bruder Gébennach wieder auf. In der Hand hielt er eine Öllampe.

»Die ist sogar noch besser als eine Brandfackel, denn die sind wahrscheinlich feucht und schwer anzuzünden«, sagte er und reichte sie ihnen. »Du hast doch gewiss etwas zum Feuermachen zur Hand, Krieger?«

Jeder Krieger trug Feuerstein, Stahl und Zunder bei sich, um ein Feuer anzünden zu können. Viele waren stolz darauf, wie schnell sie dabei waren. Aidan zog alles Nötige sogleich aus dem Lederbeutel an seinem Gürtel und machte sich an die Arbeit. Kurz darauf brannte die Lampe.

»Ausgezeichnet«, bemerkte der Bibliothekar und wandte sich dem Höhleneingang zu. »Ich habe noch eine zweite Lampe gesehen, die können wir ebenfalls benutzen.«

Wie er gesagt hatte, fanden sie auf einem steinernen Vorsprung die Überreste von niedergebrannten Kerzen sowie eine weitere Öllampe. Bruder Gébennach zündete sie an und reichte sie Eadulf.

»Ich gehe voran«, verkündete er anschließend.

Der Gang stieg rasch aufwärts und schlängelte sich dabei mal hierhin, mal dorthin. Eadulf bemerkte mehrere kleine Nischen, nicht größer als ein Bett, die davon abzweigten; im Vorbeigehen spähte er überall hinein. Doch es gab wenig darin zu entdecken außer gähnender Leere. Erst als der Anstieg merklich nachließ, erkannte Eadulf kleinere Durchgänge, die vom Haupttunnel wegführten.

»Wurden diese Gänge jemals benutzt?«, fragte er.

»Keine Ahnung«, antwortete der Bibliothekar. »Wir befinden uns nicht mehr weit von der Haupthöhle entfernt, in der die Lagerräume sind sowie die Treppe, über die man in die Küche der Abtei gelangt.«

Eadulf hatte seine Lampe hoch über den Kopf gehoben. An einem Felsen gleich neben einem der kleineren Durchgänge entdeckte er plötzlich ein Stück Sackleinen – als wäre es an dem Stein hängen geblieben, ohne dass derjenige, der hier vorbeiging, es bemerkt hatte.

»Irgendetwas sagt mir, dass ich hier mal nachsehen sollte«, erklärte er und bog dort ab. Aidan folgte ihm.

Von dem Durchgang zweigten mehrere natürliche Kammern ab. Während man den Haupttunnel, dem sie gefolgt waren, in den Fels gehauen und über Generationen erweitert hatte, sodass sein ursprüngliches Aussehen nicht mehr erkennbar war, befand sich dieser Stollen noch in seinem Urzustand: Er war kalt, feucht und ungepflegt. Von der Decke hingen hier und da merkwürdige spitze Felsnasen herab, andere schienen aus dem Boden in die Höhe zu wachsen, und Eadulf hörte ein ständiges Tropfen aus unsichtbaren Wasseradern. Bald wurde die Decke niedriger; er musste sich wiederholt ducken, um sich nicht den Kopf zu stoßen. Er wollte schon umkehren, als ihm eine dunkle Öffnung ins Auge fiel. Mit erhobener Lampe ging er darauf zu; plötzlich entfuhr ihm ein erstickter Ausruf. In der Nische waren Säcke aufgestapelt.

Eadulf merkte, dass Aidan, der stets pflichtbewusst an seiner Seite blieb, direkt hinter ihm stand. Er drehte sich zu ihm um und reichte ihm die Lampe.

»Halte sie mal und gib mir dein Messer.«

Der Krieger gehorchte unverzüglich. Eadulf beugte sich vor und schnitt einen der Säcke auf. Dann griff er hinein und zog einen harten Metallklumpen heraus. Im flackernden Licht der Lampe glänzte er silbrig.

Aidan stieß einen leisen Pfiff aus. »Ich vermute, wir haben Prinz Gilcachs gestohlenes Silber gefunden.«

KAPITEL 18

Aidan hob die flackernde Lampe so hoch, wie es die niedrige Decke erlaubte. »Schau dir diese Säcke an«, flüsterte er. »Das müssen etwa ein Dutzend sein – alle prall gefüllt mit Silbererz. Das meiste davon scheint eingeschmolzen zu sein.«

Eadulf wollte nicht zugeben, dass ihn der Fund mehr überraschte als Aidan. Doch dann gestattete er sich einen Moment der Selbstgefälligkeit. Sein Instinkt hatte ihm schon die ganze Zeit gesagt, dass die rätselhaften Ereignisse alle mit den Überfällen auf die Schiffe von Prinz Gilcach zusammenhingen, die das Silber aus seinen Minen zum Seehafen in Port Lairge brachten. Hier hatten sie den Beweis. Es war nicht das gestohlene Buch, das Fidelmas Ansicht nach der Schlüssel zum Geheimnis war. Spelán war schlicht und einfach in den Diebstahl des Silbers verstrickt gewesen, für das man die Höhlen unter der Abtei als Versteck benutzte.

»Hier liegt mehr als ein Vermögen herum«, flüsterte er.

»Ich hatte von Gormán gehört, dass Brehon Fíthel in den Norden gereist ist, um wegen der Diebstähle zu ermitteln – und die ganze Zeit über lagerte das Diebesgut hier«, verkündete Aidan mit ebenso großer Befriedigung wie Eadulf.

»Du hast gut daran getan, Bruder Gébennach, uns hierherzubringen«, begann Eadulf und drehte sich um.

Doch Bruder Gébennach stand nicht mehr hinter ihm.

»Ich denke, er ist uns nicht in diese Höhle gefolgt«, gab Aidan bestürzt zu, als er keine Spur von ihm entdeckte. »Verzeih mir, ich war so damit beschäftigt, bei dir zu bleiben.«

»Wahrscheinlich wartet er im Hauptgang auf uns«, antwortete Eadulf. »Ich nehme ein Stück von diesem Silber als Beweis mit, dann kehren wir um.« Er hielt einen kleinen Metallbrocken vor die Lampe. »Er sieht ähnlich aus wie der, den du in Speláns Hütte gefunden hast. Der Schäfer hatte offensichtlich seine Finger mit im Spiel.«

Im Hauptgang fehlte jede Spur vom Bibliothekar sowie von der Lampe, die er bei sich trug.

Aidan fluchte leise. »Ich dachte, er wäre unmittelbar hinter uns. Nun fürchte ich, dass er uns verraten wird und die anderen vor uns warnt. Wir hätten ihn besser im Auge behalten sollen.«

»Jetzt ist es zu spät für Schuldzuweisungen. Ich werde weitergehen und Fidelma suchen. Du musst nicht mitkommen.«

»Natürlich komme ich mit«, versicherte Aidan. »Unsere wichtigste Aufgabe ist Fidelmas Rettung; das gestohlene Silber ist zweitrangig. Sie schwebt in höchster Gefahr.«

»Dann los, bevor Bruder Gébennach seine Kameraden alarmiert«, rief Eadulf, drehte sich um und eilte weiter in dem Gang, dem sie urspünglich gefolgt waren.

Kurz darauf mündete er in eine Höhle, die von Brandfackeln beleuchtet wurde. Diesen Raum benutzte man wohl ständig. Überall stapelten sich Kisten und Fässer.

»Sieh mal!«, flüsterte Aidan und deutete auf die andere Seite des Gelasses. »Einige Seitenhöhlen hat man durch Holztüren abgetrennt, sodass separate Kammern entstanden sind. Ich sehe da vorn drei Türen. Hier muss der zentrale Lagerraum sein.«

In einer Ecke führten ein paar Stufen nach oben. Vermutlich gelangte man dort in den Innenhof der Abtei.

»Am besten schauen wir zuerst nach, was in den Kammern ist, bevor wir uns hinauf in die Abtei wagen. Falls man Fidelma gefangen hält, könnte sie durchaus in einer dieser Kammern eingesperrt sein«, meinte Aidan.

Eadulf nickte und glitt rasch zur ersten der drei Türen – massives Holz mit Klinke und Riegeln aus Eisen. Er öffnete jede der Kammern, doch als er im Licht der Fackel hineinspähte, sah er, dass es sich um Lagerräume für Lebensmittel handelte, in einem Fall um ein Schnapsdepot. Dann bemerkte er einen schmalen Seitentunnel, der kaum zu erkennen war, doch das trübe Licht am anderen Ende deutete darauf hin, dass dort ein Ausgang lag. Er machte Aidan darauf aufmerksam.

Der junge Krieger musterte ihn und flüsterte: »Vermutlich ist das ein zweiter Ausgang zum Abhang, aber er scheint völlig zugewachsen zu sein. Bestimmt ist er von dem allgegenwärtigen Efeu überwuchert.«

»Nun, immerhin wissen wir jetzt, dass wir zwischen zwei Ausgängen wählen können«, murmelte Eadulf wohlgelaunt. »Das könnte sich als nützlich erweisen, wenn Gébennach mit seinen Freunden zurückkehrt.«

»In diesem Fall sehen wir uns besser genau an, ob er sich als Fluchtweg eignet«, schlug Aidan vor.

»Wir verlieren wertvolle Zeit«, gab Eadulf zu bedenken. »Allerdings kommt mir das Ganze merkwürdig vor – ich hätte erwartet, dass sie längst Zeter und Mordio schreien.«

»Es wird nicht lange dauern.« Aidan betrat den schmalen Gang. Nach wenigen Schritten sah Eadulf, dass er stehen blieb. »Hier gehen wieder mehrere Türen ab, abgeschlossene Seitenhöhlen und ...«

Plötzlich hörten sie einen unterdrückten Laut.

»Lady!«, rief Aidan und beugte sich zu einer der Türen. Eadulf rannte den Gang entlang und stand gleich darauf neben ihm.

»Fidelma, bist du's?«

»Eher mein Geist. Ich friere und habe Hunger!«, rief sie. »Seht ihr die Höhle, in die man mich gesperrt hat?«

»Wir stehen genau vor der Tür«, versicherte ihr Aidan. Er untersuchte sie im Licht der Fackel, die Eadulf hoch über ihn hielt. »Ich glaube, wir haben Glück. Es gibt nur zwei Riegel.«

Er bückte sich, um sie zu öffnen. Sie ließen sich mühelos beiseiteschieben. Eadullf zog an dem Metallring an der Tür, und die Tür schwang auf. Eine zerzauste Fidelma stolperte in Eadulfs Arme. Nach einem kurzen Moment trat sie zurück.

»Warum habt ihr nur so lange gebraucht?«, fragte sie im Scherz.

»Das ist eine komplizierte Geschichte«, erwiderte Eadulf.

»Habt ihr Gormán und die anderen aus Cashel mitgebracht?«, lautete ihre nächste Frage.

Eadulf schüttelte schuldbewusst den Kopf. »Ich hielt es für dringender, dich zu befreien.«

»Wir sollten uns lieber an einen sichereren Ort begeben, um das zu besprechen«, mahnte Aidan und schaute sich nervös um. »Man darf sein Glück nicht herausfordern.«

»Ich glaube, es hat uns bereits verlassen«, murmelte Eadulf.

Als sie seinem Blick folgten, sahen sie am anderen Ende des Ganges Licht flackern. Geistesgegenwärtig löschte Eadulf die Lampe, doch ein Ruf verriet ihnen, dass man sie längst entdeckt hatte.

»Schnell!«, drängte Aidan. »Wir versuchen's an diesem Ausgang. Das ist jetzt unsere einzige Chance.« Er eilte mit gezogenem Schwert voraus und schlug einen Weg durch das undurchdringliche Dickicht des Efeus frei, als er plötzlich taumelte und beinahe das Gleichgewicht und sein Schwert verloren hätte. Nur unter Schwierigkeiten gelang es ihm, ein paar Schritte rückwärts zu gehen.

Als Fidelma und Eadulf ihn erreicht hatten, sahen sie, dass dieses Loch im Stein hinter dem Dickicht auf den felsigen Teil des Abhangs hinausführte, faktisch auf eine Felswand, die mindestens fünfzehn Meter steil abfiel. Einen anderen Weg nach draußen gab es nicht.

»Ich könnte es schaffen«, sagte Aidan. »Wenn ich da drüben links bis zu den dicken Efeuranken komme, müsste ich hinunterklettern können. Ich brauchte nur den richtigen Schwung.«

»Wir kriegen das nicht alle rechtzeitig hin«, erwiderte Fidelma.

Das Licht hinter ihnen war näher gekommen, und jemand stieß ein tiefes, krächzendes Lachen aus.

»Sieh mal einer an! Willst du uns schon wieder verlassen, Lady?«

Sie drehten sich um und standen drei Männern gegenüber, von denen zwei mit schussbereiten Armbrüsten bewaffnet waren. Sie würden sie nicht verfehlen. Der dritte im Bunde, der eine Laterne hochhielt, war unverkennbar Bruder Giolla Rua aus Corcach Mór.

»Nun«, sagte Fidelma mit müdem Lächeln, »ich habe mich die ganze Zeit gefragt, was dich wirklich mit diesem Ort verbindet.« Dann schrie sie plötzlich: »Aidan!«

Der wusste sofort, was er zu tun hatte. Bevor jemand reagieren konnte, hatte er das Efeudickicht durchquert und den Höhlenausgang erreicht. Mit einem Schrei stürzte einer der Bogenschützen nach vorn, doch Eadulf ließ seine Lampe fallen und versperrte ihm damit den Weg. Dann fiel er über den Schützen her, der nun den festen Griff um seinen Bogen lockern musste.

»Lady«, rief Bruder Giolla Rua, »sag deinem Sachsen-Freund, er soll damit aufhören, sonst bist du tot.«

Im Schein der Laterne von Bruder Giolla Rua hatte der zweite Schütze seinen Bogen gehoben und zielte damit auf Fidelma. Eadulf ließ seinen Gegner unverzüglich los und trat beiseite. Als dieser nach vorn drängte, um nachzusehen, wohin Aidan verschwunden war, streckte Eadulf seinen Fuß vor, und der Mann flog durch den Vorhang aus Efeu nach draußen. Sie hörten seinen entsetzten Schrei und ein scheußliches Geräusch, als er fünfzehn Meter tiefer auf den Felsen schlug. Eadulf trat zurück und sah Bruder Giolla Rua mit ausdrucksloser Miene an.

»Dein Krieger scheint gestolpert zu sein«, stellte er ohne jede Gefühlsregung fest.

Der zweite Schütze hatte seinen Bogen jetzt auf Eadulf gerichtet und wollte gerade schießen, als Bruder Giolla Rua ihm Einhalt gebot.

»Halte die beiden einfach in Schach. Wir bringen euch durch den Tunnel zurück. Wer sich widersetzt, ist tot. Das garantiere ich euch.«

Der Schütze hielt seinen Bogen weiter schussbereit, als sie, angeführt von Bruder Giolla Rua, langsam durch den Tunnel zurückliefen. Bald erreichten sie wieder die Höhle, in der Fidelma eingesperrt gewesen war.

»Und jetzt rein mit euch … alle beide!«, befahl Giolla Rua.

Widerstrebend marschierte Fidelma erneut in ihr ehemaliges Gefängnis; Eadulf folgte ihr, während der Bogenschütze unbeirrt weiter auf ihn zielte.

Bruder Giolla Rua lächelte grimmig im Licht der flackernden Laterne. »Wenigstens hast du dieses Mal Gesellschaft, Lady – bis ich meine Geschäfte erledigt habe.«

»Deine Geschäfte?«, fragte Fidelma unschuldig.

»Als ob du nicht Bescheid wüsstest, Lady.«

»Ich nehme an, Bruder Gébennach hat dich gewarnt?« In Eadulfs Stimme schwang Verbitterung mit.

Für den Bruchteil einer Sekunde drückte Bruder Giolla Ruas Miene Verblüffung aus. »Meinst du den Bibliothekar dieser Abtei?«, fragte er überrascht. Als Eadulf sich nicht zu einer Antwort herabließ, zuckte Bruder Giolla Rua nur die Achseln.

Dann fiel die Tür krachend ins Schloss. Dunkelheit hüllte sie ein, während die Laterne sich zusammen mit Bruder Giolla Rua und seinem Gefährten immer weiter den Tunnel entlang entfernte.

»Was jetzt?«, fragte Eadulf und hoffte, dass seine Augen sich bald an das Halbdunkel gewöhnten, damit er besser sehen konnte.

»Jetzt?«, erwiderte Fidelma resigniert. »Hoffen wir, dass Aidan Erfolg hatte, die Efeuranken zu fassen bekam und an ihnen die Felswand hinunterklettern konnte. Dank deiner Geistesgegenwart scheint er den Efeu ja unbeschadet erreicht zu haben, sonst hätten wir was gehört.«

»Im Gegensatz zu Bruder Giolla Ruas Spießgesellen«, fügte Eadulf trocken hinzu. Er hatte lediglich vorgehabt, den mörderischen Bogenschützen außer Gefecht zu setzen, und nicht, ihn zu töten. Er machte sich keine Illusionen; ein Sturz aus dieser Höhe mit dem Kopf voran bedeutete den sicheren Tod. »*Requiescat in pace*«, murmelte er salbungsvoll.

»Falls Aidan unbeschadet unten angekommen ist, wird er bestimmt direkt nach Cashel reiten, wie ich euch ursprünglich aufgetragen habe, und Gormán und seine Krieger hierher führen. Ein *catha* der Krieger vom Goldenen Halsreif könnte die Abtei binnen Kurzem einnehmen.«

Obwohl keinerlei Groll in ihrem Tonfall mitschwang, fühlte Eadulf sich schuldig, weil er sich ihren Anordnungen widersetzt hatte. Das beeinträchtigte seine Befriedigung darüber, dass er das Rätsel gelöst und den Zusammenhang zwischen der Abtei und den Überfällen auf Prinz Gilcachs Silbertransporte hergestellt hatte.

»Das wird nicht leicht werden«, antwortete er bedrückt. »Wir haben die Pferde bei Speláns Hütte zurückgelassen. Gébennach, der Bibliothekar, hat uns in dieses Höhlensystem geführt und dann verraten. Wahrscheinlich hat er die Pferde inzwischen weggebracht. Es ist ein weiter Weg bis Cashel, wenn man diese Berge zu Fuß überqueren muss.«

»Gébennach hat euch in die Höhlen geführt? Nun, da wir nichts Besseres zu tun haben, schlage ich vor, du erzählst mir alles darüber und über seinen Verrat. Jedenfalls ist Aidan ein guter Mann für schwierige Situationen. Er wird es schon irgendwie schaffen.« Fidelma hoffte, dass ihre Stimme nicht verriet, wie wenig Zuversicht sie verspürte.

Aidan war jedoch nicht auf dem Weg nach Cashel. Er lag bewusstlos am Fuß des Steilhangs.

Als Fidelma seinen Namen geschrien hatte, war ihm instinktiv klar gewesen, was sie von ihm erwartete, denn das war ihre einzige Chance. Er hechtete durch den Vorhang aus Efeu, schaute nach links und machte sich im Bruchteil einer Sekunde ein Bild von den herabhängenden dickeren Efeuranken, um eine geeignete Stelle zu finden, bevor er den Sprung über die kurze Distanz wagte. Sein Schwert musste er fallen lassen, als er beide Arme ausstreckte, um nach den Ranken zu greifen. Er erwischte sie und umklammerte sie mit aller Kraft. Unter seinem Gewicht gaben sie augenblicklich nach, doch nachdem er etwa einen Meter abgesackt war, hielten sie. Er krallte sich an ihnen fest und hoffte, dass sie ihn trugen.

In diesem Augenblick hörte er einen Schrei und sah einen Körper an sich vorbeistürzen. Zuerst ergriff ihn eiskalte Panik, da er fürchtete, das könnten Fidelma oder Eadulf sein, doch dann erkannte er einen Mann und einen Bogen, der mit ihm in den Abgrund fiel. Als er den grauenvollen Aufprall des Körpers auf den Felsen unter sich hörte, begriff er, dass er einer der Bogenschützen sein musste, der ihm nachgeeilt war, irgendwie den Halt verloren hatte und abgestürzt war. Doch er hatte keine Zeit, sich länger damit zu befassen. Mit zusammengebissenen Zähnen versuchte er, sich so schnell wie möglich nach unten zu hangeln, denn der Efeu war nicht so fest im Felsen verwurzelt, wie er sich gewünscht hätte. Immer wieder gab er nach und ließ ihn ein Stück absacken.

Erst auf den letzten drei Metern verlor er die Schlacht. Der Efeu brach und löste sich aus seiner labilen Verankerung, so dass Aidan nach hinten fiel. Er ruderte wild mit den Armen und hoffte, in einer nicht zu peinlichen Stellung zu landen. Doch gleich darauf schoss ein stechender Schmerz durch sein rechtes Bein; der Schrei, den er hörte, kam aus seiner eigenen Kehle. Im selben Moment sank er in barmherzige Bewusstlosigkeit.

Torcán, der Holzfäller, hatte seine wöchentliche Ladung Holz in der Abtei Ráth Cuáin abgeliefert; er machte sich auf den Rückweg, lenkte seinen Maultierkarren durch das Haupttor, umrundete die Nordflanke des Ochsenhügels und wandte sich nach Südwesten, wo ein abschüssiger Pfad ihn bis zum Wald und nach Hause bringen würde. Bruder Tadhg, der Pförtner, war so unfreundlich wie immer gewesen, doch der Preis für die Holzlieferung war mit dem Abt festgesetzt worden, sodass es diesbezüglich keine Diskussion gab. Während Torcán sein Gespann Richtung Heimat lenkte, fragte er sich, ob seine Besucher aus Cashel gestern Abend bei ihrem merkwürdigen Treffen an der Eselsfurt erfolgreich gewesen waren. Er mochte Lady Fidelma und ihre Gefährten. Sie war ganz anders, als er sich eine Prinzessin aus Cashel vorgestellt hatte, geschweige denn eine *dálaigh*. Sie war kein bisschen eingebildet, sondern setzte sich mit einem Holzfäller und seiner Frau an einen Tisch und redete über Gott und die Welt, ohne den Hochmut an den Tag zu legen, den er von Leuten ihres Schlages erwartete. Er mochte sogar den ruhigen, nachdenklichen Sachsen ... aber warum verbesserte der Mann ihn ständig und wollte als »Angle« bezeichnet werden? Er hatte schließlich einige Sachsen kennengelernt, die den großen Fluss hinunterfuhren, und sie sprachen dieselbe Sprache wie er.

Er war noch nicht weit gekommen, als plötzlich ein Pferd mitten auf dem Weg stand, das an einem Busch knabberte. Schleunigst hielt er an, musterte das Tier und erkannte schon bald das grau-weiße Pferd von Lady Fidelma. Er stieg von seinem Karren und sah, dass die Zügel lose hingen und sich ein kleiner Ast und Blätter darin verfangen hatten. Als erfahrener Holzfäller begriff Torcán sofort, dass jemand die Zügel um einen Baum geschlungen hatte, um das Pferd festzubinden. Irgendwie musste sich die behelfsmäßige Leine gelöst haben, so dass es nun frei herumlief. Erst jetzt wurde ihm bewusst, dass er sich in der Nähe des Wäldchens befand, in dem Speláns abgebrannte Hütte stand. Konnte es sein, dass Lady Fidelma dorthin zurückgekehrt war und ihr Pferd nun vermisste? Das ließ sich schnell überprüfen.

Torcán ging zu dem Tier, ergriff die Zügel, führte es hinter seinen Karren und band es dort fest, bevor er wieder aufsaß und sein Gespann antrieb. Er verließ den Hauptweg und fuhr zu dem Wäldchen hinunter. Dort entdeckte er zwei weitere Pferde und einen Esel. Er rief mehrmals und durchsuchte sämtliche Ecken und Winkel der Ruine. Es war niemand zu finden.

Er hielt einen Augenblick inne und überlegte, was er tun sollte. Sollte er alle drei Pferde und den Esel zu seiner Hütte mitnehmen, oder sollte er sie hierlassen für den Fall, dass Fidelma und ihre Gefährten zurückkehrten? Das war eine schwierige Entscheidung. Er dachte noch darüber nach, als ihm ein Geräusch bewusst wurde. Ein durchdringendes, düsteres »Kra-

Kra«, das an ein Knacken erinnerte – und es ertönte nicht nur einmal, sondern mehrmals. Ein Schaudern überlief Torcán, denn er wusste, was diese Schreie zu bedeuten hatten. Er eilte zum Waldrand und starrte gen Himmel. Ein Irrtum war ausgeschlossen. Hoch über dem Gipfel kreisten mindestens ein Dutzend Vögel mit rautenförmigen Schwänzen und glänzendem schwarzem Gefieder und stießen ihre triumphierenden Schreie aus. Die Vorboten des Todes, die Verkünder böser Vorzeichen … Raben.

Torcán wusste genug über die Gewohnheiten dieser aasfressenden Vögel, um zu begreifen, dass ihr Verhalten auf reiche Beute schließen ließ. Nicht nur auf ihre übliche Nahrung, die aus kleinen Säugetieren, Vögeln und Insekten bestand. Die Raben versammelten sich zu einem Festschmaus, so, als erwarte sie ein Schlachtfeld voller Leichen. Weiter oben auf dem Berg musste ein Toter oder Schwerverletzter liegen, schoss es ihm augenblicklich durch den Kopf, und hier hatte man Pferde zurückgelassen. Jetzt bedurfte es keiner weiteren Überlegung. Torcán schnappte sich seinen knorrigen Wanderstock und stieg behände und in schnellem Tempo bergauf, die Augen stets auf den Punkt gerichtet, um den die Aasfresser kreisten.

Die schwarzen Vorboten des Todes führten ihn zu dem Felsvorsprung unterhalb der hohen Mauern von Ráth Cuáin, und er war erschüttert, als er dort zwei Tote entdeckte. Er wendete den Blick von dem Ersten ab, dem eindeutig nicht mehr zu helfen war; die Raben hatten sich bereits über ihn hergemacht. Sein Kopf war merkwürdig verdreht; er war offensichtlich schon vor dem Eintreffen der Aasfresser gestorben. Neben ihm lagen eine zerbrochene Armbrust – eine Waffe, die von Kriegern in dieser Gegend selten benutzt wurde – sowie ein Köcher inmitten verstreuter Bolzen, wie man, das wusste er, die kurzen Pfeile nannte.

Angewidert schwang Torcán seinen Stock hoch über den Kopf, um die lauernden Vögel zu vertreiben, und näherte sich dann dem zweiten Körper, der von abgebrochenen Efeuranken halb verdeckt war. Als er sie beiseitezog, erkannte er den Mann sofort. Es war der Krieger, der Lady Fidelma begleitet hatte. Er war nicht zu verwechseln, selbst ohne den goldenen Reif um seinen Hals, der ihn als einen der Männer der Nasc Niadh kennzeichnete, der Krieger vom Goldenen Halsreif, der Leibgarde des Königs von Cashel. Unweit von ihm lag sein Schwert. Torcán bückte sich, um es aufzuheben, denn so ein Schwert war sehr wertvoll. Dann überlegte er, was zu tun sei. In diesem Augenblick entfuhr dem jungen Krieger ein leises Stöhnen, und Torcán merkte, dass er noch atmete. Er sah, dass ein Bein unter dem Körper abgeknickt und mit Blut verschmiert war. Sollte er in der Abtei Alarm schlagen? Sollte er versuchen, ihn dorthin zu tragen und um Hilfe zu bitten?

Irgendetwas hielt ihn jedoch davon ab. Vielleicht waren es die Fragen, die Lady Fidelma bei ihren Besuchen gestellt hatte, die ihn vermuten ließen, dass das nicht die richtige Entscheidung sein könnte. Doch er musste Hilfe holen – und zwar schnell. Schon bald würde jemand hier auftauchen, um nachzusehen – da war er ganz sicher. Torcán bückte sich und steckte das Schwert des jungen Mannes zurück in die Scheide. Dann kniete er sich neben ihn und versuchte, seinen Körper, so gut er konnte, so hinzulegen, dass er ihn auf seine Schulter heben konnte. Durch die jahrelange Arbeit als Holzfäller war Torcán stark wie ein Baum; er vermochte sich einen großen Stamm aufzuladen und damit hundert Meter in flottem Tempo zu laufen, ohne zu ermüden. Nun hievte er Aidans Körper auf seine breiten Schultern und eilte sicheren Fußes bergab, zurück zu der abgebrannten Hütte.

Fidelma starrte in das Dunkel ihrer Zelle und stieß einen langen, tiefen Seufzer aus. »Ich kann dich nicht deutlich sehen, Eadulf«, murmelte sie.

Ein Schatten regte sich neben ihr. »Ich bin hier, wo immer ›hier‹ auch sein mag.«

Sie streckte eine Hand aus und berührte die seine, und sie verschränkten die Finger ineinander. »Wie Bruder Giolla Rua gesagt hat: Wenigstens habe ich dieses Mal Gesellschaft. Ich bin nicht sicher, wie lange wir schon hier sind«, fügte sie hinzu. »Ich hoffe nur, dass Aidan es geschafft hat.«

»Aber wir müssen doch irgendetwas tun können.«

»Wir können nichts tun, außer …«

»Außer … was? Sag bloß nicht, ich soll mich hier mit Meditation oder so was befassen. Ich kann meine Gedanken einfach nicht beruhigen.«

Fidelma lächelte in die Dunkelheit hinein. »Das hatte ich auch nicht vor. Dazu bedarf es jahrelanger intensiver Übung. Ich dachte, statt die Zeit zu vergeuden, könnten wir die Fakten rund um diesen Fall noch einmal durchgehen und sehen, was sich daraus ergibt.«

»Ach, das ist doch ganz einfach. Alles hängt mit dem Silber zusammen, das von Prinz Gilcachs Schiffen gestohlen wurde. Diese Abtei hier ist das Zentrum der Raubüberfälle.«

»Wie bist du darauf gekommen?«

Eadulf zögerte einen Augenblick. »Nun, eher durch Glück als durch Logik«, gab er zu.

»Erzähl's mir.«

»Als wir in die Höhlen hineingingen …«

»Wie kam es dazu?«

»Wie gesagt, Bruder Gébennach hat uns den Weg gezeigt. Doch ich begann zu vermuten, dass er mit den Dieben unter einer Decke steckte und uns hierher brachte, damit sie uns festsetzen können. Leider fiel mir das erst ein, als wir das Silber fanden. Er muss uns an Bruder Giolla Rua verraten haben, der dann unsere Flucht vereitelte.«

»Ich kann dir nicht ganz folgen. Du solltest mir die ganze Geschichte erzählen.«

Eadulf fasste kurz zusammen, was passiert war, nachdem er und Aidan begriffen hatten, dass Fidelma gefangen genommen worden war, und berichtete von der Begegnung mit Gébennach und ihrem Eindringen in die Höhlen, wo Eadulf die Säcke mit Silbererz entdeckt hatte.

»Du glaubst also, Bruder Gébennach gehört auch zu der Diebesbande?«

»Auf jeden Falll wusste er über Febal und Sionnach Bescheid.« Eadulf wurde klar, dass er keinen eindeutigen Beweis hatte, sondern lediglich Indizien. Er wünschte, er könnte Fidelmas Gesicht im Dämmerlicht sehen, denn er vermochte ihren Tonfall nicht zu deuten.

»So viel ist sicher«, fuhr er fort, »Bruder Gébennach verschwand plötzlich, und als Nächstes tauchte Bruder Giolla Rua auf, und jetzt sitzen wir hier.«

Wieder herrschte Schweigen. »Und daraus schließt du, dass Bruder Gébennach mit Bruder Giolla Rua und der Bande der Silberdiebe unter einer Decke steckt. Aber was ist mit Bruder Sionnach? Warum wurde er getötet? Gehören alle Gelehrten, die sich zu dem Konzil in Cashel trafen, zu der Diebesbande?«

»Natürlich nicht. Sionnach war den Dieben auf die Schliche gekommen. Deshalb hat Febal, offenbar ihr Anführer, ihn umgebracht.«

»Warum sollte Sionnach Febal aufsuchen, wenn er alles wusste? Er wäre vorsichtiger gewesen. Und falls Febal ahnte, dass Sionnach Nachforschungen über die Diebstähle anstellte, warum hat er dann so lange gewartet, bis er ihn ermordete? Was ist mit dem Hinweis auf das geheime Buch – und warum kann man Bruder Lucidus nicht trauen? Und wer *ist* Bruder Lucidus überhaupt? Es gibt noch jede Menge Dinge, die nicht richtig zusammenpassen.«

»Nun, Spelán gehörte zweifellos zur Diebesbande; wir haben einen Brocken Silber in seiner Hütte gefunden«, erwiderte Eadulf, um seinen Standpunkt zu verteidigen.

»Und warum wurde Spelán ermordet?«

»Vielleicht hat er seine Kameraden betrogen.«

»Und warum hat man ihn den dreifachen Tod sterben lassen?«

Eadulf schwieg, weil er darauf keine Antwort wusste.

»Und warum wurde Brancheó getötet?«

»Wenn sie und Spelán ein Paar waren, lässt sich das leicht erklären. Wahrscheinlich hat er ihr etwas über die Diebstähle anvertraut. Erca hat erzählt, dass sie davon ausging, bald genügend Geld zu haben, um sich mit Spelán in den Bergen im Süden niederzulassen. Vielleicht wusste sie zu viel.« Dann seufzte Eadulf und verfiel in Schweigen.

Fidelma drückte seine Hand. »Ach, komm schon. Du hast eine ganze Menge herausgefunden. Das will ich gar nicht leugnen. Aber es geht hier um etwas anderes als um die Überfälle auf Gilcachs Silbertransporte, Eadulf. Je mehr ich darüber nachdenke, umso deutlicher erkenne ich, dass du mir den Schlüssel zur Lösung des Rätsels in die Hand gegeben hast, sodass sich alles allmählich zu einem Ganzen zusammenfügt.«

Eadulf war enttäuscht. »Schön, dass du so denkst.« Es gefiel ihm gar nicht, dass seine Schlussfolgerung von Fidelma fast übergangen wurde.

»Jetzt müssen wir nur noch ...«, begann sie.

»Jetzt müssen wir nur noch«, unterbrach Eadulf sie ärgerlich,

»hier rauskommen, Bruder Giolla Rua, Gébennach, Febal und alle anderen Beteiligten festnehmen und den Fall vor den Obersten Brehon bringen.«

Fidelma lachte. »Stimmt, Eadulf. Das Problem ist nur, dass wir hier festsitzen, bis jemand auftaucht und die Tür öffnet.«

»Also bleibt uns nur die Hoffnung, dass Aidan mit den Kriegern vom Goldenen Halsreif schon hierher unterwegs ist.«

Torcán hatte einige Zeit gebraucht, um den halb bewusstlosen Aidan zu der abgebrannten Hütte zu tragen und auf seinen Karren zu legen. Er war erstaunt, dass die Pferde von Fidelma und ihren Gefährten immer noch dort standen, band sie hinten an seinen Karren und machte sich auf den Heimweg. Der junge Krieger verlor immer wieder das Bewusstsein, und der Schmerz in seinem Bein ließ ihn aufstöhnen, während der Karren über Bodenwellen und andere Unebenheiten holperte. Torcán fuhr so langsam und vorsichtig wie möglich und brauchte lange, bis er die Lichtung erreichte.

Éimhín hörte ihn schon von Weitem, trat aus der Hütte und starrte voller Bestürzung auf die Pferde und die gekrümmte Gestalt auf dem Holzkarren ihres Mannes.

»Was ist passiert?«, fragte sie und musterte das Gesicht des Verletzten. »Oje, das ist ja der Krieger mit dem Goldenen Halsreif!«

»Hol eine Decke, dann trage ich ihn in die Hütte«, wies Torcán sie an. »Ich glaube, sein Bein ist gebrochen.«

Sie eilte voraus und machte ihr einziges Bett bereit, und als sie fertig war, brachte ihr Mann den Krieger hinein und legte ihn so sanft wie möglich darauf.

»Nun, Weib, du kennst dich mit dem Heilen aus – tu für ihn alles, was du kannst.«

Éimhín wirkte skeptisch, während sie Aidan untersuchte.

»Er braucht dringend Hilfe«, sagte Torcán, während er ihr zuschaute.

»Er braucht einen Arzt«, entgegnete seine Frau. »Das Bein ist gebrochen, und er hat Fieber bekommen. Das übersteigt meine Möglichkeiten.«

»Komm schon, du kannst das Bein eines Schafes schienen. Warum nicht auch das eines Mannes? Ich helfe dir.«

»Der Unterschenkel ist gebrochen«, erklärte Éimhín. »Und zwar der größere der beiden Knochen; womöglich auch der kleinere. Das kommt häufig vor, wenn der größere Knochen bricht.« Sie überlegte einen Augenblick. »Es ist vielleicht nicht allzu kompliziert, ihn wieder zu richten. Doch selbst wenn mir das gelingt, besteht das Risiko einer Entzündung. Wahrscheinlich ist das Bein bereits entzündet, denn er hat Fieber. Zumindest wird er starke Schmerzen haben sowie heftige Prellungen und Schwellungen.« Sie verstummte, lauschte Aidans Stöhnen und bemerkte erst jetzt, dass er klar verständliche Worte murmelte und nicht im Fieberwahn phantasierte. »Warum sagt er dauernd, dass man nach Cashel reiten muss, um Menschenleben zu retten? Was hat das zu bedeuten?«

Torcán erwiderte bedrückt: »Die Pferde hinten an meinem Wagen gehören Lady Fidelma, dem Sachsen und diesem jungen Krieger – sie hatten sie zurückgelassen. Vielleicht schweben Fidelma und der Sachse in Gefahr. Der Krieger lag verletzt und bewusstlos unterhalb der Abtei.«

»In diesem Zustand kann er jedenfalls nicht nach Cashel reiten. Ich werde mein Bestes für ihn tun, Mann. Ich werde das Fieber mit Weidenrinde behandeln und mit einem Sud aus Holunderblüten und Apfelbaumrinde. Das wird es schon senken. Wie auch immer, lass uns das Bein des armen Jungen gerade ausstrecken.«

Torcán nickte. »Sobald wir das geschafft haben, mache ich

mich auf den Weg nach Cashel. Ich werde dort berichten, was ihn aufgehalten hat, und einen Arzt mitbringen. Bis zu meiner Rückkehr musst du dich um ihn kümmern.«

Fidelma erwachte in völliger Dunkelheit und hörte Eadulfs tiefe Atemzüge neben sich. Die Nähe und die Wärme seines Körpers, der eng an sie geschmiegt war, spendeten ihr Trost. In den kalten grauen Schatten ihres Gefängnisses mussten sie zusammen in einen erschöpften Schlaf gefallen sein. Dann schien sie plötzlich zu begreifen: Sie waren im Dämmerlicht eingeschlummert, als immerhin noch Schatten und verschwommene Umrisse sichtbar gewesen waren und das trübe Licht aus dem Gang draußen durch die kleine Öffnung in der Tür ihrer Zelle sickerte. Jetzt war es pechschwarz hier drinnen, sie konnte nicht einmal die Hand vor den Augen erkennen. Sie blinzelte mehrmals, als würde das etwas ändern. Als nichts passierte, verstand sie, warum.

Sie stieß Eadulf mit der Hand an.

»Wach auf«, flüstere sie. »Eadulf, wach auf!«

Sie spürte, wie der Körper neben ihr leicht zuckte und sich zu recken und zu strecken begann.

»Bist du wach?«

»Was … was ist los?«, fragte Eadulf mit einem Gähnen.

»Das Licht!«

Nach kurzem Zögern murmelte er: »Ich sehe kein Licht.«

»Genau. Es ist Nacht geworden.«

»Wie lang habe ich geschlafen?«

»Keine Ahnung, ich bin auch eingenickt. Aber inzwischen muss ein ganzer Tag vergangen sein.«

»Und man hat uns die ganze Zeit hier eingesperrt gehalten? Glaubst du, sie haben vor, uns einfach unserem Schicksal zu überlassen?«

»Woher soll ich wissen, was Bruder Giolla Rua vorhat?«

Eadulf seufzte. »Ich frage mich, wie es Aidan ergangen ist. Es war noch früher Vormittag, als wir Bruder Gébennach in die Höhlen folgten. Das bedeutet, Aidan könnte, nachdem er die Pferde erreicht hatte, schon am frühen Nachmittag in Cashel gewesen sein und dort Alarm geschlagen haben.«

Fidelma schwieg. Eadulf ließ nicht locker: »Denkst du, er hat es nicht geschafft?«

»Es hat keinen Sinn, sich solche Gedanken zu machen, Eadulf. Das ist Zeit- und Energieverschwendung.«

Beide verfielen erneut in Schweigen, da es sonst nichts zu sagen gab. Sie mussten ihre Hilflosigkeit akzeptieren, denn sie wussten, dass kein Weg nach draußen führte, bevor ihre Bewacher nicht auftauchten und die Tür öffneten. So verstrich Minute um Minute. Die Zeit verging … langsam, qualvoll, schmerzlich und unerträglich. Die Zeit verging, bis Eadulf aufspringen und vor Wut oder Verzweiflung – er wusste es selbst nicht genau – laut losschreien wollte. Er beneidete Fidelma um ihre Fähigkeit, zu meditieren, einfach dazusitzen und scheinbar nichts zu tun.

Einen Augenblick mal! Spielte ihm seine Phantasie etwa einen Streich? Aber nein – er sah ein Flackern, einen zuckenden Lichtschein durch die Öffnung in der Tür.

Er bewegte sich. Fidelma umklammerte seinen Arm.

»Vorsicht, Eadulf. Rühr dich nicht«, flüsterte sie schnell.

Sie vernahmen Geräusche aus dem Gang; das flackernde Licht wurde heller.

Doch Eadulf hörte nicht auf sie und stürzte vor. »Aidan!«, rief er laut.

Als Antwort erklang ein niederträchtiges Lachen, und eine vertraute Stimme rief: »Weg vom Eingang. Die Wachen hier draußen sind bewaffnet. Also keine falsche Bewegung!«

Dann wurde der Riegel zurückgeschoben, und die Tür schwang auf.

Vor ihnen stand Bruder Giolla Rua, dahinter die bewaffneten Wachmänner, die er angekündigt hatte. Einer von ihnen trug eine Laterne, die ihre Zelle erleuchtete. Fidelma rappelte sich langsam hoch, und Eadulf stützte sie.

»Ich bedaure die Unbequemlichkeit und die Tatsache, dass ihr euch hier nicht bewegen oder euch die Beine vertreten könnt«, sagte Bruder Giolla Rua fast mitfühlend.

»Es ist Nacht«, bemerkte Fidelma. »Wie spät ist es genau?«

Schatten huschten über das Gesicht von Bruder Giolla Rua, vermutlich lächelte er.

»Du bist sehr aufmerksam, *dálaigh*. Ja, es ist Nacht, und nur noch ein *cadar* trennt uns vom Tagesanbruch.«

Sie bemerkten, dass er einen kleinen Beutel in der einen Hand hielt und einen Krug in der anderen.

»Was hast du mit uns vor?« Eadulf hoffte, dass das kämpferischer klang, als ihm zumute war.

»Ich? Ich habe gar nichts vor. Ich erachtete es als meine Christenpflicht, euch etwas zu essen und zu trinken zu bringen.« Damit stellte er den Beutel und den Krug auf den Steinboden und trat einen Schritt zurück. »Hier habt ihr eine Mahlzeit, um die Nacht zu überstehen. Dann sehen wir weiter.«

»Wenn du uns kein Licht hierlässt, sehen wir gar nichts«, erwiderte Eadulf.

Wieder lächelte Bruder Giolla Rua. Er drehte sich halb um und bedeutete einem der Wachmänner, eine Kerze an der Laterne anzuzünden und sie ihm zu geben. Dann wandte er sich zu einer kleinen Nische in der Mauer neben der Tür, ließ etwas Kerzentalg darauf tropfen und drückte die Kerze hinein.

»Bitte schön – was wollt ihr mehr als Essen und Licht, um durchzuhalten?«, fragte er sarkastisch.

»Unsere Freiheit«, erwiderte Fidelma.

Der Mönch lachte. »Ach, leider liegt das außerhalb meiner Befugnisse. Meine Landsleute sind da ausgesprochen engstirnig. Ich werde bei Tagesanbruch von hier abreisen, da ich meine Geschäfte einstweilen erledigt habe. Ich fürchte jedoch, ihr müsst in Sorge bis zur Morgenröte ausharren, denn meine Kameraden haben beschlossen, dass ihr … ähm, beseitigt werden sollt. Versteht ihr, ich fürchte, ihr wisst einfach zu viel. Febal wird kommen und euch die Ehre erweisen. Er hegt gewisse abergläubische Vorstellungen aus grauer Vorzeit. Damals nahm man an, das Auftauchen des Morgensterns am Himmel sei ein guter Zeitpunkt, um in die Anderswelt überzugehen. Der Lichtbringer erleuchtet einem dann den Weg zum Haus von Donn, der darauf wartet, die Seelen aufzunehmen, um sie weiterzuschaffen zu den …, naja, ihr kennt die alten Legenden genauso gut wie ich.«

Plötzlich trat Bruder Giolla Rua, immer noch lachend, zurück und verließ die Zelle, deren Tür krachend ins Schloss fiel. Die Riegel wurden wieder vorgeschoben.

Fidelma und Eadulf waren erneut allein in der kalten Höhle, in die jetzt das Licht einer kleinen, flackernden Kerze fiel. Dadurch erschien ihr Gefängnis nur umso trostloser und bedrückender.

KAPITEL 19

Trotz der Kälte, der Feuchtigkeit und vor allem der Drohung von Bruder Giolla Rua waren Fidelma und Eadulf eingenickt. Eadulf befand sich in einem Zustand zwischen Wachen und Träumen, in dem sich leise Geräusche mit Bildern in seinem Kopf zu verbinden begannen. Die Geräusche stammten von Menschen, die ins Chaos stürzten: Rufe und Schreie, die an- und abschwollen wie die Wellen einer auflaufenden Flut. Plötzlich hörte er, dass eine schwere Tür zugeschlagen wurde. Jemand rannte.

Er merkte, dass er nicht mehr schlief, und auch Fidelma neben ihm regte sich.

Sein Herz begann wild zu hämmern, als er sah, dass sich draußen im Gang flackerndes Laternenlicht näherte.

Schwankend erhob er sich und half Fidelma beim Aufstehen.

»Ich glaube, es ist so weit.« Seine Stimme klang belegt, er musste mehrmals schlucken und hoffte, dass sie seine Angst nicht bemerkte.

Die Schritte hielten vor ihrer Zelle an.

Fidelma drückte seine Hand, als die Riegel knarrend zurückgeschoben wurden und die Tür sich öffnete. Zwei Männer mit gezogenen Schwertern traten ein.

»Mitkommen!«, schnauzte einer der beiden. »Wenn ihr Schwierigkeiten macht, sterbt ihr gleich an Ort und Stelle. Los, lauft vor uns her.«

Fidelma fragte: »Wenn ihr uns ohnehin töten werdet, warum nicht gleich hier und jetzt?«

Der Anführer warf einen verlegenen Blick zu seinem Gefährten.

Erst jetzt begriff Eadulf, dass die Geräusche, die er im Traum gehört hatte, real waren.

»Die Abtei wird angegriffen!«, schrie er und stöhnte gleich darauf vor Schmerz, als einer der Männer ihm die Spitze seines Schwerts in den Oberarm stieß.

»Wenn diese Worte nicht deine letzten sein sollen, Gefangener, dann tu, was wir sagen. Lauft vor uns her. *Jetzt!*«

Eadulf hob die linke Hand an seinen blutenden rechten Arm. »Sehr wohl«, murmelte er, als Fidelma ihm helfen wollte. »Alles in Ordnung.«

Mit den Schwertspitzen im Rücken lief das Paar langsam vor den zwei Bewaffneten her.

»Wohin sollen wir gehen?«, fragte Eadulf an der nächsten Ecke.

Einer der Männer deutete mit dem Schwert in eine Richtung. »Einfach den Gang entlang bis zur großen Höhle.«

Hier war der Tumult in der Festung über ihnen deutlich zu hören. Eadulf wollte sich gerade zu der Steintreppe begeben, die, wie er vermutete, in die Hauptgebäude der Abtei hinaufführte, als ein barscher Befehl von einem der Schwertträger ihn stoppte. Dem Chaos und Geschrei nach zu urteilen musste Aidan Cashel erreicht haben, denn offensichtlich waren Gormán und seine Krieger gerade dabei, die Abtei zu stürmen.

»Hier entlang«, befahl ihr Bewacher.

Zu Eadulfs Überraschung wurden sie ausgerechnet in den Gang getrieben, durch den er und Aidan den Höhlenkomplex betreten hatten.

»Was habt ihr vor?«, fragte er und fühlte sich jetzt, da die Leibgarde des Königs in die Abtei eindrang, schon wesentlich sicherer.

Der Bewaffnete, der ihnen die ganze Zeit gedroht hatte, antwortete nur: »Halt's Maul.«

»Das hilft uns auch nicht weiter«, erwiderte Eadulf und bekam die Schwertspitze erneut schmerzhaft zu spüren.

»Ich sagte: Halt's Maul!«

Eadulf blieb plötzlich stehen und drehte sich um, sehr zur Überraschung der beiden Bewacher. »Ich glaube, ihr hättet uns schon längst getötet, wenn wir lebendig nicht nützlicher für euch wären«, verkündete er. »Also sagt schon – was habt ihr mit uns vor?«

Es folgte ein längeres Schweigen; unterdessen standen die vier im trüben Zwielicht des Gangs einander gegenüber.

»Wir geben euch Gelegenheit, euer Leben zu retten und das unsere ebenfalls.« Zum ersten Mal hatte der zweite Bewaffnete etwas gesagt.

Eadulf überlegte blitzschnell. »Ihr wollt euch der Strafe durch die Krieger vom Goldenen Halsreif entziehen«, sprach er seine Gedanken laut aus. »Ihr benutzt uns als eine Art Schutzschild?«

»Ihr seht also, dass wir nichts zu verlieren haben«, höhnte der zweite Söldner.

»Jede Ratte für sich allein, was?«, bemerkte Eadulf.

»Was ist mit Bruder Giolla Rua geschehen?«, wollte Fidelma jetzt wissen.

»Er ist vor Sonnenaufgang aufgebrochen. Vor dem Angriff der Krieger aus Cashel auf die Abtei.«

Eadulf lächelte befriedigt. »Zweifellos hat er das Silber mitgenommen und euch zurückgelassen, damit ihr für ihn den Kopf hinhaltet?«

»Als die Leibgarde des Königs die Festungstore stürmte, erging an Febal der Befehl, euch zu beseitigen, damit ihr nicht als Zeugen gegen uns aussagt«, erklärte der zweite Krieger.

»Erging an Febal der Befehl …«, wiederholte Fidelma nachdenklich. »Natürlich. War das nach dem Aufbruch von Giolla Rua?«

Die beiden Krieger warfen sich nervöse Blicke zu.

»Also habt ihr aus eigener Initiative die Chance genutzt und uns als Geiseln genommen«, stellte Eadulf fest. »Was habt ihr vor?«

»Halt's Maul!«, wiederholte der Anführer. »Eine Geisel ist so gut wie die andere. Ich kann einen von euch töten und habe immer noch eine zweite Geisel – welche, ist mir völlig egal. Also entscheidet euch. Entweder ihr lauft jetzt weiter vor uns her, oder ihr habt die Konsequenzen zu tragen.«

Fidelma streckte ihre Hand aus und legte sie auf Eadulfs Arm. Sie schwieg, doch ihr vielsagender Blick gebot ihm, nicht übereilt oder unüberlegt zu handeln. Mit den Schwertspitzen im Rücken machten sie sich erneut auf den Weg durch das letzte Stück des Gangs.

Bald erblickte Eadulf das Licht, das durch die Efeuranken sickerte, die, wie er sich erinnerte, den Eingang der Höhle überwucherten. Ein Anflug von Verzweiflung überkam ihn, denn diese Seite des Berges fiel so steil ab, dass Gormán es vermutlich für überflüssig hielt, sie bewachen zu lassen. Er konnte ja nicht wissen, dass man an dieser Stelle aus den Höhlen ins Freie gelangte. Eadulf fragte sich, was die beiden Krieger im Schilde führten, denn um zu entkommen, mussten sie zunächst den felsigen Steilhang hinuntersteigen bis zum Wald, hinter dem der große Fluss Suir sich durch die Landschaft schlängelte. Erwarteten sie etwa, dort ein Boot zu finden, auf dem sie fliehen konnten? Wie lange mochte es dauern, bis sie sich sicher genug fühlten, um ihre Geiseln freizulassen? Und würden sie sie überhaupt freilassen? Seine Gedanken überschlugen sich fieberhaft: Falls Bruder Giolla Rua die Säcke mit dem Silber mitnehmen wollte, brauchte er dafür ein Transportmittel. Wie sollte er sie sonst fortbewegen? Wer half ihm dabei? In welche Richtung würde er fliehen?

Wieder stieß die Schwertspitze schmerzhaft an seine Schulter. Sie waren nur noch wenige Meter von den Efeuranken entfernt, die den Höhleneingang verdeckten.

»Halt!«, knurrte der erste Söldner. »Du, Frau, geh bis zum Rand und zieh das Grünzeug zur Seite. Dann schau raus und sag mir, was du siehst. Achte darauf, ob der Weg frei ist. Keine Tricks – vergiss das nicht, sonst ist dein Freund hier auf der Stelle tot.«

Fidelma lief zum Ausgang, streckte die Hand aus und zog die Ranken beiseite.

»Was siehst du?«

»Eine wundervolle Morgendämmerung«, antwortete Fidelma.

»Unterlass diese Spielchen, Frau. Das Leben deines Mannes hängt davon ab.«

»Ich sehe den Abhang des Berges, er ist felsig und steil, und dahinter beginnt der Wald – dahinter wiederum glitzert der Fluss in der Sonne, und weiter im Südwesten sind noch mehr Berge. Was möchtest du sonst noch wissen?«

»Krieger!«, rief der Bewaffnete zornig. »Siehst du irgendwo die Krieger aus Cashel?«

»Ich sehe nichts, wovor ihr euch fürchten müsstet.«

»Dann tretet ihr beide als Erste ins Freie – und passt gut auf. Wir sind direkt hinter euch.«

Fidelma nickte. »Fertig, Eadulf?« Irgendetwas am Klang ihrer Stimme versetzte Eadulf in Alarmbereitschaft. Sein Körper spannte sich. Sie schoben sich durch das Dickicht hinaus aus der Höhle auf den offenen Berghang. Kaum hatten sie den ersten Schritt ins Freie getan, rief Fidelma: »Runter!« Eadulf hinterfragte den Befehl keine Sekunde, sondern warf sich augenblicklich zu Boden.

Er hörte einen Ausruf und einen Schrei, dann zischte etwas

pfeifend über ihn hinweg, und im nächsten Moment stürzte ein Körper auf ihn, alle viere von sich gestreckt. Er vernahm das Klirren von Metall auf Metall, und dann fragte eine vertraute Stimme: »Bist du verletzt, Lady?«

Eadulf blinzelte und versuchte den Kopf zu heben. Leute rannten um ihn herum, jemand zog das Gewicht von seinen Beinen, und Fidelma bestätigte laut und deutlich, dass alles in Ordnung sei. Im nächsten Augenblick stand Enda neben ihm und half ihm beim Aufstehen.

»Alles gut, Freund Eadulf?«, fragte der Krieger vergnügt.

»Er ist verletzt«, antwortete Fidelma an seiner Stelle. »Ein Krieger hat ihn mit dem Schwert in den Oberarm gestochen.«

»Nun«, entgegnete Enda, »jetzt wird er niemanden mehr stechen.« Eadulf warf einen Blick zu dem Krieger hinüber und sah zwei Pfeile aus seinem Körper ragen. »Er hat noch mal versucht, dich mit dem Schwert zu erwischen, sogar, nachdem wir ihn bereits aufgefordert hatten, sich zu ergeben. Der andere Krieger war immerhin klug genug, die Waffe wegzuwerfen.«

Eadulf hielt sich die Schulter, drehte sich um und sah den zweiten Söldner, dessen Hände auf seinem Rücken fest zusammengebunden waren.

Fidelma war zu Eadulf getreten und untersuchte jetzt sorgfältig seinen Arm. »Zum Glück ist es nur eine Fleischwunde, doch sie muss versorgt werden, damit sie sich nicht entzündet.«

Eadulf sah sich anerkennend um. Inzwischen schien ein ganzer Trupp von Kriegern vom Goldenen Halsreif aus seinen Verstecken am Abhang herausgekommen zu sein.

»Wie gut, dass Aidan euch von der Höhle erzählt hat. Allerdings fürchte ich, der schlimmste Bösewicht ist euch samt seinen Säcken voll Silber entkommen.«

Enda schüttelte den Kopf. »Aidan? Nein, es war Torcán, der Holzfäller, der nach Cashel kam, um zu berichten, dass ihr vermutlich hier gefangen gehalten werdet. Er kannte zwar nicht die ganze Geschichte, hatte jedoch einiges von Aidan erfahren. Ehrlich gesagt, Aidan ist ziemlich übel dran mit seinem gebrochenen Bein und dem hohen Fieber. Doch Torcán wusste genug, um uns zu alarmieren.«

»Geht es Aidan sehr schlecht?«, fragte Fidelma sofort.

»Wenn das Fieber fällt, wird er durchkommen«, versicherte Enda.

»Was ist denn passiert?«, wollte Eadulf wissen. »Erzähl uns von euerm Angriff.«

»Der König hat die Rettungsaktion höchstpersönlich angeführt. Mehr weiß ich darüber nicht, denn ich wurde mit meinen Männern losgeschickt, um diese Flanke des Berges und die Höhlen zu bewachen. Jetzt sollten wir uns zu deinem Bruder in die Abtei begeben, Lady. Gehen wir durch die Höhlen zurück? Das wäre von hier aus der leichtere Weg. Wie die Lady bereits sagte, Freund Eadulf, je eher deine Wunde versorgt wird, desto besser.«

Unter Führung von Enda erreichten sie einen der Innenhöfe der Abtei. Nach der Zahl der anwesenden Krieger vom Goldenen Halsreif zu urteilen musste Fidelmas Bruder seine ganze Leibgarde mitgenommen haben. Seit dem Kampf gegen Crónan von Osraige, den sie daran gehindert hatten, in das winzige Königreich Éile einzufallen, hatte sie nicht mehr so viele Kämpfer gesehen.

Colgú war der Erste, der sich durch die Menschenmenge drängte, um sie zu begrüßen; die Erleichterung stand ihm ins Gesicht geschrieben.

»Geht es dir gut, Schwester?«, fragte er besorgt und streckte ihr beide Arme entgegen, um sie an sich zu drücken.

»Gut genug, Bruder«, antwortete sie. »Aber Eadulf ist verletzt.«

»Wo ist unser Apotheker?«, wandte sich der König an Gormán, der sich jetzt vordrängelte und vor Freude strahlte, als er die beiden wohlbehalten wiedersah.

»Komm, Freund Eadulf. Lass dich verarzten. Die Kräuterheilkundige der Abtei hilft uns, die Verwundeten zu versorgen. Dort drüben.«

Fidelma schaute sich um und erblickte in einer Ecke übereinandergestapelte Leichen.

»Hattet ihr viele Verluste?«, fragte sie traurig.

Ihr Bruder verzog das Gesicht. »Ich habe Schlimmeres erlebt. Sie hatten hier höchstens ein Dutzend Männer, die man als Krieger bezeichnen könnte. Man verließ sich darauf, dass sie die Tore verteidigen würden. Natürlich waren sie Gormán und seiner Truppe nicht gewachsen. Doch wir haben drei Männer verloren – gute Männer. Und mehrere wurden verwundet. Die Verteidiger waren mit Pfeil und Bogen bewaffnet, und manche von ihnen verstanden ihr Handwerk. Doch die meisten sind ums Leben gekommen. Es war, als wollten sie nur Zeit gewinnen. Sie müssen gewusst haben, dass sie meinen Hundertschaften nicht standhalten können.

Als Torcán auftauchte und mir mitteilte, was geschehen war, rief ich möglichst viele Kämpfer zusammen, und wir hatten die Abtei schon lange vor Tagesanbruch umzingelt. Wir waren mehr als genug, um mit diesen Söldnern fertigzuwerden. Ich forderte den Abt auf, sich zu ergeben. Als die Tore jedoch geschlossen blieben, befahl ich meinen Männern vom Goldenen Halsreif, Febals Schergen zu zeigen, wozu echte Krieger imstande sind.«

»Führte Febal das Kommando?«

Colgú blickte grimmig drein. »Dieser verräterische Bastard? Er wurde verwundet, aber er lebt – was erfreulich ist, denn nun muss er sich vor Gericht verantworten. Man kann die Gegenwehr der Krieger der Abtei kaum als Verteidigung bezeichnen. Wie gesagt, sie schienen fest entschlossen, das Unvermeidliche hinauszuzögern, hofften jedoch ganz sicher nicht, meinen Truppen standzuhalten.«

Eadulf blickte über den steilen Abhang hinüber zum Fluss. »Ich glaube, ich weiß, warum sie sich so verhielten«, erklärte er mit tonloser Stimme.

»Warum?«

»Damit Bruder Giolla Rua Zeit gewann, um mit dem Silber, das er Prinz Gilcach gestohlen hat, zu fliehen, den Wald zu durchqueren und den Suir zu erreichen.«

Enda, der gelassen danebenstand, zeigte sein breitestes Grinsen. »Ich glaube, besagter Klosterbruder wartet mit seinen vier Packeseln ungeduldig am Flussufer – bewacht von Dego und seinen Leuten. Wir waren schon an Ort und Stelle, bevor der Lichtbringer am Himmel erschien.«

»Also steckte Giolla Rua mit Febal unter einer Decke; gemeinsam raubten sie das Silber aus Prinz Gilcachs Minen von den Schiffen.« Colgú spitzte die Lippen zu einem lautlosen Pfiff. »Ist es das, was hier geschah? War die Abtei die Zentrale des Silberdiebstahls?«

»Das ist nur ein Teilaspekt dieses Falles«, antwortete Fidelma. »Aber es ist eine lange Geschichte, die man besser vor einem ordentlichen Gericht erzählen sollte, sobald wir das organisieren können.«

Colgú seufzte. »Nun, Abt Síoda scheint jedenfalls im Moment genauso fassungslos zu sein wie ich. Ich habe mit ihm gesprochen. Er behauptet, es sei Febal gewesen, der sich weigerte, die Tore zu öffnen, und seinen Männern befahl, gegen uns zu kämpfen. Er behauptet auch, er habe versucht, die Krieger zum Niederlegen der Waffen zu überreden. Zu seiner Verteidigung trägt er außerdem vor, er habe rechtmäßig gehandelt, als er Söldner einstellte, denn kein Stammesmitglied habe sich bereit erklärt, seine diesbezügliche Pflicht zu erfüllen. Er habe Febal das Kommando über seine zusammengewürfelte Truppe übertragen. Ob das nun stimmt oder nicht, Abt Síoda wird auf viele Fragen Rede und Antwort stehen müssen.«

»Was ist mit den anderen Mitgliedern der Gemeinschaft – hat auch nur einer von ihnen sich widersetzt?«

»Der Pförtner beharrt darauf, dass er die Tore geschlossen ließ, weil Febal ihm drohte. In seinem Fall gilt womöglich: Im Zweifel für den Angeklagten.«

»Und die Übrigen? Zum Beispiel der Bibliothekar, Bruder Gébennach, und die anderen Mönche?«

»Sie alle schienen entsetzt über das Vorgehen der Söldner. Die Kräuterheilkundige …«

»Schwester Fioniúr?«

»Wie ich bereits erwähnte, haben sie und ihr Assistent geholfen, die Verwundeten zu versorgen.«

»Gibt es Neuigkeiten von Aidan?«, unterbrach ihn Eadulf. »Soll ich nicht besser zu Torcáns Hütte reiten und mich um ihn kümmern?«

»Bruder Conchobhar machte sich auf den Weg dorthin, sobald wir von Aidans Verletzung erfuhren. Wie ich hörte, wird er durchkommen. Torcán und Éimhín haben das gebrochene Bein gerichtet, und Éimhín, die sich mit Heilen auskennt, hat ihm fiebersenkende Mittel gegeben.«

Fidelma seufzte tief und schaute sich traurig um.

Colgú folgte ihrem Blick. »Gier«, sagte er. »Man riskiert Tod, Verletzung und sogar die Existenz dieser uralten Abtei und ihrer Gemeinschaft – und das alles für ein paar Säcke voll Silber.«

Fidelma starrte ein Weilchen nachdenklich vor sich hin. »So einfach liegen die Dinge nicht«, erklärte sie schließlich.

»Du meinst, sie sind noch komplizierter?«

»Wir müssen hier so bald wie möglich eine *dál*, eine Gerichtsverhandlung, abhalten«, sagte sie. »Ich werde dem Obersten Brehon Fíthel den Fall darlegen. Wir sollten nach Prinz Gilcach und dem Prinzen der Uí Briúin Seóla und ihren Rechtsberatern schicken. Inzwischen bitte ich um die Anwesenheit von Abt Cuán und seinem Verwalter, Bruder Mac Raith, sowie von Bruder Duibhinn. Sie haben großes Interesse an allen Vorgängen, die diese Abtei betreffen.«

»Wissen sie etwas über die Silberdiebstähle?«

Fidelma verzog erschöpft das Gesicht. »Wahrscheinlich sollten wir die gesamte Abtei unter Bewachung stellen, sämtliche Mitglieder der Gemeinschaft voneinander trennen und niemandem gestatten, diesen Ort zu verlassen, unter keinen Umständen.«

Colgú starrte sie einen Augenblick verblüfft an. »Was – alle?«

»Das Beste wäre, keine Ausnahmen zuzulassen. Dazu müssten wir auch Wachen in den Höhlen aufstellen, damit sich niemand davonschleichen kann. Ich nehme an, Bruder Giolla Rua wird mitsamt seinen Silbersäcken wieder zurückgebracht? Er und seine Kumpane sollten unter Aufsicht hierhergeschafft werden.«

»Für wie lange?«

»So lange, wie Brehon Fíthel und die anderen für die Anreise brauchen. Meines Erachtens sollte die gesetzliche Frist von neun Tagen verstreichen, bevor wir die *dál* abhalten.«

Colgú fuhr sich mit der Hand durch sein rotes Haar und starrte seine Schwester an. »Das klingt nach mehr als nur der Aufklärung eines Silberdiebstahls.«

»Es ist eine äußerst komplizierte Angelegenheit, die die Morde an Spelán, dem Schäfer, Brancheó, der Raben-Anruferin und Bruder Sionnach mit einschließt. Angefangen hat das Ganze allerdings mit dem Vorfall im Lateranpalast in Rom.«

Colgú war fassungslos. »Ein Vorfall in Rom und der Tod von … Sind denn alle drei Morde dieser Abtei anzulasten?«, stieß er hervor.

»Mehr oder weniger«, antwortete Fidelma, ohne lange zu überlegen. Dann wurde sie plötzlich sehr ernst. »Mir ist klar geworden, dass die Silberdiebstähle und die Morde von ein und demselben bösen Kopf ausgeheckt wurden. Sollte mein Verdacht sich bestätigen, dann hoffe ich, diesen bösen Kopf während der Verhandlung zu enttarnen.«

Sie sah sich erneut um. Eadulf erhob sich mit Endas Hilfe von einem Stuhl in einer Ecke des Innenhofs. Offensichtlich hatte Schwester Fioniúr gerade seine Stichverletzung verbunden, und er bedankte sich bei ihr.

»Und nun, Bruder, würde ich gern mit Enda und Eadulf zu Torcáns Hütte reiten und nach dem armen Aidan sehen. Ich nehme doch an, er ist noch dort?«

»Ich habe gehört, mit einem gebrochenen Bein sei es am besten, sich vor Ort so weit zu erholen, bis man wieder einigermaßen laufen kann.«

»Das klingt gut. Vielleicht bleiben wir auch und kommen noch einmal in den Genuss von Éimhíns Gastfreundschaft. Ich bin völlig ausgehungert und nehme an, Eadulf ebenfalls.«

Sie winkte ihrem Bruder kurz zu, drehte sich um und gesellte sich zu Eadulf und Enda. Als sie auf dem Weg zu dem jetzt rußgeschwärzten Tor der Abtei den Hauptinnenhof betraten, sahen sie den jungen Bibliothekar, Bruder Gébennach, der von einem Krieger aus Cashel bewacht wurde. Er lächelte verlegen, als sie an ihm vorbeiliefen.

Fidelma blieb plötzlich stehen und sagte zu ihm: »Gesprochene Worte können verfliegen, aber geschriebene Worte bleiben. Worte können zu Wahrheit werden, und Wahrheit kann Hass erzeugen.«

Eadulf starrte sie verständnislos an, doch Bruder Gébennach schien zu begreifen. Er lächelte herzlich.

»*Vero, cucullus non facit monachum*«, antwortete er ernst.

Fidelma trat wieder zu den anderen und schritt mit ihnen durchs Tor hinaus.

»Was hat er damit gemeint?«, fragte Eadulf immer noch verblüfft.

»Genau das, was er gesagt hat«, entgegnete Fidelma leichthin. »Die Mönchskutte macht einen Mann noch nicht zu einem Mann der Kirche; genauso wenig, wie man glauben sollte, dass ein Buch die Wahrheit enthält, nur weil das darin behauptet wird.«

KAPITEL 20

Neun Tage waren vergangen, seit die Krieger vom Goldenen Halsreif die Abtei Ráth Cuáin gestürmt und eingenommen hatten – eine Frist, die als *nómad* bezeichnet wurde; das entsprach der ursprünglichen Kalenderwoche, die vor der Einführung des Christentums galt – vor dem Versuch, sich den Vorstellungen des römischen Kalenders anzupassen. Die Frist von neun Tagen war außerdem gesetzlich festgelegt. Vor einer Verhandlung, die die Anwesenheit von Vertretern aus anderen Königreichen erforderte, mussten neun Tage verstreichen. Das große *praintech* oder Refektorium der Abtei war in einen *dál* oder Gerichtssaal umfunktioniert worden.

An einer Seite des Refektoriums hatte man ein leicht erhöhtes Podium gebaut und Stühle daraufgestellt, auf denen der König rechts neben seinem Obersten Brehon Fíthel Platz genommen hatte. Hinter Colgú stand Gormán. Zur Linken des Königs saß Abt Cuán aus Imleach in seiner Funktion als Oberster Bischof des Königreichs. Daneben hatte man Prinz Gilcach aus Béal Atha Gabhann und seinen Brehon platziert, und daneben wiederum den Prinzen der Uí Briúin Seóla mit dessen Brehon. Doch die beiden Brehons nahmen nur als Beobachter an der Gerichtsverhandlung teil, bei der Muman den Vorsitz führte; die Leitung oblag allein Brehon Fíthel; er würde am Ende das Urteil sprechen.

Rechts auf dem Podium stand ein Tisch mit zwei Stühlen für Fidelma und Eadulf.

Unmittelbar hinter ihnen hatte man einen Sitzplatz für Aidan eingerichtet, dessen rechtes Bein geschient und straff verbunden war. Er wirkte blass, aber entschlossen. Aidan hatte darauf bestanden, an der Verhandlung teilzunehmen, um als Zeuge auszusagen, und sich über Bruder Conchobhars Ratschlag hinweggesetzt, sich länger als vom Gesetz vorgesehen zu schonen.

Zahlreiche Krieger vom Goldenen Halsreif waren an den wichtigen Punkten des Saales platziert, denn die gesamte Gemeinschaft von Ráth Cuáin stand noch unter Hausarrest.

Direkt gegenüber von Fidelma, am anderen Ende des Refektoriums, saß Abt Síoda mit finsterer Miene, und neben ihm sein hagerer, verdrießlicher Pförtner, Bruder Tadhg, sowie weitere Mitglieder der Gemeinschaft, darunter der junge Bibliothekar, Bruder Gébennach, der auffallend gutgelaunt wirkte. In nächster Nähe stand mit ausdruckslosem Gesicht die dunkelhaarige, gutaussehende Kräuterheilkundige, Schwester Fioniúr.

Gegenüber dem obersten Brehon, in der Saalmitte, saßen auf Bänken vier unglücklich dreinblickende Gefangene. Der griesgrämige Bruder Giolla Rua hatte neben dem nervösen, verbitterten Febal Platz gefunden, der seinen während der Verteidigung der Abtei verwundeten Arm in der Schlinge trug. Die zwei anderen waren Söldner, einer davon der Überlebende der beiden, die Fidelma und Eadulf als Geiseln genommen hatten. Dahinter saßen noch mehrere Männer, offenbar die Maultiertreiber, die zusammen mit Bruder Giolla Rua bei ihrem Fluchtversuch festgenommen wurden. Gormáns Krieger hielten ein wachsames Auge auf sie.

Abseits der Gefangenen, am Ende des Raumes, sah man Bruder Mac Raith, den Verwalter von Imleach, neben Bruder Duibhinn, Bruder Conchobhar, dem Holzfäller Torcán, seiner Frau Éimhín, ihren zwei Söhnen und Torcáns Bruder Curnan.

Es war heiß und stickig geworden im Saal. Viele der Anwesenden unterhielten sich miteinander, sodass ein fast ohrenbetäubendes Stimmengewirr entstanden war. Eadulf gelang es nicht, sich zu konzentrieren. Schließlich wandte sich Brehon Fíthel nach Rücksprache mit Colgú an Gormán und gab ihm als Halter des Amtsstabs ein Zeichen. Der Krieger stieß den Eichenstab kräftig auf den Holzboden. Er musste das mehrfach wiederholen, bis der Lärm allmählich verebbte. Unbehagliches Schweigen erfüllte den Raum, und zuletzt waren alle Blicke erwartungsvoll auf den Obersten Brehon des Königreichs gerichtet.

»Wir werden am heutigen Tage vieles zu hören bekommen und vieles zu bedenken haben, und das kann nur mit eurer Mitwirkung gelingen.« Fíthel erhob sich und ließ den Blick über die Versammelten schweifen. »Ich erkläre die Sitzung dieses *dál* für eröffnet. Ich dulde keine Unterbrechung, während die *dálaigh* ihren Fall darlegt. Erst nachdem die Anklagepunkte geklärt sind, werden die Angeklagten dazu Stellung nehmen. Haben das alle verstanden?« Er hielt kurz inne und lächelte grimmig. »Da alle mit ihrem Schweigen ihr Einverständnis erklärt haben, fahren wir jetzt fort.«

Wieder blickte er schweigend in die Runde, bevor er sich an Fidelma wandte.

»Bist du bereit, Fidelma von Cashel?«

Fidelma erhob sich und neigte zustimmend den Kopf. Brehon Fíthel nahm wieder Platz und bedeutete ihr, anzufangen.

»Dieser Fall begann mit der Entdeckung eines Toten, dessen Leichnam in dem Holzstapel versteckt war, den man auf dem Marktplatz von Cashel für das Samhain-Feuer aufgeschichtet hatte. Man hatte den Mann auf eine Art und Weise getötet, die nach den Legenden unseres Volkes als uraltes heidnisches Ritual gilt und als dreifacher Tod bezeichnet wird. Sein Schädel wurde eingeschlagen, er erhielt einen Stich ins Herz, und die Kehle wurde ihm durchgeschnitten. Wir fanden das wichtig, denn uns allen ist die frühere Bedeutung des Samhain-Festes vertraut. Aufmerksame Augen entdeckten den Leichnam, und er wurde geborgen, bevor das Feuer ihn verschlingen konnte. Der Tote war ein Schäfer, der Witwer der verstorbenen Caoimhe vom Clan der Sítae, die am Ochsenhügel wohnen. Sein Name ist Spelán. In sein Gesäß hatten die Mörder ein Symbol eingeritzt – das sogenannte Tau-Rho-Zeichen ...«

Sie wurde vom Raunen der Bewohner der Abtei unterbrochen, die fast alle zum ersten Mal davon hörten.

»Das Tau-Rho«, fuhr sie fort, »gilt als frühes Symbol des Christentums und wird inzwischen nur noch von den Anhängern gewisser Überzeugungen benutzt, die der Bischof von Rom als Ketzerei bezeichnen würde. Es ist außerdem das Symbol dieser Abtei.«

Sie verstummte und ließ ihren Blick über die schweigende Versammlung schweifen.

»Das war der Ausgangspunkt eines Rätsels – eines Rätsels, das so schwierig und unlösbar schien, dass ich erst dann schrittweise Klarheit bekam, als ich begriff, dass ich es mit mehr als einem Rätsel zu tun hatte. Tatsächlich handelte es sich um zwei getrennte Fälle, und die Verbindung zwischen ihnen war diese Abtei. Da sie sich überlagerten, verstand ich zunächst nicht den Sinn des ersten Mordes sowie der darauf folgenden Ermordung von Brancheó und Bruder Sionnach. Doch langsam begann sich der Nebel zu lichten. Aber wie kann es mir heute gelingen, die ineinander verflochtenen Rätsel in einfachen Worten zu erklären und sie trotz ihrer Verflechtungen logisch nachvollziehbar darzustellen?«

Wieder legte sie eine Kunstpause ein, doch ihre Frage war rein rhetorisch und bedurfte keiner Antwort.

»Um das näher zu erläutern, lasse ich den Mord an Spelán zunächst beiseite und beginne mit dem Ort anstatt mit den Opfern.« Sie schaute hinüber zu Abt Síoda. »Ráth Cuáin nimmt unter den Abteien unseres Königreiches eine Sonderstellung ein. Früher diente es einem unbedeutenden Stammesfürsten vom Clan der Sítae als Festung. Heute zieht der Abt die Abgaben von der hiesigen Bervölkerung ein, sowohl als Stammesfürst wie auch als ihr geistliches Oberhaupt.«

»Daran ist nichts Ungewöhnliches«, unterbrach Abt Sioda sie laut. »Das ist mein gesetzlich verbrieftes Recht.«

Fíthel drehte sich zu ihm um und sah ihn warnend an. »Vergiss nicht, was ich über die Verfahrensweise gesagt habe, Abt Síoda von Ráth Cuáin«, sagte er in kühlem Ton und wandte sich dann an Fidelma. »Allerdings hat er recht. Es gibt in den Fünf Königreichen unzählige Äbte und Bischöfe, die in ihre Ämter gewählt werden, weil sie außerdem noch Prinzen oder Stammesfürsten ihres Clans sind. Von daher stehen ihnen Abgaben zu, sowohl weltliche als auch kirchliche.«

Fidelma neigte den Kopf zum Zeichen der Zustimmung. »Ich wollte keineswegs andeuten, dass das ungewöhnlich sei, sondern lediglich den Status von Síoda verdeutlichen. Natürlich hat der Stammesfürst nach den gleichen Gesetzen auch Verpflichtungen seinem Clan gegenüber; als Gegenleistung für die Abgaben schuldet er ihm Fürsorge und Schutz. Jedenfalls fand der Übergang von der säkularen Festung zu einem Zentrum des Neuen Glaubens vor mehr als einhundert Jahren statt. Im Lauf dieser Zeit haben sich die Ansichten und Standpunkte seiner Anhänger häufig gewandelt. Neue Vorstellungen entwickelten sich, neue Regeln wurden auf den verschiedenen Konzilen angenommen und wieder verworfen, und zwar überall dort, wo der Neue Glaube, den wir heute Christentum nennen, Fuß fasste.

In dieser Abtei werden noch einige Vorstellungen aus der Geburtsstunde des Neuen Glaubens aufrechterhalten und hartnäckig gegen spätere Entscheidungen Roms verteidigt.«

Brehon Fíthel hob eine Hand; er wirkte ausgesprochen nach-
denklich. »Das Gleiche kann man über die meisten anderen
Abteien in den Fünf Königreichen sagen. Wir haben die neuen
Theorien und Ansichten aus Rom immer wieder abgelehnt –
sogar die Datierung des Osterfestes, die Verhaltensregeln für
Mönche und selbst die Form ihrer Tonsur. Wir haben uns im-
mer gegen die Versuche Roms gewehrt, uns auf Konzilen wie
in Streonshalh und Autun seine Vorschriften aufzuzwingen.
Du, Fidelma, warst dabei, und zwar als Rechtsberaterin unserer
Delegationen. Insbesondere, als unsere Gesetze mit denen
Roms, den sogenannten Bußgesetzen, in Konflikt gerieten.«

»Das ist richtig«, bestätigte sie. »Aber schauen wir uns an,
welche Vorstellungen vom Christentum in dieser Abtei vor-
herrschen, denn dem kommt in unserem Fall eine besondere
Bedeutung zu. Ich räume ein, dass ich hier als *dálaigh* stehe
und nicht als Theologin. Ich werde die religiösen Ansichten
also nur darstellen, nicht werten. Die Glaubensrichtung, der
man hier in Ráth Cuáin anhängt, nennt man Psilanthropismus. Das Wort stammt aus dem Griechischen und bedeutet,
dass Christus, dessen Name aus der griechischen Form des he-
bräischen Wortes Meschiach oder Messias abgeleitet ist, also
›der Gesalbte‹, nur ein Mensch war; er war kein Gott, sondern
von Mann und Frau gezeugt. Diese Theorie war eine Zeit lang
weit verbreitet in einer Sekte, die sich die Nazarener nannte,
und wurde später von Theodotus von Byzanz weiter ausgeführt.

Im zweiten Jahrhundert nach Christus erklärte Viktor I., Bischof von Rom, sie für falsch. Doch der Bischof von Antiochi-
en, Paul von Samosata, lehrte sie weiterhin bis ins dritte Jahrhundert nach Christus. Erst im vierten Jahrhundert wurde sie
auf dem Konzil von Nicäa, das der Römische Kaiser Konstantin einberufen hatte, verurteilt. Er war der erste Kaiser Roms,

der sich zum Christentum bekannte und darauf drang, dass sämtliche Bürger des Römischen Reiches die in Nicäa festgelegten Regeln befolgten; er erzwang ihre Einhaltung mit Hilfe des Senats von Rom sowie des römischen Heeres.

Die Grundidee des Psilanthropismus lebte hier und da weiter, und zwar in zahlreichen Varianten, beispielsweise im Apollinarismus und im Arianismus. Doch für Rom war Jesus der Sohn Gottes, des Gottes, den man im Osten Jehova nannte.«

Bruder Mac Raith hatte sich von seinem Stuhl erhoben und zeigte damit an, dass er sprechen wollte.

Brehon Fíthel schien einen Augenblick zu überlegen, ob er das zulassen sollte. Dann sagte er: »In Anbetracht der Tatsache, dass Fidelma nach eigener Aussage hier als *dálaigh* – dabei nickte er ihr zu – und nicht als Theologin spricht, bin ich bereit, dem Verwalter des Obersten Bischofs unseres Königreichs einige erläuternde Worte zu gestatten.«

»Lady Fidelma hat diese Art der Ketzerei schon ganz richtig beschrieben«, begann Bruder Mac Raith. »Das Wort Psilanthropismus stammt, wie sie gesagt hat, aus dem Griechischen. Es besagt, dass Christus ein ganz gewöhnlicher Mensch war. Die Mehrzahl der Christenheit verurteilt diese Vorstellung jedoch als Ketzerei, darunter nicht zuletzt der Oberste Bischof unseres Königreichs. Wir teilen seinen Standpunkt und waren sehr besorgt, als die Abtei Ráth Cuáin jahrelang bei ihren ketzerischen Ansichten blieb. Eben deshalb lud Abt Cuán aus Imleach führende Theologen aus Corcach Mór, Ard Mór und Ros Ailithir zu einem Treffen mit mir als Vertreter des Obersten Bischofs ein, um das Für und Wider dieser Glaubensrichtung zu diskutieren. Anschließend wollten wir gemeinsam mit Abt Síoda ein Konzil einberufen und die Abtei wieder zu den Grundlagen der christlichen Lehre zurückführen. Wie ihr wisst, wurde ein Teilnehmer unseres Konzils in Cashel ermordet. Nun müssen wir feststellen«, sagte er mit einem Seitenblick auf Bruder Giolla Rua, »dass ein anderer Teilnehmer des Konzils in kriminelle Vorgänge verstrickt ist und deshalb hier zu den Angeklagten gehört. Wir vertrauen darauf, dass die *dálaigh* all diese Vorfälle aufklären wird.«

Fidelma sah Bruder Mac Raith voller Zuversicht an. »Sie werden aufgeklärt – zu gegebener Zeit«, antwortete sie.

Jetzt war Abt Síoda mit wütender Miene aufgesprungen.

»Ich protestiere! Will man meine Abtei oder mich persönlich hier des Mordes an Bruder Sionnach aus Corcach Mór beschuldigen? Was Bruder Giolla Rua betrifft, so hat das, was er getan hat, nicht das Geringste mit mir zu tun. Ich verlange, vor diesem Gericht meinen Glauben verteidigen zu dürfen. Er ist wesentlich älter als die neuen Regeln und theologischen Vorstellungen aus Rom, die über Imleach in unser Königreich gelangen. Dort sitzen die Ketzer, nicht in meiner Abtei!«

Brehon Fíthel entgegnete streng: »Dein Einwurf ist berechtigt, Abt Síoda, deshalb verzichte ich auf eine Geldbuße wegen Unterbrechung der Gerichtsverhandlung. Mir ist sehr wohl bewusst, dass du mit der gleichen Vehemenz zurückweisen wirst, dass du oder deine Abtei in kriminelle Handlungen verstrickt sind. Erhebst du Anschuldigungen solcher Art gegen Abt Síoda, Fidelma von Cashel?«

»Zum jetzigen Zeitpunkt nicht«, erwiderte Fidelma. Die Zuhörer waren einigermaßen verblüfft. Sie fuhr fort: »Auch habe ich nicht die Absicht, hier jemanden wegen Ketzerei anzuprangern. Das ist nicht meine Aufgabe, sondern die des Obersten Bischofs des Königreichs und seiner Berater. Ich gehe jedoch davon aus, dass Abt Síoda meiner Beschreibung der religiösen Vorstellungen seiner Abtei zustimmt, genau wie Bruder Mac Raith aus Imleach das tut.«

Abt Síoda reagierte mit einer abschätzigen Handbewegung.

Als der Oberste Brehon noch einmal nachfragte, erklärte er, er habe keine Einwände gegen Fidelmas Darstellung der theologischen Ansichten in Ráth Cuáin.

»Gut«, erwiderte Fidelma. »Dann fahren wir jetzt fort. Rom beansprucht für sich, das Zentrum der Christenheit zu sein, und der Bischof von Rom wird mehr und mehr zum Heiligen Vater der Weltkirche erhoben. Natürlich herrscht nicht einmal in dieser Frage Einigkeit. Es gibt viele Kirchen, die an von Rom abweichenden Auslegungen des Glaubens festhalten. Doch Rom bewahrt seit den ersten Tagen des Christentums zahlreiche Manuskripte und Dokumente auf, und zwar im Lateranpalast, dem Palast des Bischofs von Rom, im sogenannten Geheimen Archiv. Vor einigen Monaten, zu Beginn des Sommers, wurde ein sehr altes Buch aus diesem Archiv entwendet.«

Abt Síoda und Bruder Tadhg, dem Pförtner der Abtei, schienen ihre Worte nicht gleichgültig zu sein.

»Wie sich einige von euch gewiss erinnern, waren Eadulf und ich vor sieben Jahren in Rom. Damals lernte ich den *Nomenklator* des Lateranpalastes kennen, den Ehrwürdigen Gelasius, dessen Hauptaufgabe darin besteht, die Haushaltsangelegenheiten des Bischofs von Rom zu regeln. Vor wenigen Tagen erhielt ich, wie Bruder Mac Raith bestätigen wird, eine Botschaft von ihm. Er teilte mir mit, dass ein bestimmtes Buch verschwunden sei – vielleicht sollte ich besser sagen, gestohlen wurde. Der Ehrwürdige Gelasius befürchtete, in den falschen Händen könnte es zu einer großen Gefahr für die Christenheit werden. Er deutete außerdem an, die Diebe stammten möglicherweise aus den Fünf Königreichen. Er hatte einen gewissen Bruder Lucidus damit beauftragt, das Buch ins Geheimarchiv zurückzubringen. Falls Bruder Lucidus Hilfe brauche, würde er Kontakt zu mir aufnehmen – schrieb der Ehrenwerte Gelasius und bat mich eindringlich, ihn zu unterstützen.«

Brehon Fíthel schüttelte den Kopf. »Jetzt gerate ich durcheinander. Was hat das mit den Morden zu tun?«

»Zunächst einmal nichts, muss ich gestehen«, antwortete Fidelma. »Ich sprach von zwei Rätseln, die ineinanderfließen. Deshalb lasst mich bitte fortfahren. Als ich hierherkam, um wegen der Ermordung Speláns mit Abt Síoda zu sprechen, lag ein Buch auf seinem Schreibpult. Bevor er es vor mir verbergen konnte – genau das hat er versucht –, gelang es mir, zu lesen, was auf dem Einband stand. Er trug das Siegel des Bischofs von Rom und des Geheimen Archivs, und es stand darauf: *Non videbunt*: Niemand soll es sehen.«

»Willst du damit sagen, dass dieses Buch das Motiv für einen Mord sein könnte?«

»Das könnte man vermuten. Allerdings war Bruder Sionnach in diesem Fall das einzige Opfer. Er wurde von Febal getötet, weil dieser irrtümlich annahm, er stelle Nachforschungen über die Silberdiebstähle an. Doch dem war nicht so. Vielmehr unterstützte er Bruder Lucidus bei der Suche nach dem gestohlenen Buch.«

»Jetzt bin ich aber endgültig verwirrt«, beschwerte sich Brehon Fíthel.

»Mir wurde berichtet, dass Abt Síoda und Bruder Tadhg im Sommer eine Pilgerreise nach Rom unternommen hätten.«

»Also beschuldigst du die beiden, das Buch dort gestohlen zu haben?«, fragte Brehon Fíthel scharf.

»Ja.«

Überall im großen Saal ertönten überraschte Ausrufe.

»Hat denn Bruder Lucidus Kontakt zu dir aufgenommen?«

»Er benötigte meine Hilfe nicht, denn er hatte die Spur des Buches mit Unterstützung seines Mitstreiters, Bruder Sionnach, bis nach Ráth Cuáin verfolgt. Es war ihm sogar gelungen, der Abtei beizutreten und dort eine Vertrauensstellung zu erhalten.«

»Das ist ja lächerlich!«, schrie Abt Síoda. »Wir haben hier keinen Bruder Lucidus, schon gar nicht in einer Vertrauensstellung. Außerdem würde ein Römer in unserer Gemeinschaft auffallen wie ein Esel in einem Pferdegespann.«

»Glücklicherweise ist Bruder Lucidus weder ein Esel noch ein Römer.«

»Aber sein Name …?«

»Namen kann man ändern. Jedenfalls stammt er nicht aus Rom. Er ist Gäle und benutzte den Namen Lucidus während seines Rom-Aufenthaltes. Doch hier verwendete er wieder seinen richtigen Namen.« Sie drehte sich zu dem gut gelaunten jungen Bibliothekar um. »Kannst du das bestätigen, Bruder Lucidus?«

Der Hüter der Bücher lächelte. »Mein Name ist Bruder Gébennach«, versicherte er.

»Sag uns doch bitte, was dieser Name in unserer Sprache bedeutet?«, bat ihn Fidelma.

»Ich bin sicher, das weißt du.«

»Einer, der leuchtet«, fuhr Fidelma fort. »Welche bessere Übersetzung für Lucidus gibt es als Lichtbringer … einer, der leuchtet? Du hast mich wegen der Bedeutung deines Namens verbessert, erinnerst du dich? Du hast außerdem erwähnt, dass du erst kürzlich in Rom warst. Ich war nicht ganz sicher, ob du der Abgesandte des Ehrwürdigen Gelasius bist, bis Eadulf und Aidan mir berichteten, wie du ihnen, ohne zu zögern, den geheimen Eingang in das Höhlensystem unterhalb der Abtei gezeigt hast. Allerdings warst du erst bereit, ihnen zu helfen, nachdem du erfahren hattest, dass Eadulf in einem anderen Fall ermittelte und deine Suche nach dem Buch nicht gefährden würde.«

»Ich wunderte mich, dass du verschwunden warst, sobald du uns den Weg in die Höhlen gezeigt hattest«, meldete sich nun Eadulf zu Wort. »Ich befürchtete, du wolltest uns an Bruder

Giolla Rua verraten. Wohin bist du in Wirklichkeit gegangen?«

»Bruder Gébennach war gerade von einem Treffen mit dem Bibliothekar der Abtei Mungairit zurückgekehrt, der ihm Aufzeichnungen zu dem fraglichen Buch gezeigt hatte, anhand derer er es leichter erkennen konnte. Er wusste, dass es sich in der Bibliothek dieser Abtei befand, und seine vorrangige Aufgabe bestand darin, es aufzuspüren und an sich zu nehmen. Dann würde er es verstecken und zu gegebener Zeit nach Rom zurückbringen.«

»Ich bin immer noch verwirrt, Fidelma«, gestand Brehon Fíthel hilflos.

»Die große Bibliothek in Mungairit verfügt über zahlreiche Bücher, darunter eins, in dem sich ein Hinweis auf das gestohlene Buch befindet. Das hatte Bruder Lucidus von Bruder Sionnach erfahren. Es gab eine Zeit, in der die gelehrten Mönche in Mungairit sich ebenfalls für den Psilanthropismus begeisterten. Deshalb wurde, so erklärte uns Bruder Mac Raith, auch kein Vertreter dieser Abtei zu dem Konzil in Cashel eingeladen, auf dem man über dieses Thema reden wollte. Das hatte ihm Bruder Sionnach erzählt.«

»Aber wenn Bruder Lucidus auf unserer Seite stand, warum war Bruder Sionnach dann der Meinung, man könne ihm möglicherweise nicht trauen?«, rief Eadulf aus.

»Wir haben den Sinn dieser Notiz falsch verstanden«, erklärte ihm Fidelma. »Sionnach machte, nachdem man angenommen hatte, er wäre der ›Lichtbringer‹, eine Notiz, die besagte, dass der Name Lucidus nicht länger als Erkennungszeichen taugte, weil Dritte ihn kannten.«

»Wie hat uns Bruder Giolla Rua denn dann entdeckt?«, fragte Aidan. »Ich dachte genau wie Freund Eadulf, Bruder Gébennach hätte ihn auf uns gehetzt.«

Fidelma schüttelte den Kopf. »An dieser Stelle überschnitten sich eure Nachforschungen mit einer Reihe anderer Ereignisse, die zeitgleich stattfanden.«

»Darf ich eine Frage stellen?« Es war Gormán, der hinter dem Stuhl des Königs stand. Brehon Fíthel drehte sich ärgerlich um.

»Das ist zwar nicht üblich, aber stell deine Frage.«

»Ich brachte Brancheó gerade ans Tor der Burg von Cashel, als sie Bruder Sionnach als Lucidus bezeichnete, beziehungsweise als ›Lichtbringer‹. Dachte Febal etwa, das sei der Name desjenigen, der wegen der Silberdiebstähle herumschnüffelte? War ihm das vielleicht einen Mord wert?«

»Richtig. Hier irrte sich Brancheó. Spelán hatte ihr gesagt, er hätte den Namen von Bruder Sionnach gehört. ›Lichtbringer‹ – so nannte sich Bruder Lucidus, während er nach dem gestohlenen Buch suchte. Spelán hatte das Febal unter der Folter verraten. Wie Bruder Lucidus bestätigen wird, war Bruder Sionnach sein Freund und stellte Nachforschungen für ihn an; hier also verschmolzen die beiden Rätsel ineinander.«

»Stimmst du dem zu, Bruder Gébennach, oder wie immer du heißt?«, fragte Brehon Fíthel.

Der junge Bibliothekar seufzte. »Bruder Sionnach war tatsächlich ein guter Freund von mir. Ich bat ihn um Rat, sobald ich zu Hause auf unserer Insel ankam, da er wie kein anderer wusste, welche Abteien sich für die ketzerischen Ideen in dem Buch und folglich auch für das Buch interessierten. Sionnach kam, wie du gesagt hast, aus Corcach Mór, und stellte zunächst Nachforschungen in seiner eigenen Abtei an. Dann traf er sich mit mir am großen Fluss, und dort muss Spelán das Wort ›Lichtbringer‹ aufgeschnappt haben, das wir als Erkennungszeichen benutzten.«

Es herrschte Schweigen im Raum, dann fuhr Fidelma fort:

»Also haben wir das erste Rätsel bis zu einem gewissen Grad gelöst. Bruder Lucidus, oder vielmehr Bruder Gébennach, kehrte in seine Heimat zurück, um ein uraltes, bedeutendes Buch zu suchen. Bruder Sionnach half ihm dabei. Er wurde Bibliothekar in dieser Abtei und konnte das Buch sicherstellen. Nun möge er es nach Rom zurückbringen, wo es hingehört. Da der Ehrwürdige Gelasius ihn zu dieser Mission ermächtigt hat, schlage ich vor, ihn nicht weiter aufzuhalten.«

Am anderen Ende des Saales hob Bruder Gébennach lächelnd beide Hände und applaudierte ihr lautlos.

»Lady Fidelma hat in jeder Hinsicht recht«, wandte er sich an den Obersten Brehon. »Es freut mich, berichten zu können, dass der Band bereits in meinem Besitz ist, sodass ich unmittelbar nach deinem Urteilsspruch nach Rom aufbrechen werde. Es obliegt dem Obersten Bischof, eventuell weitere Maßnahmen gegen Abt Síoda und Bruder Tadhg in die Wege zu leiten, die das Buch von seinem rechtmäßigen Ort in den Archiven des Lateranpalastes entwendet haben. Nun hoffe ich, von Lady Fidelma noch eines zu erfahren: Wer hat den großen Gelehrten und meinen guten Freund, Bruder Sionnach von Corcach Mór, ermordet?«

»Wird Abt Síoda beschuldigt, den Diebstahl des Buches in Rom begangen sowie den Mord an Bruder Sionnach angeordnet zu haben?«, fragte Brehon Fíthel.

»Ich möchte das Gericht erneut daran erinnern, dass paralell zu diesem Verbrechen ein zweites stattfand«, erklärte Fidelma nun. »Spelán hielt Bruder Sionnach fälschlicherweise für Lucidus. Das hatte er seiner Geliebten Brancheó erzählt, bevor er es kurz vor seinem Tod auch Febal verriet. Zuvor hatte er dem Anführer der Bande, der er ebenfalls angehörte, von einem Mönch namens Lucidus berichtet, der Erkundigungen über die Abtei Ráth Cuáin einzog. Er nahm jedoch an, es ginge dabei um die Silberdiebstähle und nicht um das Buch aus Rom. Febal sollte in Cashel herausfinden, wer von den dort versammelten Gelehrten Bruder Lucidus war. Als Brancheó in der Nacht auf dem Weg zum Tor Bruder Sionnach als den Lichtbringer bezeichnete, bekam Febal das mit. Pflichtgemäß tötete er Bruder Sionnach.

Dabei hatte der arglose Sionnach sich lediglich bemüht, seinem Mitstreiter, Bruder Lucidus, zu helfen. Er suchte Febal nichtsahnend in seinem Zimmer auf – und wurde ermordet. Febal floh aus Cashel hierher in die Abtei. Er war, wie der heute hier anwesende Brehon der Uí Briúin Seóla bestätigen wird, aus dem Dienst der Gamanride entlassen worden. Von da an verdingte er sich und sein Schwert an den Meistbietenden.«

»Wie hast du das herausgefunden?«

»Als Rechtfertigung für seinen Aufenthalt in Cashel erfand Febal eine Geschichte: Er sei in unsere Gegend gekommen, um den Mann zu suchen, der seine Schwester entehrt habe, und Blutrache an ihm zu üben. Die Geschichte klang etwas ausgedacht, und sie stimmte wirklich nur teilweise. Febal selbst hatte die Schwester seines Stammesfürsten entehrt – dieser Teil der Geschichte entsprach zumindest der Wahrheit. Doch nicht das brachte mich weiter. Als ich ihn drängte, mir den Namen des Übeltäters zu verraten, nannte er ihn Bruder Fursaintid. Das sagte mir, dass man Febal besser mit Misstrauen begegnen sollte.«

»Aber warum? Fursaintid ist ein ganz gewöhnlicher Name.«

»Aber er bedeutet auch ›Lichtbringer‹.«

»Ich gehe davon aus, dass der Brehon der Uí Briúin Seóla bestätigt, was Fidelma uns über Febal gesagt hat?«, fragte der Oberste Brehon.

Sein Richterkollege neigte den Kopf. »Wir haben Febal lange gesucht, denn er wird mehrerer Morde, Diebstähle und anderer

Verbrechen beschuldigt. Trotzdem bestehen von unserer Seite keine Einwände dagegen, dass er seine Strafe hier in euerm Königreich erhält.«

»Also sollten wir uns jetzt den Morden an Spelán und Brancheó zuwenden, mit denen all diese Verwicklungen begannen«, drängte Brehon Fíthel. »Vermutlich bist du jetzt in der Lage, uns zu sagen, wer sie umgebracht hat.«

»Selbstverständlich«, erwiderte Fidelma feierlich.

»Dann versuch bitte, es nicht so kompliziert zu machen wie bisher.«

Fidelma lächelte. »Das Leben ist manchmal kompliziert. Daran sollte ich den Obersten Brehon nicht erinnern müssen.«

»Fahr einfach fort«, erwiderte Brehon Fíthel mürrisch.

»Inzwischen ist allgemein bekannt, dass im Sommer eine Serie von Überfällen auf die Silbertransporte auf dem Fluss verübt wurde. Das Silber stammte aus den Minen von Prinz Gilcach, vom Silberberg. Die Schiffe fuhren mit ihrer Ladung den großen Fluss abwärts nach Port Lairge an der Küste. Mehrere Boote wurden angegriffen und ausgeraubt. Dabei wurden einige der Bootsführer verwundet und einer getötet.

Es ist ebenfalls allgemein bekannt, dass das Silber inzwischen sichergestellt wurde. Wir wissen auch, dass die Diebstähle von Febal und seinen Söldnern ausgeführt wurden; sie lagerten ihre Beute in den Höhlen unterhalb der Abtei. Bruder Giolla Rua, der bei diesen Geschäften eine Schlüsselrolle spielte, wurde verhaftet, als er mehrere Säcke voller Silber mit Maultieren zur Küste nahe Corcach Mór bringen wollte.«

Das Gesicht des Obersten Brehons lief dunkelrot an. »Heißt das, dass diese Abtei nicht nur für den Diebstahl eines uralten Buches aus dem Palast des Bischofs von Rom verantwortlich ist, sondern auch für den Diebstahl von Prinz Gilcachs Silber?«

»Das ist eine Lüge!«, schrie Abt Síoda und sprang abrupt auf. Einer von Gormáns Kriegern trat vor und drängte ihn auf seinen Stuhl zurück. »Ich gebe zu, dass ich gemeinsam mit Bruder Tadhg das Buch aus dem Archiv des Lateranpalastes entwendet habe, aber von dem Silber wissen wir nichts.«

»Die Diebstähle begannen im Sommer«, betonte Prinz Gilcach wütend. »Kein Mensch würde das Risiko auf sich nehmen, das Diebesgut in euren Höhlen zu lagern, wenn ihr nicht irgendwie darin verstrickt wäret. Falls die Diebe von anderswo kamen, warum sollten sie ihre Beute ausgerechnet dort verstecken? Sie hätten das Silber schnellstens gegen Bargeld verkauft und wären untergetaucht.«

»Bruder Tadhg und ich hielten uns den Sommer über in Rom auf; falls die Diebstähle wirklich zu dieser Zeit begannen, waren wir gar nicht hier!«, tobte der Abt.

Fidelma hatte eine Hand gehoben und bat um Ruhe. Sie lächelte.

»Die Silberdiebstähle wurden von Febal und seinen Söldnern begangen. Sie lagerten ihre Beute in der Abtei, bis jemand von der Küste kam, um sie zu übernehmen, flussabwärts zu verschiffen und sie schließlich auf eine Handelsfregatte aus Gallien zu verladen«, erklärte sie. »Dafür zuständig war Bruder Giolla Rua aus der Abtei von Corcach Mór, die in der Nähe eines der verkehrsreichsten Häfen unseres Königreichs liegt.«

Bruder Giolla Rua starrte stumm zu Boden.

»Aber Bruder Giolla Rua ist ein anerkannter Gelehrter«, entgegnete der Verwalter von Imleach. »Deshalb haben wir ihn zu unserem Konzil eingeladen. Warum sollte er sich auf so etwas einlassen?«

»Auch Gelehrte sind gegen Gier nicht gefeit«, erwiderte Fidelma. »Von allen Teilnehmern am Konzil war Bruder Giolla Rua derjenige, der seine zutiefst zynische Haltung dem Glauben gegenüber nicht verbergen konnte. Ein wesentlicher Aspekt von Wissenschaft scheint mir zu sein, dass zunehmendes Wissen über den Lauf der Welt, den Umgang der Menschen miteinander und über die Willkür, mit der gewisse Männer und Frauen Regeln aufstellen, die andere befolgen müssen – dass all das zwangsläufig zu wachsender Desillusionierung führt. Daraus kann Eigennutz entstehen. Der wiederum bedingt eine Konzentration auf die eigene Sicherheit in unserem irdischen Leben – und die wird meist gleichgesetzt mit der Anhäufung von weltlichen Gütern.«

»Eine interessante Erklärung«, höhnte Abt Síoda.

»Eine Erklärung, die meines Erachtens bestens zu den theologischen Ansichten deiner Abtei passt«, konterte Fidelma herausfordernd.

»Du behauptest also, dass die Abtei Ráth Cuáin in die Überfälle auf Prinz Gilcachs Silbertransporte verwickelt war, und zwar unter der Leitung von Bruder Giolla Rua.« Der Oberste Brehon sah sie verblüfft an. »Wie ist das möglich?«

»Die Diebe und ihr Anführer warteten in der Abtei auf die Ankunft von Bruder Giolla Rua mit der Nachricht, dass der gallische Händler bereit sei, das Silber zu verladen. Als Bruder Giolla Rua die Einladung zu dem Konzil in Cashel erhielt, passte das ausgezeichnet in seinen Plan. Der Hauptzweck seines Besuches hier bestand darin, den Transport des Silbers an die Küste zu organisieren. Doch dann überschlugen sich die Ereignisse.«

»Ereignisse?«, fragte Fíthel. »Ja, doch. Vermutlich kommen wir jetzt endlich auf Speláns Tod zu sprechen.«

»Richtig. Spelán war früher Bergarbeiter in Prinz Gilcachs Silbermine und ist von dort fortgegangen, um seinen Lebensunterhalt auf leichtere Art und Weise zu verdienen. Er kam hierher, heiratete und hütete die Schafherde seiner Frau. Doch leider starb sie bald. Nach dem Gesetz hatte er kein Anrecht auf ihre Schafherde und ihren sonstigen Besitz. Da sie keine Verwandten hinterließ, ging alles an den Stammesfürsten ihres Clans. Spelán waren die Silbertransporte auf dem Fluss aufgefallen. Die Schiffe fuhren flussabwärts, ohne von Kriegern bewacht zu werden. Er begriff, dass sie leichte Beute waren. Er stattete der Abtei einen Besuch ab, denn er wusste, dass hier Söldner leben, die er vielleicht als Komplizen gewinnen konnte. Dazu brauchte er jedoch einen Mittelsmann. Er suchte jemanden in der Abtei, der seine Idee guthieß und die Söldner für die Überfälle anheuerte. Febal und seinen Männern erschien dieser Plan weitaus gewinnbringender als das Eintreiben der Abgaben für den Abt.«

»Ich hatte mit den Diebstählen nicht das Geringste zu tun«, protestierte Abt Síoda erneut.

Brehon Fíthel warf ihm einen strengen Blick zu. »Einige der Diebe haben dafür mit dem Leben bezahlt. Auch Spelán.«

»Spelán ärgerte sich, weil er keinen angemessenen Anteil an der Beute erhielt. Schließlich war das Ganze seine Idee gewesen. Man gab ihm sicher genug, um ein leichteres Leben zu führen. Doch er wollte mehr. Also versuchte er es mit dem uralten Spiel der Gierigen und Dummen. Er glaubte, er könne mehr Gewinn einstreichen, indem er den Anführer erpresste. Dafür musste er sterben. Man hat ihn ermordet, um ihn zum Schweigen zu bringen – allerdings erst, nachdem man ihn folterte und ihm bei lebendigem Leib das Tau-Rho ins Fleisch schnitt. So wollte man aus ihm herausbekommen, ob er noch anderen von dem Silber erzählt hatte. Seine Peiniger erfuhren von Bruder Sionnach und seinen Nachforschungen, von dem ›Lichtbringer‹ und auch von Brancheó.«

Im Saal knisterte es vor gespannter Erwartung.

»Was genau war eigentlich Brancheós Rolle?«, fragte Brehon Fíthel.

»Sie war Speláns Geliebte. Er versprach ihr Reichtum. Sie hatten vor, zu heiraten und sich in die Berge im Süden abzusetzen. Das änderte sich durch seinen Tod. Brancheó hing dem Alten Glauben an. Sie war, wie wir alle wissen, überzeugt davon, dass Flüche Macht haben. Spelán hatte sie dafür bezahlt, dass sie die Abtei verfluchte – denn auch er glaubte an die uralten Verwünschungen. So hatten sie sich kennengelernt. Als die anderen Diebe herausfanden, dass er ihr von den Silberdiebstählen erzählt hatte, musste auch sie sterben.«

»Febal, der Anführer der Diebesbande, brachte sie also ebenfalls um, damit sie nichts verriet?«

»Ganz genau.«

»Dann ist Febal also sowohl ein Mörder als auch ein Dieb?«

»Febal war jedenfalls derjenige, der Sionnach und Brancheó tötete. Zweifellos hat er auch Spelán umgebracht, aber er hat seinen Tod nicht angeordnet, und er war bei dessen Ermordung nicht allein. Jemand anders hat Spelán gefoltert und ihm das Tau-Rho-Symbol eingeritzt. Es gibt nur eine einzige Person in dieser Abtei, die beides zu verantworten hat: die Diebstähle *und* die Anordnung der Morde.«

»Und du wirst uns gleich sagen, wer das ist?«, spottete Abt Síoda. »Denn falls du behauptest, ich …«

»Höre ich da einen drohenden Unterton, Abt Síoda?«, unterbrach ihn Brehon Fíthel scharf. »Darf ich dich daran erinnern, dass die Bedrohung einer *dálaigh*, die während einer Verhandlung wie dieser ihren Fall darlegt, als Straftat gilt, und zwar als *díguin* – als Verletzung des Schutzes, unter dem eine *dálaigh* steht. Als Strafe dafür zahlt man den Ehrenpreis der bedrohten Person. Im vorliegenden Fall wäre das der Ehrenpreis von Lady Fidelma.«

»Ich wollte ihr keineswegs drohen.« Widerwillig machte der Abt einen Rückzieher. »Aber ich bin unschuldig, ich habe Febal nicht mit den Diebstählen und den Morden beauftragt.«

»Ich war gerade kurz davor, zu enthüllen, wer das getan hat«, verkündete Fidelma ungerührt. »Jemand mit einer sadistischen Neigung, für den es nicht unter seiner Würde war, das Tau-Rho-Symbol zu verspotten.«

Im Saal herrschte ratloses Schweigen. Fidelma wartete einige Augenblicke, doch offensichtlich hatte niemand den Zusammenhang begriffen.

»Also gut.« Sie seufzte. »Ich wiederhole. Spelán stammte aus dem Norden des Königreichs. Er hatte in den Silberminen in Arada Cliach gearbeitet, doch dann kam er in diese Gegend, begann eine Beziehung mit Caoimhe und hütete ihre Schafe. Vielleicht hat er sie wirklich geliebt, vielleicht auch nicht. Jedenfalls schloss er keine Freundschaften mit den Nachbarn und war nicht gerade ein Heiliger. Als Caoimhe im vergangenen Frühjahr an einem Fieber starb, wusste er nicht, wie es weitergehen sollte.

Er ging in die Abtei, um über seine Sorgen zu sprechen. Da er nicht mit dem Abt persönlich sprechen konnte – der hielt sich gerade in Rom auf –, wandte er sich an jemanden, mit dem seine Frau zuvor ab und an zu tun hatte. Sie hatte der Abtei gelegentlich Kräuter verkauft. Wie ich bereits sagte, erzählte Spelán demjenigen alles über die Silberminen und die Silbertransporte per Schiff. Eine Weile lief alles gut. In Rumanns Gasthaus in Cashel hatte man bemerkt, dass Spelán offensichtlich zu Geld gekommen war. Jemand sah auch Silber bei ihm. Wir fanden ein Silberklümpchen, das er in der Wand seiner Hütte versteckt hatte. Weitere Silberbrocken hatte er hinter der Hütte vergraben. Wie alle guten Diebe bediente er sich selbst an der Beute, ohne dass seine Kumpane etwas merkten.

Als sich herausstellte, dass Spelán eine Belastung für die Bande war, musste man ihn loswerden. Was eignete sich besser, um den Verdacht von sich abzulenken, als ihn auf eine Art und

Weise zu töten, die auf die alte Religion hindeutete? Es war genau die richtige Jahreszeit dafür; der dreifache Tod würde bei den Leuten die schlimmsten Befürchtungen wecken. Alles wurde so eingerichtet, dass man die Schuld auf Brancheó schieben konnte, die nach wie vor nach dem Alten Glauben lebte.

Deshalb hat man Spelán in seiner Hütte ermordet und seine Leiche anschließend im Holzstapel für das Samhain-Feuer versteckt. Allerdings nicht allzu gut versteckt – das wäre nicht zweckdienlich gewesen. Der Tote wurde so hingelegt, dass man ihn finden musste.«

Brehon Fíthel unterbrach sie. »Das mit dem dreifachen Tod nehme ich dir ab. Aber beförderte das Einritzen des Tau-Rho in Speláns Körper wirklich den Verdacht, dass jemand den Neuen Glauben verspotten wollte?«

»Ich habe vorhin gesagt, das Einritzen des Tau-Rho-Symbols war Teil der Folter, mit der man Spelán zum Reden bringen und herausfinden wollte, was er noch wusste und wem er etwas erzählt hatte«, antwortete Fidelma geduldig.

»Brancheó wurde nicht verhaftet und des Mordes angeklagt«, betonte Brehon Fíthel.

»Wäre das geschehen, könnte sie noch am Leben sein. Das ist meine Schuld. Ich hätte sie festnehmen sollen. Febal dachte, er müsse sie ebenfalls töten, vor allem, als ihm klarwurde, dass sie von dem ›Lichtbringer‹ wusste. Er hielt wohl ›Lichtbringer‹ auch für das Zeichen derjenigen, die Nachforschungen über die Silberdiebstähle anstellten. Dummerweise glaubte Febal, wenn er Brancheó auf die gleiche Art tötete wie Spelán, würde das den Verdacht von ihm ablenken. Giolla Rua hat ihn deswegen zurechtgewiesen. Ein Fehler folgte dem anderen. Ich gebe zu, dass ich mich in die Irre führen ließ, bis ich etwas über die Hintergründe des dreifachen Todes erfuhr – ausgerechnet von Erca, Brancheós Vater.«

»Du hast von dem Anführer der Diebesbande gesprochen, als wäre es jemand anders als Giolla Rua oder Febal«, bemerkte Brehon Fíthel.

»Das liegt doch auf der Hand. In der Abtei gibt es noch eine weitere Person, die aus Corcach Mór stammt. Sie ist sogar mit Giolla Rua verwandt. Diese Person weiß, wie mir Bruder Mac Raith verriet, über die alten religiösen Traditionen gut Bescheid. Es ist dieselbe Person, an die Caoimhe, Speláns Frau, regelmäßig ihre Kräuter verkaufte. Dieselbe Person, mit der Spelán in der Abtei sprach, unter anderem auch über die Silbertransporte. Dieselbe Person, die danach die Diebesbande organisierte – mit Hilfe ihres Geliebten Febal, der so noch abhängiger von ihr wurde. Dieselbe Person, die die Ermordung Speláns als Strafe für seine erpresserischen Drohungen anordnete und die auf die Idee mit dem dreifachen Tod kam, um den Verdacht auf Brancheó zu lenken. Dieselbe sadistische Person, die Spelán mit einem Messer das Tau-Rho-Symbol einritzte, um ihn zum Sprechen zu bringen.«

Während sie das alles sagte, hatte Fidelma den Blick auf Schwester Fioniúr gerichtet, die schweigend zuhörte, doch mit von Hass verzerrtem Gesicht.

»Dieselbe Person, deren Vorliebe für die Herstellung von Lavendelduft ihr das Genick brach. Speláns Leiche duftete nach Lavendel; man roch ihn überall in der Abtei, aber ganz besonders an Febal. Er hing auch noch in Speláns Hütte, nachdem man ihn dort gefoltert und ermordet hatte. Als ich heimlich in die Abtei eingedrungen war, wurde ich Zeugin eines Treffens zwischen Febal und seiner Geliebten. Ich konnte sie nicht sehen, doch der Lavendelduft war allgegenwärtig.

Schwester Fioniúr war die Drahtzieherin der Diebstähle und die Anstifterin zu den Morden, auch wenn sie nicht an allem selbst beteiligt war.«

Als Schwester Fidelma sich setzte, ertönte ein schriller Schrei. Zwei Krieger vom Goldenen Halsreif waren erforderlich, um das keifende Weibsbild zu überwältigen und festzunehmen, in das sich die sonst so ruhige, gut aussehende Kräuterheilkundige verwandelt hatte.

EPILOG

»Ein komplizierter Fall«, bemerkte Colgú seufzend, als sie sich wenige Tage später in den Gemächern des Königs ausruhten. »Ich bin mir nicht sicher, ob ich alles richtig verstanden habe. Aber wahrscheinlich kommst du mir gleich mit einem Zitat von Publilius Syrus oder etwas Ähnlichem.«

Fidelma lachte vergnügt. »Und was für ein Zitat soll das sein?«

»Etwas wie *finis bonus est, totum bonum erit*.«

»Ende gut, alles gut? Dein Latein wird ja immer besser, Bruder.«

»Aber mein Verstand kann es mit deinem immer noch nicht aufnehmen, denn eine Frage beschäftigt mich nach wie vor.«

»Und welche ist das?«, wollte Fidelma wissen.

»Ich nehme an, es war Schwester Fioniúr, die jede Menge von ihrem Lavendelöl über Speláns Leichnam schüttete. Aber warum? Das kam doch fast einem Geständnis gleich?«

»Überempfindlichkeit ist nun mal eine menschliche Schwäche; das gilt auch für sie. In Speláns Hütte roch es ziemlich ekelerregend. Della erwähnte, dass er oft ganz entsetzlich stank. Vielleicht hat Schwester Fioniúr während der grauenhaften Szenen, die sich in seiner Hütte abspielten, als sie und Febal ihn folterten, irgendwann zur Flasche mit dem Lavendelöl gegriffen, um den Gestank zu vertreiben. Sie hat ihr Opfer damit bespritzt oder übergossen.«

Colgú schüttelte den Kopf und sagte dann: »Wie ich höre, befindet sich Bruder Lucidus mit dem gestohlenen Buch auf dem Rückweg nach Rom. Das Silber wurde Prinz Gilcach zurückgegeben. Die Diebe und Mörder namens Fioniúr, Febal,

Giolla Rua und all die anderen erwarten von Brehon Fíthel ihr Urteil. Sie werden sich für ihre Taten zu verantworten haben. Natürlich kümmert sich Abt Cuán um den früheren Abt Síoda und seine ketzerischen Anhänger. Soviel ich weiß, wird die Abtei an Personen übergeben, die nach dem wahren christlichen Glauben leben.«

»Und was wird aus Abt Síoda und seinen Anhängern?«

»Wahrscheinlich wird man sie an einen abgelegenen Ort schicken, etwa auf eine der Inseln vor der Küste, wo ihre Ideen keine große Verbreitung finden. Das hat zum Glück der Oberste Bischof zu entscheiden.«

Fidelma wirkte nachdenklich. »Ich hoffe, Brehon Fíthel berücksichtigt meinen Appell an die Brehons der Fünf Königreiche, bei ihrer nächsten Zusammenkunft eine Gesetzesänderung zu erwägen. Zukünftig sollte kein Stammesfürst, kein Prinz oder gar der König neben der weltlichen Macht, die er ausübt, auch noch über ein kirchliches Amt verfügen dürfen. Der Machtmissbrauch von Síoda zeigt deutlich, warum das geändert werden muss.«

»Vielleicht. Doch so ist es nun mal: Bischöfe wollen Prinzen werden und Prinzen Bischöfe. Ich quäle mich auch manchmal ziemlich mit dem Amt des Königs herum.« Plötzlich wirkte Colgú verlegen. »Als König muss ich mich bei dir und anderen entschuldigen.«

»Das klingt interessant, Bruder. Wofür denn?«

»Für mein Benehmen während des Samhain-Festes. Die Belastung durch die damaligen Ereignisse hatte meinen gesunden Menschenverstand außer Kraft gesetzt.«

»Es gibt eine Person, bei der du dich vor allen anderen entschuldigen solltest«, murmelte Fidelma.

Colgú nickte. »Morgen reite ich nach Durus Éile«, erwiderte er zerknirscht.

Fidelma lächelte. »Das höre ich gern, Bruder. Ich hoffe, Prinzessin Gelgéis kann dir verzeihen. Auch bei den anderen Gästen solltest du dich entschuldigen.«

Fidelmas Bruder errötete, sagte jedoch: »Das ist bereits geschehen.«

»Immerhin, dein Angriff auf Ráth Cuáin hat deinen Ruf bei den Kriegern vom Goldenen Halsreif wiederhergestellt«, erklärte Fidelma nun. »Insbesondere bei Gormán.«

Zu ihrer Überraschung fing Colgú plötzlich an zu lachen.

»Ich finde, als König und Befehlshaber der Krieger vom Goldenen Halsreif sollte ich Schadenersatz von dir verlangen, Schwester.«

»Schadenersatz?«

»Sodass ich meinen Kriegern Zulagen für ihre Dienste zahlen kann, wenn sie für dich arbeiten müssen.«

Fidelma bemerkte den Schalk in seinen Augen, doch seine Stimme klang todernst. Sie antwortete ebenso todernst: »Wie kommst du denn darauf, Colgú?«

»Ist dir schon aufgefallen, dass die Krieger vom Goldenen Halsreif weitaus eher Gefahr laufen, verletzt oder getötet zu werden, wenn sie für dich tätig sind, als in sämtlichen Schlachten, an denen sie teilnehmen mussten, weil das Königreich bedroht war?«

»Ich weiß nicht genau, was du meinst.«

»Aidan kehrte mit einem gebrochenen Bein zurück, das, wie mir versichert wurde, wieder gut heilen wird. Degos rechter Arm musste wegen einer Verwundung abgenommen werden; Gormán wurde beinahe hingerichtet. Cass, ein großartiger Kämpfer aus meiner Truppe, kam bei der Sache mit den Kindern in Ros Ailithir ums Leben. Dann sind da noch Capa und Caol, die gezwungen wurden, ihre Ehre und ihre Stellung als Befehlshaber meiner Leibwache aufs Spiel zu setzen. Ich frage mich, wie hoch die Überlebenschancen meiner Krieger sind, wenn sie dich beschützen sollen.«

»Versuch nicht immer, das Ende vorwegzunehmen. Der Weg ist das Ziel. Ich werde mein Bestes tun, auf dem Weg nicht zu viele deiner Leute zu verlieren.«

Ihr Bruder bemühte sich, Betroffenheit zu zeigen, brach jedoch in schallendes Gelächter aus.

»Ich kann dir nicht garantieren, dass das meinen Kriegern gefallen wird.«

»Manchmal, wenn man dem Tod ins Auge blickt, kann man nur in seinen Humor fliehen«, erwiderte sie ernst. »Sie haben schon viele Abenteuer überlebt. Ich zweifle nicht daran, dass ihnen noch zahlreiche weitere bevorstehen.«

Colgú verdrehte die Augen. »Dessen, Fidelma, bin ich mir sicher. Aber wie viele deiner Abenteuer werde *ich* noch überleben?«